Sylvia Bäßler
Im Zeichen der Fische

Historischer Roman

Bibliografische Information der Deutschen Nationalbibliothek
Die Deutsche Nationalbibliothek verzeichnet diese Publikation in der
Deutschen Nationalbibliografie; detaillierte bibliografische Daten sind im
Internet über http://dnb.d-nb.de abrufbar.

© 2011 **Sylvia Bäßler**
Abbildung Titelseite: Ausschnitt aus dem Tauffenster in der Walterichskirche,
Murrhardt, von Prof. Hans Gottfried von Stockhausen
©VGBild-Kunst, Bonn 2011
Satz, Umschlaggestaltung, Herstellung und Verlag:
Books on Demand GmbH, Norderstedt
ISBN 978-3-8448-6176-1

Inhalt

Ein kurzes Vorwort	11
Marktplatz zu Murrhardt	13
Kapitelsaal im Kloster Lorch	20
Klosterkirche zu Murrhardt	29
Oberer Dachboden der Zehntscheuer des Klosters Murrhardt	44
Herzogliches Schloss zu Stuttgart	55
Ein Bauernhof im Amt Murrhardt	61
Schreibstube des Klosters Lorch	67
Abtswohnung des Klosters Murrhardt	72
Schankstube des Gasthauses von Conz Bart zu Oberrot	80
Schankstube des Gasthauses von Conz Bart zu Oberrot	88
Dorfmitte von Oberrot	95
Schankstube des Gasthauses von Conz Bart zu Oberrot	113
Schlafkammer von Katharina und Claus zu Oberrot	122
Dormitoriumszelle im Kloster Murrhardt	130
Amtsstube des Abtes im Kloster Murrhardt	143
Murrufer bei der Obermühle zu Murrhardt	152
Die Straße von Murrhardt nach Oberrot	183
Obere Vorstadt zu Murrhardt	194
Dormitoriumszelle im Kloster Murrhardt	207
Murrhardt	216
Wirtshaus am Halberg zu Siegelsberg	221
Kirchacker zu Murrhardt	233
Waltersberg bei Murrhardt	243
Wirtshaus am Halberg zu Siegelsberg	265
Waltersberg bei Murrhardt	276
Waltersberg bei Murrhardt	291
Wirtshaus am Halberg zu Siegelsberg	302
Murrhardt	308
Dorfplatz zu Oberrot	317

Wirtshaus am Halberg zu Siegelsberg	327
Wirtshaus am Halberg zu Siegelsberg	334
Dorfplatz zu Oberrot	348
Kapitelsaal des Klosters Murrhardt	355
Schankstube des Gasthauses von Conz Bart zu Oberrot	366
Dorfplatz in Oberrot	372
Abtswohnung im Kloster Murrhardt	376
Marktplatz zu Murrhardt	397
Wirtshaus am Halberg zu Siegelsberg	411
Wirtshaus am Halberg zu Siegelsberg	424
Stall des Wirtshauses am Halberg zu Siegelsberg	427
Blindweiler zu Siegelsberg	450
Fakten und ein kurzer Blick hinter die Kulissen	456
Mein Dank	464
Glossar	466
Historische Quellennachweise und Fakten zu den mitwirkenden Personen	472
Die Konventmitglieder	481
Literaturverzeichnis	485

*Dieses Buch ist für die Frau des Tochtermanns von Conz Bart
und alle anderen »Katharinas« dieser Welt,
die im Nebel der Zeit für immer verschwunden bleiben,*

für meine verstorbene Mutter Walburga Glamann

*und für meine Kinder
Samantha und Jonathan*

*Wissenschaft ist die eine Hälfte.
Glauben die andere.
Novalis*

Stadtplanskizze der mittelalterlichen Stadt Murrhardt

in Anlehnung an die Umzeichnung nach dem Bestand des »Plan der herzoglich-württembergischen Amtsstadt« Murrhardt von 1766

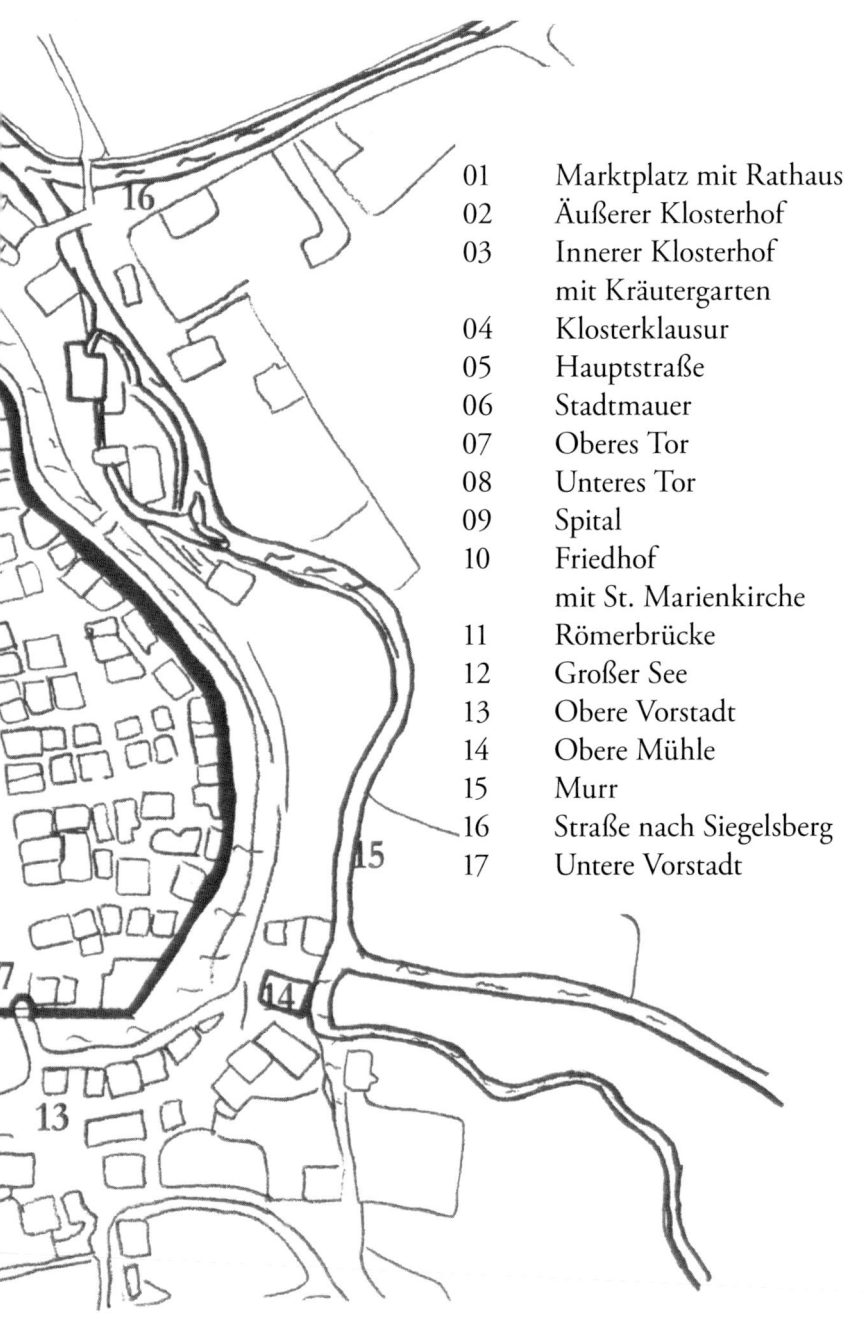

01 Marktplatz mit Rathaus
02 Äußerer Klosterhof
03 Innerer Klosterhof
   mit Kräutergarten
04 Klosterklausur
05 Hauptstraße
06 Stadtmauer
07 Oberes Tor
08 Unteres Tor
09 Spital
10 Friedhof
   mit St. Marienkirche
11 Römerbrücke
12 Großer See
13 Obere Vorstadt
14 Obere Mühle
15 Murr
16 Straße nach Siegelsberg
17 Untere Vorstadt

Ein kurzes Vorwort

Die historischen Ereignisse in Murrhardt und Oberrot der Jahre zwischen 1510 und 1527 liefern so viel spannendes Material, dass es nicht mehr viel Phantasie bedurfte, um die Geschichte wieder lebendig werden zu lassen.
Das Leben innerhalb und außerhalb der Klostermauern ist so unterschiedlich wie die Menschen selbst.
Während die Mönche eines der ältesten Benediktinerklöster des Landes sich im Inneren mit moralischem Sittenverfall, finanziellen Sorgen, der politischen Willkür Herzog Ulrichs von Wirtemberg und den provokanten Ideen des ketzerischen Augustinermönchs Martin Luther herumschlagen müssen, rotten sich die Bauern der umliegenden Gegend langsam aber sicher zusammen, um eine Revolution gegen die Obrigkeit anzuzetteln. Sie wollen mehr Rechte und Freiheiten auf den Grundlagen des Evangeliums. Doch was als friedliche Auflehnung beginnt, die an die Einsicht der Adligen und der Kirche appelliert, gerät bald außer Kontrolle. Die Gewalt eskaliert auf beiden Seiten. Der zerstörerische Bauernkrieg fordert auf der einen Seite schreckliche materielle Verluste, auf der anderen Seite bezahlen die Freiheitskämpfer zu Tausenden einen entsetzlichen Blutzoll.

Vorhandenes Archivmaterial und die wissenschaftliche Auswertung archäologischer Ausgrabungen ermöglichen es, sich ein ungefähres Bild von der Zeit des Bauernkrieges in Murrhardt und Umgebung zu machen.
Wer die Tochter von Conz Bart beziehungsweise die Ehefrau seines Tochtermanns Claus Blind wirklich war, kann nicht mehr geklärt werden. Ihr Schicksal bleibt für immer in den dichten Nebeln vergangener Zeiten verborgen. Nennen wir sie daher einfach Katharina. Dies könnte ihre Geschichte sein!

Marktplatz zu Murrhardt

Dienstag nach Mariä Geburt (8. September) Anno Domini 1510

Mit scheu gesenktem Blick eilte der junge Mönch über Murrhardts belebten Marktplatz. Das Getöse des letzten Jahrmarkts des Jahres, der mit der Kirchweih zusammen abgehalten wurde, bereitete ihm Kopfschmerzen. Er musste so schnell wie möglich den Stand mit den Heilkräutern finden, um sich mit dem Notwendigsten einzudecken, das er nicht selbst in seinem Kräutergarten anbauen konnte. Danach wollte er sich rasch wieder hinter die schützenden Mauern der Klausur zurückziehen. Ein Leben nach den edlen Regeln des Heiligen Benedikt von Nursia hatte er sich erträumt. Ein Leben in Demut, Keuschheit und Gehorsam war seine Berufung. Er wollte sein Erdendasein mit *ora et labora*, Beten und Arbeiten ausfüllen. Von Kindesbeinen an sehnte er sich nach nichts anderem. Doch hier im Kloster Murrhardt sollte dieser fromme Lebenstraum zu seinem persönlichen Albtraum werden.

Johannes hatte seinen Vater vergeblich angefleht, ihn doch ins Kloster Lorch zu schicken. Im Kloster auf dem Liebfrauenberg im Remstal hatten vor langer Zeit auch solche Zustände geherrscht, wie sie nunmehr in Murrhardt gang und gäbe waren. Doch vor achtundvierzig Jahren, im Jahr der Fleischwerdung des Herrn 1462, wurde dort die Melker Reform von Blaubeuren aus durchgeführt. Der Lorcher Konvent galt seither als Musterbeispiel eines Benediktinerklosters. Dessen erst kürzlich verstorbener Abt Georg Kerler war ein wundervoller Ordensmann. Er hatte das verlotterte Kloster durch seine strenge Frömmigkeit wieder auf den rechten Pfad der Tugend zurückgeführt. Im selben Kloster, in dem dieser die Regeln des Heiligen Benedikt zu neuem geistigen Leben erweckt hatte, könnte auch Johannes glücklich sein, dessen war er sich sicher.

Der frisch ins Amt gewählte Nachfolger Abt Sebastian Sitterich besaß den gleichen guten Ruf wie sein Vorgänger. Ach, wenn ihn sein Vater doch nur nach Lorch gelassen hätte!

»Nein, mein Sohn!«, hatte er in seinem autoritären Ton verkündet, der keinen Widerspruch duldete: »Mit Lorch haben wir nicht das Geringste zu schaffen. Am liebsten wäre es mir ja, du würdest dem Haller Stift beitreten, wenn du dich schon nicht davon abbringen lässt, die geistliche Laufbahn einzuschlagen. Aber das ist dir ja nicht streng genug. Wenn es unbedingt ein richtiges Kloster sein muss, dann gehst du nach Murrhardt. Damit ist das Thema für mich erledigt. Wenn du das nicht willst, bleibst du zuhause und arbeitest mit deinem Bruder Andreas in der Haal. Das wäre sowieso vernünftiger, als unbedingt ins Kloster zu wollen!«

Johannes hatte sich heftig gegen diese Entscheidung aufgelehnt.

»Aber Vater, es ist doch nur eine Frage der Zeit, bis Abt Gaul aus Kloster Murrhardt auch ein Säkularstift macht. Er arbeitet doch schon lange daran, dieses Ziel zu erreichen. Den Antrag auf das Vorhaben hat er schon an Herzog Ulrich weitergeleitet.« Doch sein Vater blieb ungerührt.

Im Kloster Murrhardt herrschten heillose Zustände. Er wusste, dass sein Vater mit seinem Entschluss, dem weltlichen Leben den Rücken zu kehren, um sich »hinter Klostermauern zu verstecken«, wie er es nannte, nie einverstanden gewesen war. Ihn deswegen in diesen Sündenpfuhl zu schicken, erschien ihm allerdings als eine zu harte Strafe. Sein Vater spekulierte bestimmt darauf, dass er sehr bald wieder reumütig zu ihm nach Hall zurückkehrte, wo er letztendlich doch noch die Laufbahn des Salzsieders einschlagen würde. Aber diesen Gefallen konnte er ihm, bei allem Gehorsam, den er ihm schuldig war, nicht tun. Er war von Gott zu einem anderen Leben berufen worden. Der Wille des himmlischen Vaters stand eben weit über dem des irdischen. Er konnte sich diesem Ruf nicht widersetzen! Gott wollte ihn als Mönch im Kloster sehen. Ihm blieb nichts anderes zu tun, als dem Ruf des Herrn zu folgen.

»Das Leben im Kloster ist kein Zuckerschlecken. Sicher wirst du diesen Entschluss eines Tages bereuen!« Das waren die letzten Worte seines Vaters, als er ihn vor drei Jahren an der Klosterpforte abgeliefert hatte.

O ja, bereut hatte er es schon oft, nicht kompromisslos auf Kloster Lorch bestanden zu haben. Dieses Murrhardt war kein Kloster, es war die Hölle auf Erden!

Als der alte, erblindete Abt Lorenz Gaul vor zwei Jahren verstorben war, hatte Johannes Vayh den Abtsstab erhalten. Doch schon nach acht Monaten übernahm der frühere Prior Philipp Renner, der den alten Abt Gaul an Verschwendungssucht und Völlerei sogar noch übertraf, das Amt des Klosterleiters. Johannes' Hoffnungsschimmer, unter einem neuen Abt werde alles besser werden, erlosch schneller wie eine Kerze, die der Zugluft ausgesetzt ist. Er hatte Renner schon mindestens genauso oft um seine Versetzung gebeten, wie bisher eine Klosterreform in Murrhardt missglückt war. Wenn sein Abt ihn versetzte, wäre sein Vater machtlos dagegen. Doch jedes Mal, wenn er darum bat, wurde er nur ausgelacht und ermutigt, sein lockeres Leben lieber in vollen Zügen zu genießen, anstatt dauernd um seine Versetzung zu betteln. Aber wenn er zum Vater nach Hall zurückkehrte, wäre sein Traum vom Klosterleben ein für alle Mal ausgeträumt. Auf seine tränenreiche Gebete erhielt er stets die gleiche Antwort. »Halte durch, mein Sohn, deine Aufgabe hier ist noch nicht erfüllt.«

Allen Seelenqualen zum Trotz *würde* er durchhalten und nicht daran verzweifeln, dass er der letzte gottesfürchtige Mönch im Kloster Murrhardt war. Er würde diese harte Prüfung seines

Gottvertrauens bestehen und voller Demut hinnehmen, was der Herr ihm auferlegte, auch wenn es noch so schmerzte.

Endlich hatte er im Menschengedränge des Marktplatzes den Stand mit den Heilkräutern gefunden. Ach, wenn er sie doch nur in seinem eigenen Kräutergarten anpflanzen könnte, um die schützende Klausur deswegen nicht verlassen zu müssen! Nachdem er die Ware sorgfältig geprüft und seine Wahl getroffen hatte, bezahlte er der Marketenderin den geforderten Betrag. Hastig steckte er seine neuesten Errungenschaften in einen Lederbeutel, den er am Gürtel trug. Jetzt wollte Johannes aber nichts wie weg aus diesem Lärm von Stimmengewirr, lauter Musik, dem Gesang der Spielmänner, dem Geschrei der Markleute, die lauthals und aufdringlich ihre Waren anpriesen, dem Gejammer der zerlumpten Bettler, die am schmutzigen Rand des Marktplatzes auf der Straße herumlungerten und jedem, der vorbeikam, die ausgestreckte Hand für ein Almosen entgegenstreckten. Ihn schmerzten die Augen vom Anblick der grellbunten Gauklerkostüme und den aufreizend geschminkten Weibern, die ganz offensichtlich ihre eigenen Körper zum Verkauf anboten. Die feilschenden Bürger und Handwerker, die derb fluchenden Bauern und das Gedränge der stinkenden Menschenmenge widerten ihn an. Er wollte nur noch in die Ruhe seines Konvents zurück.

Kaum hatte er den Rückweg angetreten, stellte sich ihm ein feister Ordensbruder mit einer drallen, freizügig gekleideten Dirne im Arm in den Weg. Kameradschaftlich legte er ihm die Hand auf die Schulter.

»Na, Bruder Johannes, wie ist es? Willst du nicht einen mit uns trinken gehen? Der ›Engel‹ hat eine neue Lieferung Wein bekommen! Unser guter Herzog Ulrich will ja schließlich auch leben. Warum ihn also nicht ordentlich mit Umgeld unterstützen? Auf, Brüderchen, trink mit uns! Für dich findet sich sicherlich auch was Passendes. Es lebe der Jahrmarkt: Dreimal im Jahr, Prachtweiber im Überfluss!« Der fette Mönch kniff die Dirne in die grell geschminkte Wange.

»Du hast doch bestimmt eine einsame Schwester?«

»Klar doch, net nur eine, und alle würden sich über so ein hübsches junges Bürschle wie den sicher freuen!« Sie musterte den jungen Mönch sehnsüchtig. Seine himmelblauen Augen, die scheu auf den schlammigen Straßenboden gerichtet waren und sein junger schlanker Körper, den nicht einmal die Kutte entstellen konnte. All das gefiel ihr sehr gut. Er wäre zweifellos ein angenehmerer Liebhaber, als der fette, nach Schweiß und Wein stinkende Kerl an ihrer Seite! Ein zärtliches Lächeln umspielte ihre Lippen beim Gedanken, sich ihm hinzugeben. Von ihm würde sie nicht einmal Geld dafür verlangen.

»He, schau unsern Jüngling nicht so lüstern an! Du gehörst *mir*! Ist das klar?«

Grob zog sie der fette Mönch an sich, um seine Besitzansprüche an ihr geltend zu machen. Erschrocken zuckte sie zusammen, als sie so brutal aus ihren süßen Träumen gerissen wurde. Sie rang sich ein etwas gequältes Lächeln ab, in der Hoffnung, ihr Freier würde nicht die Wehmut bemerken, die darin verborgen lag.

»Sicher, mein Schätzle«, brachte sie hervor, mühsam um einen aufrichtigen Tonfall bemüht. »Ich gehör dir. So ein junger Bursch ist eh nichts für mich. Was hat *der* schon, was er mir geben könnte?«

»Täusch dich da bloß nicht! Man sieht es dem schüchternen Bürschle vielleicht nicht an, aber sein Vater ist der reiche Salzsieder Lienhard Wetzel aus Hall. Mit dem würdest du sicher keinen schlechten Fang machen – wenn du nicht schon mir gehören würdest, versteht sich!«

Die Dirne pfiff anerkennend durch die Zähne. *Sieh da, das wird ja immer schöner – ein Salzsiederbürschle aus Hall also!*

Wehmütig blickte sie dem in Richtung Klosterpforte davoneilenden jungen Mönch hinterher, bis dieser im Gedränge der Marktbesucher verschwunden war.

Ihr Begleiter zog sie barsch am Arm hinter sich her. »Los, komm mit mir! Der Junge ist eine Nummer zu groß für dich. Der ist nämlich der letzte echte Mönch in unserem Saustall!« Er lachte rau. »Der versucht verzweifelt, die Ordensregeln zu befolgen, auch wenn sonst keiner mehr mitmacht.« Verständnislos schüttelte er sein geschorenes Haupt.

»Ein hoffnungsloser Fall! Dem wächst sicher bald ein Heiligenschein!«

Die zweitürige Klosterpforte war heute, am Markttag, weit geöffnet. Dahinter herrschte ein ähnlich buntes Treiben wie auf dem Marktplatz. Bunte Stände, Geschrei und Gelächter erfüllten den äußeren Klosterhof.

Der junge Mönch drückte sich an der Mauer der Klausur entlang, um nicht mit den vielen Menschen in Kontakt zu kommen, die den Klosterhof bevölkerten. So unauffällig wie möglich huschte er durch die Klosterpforte, welche durch die Überreuterei führte, in die Sicherheit des inneren Klosterhofs. Mit dem Rücken an die Mauer gelehnt atmete er schwer. Sein aufgewühltes Herz pochte hart gegen seinen Brustkorb. Erschöpft schloss er die von zu vielen grellen Farben geblendeten Augen und presste verzweifelt seine Handflächen gegen die vom Lärm überreizten Ohren. Geist und Körper brauchten ihre Zeit, um sich von diesen ungewohnten Strapazen zu erholen. Vorsichtig öffnete er endlich die tränenfeuchten Augen. Sein Blick fiel auf seinen liebevoll gepflegten Kräutergarten. Dieser Anblick streichelte sanft seine geschundene Seele. Gott hatte dieser Erde also nicht den Rücken gekehrt. Hier konnte er ihn noch spüren. Johannes atmete noch einmal tief durch, ehe er die gekauften Heilkräuter in seinem kleinen Kräuterlager in den Büchern notierte und sorgfältig in den dafür vorgesehen Regalfächern verwahrte. Durch den Ostflügel, der von Laienmönchen wie ihm bewohnt wurde, begab er sich direkt in die Klosterkirche. Ihr kühles Inneres vermittelte ihm ein Gefühl der Geborgenheit. Im Ostchor kniete der junge Mönch vor dem Allerheiligenflügelaltar nieder, den die Gemeinde vor nunmehr vierzehn Jahren, unter Abt Johannes Schradin, dem Kloster und den Mönchen gestiftet hatte. Mit gesenktem Haupt bekreuzte er sich ehrfürchtig.

»Im Namen des Vaters, des Sohnes und des Heiligen Geistes. Amen. Heilige Maria, Mutter Gottes, und all ihr heiligen Jungfrauen Barbara, Katharina, Maria Magdalena. Ich bitte euch, erhört das Flehen eines armseligen, schwachen Sünders! Gott der Herr sät immer wieder Zweifel in mein Herz. Ich möchte so gerne stark sein und alle Prüfungen, die er mir auferlegt auf mich nehmen, wie es einem armen Sünder wie mir gebührt. Doch meine Kräfte schwinden. Mein Herz gerät immer häufiger ins Wanken! Bitte, ihr heiligen Jungfrauen, helft mir, die Zweifel aus meinem Herzen zu vertreiben. Gebt mir Mut, Kraft und Zuversicht, mich nicht mehr von äußeren Umständen schwächen zu lassen, sondern stark in meiner eigenen Mitte zu ruhen, bis der Herr mir endlich Hilfe schickt! Mein Inneres droht zu zerreißen, wie sie dich, Heilige Katharina, mit Rädern zerreißen wollten. *Dein* Glaube war stark genug! Die Engel des Herrn standen dir bei, um dieses Martyrium von dir abzuwenden. Hilf mir, auch meinen Glauben so zu festigen, dass ich nicht von meinen Zweifeln und meinen Gedanken zerrissen werde! Ich bitte dich und alle Heiligen, stellt euch mir hilfreich zur Seite, damit dies Kloster hier wieder auf den rechten Weg der Tugend im Sinne des Heiligen Benedikt zurückgeführt wird. – All ihr Heiligen, erhört das demütige Flehen eines unwürdigen Menschen! Amen.«

Kapitelsaal im Kloster Lorch

kurz nach dem 10. Dezember Anno Domini 1510

Dekadenz!, dachte Abt Sebastian Sitterich missmutig, während er sich mit Daumen und Zeigefinger den schmerzenden Nasenrücken und die Augen rieb. Er stand neben dem Altar des prächtig ausgeschmückten Kapitelsaals im Kloster Lorch. Um den kunstvoll geschwungenen Eichenpfosten, der auf einem Steinsockel in der Mitte des Saales den Unterzug der hölzernen Felderdecke stützte, stand ringsum an die Wände gerückt das Gestühl, auf dem die vom Abt zur Sitzung zusammengerufenen Konventmitglieder Platz genommen hatten. Die Mönche hielten ihre Köpfe demütig gesenkt. Sie waren verunsichert. Diese Konventversammlung aus heiterem Himmel verhieß nichts Gutes. Das war ihnen sofort klar geworden, als sie ihr Tagwerk ruhen lassen und auf Geheiß des Klosterleiters in den Versammlungsraum eilen mussten. Alle wussten, dass er erst am Mittag wieder von seiner Reise aus Murrhardt zurückgekehrt war. Der Abt zog laut hörbar die Luft ein, als müsse er ersticken, wenn er nicht kräftig genug einatmete. Keiner der frommen Mönche wagte es, den gesenkten Blick zu erheben. *Blasphemie!*, dachte der Abt, ehe er noch einmal tief durchatmete, um seine Fassung zu bewahren.

»Meine braven Söhne. Vielleicht ist dem einen oder anderen von euch ja schon zu Ohren gekommen, dass unsere Brüder im Glauben in Murrhardt schon lange ein ehrloses Leben führen. Sie verstoßen gegen alle Regeln des Heiligen Benedikt, ohne dabei das geringste Schuldgefühl zu empfinden.« Im Geiste setzte er hinzu: *Geldverschwendung, Völlerei, Unzucht, Selbstsucht und Ungehorsam haben in ihren Alltag Einzug gehalten. Sie halten die vorgeschriebenen Gebetszeiten nicht ein und brechen die Fastentage. Wie sollen sie sich auch auf dem rechten Weg halten?*

Ihr Abt Philipp Renner ist ein kranker, alter Mann, der die Regeln des Ordens nicht einmal kennt. Die Tore des Klosters Murrhardt wurden unter seiner Führung geöffnet. Weiber gehen dort ein und aus, wie es ihnen und den Mönchen gefällt!

Prüfend ließ der Abt seinen Blick über die Mönche seines Konvents schweifen. Wie würden sie wohl diese schreckliche Wahrheit verkraften? Ihm selbst gelang es nur mit Mühe, diese Tatsache zu verinnerlichen. *Weibsbilder, die sich zu jeder Tages- und Nachtzeit im Klosterhof herumtreiben! Unvorstellbar! Die Mönche ihrerseits vergnügen sich in der Stadt nach Lust und Laune! Wer es nicht mit eigenen Augen gesehen hat, kann es kaum glauben.*

Wieder atmete er tief durch, ehe er weitersprach.

»Rechnungsführung und Finanzverwaltung versinken in heilloser Verwirrung. Man weiß nicht einmal mehr, was sich für Wertgegenstände im Kloster befinden. Die Mönche versuchen schon seit langem, aus ihrem Konvent ein weltoffenes Stift zu machen, aber Gott der Herr hat das zu verhindern gewusst!«

Um Worte ringend, rieb sich Abt Sebastian diesmal seine schmerzenden Schläfen. Seit seiner Bestandsaufnahme in Murrhardt plagten ihn starke Kopfschmerzen, die immer unerträglicher wurden.

»Ihr fragt euch nun vielleicht, was das uns angeht. Doch unser guter Herzog Ulrich hat unter anderem mich als Ratsmitglied ausgewählt, um bei der Durchführung einer geplanten Klosterreform in Murrhardt anwesend zu sein. Dabei hatten wir eine Bestandsaufnahme zu machen, wie sie nicht schlimmer hätte ausfallen können!«

Abt Sitterich erfreute sich eines guten Verhältnisses zum regierenden Herzog Ulrich von Wirtemberg. Schließlich entsprang dieser dem edlen Geschlecht der Staufer, die als Stifter des Klosters Lorch schon immer ein inniges Band zum Konvent hatten. Viele seiner Ahnen fanden hier im Gotteshaus ihre letzte Ruhestätte. Dieser schändliche Verrat, den die Murrhardter Mönche an ihrem Landesherren begingen, war ein durch nichts zu entschuldigender Frevel. Wieder rieb sich Sitterich die Schläfen. Selbst das Kauen von Gewürznelken hatte sein hartnäckiges Kopfbrummen nicht vertreiben können, obwohl dieses Mittel bisher noch nie versagte. Hoffentlich konnte er sich bald ausruhen. Der Aufenthalt in Murrhardt und die Reise waren beschwerlich. Daher freute er sich jetzt auf eine Tasse heißen Schlüsselblumentee und sein Bett. Aber zuerst musste er seine Pflicht erfüllen.

»Das Kloster, das unter dem Schutz des Heiligen Januarius steht und zu den ältesten Klöstern in Wirtemberg zählt, hat es nicht verdient, so in Verruf zu geraten.«

Vor Abt Sitterichs geistigem Auge liefen wieder die Szenen ab, die ihm seit seiner Visitation den Schlaf raubten. Herzog Ulrich und der Würzburger Bischof Lorenz hatten es nun eingesehen und die Umwandlung in ein Stift abgelehnt. Dabei ging es ihnen natürlich nicht in erster Linie um die Erhaltung des guten Rufs der Benediktiner. Zunächst konnten sie sich auf keinen Vertrag einigen, bei dem für beide Seiten genug abfiel, aber deswegen mussten die Murrhardter doch nicht gleich hinter dem Rücken Herzog Ulrichs eine Abordnung nach Rom schicken, um sich von Papst Julius II. persönlich eine Bulle zu ihren eigenen Gunsten zu erschleichen! Papst Julius II.! Eine größere Anmaßung konnte es nicht geben. Ein schändliches Verhalten dem Bischof und auch Herzog Ulrich gegenüber, das dieser auf keinen Fall duldete!

Der Murrhardter Prior Wilhelm Kern und der Öhringer Dekan Oswald Batzer zogen mit großem Gefolge nach Rom zum Papst und erhielten am 9. Juli vergangenen Jahres tatsächlich eine Umwandlungsurkunde. Bei der vom Papst verfassten Bulle brauchte Murrhardt weder zu Gunsten Würzburgs noch zu Gunsten Wirtembergs verzichten. Sie hatten den Papst zu ihrem Vorteil beeinflusst, was den Herzog ungeheuer verärgerte, da seine Rechte in dieser Angelegenheit eng begrenzt waren. Damit sollten sie aber nicht durchkommen! Vor allem nicht wegen der Art und Weise, wie sich die beiden Abgesandten in Rom aufführten! Es wurden unglaubliche Dinge von den beiden berichtet. Die Ausschweifungen, denen sie sich in der Ewigen Stadt hemmungslos hingaben, kosteten sie so viel Geld, dass sie ihre päpstliche Bulle beim Bankhaus Fugger verpfändeten, um ihre komfortable und standesgemäße Rückreise finanzieren zu können. So kamen sie ohne die Bulle nach Hause. Als Herzog Ulrich davon erfuhr, ließ er die Bulle bei den Fuggern einlösen. Er tobte nicht nur wegen des Verhaltens der beiden Murrhardter Abgesandten, sondern auch wegen des unverschämten Inhalts der Bulle. Zuerst ließ er Prior Kern auf dem Hohenasperg einkerkern. Dort kam er die nächsten zwei Jahre nicht mehr heraus! Dekan Batzer war klug genug gewesen, sich schnell in sein sicheres Öhringen zurückzuziehen, weil dort Herzog Ulrich keine Herrschaftsgewalt über ihn hatte.

Die Murrhardter hatten den Bogen eindeutig überspannt! Abt Renner und sein Konvent hatten nun nicht mehr die geringste Chance, mit ihrem Anliegen beim Herzog durchzukommen! Sich ausgerechnet Herzog Ulrich zum Feind zu machen war mehr als unklug von ihnen, denn seither setzte der Herzog alles daran, die von den Mönchen so unerwünschte Reform durchzusetzen!

Abt Sitterich blickte versonnen in die Runde seiner braven Konventmitglieder. Es galt, sie vor dieser schrecklichen Wahrheit zu schützen. Nur ein Gedanke konnte ihn noch trösten:

Ulrich ahnte in seiner menschlichen Überheblichkeit nicht, dass nicht er es war, der diesen Schritt veranlasst hatte. Was viele andere Klöster problemlos erreicht hatten, blieb Murrhardt nun endgültig verwehrt. Der Herrgott selbst hatte dafür gesorgt! Herzog Ulrich war nur sein Werkzeug! Das Ordensoberhaupt lauschte in die Stille des Raumes. Eine Stille, in der seine letzten Gedanken nachzuschwingen schienen. *Gott hat in einem nicht besonders gottesfürchtigen Menschen ein Exempel statuiert. Oh ja, der Herr ist wahrlich groß und gerecht!*

Die Mönche verharrten weiter in ehrfürchtigem Schweigen, bis der Abt schließlich wieder das Wort ergriff.

»Gleich morgen früh sollen drei Brüder aus unserer Mitte den Weg nach Murrhardt antreten, um dem dortigen Treiben ein Ende zu setzen! Bruder Oswald Binder.«

Kaum merklich zuckte der Angesprochene zusammen, als er seinen Namen hörte. Zögernd erhob er den Blick zu seinem Abt.

»Bruder Oswald, du hast dich in den fünfunddreißig Jahren, die du nun schon Konventmitglied in unserem Kloster bist, immer an unsere Ordensregeln gehalten. Daher setze ich dich heute als Prior des Klosters Murrhardt ein. Du wirst Abt Philipp vertreten, der selbst nicht mehr handlungsfähig ist. Führe den Konvent auf den rechten Weg der Tugend zurück! Möge dir die Reform zur Wiederherstellung der Klosterregeln des Heiligen Benedikt mit Gottes Hilfe gelingen.«

Der prüfende Blick des Abts schweifte über die Anwesenden.

»Sind alle Konventmitglieder mit dieser Entscheidung einverstanden?« Jeder beeilte sich, zustimmend mit dem Kopf zu nicken. Bruder Oswald indes verharrte in demütigem Schweigen. Er spürte nichts in sich. Weder Angst noch Freude, weder Panik noch Stolz. Es war, wie es war. Er, Oswald Binder, wurde als Prior nach Murrhardt berufen und musste sein geliebtes Kloster Lorch nach all den Jahren des Friedens für immer verlassen. Gott hatte ihm den Kelch gereicht, der für ihn bestimmt war.

Herr, steh mir bei, damit ich deinen Willen erfüllen kann!
Die Stimme des Abts riss ihn aus seinem Gebet.
»Zur Seite stelle ich dir Bruder Conrad Bavari als Cellerar!«
»Aber Vater, das geht nicht!«
Alle Köpfe drehten sich zu dem eben genannten Mönch um.
»Bruder Conrad!«, wies ihn der Abt in scharfem Ton zurecht. »Dich hat niemand gefragt.«
Betreten senkte Bruder Conrad den Kopf. »Verzeiht, Vater!«
»Nun, was hast du als Einwand vorzubringen?«
Der Mönch beeilte sich, ihm zu antworten. »Vater, habt Ihr denn ganz vergessen, dass ich mit Bruder Laurentius Autenrieth und Bruder Friedrich von Schorndorf zusammen im Herbst begonnen habe, die Chorbücher zu schreiben?« Seine Stimme nahm einen flehenden Ton an.
»Vater, es war doch Euer ausdrücklicher Wunsch, dass ich an den Chorbüchern mitarbeite. Bitte, lasst einen anderen mit Bruder Oswald nach Murrhardt ziehen, ich habe hier eine Aufgabe, die ich auf keinen Fall im Stich lassen kann!«
»Kannst oder willst du sie nicht im Stich lassen?«
Nach kurzem Zögern antwortete er: »Nun ja, ich *will* nicht!«
»Mein Sohn, aus dir spricht der Hochmut! Du hast nicht zu tun, was du *willst*, sondern das, was der Herr dir durch mich aufträgt zu tun! Du hast deine Aufgabe mit Demut und ohne zu Murren zu erfüllen. Also wirst du Bruder Oswald nach Murrhardt begleiten. Du kannst auch *dort* deine Arbeit fortsetzen.«
»Verzeiht mir, Vater!«
Milde lächelte der Abt Bruder Conrad an.
»Auch wenn es heute nicht mehr den Anschein hat, aber Murrhardt verfügt ebenfalls über eine Schreibstube und eine

wundervolle Bibliothek. Allerdings wird es etwas Mühe bereiten, sie wieder auf Vordermann zu bringen. Sie wurde nach Abt Schradins Ableben leider schmerzlich vernachlässigt. Es ist jedoch ein guter Gedanke, dieser geistigen Arbeit in Murrhardt wieder neuen Schwung zu geben. Einst waren die Murrhardter berühmt für ihre Schreibkunst!«

»Ehrwürdiger Vater«, mischte sich nun Bruder Laurentius ein, »erlaubt mir bitte, einen Rat zu dieser Sache abzugeben.«

»Sprich, Bruder Laurentius!«

»Ehrwürdiger Vater, ich danke Euch! Bruder Conrad hat recht. Ohne ihn komme ich mit Eurem geplanten, prachtvollen Werk nicht weiter. Ich brauche ihn dringend als Schreiber für die Chorbücher. Erlaubt mir, Euch Bruder Martin Mörlin als Cellerar vorzuschlagen. Er ist ein brillanter Rechner und wird diese Aufgabe sicher meistern.«

Nun meldete sich Bruder Oswald zu Wort.

»Ehrwürdiger Vater, mit Eurer Erlaubnis möchte auch ich mich äußern!«

Mit einem Kopfnicken gebot ihm der Abt zu sprechen.

»Bruder Martin zählt gerade einmal zwanzig Jahre. Er hat eben erst das Noviziat abgelegt! Er ist viel zu jung für das Amt eines Cellerars! Ihm fehlt die nötige Lebenserfahrung.«

Bruder Oswald war sich bei dieser Äußerung sehr wohl im Klaren darüber, dass ihm selbst mit seinen 55 Jahren Lebenserfahrung die nötigen Voraussetzungen für das Amt des Cellerars gänzlich fehlen würden. Er war ein Mann starken Glaubens und würde sicherlich mit Gottes Hilfe als Prior die disziplinierte Einhaltung der Gebote des Heiligen Benedikt nach Murrhardt zurückbringen, auch wenn ihn die Reform vor schwierige Aufgaben stellte. Er hatte schon davon gehört, wie aufmüpfig sich die Mönche des Murrhardter Konvents der Obrigkeit gegenüber benahmen. Ihrem alten Abt gehorchten sie schon lange nicht mehr. Mit dessen Unterstützung konnte er also nicht rechnen. Doch mit einem starken, erfahrenen Charakter an seiner Seite, noch dazu aus den eigenen, vertrauten Reihen, sah er dieser schweren Bürde gelassener entgegen. Bruder Laurentius' Vorschlag, ihm statt Bruder Conrad den blutjungen, unerfahrenen Bruder Martin zur Seite zu stellen, behagte ihm daher überhaupt nicht. Zugegeben, Bruder Martin war ein frommer, pflichtbewusster und sehr talentierter junger Mann, aber konnte er mit ihm zusammen Kloster Murrhardt von seinem erdrückenden Schuldenberg befreien, der sich über all die Jahre angesammelt hatte? Würde er außerdem den Versuchungen, die ihn dort erwarteten, wirklich widerstehen können? Er wagte es zu bezweifeln.

Mit seinem alten Mitbruder Conrad an seiner Seite war dies freilich schon eher vorstellbar, auch wenn sich dieser lieber seiner Schreibkunst widmete als den Finanzgeschäften, und in dieser Richtung auch ohne Frage begabter war. Bruder Laurentius setzte sachlich zur Verteidigung seines Vorschlags an.

»Die Lebenserfahrung kann er natürlich nicht aufweisen, das gebe ich zu. Aber er hat Talent und das nötige offene Wesen, um schnell dazuzulernen.«

»Talent und der Wille zu lernen reichen aber für diese schwere Aufgabe nicht aus!«, entgegnete ihm Oswald.

»Er kann es schaffen, da bin ich mir sicher!«

»Du denkst eigensinnig!«, warf ihm Bruder Oswald vor.

»Vertrittst du hier nicht auch starrsinnig deine eigenen Interessen?«

»Es ist genug!«

Energisch riss der Abt das Steuerruder der Ratssitzung wieder an sich und brachte die beiden Brüder dadurch sofort zum Schweigen.

»Bruder Oswald hat recht. Bruder Martin ist zu jung und unerfahren für diese Aufgabe. Ich schlage allerdings vor, dass er ihn und Bruder Conrad nach Murrhardt begleitet. Dort kann er seinen Willen zum Lernen unter Beweis stellen und neue Erfahrungen sammeln, damit er vielleicht eines Tages doch noch das Amt des Cellerars übernehmen kann. Außerdem wird euch Bruder Georg als Pförtner begleiten.«

Gegen diese Entscheidung hatte niemand etwas einzuwenden. Bruder Georg war ein Mann wie ein Schrank, mit dem Blick eines schlechtgelaunten Wolfsrudelführers. Wenn sich jemand an einer Klosterpforte den nötigen Respekt verschaffen konnte, dann er. Der fragende Blick des Abts in die Runde verriet ihm sofort, was sein Konvent von dieser Entscheidung hielt. Endlich einmal blickte er nur in zustimmende Gesichter. Auch Bruder Georg selbst schien zufrieden. Warum sollte er nicht seine Stärke da einsetzen, wo sie am nötigsten ist?

Abt Sitterich trat vor den Altar. Mit einem Handzeichen gab er den Brüdern Oswald, Conrad, Martin und Georg zu verstehen, zu ihm zu kommen und vor ihm niederzuknien. Die anderen Konventmitglieder erhoben sich von ihren Plätzen. Abt Sebastian breitete segnend die Arme aus.

»Meine lieben Söhne. Morgen nach der Frühandacht werdet ihr zusammen eine Reise ins Ungewisse antreten, die mit viel Mühsal und Plage verbunden sein wird. Der Herr schenke euch die erforderliche Kraft, einen starken Willen und das nötige Durchsetzungsvermögen, damit euer schweres Amt gelingen möge und das Januariuskloster zu Murrhardt im Sinne des Heiligen Benedikt auf den rechten Weg der Tugend zurückgeführt wird. Es segne euch der allmächtige Gott, der Vater und der Sohn und der Heilige Geist. Gehet hin in Frieden. Amen!«

Klosterkirche zu Murrhardt

21. und 22. Januar Anno Domini 1511

Der nächtliche Gesang der Mönche hallte durch den nur vom Kerzenlicht des Altars erhellten Chorraum. Nur widerwillig standen die Mönche nachts auf, um ihre Vigiliae zu feiern. Um diese Zeit gehörte man ins Bett und nicht in eine dunkle Kirche, in der es so eiskalt war, dass man seinen Atem beim Singen sehen konnte. Knurrend weigerten sich einige sogar, ihr Bett um diese Zeit zu verlassen. Häufig genug standen die Lorcher Mönche und Bruder Johannes nur zu sechst im Halbdunkel der Klosterkirche. Die Priestermönche im Westchor, die Laienmönche im Ostchor. Deprimiert betrachtete der Prior das Trauerspiel, welches sich nun seit über einem Monat jede Nacht vor seinen Augen abspielte.

Sie geben sich hemmungslos der Sünde der Schlafsucht hin, anstatt sich an die Gebetszeiten zu halten! Wie kann ich sie nur dazu bringen, sich den Regeln wieder unterzuordnen? Wie soll ich hier als Prior etwas erreichen? Steht nicht in den Ordensregeln: »Der Prior führt in Ehrfurcht aus, was ihm sein Abt aufträgt; er tue nichts gegen den Willen oder die Anordnungen des Abts.« Was aber, wenn der Abt keinen eigenen Willen mehr hat und auch keine vernünftigen Anordnungen erteilen kann?

Binder war erleichtert, als er an diesem Tag die Nachricht erhalten hatte, dass weder Herzog Ulrich noch der würzburgische Bischof Lorenz zum Inspektionstermin erscheinen konnten, der auf den 14. Februar anberaumt war. Bei dieser Visitation sollte geprüft werden, wie weit die Reform bereits fortgeschritten war. Aber was gab es da schon für Fortschritte zu vermelden? Ihm war ganz mulmig gewesen, als der Termin des Besuchs immer näher rückte. Doch nun hatte er noch etwas Zeit gewonnen, die er dringend brauchte, um vielleicht doch noch etwas an dieser verheerenden Situation zu ändern. Bei jedem weiteren Tag, der verging, erschien ihm allerdings die Aussicht auf Erfolg hoffnungsloser. Die Mönche waren und blieben aufsässig. Kein Tag verging, an dem er ihnen nicht eine Anweisung gab, deren Ausführung sie respektlos mit der Begründung ablehnten, nur der Abt hätte ihnen etwas zu sagen. Sie kannten die Ordensregeln also ganz genau, nutzten sie jedoch nur, um einen Vorteil für sich herauszuschlagen. Zum Gehen waren sie auch nicht zu bewegen. Die meisten von ihnen wussten nicht einmal, wohin sie gehen sollten, wenn sie das Kloster verließen. Ihre Väter hatten meist den Brüdern das Erbe übergeben und weder Platz noch Geld für ihre Heimkehr. Sich mit einfacher Arbeit die Hände schmutzig zu machen, um sich ihren Lebensunterhalt zu verdienen, war ihnen nach dem leichten Leben, an das sie sich inzwischen gewöhnt hatten, zu mühselig. Warum sollten sie sich also bemühen, sich außerhalb der Klostermauern eine neue Existenz aufzubauen, wenn es ihnen hier drinnen gut ging?

Der alte, geistig völlig abwesende Abt saß derweil nur noch den lieben langen Tag kopfwackelnd in seinem bequemen Lehnstuhl am Fenster und beobachtete das Treiben auf dem äußeren Klosterhof. Von seiner Abtswohnung aus hatte er nach beiden Seiten Überblick über das Klostergeschehen im inneren und äußeren Hof. Doch ihn interessierte seit langem nur noch die geschäftige labora-Seite. Mit der stillen ora-Seite konnte er nichts mehr anfangen. Es war nicht einmal sicher, ob er überhaupt begriff, was sich da unten wirklich abspielte. Manchmal konnte man meinen, er stehe mit einem Fuß bereits auf der anderen Seite des Lebens. Die Rangordnung band Prior Binder die Hände, um mit der nötigen disziplinarischen Härte gegen die aufsässigen Mönche vorzugehen. Jede Strafe, die gegen Regelverstöße verhängt wurde, musste vom Abt festgelegt werden. Da dieser sich aber nicht einmal mehr selbst in seiner Gewalt hatte, war dies unmöglich.

Die Mönche weigerten sich eisern, an den täglichen sieben vorgeschriebenen Andachten teilzunehmen, waren aufmüpfig und ungehorsam, verlangten im Refektorium nach Fleisch und mehr Wein und benahmen sich einigen ihrer neuen Mitbrüdern gegenüber demütigend und respektlos. Wohin nur sollte dies alles noch führen? Ein leiser Seufzer entrang sich Binders Kehle, ehe er die Vigiliae mit seinen fünf treu ergebenen Mönchen eröffnete, indem sie dreimal den Vers
»Herr, öffne meine Lippen, damit mein Mund dein Lob verkünde« anstimmten.

Unter den Sängern war auch der Stadtpfarrer Friedrich Zangel. Zu Beginn der Reform hatte auch er mit seiner Pfarrei wieder im Kloster einziehen müssen. Die schönen Zeiten, in denen er außerhalb des Klosters wohnen konnte und den direkten Kontakt zu den Menschen draußen hatte, waren nun zu seinem tiefen Bedauern vorüber. Er liebte seine Gemeindeglieder und sie liebten ihn. Das Verhältnis zu ihnen war innig und sicher viel persönlicher, als es sich die Reformkommission wünschte. Nur widerwillig lebte er nun wieder mit den Mönchen im Kloster und speiste mit ihnen an einem Tisch. So konnte er natürlich seinen seelsorgelichen Pflichten nicht mehr zur Genüge nachkommen. Die Menschen wagten kaum, an die Klosterpforte zu klopfen, um nach ihm zu fragen. Bruder Georg flößte ihnen Angst ein. Es konnte doch nicht im Sinne eines Pfarrers sein, von seinen Schäfchen durch Klostermauern abgeschirmt zu werden. Dies war jedenfalls nicht die Art und Weise, wie *er* sich das Leben im Dienste seines Gottes vorstellte. Was nützte den Menschen eine ordnungsgemäß durchgeführte Messe, wenn sie sich nicht mehr mit ihren alltäglichen Sorgen und Nöten an ihn wenden konnten? Nicht einmal Geld konnte er mehr verleihen oder auch einmal die Schulden erlassen, wenn sie diese wieder zu sehr drückten. Alle Einkünfte aus seiner Pfarrei fielen nun voll und ganz dem Kloster zu und wurden streng kontrolliert, damit nichts verloren ging. Ja, es hatte sich einiges geändert im St. Januariuskloster zu Murrhardt und in seiner Pfarrei. Dies war keinem der Einwohner des Amts Murrhardt entgangen. Zangel war gespannt, wo dies alles noch hinführen sollte. Doch um diese Uhrzeit war ihm selbst das egal. Er hoffte nur, diese Messe zu nachtschlafener Zeit möge schneller zu Ende gehen, als er Frostbeulen bekam. Schlotternd vor Kälte versuchte er Herz und Stimme in Einklang zu bringen, damit sich außer Bruder Johannes wenigstens noch einer aus Murrhardt vor dem Angesicht Gottes und seiner Engel am Psalmgesang beteiligte. So recht wollte ihm das in dieser frostigen Januarnacht allerdings nicht gelingen. Hoffentlich war es bald vorbei. Er sehnte sich nach seinem warmen Bett!

Ganz im Gegensatz zu Bruder Johannes. Der nahm stets in frommem Eifer als erster seinen vorgeschriebenen Platz im Chorraum ein. Die Pflicht, auf das Zeichen hin ohne Zögern aufzustehen und sich zu beeilen, einander zur Messe zuvor zu kommen, war ja in diesem Konvent nicht schwer zu erfüllen. Nur die Pflicht, die anderen behutsam zum Aufstehen zu ermuntern, damit diese keine Ausrede hatten, fruchtete nicht im Geringsten. Dennoch würde er es weiter versuchen, selbst wenn ihm das immer wieder blaue Flecken einbrachte.

Johannes war der einzige Murrhardter Mönch, der seit Mitte Dezember wunschlos glücklich war. Endlich durfte er ein echter Mönch sein! Das Leben war wundervoll!

Obwohl die Mönche ihren neu hinzugekommenen Konventionalen gegenüber eigentlich in brüderlicher Liebe gehorsam und gefällig sein sollten, sah es in der Realität leider ganz anders aus. Wo es nur ging, wurden sie provoziert und beleidigt. Vor allem der bedauernswerte Bruder Martin war ihnen ins Visier geraten. Er war durch seine Jugend gegenüber allen anderen, die älter waren als er, zu Respekt verpflichtet. Noch dazu war er ja auch als letzter in den Konvent eingetreten, was ihn an den untersten

Platz der Rangordnung verwies. Er war verzweifelt darum bemüht, sich an diese Regel zu halten. Die anderen machten ihm allerdings das Leben schrecklich schwer. Da fiel es nicht leicht, sich demütig alles gefallen zu lassen. Sie betrachteten ihn als Freiwild und lauerten nur darauf, ihn einmal ohne die Begleitung eines anderen Lorcher Mönchs abzupassen.

An diesem Morgen trat Bruder Martin seinen wöchentlichen Küchendienst an. Die Kapuze seiner Kutte tief über den Kopf gezogen, stapfte er durch den tief verschneiten Klosterhof, um am Brunnen Wasser zu holen. Die klirrend kalte Januarnacht hatte auf der Wasseroberfläche des Brunnens eine Eisschicht entstehen lassen. Mühsam schlug er mit dem Eimer ein Loch ins Eis, um an das Wasser heranzukommen. Nervös blickte er sich nach allen Seiten um, ob ihn auch niemand dabei beobachtete. Wenn sie ihn jetzt schnappten, würde es kein Prior Binder, Bruder Conrad oder Bruder Georg merken, da sie alle im Parlatorium saßen, um das weitere Vorgehen der Reform zu besprechen.

Bruder Martin war nicht wohl in seiner Haut. Er fühlte sich von allen Seiten bedroht, seit er seine Reise nach Murrhardt angetreten hatte. Binder ließ ihn jeden Tag aufs neue spüren, wie sehr er gegen seine Anwesenheit war, und diese Murrhardter Mönche machten ihm das Leben zur Hölle. So hatte er sich das Leben im Kloster nicht vorgestellt! Am liebsten wäre er wieder nach Lorch zurückgekehrt. Dort, auf dem Liebfrauenberg, hoch über der Stadt gelegen, war es viel ruhiger und angenehmer als in diesem lauten, unfreundlichen Murrhardt.

Kaum war sein Eimer mit Wasser gefüllt, klatschte auch schon ein Schneeball mit einem hohen Spritzer hinein. Natürlich! Solch eine Gelegenheit, ihm wieder einmal aufzulauern, um ihn zu demütigen, ließen sie nicht ungenutzt verstreichen. Angsterfüllt hielt er nach dem Werfer des Geschosses Ausschau. Er war ihm hilflos ausgeliefert. Nichts rührte sich. Mit einem unguten Gefühl im Magen nahm er langsam den Eimer auf, um sich in Richtung Küche in Bewegung zu setzen. Doch schon traf ihn ein weiterer Schneeball hart ins Gesicht. Durch die Kapuze rutschte ihm der Schnee unangenehm nass und kalt in den Nacken. *Jetzt nur nicht stehen bleiben! Gleich ist es geschafft*, machte er sich selbst Mut. In der Küche waren der Koch und die Magd, dort konnte ihm keiner mehr etwas anhaben. Eiligen Schrittes versuchte er so schnell wie möglich die Außentreppe zur Küche zu erreichen. Doch da prallte er plötzlich gegen einen Mönch, der ihm den Weg versperrte. Sein gesenktes Haupt und die heruntergezogene Kapuze hatten ihn daran gehindert, ihn rechtzeitig zu sehen.

Breitbeinig bauten sich Bruder Sigismund und Bruder Ludwig vor ihm auf.

»Los Bruder, sieh mich an!«, forderte ihn Sigismund auf.

»Was ist? Heb den Kopf und sieh mich an!« Mit einem kräftigen Ruck riss er ihm die Kapuze vom Kopf. Der eisige Wind blies ihm sofort gnadenlos um das geschorene Haupt. Langsam hob er seinen Blick. Die offene Feindseligkeit der beiden traf ihn wie ein Schlag ins Gesicht.

»Was ist, willst du mich nicht begrüßen, wie es sich gehört?« Der Angreifer grinste hämisch.

»Ja Kleiner, zeig uns, wie gut du die Regeln beherrschst!«

Zitternd vor Angst und Kälte schwieg er. Bruder Sigismund wurde ungeduldig.

»Ja, ja, diese Regel ist dir bekannt, das wissen wir bereits. Du liebst das viele Reden nicht, du hütest deinen Mund vor bösem und verkehrtem Reden und du vermeidest leere oder zum Gelächter reizende Worte, indem du einfach gar nichts sagst. Es ist sehr löblich von dir, Brüderchen, wie du dich ans Schweigegebot hältst, aber wie steht's mit den anderen Regeln?« Die beiden grinsten sich an.

»Lass uns eine kleine Prüfung machen. Wir wollen nämlich wissen, wie schlau ihr frommen Lorcher wirklich seid! Wie ist's, Ludwig, willst du mit der Befragung beginnen oder soll ich ihm die erste Prüfungsfrage stellen?«

Ludwig ließ Sigismund mit einer übertriebenen Höflichkeitsgeste den Vortritt.

»Also gut, fangen wir an! Frage Nummer Eins: Wie verhält sich denn der junge Mönch, wenn er einem älteren Mitbruder begegnet? Los sag schon!«

»Er bittet ihn um seinen Segen«, antwortete Martin kaum hörbar.

»Na, dann woll'n wir mal!«

»Bitte erteil mir deinen Segen.«

»Wie heißt das richtig, Bruder?«

»Bitte erteil mir deinen Segen, ehrwürdiger Vater!«

Bruder Sigismund warf sich zufrieden in die Brust. »Ah, das hört sich schon besser an! Der Segen ist hiermit erteilt. Ludwig, du bist dran!« Er trat einen Schritt zurück, damit der andere besser ins Licht gerückt wurde.

»Gut. Nun kommen wir zu Frage Nummer Zwei: Darf ein guter Mönch falsch aussagen?«

Martin war entsetzt. »Natürlich nicht!«

Sigismund stieß Ludwig grob in die Seite.

»Ach, was soll das? Die Frage war zu leicht!«

Ludwig ließ sich nicht aus der Ruhe bringen. »Ich bin doch noch nicht fertig. Es ging nur darum, ihm das ins Gedächtnis zu rufen, ehe er voreilig antwortet, denn nun kommt Frage Nummer Drei: Liebst du mich wie dich selbst?« Sigismund schlug ihm anerkennend auf die Schulter.

»Ha, das war brillant, mein Lieber!« Ludwig sah Martin herausfordernd an.

»Hast du meine Frage verstanden?«

Martin schluckte trocken. Die Antwort fiel ihm schwer. Ludwig war sein Zögern natürlich nicht entgangen. Nichts anderes hatte er erwartet.

»Überleg dir gut, was du darauf antwortest! Denk an Frage Nummer Zwei!« Sigismund wollte sich ausschütten vor Lachen. Da hatte er Martin ganz schön in Verlegenheit gebracht. Er wusste nicht, was er darauf antworten sollte. Zufrieden verschränkte Ludwig die Arme vor der Brust. Jetzt hatte er ihn genau da, wo er ihn haben wollte.

»Sieh da, du willst mir also nicht darauf antworten. Gut, dann frag ich dich eben was anderes.« Er wandte sich an Sigismund.

»Oder möchtest du weitermachen?« Sigismund winkte lachend ab.

»Nein, nein, du machst das ganz hervorragend! Frag nur du weiter, das ist ein köstliches Spiel!« Ludwigs Miene blieb versteinert. Für ihn war es kein Spiel, es war ihm bitter ernst damit, das konnte Martin spüren.

»Also schön. Mal sehen, was mir noch einfällt.« Er dachte einen Moment angestrengt nach.

»Ah ja, Frage Nummer Vier: Du weißt, dass wir dich verfluchen! Verfluchst du uns deswegen nicht auch, sondern segnest uns? Oder anders gefragt. Bringst du es wirklich fertig, uns *nicht* zu hassen?« Martin lief plötzlich, obwohl er jämmerlich fror, der Schweiß den Rücken hinunter. Wieder schwieg er verunsichert. Ludwig stellte ihm ein Gebot nach dem anderen aus den Benediktinerregeln als Fragen, auf die er ihm in diesem Moment tatsächlich keine ehrliche Antwort geben konnte. Normalerweise wären ihm die Antworten nicht schwer gefallen. Er wusste schließlich, auf was er sich damals eingelassen hatte, als er beschloss, Mönch zu werden. Unter den neuen Umständen wurde seine Glaubenstreue jedoch tatsächlich auf eine harte Bewährungsprobe gestellt. Er wusste, auf was Bruder Ludwig hinauswollte. Er wollte ihm klarmachen, wie schwer diese Regeln in bestimmten Situationen umzusetzen waren und wie viel Willensstärke sie erforderten, um nicht von ihnen abzulassen.

»Jetzt lass mich wieder!« Sigismund drängte Ludwig zur Seite, dessen Miene keine Gefühlsregung verriet.

»Frage Nummer Fünf: Wenn ich dir jetzt diesen Eimer Wasser über den Kopf schütte.« Mit einem Ruck entriss er ihm den Eimer und machte seine Drohung schneller wahr, als Martin reagieren konnte. Mit einer schwungvollen Bewegung kippte er ihm den gesamten eiskalten Inhalt über den Kopf.

»Holst du mir dann noch einen, damit ich es wieder tun kann?« Glücklicherweise konnten die beiden in Martins tropfnassem Gesicht seine Tränen nicht sehen. Zitternd vor Kälte, Angst und Wut stand er vor ihnen. Sigismund lachte sich halb tot über seinen Anblick, während Ludwig noch immer verbissen dreinblickte. Martin war abgrundtief verzweifelt. Was sollte er nur tun, um den beiden zu entkommen? Was hatten sie als Nächstes mit ihm vor? Würden sie ihn vielleicht mit dem Kopf in das Eisloch im Brunnen stecken und ersäufen? Er rechnete mit dem Schlimmsten, während er, unfähig zu flüchten und bibbernd vor Kälte, um Rettung betete.

»Ihr scheint euch ja erstaunlich gut mit den Regeln des Heiligen Benedikt auszukennen, meine Brüder. Das hätte ich euch gar nicht zugetraut!« Die Köpfe der beiden Mönche fuhren herum, als sie Bruder Johannes' Stimme hinter sich vernahmen. Dieser schritt auf Martin zu, legte beschützend den Arm um seine Schulter und führte ihn durch das Tor der Überreuterei zur Treppe, die in die Küche führte.

»Geh schnell, Bruder Martin! Du holst dir sonst noch den Tod. Zieh dir was Trockenes an und wärm dich dann am warmen Herdfeuer.« An der Küchentür übergab er ihn der Obhut der entsetzten Magd.

»Ann, bitte koch ihm einen schönen heißen Tee und bereite ihm ein Fußbad mit Salz.«

Die Magd nickte. »Ja Herr, natürlich!«

Johannes wandte sich noch einmal an Martin. »Ich werde später nach dir sehen, Bruder Martin!« Er drehte sich auf der Treppe um und stieg wieder zu Sigismund und Ludwig hinab, die sich angriffslustig in den Torbogen gelehnt hatten.

»So, und nun zu euch beiden! Wo habt ihr denn so gut die Ordensregeln gelernt?« Sigismund brummte missmutig. »Für wie dumm hältst du uns eigentlich? Glaubst du wirklich, wir kennen die Regeln nicht?«

»Kennen vielleicht, aber ihr haltet euch schon lange nicht mehr daran! Ich möchte nun von euch wissen, was das sollte. Der arme Bruder Martin könnte sich eine schwere Lungenentzündung holen, an der ihr schuld seid. Wollt ihr das wirklich?« Sigismund zuckte gleichgültig die Schultern.

»Der kriegt schon keine Lungenentzündung. Es sei denn, die aus Lorch halten weniger aus als wir, weil im Remstal die Winter nicht so eisig sind wie bei uns.«

»Schämt ihr euch denn wirklich nicht, so etwas zu tun?«

»Verschon uns bloß mit deinem heiligen Getue!«, meldete sich nun Ludwig zu Wort.

»Warum habt ihr ihn denn nicht gefragt, ob er Böses mit Bösem vergeltet, oder ob er faul ist oder in einem fort nur murrt? Ob er seine Begierden des Fleisches befriedigt, sich Genüssen hingibt oder überheblich ist. Ich könnte euch da noch viel mehr Fragen stellen, die ihr mir sicher nicht gerne beantworten würdet. Nicht alles ist schwer zu erfüllen, was unsere Regeln uns auferlegen. Zu manchem gehört einfach nur ein wenig Mut oder auch nur die nötige Disziplin!«

Ludwig wehrte energisch ab. »Ach hör doch auf damit, dafür ist es schon längst zu spät!«

»Aber warum quält ihr dann einen Unschuldigen, den ihr eigentlich lieben solltet? Er hat euch doch nichts getan.«

»Er ist einer von den Lorchern, das ist Grund genug, ihn zu hassen!«, mischte sich nun wieder Sigismund ein.

»Lasst euren Zorn nicht zur Tat werden!«

»Hör endlich auf, uns die Regeln zu zitieren!«, knurrte Ludwig gereizt.

»Warum denn? Ihr habt doch damit angefangen. Es sind schließlich Gedanken dabei, die sich jeder Mensch zu Herzen nehmen sollte, auch wenn er nicht die Kutte trägt.«

»Ach ja, und was zum Beispiel?«

»Zum Beispiel: Meide das Böse und tue das Gute, suche Frieden und jage ihm nach!«

Ludwig lachte gequält.

»Ha, nachjagen ist wirklich eine gute Formulierung, denn niemand auf dieser Welt kann so schnell laufen, dass er den Frieden erreichen kann!« Johannes sah Ludwig traurig an.

»Warum nur bist du so verbittert?«

»Ich bin nicht verbittert, ich bin ein hoffnungsloser Realist! Träumtänzereien liegen mir eben nicht.«

»Ist es auch eine Traumtänzerei, wenn man sich an die Regel hält, alle Menschen zu ehren und keinem andern etwas anzutun, was man selbst nicht erleiden möchte?«

Beschämt senkten nun beide den Blick.

»Seht ihr, nicht alles ist schlecht an unseren Regeln, und ihr seid auch keine schlechten Menschen, sondern einfach nur keine gehorsamen Mönche. Es liegt an euch, dies zu ändern!« Johannes legte jedem von ihnen eine Hand auf die Schulter.

»Es wäre schön, wenn ihr über euren Schatten springen könntet und Bruder Martin um Vergebung bittet für das, was ihr ihm heute angetan habt. Wenn ihr es schon nicht als schlechte Mönche tun wollt, dann tut es wenigstens als gute Menschen!« Er drückte Sigismund den leeren Eimer in die Hand.

»Geh ihn bitte noch einmal füllen und bring ihn der Magd in die Küche, sie braucht das Wasser nun für Bruder Martins

Fußbad. Deshalb kannst du danach gleich noch einmal den Eimer füllen, um das von Bruder Martin Versäumte für ihn nachzuholen!«

Damit drehte er sich um und verschwand ins Konventgebäude der Laienmönche, um nach Martin zu sehen. Sigismund füllte zähneknirschend den Eimer, während Ludwigs Gedanken um seine Zukunft nach dem Mönchsleben kreisten.

Als Johannes den Schlafsaal der Laienmönche betrat, fand er Martin bäuchlings auf seinem Bett liegen. Das Gesicht im Kissen vergraben, schluchzte er verzweifelt. Leise trat er an seine Seite. Vorsichtig legte er ihm die Hand auf die Schulter. Zu Tode erschrocken fuhr Martin in die Höhe.

»Keine Angst«, beschwichtigte ihn Johannes, »ich bin's nur.« Die nasse Kutte lag auf dem Boden vor dem Bett, ein Handtuch obenauf.

»Wie ich sehe, hast du dich schon abgetrocknet und umgezogen, das ist gut! Ann braut dir gerade den Tee und wird bald das Wasser für dein Fußbad erhitzt haben. Wie geht's dir jetzt, Bruder Martin?«

»Danke, ehrwürdiger Vater, es geht mir schon besser – glaube ich.«

Johannes runzelte unwillig die Stirn. »Was soll das? Das mit dem ehrwürdigen Vater kannst du dir sparen. Ich bin für dich Bruder Johannes. Du bist, wenn überhaupt, nicht viel jünger als ich. Wie alt bist du denn?«

»Zwanzig.«

»Na siehst du! Ich bin gerade mal zwei Jahre älter als du, da brauche ich noch nicht dein ehrwürdiger Vater zu sein, findest du nicht auch?«

Martin zog langsam die Schulter hoch.

»Na, wie dem auch sei. Diese beiden Burschen, Bruder Sigismund und Bruder Ludwig, sind schon rechte Rabauken.

Nimm's ihnen nicht allzu übel. Im Grunde ihres Herzens sind sie nicht so schlecht, wie sie sich geben. Sie haben den Glauben verloren, als ihnen die führende Hand des Abts abhanden gekommen ist. Ohne eine starke Führung kann kein Mönch im Konvent bestehen.«

»Aber *du* hast auch ohne sie bestanden«, stellte Martin sachlich fest.

Johannes lächelte verklärt. »Lange hätte ich ohne euch auch nicht mehr durchgehalten! Ihr seid sozusagen als rettende Engel in letzter Sekunde aufgetaucht.«

»Genau wie du eben im Hof.« Er ergriff Johannes' beide Hände.

»Bruder Johannes, ich danke dir für deine Hilfe! Ohne dich hätte es ein böses Ende mit mir genommen.«

Johannes befreite sich sanft aus seinem Griff. »Ach was, ich hab doch nur getan, was getan werden musste. Du warst in Bedrängnis und ich bin dir zu Hilfe gekommen.«

»So selbstverständlich finde ich das nicht. Schließlich sind wir hier nicht in Lorch.«

»Ja, das ist schade, nicht?«

»Weshalb findest *du* das schade?«

Johannes seufzte wehmütig. »Mein größter Traum war immer, ins Kloster Lorch zu gehen, aber mein Vater hat es nicht erlaubt.«

»Aber warum nicht?«

»Ich stamme aus Hall, da ist der Bezug zu Murrhardt natürlich stärker als nach Lorch. Mein Vater wollte mich in seiner Nähe wissen.«

Martin verstand. »Wie lange bist du denn schon hier in diesem … « Er überlegte, ob er es wirklich aussprechen sollte.

»Du meinst, in diesem Sündenpfuhl?«

Ein erleichtertes Lächeln huschte über Martins Gesicht. »Ja, genau das hab ich gemeint.«

»Seit fast vier Jahren.«

»*Vier* Jahre hast du's hier ausgehalten!«, rief Martin aus. »Du bist ein Held im Glauben an Christus unsern Herrn! Bitte segne mich!«

Ehrfürchtig kniete er vor Johannes nieder, wie vor einem hohen Würdenträger, und senkte das Haupt. Nachdem dieser Martin seinen Segen ausgesprochen hatte, zog er ihn wieder sanft zu sich hoch.

»Knie nicht vor mir, das habe ich nicht verdient! Mein Glaube hat in dieser Zeit mehr als einmal stark geschwankt. Dinge wie die Beherrschung der Begierden und ähnliche Verfehlungen waren nie mein Problem, aber die Regeln, wie ich mich meinem Abt und den Mitbrüdern gegenüber verhalten soll, fielen mir manches Mal unsagbar schwer.«

Martin nickte heftig. »Das glaube ich dir gern!«

»Häufig plagten mich böse Träume, die mich dazu drängten, Dinge zu denken und zu tun, die mir nicht zustanden. Als Mönch in einem Konvent zu leben, der schon längst kein richtiger Konvent mehr ist, kostet unsagbar viel Kraft!«

»Das kann ich mir vorstellen! Aber du bist trotzdem stark geblieben in der Liebe zu Jesus Christus! Ich bewundere dich dafür.«

»Du brauchst mich nicht zu bewundern. Gott der Herr selbst hat mich in seinen Dienst berufen. Dazu brauchte es dann nur noch meinen Dickschädel, den ich vom Vater geerbt habe, der mich davon abhielt, nach Hall zurückzukehren. In all den Jahren hat mich die Vorstellung gestärkt, Gott erlege mir diese schwere Prüfung auf, um die Stärke meines Glaubens auf die Probe zu stellen.«

»Du hast deine Prüfung bestanden, gratuliere. Seit ich hierher geschickt wurde, habe ich auch das Gefühl, dass damit für mich eine solche Prüfung begann. Ob ich auch so lange brauchen werde, sie zu bestehen? Vielleicht schaffe ich es ja überhaupt nicht.«

Johannes legte ihm die Hand auf die Schulter. »Wie lange es dauert, weiß nur der Herr allein. Aber ich bin mir sicher, auch du wirst deine Prüfung vor ihm bestehen! Doch nun geh schnell in die Küche. Die Magd hat bestimmt schon alles für dich bereitgestellt.«

»Johannes, ich danke dir für alles. Du bist ein echter Freund!«

»Ich hatte nie jemanden, den ich meinen Freund nennen konnte, außer Jesus Christus, unseren Herrn und Gott. Es wäre schön, wenn wir Freunde würden.«

»Sind wir das nicht schon?«

Johannes schloss ihn brüderlich in die Arme. »Ja, Bruder Martin, ab heute sind wir Freunde!«

Oberer Dachboden der Zehntscheuer des Klosters Murrhardt

kurz vor dem 15. April Anno Domini 1511

Im oberen Dachboden der Zehntscheuer lehnte im Schummerlicht eines Kienspans ein Liebespaar an den dort gelagerten Getreidesäcken. Das Mädchen ruhte geborgen in den warmen, schützenden Armen des jungen Mannes. Versonnen betrachtete sie den Mond. Er schien durch eine der vielen kleinen Dachgauben zu ihnen herein, in die der Wind blies, um das hier gelagerte Korn trocken zu halten. Ohne die Nähe des Geliebten hätte sie sicher gefroren. Sie schmiegte sich beim nächsten Windstoß noch fester an seine wärmende Brust. Sein Gesicht war in ihrem blonden Haar vergraben. Genüsslich nahm er dessen wundervollen Duft in sich auf. Das Wachstum seines eigenen braunen Haars war am Hinterkopf durch eine exakt rasierte kreisrunde Tonsur unterbrochen, die ihn als Mönch kennzeichnete, der sein Zölibat abgelegt hatte. Seine Hand fuhr sanft über ihr Gesicht. Eine wohlige Gänsehaut richtete ihre Härchen auf. Ihr Körper erzitterte unter seiner zärtlichen Berührung.

Endlich hatten sie sich wieder einmal etwas Zeit füreinander stehlen können. Seit diese elenden Lorcher Mönche hier aufgetaucht waren, wurde es immer schwieriger für die beiden, sich zu treffen.

Das erste, was dieser neue Prior Binder veranlasst hatte, war die Besetzung der Pforte mit einem seiner grimmig dreinschauenden neuen Mönche. Das Tor war seither verschlossen. Niemand durfte mehr hinein oder heraus, ohne dass es dem Prior gemeldet wurde. Zuerst hatte sie es für einen Scherz gehalten, als sie an der Klosterpforte abgewiesen wurde, weil sie zu Ludwig wollte. Als er dann jedoch das Kloster nicht verlassen durfte, um zu ihr zu kommen, war ihnen ganz schnell klar geworden, dass es dieser Binder ernst meinte. Schon ehe er hier eintraf, hatte man vier Mönche, die sich nach dem Entschluss des Rates zur Durchführung der Reform besonders laut darüber beschwert hatten, kurzerhand zur moralischen Besserung in verschiedene, bereits reformierte Klöster verfrachten lassen, damit sie hier niemanden mehr gegen den neuen Prior aufwiegeln konnten. Seitdem hatte man nichts mehr von ihnen in Murrhardt gehört. Gott sei Dank hatte sich Ludwig damals beherrscht, sonst wäre er womöglich auch zur Zwangsläuterung weit weg von hier in irgendeinem anderen Kloster auf Nimmerwiedersehen verschwunden! Dieser Gedanke ließ sie erschaudern. Kurz darauf waren dann die vier aus Lorch aufgetaucht, und seitdem war nichts mehr so wie vorher. Die Neuen wollten dem lasterhaften Leben der Mönche im wahrsten Sinne des Wortes einen Riegel vorschieben. Diese sträubten sich zwar rigoros dagegen, aber es half nichts. Das Tor blieb für die Außenwelt verschlossen. Doch Ludwig und die anderen waren schlau genug, sich immer wieder etwas Neues auszudenken, um das Kloster heimlich zu verlassen. Schließlich konnte man ja auch durchs Gästehaus und den Diebsturm über die in die Klostermauer übergehende Stadtmauer entkommen. Und da war ja auch noch der Durchgang von der Zehntscheuer in den Übergang zur »Rose«. Zwar durfte man diesen Übergang nur mit ausdrücklicher Genehmigung benützen, aber mit ein wenig Geschick und dem nötigen Gespür für den richtigen Zeitpunkt konnte man schon einmal unbemerkt aus dem Klostergelände gelangen und auch auf dem selben Wege wieder hineinkommen. Während sie nun glücklich darüber war, endlich wieder einmal mit ihm zusammen sein zu können, dachte er verträumt daran zurück, wie alles zwischen ihnen begonnen hatte.

Es war Liebe auf den ersten Blick gewesen, als sie sich zum ersten Mal im Oberen Badhaus der Stadt trafen. Der Bader hatte die Bademagd zu ihm und Sigismund in die Wanne geschickt, damit sie ihnen die Rücken einseifte. Ihre Arbeitskleidung bestand lediglich aus einem trägerlosen Hemd, mit dem sie die ihr zugeworfenen Geldstücke auffangen musste, was meist tief blicken ließ. Genüsslich grunzend gab sich Sigismund der Prozedur des Einseifens hin und räkelte sich wohlig unter ihrer Massage. Dabei fiel ihm gar nicht auf, dass die Magd überhaupt nicht bei der Sache war. Ihr heimlicher Blick ruhte auf dem neben ihm sitzenden Ludwig, der mit geschlossenen Augen das warme Bad genoss. Endlich war es ihm einmal gelungen, als erster in den Zuber zu steigen. Sonst waren ihm immer Mitbrüder zuvorgekommen und hatten sich dann so lange den Badefreuden hingegeben, bis das Wasser schon wieder fast kalt war, ehe er endlich an der Reihe war. Aber dieses eine Mal war er schneller gewesen, und diesmal war sogar eine Magd bei ihnen, die sie einseifte, was wollte man mehr? Die Mägde wollten sich nicht im kalten Wasser aufhalten. So hatte der Erste nicht nur den Vorzug des heißen Wassers, sondern auch den Genuss der angenehmen Sonderbehandlung. Meistens verließen die Mädchen dann den Zuber mit den Badenden, und die nächsten hatten das Nachsehen. Sie mussten sich dann entweder mit dem Bader als Einseifer begnügen oder sich selbst abschrubben. Doch an diesem Tag war alles anders gewesen. Ludwig konnte diesen Tag getrost als seinen Glückstag bezeichnen. Dabei ging es ihm weniger um das Einseifen, als um das herrlich warme Wasser, das seinen Körper sanft zu liebkosen schien. Lange bemerkte er nicht, dass ihn das junge Mädchen unentwegt ansah, doch mit einem Mal fühlte er sich beobachtet. Nur widerwillig öffnete er die Augen, um nachzusehen, ob schon die nächsten Brüder darauf drängten, in den Zuber zu steigen, aber heute war es erstaunlich ruhig im Badhaus. Noch machte niemand Anstalten, sie zu vertreiben. Verwundert ließ er seinen Blick umherschweifen, bis er sich mit dem des Mädchens traf, das breitbeinig hinter Sigismund saß und ihm den Rücken mit Seifenschaum massierte. Als sie sich von ihm ertappt fühlte, senkte sie beschämt den Blick. Irritiert schloss Ludwig die Augen wieder, aber die rechte Entspannung wollte sich nicht mehr einstellen.

Erst als eine sanfte Stimme an sein Ohr drang, die ihn fragte, ob der junge Herr auch eine Massage wünsche, öffnete er die Augen wieder. Sigismund grinste ihn an.

»Lass sie mal machen, die versteht ihr Handwerk!« Er drückte dem Mädchen einen saftigen Kuss auf die Wange.

»Bist du neu? Dich hab ich noch nie hier gesehen.«

Wieder senkte sie beschämt den Blick. »Ich bin noch nicht lange hier.«

Bruder Sigismund tätschelte ihr die Wange. »Du machst das gut, kleine Reiberin! Doch, wirklich, du scheinst ein Naturtalent zu sein.«

Ihr braver Dank war kaum hörbar.

Später erzählte sie Ludwig dann, wie sehr sie diese Arbeit von Anfang an verabscheute und wie sie überhaupt dazu gekommen war, so etwas zu tun.

Bisher war sie bei einem Bauern im Dienst gestanden, der sie immer wieder brutal dazu gezwungen hatte, bei ihm zu liegen. Als sie dann von ihm schwanger wurde und ihren Zustand nicht länger verbergen konnte, war die Bäuerin dahintergekommen.

Die hatte ihr keifend vorgeworfen, sie habe den Bauer verführt, weil sie auf sein Vermögen aus sei. All ihre verzweifelten Versuche, die Bäuerin von der Wahrheit zu überzeugen, scheiterten kläglich. Zumal der Bauer sich beeilte, die Vorwürfe seiner Frau zu bestätigen. Mit Schimpf und Schande wurde sie vom Hof gejagt. Nicht einmal ihren letzten Jahreslohn hatte sie erhalten. Glücklicherweise fand sie bald darauf eine schmuddelige Hebamme, die ihr für die wenigen Kreuzer, die sie sich zusammengespart hatte, ein Mittelchen gab, mit dem sie das ungeliebte Kind des Bauern los wurde. Lange zog sie danach ziellos durchs Land, ehe sie hier in Murrhardt hörte, dass sie eine Magd für das Obere Badhaus suchten. Sie wusste nicht so recht, auf was für eine Art der Arbeit sie sich da einließ, aber wenn sie nicht verhungern wollte, musste sie Geld verdienen. So war sie in die Dienste des Baders getreten, dessen andere Mägde sie in ihre Aufgaben eingewiesen hatten, ehe sie zu den Badegästen in den Zuber geschickt wurde. Sigismund wandte sich aufmunternd Ludwig zu.

»Überzeug dich selbst von ihren Künsten, du wirst schon sehen, was sie kann! Ich lass euch beide jetzt mal allein. Maria soll mich trocken rubbeln, sonst fühlt die sich noch vernachlässigt. Also dann viel Spaß euch beiden!«

Ludwig und die Magd blickten sich verlegen an, als sie alleine nebeneinander im Zuber saßen.

»Wie ist's nun, Herr, soll ich Euch einseifen oder nicht?«, fragte sie schüchtern.

Ludwig spürte sofort, das dies hier kein Mädchen wie jedes andere war, jedenfalls nicht für ihn. Ihre rehbraunen Augen blickten so scheu drein wie das Tier, von dem sie ihre Farbe hatten. Ihr blondes Haar, das locker hochgesteckt war, wollte nicht recht in der Spange bleiben und versuchte sich an mehreren Stellen aus seinem Gefängnis zu befreien. Die Wangen waren durch die Hitze des Badhauses und des warmen Wassers zart gerötet. Die Schamesröte tat ihr Übriges dazu. Ludwig verspürte ein leichtes Kribbeln im Bauch bei ihrem Anblick. Verwirrt versuchte er, dieses Gefühl zu analysieren, das er bisher nicht kannte. Es war, als flögen tausend kleine Schmetterlinge in seinem Bauch herum, und plötzlich schoss auch ihm das Blut heiß ins Gesicht.

»Wenn du das auch möchtest, dann gern!« Traurig blickte sie ihn an.

Verwirrt fragte er sich, was eine solche Reaktion bei ihr hervorgerufen haben könnte.

»Ach Herr, Ihr treibt Euren Spott mit mir!«

Bestürzt wandte er ihr seinen Oberkörper zu.

»Nein! Nichts liegt mir ferner als dich zu verspotten! Was hab ich falsch gemacht? Sag es mir, damit ich mich dafür bei dir entschuldigen kann!«

Die Magd lächelte, aber es war ein so tieftrauriges Lächeln, dass sein Herz zu zerspringen drohte. »Warum fragt Ihr mich denn, ob ich Euch bedienen möchte? Ich bin eine Bademagd und habe meine Arbeit zu tun. Ob es mir recht ist oder nicht, ist doch völlig gleichgültig!«

Ludwig stellte mit Entsetzen fest, dass er sich bis zu diesem Zeitpunkt niemals darüber Gedanken gemacht hatte, was für Rechte eine Magd überhaupt hatte. Betrübt wurde ihm mit einem Mal klar, dass es überhaupt keine waren.

»Ich bitte dich um Vergebung, wenn ich dir mit meinen gedankenlosen Worten wehgetan habe. Aber es war wirklich ernst gemeint. Du brauchst mich nur einzuseifen, wenn du es möchtest. Ich kann mich auch selber waschen, ehe es womöglich noch der Bader tut!« Mit gespielter Panik hielt er Ausschau nach dem Bader. Das Lächeln, das nun ihr Gesicht erhellte, war kein trauriges mehr. Zaghaft streifte er ihr eine entflohene Haarsträhne aus dem Gesicht hinters Ohr.

»Wie heißt du?«

»Barbara, aber alle nennen mich nur Bärbel.«

»Dann werde ich dich Barbara nennen, denn ich möchte nicht ›alle‹ für dich sein!«

Ihr herzerfrischendes Lachen ließ ihn wohlig erschaudern.

»Was ist, Barbara, möchtest du mich nun einseifen, bevor das Wasser kalt wird?«

Mit strahlenden Augen erwiderte sie: »Nichts tät ich lieber!«

Mit einem geübten Hüftschwung saß sie hinter ihm. Sofort begann sie ihm den Rücken mit einer Hingabe einzuseifen, dass ihm Hören und Sehen verging.

Verwundert stellte sie dabei fest, wie sie es auch zum ersten Mal als sinnlich empfand, die Nähe eines Mannes zu spüren. Sie war über ihre eigenen Gefühle überrascht, weil sie niemals daran geglaubt hatte, überhaupt zu solchen Empfindungen fähig zu sein. Am liebsten hätte sie sich diesem wunderbarsten Mann hingegeben, dem sie je begegnet war, und der sie nicht wie ein Stück Vieh oder einen Gebrauchsgegenstand, sondern respektvoll wie einen gleichwertigen Menschen behandelte. Später verriet sie ihm, in diesem Moment zum ersten Mal im Leben wirklich glücklich gewesen zu sein. Als sie ihm dann auch noch liebevoll Brust und Bauch massierte und sich dabei ihre mädchenhaften festen Brüste an seinem Rücken rieben, hörte Ludwig zum ersten Mal im Leben die Engel singen. In diesem Moment war ihm klar: Dieses Mädchen würde er für immer lieben!

Dreizehn glückliche Monate waren seither vergangen, in denen das zarte Pflänzchen ihrer innigen Liebe über alle Maßen gewachsen war. Er hatte dafür gesorgt, dass sie bald darauf ihre verhasste Anstellung aufgeben konnte und bei einem Bauer, dem er vertrauen konnte, als Magd in Dienst genommen wurde. Doch dann mussten diese Lorcher kommen, um ihre Liebe zu gefährden! Beim Gedanken daran brummte er missmutig. Sie sah lächelnd zu ihm auf.

»Was ist mit dir? Du knurrst wie ein alter Tanzbär auf dem Jahrmarkt! Was passt dir nicht?«

Liebevoll stupste er ihr mit dem Finger auf die Nase. Nie zuvor hatte er ein Mädchen kennen gelernt, das ein süßeres Lächeln besaß als sie. »Es ist nichts, mein Schätzle.«

Doch sie ließ nicht locker. »Komm schon, mir kannst du

nichts vorgaukeln. Ich kenn dich inzwischen zu gut, um dir das zu glauben!«

Es hatte tatsächlich keinen Sinn, ihr etwas verheimlichen zu wollen. Wäre sie des Lesens mächtig gewesen, hätte er gesagt, sie lese in ihm wie in einem offenen Buch.

»Du hast recht. Es ist wegen diesen verflixten Lorchern ... «

Abrupt löste sie sich aus seiner Umarmung und wollte sich neben ihn setzen. Doch sofort begann sie ohne seine Nähe zu frieren. Schnell kuschelte sie sich wieder in seine wärmenden Arme. Natürlich, die Lorcher! Ihn quälten die gleichen Gedanken wie sie. Diese frommen Kerle, die sich mit aller Kraft ihrer Liebe in den Weg stellten. Sie schmiegte sich fest an ihn. Wäre sie ein Kätzchen gewesen, hätte sie jetzt vor lauter Wonne über diesen süßen Augenblick der innigen Zweisamkeit laut geschnurrt. Er spürte das Zittern ihres Körpers und zog sie noch fester in seine Arme, um sie zu wärmen.

»Barbara, ich muss dir was sagen!«

»Was denn?«

»Ich weiß, es klingt vielleicht verrückt, und ich weiß auch nicht so recht, wie es gehen soll, ohne dass mir mein Vater den Hals umdreht, aber ich möchte dich heiraten!«

»Was?« Sie wollte sich wieder aus seiner Umarmung befreien, aber diesmal hielt er sie fest umschlungen. Sofort entspannte sie sich wieder. Sie stand mit beiden Beinen fest genug auf dem Boden der Tatsachen, um zu wissen, wie unmöglich das war.

»Du weißt genau, das geht nicht! Ich bin nur eine Magd und du ein Mönch.«

Er jedoch schien zu allem entschlossen.

»Und wenn schon, ich häng die Kutte an den Nagel und versuch mein Glück anderswo. Mein Vater hat mir nichts mehr zu sagen. Schließlich bin ich jetzt volljährig. Er hatte nicht das Recht dazu, mich einfach gegen meinen Willen ins Kloster zu stecken, nur weil meine Vorfahren in Esslingen einmal Kapläne waren! Ich lass mich in Zukunft nicht mehr von ihm rumkommandieren!«

»Er wird dich enterben!«

»Na und, soll er doch. Hauptsache, wir zwei können für immer zusammen sein!«

Liebevoll streichelte sie seine Wange und küsste ihn sanft.

»Du bist ein Traumtänzer, auch wenn ich diesen Traum gerne mit dir zusammen träumen würde.«

Noch im Januar hatte er Bruder Johannes weiszumachen versucht, was für ein hoffnungsloser Realist er sei, und heute warf ihm Barbara seine Traumtänzereien vor. Das Leben hielt einfach immer wieder sonderbare Überraschungen bereit. Doch wenn er ganz ehrlich war: Was für einen Wert sollte das Leben denn haben, wenn man keine Träume mehr hatte?

»Das heißt, du willst mich auch?«

Barbara war über seine Frage empört. »Soll das ein Scherz sein? Nichts auf der Welt wäre mir lieber, als für immer mit dir zusammen zu sein, aber es geht nicht!«

Wieder brummte er unwillig. Diesmal über ihren gesunden Menschenverstand. Anscheinend war sie die realistischere der beiden. Er seufzte schwer.

»Ach, wenn du doch wenigstens schwanger wärst!«

»Was? Bist du verrückt? Das wäre ja furchtbar! Ich weiß das zu verhindern.«

»Wirklich, wie denn?«

»Die Mädchen aus dem Badhaus haben mir beigebracht, was man tun muss, damit man keine Leibesfrucht empfängt. Das ist in diesem Gewerbe wichtig zu wissen. Man kann zum Beispiel danach einen Trank aus Rautenkraut, Basilikum und Minze zu sich nehmen.«

»Und das funktioniert tatsächlich?«

»Na ja, nicht immer,« erwiderte sie einschränkend, »aber es

gibt auch Mittel, wenn es passiert ist, damit es wieder weg geht.«

»So wie das Kind vom Bauern damals.«

Sie nickte.

»Hast du das mit einem Kind von uns auch schon mal getan?«

Entsetzt wand sie sich nun doch aus seiner Umarmung und sprang auf. »Was du heute alles fragst! So etwas würde ich niemals tun. Wenn ich von dir schwanger würde, dann tät ich's auch behalten!«

Sein Entschluss stand fest: »Ich will ein Kind mit dir!« Heute kam er wirklich auf verrückte Ideen, und es schien ihm tatsächlich ernst damit zu sein.

Streng rief sie ihn zur Ordnung.

»Hör auf, wir sind doch nicht verheiratet!«

»Aber bald werden wir's sein!«, antwortete er ihr im Brustton der Überzeugung. Er wollte einfach nicht begreifen, warum das nicht ging.

»Ach was, daraus wird doch eh nichts!«

»Doch, wart's nur ab, bald werden wir alle aus dem Kloster verschwinden, dann kann sich's der Binder von mir aus mit seinen frommen Lorchern auffüllen. Außer dem Johannes wird keiner so dumm sein, nach dem seiner Pfeife zu tanzen.«

Mit einem Schlag wurde ihr Tonfall versöhnlich. »Ludwig?«

»Ja, Barbara?«

»Liebst du mich?«

»Du fragst heut aber auch dumme Sachen! Natürlich lieb ich dich! Ich lieb dich über alles in der Welt!«

»Dann zeig's mir jetzt. Vielleicht kommst du sonst nicht mehr dazu!« Die Ernsthaftigkeit, die in ihrer Stimme lag, erschreckte ihn zu tiefst.

»Wie meinst du das?«

Es klang traurig, als sie ihm antwortete: »Ich weiß es nicht. Vielleicht hab ich einfach nur Angst vor der Zukunft. Bitte lieb mich jetzt, als sei's das letzte Mal!« Mit Tränen in den Augen warf sie sich wieder in seine Arme und überließ sich seiner betörenden Sinnlichkeit.

Jungfrau Maria, sei uns armen Sündern gnädig und lass ein Wunder geschehen!

Ihr herzzerreißendes Stoßgebet fuhr gen Himmel, obwohl sie genau wusste: Seine strenge Familie würde niemals zulassen, dass er eine einfache Magd heiratet. Sein Vater war mächtig genug, um dies zu verhindern!

Herzogliches Schloss zu Stuttgart

15. April Anno Domini 1511

Herzog Ulrich von Wirtemberg saß im herzoglichen Schloss zu Stuttgart am Schreibtisch seines neuerdings pompös ausgeschmückten Arbeitszimmers.

Die wochenlangen Verschönerungsarbeiten an seiner vorher eher schlichten Residenz waren anlässlich seiner Hochzeit mit Herzogin Sabina von Bayern nötig gewesen, seit der inzwischen sechs Wochen verstrichen waren. Schließlich stand auf der Gästeliste jeder, der im deutschen Adel Rang und Namen hatte. Hohe Geistliche, Kurfürsten, Fürsten, Grafen und Edelleute hatten die lange und beschwerliche Reise selbst aus den entlegensten Ländern nicht gescheut, um rechtzeitig zu Beginn des Festes in Stuttgart zu sein. Und sie wurden wahrlich nicht enttäuscht. Herzog Ulrich hatte sich nicht lumpen lassen, um alles an Speisen, Musikanten und andere Lustbarkeiten auffahren zu lassen, die das gesamte Land zu bieten hatte, und noch viel mehr von außerhalb. Niemand war bei diesem Spektakulum zu kurz gekommen, das die gesamte Stadt und die Gegend darüber hinaus erfüllt hatte. Der gigantische Aufwand hatte seinen Zweck erfüllt. Den Edlen des Landes hatte er durch diese eindrucksvolle Präsentation seines Reichtums auch seine Machtposition klar vor Augen führen können. Sein Status war dadurch ungeheuer gefestigt worden. Selbst die ständig unzufriedene Bauernschaft hatte dieses eine Mal keinen Grund zu Maulen gehabt. Auch sie waren zur Feier des Tages fürstlich bewirtet worden.

Ulrich hätte also allen Grund dazu gehabt, zufrieden zu sein. Dennoch hielt er, die Ellenbogen auf die Tischplatte gestützt, seinen schweren Kopf in beiden Händen. Die Finger im vollen, rotblonden, gelockten Haupthaar vergraben, massierte er sich die Kopfhaut. Sein scharf geschnittenes Gesicht tief über einen Brief gebeugt, versuchte er angestrengt, sich auf seine Regierungskorrespondenz zu konzentrieren, es wollte ihm nur nicht recht gelingen. Seine sonst klaren, feurig blickenden Augen wirkten müde. Das Weiße war gerötet, sein Blick verschwommen. Grimmig knurrend las er den Brief, der vor ihm lag.

Dieser verhasste Schwäbische Bund wollte schon wieder über eine Verlängerung verhandeln. Ulrich ballte entschlossen die Fäuste. Diesmal würde er sich widersetzen! Er würde nicht mehr als Mitglied in den Bund eintreten. Sollten sie doch machen, was sie wollten, aber ohne ihn! Ihm war diese Vereinigung schon lange ein Klotz am Bein. Er strebte eine eigenständige Politik an, weil er die Mitgliedschaft im Bund als eine Einschränkung seiner Souveränität bei der Regierung des Landes betrachtete. Seine Finanzen waren schon genug belastet, obwohl er sich freilich bei den Festlichkeiten seiner Hochzeit nichts davon anmerken ließ. Hier war es ja darum gegangen, den Rest des Landes zu beeindrucken, dafür durfte einem nichts zu teuer sein. Die Leistungen jedoch, die er an den Bund zu zahlen hatte, waren ihm schon längst lästig geworden. Außerdem sah er sich wegen der erforderlichen Rücksichtnahme auf den Bund in seiner Bewegungsfreiheit den anderen Fürsten gegenüber eingeschränkt. Ihm war durchaus klar, wie sehr diese Entscheidung auch Einfluss auf viele benachbarte Städte hatte, die es davon abhängig machten, ob er wieder dem Bund beitrat oder nicht. Wenn er den Beitritt ablehnte, beschwor er damit für den Bund die Gefahr herauf, es könnte sich eine erstarkte Opposition gegen den Kaiser bilden oder sogar ein Gegenbund entstehen. Sollten sie ruhig vor ihm zittern, sie hatten allen Grund dazu! Tagsüber plagten ihn die Regierungsgeschäfte, und nachts musste er sich neben dieses grässliche Weib legen, das sich nicht im Geringsten seinem Willen fügen wollte. Er wusste schon, warum er die Hochzeit mit ihr so lange vor sich hergeschoben hatte, bis sich schließlich Kaiser Maximilian I. persönlich dafür einsetzte, die Hochzeit möge nun endlich stattfinden, weil er den guten Ruf seiner Nichte Sabina gefährdet sah. Er hatte ihn dazu gedrängt, dass sie noch vor dem Beginn der Fastenzeit angesetzt werden sollte. Natürlich war sich Ulrich darüber im Klaren gewesen, welche Vorteile die Heirat mit einer so engen Verwandten des Kaisers mit sich bringen würde, und noch dazu einer, die aus einem alten und angesehenen Adelsgeschlecht stammte. Trotzdem hatte er noch keine Lust verspürt zu heiraten, auch wenn diese Ehe laut Absprache schon vor fast drei Jahren hätte erfolgen sollen, nach Vollendung des sechzehnten Lebensjahres der Braut. Er hatte es bis jetzt immer geschafft, sich erfolgreich davor zu drücken. Nun jedoch bereute er es fast, denn damals war sie noch ein schüchternes, unscheinbares Mädchen gewesen, das sicher leichter beeinflussbar gewesen wäre. Doch jetzt lag er neben einer eigenwilligen Frau, die an Körpergröße so manchen Mann überragte und auf viele einen wenig weiblichen Endruck machte.

Ulrich verabscheute sie abgrundtief! Er konnte ihr keine Sympathie entgegenbringen, geschweige denn Liebe oder gar Leidenschaft. Sie zeterte in einem fort, war aufmüpfig und provozierte ihn nicht nur im ehelichen Schlafgemach, sondern auch vor Zeugen. Angewidert schüttelte er die Gedanken an seine frischangetraute Gattin von sich, um sich angenehmeren Vorstellungen zu widmen.

Viel lieber hätte er sich heute morgen auf sein Pferd gesetzt und wäre zur Jagd ausgeritten, als diese verdammten Briefe zu studieren. Die frische Waldluft hätte ihm bestimmt gut getan. In der Jagdgesellschaft würde sich sicher auch eine hübsche, junge Konkubine finden, die sich ihm mit Freuden hingab. Er könnte einige Musikanten aus seiner Stuttgarter Hofkapelle mitnehmen, die den musikalischen Rahmen zu diesen sinnlichen Freuden liefern würden. Genüsslich brummend ließ er dieses Bild vor seinem geistigen Auge erstehen. Es sollte ihn die momentan so trostlose Realität besser ertragen lassen.

Ein Klopfen an die Tür riss ihn unsanft aus seiner angenehmen Tagträumerei. Mit einem leisen Fluch auf den Lippen machte er sich seinem Ärger über diese unerwünschte Störung Luft. Sein wütendes »Ja bitte!« galt den außen Wartenden als Aufforderung zum Eintreten, gleichzeitig aber auch als Warnung. Die drei eintretenden Räte hatten diese Botschaft sofort verstanden. Sie kannten ihren Herzog lange genug, um zu wissen, was es bedeutete, wenn er diesen Tonfall anschlug. Mit gebeugtem Rücken entrichteten sie ihm nach dem Eintreten ihren Gruß und ihre Verehrung. Ulrich schrie sie ungehalten an.

»Nun schmiert mir nicht lange Honig ums Maul! Sagt mir lieber, was ihr wollt, ich hab nicht viel Zeit!«

»Sicher, Herr!« Wieder katzbuckelten sie. Einer von ihnen, den sie zuvor zu ihrem Sprecher ernannt hatten, trat einen Schritt nach vorn.

»Wir kehren soeben aus dem Murrtal zurück und sind sofort zu Euch geeilt, um Euch über unsere Erkenntnisse Meldung zu machen.«

Ulrich raufte sich die Haare. Schon wieder dieses verflixte Kloster Murrhardt! Das hatte ihm zu seiner Laune heute gerade noch gefehlt!

»Was ist denn nun schon wieder mit diesen elenden Mönchen los? Hab ich denn niemals Ruhe vor denen?« brüllte er wütend.

»Verzeiht, Herr, aber Ihr schicktet uns an Eurer Stelle, um zu sehen, wie weit Prior Binder mit seiner Reform ist. Diese Visitation war doch schon mehr als überfällig.« Ulrich winkte ungeduldig ab.

»Ja, ja, ich weiß. Was soll ich denn bei diesen Hinterwäldlern, die anscheinend nichts lieber tun, als ihren Landesfürsten zu verärgern? Verdammt noch mal!«

Seine Faust knallte so heftig auf den Tisch, dass alles wackelte, was sich darauf befand. Die Räte zuckten erschrocken zusammen. Das war wahrlich nicht die richtige Stimmung, um ihre Neuigkeiten los zu werden. Aber was blieb ihnen anderes übrig? Jetzt musste es raus. »Es hat sich nichts bei ihnen geändert, Herr. Sie sind ungehorsam und aufmüpfig wie eh und je.«

Genau wie mein Weib, dachte Ulrich grimmig. Diese kindischen Mönche hatten für ihn sowieso alle etwas Weibisches an sich. Kein Wunder, dass sie Kleider trugen statt Hosen!

Der Bote fuhr mit seinem Bericht fort. »Sie kommen und gehen, wann sie wollen, und machen, was sie wollen. Um die Moral des Klosters steht es nach wie vor schlecht. Wir haben den Eindruck erhalten, dass es so nicht weitergehen kann.«

»Was ist mit diesem Prior Binder?«

»Sie hören einfach nicht auf das, was er von ihnen verlangt.«

»Wie kann das sein? Mir wurde von der Reformkommission und von Abt Sitterich persönlich doch nachdrücklich versichert, dieser Binder sei ein Mann mit starkem Glauben und Führungsqualitäten. Was geht da vor?«

»Das haben wir ihn auch gefragt, Herr. Er hat uns glaubhaft versichert, er könne nichts gegen die Aufmüpfigen tun, da er nur Prior und kein Abt sei.«

»Und warum nicht? Verflucht noch mal!«

»Ihre Ordensregeln verbieten es ihm, disziplinarisch gegen die Mönche vorzugehen, dies stehe nur dem Abt zu. Doch der sitzt nur noch im Lehnstuhl und glotzt blöde vor sich hin!«

Ulrich wurde hellhörig. »Waren das wirklich Binders Worte?«

Der Sprecher senkte beschämt den Blick zu Boden. »Nein, Herr, selbstverständlich nicht. Ich hab mich mit eigenen Augen davon überzeugen können.«

»Es hätte mich auch gewundert. Solch eine Ausdrucksweise hätte mir bei ihm zu denken gegeben.« Er rieb sich nachdenklich das kräftig hervortretende Kinn.

»Nun gut. Es wird Zeit, diesem Possenspiel ein Ende zu setzen. Ich werde Bischof Lorenz aus Würzburg darüber in Kenntnis setzen, was sich in diesem vermaledeiten Kloster abspielt! Zuallererst fliegen diese dickköpfigen Mönche raus, und danach knöpfe ich mir mal diesen vertrottelten Abt Philipp vor. Das wollen wir doch mal sehen, ob ich ihn nicht dazu bewegen kann, seinen Abtsstab an Binder weiterzugeben! Notfalls mit Gewalt!«

Finster dreinblickend jagte der Herzog die Räte mit einer hastigen Handbewegung, mit der man ein lästiges Insekt verscheucht, zur Tür hinaus. Diese beeilten sich, seiner Aufforderung zu folgen.

Ein Bauernhof im Amt Murrhardt

nach dem 15. April Anno Domini 1511

Barbara saß auf einem Schemel im Kuhstall und molk, einen Eimer zwischen die Knie geklemmt.

»Barbara! Barbara!«

Was war das? Da rief doch jemand ihren Namen? Verwundert blickte sie von ihrer Arbeit auf. Die Stimme schien sich fast zu überschlagen. *Irgendetwas ganz Schreckliches muss geschehen sein, ehe jemand so schreit*, dachte sie angsterfüllt. Hastig bekreuzigte sie sich. Was, um Himmels Willen, war passiert? Langsam erhob sie sich von ihrem Melkschemel. Bärbel hatte schreckliche Angst, nach draußen zu gehen, um nach dem Rufenden zu sehen. Die Stimme schien noch sehr weit entfernt zu sein, aber näher zu kommen.

Der Bauer lud zusammen mit seinem Knecht gerade Mist auf den Karren, um die Felder damit zu düngen. Die beiden konnten es nicht sein. Nur zögernd trat Barbara auf den Hof hinaus, während sie sich die Hände an ihrer Schürze abwischte. Die Bäuerin kam ebenfalls aus dem Haus, um zu sehen, was da geschehen sein mochte.

Die Magd versuchte angestrengt zu erkennen, wer nach ihr rief. Der kleine Punkt, der sich auf dem schmutzigen Weg mit eiligen Schritten dem Hof näherte, wirbelte kleine Staubwölkchen auf. Er wurde schnell größer, und auch die Rufe wurden nun lauter und deutlicher. Angestrengt kniff sie die Augen zu kleinen Schlitzen zusammen und legte sich die flache Hand als Beschattung über die Augen. Wer war das? Der Stimme nach hätte sie jetzt gedacht, es sei ihr Ludwig, aber der konnte es nicht sein. Erstens hatten sie heute kein Treffen vereinbart. Zweitens, und das war noch viel eindeutiger, trug dieser Mann da keine Kutte, sondern die einfache Kleidung eines Bürgers.

Nur mit Mühe konnte er das Barett, der seinen Kopf bedeckte, daran hindern, beim Laufen herunterzufallen. Immer wieder verhedderte sich sein wehender Umhang zwischen seinen Beinen und brachte ihn ins Strauchen.

Verwundert schüttelte Barbara den Kopf. Für einen Moment schloss sie die Augen, damit sich ihre Ohren besser auf die Stimme konzentrieren konnten. Ja, diese Stimme gehörte eindeutig ihrem Ludwig! Außerdem nannte sie sonst niemand Barbara.

Erstaunt öffnete sie die Augen wieder. Er hatte mittlerweile das Tor der Gehöftumfriedung erreicht. Atemlos rannte er auf sie zu. Abrupt blieb er vor ihr stehen. Das Sprechen fiel ihm schwer, er musste erst einmal wieder zu Atem kommen. Das schnelle Laufen und gleichzeitige Rufen hatten ihn sämtliche Luft gekostet. Barbara starrte ihn unverwandt an.

»Ludwig«, flüstere sie angsterfüllt, »Was ist geschehen?«

Immer noch nach Luft schnappend, konnte er ihr keine Antwort auf ihre Frage geben.

»Bist du etwa den ganzen weiten Weg vom Kloster hierher gerannt?« Sie wertete sein Keuchen als ein »Ja«.

»Du bist verrückt, das ist doch Wahnsinn!« Aufmerksam musterte sie ihn von Kopf bis Fuß. Wie verändert er doch in seiner Bürgerkleidung wirkte. War das wirklich noch der Ludwig, den sie so sehr liebte?

»Sag, wie siehst du denn aus? Deine Kleidung! Wo ist deine Kutte geblieben?« Endlich kam er wieder etwas zu neuen Kräften, die er sofort dazu nutzte, Barbara hochzuheben und durch die Luft fliegen zu lassen, indem er sich mit ihr im Kreis drehte. Ihr Kopftuch löste sich, Zöpfe und Röcke wirbelten schwungvoll um sie herum, bis ihnen beiden schwindelig war. Lachend ließ er sich mit ihr auf den schmutzigen Hof fallen.

Bauer, Knecht, Bäuerin und die vier rotznasigen Kinder waren inzwischen ebenfalls an die beiden herangetreten, um zu sehen, was los war. Ludwig und Barbara knieten sich nun gegenüber. Er hielt ihre Hände in den seinen. Unverwandt blickte sie ihm ins verschwitzte, strahlende Gesicht, das so gar nicht zu ihren Befürchtungen passen wollte.

»Barbara«, rief er endlich atemlos, als knie sie nicht direkt vor ihm, sondern sei noch weit entfernt, »Barbara, stell dir nur vor … !«

Weiter kam er nicht, denn nun begann er wie ein Verrückter zu lachen. Er lachte so ausgelassen, dass er damit sogar seine Zuschauer ansteckte. Selbst Barbara musste lächeln, als sie sah, wie ihm die Tränen die Wangen herunterliefen. Was war nur geschehen? Sie brannte darauf, es zu erfahren, aber er lachte nur, als habe er vollständig den Verstand verloren! Als er sich endlich etwas beruhigt hatte, versuchte er es noch einmal.

»Oh Barbara, ein Wunder, ein echtes Wunder ist geschehen! Der Herr ist gerecht, Gott hat uns lieb! Er sieht uns nicht als Sünder, er hat mir verziehen er, er … .!«

Sie schüttelte verständnislos den Kopf. Vielleicht war Ludwig doch übergeschnappt und es wäre besser man würde ihn ein paar Tage auf Walterichs Grab ketten, bis er wieder zur Besinnung kam.

»Barbara, stell dir vor: ICH BIN FREI!«

»Du bist *was*?«, fragte sie ihn erstaunt. Jetzt verstand sie überhaupt nichts mehr.

»Ich bin endlich, endlich frei und unabhängig!«, rief er.

»Aber warum?«

»Weil der allmächtige Herr die wahre Liebe beschützt!«

»Was sagst du da?«

»*Er* hat dieses Wunder geschehen lassen!«

»Was denn für ein Wunder?«

»Stell dir vor, Herzog Ulrich hat uns alle fortgeschickt! Wir gehen ihm auf die Nerven mit unserem Ungehorsam. Nur unser frommer Bruder Johannes und der alte Abt Philipp, der sowieso nicht mehr recht laufen kann und nicht wüsste, wo er hin soll, werden bei den Lorchern bleiben.« Entsetzt hielt sich Barbara die Hand vor den Mund. »Aber das ist ja schrecklich! Dann wirst du Murrhardt verlassen?« Ihre Stimme überschlug sich fast. »Du verlässt mich und lachst auch noch darüber? Oh, Ludwig, das hätte ich niemals von dir erwartet!« Sie brach in bitterliche Tränen aus. Ludwig zog sie fest an sich. »Ach, mein über alles geliebtes Schätzle, wie kommst du nur auf solch eine verrückte Idee?«

»Weil es so ist! Wohin kannst du denn jetzt gehen außer zurück nach Esslingen zu deinem Vater? Und mich lässt du hier. Ich hab geahnt, dass es einmal passieren wird, aber warum nur musste es so schnell gehen?«

Ludwig schob ihr wieder einmal zärtlich eine widerspenstige Locke hinters Ohr.

»Ach was!« sagte er, »Ich nehm dich natürlich mit, wenn ich geh!«

Doch Barbara rief verzweifelt: »Aber das geht nicht, dein Vater wird es niemals zulassen!«

»Das ist mir gleich! Ich werde nicht mehr nach Esslingen zurückkehren. Ich habe mit meiner Familie gebrochen. Das erste Mal in meinem Leben werde ich das tun, was ich wirklich will. Mir kann niemand mehr etwas vorschreiben. Ich geh weit weg mit dir von Murrhardt und noch weiter weg von Esslingen. Irgendwo hin. Vielleicht nach Schwäbisch Gmünd oder ins Hohenlohische, oder vielleicht noch viel weiter. Mit dir geh ich bis ans Ende der Welt, wenn es sein muss! Wir werden heiraten und ein neues, gemeinsames Leben beginnen!«

»Aber von was sollen wir denn leben, du alter Traumtänzer?« fragte sie ihn wütend.

»Wir haben kein Geld!«

Lachend schüttelte er seinen Lederbeutel, den er am Gürtel trug. Lustig klapperten die Münzen darin herum. »Hörst du diese wundervolle Musik? Das wird uns reichen, um fürs Erste durchzukommen!« Er öffnete den Beutel. Mit einer Hand zog er ihre Hand nach vorn, mit der anderen schüttelte er ihr den Beutelinhalt in die offene Handfläche. Barbara wurde blass. Noch nie im Leben hatte sie so viele große Münzen auf einem Haufen gesehen. Geschweige denn in Händen gehalten. Wenn sie sich's recht überlegte, hatte sie nie zuvor überhaupt solche großen Münzen zu Gesicht bekommen. Sie starrte ihn entsetzt an. »Ludwig, sag mir, wo du das Geld her hast! Du hast es doch nicht etwa aus der Klosterkasse gestohlen oder einen Adligen im dichten Wald überfallen?«

Wieder lachte er ausgelassen. »Ach nein, was du mir alles zutraust!« Er streichelte ihr sanft die Wange.

»Inzwischen alles«, gab sie zu.

»Dieses Geld erhielten wir mit besten Empfehlungen von Herzog Ulrich von Wirtemberg persönlich!«

»Aber weshalb?«

»Na, weil er uns endlich loswerden will! Er hat was Besseres zu tun, als sich dauernd mit dem Kloster Murrhardt und seinen aufsässigen Mönchen zu befassen. Unser guter Landesfürst hat uns deshalb den Entschluss zu gehen mit dieser Abfindung etwas erleichtert!« Immer noch starrte ihn Barbara fassungslos an, während er das Geld wieder sorgfältig im Beutel verstaute und diesen in seinem Wams verschwinden ließ.

»Verflixt«, raunte der Bauer seiner Frau zu. »So eine tüchtige Magd wie die Bärbel verlier ich nur ungern!«

Die Bäuerin lächelte, während sie sich verstohlen eine Träne der Rührung aus dem Augenwinkel wischte. »Wir werden schon einen Ersatz für sie finden. Viele fleißige Mädchen suchen Arbeit. Lass sie ziehen, oder willst du etwa dem jungen Glück im Wege stehen?«

Während sich die beiden Verliebten glücklich küssten, nahmen der Knecht und der Bauer ihre unterbrochene Arbeit wieder auf, die Kinder setzten ihr Spiel mit den Hofkatzen fort, und die Bäuerin molk die Kuh, mit der ihre Magd Bärbel nicht mehr fertig geworden war, ehe sich ihr Leben für immer veränderte.

Schreibstube des Klosters Lorch

Gründonnerstag Anno Domini 1512

Ich, Bruder Conrad von Bayern,
habe mein erstes Gelübde abgelegt
und auch meine Weihe erhalten zur Zeit
der Regierung des berühmten
Herzog Ulrich, Herzog von Wirtemberg und Teck usw.
Durch den ehrwürdigen Vater und Herrn Sebastian,
Abt des oben genannten Klosters,
wurde ich zum Kloster St. Januarius,
des Bischofs und Märtyrers,
in Murrhardt geschickt, um dort die Melker
Reform zu beginnen.
Und auf dessen Aufforderung habe ich beendet
diesen Winterteil des Chorbuchs im vorgenannten Kloster Lorch
am Gründonnerstag oder Tag des Heiligen Vincentius Martyr
mit Gottes Hilfe.
Im Jahre des Heils Eintausendfünfhundertundzwölf.
Zur Ehre Gottes.«

Mit einem zufriedenen Lächeln setzte Bruder Conrad den letzten schwungvoll ausgeführten Punkt unter sein Schreiben, ehe er die Schreibfeder zur Seite legte. Es war vollbracht!

Ein Seufzer der Entspannung entfuhr seiner Kehle, als er seinen Rücken streckte und sich die Finger zurechtbog. Der gepolsterte Stuhl, auf dem er saß, stand vor einem Schreibpult, auf dessen schräger Tischplatte sein eben verfasster Brief lag, in dem er die Vollendung seiner Schreibarbeit dokumentiert hatte.

Bruder Laurentius trat an das Pult heran. Anerkennend legte er ihm die Hand auf die Schulter. »Gute Arbeit, Bruder Conrad! Der Text des Winterblattes ist dir vorzüglich gelungen!«

Der Sitzende wandte sich ihm zu. »Danke, Bruder Laurentius. Es war mir eine Freude, dir dabei behilflich sein zu dürfen.«

»Das glaube ich dir gern.«

»Herzog Ulrich wird sicher sehr zufrieden sein, wenn er das Werk in Augenschein nimmt. Ohne die großzügige Stiftung von ihm und seiner Frau Sabina hätte ich das Werk niemals in diesem Umfang anfertigen können.«

»Dafür wurden sie ja auch beide auf der ersten Seite bildlich verewigt!«, bemerkte Conrad trocken.

»Das haben sie sich aber auch verdient. Findest du nicht?« Conrad bestätigte ihm dies mit Nachdruck.

»Komm, lass uns ins Parlatorium gehen. Ich habe mit dir zu reden«, forderte ihn Laurentius Autenrieth auf. Gemeinsam schlenderten sie durch den Kreuzgang ins Parlatorium. Bruder Conrad betrachtete versonnen die feine Rankenmalerei, die den Abschluss der Zwickel des Gewölbes bildete, das sich wie ein kunstvoll gestaltetes Netz an der Decke entlang zog. Kein Stadtlärm drang über die Klostermauern in den inneren Konvent. Wie er diese friedliche Stille vermisst hatte! Ihm graute plötzlich beim Gedanken, nun wieder nach Murrhardt zurückkehren zu müssen. Bruder Laurentius schien seine Gedanken zu erraten. Als sie es sich im einzigen Raum des Klosters bequem gemacht hatten, in dem ihnen das Sprechen untereinander offiziell erlaubt war, fragte ihn Laurentius.

»Du würdest gern für immer hier bleiben, hab ich recht?« Bruder Conrad nickte. Laurentius schien als einziger seine Gefühle zu verstehen. Mit einer solch großen Freude, wie sie einem braven Mönch nicht zusteht, war er dem Ruf Abt Sitterichs nach Lorch gefolgt. Hingebungsvoll führte er die Textschrift der ihm aufgetragenen Chorbuchseiten aus. Seine Seele frohlockte bei dieser Tätigkeit. Sein ganzes Wesen veränderte sich, wenn er das tun durfte, was er am besten konnte, nämlich Bücher schreiben. Dies war sein Leben, seine Erfüllung, man konnte sogar von einer Berufung sprechen. In Murrhardt musste er sich den lieben langen Tag mit diesen grässlichen Zahlen herumplagen und sich mit den Bauern wegen zu geringer oder säumiger Abgabenzahlungen herumstreiten. Das lag ihm gar nicht! So wie die stille Schreibstube sein persönlicher Himmel war, so glich die Arbeit des Cellerars eher einer Höllenfahrt. Nichts auf der Welt wäre ihm lieber gewesen, als wieder ganz in Lorch zu bleiben. Selbst die Vögel schienen hier lieblicher zu singen als im Murrtal.

»Wie laufen die Geldangelegenheiten in Murrhardt?«, fragte Laurentius.

»Nicht besonders. Die Bauern sind stur und aufsässig, sie wollen einfach nicht zahlen. Der Schuldenberg wächst immer weiter an, anstatt zu schrumpfen. Ich erzähle dir nichts Neues, wenn ich dir sage, was für ein frommer, geistlicher, andächtiger und gottesfürchtiger Mann Abt Binder ist.«

»Fürwahr, das ist er!«

»Das geistliche Leben in Murrhardt hat ohne Frage durch ihn wieder neuen Glanz erhalten, aber das allein reicht eben nicht aus, um das Kloster aus seiner Misere zu holen. Von Finanzdingen versteht er leider rein gar nichts, aber was noch schlimmer ist: Er will einfach nicht einsehen, dass es bei mir nicht anders aussieht. Ich habe ihn schon mehrmals darauf aufmerksam gemacht, wie sehr mich diese Aufgabe überfordert, aber es interessiert ihn nicht im geringsten.«

»Hm!« Laurentius kratzte sich nachdenklich am Kopf.

»So etwas habe ich mir schon gedacht, aber sprich weiter. Was unternimmst du, um etwas an dieser schrecklichen Lage zu ändern?«

»Ich gebe mein Bestes, aber das ist eben nicht genug!«

Seit Binder zum Abt gewählt worden war, hatte Conrad auch noch das Amt des Priors dazubekommen. Ihn erdrückte die

Last seiner Ämter, doch sein Abt glaubte trotzdem weiter an seine Fähigkeiten.

»Abt Binder sieht ja ein, dass wir sparen müssen. Er ist daher auch nicht gewillt, noch mehr Geld auszugeben, aber auf der anderen Seite plant er einen An- und Umbau der Pfarrkirche in Oberrot.«

Laurentius erschrak. »Was? Das darf doch nicht wahr sein!«

»Leider ist es wahr. Die Idee stammt allerdings nicht von ihm, sondern wurde vom Schenken zu Limpurg und dem Herren von Rot ersonnen. Vermutlich wollen sie auf diese Art mal wieder etwas für ihr Seelenheil tun.«

»Und ihr müsst es ausbaden!«

»So ist es, aber wenn sich unser Kloster nicht an den Kosten beteiligt, verlieren wir das Gesicht. Schließlich steht die Kirche unter unserem Patronat. Die Schenken und die Herren von Rot würden sich ins Fäustchen lachen, wenn später auf der Stiftertafel nur deren zwei Wappen prangen würden und nicht das unseres Klosters!«

»Das ist wahr!« Wieder kratzte sich Laurentius nachdenklich am Kopf. Eine verzwickte Situation, aus der man nicht so leicht herauskam! In Conrads Haut wollte er um nichts in der Welt stecken.

»Abt Binder überlegt ernsthaft, sich Geld von Stiften oder Städten zu leihen, um das Vorhaben in die Tat umzusetzen.«

»Unmöglich!«

»Das versuche ich ihm ja auch immer wieder klar zu machen, aber er ist uneinsichtig.« Conrad war so heilfroh, endlich einmal mit jemandem offen über sein Problem reden zu können, dem er blind vertraute und der ihn verstand wie kein anderer, da war ihm diese Respektlosigkeit gegen seinen Abt einfach so herausgerutscht. Erschrocken hielt er sich die Hand vor den Mund.

»Verzeih mir bitte meine Respektlosigkeit!«, entschuldigte sich Conrad erschrocken.

»Schon gut, mach dir keine Sorgen! Niemand außer mir hat es gehört, und keiner wird etwas davon erfahren.«

»Hab Dank, Bruder Laurentius! Es ist einfach schrecklich! Einen Kredit aufzunehmen macht alles nur noch schlimmer, aber ich selbst habe auch nicht die geringste Idee, wie wir aus dieser Situation herauskommen können. Herzog Ulrich brauchen wir gar nicht erst um Geld zu bitten. Oberrot liegt außerhalb seines Herrschaftsgebiets und interessiert ihn daher nicht im Geringsten.«

»Ja, da ist guter Rat wirklich teuer!«

»Wir werden es wohl tun müssen, auch wenn es uns in den finanziellen Ruin stürzt. Vielleicht sieht mein Abt dann endlich ein, dass ich nicht der richtige Mann für diese Aufgabe bin.«

»Ich werde für dich beten, mein Freund!«

»Im Moment bin ich fürwahr für jede Fürbitte von Herzen dankbar, lieber Bruder Laurentius.«

Abtswohnung des Klosters Murrhardt

29. August Anno Domini 1513

Lautes Rufen, schrilles Gelächter, derber Gesang, fröhliche Musik und Hundegebell hallten von den Mauern des Klosterhofs wider. Nachdenklich blickte Abt Binder aus dem selben Fenster, aus dem Abt Renner einst das Treiben auf dem äußeren Hof beobachtet hatte.

Heute vor einem Jahr war dieser in seinem selbst gewählten Exil in Schorndorf gestorben. Nachdem Herzog Ulrich damals die unzufriedenen Mönche fortgeschickt hatte, setzte er Abt Renner so sehr unter Druck, sein Amt an Binder abzutreten, dass diesem keine andere Wahl blieb, als es zu tun. Abt Oswald hatte bis heute nicht erfahren, was in dem Drohbrief stand, den der Herzog in seinem unbändigen Zorn an Renner geschrieben hatte. Dieser schwieg sich bis zum Schluss eisern darüber aus. Aber ganz sicher war es etwas Fürchterliches gewesen, denn sonst hätte er sich nicht dazu bewegen lassen, der Aufforderung zu folgen.

Renner hatte es nie überwunden, sein Abtsamt nicht bis zu seinem Tod innezuhaben, wie es eigentlich üblich war. Kloster Murrhardt wurde ihm daher immer unerträglicher. Verbittert verließ er es schließlich mit Hilfe seines Vetters, des Stadtschultheißen Georg Renner, bei Nacht und Nebel, ohne sich zu verabschieden und ohne den Segen des Konvents zu erbitten. Dennoch schlossen die Mönche ihn in ihre Gebete ein. Seitdem war endlich die langersehnte Ruhe im Kloster eingekehrt. Es wäre ein friedliches, erfülltes Leben gewesen, wenn sich nicht ständig diese wirtembergischen Jagdgesellschaften im Kloster einquartiert hätten! Sie waren Binder schon lange ein Dorn im Auge. Zum Glück durften sie sich nur im äußeren Bereich des Klosters aufhalten, sodass seine Mönche nicht mit ihnen zusammentrafen, doch der Lärm der allabendlich veranstalteten Gelage zerrte jedem an den Nerven. Wenn Bruder Johannes in der Bibliothek, oberhalb des Refektoriums, über seinen Büchern saß, konnte er sie unten im Hof grölen und singen hören. Der Lärm drang aber auch durch die Wand des Refektoriums in dessen Inneres und störte die gewohnte Stille beim Essen erheblich. Doch nicht nur der Lärm schadete der Moral des Konvents, sondern es kostete auch noch Unsummen an Geld, da das Kloster verpflichtet war, jeden Gast mit Freude und Ehren bei sich aufzunehmen. Jedem Gast stand ein eigenes Bett zu, und jeder wurde vom Kloster verpflegt, gleichgültig, wie lange er blieb oder wie viele es waren. Doch diese Gesellschaften blieben viel zu lange und hatten zu viele Teilnehmer. Auch sie trugen zum wachsenden Schuldenberg des Klosters bei, der es zu erdrücken drohte. Binder selbst kannte sich mit solchen Dingen einfach nicht recht aus. Es interessierte ihn auch nicht, ihm waren andere Dinge wichtiger. Doch leider wurde auch sein Cellerar nicht müde, ihm immer wieder zu versichern, ihm ginge es genauso. Unwillig schüttelte er den Kopf. Was war ihm denn anderes übrig geblieben, als sich im Februar beim Stuttgarter Stift 800 Gulden zu leihen, damit sich sein Kloster an den Bauarbeiten zur Kirchenerweiterung in Oberrot beteiligen konnte? Conrad hatte ihm auch keinen besseren Vorschlag unterbreiten können. Und diesem Bruder Martin würde er nun ein für alle Mal verbieten, sich in die Finanzgeschäfte des Klosters einzumischen. Conrad hingegen war von Martins Fähigkeiten völlig überzeugt. Er nahm ihn immer öfter beim Geldeintreiben zu den Bauern mit, weil Martin das anscheinend viel besser konnte als er. Trotzdem war er zu jung für dieses verantwortungsvolle Amt. Davon ließ sich Binder nicht abbringen.

Auf dem Brunnenrand des Klosterhofs saßen vornehm gekleidete Herrschaften und schütteten sich den Wein aus dem Klosterkeller in die Kehlen.

Hunde jagten sich laut bellend gegenseitig durch den Klosterhof. Spielleute gaben ihre Musik zum Besten. Aufreizend gekleidete Konkubinen schoben ihren vornehmen Freiern, die auf ausgebreiteten Decken auf dem Boden lagen, frisches Obst aus dem Klostergarten in den Mund. Stimmengewirr vermischte sich mit dem Wiehern der edlen Pferde, die auf dem Hof ihre Äpfel fallen ließen. Ein Wildschwein, das an einem Spieß steckte, wurde von einem der Knechte der vielköpfigen fürstlichen Jagdgesellschaft über einem Lagerfeuer gedreht. Es roch nach Schweinebraten, Menschenschweiß, den Exkrementen von Menschen, Pferden und Hunden und vor allem nach Sünde!

Seufzend hielt sich der Abt ein in Lavendelöl getränktes Taschentuch vor die Nase, damit ihm vom aufsteigenden Gestank nicht übel wurde. Langsam entfernte er sich vom Fenster und trat zu dem in einer Ecke des Raumes eingerichteten Gebetsbereich. In der Ecke hing ein Kruzifix. Binder kniete sich mit gefalteten Händen auf dem davor aufgestellten Gebetsbänkchen nieder. Der Lärm vom Hof drang trotz der geschlossenen Fenster erbarmungslos an sein Ohr.

»Oh Herr, bitte gib mir Kraft, dies alles ertragen zu können!«

Auf dem Hof prahlten derweil zwei Adlige mit ihren Jagderfolgen. Jeder von ihnen wollte den kapitaleren Hirsch erlegt haben. Einer der beiden lachte eben den anderen dröhnend aus.

»Pah, Ihr wollt den Sechsender zuerst getroffen haben? Dass ich nicht lache! Der Pfeil meiner Armbrust hat ihm den Garaus gemacht, ehe Ihr Eure überhaupt spannen konntet!«

»Was, mein Lieber? Das habt Ihr sicher nur geträumt. Der Hirsch war zur Strecke gebracht, ehe Ihr recht gezielt habt!«

»Mein guter Freund, das stimmt nicht. Seht Euch morgen

mal den Rahmen der südlichen Tür an der St. Marienkirche oben an, da werdet Ihr schon sehen, wer der bessere Jäger ist.«

»Was meint Ihr damit?«

»Nun, ich war so frei und habe dort meine Wenigkeit hoch zu Ross und mit der Armbrust in der Hand für die Nachwelt verewigt.«

»Was habt Ihr? An die Kirchenwand gemalt?«

»Sicher, warum nicht. Schaut's Euch nur an! Da seht Ihr dann auch den Engel, der mir zu Ehren auf der Posaune bläst!«

»Pah, das ist ja lächerlich! Das glaube ich Euch erst, wenn ich's mit eigenen Augen gesehen habe.«

»Ja, schaut's Euch nur genau an. Selbst drei Bischöfe und noch zwei andere Engel stehen dort mir zu Ehren Spalier!«

»Ihr seid ein aufgeblasener Wichtigtuer.«

»Und Ihr seid mein größter Neider!«

»Macht Euch nicht lächerlich! Morgen werde ich das nachprüfen. Sollte es stimmen, was Ihr sagt, werde ich Euren Blattschuss neidlos anerkennen. Aber erst dann!«

»Ihr werdet es sehn! Aber diese Sau da drüben wird uns heute schon schmecken, egal wer sie erlegt hat!«

Kameradschaftlich klopfte er seinem Jagdgesellen auf die Schulter. Sie prosteten sich zu und leerten ihre Becher in einem Zug.

»Diese wundervollen Wälder hier stecken voller Wild, das sich zu schießen lohnt. Nirgendwo anders in dieser Gegend gibt es so ein Tröpfchen wie hier im Kloster. Der Wein stammt aus ihrem Pfleghof in Bottwar. Glücklicherweise brauchen wir nicht ihren Murrhardter Wein zu trinken. Brr, habt Ihr den schon mal probiert? Ich schwöre Euch, wenn den eine Schwangere trinkt, verliert sie glatt ihr Kind!«

Das dröhnende Lachen des anderen hallte durch den Hof, der bereits im beginnenden Dämmerlicht der Nacht lag. Einige der Bedienstete begannen Fackeln aufzustellen, um den Hof damit auszuleuchten.

»Wenn man genug Gewürze untermischt, lässt sich jeder Wein trinken!«

»Na dann trink ich doch lieber den hier ohne Gewürze und schick meinen Knappen schon mal in den Keller, um noch einen Krug zu holen. Nein, besser, ich schicke gleich zwei, die sollen dann ein ganzes Fass raufholen, dann brauchen sie nicht so oft zu laufen, und wir können ihn schneller saufen!«

»Glänzende Idee! He, Michel, Jacob, schafft uns mal ein Fass Wein herauf, damit wir euch nicht dauernd in den Keller schicken müssen, um Nachschub zu holen.«

Ausgelassener Applaus war der Lohn für seine gute Idee.

»Und bring uns auf dem Rückweg noch ein paar von diesen köstlichen Äpfeln mit.«

»Ja, es ist beinahe wie im Paradies hier. Die Mönche sind stets gastfreundlich und zuvorkommend, auch wenn es diesem neuen Abt Binder nicht passt, dass wir abends unsere Feste auf dem Hof feiern. Seine Ordensregeln verbieten es ihm, seinen Gästen etwas zu verwehren. Ha, das lob ich mir!«

Genüsslich ließ er sich noch einmal einen Becher mit Wein füllen. Sein Gesprächspartner hingegen blickte zunehmend verdrießlicher drein.

»Was ist mit Euch? Genießt nach einem solch herrlichen Jagdtag diesen himmlisch lauen Abend. Schnappt Euch ein Mädchen und feiert das Leben!«

»Ich musste gerade an diese Bauern denken, die als Treiber eingesetzt waren. Habt Ihr gehört, wie unverschämt laut sie über ihren Frondienst gemurrt haben? Sie wollen nicht mehr für uns arbeiten. Es ist ein Ärgernis, wie halbherzig sie ihrer Pflicht nachgehen.« Der Zuhörer zuckte die Schultern.

»Na, dann müssen eben mehr von ihnen eingesetzt werden. Das gleicht es dann wieder aus.«

»Das wird sie nicht zufriedener machen.«

»Was hat es uns auch zu kümmern, ob dieser stinkende Heinz Mist zufrieden ist oder nicht?«

»Es geht mir nicht um das blöde Bauerngesindel, das nur aus Angst vor der Peitsche arbeitet, sondern um uns. Vielleicht könnten sie uns eines Tages gefährlich werden.«

»Ach was, diese Mistkratzer werden sich niemals ernsthaft gegen uns erheben. Dafür stellen sie sich zu dumm an!«

»Aber sie sind auch gerissene Betrüger! Ihr kennt ja die Steigerung vom Tölpel, zum Teufel bis zum Bauer.« Der andere schüttelte sich vor Lachen.

»Ihr wisst ja, wie die sind. Sie jammern ständig über irgendetwas.«

Er schlug einen weinerlichen Ton an.

»Ach was sind wir doch mit Fronen, Zinsen, Steuern, Zöllen hart beschwert und überladen.« Er heulte wie ein getretener Hund auf.

»Sie wollen einfach nicht begreifen, dass ihnen ihr Schicksal vom Herrn aller Dinge auferlegt wurde. Nur deshalb beklagen sie sich darüber! Ein jeder sollte doch das tun, was er am besten kann. Der Bauer ist nun mal am besten im Leid und am schlechtesten in der Freud. Also lassen wir sie doch am besten weiter leiden!«

Wieder lachte der andere herzhaft auf.

»Ihr habt recht. Nicht umsonst singen doch die jungen Ritter das schöne Lied:

›*Erwisch ihn bei dem Kragen,*
erfreu das Herze dein,
nimm, was er habe, spann aus die Pferde sein.
Sei frisch und unverzagt dabei!
Und hat er keinen Pfennig mehr,
reiß ihm die Gurgel raus!‹

Etwas anderes hat dieses Lumpenpack auch nicht verdient!«

»Da habt Ihr recht! Ihre Dummheit haben sie erst heute wieder unter Beweis gestellt, denn sonst wären sie froh, wenn wir ihnen das Wild dezimieren. Sie beklagen sich doch dauernd, das Wild zerstöre ihre Äcker, und sie dürften nichts dagegen unternehmen, weil sie nicht das Recht haben, zu jagen.«

Der andere ereiferte sich: »Es wäre ja noch schöner, wenn dieses widerliche Pack auf die Jagd gehen dürfte. Die würden alles ausmerzen, was ihnen über den Weg läuft, nur um ihre Äcker zu schützen. Die Jagd ist ein edler Wettkampf und kein Mittel zum Zweck! Es ist eine Frechheit, an so etwas nur zu denken. Aber daran seht Ihr wieder einmal, wie dumm diese Bauern tatsächlich sind. Würden sie ihre Jagdfron anständig erfüllen, hätten sie doch selbst etwas davon. Diese faulen Kerle brauchen immer etwas zu murren, sonst geht's denen nicht gut. Nehmt sie nicht zu ernst. Es ist doch völlig egal, was sie denken! Sie haben ihre Pflicht zu erfüllen und sich zu fügen.«

»Ich weiß nicht! Was, wenn sie sich doch einmal gegen uns erheben?«

»Ihr glaubt an Gespenster! So etwas wird niemals geschehen. So dumm sind nicht einmal diese faulen, dauernd betrunkenen Lumpenkerle. Sie haben nicht die geringste Chance, gegen die Obrigkeit zu siegen. Ihr wisst selbst, wie unser guter Herzog Ulrich reagiert, wenn man ihn reizt!«

»Wer von uns hat das noch nicht erfahren?«

»Nun, sicherlich hatten wir alle schon einmal das zweifelhafte Vergnügen, einem seiner Zornesausbrüche beizuwohnen. Wenn die Bauern das auch einmal erleben wollen, dann gnade ihnen Gott. Sich ihn zum Feind zu machen kommt einem Selbstmord gleich!«

»Darauf erhebe ich meinen Becher, mein Lieber. Möge unser guter Herzog ihnen zeigen, wer der Herr im Lande ist, falls sie es wagen sollten, uns anzugreifen!«

»Darauf ein dreifaches Hoch, Hoch, Hoch!«
»Ja, es lebe unser ehrenwerter Landesfürst Herzog Ulrich!«

Schankstube des Gasthauses von Conz Bart zu Oberrot

Karsamstag, 15. April Anno Domini 1514

Ein Mann, der ordentlich zupacken kann, ist Goldes wert!«

Conz Bart verkündete seine Botschaft lautstark am Stammtisch seines Wirtshauses in Oberrot, nachdem er den dritten Krug Wein geleert hatte.

»Seht euch diesen Prachtburschen hier gut an! Das ist der Claus Blind! Er wird bald mein Schwiegersohn!«

Conz klopfte dem verlegen vor sich hingrinsenden Claus anerkennend auf die breite Schulter. Seiner Tochter Katharina, die hinter der Theke Becher spülte, wurden die Knie weich.

»Du hast recht gehört, mein Kind. Er hat mich gefragt, ob er dich haben kann, und ich hab ja gesagt.« Er teilte ihr diese Nachricht mit, als sei es etwas Alltägliches.

»Was ist? Freust dich denn gar nicht?«

Wutentbrannt stemmte Katharina die Fäuste in die Seiten.

»Du hättest mich vielleicht vorher auch mal fragen können, was ich davon halt. Du kannst mich doch nicht einfach wie einen deiner Farren verscherbeln!«

Ihre Wangen glühten vor Zorn. Die Gäste amüsierten sich über die unverschämte Art und Weise, in der sie wagte, mit ihrem Vater zu sprechen. So mutig war keiner von ihnen. Conz war berüchtigt für seinen Jähzorn und seine Herrschsucht. Wer sich mit ihm anlegte, hatte nichts zu lachen. Doch anscheinend war er heute zu gut gelaunt, um sich darüber aufzuregen. Stattdessen schien er eher erstaunt über ihren heftigen Wutausbruch.

»Seit wann gibt's denn so was? Du bist meine Tochter, darum brauch ich dich nicht zu fragen, wen du heiraten willst! Wo kämen wir denn da hin, wenn jedes Weib machen könnt, was es will? Du nimmst gefälligst den, den ich dir aussuch!«

Er warf ihr einen Blick zu, der keinen Widerspruch duldete.

»Schließlich muss ich die Mitgift für dich aufbringen, da kann ich auch entscheiden, wer die und dich kriegt!«

Wütend knurrend wandte sich Katharina wieder ihrer Arbeit zu. Es hatte keinen Sinn, mit ihm zu diskutieren, wenn es um sein Geld ging. Conz belehrte derweil seinen zukünftigen Schwiegersohn.

»Sie ist halt manchmal eine rechte Kratzbürste. Es liegt an dir, wie du sie dir ziehst. Wie du siehst, braucht sie eine starke Hand, die ihr zeigt, wo's langgeht. Du verstehst, was ich meine?« Er hob die Hand, als hole er zum Schlag aus.

»Sonst gehorcht sie nicht und macht einfach, was sie will. Aber schaffen kann sie!« Claus betrachtete wohlwollend seine angehende Braut.

Sie war mit ihren fünfundzwanzig Jahren zwar nicht mehr die Jüngste zum Heiraten, aber das lag eindeutig nicht an ihrem Aussehen. Die üppigen schwarzbraunen Locken, die unter ihrem hinten gebundenen Kopftuch hervortraten, umspielten weich ihre Schultern. Ihre tiefbraunen, vor überschäumendem Temperament funkelnden Augen verhießen ihrem zukünftigen Ehemann heiße Nächte. Der Schmollmund und die gesunde Farbe ihrer runden Wangen ließen ihr leicht ovales Gesicht ausgesprochen weiblich erscheinen. Überhaupt verfügte sie über ausreichend weibliche Reize, wie ihm der prallgefüllte Inhalt ihres Mieders verriet. Das Hinterteil schien kernig zu sein, soweit man das durch die vielen weiten Röcke, die sie trug, beurteilen konnte. Ein gebärfreudiges Becken hatte sie auf jeden Fall. Alles an ihr war gesund, rund und knackig! Claus leckte sich genüsslich die Lippen. Und schaffen konnte sie tatsächlich. Davon hatte sich Claus in der Wirtschaft ihres Vaters bereits überzeugen können. Für sie nahm er immer wieder gern mal den beschwerlichen Fußweg von Hinterbüchelberg auf sich, wo er beim Bauern Andreas Sämat seit zehn Jahren als Knecht in Diensten stand.

Als er die bildhübsche Wirtstochter zum ersten Mal sah, beschloss er, alles daranzusetzen, um sie zur Frau zu gewinnen. Ihm war aber auch klar gewesen, dass er an so ein Weib wie sie nur über den Vater rankommen konnte.

Conz Honig ums Maul zu schmieren war nicht schwer. Er war offen für jede Art von Schmeicheleien und liebte nichts mehr, als wenn man sich von ihm beeindruckt zeigte.

Normalerweise verstieß es ja gegen Claus' Natur, sich bei jemandem einzuschleimen, aber wenn er dadurch die Hand Katharinas gewinnen konnte, war ihm sogar dieses Mittel recht. Wahrscheinlich war sie nur noch nicht unter der Haube, weil ihrem Vater bisher keiner gut genug erschienen war, um die Mitgift zu kassieren. Um seine Tochter ging es ihm sicher nicht dabei. Alles, was für ihn zählte, war Geld, sonst nichts.

Allem Anschein nach hatte er sich beim Werben nicht schlecht angestellt, denn als er Conz bei seinem letzten Besuch um die Hand seiner Tochter gebeten hatte, war der gleich am nächsten Tag zu seinem Herrn gegangen, um sich über ihn zu informieren. Dieses Gespräch schien ihn endgültig überzeugt zu haben. Denn eben verkündete er seiner Tochter lautstark, quer durch die Schankstube: »Sein Herr, der Bauer Sämat, ist mehr als zufrieden mit ihm, und der ist eigen, was seine Knecht angeht. Der nimmt nicht jeden, aber den Claus will er überhaupt nicht mehr gehen lassen. Ein Mann muss zupacken und draufschlagen können, sonst ist er kein rechter Mann! Der hier kann beides, drum sei zufrieden, wenn du den unter die Decke kriegst! Schließlich muss ich an meine Erben denken! Jetzt wird's langsam höchste Zeit!«

Katharina errötete vor Wut und Scham. Immer musste ihr Vater solche peinlichen Reden schwingen, wenn das Wirtshaus voller Gäste saß. Es war ihm eine tiefe Befriedigung, sie vor versammelter Gesellschaft zu erniedrigen. Sie hatte sich geschworen, niemals einen Mann zu heiraten, der ihrem Vater in irgendeiner Form ähnlich war. Sie verabscheute ihn und alles, was er tat. Verstohlen musterte sie diesen Claus Blind. War *er* anders als ihr Vater? Konnte sie sich vorstellen, mit diesem Mann verheiratet zu sein? Nun gut, er sah nicht schlecht aus, war groß und kräftig gebaut, grad gewachsen und schien über Bärenkräfte zu verfügen. Eine große, leicht geknickte Nase dominierte sein kantiges Gesicht. Sie unterstrich seine männlichen Gesichtszüge. Das blonde, kurz geschnittene Haar war etwas unordentlich, seine hellbraunen Augen eher unauffällig. Eigentlich sah er ja ganz nett aus. Wenn er nur nicht dauernd so dämlich grinsen würde! Hoffentlich konnte er auch noch anders gucken als so! Was sie aber am meisten an ihm störte war, dass er ihrem Vater gefiel! Wenn der so große Stücke auf ihn hielt, konnte irgendetwas nicht stimmen. Bisher war ihm doch nie einer gut genug für seine Mitgift gewesen. Was hatte *er*, das die anderen nicht besaßen? Na ja, sie würde es wohl bald erfahren. Wenn sie noch einen Mann abbekommen wollte, musste sie sich ranhalten, sonst würde sie bald keiner mehr wollen, weil sie dann zu alt war.

Sie legte zwar keinen gesteigerten Wert darauf, sich in einer Ehe zu binden, aber was blieb ihr schon anderes übrig? Schließlich hatte sie als Wirts- und Bauerntochter nichts gelernt, was für einen anständigen, selbstständigen Beruf, wie zum Beispiel der einer Hebamme, ausgereicht hätte. Sie hatte keine andere Wahl als zu heiraten, wenn sie nicht als Magd oder in der Gosse landen wollte. Denn dies würde geschehen, sobald ihr Vater ihrer Aufmüpfigkeit überdrüssig würde und sie davonjagte.

Am liebsten hätte sie es ihrem Bruder Lienhardt gleichgetan, der sich schon längst aus dem Staub gemacht hatte, weil er den Vater nicht mehr ertragen konnte. Aber sie als Frau konnte sich schließlich nicht gut als Landsknecht ausbilden lassen, so wie er es getan hatte. Sie hatte ihn damals auf Knien angefleht, sie mitzunehmen, als er das Elternhaus verließ, aber das ging natürlich nicht. In ihrer grenzenlosen Verzweiflung wollte sie das damals jedoch nicht wahrhaben.

Der Vater verfluchte ihn, weil er mit ihm eine billige Arbeitskraft für den Hof verlor, und die Mutter schwieg wie immer dazu. Nur manchmal, wenn sie sich ganz sicher war, dass es ihr Mann nicht sah, hatte Katharina sie heimlich um ihren Sohn weinen sehen. Mit einem versonnen Lächeln auf den Lippen dachte sie an ihren geliebten Bruder. Hoffentlich hatte er das Glück, nach dem er suchte, in der Ferne gefunden. Sie wünschte es ihm von ganzem Herzen!

Nach einem letzten kräftigen Schluck knallte der Wirt seinen leeren Becher auf den Tisch.

»Kätter! Hör auf, schon jetzt an deine Hochzeitsnacht zu denken!«

Erschrocken zuckte die Angesprochene zusammen.

»Auf, auf, mach, dass du in den Keller kommst und uns noch einen Krug Wein rauf holst! Das muss begossen werden!«

Katharina beeilte sich in den Keller zu kommen, ehe noch jemand ihre aufsteigenden Tränen bemerkte. Als sie kurz darauf hastig die Kellertreppe wieder hinaufstieg, stolperte sie mit dem vollen Krug über die letzte Stufe. Der Wein schwappte über. Umständlich versuchte sie ihr Gleichgewicht wieder zu finden, damit sie nicht fiel.

»Was ist los, Mädle, fällst du vor lauter Vorfreude auf die kommenden Ereignisse in Ohnmacht?« Der aufgedunsene, rotgesichtige Jörg Dürr legte ihr seinen fetten Arm um die Taille, um sie aufzufangen. Doch er war schon so sturzbetrunken, dass er Katharina dadurch erst recht mit dem vollen Weinkrug zu Fall brachte. Mit seinem verschwitzten, schweren Körper landete er keuchend neben der am Boden Liegenden. Wie aus Versehen nutzte er unauffällig die Gelegenheit, um sich an ihrem Mieder zu schaffen zu machen.

Angewidert wollte sie sich von seinen aufdringlichen Zugriffen befreien, aber ihr fehlte die nötige Kraft. Daher begann sie aus Leibeskräften zu schreien. Verzweifelt versuchte sie, durch wildes Fuchteln die immer aufdringlicher werdenden Hände des schmierigen Mannes abzuwehren. Claus sprang wütend auf, um ihr beizustehen, aber Conz hielt ihn zurück.

»Lass nur, ich mach das schon!« Mit wenigen Schritten trat er zu den beiden.

»Was soll des hysterische Geschrei?« Mit einem ungeduldigen Fußtritt kickte Conz seinen alten Sauf- und Schlägerkumpanen Dürr, der seinem Namen so gar keine Ehre machte, von seiner Tochter weg.

»Lass deine dreckigen Pfoten von ihr, sie ist so gut wie verheiratet. Wenn das deine Alte erfährt, zieht sie dir den Dreschflegel über!«

»Man wird doch mal ein kleines Späßle machen dürfen!«, stellte er beleidigt fest. Alle Gäste außer Claus, der sich vor Wut kaum noch beherrschen konnte, und nur aus Respekt vor seinen zukünftigen Schwiegervater nicht eingriff, brachen in dröhnendes Gelächter aus.

»Spaß hin oder her, lass deine schmierigen Finger von meiner Tochter. Geh ins Badhaus, wenn du so ne Art Spaß willst, aber nicht in mein Wirtshaus! Hier kannst du saufen, raufen, politisieren und von mir aus auch mal deinen Rausch ausschlafen, aber nicht an meiner Tochter rumgrabschen!«

Wieder grinste Claus breit, als falle ihm gar nichts anderes ein.

Katharina rappelte sich mühsam auf. Hektisch rückte sie sich Mieder, Schürze und Röcke zurecht. Ihr Gesicht glühte. Aus Angst vor dem Zorn ihres Vater zog sie es jedoch vor, zu dem Vorfall zu schweigen.

»Was ist mit dir, Kätter? Los, du faules Luder! Ab mit dir in den Keller und bring nen neuen Krug Wein. Na wird's bald, oder soll ich dir Beine machen?«

Ihr Vater schritt, mit der zum Schlag erhobenen flachen Hand, langsam auf sie zu.

Schnell hob sie den verlorenen Krug vom Boden auf, schürzte ihre Röcke und beeilte sich, nochmals in den Keller zu kommen.

»Lass dich bloß nimmer von fremden Männern angrabschen«, rief er ihr hinterher, »sonst bekommst du Ärger mit mir und deinem zukünftigen Gatten!« Die betrunkenen Gäste brachen wieder in grölendes Gelächter aus, diesmal lachte auch Claus mit.

Weinend füllte Katharina den Krug am Weinfass. Ehe sie die Treppen wieder empor stieg, wischte sie sich hastig die Tränen an ihrer Schürze ab. Diesen Triumph wollte sie dieser versoffenen Bande nicht gönnen, sich auch noch an ihrem verweinten Gesicht zu ergötzen. Diese Dreckskerle da oben! Warum nur waren alle Männer gleich? Wie konnte es ihre Mutter nur all die Jahre mit so einem Ekelpaket aushalten? Warum wehrte sie sich nicht, wenn er sie schlug, oder verteidigte ihre Tochter, wenn ihr ein Unrecht widerfuhr? Bevor Katharina vorsichtig die letzte Treppenstufe erklomm, schwor sie sich insgeheim, sich niemals von ihrem Mann so erniedrigen zu lassen, wie ihre Mutter es getan hatte.

Als sie mit stolz vorgerecktem Kinn die Wirtsstube betrat, kniete ihre Mutter auf dem Boden und wischte den verschütteten Wein von den Holzbohlen auf. Ihr Vater stand großspurig neben ihr und schimpfte lauthals.

»Eine Schande ist das, den guten Wein so zu verschwenden! Da geht's hin, mein sauer verdientes Geld. Landet einfach im Putzeimer! Na los, mach das du fertig wirst, Burgel! Der Wein gehört in die Kehle und net auf den Boden!« Er ging langsam auf seine Tochter zu.

»Her mit dem neuen Krug, Kätter, und ab mit dir in die Küche, damit wir was Ordentliches auf den Tisch kriegen.

Deine Mutter ist ja grad mit anderen Dingen als Kochen beschäftigt. Nichtsnutziges Weiberpack! Nichts als Scherereien hat man mit euch!«

Schnell stellte Katharina den Krug auf den Tisch und verschwand in die Küche, damit sie die Erniedrigung ihrer Mutter nicht auch noch ertragen musste.

Schankstube des Gasthauses von Conz Bart zu Oberrot

Ostersonntag, 16. April Anno Domini 1514

Am nächsten Tag, nach dem anstrengenden Ostersonntags-Hochamt, das zum ersten Mal in der neu umgebauten Kirche stattfand, trafen viele Männer in Conz' Wirtshaus ein, um bei einem Osterfrühschoppen zu neuen Kräften zu kommen. Derweil bereiteten die Frauen zuhause den Osterschmaus.

Um die Mittagszeit, als die ersten mit sich zu kämpfen begannen, ob sie nun gehen oder doch noch bleiben sollten, betrat plötzlich ein Fremder die Gaststube. Der hohe Korb, den er auf dem Rücken trug, war prall gefüllt mit allen möglichen Krämerwaren und Tand. Er wurde begeistert empfangen. Ein fahrenden Händler im Dorf war immer ein willkommener Gast.

Den Korb neben sich an einen Tisch gelehnt, damit er ihn im Blick hatte, nahm er Platz. Burgel trug ihm schnell Wein, Brot, Speck und Käse auf. Mit einem freundlichen Lächeln drückte er ihr seinen Dank aus. Dann zückte er das Messer, das an seinem Gürtel hing, schnitt sich ein Stück vom Speck herunter und begann genüsslich zu essen und zu trinken. Erst als er alles leergeputzt hatte, rieb er sich den fettigen Mund an seinem Hemdärmel ab. Das Messer zog er zum Säubern über sein Hosenbein, ehe er es wieder an seinen Gürtel hängte. Zufrieden rieb er sich den gefüllten Bauch.

»Habt Dank! Das war ein vorzügliches Ostermahl!« Suchend blickte er sich in der Gaststube um. »Wer von euch ist denn der Wirt?«

Conz baute sich zu seiner vollen beeindruckenden Körpergröße auf, rieb sich den schwarzen Vollbart und trat mit kräftigen Schritten auf den Händler zu.

»Ich bin der Wirt hier! Mein Name ist Conz – Conz Bart, und wer seid Ihr?«

»Gott zum Gruße, Conz Bart. Ich bin Jacob, der fahrende Händler. Bin überall und nirgends, und hier war ich noch nie. Wusste nicht einmal, dass es hier hinten auch noch Menschen gibt!«

Conz runzelte unwillig die Stirn. »Es ist wohl eine Frage des Standpunkts«, brummte er, »wo vorn und wo hinten ist!«

Die anderen Gäste wagten kaum zu atmen. Der Fremde kannte Conz und seinen Jähzorn nicht. Hoffentlich machte er mit seiner großen Klappe keinen Fehler und verärgerte Conz, sonst würde es ihm schlecht ergehen!

Doch der Händler schien solch eine Reaktion gewöhnt zu sein. Er blieb unbeeindruckt. Unbeirrt lächelte er den Wirt an.

»Ich bin meist im Remstal unterwegs, bei denen ist da, wo ihr wohnt, hinten. Dafür kann ich nichts!«

Bart musterte ihn misstrauisch. Wollte er ihn provozieren oder dachte er sich wirklich nichts dabei? »So, so, ist es das?«

Der Händler blieb freundlich. Er war bester Osterlaune, die er sich nicht verderben ließ.

Conz hingegen blieb misstrauisch. »Was, wenn ich mal fragen darf, führt Euch dann zu uns nach hinten?«

Einige der Gäste schmunzelten hinter vorgehaltener Hand. Dies schien ein interessantes Gespräch zu werden, das wollte sich keiner entgehen lassen. Dann mussten die Frauen, die zuhause mit dem Essen warteten, das eben noch ein wenig länger tun.

»Die frohe Botschaft!«

Conz winkte ab. »Danke bestens! Die hat uns der Pfaffe heute morgen schon viel zu lang und breit in der Kirche verkündet! Ihr seht ehrlich gesagt nicht so aus, als seid Ihr auch ein Pfaff!«

Der Händler schüttelte lachend den Kopf. »Nicht doch, ich bin schon das, nach was ich aussehe, aber trotzdem hab ich auch eine frohe Botschaft zu verkünden!«

»Wir sind ganz Ohr!«

»Was krieg ich dafür?« Mit einem herausfordernden Grinsen blickte er den Wirt an.

Jetzt passiert es! Gleich explodiert er!, dachten die Gäste.

Knisternde Spannung schwang im Raum, die zwischen Angst und freudiger Erwartung lag. Als Conz jedoch plötzlich dröhnend zu lachen begann, sahen sich alle verwundert an. Was war denn in den gefahren? So etwas hatten sie beim Wirt noch nie erlebt.

Es musste wohl an den Aussichten liegen, seine Tochter bald mit einem tüchtigen Burschen zu verheiraten und dadurch endlich wieder einen kräftigen, noch dazu kostenlosen Knecht im Haus zu haben, nachdem ihm doch sein Sohn abgehauen war. So und nicht anders konnten sie sich erklären, was er daran so lustig finden konnte, von einem dahergelaufenen Fremden derart provoziert zu werden.

Nachdem sich Bart wieder beruhigt hatte, wandte er sich, um eine ernste Miene bemüht, wieder an den Händler.

»Wenn die Geschichte gut ist, spendier ich Euch das Essen, wenn nicht, dann prügle ich Euch zur Tür raus! Aber erst, nachdem Ihr bezahlt habt, versteht sich!«

Der Fremde war sofort einverstanden. Zufrieden hielt er ihm die Hand hin, damit er einschlug. Nun lachten auch die anderen. Das war ein Ostersonntag, wie ihn Oberrot noch nicht erlebt hatte. Alle tranken noch schnell einen Schluck. Dann rückten sie sich die Stühle zurecht, damit sie den Erzähler besser im Blick hatten. Dieser drehte sich zu seinen Zuhörern. Conz setzte sich auf seinen angestammten Platz zurück. Er war zufrieden, dass er seine Gäste durch dieses Geschäft noch ein wenig länger bei sich im Wirthaus halten konnte. Jeder bestellte sich noch schnell einen Krug Wein, falls die Geschichte länger dauern sollte. Als alle von Burgel und Katharina bedient waren, lehnten sich die beiden Frauen an die Theke, um ebenfalls zuzuhören.

»Also, dann werde ich meine Geschichte beginnen. Wie ihr ja alle schon wisst, komme ich aus dem Remstal zu euch rauf!«

»Zu uns nach hinten!«, warf ein Zuhörer lachend ein.

»Richtig, zu euch nach hinten«, bestätigte er schmunzelnd.

»Die Botschaft, die ich bringe, wird euch glücklich machen und vielleicht sogar schon bald frei.«

»Was soll das heißen?«, fiel ihm Conz ins Wort.

»Wartet's nur ab!«

Er räusperte sich theatralisch. Bart trommelte derweil mit den Fingerspitzen ungeduldig auf die Tischplatte.

»Nun macht's nicht so spannend! Fangt endlich an!«

»Ihr wisst alle, was ein Gottesurteil ist?«

»Was für eine dumme Frage, natürlich wissen wir das! Wir leben ja nicht hinterm Mond, nur hinterm Remstal. Bei einem Gottesurteil wird das Weib, das die Pfaffen für eine Hexe halten, an Händen und Füßen gefesselt und vom Henker in einen Fluss geschmissen. Wenn sie oben schwimmt, ist sie eine Hexe und kommt auf den Scheiterhaufen, ersäuft sie, ist sie unschuldig. War das etwa schon die ganze Geschichte?«

»Natürlich nicht. Ich wollt nur sicher sein, dass ihr wisst, von was ich rede.«

»Für wie blöd haltet Ihr uns eigentlich?«, knurrte ihn Conz an. Langsam verlor er die Geduld mit diesem Knaben.

»Schon gut, ich erzähl ja schon weiter. Also, in Beutelsbach im Remstal wohnt ein junger Mann namens Peter Gais. Der ist ein verschlagener Leichtfuß, kann ich euch sagen. Dieser Gaisenpeter hat sich gestern in der Früh mit seinen Freunden getroffen, und jeder von denen hat auch noch Freunde mitgebracht, bis sie mehr als hundert waren. Sie sind dann zusammen zum Rathaus gezogen und haben sich da Trommeln und Pfeifen rausgeholt. Dann sind sie mit klingendem Spiel zur Fleischwaage gelaufen, wo die neuen Gewichte lagerten.«

Conz unterbrach ihn barsch. »Was denn für neue Gewichte?«

»Aha, seht ihr, davon wisst ihr noch nichts. Na, ihr könnt froh sein, dass ihr hier nicht im Herrschaftsgebiet von Herzog Ulrich seid, denn sonst wüsstet ihr, was es mit diesen Gewichten auf sich hat. Der gute Herzog lässt sich nämlich immer wieder was Schönes einfallen, um sich von seinen Untertanen sein feudales Leben und seine teure Hofkapelle finanzieren zu lassen. Wartet's nur ab, eure hohen Herren werden sicher auch bald auf so gute Ideen kommen, falls sie sich in Wirtemberg bewähren! Doch vielleicht wird's der Gaisenpeter zu verhindern wissen.«

»Wie das?«

»Diese neuen Gewichte sind auf Befehl des Herzogs eingeführt worden, als er eingesehen hat, dass die direkten Steuern nicht mehr zu erhöhen sind. Darum ist er dazu übergegangen, indirekte Steuern auf Fleisch, Mehl und Wein zu erheben.«

»Das ist ja ungeheuerlich!« Conz war empört aufgesprungen, setzte sich dann jedoch langsam wieder auf seinen Platz.

»Ihr habt recht, das ist es in der Tat! Die Gewichtsbezeichnung ließ er unverändert, das Gewicht selbst wurde aber herabgesetzt. Ein Pfund heißt zwar noch ein Pfund, wiegt aber nur noch etwa ein Drittel seines eigentlichen Gewichts. Das bedeutet, dass der Käufer ein Pfund bezahlen muss, aber kaum mehr als dreihundert Gramm dafür erhält. Der Rest ist die indirekte Steuer.«

Conz schlug mit der Faust auf den Tisch. Seine gute Laune war mit einem Schlag verflogen.

»Diesen Ulrich sollte man … «, presste er zwischen den Zähnen hervor.

»Ja, man sollte ihm zeigen, dass sich die armen Leute das nicht gefallen lassen, und genau das hat der Gaisenpeter gestern getan.«

»Wie?«

»Er hat mit seinen Freunden zusammen die Gewichte in einem festlichen Umzug hinter den Musikanten her zur Rems getragen. Weil es so viele Menschen waren und dann noch die Musik so schön gespielt hat, sind immer mehr Leute dazugekommen, um zu sehen, was da passiert. Am Ufer unten hat der Peter Gais die Leute in einem weiten Halbkreis aufgestellt, damit ihn alle gut sehen konnten. Er selbst ist in die Mitte getreten. Dann hat er die Gewichte hochgehalten, bis alle ganz still waren. Ungefähr so wie ihr jetzt.« In der Tat herrschte in der Gaststube Grabesstille. Alle hingen wie gebannt an den Lippen des Erzählers. Sie wagten kaum zu atmen. Dieser beeilte sich daher, in seiner Erzählung fortzufahren.

»Feierlich, als sei's eine heilige Handlung, rief der Gaisenpeter: ›Wenn der Herzog recht hat, dann sollen die Gewichte oben auf dem Wasser schwimmen, haben aber die Bauern recht, dann sollen sie auf den Grund des Flusses sinken!‹ Damit warf er sie in die Rems und sie versanken sofort!« Nun war es in der Wirtschaft mit der Ruhe vorbei. Tosender Applaus und Jubel brach unter den Zuhörern los. Conz war schwer beeindruckt.

»Wunderbar! Das ist ein Kerl von rechtem Schrot und Korn! So einen wie den könnten wir hier auch gebrauchen!« Der Händler nutzte die Erzählpause, um schnell einen Schluck Wein zu trinken. Als die Zuhörer wieder ruhiger wurden, fuhr er fort.

»Genau so wie ihr haben die Beutelsbacher auch reagiert. Die Bauern haben die Gewichte wieder aus dem Wasser gefischt und sind damit weiter gezogen. In jeder neuen Ortschaft haben sie das Schauspiel wiederholt. Alle sind davon überzeugt, dass die neue Regelung damit schon außer Kraft getreten ist. Sie wurden immer mehr auf ihrem Weg zur Remstäler Amtsstadt

Schorndorf. Sie wollen sich bewaffnen und die Reichsstädte Esslingen und Gmünd besetzen, in denen die Bürger genauso denken und leiden wie sie!«

»Was, sie wollen zu den Waffen greifen?« Bart pfiff anerkennend durch die Zähne.

»Als sie in Schorndorf ankamen, waren es schon mehr als dreitausend!«

»Dreitausend! Das ist ja unglaublich!«

»Das Schorndorfer Stadttor war zunächst für sie verschlossen, aber sie riefen zu den Wachen auf den Mauern hinauf, sie sollten herunterkommen, die Tore öffnen und sie einlassen, es gehe um das alte Recht und die neuen Steuern. Nach einiger Zeit sind die Tore dann aufgegangen, und der Schorndorfer Stadthalter und der Stadtvogt sind mit ihren Knechten und Mägden herausgekommen, die Weinkrüge und Körbe mit Backwerk trugen. Der Stadthalter hat die Bauern herzlich eingeladen, das alles doch bei Wein und Brot zu besprechen, wie es ein schöner alter Brauch im Remstal ist. Die Bauern waren einverstanden, und so aßen, tranken und redeten sie miteinander. Der Stadthalter hörte sich die Beschwerden an, sagte aber, er könne nichts machen, weil er keinen Einfluss auf die Steuergesetzgebung hat. Herzog Ulrich ist gerade im Hessischen im Osterurlaub und kommt erst in zwei Wochen zurück. Dann wird er ihm vorbringen, was sie auf dem Herzen haben.« Wieder kam Jubel unter den Zuhörern auf. Einige waren so begeistert von dieser Geschichte, dass sie dem Krämer zum Dank dafür eine Münze in die Hand drückten. Dieser schob sie dankend in seinen Lederbeutel. Conz erhob sich von seinem Platz, trat auf den Krämer zu und schlug ihm anerkennend auf die Schulter.

»In der Tat eine wunderbare Geschichte, die Ihr uns da erzählt habt! Ihr habt Euch wahrlich Eure Mahlzeit verdient! Aber sagt, woher kennt Ihr sie?«

Der Krämer grinste breit. »Nun, ganz einfach: Ich bin einer der Freunde von Peter Gais, der von Anfang an dabei war!«

Dorfmitte von Oberrot

Sonntag, 13. August Anno Domini 1514

Die Getreideernte war eingefahren, die Stoppelhalme gemäht und in den Scheunen zusammengebracht. In der zweiten Wochenhälfte würde die Brache beginnen. In diese Zeit hinein fiel die Hochzeit von Katharina Bart und Claus Blind.

Die Sonne brannte an diesem flirrend heißen Augusttag von einem strahlendblauen Himmel. Die Straßen des Dorfes hatten sich heute nach dem Kirchgang nicht schnell wieder geleert, wie es sonst der Fall war, wenn alle wieder in die umliegenden Dörfer und Weiler zurückkehrten. Ganz Oberrot hatte sich bereits unter der Dorflinde versammelt, um die Hochzeit der Gastwirtstochter Käthe Bart mit Claus Blind, dem Knecht aus Hinterbüchelberg, mitzufeiern.

Katharina saß noch in ihrer Schlafkammer. Ungeduldig zappelte sie auf der Bettkante herum. Ihre Freundin Margaretha versuchte verzweifelt, den Brautkranz im dichten Lockenhaar Katharinas zu befestigen. Ihre Mutter Burgel saß derweil neben ihrer Tochter auf der Bettkante. Geschickt vernähte sie noch schnell den letzten Ärmelsaum des Brautkleides, das sie einst selbst trug und das sie für ihre Tochter umgeändert hatte. Es war wieder typisch für Conz, die Hochzeit seiner einzigen Tochter ausgerechnet zwischen die Brache und das Dreschen zu legen! Wenn die anstrengende Feldarbeit des Tages hinter ihnen lag, mussten sich die Frauen neben dem Wirtshausbetrieb auch noch darum kümmern, das Essen für das Fest vorzubereiten. Schließlich konnte man sich ja nicht lumpen lassen. Eine Bauernhochzeit war immer eine öffentliche Angelegenheit, zu der das ganze Dorf eingeladen wurde. Die Tische drohten unter der Last der Speisen fast zusammenzubrechen. Da hieß es gut organisieren, alle nötigen Vorbereitungen treffen und vorkochen. Ohne die Hilfe Margarethas, der besten Freundin ihrer Tochter, hätten sie es nie geschafft. Unermüdlich hatte auch sie Hühnchen geschlachtet, gerupft und gebraten. Hatte mit beiden Armen bis zu den Ellenbogen im Brotteig herumgeknetet und Brotlaibe gebacken, dass ihr der Schweiß nur so von der Stirn tropfte. Für den Gemüseeintopf hatte sie vom Ernten, Putzen und Schneiden des Gemüses bis hin zum Kochen alles allein gemacht. Burgel sah Margaretha, die fünf Jahre jünger als ihre Tochter war, immer noch vor sich. Wie sie mit hochgekrempelten Ärmeln, den längsten Kochlöffel in beiden Händen, vor dem riesigen Suppentopf stand, der zur Regulierung der Hitzezufuhr an einer langen Kette über dem Herdfeuer hing, und wie eine Wilde darin herumrührte.

Nein, ohne Margarethas fleißige Hilfe hätten sie es wahrlich nicht geschafft, rechtzeitig bis heute mit allem fertig zu werden! Ein dankbares Lächeln umspielte die Mundwinkel der Brautmutter.

Burgel blieb wegen der vielen anderen Arbeiten, die in diesem Monat alle anstanden, für die Änderung des Brautkleids nicht mehr die nötige Zeit. Jetzt musste sie sich sputen, ehe ihr Mann erschien, um ihre Tochter abzuholen und ihrem Bräutigam zuzuführen.

»Nun halt doch endlich mal still!« Margaretha drückte ihrer Freundin die Schultern nach unten, damit sie nicht mehr so zappelte. Genervt blies sie sich eine blonde Haarsträhne aus dem Gesicht.

»So werden wir ja nie fertig! Dein Vater kommt bald, und du hast weder deinen Kranz auf dem Kopf, noch ist dein Kleid fertig.«

Katharina legte ihre Hände brav in den Schoß. Sie versuchte ruhig sitzen zu bleiben, aber so recht wollte es ihr nicht gelingen. Die beiden anderen Frauen arbeiteten emsig daran, die Braut für ihren großen Tag zu schmücken. Endlich hielt der

Kranz auf ihrem Haar. Margaretha zwickte ihre Freundin in beide Wangen, um ihnen eine hübsche Röte zu verpassen.

»Aua, was soll das? Du tust mir weh!« Katharina wollte die Hände ihrer Freundin abwehren, doch schon wurde der Protest ihrer Mutter laut.

»Halt doch nur noch einen Moment still. Ich bin ja auch gleich fertig!«, ermahnte sie ihre Tochter streng. Margaretha trat einen Schritt zurück, um das Gesamtwerk zu betrachten. Sie war sehr zufrieden mit dem, was sie sah. Burgels Werk war nun ebenfalls vollbracht. Schnell biss sie den letzten Faden mit den Zähnen ab. Die Nähnadel steckte sie in den eigenen Kleiderärmel, während sie von der Bettkante aufstand, um sich neben Margaretha zu stellen.

»Jetzt steh auf, du verrücktes Hühnchen!«, forderte sie ihre Tochter auf. »Wir wollen dich in deiner ganzen Pracht und Herrlichkeit begutachten.«

Katharina sprang auf wie vom Hafer gestochen. »Endlich bin ich von euch erlöst. Ich dacht schon, ihr kämet niemals zum Ende!«

»Na hör mal!«, protestierte Margaretha empört. »Hättest du besser still gehalten, wären wir schon längst fertig. Stimmt doch, Burgel, oder?«

»Allerdings! Nun dreh dich mal, damit wir dich von allen Seiten betrachten können!«

Katharina breitete die Arme aus. Schnell drehte sie sich im Kreis.

»Langsamer!«, kam es wie aus einem Mund von den beiden anderen Frauen. Käthe gehorchte brav. Vorsichtig betastete sie den Kranz auf ihrem Kopf. Danach sah sie lächelnd an sich hinab. Liebevoll strich sie sich über das schönste Leinenkleid, das sie je im Leben getragen hatte.

»Ich sehe fast wie eine Gräfin aus, findet ihr nicht?«

Burgel schüttelte lachend den Kopf. »Wenn du eine Gräfin

wärst, dann hättest du jetzt ein Samtkleid und einen Spiegel, in dem du dich bewundern könntest. So musst du schon damit vorlieb nehmen, wenn wir dir sagen, dass du … «

»Wirklich wie eine echte Gräfin aussiehst!«, unterbrach sie Margaretha schnell.

»Warte!« Sie hob den Zeigefinger. »Ich bin gleich wieder da.« Wie der Blitz schoss sie aus dem Brautgemach. Mutter und Tochter sahen sich verwundert an. Was hatte sie denn nun vor? Einen kurzen Moment später kehrte sie wieder zurück. In der Hand hielt sie etwas, das in groben Stoff verpackt war. Mit einem energischen Ruck streckte sie es Katharina entgegen.

»Das Geschenk von meinen Eltern und mir. Du sollst es jetzt schon haben!«

»Aber das geht doch nicht!«, protestierte Katharina, »das bringt doch Unglück!«

»Unsinn! Sei doch nicht so schrecklich abergläubisch«, winkte Margaretha ab.

»Du musst es jetzt schon haben, weil du es jetzt brauchst!«

Widerwillig öffnete Katharina das flache Päckchen. Heraus kam ein kleiner Handspiegel. Katharina starrte das Geschenk fassungslos an. »Margaretha!«, hauchte sie tonlos. »Der hat euch ein Vermögen gekostet, das kann ich unmöglich annehmen!«

»Na gut! Dann gibst du ihn mir eben nachher wieder zurück, aber jetzt schau dich erst mal darin an!«

Zögernd schaute Katharina in den Handspiegel. Noch nie im Leben hatte sie solch eine Kostbarkeit in Händen gehalten. Der Anblick, der sich ihr bot, gefiel ihr sehr. Das sollte wirklich sie sein? Erstaunt betrachtete sie ihr hübsches Gesicht, die erwartungsvoll glühenden Augen, den Kopfputz und das Kleid. Als Margaretha fand, dass sich ihre Freundin nun lange genug im Spiegel begutachtet hatte, nahm sie ihn Katharina weg und drückte ihn der verdutzten Burgel in die Hand. Sie nahm Katharinas Hände in die ihren und schob sie so weit von sich, bis sie die Braut von oben bis unten bewundern konnte. Freudestrahlend beglückwünschte sie sich und Burgel zu ihrem gelungenen Kunstwerk.

»Jawohl!«, bemerkte sie mit Genugtuung.

»Meine beste Freundin Katharina Bart ist heute eine echte Gräfin! Sie hat sogar einen Spiegel, um dies selbst zu erkennen!« Mit einer tiefen Verbeugung brachte sie ihr ihre Ehrerbietung entgegen.

Die Braut schüttete sich aus vor Lachen. Gerührt schloss sie die Freundin in die Arme. »Danke, Marga, für dieses wundervolle Geschenk. Du bist ein Engel auf Erden! Was würde ich nur tun, wenn ich dich nicht hätte?« Käthe küsste sie auf die Wange.

»Ja, dann hättest du wahrlich nicht so viel zu lachen! Aber du hast mich ja und wirst mich auch niemals los!«

»Versprichst du mir das?«

Margaretha zuckte lässig mit den Schultern. »Sicher, wenn es sein muss, verspreche ich dir das!«

»Ich werde dich daran erinnern, wenn es mal nötig ist!«

Noch ehe Margaretha etwas darauf erwidern konnte, klopfte es an die Tür der Schlafkammer. Die Köpfe der Frauen fuhren erschrocken herum. Sie waren keine Sekunde zu früh fertig geworden! Burgel öffnete die Tür der Schlafkammer. Conz trat in den Raum auf seine Tochter zu, die ihm lächelnd entgegenging, um ihm die Hand zur Führung zu reichen.

»Potztausend, Kind! Du siehst aus wie damals deine Mutter, als wir geheiratet haben.« Sie hatte nie zuvor die Gesichtszüge ihres Vaters so weich werden sehen. Fast kam es ihr vor, als flamme in seinen Augen ein Liebesfunke auf, doch genauso schnell, wie er gekommen war, verschwand er auch wieder. Er drehte sich zu seiner Frau um, die ihn sanft anlächelte.

»Nicht wahr, sie ist wunderschön«, stellte sie zufrieden fest.

»Genau wie du es warst! Zum Glück haben wir damals nicht

auf deinen Vater gehört, der uns die Hochzeit verbieten wollte, und haben heimlich geheiratet.«

Verschwörerisch zwinkerten sie sich zu.

Katharina fiel aus allen Wolken. »Ihr habt *was*?« Sie glaubte, ihren Ohren nicht zu trauen. Für sie war es immer selbstverständlich, dass ihre Mutter den Vater niemals aus freien Stücken geheiratet hatte! Dabei sollte sie sich sogar gegen den Willen des Vaters aufgelehnt haben? Das konnte doch einfach nicht wahr sein! Burgel lächelte milde.

»Sicher, mein Kind, wir haben aus Liebe geheiratet. Mein Vater hat getobt und gebrüllt, als er's erfahren hat. Er wollte uns sogar beide umbringen, aber wie du siehst, hat er es dann doch nicht getan, denn sonst könntest du heute nicht heiraten!«

Katharina stand der Mund vor Staunen offen.

Ihre Freundin ermahnte sie streng: »Mach den Mund zu, du siehst sonst aus wie eine Vogelscheuche. Beiß dir lieber mal auf die Lippen, damit sie voller und roter werden!«

Der stolze Brautvater führte seine Tochter aus der Kammer, um sie unten an der Wirtshaustür ihrem Bräutigam zu übergeben, der schon nervös von einem Bein aufs andere trat und vor lauter Aufregung auf seinen frisch geputzten Fingernägeln herumkaute. Wo die nur so lange blieben? Als sich endlich die Tür des Gasthauses öffnete und Conz mit seiner nervös lächelnden Tochter am Arm heraustrat, blieb ihm fast das Herz stehen. Bei Katharinas Anblick klappte nun ihm die Kinnlade herunter. Hinter Vater und Tochter erschallte das unbefangene Lachen Margarethas.

»Jetzt sieht der Claus aus wie du eben! Wenn das kein Zeichen dafür ist, wie gut ihr zwei zusammenpasst!«

Die schlichte Trauungszeremonie unter der Dorflinde war schnell vollzogen. Danach wurde alles aufgetischt, was Küche und Keller der Familie Bart zu bieten hatten, und das war nicht wenig. Musikanten spielten zuerst zum Essen, danach zum

Tanz auf. Ausgelassen drehten sich die Paare im Kreis, Claus und Katharina immer mitten drin im Getümmel. Wenn sie sich's so recht überlegte, war es ihr schon lieber, mit dem Segen ihres Vaters zu heiraten als ohne, wie er selbst und ihre Mutter es getan hatten. Denn ganz bestimmt hätte sie dann niemals auf der Hochzeit *ihrer* Tochter tanzen können, weil ihr Vater sie vorher umgebracht hätte.

Claus war nach der Verkündigung ihrer Verlobung immer öfter bei ihr erschienen. Er brachte ihr sogar ab und zu ein kleines Geschenk mit. Einen Wiesenblumestrauß, den er ihr mit einer unbeholfen wirkenden, aber galant gemeinten Verbeugung überreichte, oder auch eine selbstgeschnitzte Holzfigur. So hatten sich in einem kleinen Kästchen schon einige Figürchen angesammelt, die sie sich immer wieder ansah, wenn sie in Zweifel geriet, ob diese Hochzeit wirklich gut für sie war.

Liebevoll streichelte sie dann über die kleinen Kühe, Pferde oder Schweinchen, wie sie es sich von Claus wünschte. Er war zwar immer sehr zuvorkommend und nett zu ihr, aber niemals kam er auf die Idee, sie einmal zärtlich an die Hand zu nehmen oder sie gar einmal in seine Arme zu schließen. Küssen war genauso verpönt wie Händchenhalten. Es war ihm offensichtlich unangenehm, sie zu berühren. Kein Wort der Liebesbekundung kam je über seine Lippen. Vielleicht liebte er sie tatsächlich nicht und war doch nur auf ihre Mitgift aus. Wenn ihr solche Gedanken in den Sinn kamen, schüttelte sie diese energisch ab. Schließlich war auch sie nicht in heißer Liebe zu ihm entbrannt, aber man sagte ja, diese Ehen seien die stabilsten. Wenn eine Liebesheirat tatsächlich einmal so endete wie bei ihren Eltern, konnte sie getrost darauf verzichten! Es blieb ihr nichts anderes übrig, als sich damit abzufinden und darauf zu hoffen, dass es nach der Hochzeit doch noch besser wurde.

Am späten Nachmittag erschien plötzlich eine hässliche, steinalte Frau auf dem Dorfplatz. Sie trug zerlumpte Kleider und ausgetretene Schuhe. Ihr weißes, dünnes Haar fiel zottelig unter dem Kopftuch hervor. Den gebeugten Körper schwer auf einen Stock gestützt, trat sie an das Brautpaar heran, das sich gerade eine Verschnaufpause vom Tanzen gönnte. Die beiden saßen nebeneinander auf der Bank, um einen Schluck zur Stärkung zu trinken. Erschrocken machten die Gäste der unheimlichen Fremden Platz. Claus war zu sehr ins Gespräch mit einem der Gäste vertieft, als dass er die Alte sofort bemerkt hätte. Katharina hingegen sah sofort auf, als sich die tanzenden Menschen plötzlich teilten, um für sie eine Gasse zu bilden.

Zielstrebig schritt die Alte auf sie zu. Direkt vor ihr blieb sie stehen. Der Braut wurde bei ihrem Anblick mulmig zumute. Wer war diese unheimliche Person, die es wagte, so unverfroren in ihre Hochzeitsfeier hineinzuplatzen, ohne sich vorher anzumelden? Hastig stand Katharina auf. Sie trat hinter dem Tisch hervor, um die Fremde zu begrüßen und ihr einen Platz anzubieten, den diese aber mit einem Handzeichen ablehnte.

Auch wenn ihr beim Anblick dieser unheimlichen Alten angst und bange wurde, musste sie sich doch zusammenreißen. Schließlich war sie ein Gast, wenn auch kein geladener. Wenn sie sich's recht überlegte, auch kein erwünschter. Käthe graute vor dieser Alten, die wie eine böse Hexe aussah. Dieser Gedanke ließ sie erneut erschaudern. Die Stimme der Braut zitterte, als sie ihr etwas zu Essen und Trinken anbot, was diese ebenfalls mit einem Kopfschütteln ablehnte. Dabei hörte sie nicht auf, Katharina mit ihren durchdringenden Augen zu fixieren, wie die Schlange ein Kaninchen. Die Musik hörte zu spielen auf, als sich die Alte und die Braut Auge in Auge stumm gegenüberstanden. Nun wurde auch Claus des neuen Gastes gewahr. Stirnrunzelnd stand er ebenfalls auf und ging um den Tisch herum. Er bemerkte, wie seine Frau vor Furcht zitterte.

»Was willst du hier?«, fragte er die Alte lauter, als es nötig gewesen wäre. Auch ihm war nicht wohl in seiner Haut. Was, wenn diese Fremde hier sie und ihre Ehe verfluchen wollte? Schließlich gab es genug Neider, die Claus seine Katharina nicht gönnten. Nicht nur einer davon befand sich heute unter den Gästen der Festgesellschaft.

Die Alte ließ Katharina nicht aus den Augen, als sie ihr plötzlich mit ihrem knorrigen Finger auf die nackte Haut über ihrem Mieder tippte. Diese zuckte unter der Berührung der eiskalten Hand erschrocken zurück.

»Ich will zu ihr!« Die krächzende Stimme der Hexe ließ ihr das Blut in den Adern erstarren. Was konnte sie nur von Katharina wollen? Eben wollte Claus alle Regeln der Gastfreundschaft über Bord werfen und sie zum Teufel schicken, wo sie seiner Meinung nach hingehörte, da kehrten Margaretha, Conz und Burgel mit Weinnachschub aus dem Wirtshaus zurück. Schnell stellte Margaretha ihre Weinkrüge auf dem Tisch ab, ehe sie auf die drei zutrat.

»Bist du die Maria aus Hall?«, fragte sie die Alte höflich. Die Angesprochene nickte stumm. Etwas irritiert wandte sich Marga an ihre Freundin.

»Nun ja, mein Schätzle, dann ist sie dein zweites Hochzeitsgeschenk von mir!«

Katharina stockte der Atem. Widerwillig verzog sie das Gesicht zu einem kläglichen Lächeln. Was hatte sich Marga da nun wieder einfallen lassen? Dieses grässliche Weib sollte ihr Hochzeitgeschenk sein? Wie sollte sie das verstehen? Eine Gänsehaut des Grauens überlief sie. Den Blick fest auf Margaretha geheftet, fragte sie unsicher: »*Die* soll mein Geschenk sein? Was soll ich denn mit *der* anfangen?«

Margaretha lachte etwas unsicher. Sie hatte sich diese Maria aus Hall ehrlich gesagt auch etwas vertrauenserweckender vorgestellt. Dieser durchfahrende Händler hatte ihr glaubhaft versichert, dass er eine gute Hexe kenne, die sich mit solchen Dingen wie Liebestränken und ähnlichem bestens auskannte. Außerdem konnte sie in die Zukunft sehen. Sie hatte sich eingebildet, jemand, der Liebeszauber beherrschte, könne nicht scheußlich aussehen. Wenn sie das geahnt hätte! Aber nun war sie eben schon einmal da. Darum sollte sie auch das tun, wofür Marga sie bezahlen musste. »Sie wird dir die Zukunft vorhersagen!«

Katharina durchfuhr ein Schauer des Entsetzens. »Ich will aber gar nicht wissen, was mir die Zukunft bringt. Frag doch du sie, wenn es dich interessiert.«

Aber Margaretha schüttelte entschieden den Kopf. Nein, alles sollte so geschehen, wie sie es sich ausgedacht hatte. Entschlossen gab sie den Musikanten ein Zeichen, damit diese endlich weiterspielten.

Etwas zögerlich setzte die Musik wieder ein. Claus stellte sich zwischen die beiden Freundinnen, als Margaretha Katharinas Hand ergreifen wollte, um sie mit zu ihrem Elternhaus zu ziehen.

»Nein,« donnert er sie wütend an, »Daraus wird nichts werden. Wenn Katharina nicht will, braucht sie es auch nicht zu tun. Sag dieser alten Hexe, sie soll sich zum Teufel scheren mit ihrer Kunst, oder ich melde sie dem Pfaffen, dann ist es bald rum mit ihr und ihrem Hexenzauber!«

Da funkelte die Alte Claus so böse an, dass es ihm den Magen zusammenzog. Schnell wandte er den Blick von ihr ab.

Margaretha redete derweil weiter auf ihre Freundin ein. »Nun komm schon, sie ist nur deswegen aus Hall angereist. Wie du siehst, ist sie nicht mehr die Jüngste für solch eine Reise. Außerdem muss ich sie so oder so bezahlen, so war es ausgemacht. Also komm jetzt mit!« Energisch zog sie die Freundin hinter sich her. Die Hexe warf dem Bräutigam einen letzten giftigen Blick zu, dann grinste sie ihn hämisch an, als sei ihr eben ein teuflischen Plan gekommen, wie sie ihm eins auswischen konnte. Claus fror plötzlich trotz der sommerlichen Schwüle so, als ob er Schüttelfrost bekäme. Entsetzt blickte er den drei Frauen nach, bis diese in Margarethas Elternhaus verschwanden und die Tür hinter sich verriegelten.

»Warum hast du sie nicht daran gehindert, du unfähiger Versager?«, donnerte ihn sein Schwiegervater an. »Sie ist jetzt deine Frau und muss auf das hören, was du ihr sagst. Du hättest es ihr verbieten können!« Claus starrte immer weiter auf die verschlossene Haustür. Er wusste es selbst nicht. Irgendetwas hatte ihn davon abgehalten, es zu tun, aber was?

Im Inneren des Hauses war es nicht kühler als draußen, nur stickiger. Da sie Fensterluken und Türe geschlossen halten mussten, um keinen neugierigen Blicken ausgesetzt zu sein, entzündete Margaretha einen Kienspan, der sein spärliches Dämmerlicht in der Bauernstube verbreitete. Die Hexe wies die beiden jungen Frauen an, sich ihr gegenüber an den Tisch zu setzen. Beiden war nun nicht mehr sehr wohl in ihrer Haut. Vielleicht war das doch keine so gute Idee!

Die Alte kramte lange in ihrer großen Umhängetasche herum, ehe sie nach und nach verschiedene Utensilien auf dem Tisch ausbreitete. Bald verbreiteten zwei dicke, wachsvertropfte Kerzen ein gespenstisches Licht in der Stube. Zwischen diesen Kerzen lag ein Stück einer roten Kordel, sieben Rosskastanien, zwei kleine rote Kerzen, ein kleines Ölfläschchen, ein Räucherfässchen, etwas Holzkohle und ein Bund Fenchelkraut auf der Tischplatte.

Die Hexe schob Katharina das Kordelstück und die Kastanien hinüber. »Befestige jede einzelne Kastanie an der Kordel und binde zwischen jeder Kastanie einen Knoten.«

Doch Katharina verschränkte trotzig die Arme vor der Brust. »Nein, das werde ich nicht tun! Wer weiß, was du dann mit mir anstellst!«

Margaretha griff beschwichtigend nach ihrer Hand. »Schätzle, es ist ein Liebeszauber!«

»Ein *was*?« Sie schüttelte die Hand ihrer Freundin ab. »Bist du denn von allen guten Geistern verlassen? Was soll ich denn mit einem Liebeszauber anfangen? Ich bin seit heute eine verheiratete Frau, falls dir das entgangen sein sollte!«

Ihre Freundin lachte etwas nervös. »Na eben drum! Es ist doch angenehmer, du kannst mit deinem Mann aus Liebe zusammensein, als aus Pflichtgefühl dem Vater gegenüber. Oder etwa nicht?«

»Mir geht es ganz gut dabei!«, gab sie trotzig zurück. »Ich will keinen Liebeszauber!«

»Nun komm schon! Dieser Zauber hilft dir dabei, Liebe und Harmonie in der Partnerschaft heraufzubeschwören.«

Katharina schob das Kinn kämpferisch nach vorn, wie sie es immer tat, wenn sie sich nicht dem Willen eines anderen beugen wollte. Margaretha war über das Verhalten ihrer Freundin schwer enttäuscht.

»Du bist ein Spielverderber!«

»Was, ein Spielverderber?« Katharina war ehrlich entsetzt. »Das hier ist doch kein Spiel! Merkst du das denn nicht?« Sie deutete auf die Alte, die ihnen stumm gegenübersaß und darauf wartete, endlich weitermachen zu können.

»Sieh sie dir doch an! Die sieht doch nicht aus, als sei sie zum Spielen aufgelegt!«

Margaretha zuckte mit den Schultern. »Um so besser, wenn es wirklich funktioniert. Auf, nun mach schon, sonst mach ich's für dich!«

»Bitte!« Katharina wies auf die Utensilien, die auf dem Tisch liegen. ›Tu dir keinen Zwang an!‹«

»Also schön! Du hast es so gewollt! Dann mach ich's eben.«

Nun mischte sich die Alte ein. »Ich warne dich, Kindle! Der

Zauber wirkt immer nur bei demjenigen, der ihn durchführt. Man kann es nicht für einen anderen tun!«

»Das ist gut!«, gab Margaretha zurück, »das ist sehr gut! Aber was, wenn ich noch keinen Partner habe?«

»Der wird sich bald danach finden. Bist du bereit dafür?«

Margaretha nickte heftig. »Sicher!«

»Hast du dir denn schon einen ausgesucht?«

»Eigentlich schon!«

»Was? Das stimmt doch gar nicht!«, protestierte Katharina. »Wer soll das denn sein? Du hast mir nie von ihm erzählt!«

Margaretha verdrehte die Augen. »Ich hab ihn auch erst heut auf deiner Hochzeit kennen gelernt.«

»Was, der, mit dem du dauernd getanzt hast? Der Küfer Martin Hüninger aus Murrhardt? Dieser Blondschopf, mit den zerzausten Haaren, der ein bisschen schielt und schon viel zu tief in den Becher geschaut hat?«

Margaretha kniff wütend die Augen zu kleinen Schlitzen zusammen. »Ja, genau, der niedliche Bursche mit dem netten Lockenköpfchen und den tiefbraunsten Augen, die Gottes schöne Welt je gesehen haben!«

Katharina brummte unwillig. »Ich sehe schon, wir meinen den gleichen Burschen.« Margaretha grinste breit, doch ihre Freundin ließ nicht locker.

»Du kennst ihn doch kaum. Ich meine, er ist doch nicht von hier und nur auf der Durchreise. Was willst du denn in Murrhardt? Du gehörst hierher nach Oberrot, zu mir! Du hast mir doch vorhin versprochen, mich niemals zu verlassen. Hast du das etwa schon wieder vergessen?«

»Ach, lass mich! Glaubst du, ich warte so lange mit dem Heiraten wie du?«

Das hatte gesessen. Katharina schossen die Tränen in die Augen. Das war zu viel! Doch Margaretha schien wie von Sinnen. Wildentschlossen wandte sie sich nun wieder der

Hexe zu. Diese fragte ruhig in das Streitgespräch der beiden hinein.

»Willst du es nun oder nicht? Dieser Zauber ist sehr stark und verfehlt niemals seine Wirkung.«

Trotzig nickte sie.

»Überlege dir gut, was du dir wünschst, mein Kind, es könnte nämlich in Erfüllung gehen.« Auf einmal blickte die Alte eindringlich Katharina an. »Das gilt übrigens für euch beide!«

Katharina überlief ein kaltes Schaudern, als Marga nach der Kordel und den Kastanien griff. »Was muss ich tun? Ich hab's vergessen.« Die Alte wiederholte ihre Aufforderung, und Margaretha tat, wie ihr geheißen.

»Nun nimm die miteinander verbundenen Kastanien in die Hand!«

Sie schloss die Hand um die Kordel mit den Kastanien. »Ist es richtig so?«

Die Alte nickte.

»Salbe nun die beiden Kerzen von der Mitte nach oben und von der Mitte nach unten rundherum mit diesem Öl ein.«

Die Hexe schraubte das Ölfläschchen auf und hielt die Kerzen, damit sie besser damit zurecht kam.

»Entzünde die Kerzen und spreche dabei diese uralte Zauberformel:

Göttin Diana!
Göttin der Liebe und der Jagd,
bitte erhöre deine Tochter!
Schnüre diese Knoten,
um die Liebe in unseren Herzen zu binden.
Oh Göttin Diana,
deren Pfeile stets ihr Ziel treffen,
segne uns für diese Liebesbeziehung!«

Da rief Katharina verzweifelt: »Marga, nein, um der heiligen Jungfrauen und aller Heiligen Willen, die du so sehr verehrst, tu das nicht! Es ist eine schwere Sünde. Ich beschwöre dich, lass es sein!«

»Pah, du magst den Martin bloß nicht, weil er schielt, das ist alles.«

»Wie kann ich jemanden nicht mögen, wenn ich ihn nicht einmal richtig kenne? Aber du kennst ihn doch auch kaum! Es ist zu früh und überhaupt nicht nötig, so etwas zu tun!«

»Ach, lass mich doch in Frieden!« Margaretha wiederholte feierlich die Worte, wie es ihr die Hexe aufgetragen hatte. Diese gab ihr zu verstehen, dass sie nun die Holzkohle in den Kessel legen solle.

Sie schwiegen einige Minuten, bevor die Hexe Marga die Anweisung gab, die Kohle zu entzünden und den Fenchelbüschel, das Kraut der Diana, darauf zu legen. Während der berauschende Duft des verbrennenden Krauts in ihre Nasen stieg und langsam den Raum erfüllte, musste Margaretha mit all ihren Gedanken und ihrer ganzen Willenskraft an eine glückliche und harmonische Ehe denken. Erst als die Hexe das Zeichen gab, war der Spuk vorüber.

Katharina saß wie versteinert neben ihrer Freundin. Sie verstand die Welt nicht mehr. Warum nur hatte sie das getan? Das war doch Wahnsinn!

»So, und nun sag mir noch meine Zukunft voraus!«, forderte Margaretha entschlossen.

Die Hexe zog einen Stapel abgegriffener Karten aus ihrem Beutel. Konzentriert begann sie zu mischen.

»Sag mir, wann ich aufhören soll!«, forderte sie Marga auf. Danach durfte sie eine der umgedrehten Karten ziehen. Die Hexe nahm sie ihr ab. Im flackernden Kerzenlicht beäugte sie die Karte. Sie hielt sie dabei so, dass die beiden jungen Frauen nicht sehen konnten, welches Bild sich darauf befand.

Nachdenklich schob die Hexe die Unterlippe vor. Lange Zeit starrte sie wie hypnotisiert auf die Karte. Dabei brummte sie etwas Unverständliches vor sich hin. Plötzlich sah sie Marga mit einem Blick an, der diese zu Tode erschreckte. »Es sieht gut für dich aus, mein Kind«, flüsterte die Alte gedehnt. »Du wirst bald ein neues Leben ohne Leid beginnen.«

Doch die beiden glaubten ihr kein Wort. Ihr Blick wollte nicht so recht zu dieser Aussage passen.

»Zeig her, ich will sie sehen!« Marga griff nach der Karte. Die Alte gab sie jedoch nicht aus der Hand. Ihr ausgestreckter dürrer Zeigefinger der anderen Hand wackelte warnend in der Luft hin und her.

»Nein, nein, niemand außer mir darf die Karten sehen! Das birgt großes Unglück in sich!« Schnell schob sie die Karte wieder in den Stapel zurück, damit die beiden jungen Frauen sie nicht doch noch zu Gesicht bekamen.

»Glaub mir einfach, dass du glücklich wirst. Das muss genügen!«

Sie wandte sich Katharina zu. »Doch nun zu dir! Willst auch du einen kleinen Blick in deine Zukunft werfen?«

Katharina zögerte. »Eigentlich nicht.« Doch dann besann sie sich. »Also gut, sag mir, was die Zukunft für mich bereit hält.« Die Alte mischte wieder die Karten, bis Katharina sie bat, aufzuhören. Sie hielt ihr den Kartenstapel zum Ziehen hin. Katharina zog eine Karte heraus, doch anstatt sie der Alten zu geben, drehte sie die Karte schnell selbst um und sah sie an. Das Keifen der Hexe drang aus weiter Ferne an ihr Ohr, als sie völlig verwirrt auf das Bild eines Priesters starrte.

Wenig später fanden sich die beiden jungen Frauen wieder auf dem Dorfplatz ein. Beide waren etwas blass um die Nase. Claus ging auf Katharina zu, um zu erfahren, was denn da drinnen vorgefallen war. Käthe hatte den inbrünstigen Wunsch, sich einfach in seine Arme zu werfen und zu weinen, aber sie wusste genau, wie sehr ihr Mann solche Gefühlsausbrüche an ihr hasste, noch dazu vor allen Leuten. Daher zog sie es vor, sich um seinetwillen zurückzuhalten, auch wenn ihr Innerstes so aufgewühlt war wie nie zuvor.

»Komm schon, Kätter«, forderte sie ihr Mann auf. »Trink erst mal nen Schluck Wein, und dann verrate uns, was ihr mit der alten Hexe da drin angestellt habt. Sie ist kreischend davon gestürmt! Ihre Röcke sind nur so geflogen. Den Stock hat sie gar nicht mehr gebraucht. Habt ihr einen Zauber mit ihr gemacht, oder warum ist sie ab, als sei der Teufel persönlich hinter der Sünderin her?« Die Umstehenden schüttelten sich aus vor Lachen.

Conz trat hinzu. Nachdenklich rieb er sich den Bart. »Wenn es nicht lebensgefährlich wäre, so etwas zu behaupten, dann würde ich sagen, ihr beiden seid die wahren Hexen. Eine alte Frau so zu erschrecken, also wirklich!« Er schüttelte in gespielter Empörung den Kopf. »Was habt ihr mit ihr angestellt? Sie mit Weihwasser besprengt oder so was Ähnliches?«

Katharina nahm kreidebleich ihren alten Platz auf der Bank ein. Ihr war der Sinn nach Scherzen für heute vergangen.

Margaretha hingegen hatte sich schon wieder gefangen. »Da wir leider kein Weihwasser zur Hand hatten, haben wir eben was Ähnliches gemacht!«

»Nun sag schon! Was ist da drin geschehen?«, mischte sich nun auch Margas Tänzer Martin ein. Marga schenkte ihm ihr reizendstes Lächeln, mit dem sie ihn ganz verlegen machte. Katharina sprang mit einem Satz auf, rannte auf ihre Freundin zu, schüttelte sie am Arm und schrie sie verzweifelt an. »Sag nichts, sonst kommt das Unglück über dich!«

Marga aber blickte sie gelassen an. »Du hast doch gehört, was die Alte gesagt hat. Mein Glück hat doch schon angefangen, als sie kreischend ihr Hexenzeug zusammengepackt hat und einfach verschwunden ist, ohne sich ihre Bezahlung einzufordern. Es lohnt sich also nicht, sich aufzuregen, Schätzle!« Lässig hakte sie sich bei Martin unter, der im siebten Himmel schwebte. Ihr zärtlicher Blick traf ihn mitten ins Herz und ließ ihn leicht erröten. Marga zog ihn mit sich auf die Tanzfläche. Die Musikanten spielten eine lustige Weise.

»Komm Martin, mein Schatz, lass uns beide nun direkt in den Himmel tanzen. Nur du und ich!« Martin wusste überhaupt nicht, wie ihm geschah, als sie sich plötzlich zu ihm empor streckte, um ihn leidenschaftlich zu küssen. Katharina verdrehte stöhnend die Augen gen Himmel. Burgel hingegen blickte den beiden lächelnd zu.

»Würde mich nicht wundern, wenn es bald wieder eine Hochzeit gäbe!«

Katharina bekreuzigte sich hastig. Wie betäubt murmelte sie: »Mich auch nicht, Mutter! Mich auch nicht!«

Schankstube des Gasthauses von Conz Bart zu Oberrot

am Abend des 13. August Anno Domini 1514

Der erdrückenden Schwüle des Tages folgte ein gewitterschwangerer Abend. Das ferne Donnergrollen klang bedrohlich. Es kam immer näher. Die Abenddämmerung wurde durch die am Horizont aufziehende Gewitterfront in ein schwarzes, gespenstisches Licht getaucht. Immer wieder zuckte ein Blitz als Wetterleuchten über den Himmel. Katharina bekreuzigte sich ängstlich. Wenn dieses Wetter nur nicht die alte Hexe geschickt hatte, um sie zu für ihre Unverschämtheit zu bestrafen! Angsterfüllt starrte sie in die schwarzen Wolken, als erwarte sie allen Ernstes, es luge vielleicht ein Besenstiel daraus hervor.

Das Fest war längst zu Ende. Die meisten Gäste hatten schon lange den Heimweg angetreten. Schließlich war morgen wieder ein harter Arbeitstag auf den Feldern. Katharina hatte sich umgezogen, damit ihr Brautkleid bei den Aufräumarbeiten nicht beschmutzt oder gar beschädigt wurde. Sie hatte es Margaretha versprochen, die es sich kürzen wollte, um es bei ihrer eigenen Hochzeit zu tragen. *Eine Hochzeit, die auf Hexenzauber aufgebaut ist*, dachte Katharina schaudernd.

Die Männer hatten die Tafeln aufgelöst. Die Frauen trugen eben das letzte Geschirr ins Haus, als es zu regnen begann. Alle freuten sich über das gute Gelingen des Festes. Nun nur noch das Geschirr spülen und die Küche aufräumen, dann war alles erledigt. Burgel und Margaretha waren emsig in der Küche zugange, während Katharina das saubere Geschirr in den Regalen und Schränken verstaute. Conz und Claus saßen am Stammtisch, um auszurechnen, was Conz die Hochzeit im Ganzen gekostet hatte.

Inzwischen regnete es draußen in Strömen. Der Donner grollte bedrohlich über ihren Köpfen. Grelle Blitze erhellten zuckend den pechschwarzen Nachthimmel. Alle waren froh, ein Dach über dem Kopf zu haben.

Plötzlich klopfte es laut und fordernd an die Tür. Conz hatte längst abgeschlossen. Wer konnte das um diese nachtschlafene Zeit nur sein? Katharina schickte ein rasches Stoßgebet gen Himmel:

Heilige Maria, Mutter Gottes, lass es nicht die Hexe sein, die mich holen kommt!

»Wer zum Donnerwetter ist denn bei diesem Wetter jetzt noch draußen unterwegs?« Conz stand auf. Mit großen Schritten eilte er zur Tür, um den Riegel zurückzuschieben. Seine Laune besserte sich sofort, als er den späten Gast erkannte.

»Ja, da sieh einer an, Jacob, der fahrende Händler! Kommt rein, Ihr seid ja klitschnass!« Bart ließ Jacob eintreten. Hinter dem Händler verschloss er die Tür wieder. Seine Augen mussten sich erst wieder ans Licht gewöhnen. Conz schüttelte ihm herzlich die nasse Hand.

»Seid mir herzlich gegrüßt, Händler Jacob. Kommt, gebt mir Euren Umhang, damit ich ihn zum Trocknen an den Haken hängen kann.« Jacob reichte ihm seinen tropfnassen Umhang und setzte den Gugel ab.

»Was für ein verrückter Zufall. Ihr taucht immer bei uns auf, wenn's was zu feiern gibt. Das letzte Mal hab ich der Katharina ihre Verlobung bekannt gegeben, und heut hat sie geheiratet. Ihr habt wohl einen Riecher für Feste!«

Der Händler begrüßte den Wirt höflich, aber zurückhaltend.

»Burgel!«, brüllte Conz in die Küche, »bring unserem späten Gast ein Handtuch und was zu essen.« Er wandte sich wieder Jacob zu. »Ihr seid doch sicher hungrig.«

»Ja sicher!«, antwortete dieser müde. Keiner bemerkte seinen merkwürdigen Tonfall. Der Wirt wartete, bis sich sein später Gast notdürftig abgetrocknet hatte.

»Wollt Ihr vielleicht was Trockenes zum Anziehen?«

»Nein danke, es geht schon. Nach solch einem heißen Tag tut eine Abkühlung gut. Das Wasser spült den Dreck ab. Wisst Ihr, es ist ein gutes Gefühl, sauber zu sein!«

Verständnislos bot ihm Conz einen Platz am Stammtisch an, den der späte Gast dankend annahm. Als er sich direkt neben ihn auf die Bank setzen wollte, rückte Jacob etwas von ihm ab, als sei ihm die Nähe des anderen unangenehm. Conz schob es auf seinen nassen Zustand und hielt den vom Gast gewünschten Abstand ein.

Burgel stellte einen Teller restlichen Gemüseeintopf und kalten Braten vor ihm auf den Tisch. Daneben legte sie einige Brotscheiben.

Auch Margaretha trat nun aus der Küche heraus. Das Tagwerk war vollbracht! Die drei Frauen lehnten sich an die Theke, um der Unterhaltung der Männer zuzuhören.

»Ihr habt Glück, mein Freund, denn diesmal ist das Essen noch deutlich besser als letztes Mal. Ist es die Geschichte auch, die Ihr uns heute mitbringt, dann kriegt Ihr's wieder umsonst!« Alle sahen ihn erwartungsvoll an. Ja, eine gute Geschichte wäre die perfekte Abrundung eines solchen Tages!

Lustlos rührte Jacob mit dem Holzlöffel in seinem Suppenteller herum. Verwundert legte Conz die Stirn in Falten. Irgendwie benahm sich der Händler heute so anders als das letzte Mal. Ob es wohl am Wetter lag?

»Stimmt etwas nicht mit dem Essen?«

»Nein, nein, es ist alles in Ordnung mit dem Essen.« Er legte den Löffel beiseite.

»Aber warum esst Ihr dann nicht?«

»Mir ist der Appetit vergangen.«

»Jacob, da ist doch etwas vorgefallen. Berichtet, was geschehen ist!«

Der Händler wischte sich die Nase an seinem Hemdärmel ab. Erst jetzt bemerkten die anderen, wie erschreckend er aussah, fast wie ein Geist. Wo hatte er eigentlich seinen Warenkorb gelassen? Conz wurde unruhig. Ihm musste etwas sehr Ernstes zugestoßen sein, wenn er sich so seltsam benahm. Das letzte Mal war er das ganze Gegenteil von dem, was er heute darstellte. Ihm schien seine gesamte Lebensfreude mit einem Schlag abhanden gekommen zu sein.

»Nun macht schon, klärt uns Hinterwäldler auf, was sich im Remstal tut. Wir haben lange nichts von denen da vorn gehört!« Jacob verzog das Gesicht zu einem missglückten Lächeln, das mehr einer furchterregenden Fratze glich als dem, was es werden sollte. Den anderen war mit einem Mal nicht mehr so recht wohl in ihrer Haut. Was musste geschehen sein, wenn ein Mensch wie er so in sich zusammenfiel? Die ungewohnte Fürsorge in Conz' Stimme rührte die Frauen, als er den Händler fragte:

»Jacob? Ist alles in Ordnung mit Euch? Seid Ihr vielleicht krank?«

»Sie haben ihnen die Köpfe abgeschlagen!«, antwortete er tonlos.

»Was?«, fragte Conz ebenso tonlos. Alle überlief eine Gänsehaut des Grauens.

»Sie mussten sich am Remsufer ins Gras knien, und dann hat Ulrich dem Scharfrichter den Befehl gegeben, ihnen die Köpfe abzuschlagen. Es ging alles rasend schnell. Da lagen sie dann – die Köpfe – im Gras – am Remsufer!« Seinen starren Blick in die Ferne gerichtet, erlebte er das Schreckliche noch einmal.

»Überall ist Blut«, flüsterte er heiser. »Es versickert. Im Gras versickert es, das Blut der Geköpften!«

Den Zuhörern stockte der Atem. Keiner wagte, sich zu rühren.

»Sie haben sich auf dem Kappelberg zur Verhandlung getroffen und waren auf dem Weg nach Hause. Mit den Waiblingern haben sie angefangen, die Kriegsknechte des Tübinger Fähnleins! Die Spitzel haben sie verraten! Überall lauern die Spitzel des Herzogs!« Er blickte sich misstrauisch um, als erwarte er auch hier, diese Spitzel zu finden.

»Die haben den Kriegsknechten gesagt, wen sie mitnehmen sollen. Sie haben sie auf dem Heimweg überfallen und in Ketten gelegt. In Waiblingen haben sie sich von ihnen ihre Häuser zeigen lassen. Sie haben sie ausgeplündert und alles zertrümmert, was sie nicht mitnehmen konnten! Danach wurden sie in Ketten nach Schorndorf getrieben und dort ins Verlies geworfen.« Er hatte alles so klar vor Augen und beschrieb es so anschaulich, dass seine Zuhörer die Ketten rasseln hören konnten, an denen die Geschundenen hingen.

»Eine andere Rotte hat in Beutelsbach den Bauernhauptmann Hans Volmar und seine beiden Stellvertreter mitten in der Nacht aus den Betten geholt. Dabei hatte sie der Herzog doch kurz zuvor als Vertragspartner anerkannt. Da glaubten sie noch an ein Missverständnis und ließen sich widerstandslos wie Vieh nach Schorndorf treiben. Nicht einmal anziehen durften sie sich vorher. Man hat sie im Nachtgewand abgeführt. Überall sind die Reisigen und Soldknechte umhergezogen. Sie haben die Bauern eingefangen, die von den Spitzeln als Rädelsführer angegeben wurden. Als er sich sicher genug fühlte, kam Herzog Ulrich selbst in die Stadt. Er hat seinen Kriegsknechten die Erlaubnis erteilt, die Stadt zu plündern, und bei Gott – das haben sie getan!« Er zitterte am ganzen Leib, als er noch einmal das Splittern und Krachen der Fenster und Möbel hörte. Das Schreien der Frauen und Kinder ließ wieder sein Herz bluten. Nur mühsam konnte er weitererzählen.

»Unterdessen fingen die Büttel alle ein, die irgendjemand mit dem Armen Konrad in Verbindung brachte. Keiner konnte fliehen, die Männer des Herzogs haben die Stadttore bewacht! Es war grauenvoll!« Er starrte weiter in die Ferne, in der sich das Unfassbare abgespielt hatte.

»Ulrich ließ alle waffenfähigen Männer des Amts Schorndorf vor den Toren der Stadt antreten. Die wussten gar nicht, wie ihnen geschah. Die meisten von ihnen hatten noch nicht einmal etwas vom Armen Konrad gehört. Diejenigen, die sich zum Armen Konrad bekannt hatten, waren ja schlau genug gewesen, rechtzeitig zu verschwinden. Sie waren erst gar nicht erschienen. Erst wurden die Männer umzingelt und entwaffnet. Dann sind die Kriegsknechte mit den Spitzeln die Reihen abgelaufen und haben alle verhaftet, die auch nur jemals ein freches Wort gesagt hatten. Sie haben 1600 Männer gebunden und abgeführt!«

Tausendsechshundert! Katharina überlegte, ob sie überhaupt schon jemals so viele Menschen auf einem Haufen gesehen hatte. Wohl kaum!

»Im Kerker hielten sie nur die gefangen, von denen sie sich versprachen, dass sie unter der Folter noch mehr aus ihnen über den Armen Konrad herausbringen würden. Da die Kerker bald voll waren, haben sie die Leute ins Rathaus gepfercht. Sie schoben uns in einen Raum, bis er voll war. Mit der Tür wurden wir dann im Raum zusammengepresst.« Er schnappte nach Luft, als müsse er gleich ersticken. Seine Zuhörer starrten ihn entsetzt an. Schwer atmend fuhr Jacob fort.

»Danach schlossen sie ab, dann füllten sie den nächsten Raum.« Sein Körper erzitterte beim Gedanken an das Erlebte. Plötzlich war er wieder im Schorndorfer Rathaus. Schweiß, Kot und Urin klebten an ihm. Sein Zunge lag trocken in seinem Hals. Die Körper der anderen drohten ihn zu erdrücken. Der Hunger und der Gestank ließen seinen Magen verkrampfen. Ja, er war wieder in Schorndorf, nicht hier in Oberrot.

»Es ist so eng! Man kann kaum atmen! Sie geben uns nichts zu essen und zu trinken und das am 2. und 3. August! Oh Gott, es ist so eng, es ist so heiß! Warum gibt mir denn niemand etwas zu trinken? Ich will hier raus! So holt mich doch endlich hier raus!«

Jacob hielt sich die Hände vors Gesicht. Den Zuhörern brach der Schweiß aus.

Stockend sprach er weiter.

»Am Morgen des 4. August ließ uns Ulrich endlich aus dem Rathaus heraustreiben. Man führte uns aus der Stadt. Unten an Remsufer mussten wir uns so dicht ans Wasser stellen, dass wir es zwar sehen konnten, aber trotzdem weit genug entfernt waren, um weder trinken zu können, noch das von uns abzuwaschen, was an uns dranhing oder klebte. Er ließ uns einige Stunden so stehen. Bis weit über die Mittagszeit hinaus standen wir da. Fliegenschwärme umsummten uns, während wir von den Hellebarden unserer Bewacher umringt waren. Es war so heiß, so unendlich heiß! Erst als es etwas abkühlte, kam Ulrich auf die Wiese heruntergeritten. Wir mussten alle niederknien.«

Wieder brauchte Jacob eine Pause, um das Schreckliche weitererzählen zu können. Es dauerte lange, ehe er die Kraft dazu fand.

»Wir knieten also am Remsufer und mussten den Kopf vor ihm neigen. Er ließ uns eine gute halbe Stunde in dieser demütigenden Haltung vor ihm verharren. Danach hat uns sein Kanzler verkündet, weil wir uns gegen den Landesfürst erhoben hätten, dürften wir keine Waffen mehr tragen, und wenn man bei uns trotzdem etwas finden würde, dann würde es uns schlecht ergehen. Wir mussten alle auf den Tübinger Vertrag schwören. Erst dann durften wir endlich nach Hause gehen! Am Sonntag waren wir alle in der Kirche, um unserem Herrgott für unsere Rettung zu danken. Weiter ist an diesem Tag nichts geschehen, doch Tags darauf, am Montag, haben sie die Gefangenen aus den Kerkern gebracht. Ich hab mich versteckt, um zu sehen, wer alles dabei ist und was Ulrich mit ihnen vorhat. Ein paar von ihnen bekamen Geldstrafen, die sie ihrer Lebtag zu Schuldnern des Herzogs machen. Die in Ketten bekamen die selbe Strafe, aber ihnen wurde noch mehr angetan.«

Seine Stimme wurde lauter.

»Einigen haben sie ein Mal auf die Stirn gebrannt, anderen schlugen sie Finger ab, mehrere von ihnen wurden mitsamt ihren Frauen und Kindern vom Henker mit Ruten aus dem Land gepeitscht.« Wieder durchlief ein Zittern seinen Körper.

»Als Letztes ließ sich der Herzog den Bauernhauptmann Hans Volmar aus Beutelsbach, dessen Fähnrich und dessen Weibel vorführen.« Er schluckte. Das Sprechen fiel ihm immer schwerer. Er sprach nun wieder leiser.

»Sie mussten sich im Angesicht der Stadt vor den Augen ihrer Mitangeklagten und Zuschauer im Gras niederknien, dann hieb ihnen der Scharfrichter den Kopf ab!«

Ein lauter Donnerschlag ließ alle zusammenfahren. Als wollte Gott seinem Unmut über die Grausamkeit des Herzogs dadurch Ausdruck verleihen!

»Doch er hatte immer noch nicht genug! Dieser elende Mörder! Am nächsten Tag ließ er noch einmal sieben Männer köpfen. Er hat den Bütteln ihrer Heimatstädte die Köpfe mitgegeben, damit man sie an besonders auffälligen Stellen über den Stadttoren aufspießt! ›Dem Volk zur Unterhaltung, aber denen zur Warnung, die noch den Aufruhr im Herzen tragen‹.« Er seufzte schwer. Müde rieb er sich die Augen.

»Am Abend dieses Gerichtstages ist er dann schnell nach Stuttgart geritten, denn dort setzte er am nächsten Tag seine Bestrafungsorgie fort! Er hat den vier Männern, die dem Armen Konrad helfen wollten, heimlich in die Stadt zu gelangen, ohne viel Federlesen einfach öffentlich die Köpfe abschlagen lassen!«

Claus rieb sich instinktiv den Hals. Conz verspürte einen unangenehm bitteren Geschmack im Mund. Den Frauen standen Tränen in den Augen. Katharina legte ihrer zitternden Freundin den Arm um die Schulter.

Zu solchen Grausamkeiten war also der Herzog von Wirtemberg fähig! Allen graute bei der Vorstellung, was sich in der vergangenen Woche in Schorndorf abgespielt hatte, während sie hier in aller Ruhe der Ernte und den Vorbereitungen der Hochzeit nachgingen. Nachdem Jacob einen Schluck getrunken hatte, sprach er wie zu sich selbst weiter.

»Vorgestern ist er dann über die Abwesenden zu Gericht gesessen und hat sie alle zum Tode verurteilt. Den Kaspar Pregizer, in dessen Haus in Schorndorf sich die Kanzlei des Armen Konrad befand, seine drei Söhne, den Bauernkanzler Ulrich Entenmair, und wer sonst noch von den Beutelsbachern und Schorndorfern eine Rolle dabei gespielt hat, wurde von ihm auf die Liste der Todeskandidaten gesetzt! Mein Freund Peter Gais steht auch drauf!«

Mit einem Mal schien er wieder in Oberrot in Barts Wirthaus zu sitzen. Er blickte reihum den schockierten Zuhörern in die Augen, als bemerke er erst jetzt, wer sich außer ihm noch im Raum befand. Zum Schluss ruhte sein Blick auf Conz, dem er mit unendlicher Trauer in der Stimme verkündete: »Unser grausamer Landesfürst Herzog Ulrich von Wirtemberg hat den Armen Konrad ermordet!«

Schlafkammer von Katharina und Claus zu Oberrot

im Juli Anno Domini 1515

Ein gleichmäßiges Klopfen an ihre dicht verschlossene Kammerluke riss Katharina aus einem unruhigen Schlaf. Es dauerte einige Zeit, bis sie sich darüber im Klaren war, um was für ein Geräusch es sich handelte. Schnell fuhr sie von der Strohmatratze hoch. Hastig warf sie sich ein Tuch über die Schultern. Verwirrt eilte sie an die Holzlade ihrer Luke.

»Wer ist da?«, flüstere sie angsterfüllt der anderen Seite der Lade zu, um ihren schlafenden Ehemann nicht zu wecken, der zum Glück nichts vom Klopfen an der Luke bemerkt hatte. Eine Frauenstimme flüsterte genauso leise zurück:

»Ich bin's, Käthe, mein Schatz. Komm schnell runter, ich muss dir was Dringendes sagen!«

Katharina erkannte die Stimme ihrer besten Freundin sofort. »Margaretha, bei der heiligen Jungfrau, was ist denn geschehen?«

»Nichts ist geschehen, ich muss dir nur was ganz Dringendes erzählen!« Katharina atmete erleichtert auf.

»Kann das nicht bis morgen warten?«

»Wäre ich sonst hier? Nun komm schon endlich runter, sonst merkt noch jemand, dass ich hier auf der Leiter stehe!« Ein zärtliches Lächeln umspielte Katharinas Mundwinkel, als sie den Kopf über ihre Freundin schüttelte.

»Ach Margale, was soll denn das? Was kann schon so wichtig sein, dass es nicht bis morgen früh Zeit hätte?«

»Das wirst du gleich erfahren, sobald du mir die Hintertür in die Küche aufsperrst!«

Barfuß schlich Käthe aus der Kammer, da sie im Dunkel ihre Strümpfe nicht finden konnte. Vorsichtig stieg sie die steile

Leiter hinunter, die in die Küche führte. Lautlos schob Käthe den Riegel zurück. Wie ein nächtlicher Schatten huschte eine Gestalt, die in einen dunklen langen Kapuzenumhang gehüllt war, in die Küche. Die Kapuze tief ins Gesicht gezogen, wirkte sie fast wie ein Einbrecher. Als Käthe die Tür wieder geschlossen hatte und sich zu ihr umdrehte, wärmte sich ihre nächtliche Besucherin schon die kalten Hände am noch etwas warmen Metalltopf, der über der Feuerstelle der Herdes an einer Kette hing. Die Kapuze hatte sie inzwischen vom Kopf gezogen. Katharina fröstelte von der kühlen Luft, die sie mit der Nachschwärmerin hereingelassen hatte. Sie zog ihr großes Tuch enger um ihren Körper und schlüpfte in ein paar Holzpantoffeln, die ihre kalten Füße allerdings auch nicht zu wärmen vermochten. Schon bereute sie, nicht besser nach ihren Strümpfen gesucht zu haben.

»Marga, was ist los? Wie kommst du auf die verrückte Idee, mitten in der Nacht bei mir vorbei zu kommen? Wenn Vater dich erwischt, können wir beide was erleben, das weißt du doch!«

»Ach, dein Vater.« Margaretha winkte ab. »Vor dem hab ich keine Angst!«

»Die solltest du aber haben! Wenn's sein muss, kriegst auch du von ihm Schläge, da kennt der nichts!«

»Ach was. Der kann mir nichts tun!«

»Wieso nicht? Was ist denn los?« Die Freundin lächelte verschmitzt.

»Vor dir steht eine baldige Ehefrau!«

»Was?« Käthe ließ sich langsam auf einen Schemel sinken.

»Was willst du damit sagen?«

»Red ich vielleicht nicht deutsch mit dir? Ich werd bald HEIRATEN!« Margareta setzte sich auf die Küchenbank.

»Wer ist der Glückliche?«

»Du kannst aber blöd fragen! Der Martin Hüninger aus Murrhardt natürlich.«

»Natürlich!«, echote sie tonlos.

»Hast du etwa was anderes erwartet?«

»Nein, wie könnte ich?« Mit Grauen dachte sie an den unerwünschten Besuch der alten Hexe, die ihr vor einem knappen Jahr ihr Hochzeitfest verdorben hatte.

»Es hat jetzt doch ein Weilchen gedauert, bis ihr euch dazu entschlossen habt zu heiraten. Da dachte ich… «

»Der Vater hatte was dagegen, weil er mich für zu jung zum Fortgehen hielt.«

»Da werd ich mich bei deinem Vater noch recht herzlich bedanken müssen!« Katharina seufzte tief.

»Ach, Käthe, Käthe, der Martin ist so lieb und ein guter Fang ist er auch. Er hat sogar ein Haus und eine Scheune, die ihm allein gehören. Heute Abend hat der Vater endlich Ja gesagt, als er ihn zum was weiß ich wievielten Mal um meine Hand gebeten hat!«

Katharina brummte mürrisch. »Dann werde ich mir das mit dem Dank noch einmal überlegen müssen!«

»Ach, nun hör schon auf, Käthe! Unsere Liebe hat doch nicht tatsächlich was mit diesem dämlichen Liebeszauber zu tun! Du glaubst doch nicht wirklich an solche Dinge?«

»Man könnte es aber meinen, so verrückt wie ihr zwei aufeinander seid. Das ist doch nicht normal!«

»Doch, so was gibt es, auch wenn du es leider nicht erfahren durftest!« Mitleidig blickte sie ihre ältere Freundin an.

»Hör auf, mich so anzusehen, ich brauch dein Mitleid nicht. Außerdem frag ich mich, warum du mir dann nie von euren Treffen erzählt hast, wenn da keine Hexerei im Spiel war!«

Margaretha warf ihr einen traurigen Blick zu. »Ich hatte ein schlechtes Gewissen.«

»Was, aber warum denn?«

»Na, weil ich so glücklich verliebt bin und du so unglücklich bist, da kann man doch ein schlechtes Gewissen bekommen.

Und dann hast du auch noch so eine schreckliche Angst vor der Hexe gehabt, dass ich dachte, du glaubst wirklich an diesen ganze Hokuspokus und den Liebeszauberquatsch.«

In den Tiefen ihres Herzens war sich Katharina ganz sicher, dass auch ihre Freundin immer noch ihre Zweifel hatte, ob da nicht doch der Zauberspruch dahinter steckte, aber das war ja eigentlich auch egal. Hauptsache, die beiden wurden glücklich miteinander!

Katharina erhob sich vom Schemel, um ihre Freundin in die Arme zu schließen.

»Ich gratuliere dir von ganzem Herzen, Margale, und wünsche dir alles Glück dieser Erde. Offensichtlich meint es das Schicksal wirklich gut mit dir!«

»Natürlich, die Alte hat mir's doch damals vorausgesagt.«

Käthe zog die Augenbrauen hoch. »Ach, daran glaubst du also?«

Marga winkte unwillig ab. »Das ist doch auch ganz egal! Das Beste ist jedenfalls, ich komme endlich von hier weg. Ich werde eine Städterin, ist das nicht herrlich? Stadtluft macht frei!«

»Stadtluft stinkt!«

»Verderb mir doch nicht die Freud! Wir wohnen ja in der Oberen Vorstadt, da ist es nicht so schlimm mit dem Gestank. Das Badhaus ist in der Nähe, um sich zu waschen. Es ist alles so praktisch beieinander. Die Kirch ist auch ganz nah.«

»Das ist sie hier auch!«

»Ja, ja, ich weiß ja, aber an Ostern hab ich's nicht weit zur Wallfahrt zum Walterich.« Katharina zog ihre Freundin lächelnd an den blonden Zöpfen.

»Du und dein Walterich, natürlich! Ist ja schon gut, die Stadtluft ist für so ein verrücktes Hühnchen wie dich die bessere Luft, das sehe ich ein. Dann werd ich ja bald nimmer du zu Euch sagen dürfen, Ihr edle Städterin. Ihr seid dann ja was Besseres als ich olle Mistkratzerin!« Katharina kniff sie in die Seite.

»Spinnst du, ich werde immer deine Freundin bleiben, so lang ich leb! Das weißt du doch!«

»Freilich weiß ich das. Hoffentlich vergisst du das nicht so schnell wie dein Versprechen, mich niemals zu verlassen!«

»Jetzt machst du mir schon wieder ein schlechtes Gewissen.«

Katharina winkte ab. »Nicht doch, ich wollt dich nur ein bisschen damit ärgern.«

Margaretha seufzte tief. »Ach, Käthe, ich könnt die ganze Welt umarmen! Bald werde ich Braut sein und dann auch schon ganz schnell Mutter. Du wirst meine Trauzeugin und die Gevatterin von meinen Kindern. Kannst du dir das vorstellen?«

Langsam schüttelte die Freundin den Kopf. »Eigentlich nicht, du bist doch selbst noch ein halbes Kind.«

»Was du wieder hast! Wenn der Vater endlich ja sagt, brauchst doch du nicht nein zu sagen. Ich dachte, du bist meine beste Freundin und freust dich mit mir!«

»Ich sag ja nicht nein! Ich freu mich freilich mit dir.«

Die Freundin musterte sie kritisch. »Dein Blick und dein Tonfall sagen mir aber was anderes!«

»Es ist nur, weil du dann von Oberrot fort gehst. Dann bin ich doch ganz allein hier.«

»Allein? Aber du hast doch deinen Mann und bald auch dein erstes Kind … «

Liebevoll streichelte sie ihr über das leicht gewölbte Bäuchlein, das schon sehr deutlich erkennbar war. Katharinas erstes Kind sollte in vier Monaten zur Welt kommen.

»Na ja, und dann hast du noch den Vater und die Mutter«, beendete sie zaghaft ihre Aufzählung.

»Ja, ja genau! Die sind mir alle eine echte Stütze. Mein Vater meint es so gut mit mir, dass er meinem Mann mindestens einmal am Tag vorwirft, er sei zu nachsichtig mit mir und müsse mich viel härter rannehmen, und die Mutter kuscht wie eh und je vorm Vater! Zum Glück lässt sich Claus nicht von ihm dazu überreden, mich wirklich zu verprügeln. Das ist aber auch das einzige, womit er sich bei ihm widersetzt!«

»Oh Katharina, es tut mir so leid. In meiner Freude hab ich ganz vergessen, wie unglücklich du bist.«

»Schon gut! Eigentlich hast du ja recht, ich bin in der Tat niemals allein! Und mein Mann schlägt mich nicht. Dafür kann ich doch wirklich dankbar sein.«

»Käthe, hör auf, du machst mir Angst!«

»Ach was, dein Martin ist sicher ganz anders. Er hat doch so liebe Augen, auch wenn sie nicht ganz gerade schauen.«

Empört stemmte die Freundin die Fäuste in die Hüften. »Damit schaut er mir eben ins Herz und nicht ins Gesicht. Das ist doch eh besser, oder etwa nicht?!« Die beiden jungen Frauen kicherten ausgelassen.

»Du hast ja so recht! Sicher wirst du glücklich mit ihm. Ich werd dann eben ohne dich zurechtkommen müssen, auch wenn du mir jetzt schon fehlst. Die Freundschaft zu dir hat mir Halt und Kraft gegeben, um mein Leben so annehmen zu können wie es eben ist. Du bist so lebendig, so unbekümmert, so lustig und kommst auf die verrücktesten Ideen. Wer außer dir würde sonst auf die Idee kommen, nachts einfach an meine Kammerlade zu klopfen?«

»So einfach war das gar nicht. Dein Vater hat doch die lange Kirschenleiter vor die Scheune gelehnt. Fast wäre ich beim Aufstellen mitsamt der Leiter nach hinten gefallen, das hätte vielleicht einen Radau gegeben. Hilfst du mir, sie wieder weg zu räumen?«

»Aber sicher doch! Meine kleine, verrückte Freundin!«

Liebevoll streichelte sie ihr über die zarten, vor Feuereifer glühenden Wangen.

»Du Käthe, ich wollt dich noch was fragen.«

»Na dann mal los!« Erstaunt stellte Katharina fest, dass sie ihre Freundin noch nie so verlegen gesehen hatte. Leicht errötend fragte sie. »Wie ist das eigentlich, mit einem Mann zusammen zu sein? Ich meine, ich hab doch noch nie … «

Ach, darum ging es ihr! Nun durfte sie nur keine falsche Antwort geben, damit sie nicht den gleichen Fehler beging wie sie. Je steifer sie sich vor Angst machte, desto mehr schmerzte es. Doch es wollte ihr einfach nicht gelingen, dabei locker zu bleiben. Zu sehr steckte ihr die schmerzliche Erinnerung an das erste Mal noch in allen Gliedern. Dabei war sie so zuversichtlich an die Sache herangegangen, schließlich wusste sie, dass Claus schon seine Erfahrungen mit Frauen hinter sich hatte. Das war kein Geheimnis und auch völlig in Ordnung. Die Männer sollten sich ruhig im Badhaus und den Frauenhäusern der großen Städte ausleben. So wurde wenigstens die Unschuld der anständigen Frauen für ihre Ehemänner bewahrt.

Katharina hatte damals versucht, nicht an die unerbauliche Aufklärung ihrer Mutter zu denken, die ihr alles genau so vorhergesagt hatte, wie es dann später auch eingetreten war. Vielleicht war ja einfach ihre Mutter daran schuld, weil sie ihr diese Angst eingepflanzt hatte, noch ehe sie ihre eigenen Erfahrungen machen konnte.

Daher versuchte sie so locker wie möglich zu bleiben, als sie zu einer Antwort ansetzte.

»Nun, es ist … « Oh, das war doch schwerer als sie dachte. Sollte sie ihr nun ein hartes Bild aus ihren eigenen schmerzlichen Erfahrungen aufzeigen oder sie gnädig in ihrer jungfräulichen Hoffnung belassen, beim Manne zu liegen sei wunderschön und erfüllend? Da war guter Rat wirklich teuer. Daher versuchte sie es zuerst mit einer Gegenfrage.

»Hast du nicht mit deiner Mutter darüber gesprochen?«

»Doch, schon!« Verlegen senkte sie den Blick zu Boden.

»Deswegen will ich's ja von dir wissen.«

»Warum? Was hat sie denn gesagt?«
»Das es grauenvoll wäre und ich nichts zu erwarten hätte als Schmerzen und Ekel.«
»Oh Gott!« Katharina erbleichte.
»Deshalb wollte ich von dir wissen, ob das wirklich stimmt. Ich hab's mir doch immer so schön vorgestellt und nun hab ich Angst davor!« Katharina schloss ihre Hände in die eigenen. Plötzlich wusste sie, was zu tun war!
»Nein, Marga, das stimmt nicht. Es ist wunderschön, beisammen zu liegen, glaub mir. Es bringt dir die Erfüllung auf Erden, wenn ihr euch wirklich liebt.« Margaretha strahlte ihre Freundin glücklich an.
»Wirklich, es ist also für dich auch schön? Dann liebt ihr euch also doch, der Claus und du?«
»Aber sicher tun wir das. Wir wollen's bloß nicht nach außen zeigen, das ist alles!«
»Ach Käthe, das hab ich nicht gewusst! Ich bin ja so glücklich das zu hören. Warum hast du mir das denn nie gesagt?!« Sie zuckte betont gelassen mit den Schultern.
»Du hast mich nie gefragt!« Diese faustdicke Lüge würde sie bei der nächsten Beichte zwar einige Paternoster und Ave Marias kosten, aber das war ihr ihre Freundin wert!

Dormitoriumszelle im Kloster Murrhardt

Anfang Februar Anno Domini 1519

Johannes betrat seine Dormitoriumszelle im westlichen Klausurflügel, die er seit seiner Priesterweihe bezogen hatte. Mit der Hand wischte er ein paar staubige Spinnenweben aus der Ecke des Raumes. Vorsichtig öffnete er das Fenster, um die abgestandene Luft aus der Zelle zu vertreiben. Mit vorgebeugtem Oberkörper sah er über die Klostermauer zur St. Marienkirche hinüber. Genüsslich sog er die klare kalte Februarluft ein. Erst als er zu frösteln begann, trat er wieder vom Fenster zurück.

Behutsam setzte er sich auf die Kante seines Bettes, als könnte es sonst unter seinem Gewicht zusammenbrechen. Dabei hatte er in seinem Exil mindestens fünf Kilo verloren und das, obwohl er schon vorher nicht besonders kräftig gebaut war. Das Heimweh hatte ihm den Appetit verdorben. Welch ein Paradoxon! Zuerst wollte er mit aller Kraft vermeiden, nach Murrhardt zu gehen, inzwischen wurde er krank vor Sehnsucht, wenn er nicht hier sein konnte.

Nachdenklich betrachtete er die Staubflocken, die vom eiskalten Winterwind auf dem Holzboden herumgewirbelt wurden. Er würde sich nachher erst einmal einen Besen besorgen, um hier gründlich durchzuputzen. Kaum zu glauben, was sich in einem Raum, der ein Jahr nicht benutzt wurde, an Dreck ansammelte!

Ja, Murrhardt hatte ihm genauso schmerzlich gefehlt wie es seine Mutter manches Mal tat. Sie war der einzige Grund, der ab und zu seine Gedanken aus dem Kloster fliegen ließ. Ob es ihr wohl gut ging? All die Jahre hatte er nichts von seiner Familie gehört. Niemand kam ihn besuchen oder schrieb ihm einen Brief. Sie schienen immer noch über ihn verärgert zu sein, weil er nicht zuhause bleiben, sondern unbedingt ins Kloster gehen wollte. Würden sie ihm das jemals verzeihen?

Entschlossen stand er auf, um seine wenigen Habseligkeiten in seinem Nachttisch zu verstauen. Was für kindischen Gedanken gab er sich da hin! Seine Familie war seit Jahren der Konvent, sein Vater Oswald Binder. Ein Jahr war er nun von Brüdern und Vater getrennt gewesen, sicher ließ nur das die Erinnerung an seine Eltern und Geschwister in Hall aufleben.

Er wollte sich lieber mit etwas Sinnvollem beschäftigen. Schnell schloss er das Fenster seiner Mönchszelle. Mit klopfendem Herzen machte er sich auf den Weg in die Bibliothek. Ob wohl noch alles beim Alten war? Aber was sollte sich schon verändert haben, seit er fort war? Niemand außer den beiden Laienbrüdern war in dieser Zeit anwesend gewesen, um nach dem Rechten zu sehen. Der Reformausschuss hatte sich sicher nur im Kapitelsaal und der Abtswohnung aufgehalten. Ganz bestimmt hatte sich keiner von ihnen in die Bibliothek verirrt. Als seine, trotz der Kälte, schweißnasse Hand die Türklinke hinunterdrückte, überkam ihn das prickelnde, spannungsgeladene Gefühl der Vorfreude. Mit zittrigen Knien und laut klopfendem Herzen betrat er den abgedunkelten Raum. Die staubige Luft kitzelte seine Nase und reizte ihn zum Niesen. Schnell lief er zu einem der Fenster. Diese waren sehr klein, damit die Bücher nicht vom Sonnenlicht ausgebleicht wurden. Etwas zu schwungvoll schob er die schweren Samtvorhänge zurück, die ihn in eine feine Staubwolke hüllten. Hustend hielt er sich mit einer Hand die Nase zu, während er mit der anderen beide Fensterflügel bis zum Anschlag öffnete. Neugierig lugte er zum Fenster hinaus, um den Klosterhof von oben zu betrachten. Die Wasseroberfläche des Brunnens war wieder zugefroren. Genau wie damals, als an einem eiskalten Januarmorgen vor acht Jahren seine Freundschaft mit Martin begann. Wo er nur blieb? Hoffentlich kehrte auch er bald wieder zurück. Die Gespräche mit seinem Freund fehlten ihm sehr. Das war das einzige Laster, dem er sich hingab. Er führte für sein Leben gern gute Gespräche mit Martin, der mit ihm zusammen die Priesterweihe erhalten hatte.

In seinem Exil war es ihm nicht schwergefallen, sich an das Schweigegelübde zu halten, doch wenn er nun bald Bruder Martin wiedersehen würde, dann musste er diese Regel einfach brechen, das war ihm klar.

Johannes riss nacheinander alle Fenster auf, um Staub und Mief den Garaus zu machen. Danach trat er zu einem der Regale, die er vor der Abreise mit einem Tuch abgedeckt hatte, um sie vor übermäßigem Verstauben zu schützen. Eins nach dem anderen zog er die Tücher von den Regalen und ließ sie auf den Boden fallen. Zärtlich streichelte er über die Reihen der Buchrücken. Erst als er auf diesem Weg all seine Bücher gebührend begrüßt hatte, trat er zum Schreibpult, um auch ihm den Schutzmantel auszuziehen. Wie sehr hatte es ihn damals geschmerzt, dies alles so sorgfältig verstauen zu müssen. Nur die Vorstellung, diese Tücher eines Tages wieder entfernen zu dürfen, ließ ihn einst die traurige Aufgabe ertragen.

Seit ihm Abt Binder offiziell zu der Klosterapotheke auch die Verantwortung für die Bibliothek und das Archiv übertragen hatte, war sein Leben ausgefüllt. Seine Bücher und Schriften waren ihm wie eigene Kinder ans Herz gewachsen. Er liebte jedes Einzelne von ihnen. Wie aufregend war es doch gewesen, zunächst einmal eine Bestandsaufnahme zu machen. Er hatte dabei erstaunliche Schätze entdeckt. Eine unglaubliche Anzahl von sorgfältig angefertigten Abschriften theologischer Schriften und Kommentaren trat dabei ebenso zutage, wie unzählige hebräische Fragmente, die zum größten Teil aus dem Talmud stammten. Irgendwann in der Vergangenheit des Klosters hatte die Bibliothek einmal eindeutig bessere Zeiten erlebt. Vielleicht handelt es sich dabei ja auch nur um einen besonders interessierten Mönch, der dies alles las und abschrieb und der sorgsam alles Hebräische aufbewahrte, was er finden konnte. Was hätte

Johannes darum gegeben, um diesen Mönch, der vor etwa hundert Jahren hier gewirkt haben musste, kennen zu lernen, nur einmal mit ihm zu sprechen!

Oft war Johannes, als Abt Binder noch nicht hier war, in die Bibliothek gegangen, die damals im heillosen Chaos versank. Doch auf die Bitte an Abt Gaul, die Bibliothek wieder reaktivieren zu dürfen, bekam er die schlichte Antwort, dies sei nicht nötig. Gaul war nicht im Geringsten an Büchern oder Bildung interessiert. Kostbare Schätze der Jahrhunderte verrotteten hier, ohne dass sich irgendjemand darum geschert hätte. Johannes blutete damals das Herz, als er mit ansehen musste, wie diese wundervollen Kostbarkeiten gnadenlos der Vergessenheit und der Gleichgültigkeit ausgeliefert waren. Seine verzweifelten Versuche, Ordnung ins Chaos zu bringen, wurden letztendlich auch dadurch zunichte gemacht, dass ihn ein Mitbruder beim Abt anschwärzte, indem er behauptete, Johannes wolle die Bücher stehlen, um sie dann zu Geld zu machen. Was für ein Wahnsinn! Abt Gaul war zum Schluss nicht nur auf den Augen, sondern auch im Herzen blind gewesen, sonst hätte er diese bösartige Verleumdung doch niemals geglaubt. Seit diesem Tag war die Bibliothek für ihn verschlossen gewesen. Der liebe Mitbruder hingegen, der ihm das eingebrockt hatte, wurde zum Verwalter des Schlüssels erklärt. Erst nach der Reform stellte sich heraus, dass dieser Mönch genau das tat, wofür er Johannes beschuldigt hatte. Und ausgerechnet ihm hatte der Abt den Schlüssel anvertraut! Johannes war schnell klar geworden, worauf dieser Mönch damals hinauswollte. Er sah Johannes als große Gefahr an, bei seinem bösen Spiel ertappt zu werden. Eine Angst, die durchaus berechtigt gewesen wäre, hätte Johannes tatsächlich die Erlaubnis erhalten, den Bestand der Bibliothek zu ermitteln. Wie viele Bücher auf diesem Weg aus dem Kloster verschwunden waren, wurde niemals geklärt. Doch dies alles war zum Glück nun längst Vergangenheit. Die Gegenwart barg mehr Glück in sich.

Genussvoll entfernte er als letztes das Tuch, mit dem er das Schreibpult und den davor stehenden Stuhl bedeckt hatte. Johannes setzte sich. Liebevoll strich er über jedes einzelne Utensil. Alles war noch genau so, wie er es hinterlassen hatte.

Die Feder lag ordentlich auf der dafür vorgesehenen Ablagerille, daneben das scharfe Messer, mit dem man Geschriebenes korrigieren konnte. Das hatte Bruder Conrad nie gebraucht. Er war ein Meister, der sein Fach beherrschte. Es kam einem kleinen Wunder gleich, wenn er, seinen Zwickel auf die spitzige Nase geklemmt, auf dem weißen Pergament, das vor ihm auf der schrägen Platte des Pultes lag, eines seiner Meisterwerke kreierte.

Johannes strich über die Leiste, die an der rechten Außenkante des Pultes angebracht war. In ihr hingen die drei Tintenhörner, in denen noch die verschiedenfarbigen Tinten schimmerten. Schwarze Tinte für Textschrift, Textinitialen und Noten, rote Tinte für die Begrenzungslinien, Notensysteme, Schrift, Kolophone und Textinitialen, und blaue Tinte für Textinitialen. So hatte es ihm Bruder Conrad erklärt, als er versuchte, Johannes das Kunstschreiben beizubringen. Doch leider musste er bald einsehen, dass ihm das nötige Talent dafür fehlte, solche Kunstwerke wie die Chorbücher von Lorch zu schaffen. Da blieb er lieber bei seinen Inventurlisten, die brauchten nicht besonders schön, mussten dafür aber lesbar sein. Mit seiner gestochen scharfen Schrift konnte sich keiner über seine Listen beklagen. Die Kunst des Schönschreibens überließ er getrost Leuten, die es viel besser beherrschten als er. Dafür hatte ihm Bruder Conrad schon oft erstaunt über die Schulter gesehen, wenn er wieder mal eine Buchbeschreibung oder eine Inhaltsangabe verfasste. Kopfschüttelnd stellte er fest, er selbst habe für so etwas kein Talent.

Ob Bruder Conrad wohl schon wieder zurück war? Als Prior und Cellerar hatte er doch sicher an der Reformtagung teilgenommen.

Cellerar und Prior! Armer Bruder Conrad! Abt Binder interessierte es anscheinend nicht im Geringsten, dass Bruder Conrad von Gott nicht für diese Aufgabe bestimmt war! Würde er ihm nur einmal ins Gesicht blicken, wenn Bruder Conrad in der Schreibstube seiner tatsächlichen Berufung nachgehen durfte, er würde sich sofort einen anderen Cellerar suchen und Conrad das tun lassen, was ihn beseelte, nämlich Schreiben!

Erst als er wieder aus seiner Gedankenwelt in die Gegenwart zurückkehrte, bemerkte er, wie sehr der Raum inzwischen ausgekühlt war. Fröstelnd rieb sich Johannes die Hände, um sie zu wärmen. Seine Füße traten auf der Stelle, damit die Zehen wieder auftauten. Schnell eilte er zu den Fenstern, um sie zu schließen. Da bemerkte er einen Mönch, der mit tief ins Gesicht gezogener Kapuze von den Stallungen eiligen Schrittes über den Hof in Richtung Konvent trat. Er konnte nicht erkennen, wer es war, aber er wagte auch nicht, zu ihm hinunterzurufen.

Da hob der Mönch den Kopf in Richtung Bibliothek, und sofort erkannte Johannes ihn. Das war fast zu schön um wahr zu sein! Bruder Martin war zurückgekehrt! Er erhob die Hand zum Gruß.

Nach einiger Zeit, die Johannes wie eine halbe Ewigkeit erschien, betrat Martin endlich die Bibliothek. Freudig schlossen sich die beiden zur Begrüßung in die Arme und tauschten den Bruderkuss.

»Sei gegrüßt, Bruder Johannes. Das hätte ich mir ja denken können! Es kann nur einen geben, der bei dieser Kälte alle Fenster der Bibliothek aufreißt, damit seine Bücher auch ordentlich Luft schnappen können!«

»Bruder Martin, mein Freund! Schön, dass du auch wieder da bist!« Johannes bot seinem Freund den Stuhl vor dem Schreibpult an. Er selbst setzte sich auf eine Sprosse der Leiter, die an eines der Regale gelehnt war, damit man an die oberen Bücher herankam.

»Seit wann bist du wieder zurück, Johannes?«

»Ich kam kurz nach dem Mittagessen an.«

»Dacht ich's mir doch! Als ich zur Inspektion in den Faselstall ging, standen die Fenster der Bibliothek noch nicht offen.«

»Sag, Martin, wie ist's dir ergangen in der Fremde?«

»Es geht!« Er sah seinen Freund vielsagend an.

»Du hast mir schrecklich gefehlt, weißt du das?«

»Du mir auch!«

»Keiner in meinem Exilkloster konnte dich ersetzen. Alle, die das Schweigegelübde nicht so ernst genommen haben, wollten nichts als banale Gespräche führen. Plappern um des Plapperns willen.« Martin schüttelte unwillig den Kopf.

»Nein, mein Freund, das ist nichts für mich! Wenn ich schon das Schweigegebot breche, dann muss auch etwas Fruchtbares dabei rauskommen.«

Johannes war es genauso ergangen. »Was hast du dann die ganze Zeit getan?« fragte er.

»Ich hab mich in der Kunst der Klosterverwaltung fortgebildet.«

»Du bist und bleibst ein Zahlenjongleur. Was sonst könnte dich glücklich machen?« Martin grinste schief. »Eine gutes Gespräch mit dir!«, sagte er.

Johannes schenkte ihm zur Antwort ein warmes Lächeln.

»Aber nun zu dir. Lass mich raten, was dich die ganze Zeit über Wasser gehalten hat. Du hast deren Bibliothek von vorne bis hinten durchgelesen!«

»Na, was dachtest du denn! Außer den Büchern, die wir hier auch haben, hab ich alles verschlungen, was mir irgendwie interessant erschien!«

»Ich hab's gewusst!«, stellte Martin triumphierend fest.

»Das war ja auch nicht schwer zu erraten. Außerdem hab ich mich mit der neuen Kunst des Buchdruckens befasst.«

»Das lass mal lieber unseren guten Bruder Conrad nicht hören. Du weißt, was er von dieser Art Kunst hält!«

»Nein, nein, Martin. Es ist doch ein faszinierender Gedanke, wenn man einen Text nur einmal aufzusetzen braucht. Danach spannt man ihn in die Maschine, trägt Farbe auf und schon kann man den Text so oft drucken, wie man will.«

Martin wiegte nachdenklich den Kopf. So ganz war ihm der Sinn dieses Druckverfahrens noch nicht klar geworden.

»Stell dir doch nur einmal vor, jedes dieser Bücher hier wäre auf einer solchen Maschine angefertigt worden. Man könnte enorm viele Bücher auf einmal in Umlauf bringen. Die Menschen hätten viel mehr Möglichkeiten zu lesen! Es gäbe mehr Bücher zu einem niedrigeren Preis. Jeder könnte dann Bücher besitzen, nicht nur die Bibliotheken der Klöster und Universitäten.«

»Johannes, du bist ein Träumer. Über neunzig Prozent der Bevölkerung bestehen in unserem Land aus Bauern. Wie dir sicher nicht entgangen sein wird, können die meisten Bauern überhaupt nicht lesen.«

Johannes war jedoch von seiner Idee besessen. Er wollte nicht akzeptieren, dass Martin sie vielleicht nicht so gut fand wie er. Sein Ziel war es, seinen einzigen Freund davon zu überzeugen, was der Buchdruck für Vorteile hatte.

»Dann muss man ihnen eben das Lesen beibringen!«

Martin war entsetzt. »Hast du denn im letzten Jahr völlig den Verstand geworden? Wozu sollten denn die Bauern lesen lernen? Die arbeiten den ganzen Tag, und abends fallen sie völlig erschöpft auf ihre Strohmatten! Wenn die zu lesen anfangen, arbeiten sie weniger, und wir müssen noch härter darum kämpfen, von ihnen den Zehnten einzutreiben!«

Johannes versuchte es anders. »Die Politik macht sich dieses neue Verfahren schon eine ganze Weile zunutze. Warum sollten wir es nicht auch tun? Dadurch könnten wir den Menschen doch die Bibel näher bringen.«

»Weißt du, wie du redest? Wie dieser Wittenberger Augustinermönch, dieser von Gott verfluchte Ketzer Martin Luther! Er hat übrigens schon längst diese neue Kunst, die du so faszinierend findest, für seine Zwecke missbraucht. Er hat seine aberwitzigen Thesen so vervielfältigen lassen und sie dadurch in Windeseile im ganzen Land verbreitet. Diese Buchdruckerei ist gefährlich, Johannes – und Luther ist es auch! Er will den Ablasshandel verbieten, stell dir das mal vor! Dieser Mann ist vollkommen verrückt geworden! Du kannst doch nicht gut heißen, was Luther da tut?«

»Ich heiße doch nicht gut, was Luther tut! Wie kommst du denn darauf? Ich halte nichts von seinen völlig verrückten Ablassthesen und dem ganzen Blödsinn, die Bibel ins Deutsche zu übersetzen. Nicht liegt mir ferner, als diesem Abtrünnigen recht zu geben!«

»Warum willst du dann die Bibel durch Druck vermehren? Es reicht doch, wenn wir und unsere Geistlichen das Buch der Bücher in Händen halten. Die einfachen Menschen verstehen ohnehin kein Latein. Wozu brauchen sie dann eine Bibel? Sie beschmutzen nur ihre Heiligkeit.«

Johannes wurde unsicher. »Ja, daran habe ich gar nicht gedacht.«

»Daran solltest du aber denken, wenn du dich nicht wie Luther am Herrn versündigen willst. Diese Menschen da draußen sind wie kleine Kinder. Sie verstehen rein gar nichts von Gottes großer Barmherzigkeit. Die meisten betreiben noch völlig verrückte Rituale, die sie als Volksbräuche bezeichnen. In Wahrheit sind sie furchtbar abergläubisch. Wenn sie eine Bibel in ihren Händen hielten, könnten sie diese nicht einmal lesen. Und selbst wenn sie es könnten, würden sie es nicht begreifen, auch wenn sie ins Deutsche übersetzt wäre. Gottes Wort muss diesen Menschen durch jemanden vermittelt werden, der die Größe Gottes erkannt hat.«

»Aber haben wir sie denn wirklich alle erkannt? Nicht jedem geht es so gut wie den Leuten der Murrhardter Pfarrei, die einen Mönch als Pfarrer haben, der ihnen die Liebe Gottes klar vermitteln kann. Denk doch nur an die vielen weltlichen Pfarrer, die da draußen auf all die armen Menschen losgelassen werden. Die wenigsten von ihnen haben eine theologische Ausbildung genossen, geschweige denn ein Gelübde abgelegt wie wir!«

»Vielleicht hast du ja recht, aber was würde es denen nützen, wenn sie die Bibel lesen könnten? Auch sie würden sie nicht verstehen. Gottes Wort muss ihnen erklärt werden.«

»Nun, dann müssen eben alle Pfarrer eine Schule besuchen, in der sie dies alles lernen können. Nur wer sein Theologiestudium erfolgreich abgeschlossen und die Priesterweihe erhalten hat, darf dann auch predigen!«

Martin lächelte gequält. »Mein Freund, du bist ein Phantast. Wer sollte das denn bezahlen?«

»Das weiß ich doch nicht! Ich bin doch nicht fürs Geld zuständig, sondern für Bücher. Da musst schon du dir was einfallen lassen!«

Martin lachte bitter. »Ich glaube, wir haben im Moment naheliegendere Sorgen, als uns um das Seelenheil des Bauernvolks zu kümmern.«

Johannes wurde hellhörig. »So! Was denn?«

»Was denkst du denn, weshalb wir wieder in unser Kloster zurückkehren durften?«

»Ich weiß nur, dass Anfang Januar eine Reformtagung im Kloster stattgefunden hat, in der die Kommission beschloss, uns zurückzuholen. Mehr weiß ich auch nicht!«

»Aber ich!«

»Was? Na, dann erzähl!«

»Zuerst einmal muss ich dich fragen, ob du weißt, dass unser Kaiser Maximilian drei Tage nach dieser Reformtagung gestorben ist.«

»Um Himmels Willen, nein! Auch das wusste ich nicht!«

»Kein Wunder!«, stellte Martin gelassen fest. »Wer dauernd nur seine Nase in die Bücher steckt, bekommt von der wirklichen Welt um sich herum nichts mit!«

Johannes winkte ungeduldig ab. »Nun erzähl schon endlich weiter!«

»Du hast aber Kenntnis darüber, dass unser Herzog Ulrich im Wonnemonat des Jahres der Fleischwerdung des Herrn 1515 seinen Stallmeister Hans von Hutten getötet hat?«

»Ja sicher! Ulrich soll Huttens Weib begehrt haben. Als dieser dann Geschichten über Ulrich am Hof erzählte, von denen niemand so recht weiß, ob sie wahr sind, wurde der Herzog wütend. Er verglich Huttens Tun mit dem von Judas begangenen Verrat an Gottes Sohn. Kurz darauf hat er ihn auf der Jagd im Schönbuch hinterrücks ermordet.«

»Nur gut, dass wir zu dieser Zeit noch in Murrhardt waren, sonst wüsstet du das auch nicht!« Er lächelte Johannes, der eben zum Protest ansetzen wollte, entwaffnend an.

»Ulrich ist jedenfalls seither verständlicherweise mit der mächtigen Familie der von Hutten und der Ritterschaft verfeindet. Außerdem hat er sich mit seiner Frau Sabina überworfen. Somit hat er auch das Haus Baiern zum Feind.«

»Das weiß ich ja alles, aber was hat das mit dem Tod des Kaisers zu tun?«

»Kaiser Maximilian war der Einzige, der Ulrichs Exzesse noch einigermaßen in die Schranken weisen konnte. Doch nun ist er zügellos in seinem Tun! Er hat unter einem Vorwand vor knapp zwei Wochen die Reichsstadt Reutlingen überfallen, deren Besitz sein Herzogtum abrunden soll.«

»Ist er denn größenwahnsinnig geworden?«

»Es sieht fast so aus. Aber wie dem auch sei, eine Gesandtschaft unseres Klosters war bei Ulrich im Feldlager vor Reutlingen. Sie bat ihn darum, unsere Mönche unter bestimmten Bedingungen wieder ins Kloster zurückkehren zu lassen.«

»Tatsächlich! Das ist ja unglaublich. Der Herzog hat also die Genehmigung erteilt, sonst wären wir jetzt nicht hier!«

»Du sagst es. Ulrich war es in dieser Situation herzlich egal, was mit unserem Kloster geschieht. Er hat es sofort genehmigt, damit wir schnellstens wieder verschwinden.«

»Das kann ich mir denken!«

»Tja, und vier Tage später hat er dann die Stadt Reutlingen eingenommen. Genauer gesagt, heute vor fünf Tagen!«

»Das ist ja … «

»Schrecklich? Das kann man wohl sagen! Das wird sich der Schwäbische Bund sicher nicht so ohne weiteres von ihm gefallen lassen. Er hat den Bogen damit völlig überspannt! Niemand weiß, wo das hinführt, geschweige denn, was es für die Zukunft des Herzogs und die unseres Klosters bedeutet.«

»Aber woher weißt du das alles?«

»Ich war nicht nur bei der Reformtagung dabei, sondern auch im Ausschuss, der beim Herzog vorgesprochen hat.«

Johannes sprang überrascht auf. »Du warst in einem Feldlager des Herzogs?«

»Sicher! Wer nicht wagt, der nicht gewinnt. Abt Binder hat mich sozusagen als Bewährungsprobe hingeschickt.«

Johannes kam aus dem Staunen nicht mehr heraus. »Bewährungsprobe? Was soll das heißen? Martin, was geht hier vor? Der Abt hält dich immer noch für viel zu jung. Dennoch darfst du plötzlich an der Reformtagung teilnehmen, um Herzog Ulrich persönlich um einen Gefallen zu bitten. Da stimmt doch was nicht!« Martin erhob sich ebenfalls. Beschwichtigend legte er seinem Freund die Hand auf die Schulter.

»Was stimmt denn schon in dieser verrückten Welt, mein Freund?«

»Das jedenfalls nicht!«, ereiferte sich Johannes.

»Ich kann dich beruhigen. Nicht Abt Binder, sondern Abt Johannes von Hirsau, der die Kommission leitete, hat mich dazu berufen, daran teilzunehmen.«

»Na schön, aber weshalb dich? Was hat das mit der Bewährungsprobe auf sich? Martin, ich begreife das alles immer noch nicht!«

»Du wirst es gleich begreifen, doch es wäre besser, du setzt dich wieder, damit du nicht umfällst!« Er drückte Johannes sanft auf den Schreibstuhl, auf dem er eben noch selbst gesessen hatte. Sein Freund wurde langsam unwillig.

»Lass doch diese kindischen Spielchen. Sag mir endlich, was das alles zu bedeuten hat!«

Martin breitete die Arme so aus, als wolle er sich selbst präsentieren. Sein Freund runzelte missmutig die Stirn. »Mein lieber Johannes – vor dir steht der neue Cellerar des Januariusklosters zu Murrhardt!«

Jetzt war Johannes wirklich froh, dass er saß, denn sonst hätten seine Knie vor Erstaunen nachgegeben.

Amtsstube des Abtes im Kloster Murrhardt

im März Anno Domini 1519

Abt Binder, der neue Cellerar Martin Mörlin sowie der um ein ungeliebtes Amt erleichterte Prior Conrad saßen zusammen in der Amtsstube des Abts, um das weitere Vorgehen in den Finanzfragen des Klosters zu erörtern.

Eifrig bemühte sich der junge Martin, den beiden Älteren seine Ideen zu erläutern.

»Ehrwürdiger Vater, es war in der Vergangenheit doch eindeutig ein Problem, die säumigen Steuern bei den Bürgern und Bauern des Amts einzutreiben.«

Bruder Conrad wurde nur ungern an diese leidige Aufgabe erinnert, die ihm beim bloßen Gedanken daran den Angstschweiß aus den Poren trieb. Hätte ihn nicht von Zeit zu Zeit Bruder Martin begleiten dürfen, wäre er an dieser Aufgabe verzweifelt. Sein glücklichster Tag war der 9. Januar gewesen, als Abt Johannes von Hirsau ihm das Amt entzogen hatte, um es an Bruder Martin Mörlin zu übertragen. Alle Proteste Abt Binders nützten nichts. Er musste sich dieser Entscheidung fügen, da sie von Herzog Ulrich bereits abgesegnet war. Zum ersten Mal schien der Abt ein Gefühl wie Wut in sich aufkeimen zu spüren, weil er so ungefragt ausgespielt worden war. Es blieb ihm dennoch nichts anderes übrig, als es hinzunehmen. Bruder Conrad und Bruder Martin hingegen glaubten ihren Ohren nicht zu trauen, als sie diese Nachricht erhielten. Beide konnten sich nur mit Mühe zurückhalten, um sich nicht vor Freude in die Arme zu fallen. Sie glaubten an ein Wunder, das Gott in seiner grenzenlosen Güte an ihnen bewirkte. Der Herr hatte endlich ihre innigen Gebete erhört, nachdem er die Zeit für gekommen hielt!

So verfolgte Bruder Conrad nun völlig entspannt die Ausführungen, die Bruder Martin ihm und dem Abt erklären wollte. Abt Binders grimmiger Gesichtsausruck verriet unmissverständlich, was er von den Ideen des neuen Cellerars hielt, ohne sie richtig begriffen zu haben. Bruder Conrad war zwar von den Ideen beeindruckt, konnte sich aber nicht recht vorstellen, wie sie von der Theorie in die Praxis umzusetzen seien.

»Also: Das Konzept ist genauso einfach wie logisch. Fakt ist, wir haben es durch unsere Abwesenheit nicht geschafft, den Schuldenberg des Klosters zu verringern. Die Idee der wirtembergischen Räte war ja nicht schlecht, als sie uns dazu überredeten, das Kloster vorübergehend zu verlassen, um in anderen Klöstern als Gäste untergebracht zu werden. Der ein oder andere von uns hat in diesem Jahr sicherlich noch etwas dazugelernt«, fasste Bruder Martin noch einmal zusammen.

Oder vielleicht auch nur eine sorglose Zeit erleben dürfen, fügte er im Geiste hinzu, wobei er es tunlichst vermied, dabei Abt Binder anzublicken, aus Angst, er könnte seine rebellischen Gedanken erraten. Der Abt war der Einzige gewesen, der sich sein Exilkloster aussuchen durfte. Prompt war er daraufhin nach Lorch zurückgekehrt. Dies hatte ihm nicht nur Martin übel genommen.

»Durch unser Exil wurden die hohen Personalkosten eingespart, weil keine Pfründe mehr zu zahlen waren. Dies sprach ja für unseren zeitweiligen Auszug. Weiter braucht ein unbesetztes Kloster nicht für Gastereien und Atzungen der wirtembergischen Jagdgesellschaften aufkommen, was uns zweifellos noch eine Menge Geld mehr eingespart hat. Die Einnahmen des Klosters jedoch flossen inzwischen mehr oder weniger pünktlich weiter. Rein rechnerisch hätte diese Maßnahme tatsächlich genügen müssen, um sich sogar noch einen Vorrat ersparen zu können, ehe wir zurückkehrten. Doch was hat es uns tatsächlich genützt?« Er blickte seine beiden Zuhörer an, als erwarte er von ihnen eine Antwort. Beide schweigen.

»Richtig!«, beantwortete er sie sich daher selbst. »Sie hat uns *überhaupt nichts* genützt! Im Gegenteil! Die beiden als Verwalter eingesetzten Laienmönche haben durch ihr leichtsinniges Verhalten den Schuldenberg in diesem Jahr sogar noch um 1000 Gulden erhöht. Da mussten selbst Herzog Ulrich und seine Räte einsehen, dass dies nicht der richtige Weg ist. Es bleibt noch von mir zu klären, wie die beiden Laien das geschafft haben, aber ich bekomme es sicher bald raus!« Bruder Conrad war überzeugt davon, dass er recht hatte. Abt Binder hingegen betrachtete sein Gegenüber mit wachsenden Argwohn. Sprach nicht die Sünde des Hochmuts aus ihm?

»Wie dem auch sei. Wir haben aus dieser Lektion gelernt, wie schlecht es ist, das Ruder einfach aus der Hand zu geben. Besser ist es, man nimmt das Problem selbst in die Hand, um es in den Griff zu bekommen. Dazu muss ich aber erst einmal ganz genau wissen, welche Ausmaße das Problem eigentlich hat und wo es genau liegt.« Er breitete ein Blatt Papier auf dem Tisch aus, auf dem jede Menge Zahlen standen. Bruder Conrad wurde schon schwindelig, wenn er das Blatt nur ansah. Abt Binder rutschte nervös auf seinem gepolsterten Stuhl hin und her. Hoffentlich merkte Martin nicht, wie wenig er von diesen Dingen verstand. Dieser las in der Tat in ihren Gesichtern, was in ihnen vorging.

»Lasst es mich bitte erklären! Diese Aufstellung habe ich im Exil erarbeitet. Ich war ja schon vor unserer Abreise Bruder Conrad behilflich, unsere Schulden für die wirtembergischen Räte darzustellen. Bedauerlicherweise konnte ich nicht mehr Bücher mitnehmen, um daran weiterzuarbeiten, daher glänzt die Liste leider nicht durch Vollständigkeit, doch auch das werde ich bald nachholen.«

»Ganz sicher wirst du das!«, konnte sich Abt Binder nun eine zynische Bemerkung nicht mehr verkneifen. Martin schwieg erschrocken.

Er glaubt immer noch nicht an meine Fähigkeiten. Das liegt aber nur daran, weil er nichts davon versteht. Ich werde ihm schon beweisen, wozu ich alles fähig bin, wenn man mich nur machen lässt.

»Die Barschulden unseres Klosters belaufen sich, so weit ich das im Moment beurteilen kann, zur Zeit auf ungefähr 10 000 Gulden. Sicher sind es noch mehr, aber das tut im Moment zu meiner Erläuterung nichts zur Sache. In jedem Schuldenfall gibt es eine einfache Regel, die es streng zu beachten gilt!«

»Und die wäre?«, fragte der Abt müde.

»Man darf nicht mehr ausgeben, als man einnimmt, schon werden die Schulden weniger, beziehungsweise sie lösen sich bald ganz auf.« Bruder Conrad hielt sich belustigt die Hand vor den Mund, damit niemand sein Schmunzeln sehen konnte. Dieser Bruder Martin war nicht nur ein kluger Kopf, sondern auch ganz schön aufmüpfig. Abt Binder interpretierte diese Aufmüpfigkeit jedoch als Unverschämtheit. Er musste erst tief durchatmen, ehe er Martin antworten konnte. »Du wagst es, uns auf den Arm zu nehmen?«

Martin wehrte schnell ab. »Aber nein, nichts liegt mir ferner als das! Gott ist mein Zeuge. Es ist mein voller Ernst. Wir müssen sparen, wo es nur geht, gleichzeitig aber auch dafür sorgen, wieder unsere vollständigen Steuern pünktlich einzutreiben. Bei unseren Schuldnern herrscht seit Jahren ein längst eingefahrener Schlendrian, was die Zahlungsmoral angeht. Wir müssen sie wieder mehr in die Pflicht nehmen. Schließlich haben sie uns dafür zu zahlen, dass wir ihnen Haus, Hof, Wiesen und Äcker zur Verfügung stellen. Wir setzen uns für sie bei der Obrigkeit ein, sie tun jedoch so, als gehe sie das alles gar nichts an. Im Gegenteil, sie meinen, sie seien die Herren des Landes! Denkt doch nur an den Armen Konrad, der ja nicht nur das Remstal, sondern auch unsere Pfarrei in Großbottwar betroffen hat!«

Abt Binder winkte energisch ab. »Hör mir bloß mit dieser alten Geschichte auf!« Auf dieses Thema war der Abt ganz und gar nicht gut zu sprechen. Er wollte nichts mehr über den Pfarrverweser Peter Gschydlin hören. Die Menschen hatten sich damals doch völlig unnötig verrückt machen lassen. Vogt Beltz und Junker Heinrich von Liebenstein hatten sich in etwas hineingesteigert, das so nicht den Tatsachen entsprach. Sie hatten sogar die Bottwarer Ehrbarkeit gegen Meister Peter aufgehetzt. Dem Abt leuchtete bis heute nicht ein, warum sie von ihm dessen sofortige Absetzung und die Neubesetzung der Pfarrstelle forderten. Deshalb war er dieser Aufforderung auch nicht nachgekommen. Schließlich hatte sich die Gemeinde niemals über ihn beklagt, was selten genug vorkam. Weshalb sollte er ihn dann unverzüglich austauschen? Letztendlich hatte er ihn jedoch persönlich angegriffen, als er während des Aufstands verkündete, er könnte nicht über ihn verfügen, sondern nur seine Gemeinde. Das war lächerlich. Solch ein Gerede war doch nicht ernst zu nehmen! Wo käme er denn hin, wenn er sich über jeden aufregen würde, der ihn zu provozieren versuchte? Dennoch hatte er Gschydlin dann doch versetzt. Was blieb ihm denn anderes übrig? Der Vogt war ja regelrecht versessen darauf, den Herzog in dieser Angelegenheit gegen ihn aufzubringen. Wer wollte schon den Herzog zum Feind?

Er hatte Gschydlin allerdings nicht, wie gefordert, ins Ausland verbannt, sondern ihn nur in die Pfarrei Erdmannhausen versetzt. Warum sollte er ihn so weit wegschicken? Er war ein guter Pfarrer, und gute Pfarrer waren selten genug.

Wie friedlich wäre die Welt, wenn sich die Menschen einfach nur an Gottes Wort halten würden, anstatt sich mit solchen aggressiven Dingen wie politischen Fragen auseinandersetzen zu müssen. In Wirklichkeit wollte er am liebsten seine Ruhe vor solch verwirrenden Ränkespielen haben. Wie gern würde er sich lieber voll und ganz der Verehrung Gottes widmen.

Politische Entscheidungen waren wider seine Natur, weshalb er ihnen auch, so weit es möglich war, aus dem Wege ging.

Die Stimme Martins riss den Abt aus seinen Gedanken.

»Herr, ich will Euch nur vor Augen führen, wie sehr die Obrigkeit von den Gemeinden, die nun einmal hauptsächlich aus Bauern bestehen, bedroht wird. Die Kirche gehört schließlich auch dieser Obrigkeit an. Deshalb müssen wir unseren Einwohnern unmissverständlich klar machen, wer der Herr im Amt ist, ehe sie uns vollends auf der Nase herumtanzen. So etwas wie der Arme Konrad kann jederzeit wieder geschehen, davon bin ich überzeugt!«

»Unsinn!« Abt Binder winkte unwillig ab. »Unser Herzog Ulrich hat sie schon einmal in ihre Schranken gewiesen, er wird es wieder tun!«

»Wenn er bis dahin noch an der Regierung ist«, murmelte Martin halblaut.

»Was willst du damit sagen?«

»Der Herzog hat in Reutlingen das Fass zum Überlaufen gebracht. Er hat mittlerweile mehr Feinde als Verbündete. Er muss bereits Söldner aus der Schweiz anwerben, weil ihm nicht mehr genug eigene Männer folgen wollen. Sich den Schwäbischen Bund zum Feind zu machen war wahrlich kein kluger Schachzug von ihm!«

»Was denkst du, wird geschehen?«, lenkte der Abt plötzlich ein. Ihm war mit einem Mal klar geworden, was für einen guten Streiter er da in seiner Führungsriege willkommen heißen konnte. Dies barg die Chance in sich, Martin mehr Amtsgeschäfte übertragen zu können, um sich selbst endlich mit den Dingen zu beschäftigen, die ihm wirklich wichtig waren. Wenn er Bruder Martin aus solch einem Blickwinkel betrachtete, wurde er ihm plötzlich sogar sympathisch. Natürlich! Gott hatte ihm Martin als Lösung seiner Probleme gesandt. Wie blind er doch die ganze Zeit gewesen war, dies nicht schon viel früher erkannt zu haben!

Martin bemerkte sehr wohl den Wandel, der plötzlich im Abt vorging. Seine Gesichtszüge entspannten sich sichtlich, als er ihn mit echtem Interesse fragte: »Was schlägst du jetzt vor, Bruder Martin?«

»Wir sollten uns schnellstmöglich den nötigen Respekt bei den Bürgern und Bauern verschaffen, damit wir bald zu dem Geld kommen, das uns von Rechts wegen zusteht. Wenn uns die Leute als das respektieren, was wir sind, nämlich ihre Herren, dann lässt sich vielleicht ein neuer Aufstand des kleinen Mannes vermeiden. Wer einsieht, was für Vorteile es ihm bringt, sich mit seinen Herren gut zu stellen, der trägt vielleicht keine aufrührerischen Gedanken in seinem Herzen.«

»Du sagst vielleicht. Zweifelst du daran?«

Martin hatte während des Sprechens das Zahlenblatt zu einer Röhre zusammengedreht. Er kniff ein Auge zu und hielt sich die Papierrolle vors andere, wie ein Fernrohr. »So wenig wie Christoph Columbus vor 27 Jahren wusste, auf was er stoßen würde, als er in See stach, um den Seeweg nach Indien zu suchen, genauso wenig können wir wissen, was die Zukunft für uns bereit hält.« Er nahm die Rolle wieder vom Auge.

»Gott allein weiß, was den Leuten da draußen noch einfallen wird, um sich gegen das natürliche Gesetz des Gehorsams gegen ihre Herren aufzulehnen.«

»Es hört sich an, als plagten düstere Gedanken dein Herz.«

»Nicht doch! Ich bin nur realistisch. Klar ist jedenfalls, wenn wir die Menschen an einer zu langen Leine lassen, werden sie übermütig. Sie sind genau wie kleine Kinder. Verlieren sie die nötige Führung, irren sie so lange ziel- und planlos umher, bis sie nicht mehr wissen, was sie im Übermut tun sollen. Sie werden unzufrieden mit sich und ihrem Schicksal. Dabei geben sie natürlich nicht sich selbst die Schuld dafür, sondern suchen sie bei denen, die ihnen zu viele Freiheiten gelassen haben.« Er rieb sich nachdenklich die Nase, um die rechten Worte zu finden.

»Zum Dank dafür wird sich ihre geballte Wut an ihnen entladen. Was danach geschieht, ist sonnenklar. Die Obrigkeit wird merken, welchen schrecklichen Fehler sie begangen hat, doch dann wird es zu spät sein. In diesem Moment hilft nur noch brutale Gewalt, um die Übeltäter wieder zur Vernunft zu bringen. Dies hat uns Herzog Ulrich vor fünf Jahren ja sehr anschaulich vor Augen geführt. Möge Gott verhindern, dass so etwas wieder geschieht!«

»Dafür lasst uns beten!«

»Beten und etwas dagegen tun! Wir dürfen uns nicht alles gefallen lassen. Nicht von Bürgern und Bauern, aber auch nicht von der wirtembergischen Regierung. Wir dürfen uns nicht wie Lämmer willenlos zur Schlachtbank führen lassen. Der erste Schritt wurde bereits getan, als wir Herzog Ulrich im Feldlager vor Reutlingen dazu brachten, uns von dieser lästigen Pflicht zu befreien, die unerwartet auftauchenden Jagdgesellschaften verköstigen zu müssen. Mit der Gegenleistung einer jährlichen Steuer von 100 Gulden in die herzogliche Kasse fahren wir deutlich besser. Wir haben also nicht nur bares Geld gespart, sondern gleichzeitig einen besser kalkulierbaren Ausgabeposten geschaffen.«

»Ja, das war in der Tat eine gute Idee von dir, Bruder Martin!«, lobte ihn der Klostervorstand. Dadurch hatte auch mit einem Schlag das lasterhafte Treiben auf dem Klosterhof ein abruptes Ende gefunden.

»Aber das kann nur der Anfang sein! Bürger und Bauern müssen stärker daran beteiligt werden, wenn größere Steuerausgaben an die Regierung anstehen. Es ist nicht richtig, wenn diese Last allein auf unseren Schultern ruht. Sie muss gleichmäßig auf alle verteilt werden. Schließlich betrifft sie das gesamte Amt, nicht nur das Kloster. Zusätzlich könnten wir Überlegungen anstellen, ob es nicht sinnvoll wäre, Zehntanteile zu verkaufen, um an Geld zu kommen.«

»Dann fallen uns doch die Zehnteinnahmen weg!«

»Das schon, aber im Moment nützt es uns mehr, einen Batzen Geld in der Kasse zu haben, als jährlich nur wenig daran zu verdienen. Erst müssen wir von unserem hohen Schuldenberg herunter kommen. Dazu brauchen wir das Geld sofort.« Das leuchtete dem Abt ein.

»Außerdem, Herr, habe ich noch eine große Bitte an Euch, die Ihr mir sicher nicht abschlagen werdet.«

»Es kommt darauf an, worum es geht«, gab ihm der Abt vorsichtig zur Antwort.

»Wir haben im Moment kein Geld für irgendwelche Bauprojekte übrig. Das seht Ihr doch sicher ein.« Der Abt nickte zustimmend. Eine ungewöhnliche Situation erforderte ungewöhnliche Maßnahmen.

Murrufer bei der Obermühle zu Murrhardt

im Mai Anno Domini 1522

Die beiden Freundinnen saßen an diesem klaren Maimorgen mit geschürzten Röcken und an einen riesigen Stapel Baumstämme gelehnt am Murrufer. Ihre nackten Beine hingen in der vorbeieilenden Strömung. Ein angenehmes Gefühl war das, auch wenn das Wasser noch recht kalt für solche Badevergnügungen war. Die Strömung des Wassers versuchte vergeblich, ihre Beine mit sich zu reißen. Hinter ihnen klapperte das Mühlrad der Obermühle vor sich hin, während aus dem Inneren der Mühle das kratzende Geräusch des Auf- und Abfahrens der Säge an ihr Ohr drang. Es roch wunderbar nach frisch gesägtem Holz. Der Holzstapel schützte sie zwar vor aufdringlichen Blicken, doch dies hielt den Obermüller nicht davon ab, einen neugierigen Blick ans Ufer zu werfen, wenn er über den Krach der Mühle hinweg zufällig Frauenstimmen hörte. Wie gestern könnte er sich dann keinen Kommentar verkneifen, wenn er die beiden so unnütz herumsitzen sah.

»Müßiggang ist aller Laster Anfang!«, würde er rufen, um sich dabei in Wahrheit am Anblick ihrer nackten Beine zu ergötzen.

»Hoffentlich beglückt uns heute nicht wieder der Obermüller!«, sagte Margaretha.

»Es reicht mir noch von gestern. Der Alte hat mich zu Tode erschreckt!«

»Warum hast du vor dem überhaupt Angst?«

»Vor dem hab ich ja gar keine Angst, aber vor seinem Schandmaul. Du kannst dir nicht vorstellen, was der in der Gegend rumtratscht. Er ist viel schlimmer als ein Waschweib, das kann ich dir sagen!«

»Na und, dann sag ihm doch einfach mal die Meinung! So was fällt dir doch nicht schwer.«

»Du kennst mich gut genug, um zu wissen, dass ich das bereits getan habe!«

»Oh ja, das kann ich mir bildlich vorstellen! Der Ärmste!«

»Na ja, so schlimm war's nicht. Man muss nämlich vorsichtig sein und darf nicht alles sagen, was man denkt. Du kennst mich gut genug, um zu wissen, wie unsagbar schwer mir das fällt. Da wir hier aber leider in der Stadt und nicht auf dem Land leben, sind die Sitten etwas anders.«

»Hör ich da einen Funken des Bedauerns in deiner Stimme mitschwingen?«

Margaretha seufzte tief. »Weißt du, es hat schon viele Vorteile, wenn man in der Stadt wohnt, aber eben auch seine Nachteile. Solch ein Widerling wie dieser Obermüller zum Beispiel. Der erfindet, wenn es sein muss, auch Lügengeschichten, nur um sich interessant zu machen. Dabei ist es ihm auch egal, ob er damit dem guten Ruf eines Handwerkers schadet oder sein Geschäft schädigt. Ich muss Martin vor ihm schützen! Schließlich ist er ein guter Kunde von ihm. Wenn er sich seine Bretter aus einer anderen Sägmühle holen müsste, wäre der Weg um so vieles weiter. Praktischer geht es halt nicht, als sich vom Obermüller das nötige Material für seine Fässer zu holen.«

»Hm, das leuchtet mir ein.«

»Mit dem Obermüller Streit zu haben ist zudem noch lästiger, wenn man in seiner Nachbarschaft wohnt. Je näher du ihm bist, desto schlimmer wird's mit ihm.«

»Woher weißt du das?«

»Martin hat's mir erzählt, um mich zu warnen. Diese Geschichte ist sogar noch älter als wir.«

»Was, so lange geht das schon?«

»Ja sicher. Dabei hat der Vorbesitzer der oberen Badstube den armen Bader auch noch ganz gemein ausgetrickst.«

»Wie das?«

»Der Fritz Pfister, dem die Badstube vorher gehörte, hat ihm beim Kauf einfach die Wahrheit verschwiegen. Das war im selben Jahr, in dem du geboren wurdest. Kannst du dir das vorstellen?«

»Nein!«, bestätigte Katharina lachend, »das kann ich allerdings nicht!«

»Ja, so war das. Zuerst hat sich der Bader mit dem Pfister gestritten. Wahrscheinlich hat er sich nicht an den Obermüller herangetraut, was ja auch schon einiges über dessen Charakter aussagt. Nur hat das nichts gebracht, und seither muss er sich mit dem Obermüller herumplagen.«

»Ach der Ärmste. Er tut mir leid!«

»Der kann einem auch wirklich leid tun. Wer solche Nachbarn hat, braucht keine Feinde mehr! Der Müller ist sogar von oberster Stelle aus verpflichtet, das Wasser der Murr zwei Tage in der Woche zur Badstube durchzulassen. Was ist da schon dabei? Der Bader muss dafür sogar ihn und sein Gesinde umsonst bedienen.«

»Was, umsonst in die Badstube? Oh, wenn ich das auch dürfte, würde ich mir das öfter gönnen!«

Margaretha ignorierte den Kommentar. Dafür war sie nun zu sehr in Fahrt.

»Weißt du was, Käthe? Alte Männer sind fürchterliche Dickschädel! Je älter sie werden, desto kindischer werden sie. Der Obermüller legt dem Bader Martin noch heute immer wieder mal gern eine frisch angeflößte Lieferung seines Lagerholzes in den Weg, damit die Leute nicht zur Badstube durchkommen! Es kommt einem fast so vor, als ginge es ihm nur gut, wenn er jemanden anderen ärgern kann. Es ist nicht zu fassen, was der für ein Sturschädel ist!« Margaretha schüttelte verständnislos den Kopf.

»Da kenn ich noch einen«, entgegnete Katharina.

»Du meinst deinen Vater?«

»Sicher, wen sonst?«

»Na gut, aber von dem mal abgesehen, gibt es solche Fieslinge in Oberrot nicht.«

Katharina zweifelte daran. Schließlich erlebte sie im Wirtshaus immer wieder widerliche Zeitgenossen, denen ihr großspuriges Geschwätz mehr bedeutete als die Wahrheit. Wenn sie jedoch von irgendjemandem entlarvt wurden, machten sie sich zum Gespött von allen. Das schreckte viele dann doch ab.

»In Oberrot gibt es auch mehr Bauern als hier. Die Stadtbewohner sind anders.« Beide schwiegen einen Moment.

»Wusstest du eigentlich, dass wir mehr Frondienste fürs Kloster leisten müssen als die Bewohner der umliegenden Weiler, nur weil wir in der Stadt oder der Vorstadt wohnen?« Katharina schüttelte den Kopf, woher sollte sie das auch wissen?

»Was hast du denn erwartet?«, fragte sie ihre Freundin erstaunt.

»Ach, ich weiß auch nicht.« Trübsinnig blickten sie eine Zeitlang ins gluckernde Wasser. Doch bald war ihre Aufmerksamkeit auf etwas anderes gerichtet.

»Schau doch!«, rief Marga aufgeregt. Dabei deutete sie auf die andere Uferseite der Murr.

»Es sieht aus, als funkeln dort lauter Edelsteine!«

Katharina beschattete ihre Augen, um sie vor der grellen Morgensonne zu schützen. Angestrengt kniff sie die Augen zusammen, um besser sehen zu können.

»Du hast recht. Was ist das?«

»Marienkraut natürlich! Komm, wir suchen uns eine Furt, da waten wir schnell auf die andere Seite, um uns etwas davon für Tee zu pflücken! Siehst du, es blüht schon, und das so zeitig im Jahr!« Mit einem Satz war Margaretha auf den Beinen. Schnell schnappte sie sich ihre Schuhe. Wenn ihr etwas einfiel, musste das sofort in die Tat umgesetzt werden, da gab es kein Wenn und kein Aber. Katharina wusste das, daher stand auch sie auf und nahm ihre Schuhe in die Hand, um ihr zu folgen. Bald fanden sie eine schmale Stelle, an der wahrscheinlich der Obermüller ein Brett über den Fluss gelegt hatte, um besser an die auf der anderen Uferseite gelagerten Stämme zu gelangen.

»Na sieh mal an, da ist der alte Maulklopfer doch noch zu etwas nütze!«

Geschwind huschten die beiden Frauen über das Brett, in der Hoffnung, der Müller möge sie nicht dabei erwischen. Kurz darauf standen sie auf einer Wiese, die in gelbgrüne, schimmernde Blütenpracht getaucht war. Nachdem sie ihre Schuhe wieder angezogen hatten, pflückten sie emsig einen großen Strauß des Frauenmantels. Margaretha bückte sich zu den nassen Blättern hinab, in deren Tautropfen sich die Morgensonne funkelnd spiegelte, um sie abzuschlecken.

»Das musst du auch machen! Es ist ein Himmelstrank, der magische Kräfte besitzt.«

Katharina war skeptisch. »Meinst du wirklich?«, fragte sie zögernd.

»Aber sicher. Ich hab sogar schon von Alchemisten gehört, die durch dieses Wasser den Stein der Weisen finden wollen.«

»Den Stein der Weisen?«, lachte Katharina. »Na dann trink nur feste davon, ein bisschen mehr Weisheit könnte dir nicht schaden!«

»Dir aber auch nicht!«, gab Margaretha beleidigt zurück

»Hm, wahrscheinlich hast du recht. Aber ich verlass mich trotzdem lieber nur auf die heilende Wirkung des Krauts. Dem Wasser da trau ich nicht so ganz!«

»Bestimmt hilft es, um gesunde, kräftige Kinder zu kriegen!«

»Das Kraut vielleicht, bei dem Wasser bin ich mir da nicht so sicher.«

»Ha, wart's nur ab. Wahrscheinlich werd ich dadurch bald

die Mutter eines Stalls voller Kinder sein und obendrein so weise, dass du mich nicht wiedererkennst!«

Katharina beobachtete ihre Freundin liebevoll beim Abschlecken der Tautropfen. Auf was für Ideen sie immer wieder kam! Margaretha war ihr Sonnenschein in einer meist so tristen Welt, die keine Abwechslung bot und nur aus harter Arbeit bestand. Es war ein schmerzlicherer Verlust für sie, als sie vor sieben langen Jahren den Wagen mit dem frischgebackenen Ehepaar nachblickte, bis sie der Horizont verschluckt hatte. So manche Nacht hatte sie heimlich Tränen um sie vergossen. Sie wünschte sich so sehr, wieder in ihrer Nähe zu sein. Margaretha fand inzwischen, sie hätten nun genug Marienkraut gesammelt, und forderte Katharina auf, den Heimweg anzutreten, damit sie die Blumen zum Trocknen auslegen konnten.

»Heute ist Samstag«, plapperte sie in ihrer unbeschwerten Art beim Laufen drauf los.

»Erinnere mich bloß nicht daran. Das heißt doch nur, dass ich mich morgen früh nach der Kirch wieder auf den Weg nach Oberrot machen muss! Mir graut jetzt schon davor, dich wieder verlassen zu müssen!«

»Nun schau nicht so traurig drein, deswegen hab ich dir nicht gesagt, welcher Tag heute ist. Am Samstag dürfen die Metzger Fleisch verkaufen.«

»Tatsächlich? Nur am Samstag?«

»Nein, auch am Dienstag und Mittwoch.«

»Wer soll sich das leisten können, dreimal in der Woche Fleisch zu essen?«

Margaretha zog ihre Freundin ungeduldig hinter sich her. »Wir nicht, aber die richtig reichen Bürger schon.«

»Fleisch bei einem Metzger kaufen anstatt selbst zu schlachten! Hm, das sind wirklich merkwürdige Sitten bei euch Städtern!«

»Ach, hör doch auf! Wo soll ich denn hier ein Rindvieh oder

eine Sau zum Schlachten hernehmen? So was haben wir hier nicht, also sei zufrieden, dass wir's kaufen können. Wenn ich schon einmal in drei Jahren Besuch von meiner besten Freundin bekomme, dann wird mir Martin sicher erlauben, einmal zur Feier des Tages einen Braten zu kaufen.«

Katharina sah sie mit großen Augen an. »Seid ihr denn so reich?«

»Schlecht geht es uns nicht gerade, aber es könnte auch besser gehen. So reich wie dein Vater mit seinem Vieh- und Weinhandel, den er auch noch neben dem Wirtshaus und der Landwirtschaft betreibt, werden wir zwar nie werden, aber wir sparen, wo's geht. Davon gönnen wir uns dann auch gern mal was Besonderes.«

»Du bist sicher, Martin wird es dir erlauben?«

Margaretha nickte und strahlte ihre Freundin so glücklich an, dass es ihr einen leichten Stich ins Herz gab. Natürlich, wie könnte Martin seiner Frau einen Wunsch abschlagen? Dafür liebte er sie viel zu sehr!

Martin schwitzte gerade beim Metallbänderbiegen in seiner Scheune, die ihm als Werkstatt diente, als die beiden zuhause eintrafen.

»Grüß Gott ihr zwei, na, habt ihr euer Fußbad beendet?«

»Haben wir!«, flötete ihm seine Frau entgegen.

»Hat euch der Obermüller heut auch wieder dabei erwischt?«

»Zum Glück nicht! Anscheinend hat er heute tatsächlich mal was gearbeitet!«, antwortete ihm Katharina fröhlich.

»Wir haben auch gleich noch was mitgebracht!« Martin warf nur einen kurzen Seitenblick auf den Strauß, den seine Frau eifrig schwenkte. Dabei brummte er etwas Unverständliches vor sich hin. Für Heilkräuter interessierte er sich nicht.

»Ich leg's gleich mal auf dem Zwischenboden der Scheune

aus, da trocknet es schneller«, sagte Margaretha. Katharina folgte ihr, um dabei zu helfen.

Kurz danach stellte sich Margaretha neben ihren Mann. Einen Moment sah sie ihm bei der Arbeit zu. Doch schon bald trieb ihr das heiße Feuer den Schweiß auf die Stirn. Martin blickte sie prüfend von der Seite an. Er kannte sie gut genug, um zu wissen, aus welchen Gründen sie sich so interessiert neben ihm und dem Schmiedefeuer platzierte.

»Was gibt es so Dringendes?«

»Wir wollen in die Stadt!«

»So, so. Was wollt ihr denn da machen?«

»Ich würde gern Fleisch kaufen, um für Katharina einen schönen Abschiedsbraten zu machen.«

»Und dazu brauchst du Geld?«

»Haben wir denn was übrig?«

»Haben wir! Du kriegst es aber nur unter einer Bedingung!« Er zog sie liebevoll an seinen verschwitzten Oberkörper.

»Alles was du willst, mein Schatz!«, hauchte sie.

»Ich will auch was von dem Braten abhaben! Nicht dass ich dabei am Ende leer ausgehe.«

Margaretha drückte ihm einen stürmischen Kuss auf die nasse, rußige Wange. Danach wischte sie sich, mit einer schwungvollen Bewegung, den Mund mit ihrem Schürzenzipfel ab. »Danke, mein Schatz! Darf ich mir das Geld holen?«

»Sicher, du weißt ja, wo ich's verwahre!«

Margaretha verschwand mit wehenden Röcken im Haus.

Martin wandte sich achselzuckend an Katharina. »Was soll ich machen? Ich kann ihr einfach keinen Wunsch abschlagen!«

Katharina lächelte. So etwas hätte sie von ihrem Mann auch gern einmal gehört. Wie glücklich konnte sich Margaretha schätzen, von ihrem Mann in der Arm genommen und geküsst zu werden! Katharina seufzte wehmütig.

In diesem Moment eilte ihre Freundin schon wieder an die Werkstatttür. Im Türrahmen blieb sie stehen und winkte ihr zu, herauszukommen.

»Kann ich nicht hier bleiben und das Herdfeuer neu entfachen, damit die Temperatur gleich stimmt, bis du mit dem Fleisch zurückkommst?«

Margaretha hatte sich schon gewundert, warum ihre Freundin sich bis jetzt noch nicht dagegen wehrte, mit ihr in die Stadt zu gehen.

»Nun komm schon, stell dich nicht so an. Wovor hast du eigentlich in der Stadt Angst?«

»Ich hab doch keine Angst«, entrüstete sie sich.

»Ich hab bloß keine Lust darauf, ständig aufpassen zu müssen, keine Nachttopfladung auf den Kopf zu bekommen, von einem Pferdefuhrwerk überrollt zu werden oder knöcheltief im Straßenmatsch zu versinken. Ich hab nur das eine Kleid dabei!«

»Jetzt übertreibst du aber, Schätzle. So schlimm ist's da drin nun auch wieder nicht.« Margaretha warf ihr schwungvoll ein Paar Trippen vor die Füße. Sie selbst setzte sich auf die Bank, um sich ebenfalls welche über ihre Lederschuhe zu ziehen.

»Los, zieh sie an, die sind praktisch!«

»Oh nein, muss das wirklich sein?«, stöhnte Katharina. »Mit diesen Dingern kann ich nicht richtig laufen!«

»Unsinn! Du bist sie nur nicht gewöhnt. Nun mach schon, zieh sie über, und dann lass uns endlich gehen. Oder hast du etwa noch mehr Gründe, dich davor zu drücken, mit mir ins Innere der Stadtmauer zu gehen? Was hast du bloß gegen die Stadtluft?«

»Sie stinkt!«

»Na gut, dann stinkt sie eben, aber wenn Jahrmarkt ist, kommst du doch auch her.«

»Das ist ja wohl was anderes! Wenn Markt ist, komm ich zum

Kaufen und zum Verkaufen, da hab ich dann einen triftigen Grund, mir das anzutun.«

Inzwischen hatte auch sie widerwillig ihre Trippen angelegt.

Margaretha zog sie am eingehakten Arm ungeduldig hinter sich her. »Ach was! Die Stadt ist viel ruhiger, wenn kein Markt ist.«

»Lass mich doch hier!«, bettelte Katharina verzweifelt. Doch inzwischen standen sie schon fast vor dem Oberen Stadttor. Beim lauten Rattern eines schwer beladenen Wagens drehten sie sich beide um.

»Aus dem Weg, ihr Weibsleut, wenn ihr nicht im Matsch landen wollt!«

Das warnende Brüllen des Kutschers ließ die beiden erschrocken auf die Seite springen. Laut ratternd fuhr der Wagen durch das offene Tor. Der schadenfroh grinsende Kutscher lupfte galant seinen Hut, als er an ihnen vorbeifuhr. Derb rief er ihnen einen Gruß zu, ehe sie den Wagen nur noch von hinten sahen.

»Da siehst du's!«, knurrte Katharina. »Es ist lebensgefährlich, in die Stadt zu gehen!«

Ihre Freundin schimpfte unterdessen lautstark dem Wagen mit der geballten Faust hinterher.

»Das war vielleicht ein ungehobelter Bursche, nicht?«, lachte Marga, nachdem sie ihre Schimpfkanonade beendet hatte.

Katharina schüttelte verständnislos den Kopf. Was konnte ihre Freundin nur diesem Stadtleben abgewinnen? Sie würde es nie begreifen! Margaretha zog sie kraftvoll weiter dem Stadttor entgegen, während sie einen Gruß zum Stadtwächter im Turm hinaufflötete. Dankend nahm sie die Erwiderung des freundlich lächelnden Mannes entgegen.

»Siehst du, die Stadtmenschen sind doch ganz nett! Dieser unverschämte Kutscher eben war übrigens nicht von hier!«

Katharina sparte sich eine Antwort. Mit offenem Mund bestaunte sie stattdessen die für ihre Verhältnisse riesigen Bürgerhäuser, welche die Hauptstraße säumten.

»Du meine Güte. Wozu brauchen denn die Menschen so große Häuser und so breite Straßen?«

»Pah, wenn du das für groß hältst, dann solltest du mal nach Hall gehen, da gibt's Häuser, bei denen schmerzt dich das Genick beim Hochschauen! Die Murrhardter Bürger sind nicht reich, aber die Haller Salzsieder.« Sie pfiff durch die Zähne. »Die wissen bald nicht mehr wohin mit ihrem vielen Geld!«

Katharina war völlig überrascht. Sie bogen von der Hauptstraße weg nach links in eine enge Seitengasse ein. Hier war die Straße schon nicht mehr so breit, weshalb sie auch nicht befahren wurde. Die beiden Frauen liefen der Klostermauer entlang Richtung Stadtmitte.

»Du warst schon mal in Hall?«

»Ja, aber nur einmal. Letzten Sommer hat mich Martin mal mitgenommen, damit ich sehe, wo er seine Fässer manchmal hinliefert. Außerdem wollte er mir die Stadt zeigen. Ich hab auf der Hinfahrt bei dir vorbeigeschaut, aber das ganze Dorf war wie ausgestorben. Ihr wart alle auf den Feldern bei der Arbeit. Auf dem Rückweg hatten wir keine Zeit, da war's dann schon fast dunkel, und wir wollten nur noch heim. Ich sage dir, gegen Hall ist Murrhardt ein armseliges Nest! Außerdem sind die ihr Kloster losgeworden, was wir von unserem leider nicht behaupten können.«

Just in diesem Moment erreichten sie die Klosterpforte. Katharina betrachtete die steinernen Torbögen und die hölzernen Tore. Ein kleineres Tor für Fußgänger, ein größeres für Fuhrwerke. Heute waren die Tore, anders als an den Markttagen, geschlossen. Sie hatte sich die Stadt noch nie richtig angesehen. Wenn sie zum Markt hier war, hatte sie immer genug anderes zu tun. Da blieb keine Zeit für eine Stadtbesichtigung. Auch die Häuser rings um den Marktplatz waren immer nur Kulisse des Marktes gewesen. Vielleicht war es doch keine schlechte Idee von Marga, mit ihr in die Stadt zu gehen. Wenn sie es nun schon einmal geschafft hatte, sich drei Tage zu stehlen, um mit Marga zusammen zu sein, wollte sie diese auch genießen. Der Alltag würde sie bald genug wieder einholen.

»Vielleicht sehen wir ja einen von den Mönchen«, raunte ihr Margaretha zu.

Katharinas Neugier war geweckt. Bisher waren ihr nur die begegnet, die auf den Feldern jede zehnte Ähre umwarfen, um sie für den Pfarrer oder sich selbst zu kassieren. Doch die sah sie immer nur von Weitem. Seit ungefähr drei Jahren tauchte dann noch immer wieder mal zur Mahnung der säumigen Steuer der Cellerar des Klosters bei ihnen auf. Doch dann schickte ihr Vater die Frauen immer sofort nach oben oder in die Küche. Geldgeschäfte waren angeblich nichts fürs Weibervolk, dafür seien sie einfach zu dumm, meinte ihr Vater, und Claus schwieg dazu. So konnten sie die Männer in der Schankstube zwar lautstark streiten hören, aber keinen deutlichen Blick auf den Mönch erhaschen. Einmal einen echten Mönch aus der Nähe zu sehen stellte sie sich spannend vor. Das hatte sich ihre Freundin schon gedacht. Daher platzierten sie sich wie zufällig vor der »Rose«, damit sie einen guten Überblick über die ein- und austretenden Menschen hatten. Gespannt warteten sie auf eine Bewegung am Tor. Ab und zu grüßte Margaretha einen der vorbeieilenden Passanten. Warum nur hatten es diese vielen Menschen innerhalb der Stadtmauer eiliger als draußen? Die Stimme Margas riss sie aus ihren Überlegungen.

»Wenn du Glück hast, kommt ja der Kräutermönch raus! Ich sage dir, der hat Augen! Ein Blau!« Sie verdrehte verzückt die Augen gen Himmel.

»Das kann ich dir einfach nicht beschreiben!«

Katharina war entsetzt. »Marga, ja schämst du dich denn

gar nicht! Du bist eine glücklich verheiratete Frau und redest so von einem anderen Mann! Noch dazu von einem Mönch! Pfui, pfui, das hätte ich dir nicht zugetraut! Also wirklich, schäm dich!«

Margaretha blieb von der Moralpredigt völlig unbeeindruckt.

»Du kannst doch gar nicht mitreden, du hast seine Augen ja noch gar nicht gesehen! Aber ich!«

Katharina wurde immer wütender. Wie konnte es Margaretha nur wagen, einen anderen Mann als ihren Martin überhaupt anzusehen? Auf die Idee würde nicht einmal sie kommen, obwohl sie mit Claus viel unglücklicher war als Marga mit ihrem Martin. Als sie ihr von der Hochzeitsnacht vorgeschwärmt hatte, war sie schon um Fassung bemüht gewesen. Doch als sie ihr dann versicherte, sie habe recht damit gehabt, das Zusammenliegen bringe tatsächlich die Erfüllung auf Erden, war sogar so etwas wie ein kleiner Funke Neid in ihr aufgekeimt.

Und trotzdem blickte sie einem Mönch zu tief in die Augen? Nein, das hatte Martin wahrlich nicht verdient. Ungeduldig zerrte sie ihre Freundin am Ärmel.

»Komm schon!«, befahl sie ihr herrisch. »Lass uns weitergehen. Die blauen Augen dieses Mönchs interessieren mich nicht im Geringsten.«

»Nun sei doch kein Spielverderber! Ich schau ihn mir doch bloß an. Wenn du ihn freundlich grüßt, dann schenkt er dir manchmal ein Lächeln, das den Schnee schmelzen und die Knie weich werden lässt!«

»Das reicht!« Energisch begann sie ihre Freundin vom Eingang der »Rose« wegzuziehen, die sich aber störrisch wie ein Maulesel dagegen wehrte. In diesem Moment öffnete sich die Klosterpforte von innen.

»Er kommt!«, flüsterte sie Katharina zu. Diese krallte ihrer

Freundin in den Arm, damit sie ja nicht auf die Idee kam, auf das Tor zuzugehen.

»Wenn du es wagst, ihn zu grüßen, dreh ich dir den Arm um, bist du schreist, das schwör ich dir!«, zischte sie ihr warnend zu.

Angespannt starrten die beiden Frauen in Richtung Klostertor. Katharina hielt ihre Freundin immer noch am Arm fest. Als sie das Gesicht des Mönchs erkennen konnten, spannte sich Margarethas Arm unter dem Griff ihrer Freundin an. Katharina sah ihm direkt in die Augen, während Marga sich abrupt abwandte und den Blick zu Boden senkte. Der Mönch grüßte höflich zu den beiden Frauen hinüber, ehe er eilig im engen Gassengewirr der Stadt verschwand. Katharina blickte ihm verwundert hinterher.

»Der hatte aber keine blauen Augen und zum Schneeschmelzen und Knieerweichen gelächelt hat er auch nicht.«

»Das war er nicht!«, fauchte Margaretha gereizt.

»Nein? Wer war es dann? Du hast ihn nicht mal angesehen, als er zu uns rübergeschaut hat. So unsympathisch hat der doch gar nicht ausgesehen, aber eben nicht so, wie du ihn mir beschrieben hast.«

»Das war dieser elende Martin Mörlin!«, presste sie zwischen den Zähnen hervor.

»Woher kennst du seinen Namen? Er heißt also auch Martin, wie dein Mann!«

»Vergleich ihn nicht noch mal mit meinem Mann, hörst du!«, zischte Margaretha ihre Freundin plötzlich bitterböse an. Ihre Augen funkelten wütend, als sie sich mit einem heftigen Ruck aus Katharinas Griff befreite.

»Was ist denn auf einmal los mit dir? So hab ich dich ja noch nie erlebt! Wer ist denn dieser Martin Mörlin? Was tut er dir an, damit du ihn so hassen kannst?«

»Das ist seit drei Jahren der Steuereintreiber des Klosters. Den hat uns der Teufel persönlich geschickt, das schwör ich dir!«

»Warum? Was macht er denn so Schlimmes? Wir müssen doch alle unsere Steuern bezahlen, so ist das eben! Er tut doch sicher nur seine Pflicht!«

»Du bist schön dumm, wenn du glaubst, der da wäre ein normaler Mensch! Er ist eine Bestie in Menschengestalt. Bevor er kam, ließ es sich für die meisten noch leidlich gut leben, auch für die ärmeren Bauern. Doch er« – sie bewegte den Kopf in die Richtung, in die er verschwunden war – »presst das Letzte aus ihnen heraus. Zum Glück gehen Martins Geschäfte gut genug, damit wir unsere Steuern immer pünktlich bezahlen können. Aber wehe dem, der nicht zahlen will, dem droht der Mörlin mit dem Turm. Wer aber nicht zahlen kann, weil er das Geld wirklich nicht hat, dem nimmt er eben was anderes. Ein Huhn oder einen Käse, oder das Gemüse. Was er eben findet. Ich sage dir, dieser Mann ist eine Ausgeburt der Hölle!«

»Marga, um Himmels Willen, ich hätte nie gedacht, das du zu so viel Hass fähig bist!«

»Ich habe auch nie zuvor einen Menschen wie ihn erlebt. Seine Unmenschlichkeit lässt selbst einen gläubigen Christenmenschen wie mich anfangen, an der Existenz Gottes zu zweifeln.«

Katharina bekreuzigte sich hastig. »Margaretha, du versündigst dich!«

»Ich versündige mich nicht, ich sage nur die Wahrheit. Das ist, so viel ich weiß, keine Sünde. Wenn sich jemand versündigt, dann ist das dieser scheinheilige Mann Gottes, der da eben vorbeigeeilt ist, um wieder ein paar armen Leuten das Messer auf die Brust zu setzen!«

Katharina wollte Margaretha so schnell wie möglich auf andere Gedanken bringen. Sie hakte sich bei ihr unter. Rasch zog sie ihre Freundin weiter in Richtung Marktplatz.

»Komm schon, lass uns zum Metzger gehen, ein Stück Fleisch kaufen, deswegen sind wir doch hier!«

»Du hast recht«, brummte Margaretha grimmig. Von diesem

elenden Mörlin wollte sie sich die kurze Zeit, die ihr noch mit Katharina blieb, nicht verderben lassen. Kurz darauf traten sie unter die Arkaden des Rathauses, in denen die Metzger ihr Fleisch feilboten. Suchend blickten sie sich um, bis sie in einer dunklen Ecke eines ebenso finster dreinblickenden Mannes gewahr wurden. Margaretha grüßte ihm freundlich, ehe sie ihn höflich fragte, ob er noch Rindfleisch habe.

»Um diese Zeit hab ich nur noch Schwein. Rind ist schon lang alle«, brummte er gelangweilt.

»Oh, na ja, dann fragen wir halt woanders«, entgegnete ihm Margaretha gleichbleibend freundlich. Katharina bewunderte ihre Freundin um die Gelassenheit, die sie diesem Griesgram entgegenbrachte.

»Das könnt ihr ja versuchen, aber es wird euch nichts nützen, die anderen haben sicher auch nichts mehr. Da hättet ihr schon früher kommen müssen.«

Margaretha zuckte gleichgültig die Schulter. »Versuchen werden wir's trotzdem.«

Sie zog ihre Freundin mit einem Abschiedsgruß aus der dunklen Ecke heraus. Als sie den missmutigen Blick des Metzgers hinter sich gelassen hatten, atmeten beide erleichtert auf.

»Das war vielleicht eine zwielichtige Gestalt. Nur gut, dass du dem nichts abgekauft hast.«

Margaretha schlug sich mit der flachen Hand auf die Stirn. »Du hast vollkommen recht! In der Metzlerordnung steht ausdrücklich drin, die Metzger dürfen ihre Ware nicht mehr hinter sich liegen oder hängen haben, damit man sie besser kontrollieren kann.«

»Das war bei diesem Burschen aber nicht der Fall!«

»Allerdings. Bis zu dem hat sich sicher noch nicht herumgesprochen, was in der Ordnung steht.«

»So wie der aussieht, interessiert es ihn auch nicht«, stellte Katharina trocken fest.

»Komm, lass uns woanders hin gehen, wo es heller ist.« Die beiden Frauen streiften weiter durch die Arkaden. Bald fanden sie einen Metzger, der ihnen an seinem hellen Verkaufsstand das letzte Stück Rindfleisch, das ordnungsgemäß vor ihm lag, verkaufte. Mit einem freundlichen Lächeln überreichte er Margaretha das ordentlich verpackte Fleisch.

»Wenn ihr früher gekommen und schwanger wärt, hätte ich euch ein schöneres Stück anbieten können. Kommt doch wieder, wenn es soweit ist!«

»Hoffentlich sehen wir uns dann recht bald wieder!«, trällerte ihm Margaretha zu.

Die beiden Frauen grüßten zum Abschied und verließen die Arkaden.

»Was hat er damit gemeint?«, wollte Katharina interessiert wissen.

»Beim Fleischverkauf ist die Reihenfolge genau festgelegt. Zuerst muss der Abt bedient werden, dann kommen auch schon die Schwangeren dran, danach der Schultheiß, dann die Bürger der Stadt und erst danach die anderen Amtbewohner. Das bringt uns Städtern wieder einen Vorteil, sonst muss man eben nehmen, was die anderen übriglassen. Man darf sowieso nicht zu viel Fleisch kaufen, damit es für jeden reicht.«

»Du meine Güte«, staunte Katharina, »ist das aber kompliziert!«

»Aber sinnvoll. Was meinst du, was los wäre, wenn jeder in der Stadt machen würde, was er will? Wir würden hoffnungslos im Chaos versinken.«

Sie zog ihre Freundin am Arm die Hauptstraße hinauf in Richtung Oberes Stadttor.

Katarina spähte beim Vorübereilen in die engen Gassen, die sich durch die verschachtelten Häuser quetschten. Stellenweise hätte sogar sie sich dünn machen müssen, um durch sie hindurch zu passen. An der Hafnergasse blieb sie abrupt stehen.

Wie gebannt starrte sie auf den engen Spalt, der die Häuser voneinander trennte.

»Was ist denn das?«, fragte sie erstaunt. »Durch diesen Spalt passt ja nicht einmal ein Kind!«

Margaretha verstand ihre Verwunderung nicht. »Wozu sollte da auch ein Kind durchpassen? Man kann doch einfach außen herum laufen, um durch die Entengasse auf die Hauptstraße zu gelangen. Ich sehe darin kein Problem, so ein großer Umweg ist das doch nicht. Komm, lass uns weitergehen!« Während ihre Freundin sie ungeduldig hinter sich herzog, dachte Katharina mit Schrecken daran, was geschehen würde, wenn in diesen engen, verwinkelten Gassen jemals ein Feuer ausbrechen sollte. Doch ihr blieb keine Zeit, sich länger Gedanken darüber zu machen, denn schon waren sie durch das Obere Tor getreten.

»Bleib hier stehen, ich komm gleich wieder! Ich bring nur schnell das Fleisch nach Hause!«, befahl ihr Margaretha in einem Ton, der keinen Widerspruch duldete.

Sie schlenderte dennoch ungehorsam auf der Seegasse den Walterichsee entlang, während sie auf die Rückkehr der Freundin wartete. Abrupt blieb sie an einer der drei Fischgruben stehen, die um den Großen See herum lagen. Beeindruckt sah sie den Unmengen silberner Leiber beim Schwimmen zu. Urplötzlich verspürte sie unbändigen Appetit. Wie lange schon hatte sie keinen Fisch mehr gegessen? Ach ja, bei Margarethas Hochzeit, an der ihr Vater verbotenerweise einige Forellen und Krebse aus dem Fronbach geholt hatte. Wenn das damals der Ortsadlige Caspar von Rot erfahren hätte, wären Margarethas Vater die Fische teuer zu stehen gekommen! Schließlich hatte nur die Obrigkeit das Recht, sich Fisch schmecken zu lassen. Diese Weiher hier beanspruchten die Mönche allein für sich.

Ach, was waren das doch für gute Zeiten gewesen, als noch altes Recht herrschte und das Wild der Wälder und die Fische des Wassers jedem zustanden!

Versonnen blickte sie weiter in die volle Fischgrube. Sie bräuchte jetzt nur den Arm auszustrecken, schon würde sie einen der glitschigen Fische in den Händen halten. Sie war so nah dran und doch so fern von diesem Genuss. In diesen Gedanken vertieft starrte sie noch immer die zappelnden Fische an, als die fröhliche Stimme Margarethas an ihr Ohr drang.

»Hatte ich dir nicht gesagt, du sollst nicht weiterlaufen? Ich weiß doch, wie gern du Fisch isst. Ich sehe dir an, wie nah du dran bist, dir einfach einen zu schnappen. Aber gib Acht, der Mörlin lauert vielleicht hinter dem nächsten Busch. Der schnappt dich am Kragen und sperrt dich dafür in den Diebsturm!«

Katharina konnte sich nur mühsam vom Anblick ihrer Lieblingsspeise trennen. »Schade! Im Geiste hab ich schon einen von ihnen in der Pfanne brutzeln sehen!«

»Dacht ich mir's doch!«

Margaretha zog sie an der Hand hinter sich her. Über eine uralte Steinbrücke stiegen sie den Hügel in Richtung der Pfarrkirche St. Maria empor, die inmitten des Gottesackers lag. Katharina konnte ihre Freundin nur mit Mühe aufhalten, um eine Frage zu stellen.

»Sag mal, wie alt ist denn diese Brücke hier? Sie sieht uralt aus.«

Sie beugte sich etwas über das Geländer, um dem Lauf des plätschernden Kehbachs zu verfolgen, der sich seinen Weg am See vorbei suchte, um in Richtung Murr zu verschwinden. Margaretha zuckte die Schultern.

»Das ist sie auch. Man sagt, sie sei schon immer da gewesen und so alt wie die Stadt selbst. Es sollen Heiden gewesen sein, die sie einst erbauten, um dort oben zu einem ihrer Götter zu beten. Es heißt, sie hätten dort oben, wo nun die Kirche steht, für ihn einen Tempel errichtet und ihre Toten genau da begraben, wo unsere Toten noch heute ruhen. Ist das nicht aufregend?«

»Ja, das ist es in der Tat. Aber wer waren diese Leute?«

»Ach Käthe, quäl mich doch nicht mit solchen Fragen. Wen interessiert schon die staubige Vergangenheit? Wir leben jetzt! Komm, lass uns endlich weitergehen.«

Katharina folgte ihr gedankenversunken. Wer waren diese Menschen? Was wollten sie hier? Sie hätte es zu gerne gewusst.

»Das hier ist das Armenhaus. Es wird von der Sebastiansbruderschaft unterhalten.«

»Was ist die Sebastiansbruderschaft?«

»Ach, lass dir das heute Abend von Martin erklären. Auch er ist darin Mitglied. Mir geht es im Moment um was ganz anderes.«

Katharina würde nicht vergessen, Martin danach zu fragen.

»Morgen musst du doch schon wieder weg, aber ich will dir unbedingt noch vorher die Kirche zeigen, in der die Gebeine des Heiligen Walterich ruhen! Wir haben's bis jetzt noch nie geschafft, sie uns anzusehen, du warst immer nur so kurz da. Wir sind dann vor lauter reden zu nichts anderem mehr gekommen, aber das ist ein grober Fehler gewesen, den ich heute korrigieren will.«

»Und der Braten?«

»Ach, der Braten, den machen wir morgen nach der Kirch«, sagte Marga leichthin.

»Was?« rief Katharina. »Aber ich muss doch morgen nach der Kirch gleich heim!«

»Musst du nicht! Martin und ich werden dich mit dem Wagen nach Hause bringen, dann haben wir noch etwas Zeit gewonnen, die du auf dem Weg sparst.«

»Oh, das ist ja wunderbar!« Katharina schloss ihre Freundin in die Arme.

»Das würde Martin für mich tun?«

Margaretha freute sich wie ein kleines Kind über ihre gelungene Überraschung.

»Ich hab ihn schon darum gebeten, ehe du überhaupt hier angekommen bist!«

»So eine Freundin wie du ist der größte Schatz, den man sich vorstellen kann!«

»Nun ist es aber genug!« Margaretha löste sich sanft aus der Umarmung ihrer Freundin. »Wir sind nicht zum Schwätzen da, sondern zum Gucken!«

»Was sind denn das für Bilder an der Kirchenwand? Sieh mal, drei Engel. Und schau mal da, der eine hat sogar eine Trompete. Dort sind drei Bischöfe und da ein Jäger auf einem Pferd mit Armbrust. Seltsam, was hat das zu bedeuten?«

»Kannst du mich auch mal was fragen, was ich weiß? Zum Beispiel, was die andere Zeichnung hier vorne bedeutet?«

»Also, los, was bedeutet sie?« fragte Katharina, obwohl sie das auch selbst erkannte.

»Siehst du das denn nicht? Dies ist der Lageplan der Kirche und des Kirchackers. Anhand dieser Karte können sich die Jakobspilger, die hier vorbeikommen, besser zurechtfinden.«

»Aha, das ist sehr interessant. Was bedeuten die Zahlen und die Buchstaben da oben links im Eck?« Margaretha warf ihrer Freundin einen vorwurfsvollen Blick zu.

»Schon gut, das weißt du auch nicht!«

»Ganz recht, aber jetzt komm weiter!« Margaretha nahm ihre Freundin ungeduldig an der Hand, umrundete mit ihr die grüngetünchte Kirche, um sie kurz darauf durch einen Torbogen der hohen Friedhofsmauer zu ziehen.

»Schau her. Dies ist die Büßerstaffel. Über diese Treppe kommen die Prozessionen rauf. Viele Leute gehen die Staffel, besonders am Karfreitag, zur Buße auf den Knien hoch! Wer von uns kann schon nach Rom fahren, um auf der Heiligen Stiege den Erlass seiner Sünden zu erbitten? Unsere Pilgertreppe ist da ein würdiger Ersatz.«

Katharina blickte auf die steile Staffel, die sie schon von den Weihern und der Brücke aus gesehen hatte. Die Stufen waren mehrfach von Zwischenpodesten unterbrochen und zogen sich schräg auf der Nordseite des Hügels hinauf bis zu dem Torbogen, an dem sie standen. Katharinas Blick schweifte neugierig darüber hinweg auf die Stadt hinunter, die ihr hier oben zu Füßen lag. Aus dieser Perspektive hatte Katharina die Stadt noch nie gesehen. Fasziniert blickte sie auf Kloster und Stadt hinunter.

»Schön hier, gell?«, flüsterte ihre Freundin, um die Atmosphäre nicht allzu sehr zu stören. Katharina nickte stumm. Sie war zu ergriffen, um ihre Gefühle in Worte zu fassen. Ehrfürchtig ließ sie ihren Blick umherschweifen. Das Spital, das außerhalb der Stadtmauer auf dem Pilgerweg lag, diverse Wassergräben und Seen lagen ihnen zu Füßen. Eine munter vor sich hinplätschernde Quelle speiste den Walterichsee mit Frischwasser. Ein schmaler Grasstreifen trennte ihn von der Klostermauer, welche hier gleichzeitig als Stadtmauer diente.

Katharina ertappte sich dabei, etwas länger als nötig ihren Blick auf dem Klostergelände ruhen zu lassen. Vor allem der innere Konventbereich erweckte ihre Neugier. Niemand außer den Mönchen durfte ihn betreten. Ein prickelndes Gefühl des Verbotenen verführte sie dazu, nach einem der Mönche Ausschau zu halten, doch die Mauer und die Gebäude waren selbst aus dieser Perspektive zu hoch, um Einblick in diese geheimnisvolle Welt zu erlangen.

Hinter der Klosterkirche mit ihren beiden hohen Türmen erstreckte sich das kleine Städtchen. Die Murr, die auf der anderen Seite der Stadt vorüberfloss, war von hier aus nur zu erahnen. Ihr Blick richtete sich weiter in die Ferne und folgte dem Weg, der sie morgen wieder zurück nach Oberrot führen würde. Sie sah auf den steilen Hügel, der sich hinter der Stadt majestätisch als Eckpfeiler zwischen den beiden Tälern der Murr und Siegelsberg erhob. Der Galgenberg hob sich gespenstisch von den blühenden Obstbäumen ab, die den südlichen Hang des Siegelsberger Tals säumten. An den nördlichen Hängen zogen sich die Weinberge des Klosters entlang. *Eigentlich ist es von oben betrachtet doch ganz schön hier*, dachte sie bei sich. Wie gern würde sie in Margarethas Nähe wohnen. Doch wie sollte das gehen? Ihr Vater würde seinen geliebten Tochtermann Claus niemals ziehen lassen, dazu war er ein zu guter und billiger Knecht. Sie dann auch noch als billige Magd zu verlieren würde ihn sicher ebenfalls schmerzen! *Nein, daraus wird sicher niemals etwas werden!* Dieser Gedanke stimmte sie sehr traurig.

»Was ist mit dir?«, fragte Margaretha besorgt. »Du siehst so unsagbar traurig aus!«

»Ach, es ist nichts!«, murmelte sie ohne Überzeugung. Margaretha ergriff wieder ihre Hand und streichelte tröstend über ihren Handrücken.

»Ist es wegen deiner kleinen Magdalena?«, fragte sie vorsichtig, um keine eventuell gerade erst verheilten Wunden frisch aufzureißen. Katharina zuckte leicht zusammen, als sie den Namen ihrer kleinen Tochter hörte, die sie erst vor einem Vierteljahr zu Grabe hatte tragen müssen. *Ach, mein süßes Lenchen, mein Sonnenschein, an dich hab ich schon gar nicht mehr gedacht!* Bestürzt kam ihr erst jetzt zu Bewusstsein, wie sehr sie den Gedanken an ihr totes Kind durch das Beisammensein mit Margaretha aus ihrem Bewusstsein verdrängt hatte.

»Wollen wir mal zum Walterich reingehen, um für sie zu beten?« Käthe sah sie an, als habe sie überhaupt nicht verstanden, was Margaretha vorhatte.

»Ich dachte nur, es würde dir vielleicht helfen, die Trauer schneller zu überwinden.«

Wieder blickte sie die Freundin nur stumm an. Nichts an ihrem Gesichtsausdruck verriet, was im Moment in ihr vorging. Margaretha sah sich in Handlungszwang.

»Vielleicht ist es besser, wir beten für uns, damit es doch noch mit den Kindern klappt. Das Marienkraut ist gut, aber ein bisschen Unterstützung durch den Heiligen Walterich kann sicher nichts schaden. Wenn wir es gemeinsam tun, erhört er uns vielleicht noch besser!«

Endlich brach Katharina ihr Schweigen. »Glaubst du wirklich daran, wir könnten es noch schaffen, Mütter zu werden? Ich hab da wenig Hoffnung.«

»Du warst ja wenigstens schon Mutter«, versuchte sie Margaretha zu trösten.

»Nur für wie lange? Meine Burgel hat der Herrgott schon nach drei Tag zu sich genommen, den Conrad durfte ich wenigstens ein Jahr bei mir haben, ehe er starb. Der Lienhard war nur einen Tag alt, als er auch schon wieder bei den Engeln war, und nun hab ich auch noch mein Sonnenscheinchen Magdalena verloren. Mein süßes Schätzle durfte nur zwei Jahre alt werden, und nun ist auch sie auf dem Gottesacker bei den anderen. Mein einziger Trost ist, dass sie alle wenigstens noch vorher getauft wurden. Sonst wüsste ich sie jetzt nicht mal sicher in Gottes Hand geborgen.«

»Ach Käthe, was soll ich denn sagen? Seit sieben Jahren schon versuchen wir nun ein Kind zu bekommen, aber es will uns einfach nicht gelingen. Ich werd und werd nicht schwanger. Die Hebamme Els Schradelin hat mir schon jede Menge Kräuter und andere Sachen mitgegeben, damit es endlich klappt. Aber jedes Mal, wenn ich meine unreinen Tage nicht mehr bekomme und glaube, jetzt wird's endlich doch noch wahr, dauert es nur ein paar Wochen, aber dann bekomm ich sie so schlimm, das ich befürchten muss, ich würde verbluten. Danach ist dann alles wieder ganz normal. Es ist wie … !«

»Verhext?«, vollendete Katharina den Satz flüsternd für sie.

»Ja, genau! Was denkst du? Ob uns die alte Hexe an deiner Hochzeit vielleicht dazu verflucht hat, dass wir keine Kinder bekommen können?«

»Das hab ich mir nicht nur einmal überlegt. Aber warum straft sie dich? Ich habe doch gegen die Regeln verstoßen und hab sie dadurch so furchtbar verärgert! Ihr schreckliches Gekreische verfolgt mich heute noch manchmal im Traum!«

»Mich auch! Wahrscheinlich ist sie auf mich auch wütend, weil ich sie bestellt und danach nicht für ihre Dienste bezahlt habe. Aber was hätte ich denn tun sollen? Sie war viel zu schnell verschwunden, da konnte ich doch nichts dafür!«

»Sicher interessiert so eine Hexe die Schuldfrage nicht sonderlich!«

»Wahrscheinlich hast du recht.«

»Irgendwie würde es sogar passen. Ich hab etwas verbotenerweise gesehen, das überhaupt nicht für meine Augen bestimmt war, darum wird's mir wieder schmerzvoll aus der Hand gerissen.«

»Und ich hab sie mit leeren Händen ziehen lassen. Mein Gott, Katharina, das passt ja wirklich!« Die beiden Frauen bekreuzigten sich hastig. Irgendwie könnten diese Strafen tatsächlich auf sie zugeschnitten worden sein. Beiden graute auf einmal. Sie froren trotz des warmen Maiwindes, der sie lieblich umsäuselte.

»Walterich ist eigentlich mehr für die Beine und Besessene zuständig. Vielleicht sind wir ja aber auch irgendwie von dem bösen Zauber besessen, ohne es zu merken!«

»Notfalls kann er ja unsere Bitte um Hilfe an die Gottesmutter weiterleiten, sie scheint mir ohnehin die bessere Adresse für unser Anliegen zu sein.«

Margaretha zog Katharina sanft an der Hand mit sich in Richtung Pilgereingang, der sich auf der Nordseite der Kirche befand. Sie bekreuzigten sich mit einem Knicks zum Altar mit Weihwasser. Langsam traten sie in den Mittelgang der Kirche. Katharinas ehrfürchtiger Blick ruhte sofort auf dem berühmten Grab des Walterich. Inmitten der Kirche stand unübersehbar eine kleine Grabkapelle, in der die Gebeine des Klostergründers nun schon seit fast siebenhundert Jahren ruhten. Die Freundinnen traten langsam auf das Grab zu. Margaretha tippte Katharina leicht an und deutete auf die Grabplatte am Boden, die sich im Inneren der Kapelle befand. Sie schien zu schweben. Katharina traute ihren Auge nicht. Das konnte doch nicht mit rechten Dingen zugehen. Mit einem Mal war ihr klar, welche Faszination von dem vom Volk so sehr verehrten Ortsheiligen ausging, den die Kirche jedoch nicht als offiziellen Heiligen anerkennen wollte. Doch die Murrhardter ließen sich dennoch nicht davon abhalten, ihn anzubeten.

An den Wänden ringsum hingen viele Krücken, Stöcke und andere Gehhilfen, die geheilte Pilger in der Kirche zurückgelassen hatten, weil sie diese nicht mehr brauchten.

Margaretha war mit einem Male klar: Wenn sie jemand von ihrem Fluch befreien konnte, dann war das Walterich! Warum nur war sie nicht schon längst darauf gekommen?

Sie kniete vor dem Grab des Heiligen nieder, bekreuzigte sich und war entschlossen, ihm ihre Bitte anzuvertrauen. Katharina betrachtete unterdessen gebannt das Altarkreuz, an dem eine gedrungen wirkende Christusfigur mit einem großen Kopf hing. Ein Lendentuch mit starken Bäuschen umspielte seine Beine. An der nördlichen Wand des Chors war in leuchtenden Farben der Heilige Christophorus dargestellt. Umrahmt von Bildnissen, welche die Wundertaten Christi und das Jüngste Gericht darstellten. Katharinas Blick blieb zunächst gebannt an der Teufelsdarstellung hängen, danach wandte sie sich wieder dem Kruzifix auf dem Altar zu. Warum konnte man sich eigentlich nicht an Jesus oder gar seinen Vater direkt wenden, wenn man sich aus irgendeinem Grund Hilfe erbat? Waren einfache Menschen wie sie wirklich zu unwürdig, Gott direkt anzurufen? Warum brauchte es die Heiligen als Vermittler?

Plötzlich geriet Katharina in Zweifel, ob es der richtige Weg war, sich an Walterich zu wenden. Langsam ließ sie sich neben Margaretha auf die Knie sinken. Zögernd bekreuzigte auch sie sich. Ihrer Intuition folgend richtete sie ihre Bitte jedoch nicht an Walterich, sondern an Jesus Christus direkt. Es war ihr nicht ganz wohl dabei, weil sie so etwas noch nie getan hatte, aber sie musste in diesem Moment einfach ihrem Gefühl folgen. Inbrünstig betete sie zu Gottes Sohn, er möge ihre Bitte erhören und ihr ein Kind schenken, das sie aufwachsen sehen durfte und das sein Leben bis ins hohe Alter genießen könnte. Auch bat sie von ganzem Herzen darum, endlich wieder in Margas Nähe leben zu können, auch wenn ihr die Erfüllung dieser Bitte im Moment unmöglich erschien. Sie würde auf Jesus Christus vertrauen. *Er wird's schon richten!*

In ihrem Kopf machte sich derweil der Vorwurf breit, sie habe nicht das Recht dazu, sich an den Christus persönlich zu wenden, dafür sei sie zu gering. Ihr Herz jedoch ließ sich nicht davon abbringen. Als die Freundinnen das Gebet beendet hatten, bekreuzigten sie sich noch einmal, standen auf und traten aus dem Kirchportal ins Freie. Der Gottesacker lag direkt vor ihnen.

»Schau!« Margaretha deutete auf ein Gebäude in einer Ecke des Gottesackers.

»Da drüben ist das Siechenhaus. Da kommen die hin, die Pest, Cholera, Lepra oder sonst was Ansteckendes haben.«

Katharina schauderte beim Gedanken an die todkranken Menschen, die dort zwischen all den Gräbern auf ihr Ableben warten mussten. »Ist im Moment jemand drin?« fragte sie.

»Nein, zur Zeit nicht, aber schau, da.« Sie zeigte auf ein Gebäude in Richtung des Pilgeraufgangs.

»Das ist das Beinhaus. Da kommen die Gebeine derer hinein, deren Gräber aufgelöst werden.«

Ihre Freundin verzog das Gesicht. »Da sind immer welche drin! Sollen wir mal reinschauen?«

»Nein!«, beeilte sie sich, sie aufzuhalten. »Erzähl mir lieber eine Geschichte über die Kirche. Da gibt's doch sicher was Spannendes zu berichten, das nichts mit dem Walterich zu tun hat.«

»Warum willst du nichts vom Walterich hören?«

»Ich weiß auch nicht«, wehrte sie schnell ab, damit ihre Freundin nicht merkte, wie auf einmal Zweifel an seiner Heilkraft in ihr wuchsen.

»Da gibt's doch aber sicher noch was anderes, oder?«

»Na und ob. Also pass gut auf: Da oben im Glockenturm, da hängt eine Glocke, die heißt Anna Susanna.«

»Oh, das ist aber ein besonderer Name für eine Glocke!«

»Es ist ja auch eine besondere Glocke. Eigentlich wird sie ja nur bei Beerdigungen geläutet, aber auch, wenn ein Gewitter aufkommt. Dann zieht das Gewitter vorüber, ohne in unseren Fluren Schaden zu hinterlassen.«

»Das ist aber praktisch!«

»Es ist aber noch nicht alles. Soweit dieses Glöcklein gehört wird, gibt es weder Ratten noch Mäuse.«

»Stimmt das denn wirklich?«

»Na ja, mir ist es noch nicht aufgefallen, aber vielleicht gehen die Ratten und Mäuse ja nur so lange weg, wie das Glöcklein läutet.«

»Ja das leuchtet mir ein, und weiter?«

»Viel mehr kann sie nicht.«

»Das reicht ja auch.«

»Willst du wissen, wie sie läutet?«

»Lieber nicht! Ich kann auf Beerdigungen und schlimme Gewitter getrost verzichten!«

»Sie läutet:

> *Anna Susanna,*
> *am Berg muss i hanga*
> *muss läute, muss schlage,*
> *Wetter, Ratten und Mäuse verjage.*«

»Oh, das ist gut! Kennst du noch so eine Geschichte?«
»Ich kenn sogar noch eine bessere!«
»Na dann raus damit!«
»Vom Kirchacker selbst«, begann sie geheimnisvoll.
»Was ist mit dem?«
»Um die Adventszeit herum bekämpfen sich dort die Geister!«, raunte Margaretha. Katharina bekam eine Gänsehaut, während sie auf die vor ihr liegenden Gräber starrte.
»In der Nacht kann man hier gaukelnde Lichter bald da, bald dort miteinander streiten sehen.«
»Hör auf damit, mich gruselt!«
»Da hinten unten sind Wiesen!« Margaretha deutete durch den Pilgertorbogen der Mauer in die Richtung, die sie meinte. Katharinas Blick folgte ihrem Finger.
»Als die Pest am schlimmsten wütete, gab es zu wenig Leute, die das Feldgeschäft verrichten konnten.«
Katharina erbleichte. Die Pest! Schon wieder kamen sie auf diese grässliche Krankheit zu sprechen! Vor nichts hatte sie mehr Angst, als an der Pest zu erkranken. Margaretha fuhr indes ungerührt fort.
»Da sollen auf eben diesen Wiesen Erdluitle erschienen sein, die den Leuten dienstfertig bei der Heuernte halfen und ihnen zuriefen:

> *Esst Knoblauch und Bibernelle,*
> *so werdet ihr nicht sterben älle.*

Und was soll ich dir sagen? Dieses Mittel soll tatsächlich geholfen haben!«

»Was? Das muss ich mir daheim sofort in den Gemüsegarten pflanzen!«

»Siehst du, was du von mir noch alles lernen kannst! Aber jetzt müssen wir heim. Die Sonne geht bald unter. Martin macht sich sicher schon Sorgen um uns! Komm schnell, sonst schnappen uns noch die Geister vom Kirchacker!«

Mit einem Satz war Katharina aus dem Friedhofsgelände draußen. Eilig schritt sie die uralte Brücke entlang, der Oberen Vorstadt zu. Margaretha folgte ihr in gemächlichem Tempo. Immer wieder drehte sich Katharina um, ob sie nicht bald nachkäme.

»Was ist?«, rief ihr Margaretha belustigt zu.

»Mach, dass du hier her an meine Seite kommst, du gemeines Ding du. Mir erst solche Angst einzujagen und dann so herumzutrödeln!«

»Ist ja gut, ich komm ja schon!«

Das Obere Tor war bereits geschlossen, als sie sich von der Seegasse in Richtung Zimmergasse begaben. Die Vögel waren verstummt. Nachdem die Sonne ihre Kraft verloren hatte, wurde es auch kälter. Katharina war froh, als sie endlich die Haustür hinter sich schließen konnte. Martin saß in der spärlich ausgeleuchteten Stube. Er hatte den Herd bereits eingeheizt. Wohlige Wärme schlug ihnen entgegen, die ihnen ein Gefühl von Sicherheit vermittelte.

»Wo seid ihr nur so lange gewesen? Ich wollte schon losgehen, um euch zu suchen!«

Er schloss Margaretha in die Arme und küsste sie erleichtert.

»Ich hab mir schreckliche Sorgen um euch gemacht! Es ist gefährlich, um diese Tageszeit noch draußen unterwegs zu sein.

Ihr als Frauen solltet doppelt aufpassen, wenn ihr euch so lange herumtreibt, so was kann ganz böse enden!«

Nach dem gemeinsamen Abendessen saßen sie noch lange am wärmenden Herdfeuer zusammen. Martin erzählte Katharina von der Sebastiansbruderschaft. Jener Überzunft, die sich aus den Murrhardter Handwerkern zusammensetzte, die mit spitzen, scharfen Werkzeugen Holz bearbeiteten, also aus Zimmerleuten, Schreinern, Drechslern und Fassbindern. Er erklärte ihr, dass sie nicht nur die Armenkasse, sondern auch die Walterichswallfahrt unter sich hätten. Ihnen gehörte das Armen- und Siechenhaus und auch das Spital, das außerhalb der Stadtmauer neben dem Siechengraben stand und nicht nur als Krankenhaus, sondern vor allem den Jakobspilgern als Herberge diente. Richtig! All diese Gebäude hatte sie heute gesehen. Die Bruderschaft versorgte auch die Kranken, indem sie deren Behandlung finanzierte.

»Den Allerheiligenaltar, der in der Klosterkirche steht, haben wir dem Kloster gestiftet.«

»Dann seid ihr also reich!«

»Nun, arm sind wir nicht, aber wir wollen auch etwas für unser Seelenheil tun. Statt Ablasszahlungen finanzieren wir der Kirche Kunstwerke. So tun wir etwas für unser Seelenheil, und gleichzeitig haben auch die anderen etwas davon.«

»Aber wenn ihr den Mönchen einen Altar stiftet, hat doch das Volk nichts davon.«

»Fürs Volk haben wir im Moment etwas ganz Besonderes in Auftrag gegeben.«

»Tatsächlich! Was denn?«, mischte sich Margaretha jetzt neugierig ein.

»Lass dich überraschen, meine Liebe. Nur so viel sei schon einmal verraten: Es wird dir gefallen.«

Die Straße von Murrhardt nach Oberrot

im Mai Anno Domini 1522

Am darauffolgenden Tag, nach der Messe, ließen sich die drei den Rinderbraten mit Kohl und Brot schmecken. Kurz darauf spannte Martin das Pferd an.

Der Wagen polterte durch das Obere Tor, von der Hauptstraße über den Marktplatz, durchs Untere Tor wieder hinaus in die Untere Vorstadt. Hinten auf der schaukelnden Ladefläche hielten sich die Frauen gut fest. Sie überquerten die Brücke des Stadtgrabens und der Murr, um dann dem Dentelbach in Richtung Siegelsberg zu folgen. Die Straße nach Hall, auf der man auch in Oberrot vorbeikam, war zwar viel befahren, aber dennoch nicht besonders gut ausgebaut.

Die Frauen überfiel ein gruseliger Schauer, als sie am Galgenberg vorbeifuhren, der die Reisenden gut sichtbar warnen sollte: *Seht her, hier in dieser Stadt wird Recht gesprochen. Wer sich nicht an das Gesetz hält, wird mit harter Hand gerichtet werden!*

Margaretha fiel dazu natürlich sofort wieder etwas ein. Sie schrie über den Lärm des Wagens hinweg zu Katharina, die auf der anderen Seite saß:

»Nur gut, dass es nicht grad dämmert. Dann sitzen hier nämlich die Geister der Gehenkten eng aneinandergedrängt auf den dampfenden Misthaufen der Felder und wärmen sich am warmen Mist!« Katharina rümpfte angewidert die Nase. Wo sie nur immer diese Geschichten herhatte! Sie schien über eine unerschöpfliche Sammlung zu verfügen.

Als sie den Steilhang am Halberg erreichten, begann Martin zu fluchen. Immer wieder wurde dort ein neuer Weg neben dem zur Rinne ausgewaschenen alten angelegt. Warum nur kam nicht endlich einmal jemand auf die Idee, hier eine vernünftige Straße zu bauen? Es würde nicht mehr lange dauern, bis der ganze Berghang von Hohlwegen zerschnitten war. Somit wäre die Wegverbindung nach Hall abgeschnitten. Wie sollte es dann weitergehen?

Nur mühsam kam der Wagen auf der bereits tief ausgewaschenen Rinne vorwärts, die er befuhr. Alle waren abgestiegen. Die Frauen liefen hinter dem Wagen her, während Martin vorne das Pferd über den schlechten Untergrund führte.

Der Boden war um diese Jahreszeit noch gründlich aufgeweicht. Pferd und Menschen rutschten immer wieder aus, stets darauf bedacht, nicht zu stürzen. Die Freundinnen hielten sich an den Händen, um sich gegenseitig zu stützen. Margaretha ließ sich dadurch aber weder aus der Ruhe noch aus der Puste bringen. Während Katharina sich auf den Boden konzentrierte, damit kein Unglück geschah, und wegen des steilen Hangs auch noch nach Luft schnappte, erzählte ihr die Freundin munter neue Geistergeschichten.

»Hier auf dem Halberg sagt man, da ist's nicht geheuer! Es geschehen hier immer wieder unheimliche Dinge!« Katharina war zu keinem Kommentar mehr fähig. Sie hatte im Moment wahrlich andere Sorgen, als die Spukgeschichten des Halbergs zu hören. Dies schien ihre Freundin allerdings nicht im Geringsten zu stören, im Gegenteil. So konnte sie ihr schon nicht den Mund verbieten.

»Man sagt, es gehe hier ein Pferd ohne Kopf um!« Katharina verdrehte stöhnend die Augen. Endlich schwieg auch Margaretha.

Als sie das steilste Stück hinter sich hatten, legten sie eine kurze Pause ein. Erleichtert ließen sie sich auf den Wagen sinken. Von hier ab konnte das Pferd wieder das volle Gewicht ziehen.

»Es wäre schön, wenn hier jetzt ein Wirtshaus stünde, in dem wir nach diesem Anstieg etwas zu essen und zu trinken bekämen!«, sagte Martin mehr zu sich selbst. Die Frauen gaben ihm recht.

»Das Pferd bräuchte auch dringend was zu saufen. Seht euch nur mal das arme Tier an! Es ist wieder völlig verschwitzt.« Er zog ein altes Tuch unter dem Kutschbock hervor. Sorgsam begann er das Tier trocken zu reiben.

»Oben in Wolfenbrück pfeift uns dann wieder der Wind um die Ohren! Wenn ich den Gaul nicht vorher trockenreibe, wird er mir krank.« Er trocknete das Pferd sorgfältig ab. Fürsorglich streichelte er ihm über die vor Anstrengung zitternden Flanken.

»Lange hält er das nicht mehr durch. Schließlich ist er nicht mehr der Jüngste. Ein neues Pferd können wir uns im Moment aber nicht leisten.«

Katharina plagte das Gewissen. »Ach, wäre ich doch nur gelaufen, dann hätte sich das arme Tier wegen mir nicht so schinden müssen.«

Martin winkte ab. »Auf die eine Fahrt mehr oder weniger kommt es auch nicht an. Ich muss oft genug hier den Steilhang mit mehr Gewicht als euch hochfahren. Man sollte sich etwas einfallen lassen, um sich den Anstieg zu erleichtern. Aber was?« Niemandem von ihnen fiel etwas ein, dazu waren sie selbst viel zu erschöpft. Als das Pferd trocken war, setzten sie ihre Fahrt fort. Am Spätnachmittag erreichten sie Oberrot.

Katharina lud die beiden zum Essen ein, aber Margaretha wollte lieber ihre Eltern besuchen, wenn sie sich schon einmal hier hoch verirrte.

»Wann sehen wir uns wieder?«, fragte Margaretha.

»Es wäre schön, wenn diesmal nicht so viel Zeit vergehen müsst!«

»Vielleicht kann ich ja den Claus und den Vater überreden, mich nächstes Jahr an Ostern kommen zu lassen, dann könnten wir zusammen wallfahren.«

»Oh, Käthe, das wäre wunderbar!« Margaretha schloss sie stürmisch in die Arme.
»Mach dir aber nicht allzu große Hoffnungen. Ich kann dir's nämlich nicht versprechen.«
»Das klappt schon, da bin ich zuversichtlich!«
Nach einem schmerzvollen und tränenreichen Abschied trennten sich die beiden Freundinnen auf unbestimmte Zeit. Katharina glaubte, ihr Herz müsse zerspringen, als Marga und Martin Hand in Hand in Margarethas Elternhaus traten. Sie selbst musste nach drei Tagen wie im Traum wieder in ihren tristen Alltag zurückkehren.
Unwillig betrat sie den düsteren Schankraum, der mit den üblichen Sonntagsgästen besetzt war. Claus und Conz saßen wie immer am Stammtisch, wo sie mit den Stammgästen würfelten. In der Küche hörte sie die Mutter mit Geschirr klappern. Als sie die Gaststube betrat, drehten sich alle Köpfe zu ihr, um zu sehen, wer hereinkam. Als Claus sie erkannte, wollte er sie willkommen heißen. Katharina erkannte freudig seine Absicht. Sie lief ihrerseits auf den Tisch zu, an dem die anderen Männer schon wieder ins Spiel vertieft waren. Ihr Vater hatte außer des kurzen Kontrollblicks nichts für sie übrig. Nicht einmal begrüßt hatte er sie! Als Claus eben auf sie zuging, brüllte ihm sein Schwiegervater hinterher.
»Claus, mach, das du dich wieder auf deinen Platz setzt, du bist dran!«
»Aber ich...« startete er einen zaghaften Versuch, sein Aufstehen zu erklären.
»Ich weiß schon, du willst nur dein Weib begrüßen, aber dazu hast du heut Nacht noch Zeit genug. Jetzt sind wir mitten im Spiel, da kannst du nicht einfach wegrennen.«
Claus warf Katharina einen entschuldigenden Blick zu, bevor er sich missmutig wieder an den Tisch setzte, um weiter zu würfeln. Katharina stand wie angewurzelt da. Das konnte

doch einfach nicht wahr sein! Sie war noch nie so lange allein fort gewesen, und nun durfte sie ihr Mann nicht einmal begrüßen!

Tränen der Enttäuschung drohten ihren Gefühlen Luft zu machen. *Es kann doch nicht wahr sein, dass ich solch einen Trottel geheiratet habe!*, dachte sie bitter enttäuscht. Martin würde niemals einfallen, seine Frau wegen eines Würfelspiels nicht zu begrüßen! Ihr Vater blickte noch einmal kurz zu ihr auf.

»Was stehst du da so dumm herum? Geh in die Küche, deiner Mutter helfen. Die hat genug Geschäft für dich!«

Claus wagte es nicht mehr, sie anzuschauen, als sie schnell in die Küche lief, um den Anblick ihres Vaters nicht länger ertragen zu müssen.

Später in der Schlafkammer versuchte sich Claus herauszureden.

»Was hätte ich denn tun soll'n? Du hast ja gehört, was dein Vater gesagt hat. Es war eine klare Anweisung, da kann ich mich doch nicht widersetzen!«

»Ach ja, und warum nicht? Bist du ein Mann oder ein Schlappschwanz?«

Katharina war so wütend auf ihn wie nie zuvor. Wie konnte er sich nur so vom Vater herumkommandieren lassen? Hatte er denn überhaupt keinen eigenen Willen?

»Kätter, wie redest du denn mit mir? Ich bin dein Mann. Du schuldest mir den nötigen Respekt!«

»Pah, Respekt!«, spuckte sie verächtlich aus. »Ich frage mich, wie ich vor dir Respekt haben soll, wenn du immer nur nach der Pfeife des Vaters tanzt! Ich halte das nicht mehr länger aus! Ich muss hier raus, sonst werd ich noch verrückt!«

Eigentlich hatte seine Frau ja recht, das wusste Claus genauso gut wie sie, aber er fand einfach keinen Ausweg aus dieser verzwickten Situation. Hier, im Haus des Schwiegervaters, hatten sie alles, was sie brauchten. Sie mussten sich weder Sorgen um Missernten noch um Steuerzahlungen machen. Sie hatten doch, trotz aller widrigen Umstände, ein angenehmes Leben in Oberrot. Er hätte sich zwar auch ein eigenes Haus für sich und seine Kätter gewünscht, aber Conz betrachtete das als Geldverschwendung. Wozu sollte er doppelt Steuern zahlen, wenn sie alle so praktisch unter einem Dach zusammenwohnen konnten? Conz war es auch gar nicht unrecht, als es mit Katharinas Kindern nicht so geklappt hatte, wie sie es sich vorstellte. Wenn die Kinder größer geworden wären, hätte das junge Paar womöglich doch noch darauf gedrängt, ein eigenes Haus zu beziehen. Doch dann hätte er zwei tüchtige Arbeitskräfte weniger im Haus gehabt. Sein Tochter ahnte diese bösen Gedanken zwar, konnte sie aber nicht beweisen.

»Was soll ich denn deiner Meinung nach tun, damit wir hier rauskommen? Ich gebe ja zu, mir stinkt es selber auch, immer kuschen zu müssen, aber ich komme einfach auf keine brauchbare Lösung, um deinen Vater von der Notwendigkeit zu überzeugen, warum wir unbedingt ausziehen müssen, ohne dass er mit uns so endgültig bricht wie mit deinem Bruder Lienhard.«

»Ich hab's!« Katharina setzte sich kerzengrade in ihrem Strohlager auf.

»Was hast du?«, wollte Claus verwundert wissen.

»Ich hab die Lösung all unserer Probleme!«

»Da bin ich aber gespannt!«

»Als mich heute Martin und Margaretha mit dem Wagen nachhause gebracht haben … «

»Wie, du bist nicht zu Fuß gekommen?«, unterbrach er sie verwundert.

»Siehst du, nicht einmal das weißt du! Das kommt davon, weil du nicht mit mir redest!« Er wollte ihr etwas erwidern, aber sie gebot ihm mit einer Handbewegung zu schweigen.

»Das ist auch nicht so wichtig! Hör mir einfach jetzt zu!«
Sie erzählte ihm vom Steilhang des Halbergs und den Schwierigkeiten, die der Anstieg mit sich brachte.

»Ja sicher, wir haben immer wieder Gäste, die sich über diesen Hang beklagen. Einer hat sogar einmal fast ein Pferd dort verloren, weil es sich beim Ausrutschen beinahe ein Bein gebrochen hätte.«

Wer weiß, ob die Geschichte mit dem kopflosen Gaul nicht sogar etwas mit diesem harten Anstieg zu tun hat, kam es ihr für einen Moment in den Sinn, doch sofort verwarf sie diesen Gedanken wieder. Sie musste Claus schnell ihre Idee mitteilen, bevor er ihr nicht mehr zuhörte.

»Deshalb«, beendete sie daher ihren Bericht, »wäre es doch eigentlich eine gute Idee, dort am oberen Ende des Steilhangs ein Wirtshaus zu bauen. Wenn wir dies mit einer Vorspannstation versehen, damit sich die Reisenden nicht mehr so sehr mit ihren Wagen abschinden müssten, könnte das doch ein lukratives Geschäft werden. Du betreibst die Vorspann, ich das Wirtshaus. Da kann der Vater doch zufrieden sein. Er baut uns das Haus, kauft die Pferde und lehnt für uns den Boden. Dafür bringen wir ihm den Umsatz.«

»Kätter, das ist eine fabelhafte Idee!«

»Gell? Wir haben unsere Ruh vorm Vater, sind weit genug weg von ihm und seiner Bevormundung, aber trotzdem nah genug dran, um in seine Tasche zu arbeiten. Du kannst ihm ja auch vorschlagen, den Erlös der Wirtschaft kann er kassieren, und das Vorspanngeld behältst du, vielleicht geht er ja drauf ein! Dann haben wir wenigstens auch mal selbstverdientes Geld! Ein wenig finanzielle Unabhängigkeit täte uns gut!«

Claus war von den Einfällen seiner Frau beeindruckt.

»Man merkt schon, du bist die Tochter deines Vaters. Genauso geschäftstüchtig wie er und genauso klug!«

Sie schüttelte sich angewidert.

»Ich will aber auf keinen Fall wie mein Vater sein!«

»Das bist du auch nicht«, beruhigte er sie, während er begann, sie zwischen den Beinen zu streicheln.

»Dazu bist du viel zu hübsch!«

»Ha, ha, sehr lustig!«, gab sie mit halbherziger Bissigkeit zurück. Ihr Herz schlug bis zum Hals vor Angst vor dem, was jetzt wieder kommen würde. Sie streifte seine Hand von ihrem Schenkel.

»Lass die dummen Scherze und schlag meinem Vater morgen diese Idee als deine eigene vor. Wenn er erfährt, wer die Idee wirklich hatte, geht er sowieso nicht drauf ein, auch wenn sie noch so gut ist.«

Er hörte ihr nur noch mit einem Ohr zu. Ihm stand der Sinn nach anderen Dingen.

»Ich habe aber auch eine gute Idee!«, sagte er in einem Tonfall, den sie zu gut kannte und den sie so sehr verabscheute.

»Ich werd dir jetzt beweisen, dass ich kein Schlappschwanz, sondern ein richtiger Mann bin!«, brummte er, während er ihr weiter zwischen die Beine griff. Nur diesmal ließ er sich nicht mehr von ihr abschütteln. Fordernd schob er ihr das Nachthemd nach oben, um gierig an ihren Brustwarzen zu saugen. Der Schmerz trieb ihr die Tränen in die Augen. Ihr brach der kalte Schweiß der Verzweiflung aus. Warum nur konnte er sie nicht auch einmal vorher mit solchen Zärtlichkeiten überschütten, wie es ihr Margaretha von ihrem Martin erzählt hatte? Grob hob er ihr mit einer Hand das Hinterteil an, während er ihr mit der anderen hektisch das Hemd über den Kopf zog. Sie fröstelte unter seinen lüsternen Blicken. Automatisch verkrampfte sie sich, wie immer, wenn er bei ihr liegen wollte. Schnell zog auch er sich aus. Als er sich mit seinem ganzen Gewicht auf sie legte, schloss sie zitternd vor Panik die Augen. Verzweifelt betete sie zur Jungfrau Maria, es möge schnell vorübergehen.

Am nächsten Morgen sprach Claus gleich nach dem Frühstück mit seinem Schwiegervater. Katharina machten sich derweil in der Küche zu schaffen, damit sie die beiden besser belauschen konnte. Ihre Mutter sah das überhaupt nicht gern.

»Es gehört sich nicht, andere bei einer Unterhaltung zu belauschen!«

Käthe legte sich den Finger auf die Lippen, um ihr anzuzeigen, dass sie ruhig sein sollte. Angestrengt versuchte sie die beiden zu verstehen. Soviel sie mitbekam, machte Claus das sehr gut. Es fiel ihm nicht im Geringsten schwer, ihrem Vater ihre Idee als seine zu verkaufen, stellte sie grimmig fest. Als das Gespräch beendet war, brüllte ihr Vater nach Wein. Schnell füllte sie zwei Becher und trug sie den beiden raus in die Gaststube. Conz erhob seinen Becher und prostete seinem Schwiegersohn zufrieden zu.

»Ich erhebe meinen Becher, um auf meinen Tochtermann Claus Blind, das Geschäftsgenie, zu trinken. Diese Idee ist so genial, dass sie eigentlich von mir stammen müsste!« Beide lachten dröhnend über diesen dummen Scherz. Sie tranken in großen Zügen, bevor sie die Becher auf den Tisch stellten.

»Komm her, Tochter!«, brüllte er. Zögernd trat sie an den Tisch heran.

»Dies hier«, er zeigte auf Claus, »ist der Ehemann, den ich für dich ausgesucht habe, weil ich's immer nur gut mit dir meine. Du könntest keinen besseren kriegen als ihn. Er ist nicht nur ein kräftiges Arbeitstier, sondern obendrein auch noch geschäftstüchtig, wie es sich für den Tochtermann von Conz Bart gehört!« Stolz klopfte er ihm auf die Schulter.

So ganz wohl schien es Claus seit der Anwesenheit seiner Frau nicht mehr in seiner Haut zu sein. Verlegen begann er, die Weinringe der Becher auf der Tischplatte mit dem Finger nachzufahren. Es fiel Katharina unendlich schwer, bei diesem bösen Spiel auch noch eine gute Miene aufzusetzen. Sie hatte jedoch keine andere Wahl, wenn sie ihr Ziel erreichen wollte. Und das wollte sie so sehr wie nichts anderes auf der Welt! Sie rang sich ein schwaches, verständnislos wirkendes Lächeln ab.

»Wie kommst du darauf?«, brachte sie mühsam hervor.

»Ihm ist etwas eingefallen, auf das ich schon längst hätte kommen sollen. Er hat eine Idee, wie ich mich dem ständigen Kontrollblick dieses elenden Caspar von Rot entziehen kann!«

»Tatsächlich!«, stieß sie nun mit echtem Erstaunen hervor.

»Ja, ich werd euch beiden ein schönes Wirtshaus am Halberg in Siegelsberg bauen lassen. Mit Pferdestall, Gemüsegarten und allem, was dazugehört. Ihr werdet dort eine Vorspannstation eröffnen! Am Fuße des Berges lehn ich noch ein Stück Wiese als Pferdeweide, und schon hat dieser Sporenträger da drüben« – er deutete in Richtung des Adelshauses, das nur einen Steinwurf entfernt auf der anderen Straßenseite des Wirtshauses lag – »keine volle Kontrolle mehr über meine tatsächlichen Einkünfte.«

»Wie das?«, fragte Katharina erstaunt.

»Mein Gott, Weib, bist du dumm! Zum Glück hast du einen so klugen Vater und Ehemann. Du würdest ohne uns in dieser Welt überhaupt nicht zurechtkommen.«

Katharina knirschte mit den Zähnen. »Sicher nicht, Vater«, presste sie mühsam hervor.

»Wenn ich einen Teil meines Umsatzes im Wirtembergischen mache, dann kann er überhaupt nichts dagegen tun.« Er schlug sich vor Vergnügen auf den Schenkel.

»Ha! Wenn ihr dann auch noch die Vorspanne betreibt, kann niemand kontrollieren, wie viel wir tatsächlich einnehmen. Wer kann dann schon genau nachprüfen, was da alles an der Steuer vorbeiwandert? Es ist einfach eine geniale Idee, sich einen zweiten Lehnsherren zuzulegen. Wer weiß, was sich da noch alles drehen lässt!«

Katharina blickte verständnislos zu ihrem Mann, der es allerdings vorzog, sich weiter mit den Weinkreisen zu befassen, statt zu ihr aufzusehen. Er spürte allerdings ihren brennenden Blick auf sich ruhen. Das genügte ihm, um sich unwohl zu fühlen. Katharina musste also selbst weiter nachhaken.

»Was soll das bedeuten?«

»Das bedeutet«, stellte ihr Vater gutgelaunt fest, »ich werde mich gleich mal auf den Weg machen und einen schönen Bauplatz für das Wirtshaus und die Vorspannstation heraussuchen. Das Lehen wird klar gemacht und noch diesen Winter mit der Rodung begonnen! Nächstes Jahr hat mein guter Schwiegersohn dann seine eigene Vorspannstation und sein eigenes Stück Land zu bewirtschaften. Darauf erhebe ich noch einmal meinen Becher und trinke auf alle undurchsichtigen Geschäfte, die mich auf diesem Wege Steuern sparen lassen!« Die beiden Männer prosteten sich nochmals zu.

Katharina war hin- und hergerissen. Ihr Vater schaffte es mit seiner herrischen Art immer wieder, ihr selbst die Freude an guten Nachrichten zu rauben. Aber wie dem auch sei: Nächstes Jahr würde sie sich also endlich seinem Herrschaftskreis entziehen können. Sie durfte nicht vergessen, dafür bei Gelegenheit einen Dank in den Opferstock einzulegen!

Obere Vorstadt zu Murrhardt

Gründonnerstag, 8. April Anno Domini 1523

Katharina klopfte laut und vernehmlich an die Haustür des Küferhauses in der Oberen Vorstadt. Margaretha würde Augen machen, wenn sie plötzlich überraschend vor der Tür stand. Gott sei Dank hatte ihr Claus erlaubt, für den Rest der Karwoche zu ihrer Freundin zu gehen, obwohl sie mehr als genug Geschäft zuhause hatte.

Immer wieder machten sich Conz und Claus auf, um den Fortschritt der Bauarbeiten am Halberg zu überprüfen. Conz kannte so viele Handwerker, die ihm allesamt etwas schuldig waren, da brauchte er sich um die Baukosten keine Sorgen zu machen. Im Endeffekt würde ihn das Haus so gut wie gar nichts kosten. Dafür war er viel zu sehr Geschäftsmann und hatte zu gute Beziehungen zu Leuten, die er für die Arbeiten brauchte.

Es ging zügig voran. Wenn die Ernte dieses Jahr vorüber sein würde, konnten sie wie geplant ihr Wirtshaus am Halberg beziehen. Es würde genau wie das des Vaters in Oberrot zwei Stockwerke besitzen: Im unteren Bereich Gaststube und Küche, im oberen Stock Schlaf- und Vorratsräume. Etwas versetzt hinter dem Haus wurde der Stall gebaut, in dem sie die beiden Pferde der Vorspannstation unterbringen wollten und der auch zwei Kühe beherbergen würde, die für die nötige Milch sorgten. Die Hühner bekamen einen separaten Stall, an den sich ein Freigehege anschloss. Um das ganze Anwesen sollte sich letztendlich eine feste Einfriedung ziehen, die aus einem hohen Weidenzaun errichtet würde. In dessen Innerem wollte Käthe sich einen Gemüsegarten anlegen. Sie fieberte ungeduldig dem Erntedankfest entgegen, um endlich nicht mehr jeden Tag ihren Vater sehen zu müssen. Ein Handwerker hatte sie auf seinem Karren von Oberrot bis zur Baustelle mitgenommen, wo sie zum ersten Mal ihr neues Zuhause besichtigen konnte. Sie liebte ihr neues Leben schon jetzt. Doch nun durfte sie erst einmal mit Margaretha zusammen die restliche Karwoche und das Osterfest verbringen. Darauf freute sie sich mindestens genauso.

Ungeduldig wartete sie auf eine Reaktion ihres Klopfens, doch nichts rührte sich im Inneren des Hauses. Suchend lief sie zur benachbarten Werkstatt. Das Tor stand offen, aber auch hier war niemand. Weit konnten sie ja nicht sein, sonst hätten sie doch das Tor zur Werkstatt abgeschlossen. Pferd und Wagen fehlten. Irgendwie passte das alles nicht so recht zusammen. Katharina war enttäuscht. So hatte sie sich das Wiedersehen nach fast einem Jahr nicht vorgestellt! Das Rattern eines Fuhrwerks riss sie aus ihren Überlegungen. Martin bog um die Ecke in die Zimmergasse ein und hielt den Wagen an. Mit einem Satz sprang er vom Bock. Er hatte die Ladefläche voller Bretter. Sicher kam er gerade vom Obermüller.

»Grüß Gott, Katharina, das ist aber eine schöne Überraschung!« Martin reichte ihr beide Hände zum Gruß.

»Grüß dich, Martin. Ich freu mich sehr, bei euch zu sein! Wo ist denn Margaretha?«

»Ach«, winkte Martin lachend ab, »die treibt sich wieder einmal in der Stadt herum. Sie wollte mir nicht sagen, was sie vorhat. Sie tat sehr geheimnisvoll.« Er zuckte die Schultern. »Da frag ich auch nicht mehr nach.«

Katharina gab ihm lachend recht. Wenn Marga ein Geheimnis haben wollte, konnte sie sehr zornig werden, wenn man versuchte, es ihr zu entlocken.

»Du kannst ja mal in die Stadt gehen, um nach ihr zu suchen. Allzu viele Möglichkeiten hat sie ja nicht. Vielleicht steht sie auch wieder vor der Klosterpforte, um auf ihren blauäugigen Kräutermönch zu warten. Wer weiß das schon?«

Er krempelte sich die Ärmel hoch. Katharina glaubte ihren Ohren nicht zu trauen. Martin wusste von dem Mönch! Er lachte herzlich, als er ihr schockiertes Gesicht sah. »Was ist? Dachtest du etwa, ich wüsste nichts davon? Dann kennst du deine Freundin nicht so gut, wie ich dachte! Natürlich hat sie mir sofort von ihm vorgeschwärmt!«

Katharina war fassungslos. Wie konnte ihm Marga so etwas antun? Merkwürdig war nur, er schien sich überhaupt nichts draus zu machen.

»Nun schau doch nicht so fassungslos drein, es ist doch nichts dabei, wenn sie sich diesen Kerl anschaut! Andere Väter haben schließlich auch hübsche Söhne, so ist das Leben. Wir sind doch glücklich verheiratet, und Marga liebt mich unendlich. Warum sollte ich mir da Sorgen machen?« Einen solch toleranten Mann hatte Katharina noch nie im Leben kennen gelernt. Kein Wunder liebte ihn Marga so innig. Wie dumm war sie doch gewesen, beim ersten Endruck nur auf Äußerlichkeiten zu achten. Seit sie ihn näher kannte, kam es ihr sogar vor, als schiele er nicht mehr so sehr wie am Anfang. Oder störte sie es nur nicht mehr? Sie lächelte ihn sanft an. Solch einem warmherzigen Mann wie ihm konnte man leicht sein Herz schenken! Warum nur konnte Claus nicht auch so sein?

»Sei mir nicht böse, Käthe, aber ich muss jetzt weitermachen. Der Obermüller wartet sicher schon, dass ich endlich die nächste Fuhre hol. Ich muss abladen.« Er stieg wieder auf den Bock. Langsam ließ er das Pferd den Wagen rückwärts in die Werkstatt fahren. Er sprang vom Bock und begann die Bretter vom Wagen zu ziehen.

Katharina blieb nichts anderes übrig, als schweren Herzens in die Stadt zu gehen, um Marga zu suchen. Die Straßen waren heute noch aufgeweichter als das letzte Mal. Was hätte sie heute für ein paar Trippen gegeben? Doch Martin war zu beschäftigt, um ihr welche anzubieten. Dann musste es eben so gehen. Sie hob ihre Röcke an, um sie nicht zu schmutzig zu machen. Zögernd durchschritt sie das Stadttor. Im Inneren schlug sie den engen Weg der Klostermauer entlang ein, um die Hauptstraße mit ihren gefährlichen Fuhrwerken zu meiden.

Schon von Weitem hörte sie das unverkennbare, herzerfrischende Lachen ihrer Freundin durch die Gasse hallen. Sie stand mit einer anderen Frau, die wie eine Magd gekleidet war, vor dem Klostertor. Die beiden unterhielten sich angeregt miteinander. Die andere Frau durfte in etwa in ihrem Alter sein. Beim Erzählen gestikulierte sie wild mit dem linken Arm, am rechten hatte sie den Henkel eines Weidenkorbs eingehängt. Als die beiden aus dem Augenwinkel heraus Katharinas Näherkommen bemerkten, blickten sie in ihre Richtung. Einen Wimpernschlag später stürmte Marga mit ausgebreiteten Armen freudig jubelnd auf sie zu. Herzlich drückte sie ihre Freundin an sich. Beide tanzten vergnügt im Kreis herum. Die Magd beobachtete die Szene amüsiert. Arm in Arm traten die Freundinnen alsbald an sie heran. Marga schob Katharina vor sich. Begeistert rief sie: »Das ist sie, das ist mein liebes Käthchen, von der ich dir schon so viel erzählt habe!«

Die beiden grüßten sich höflich.

»Hast du sie dir so vorgestellt?«, fragte Marga aufgeregt.

Die Magd lächelte. »Sicher, wie sonst hätte ich sie mir vorstellen können? Du hast sie mir genau so beschrieben!«

Katharina mischte sich ein. »Es ist ja schön, wenn ich so bekannt bin, aber dürfte ich auch erfahren, mit wem ich das Vergnügen habe?«

Die Magd machte einen höflichen Knicks. »Verzeiht mir diese Unhöflichkeit, ich bin die Ann Zacher, meines Zeichens Klostermagd!« Katharina kam heute nicht mehr aus dem Wundern heraus. Sie hätte nie gedacht, dass in einem Männerkloster eine Frau arbeiten durfte. Erstaunt bat sie um eine Erklärung.

Ann wollte eben ansetzen, sie aufzuklären, da gebot ihr Marga zu schweigen.

»Nein! Ich will es ihr erzählen.«

»Also, wenn es dich so freut, dann sag's du ihr!«, bot ihr die Magd gelassen an.

Marga sprudelte sofort los. »Ann ist ungefähr so alt wie du, Käthe. Sie lebt nun schon bald dreizehn Jahre im Kloster. Durch ihre Stellung hat sie Verbindung nach innen und außen. Sie darf sich frei zwischen den Klostermauern hin und her bewegen. Ist das nicht aufregend?« Katharina nickte.

»Abt Binder hat sie aus dem alten Konvent übernommen, als er merkte, dass der Moral seiner Mönche durch sie keine Gefahr drohte. Das liegt aber sicher nicht an ihrem Aussehen! Sieh sie dir an: Ihr hübsches Gesicht passt zu ihrem freundlichen Wesen!«

»Jetzt hör aber auf damit, Marga! Du bringst mich in Verlegenheit«, protestierte die so überschwänglich Gelobte.

»Ach was, was wahr ist, darf man doch sagen, oder?« Ein Schmunzeln genügte ihr als Antwort.

»Also, wo war ich stehen geblieben? Ach ja! Sie ist einfach eine treue Seele. Schon bei ihrem Amtsantritt als Klostermagd hat sie sich in den Knecht Peter Eberhart verguckt, der mit ihr zusammen damals in die Dienste des Klosters trat. Ob ihre Liebe erwidert wird, ist aber immer noch das Geheimnis der beiden, doch das krieg ich auch noch raus!«

»Aber nie im Leben!«, lachte Ann herzlich.

Katharina mochte Ann sofort. Ihre ehrliche Freundlichkeit und Herzensgüte gefiel ihr sehr. Sie erweckte den Eindruck, als könne man ihr blind vertrauen.

»Jetzt muss ich aber los, sonst kriegen die Mönche heut nichts zu essen. Viel ist es eh nicht. Es ist ja noch Fastenzeit, aber die essen ja sowieso nicht so viel. Ein guter Mönch hört zu essen auf, bevor er satt ist.«

»Bin ich froh, dass ich kein Mönch bin!«, rief Margaretha.
»Die waren aber nicht immer so fromm da drin. Gell, Ann, das stimmt doch?«
»Oh ja!«, wisperte Ann geheimnisvoll. »Da könnte ich euch Geschichten erzählen! Wie das war, ehe Abt Binder hier das Regiment übernommen hat.« Sie wackelte vielsagend mit der Hand. »Oi,oi,oi!"
»Erzähl uns mehr!«, bettelte Margaretha aufgeregt. »Erzähl uns von damals, als alle, bis auf einen, die Stadt unsicher gemacht haben. Vor denen war kein Weiberrock sicher!«
»Margaretha, schäm dich! Was erzählt du denn da für unmögliche Geschichten?« Katharina war entsetzt.
»Was denn!«, empörte sich ihre Freundin. »Jedes Wort davon ist wahr! Frag doch die Ann, wenn du mir's nicht glauben willst! Sie wär auch fällig gewesen, wenn sie ihr Peter nicht beschützt hätte! Der ist nämlich ein echter Held, ihr Peter!«
Katharina bekreuzigte sich hastig. »Marga, sag doch so was nicht!«
»Sie hat aber leider recht!«, bestätigte Ann sachlich.
»Es herrschten wirklich schlimme Zustände, damals vor der Amtszeit Binders. Dem armen Bruder Johannes ging's dabei am allerschlechtesten.«
»Das ist der Kräutermönch mit den blauen Augen!«, unterbrach sie Marga hastig. Katharina kommentierte diese Bemerkung mit einem missmutigen Brummen. Ann jedoch nickte zustimmend.
»Ja genau, der ist es. Der hat hinter diesen Mauern hier die Hölle auf Erden erleben müssen! Er tat mir so leid. Aber ich konnte ihm ja auch nicht helfen. Ich hatte selbst genug damit zu tun, mir diese versoffenen Kerlen vom Leib zu halten! Wenn der Peter damals nicht gewesen wäre … « Sie seufzte tief.
»Was meinst du, Käthe?«, fragte Marga.

»Die haben doch was miteinander, der Peter und die Ann, oder?«

»Das geht doch dich nichts an!«, ermahnte sie Katharina streng.

»Ja genau, sag es ihr nur!«, freute sich Ann über ihre Rückendeckung.

»Das geht niemanden was an – damit hat sich's! Nun muss ich kochen, sonst bin ich nicht rechtzeitig fertig!« Sie klopfte laut an die Klosterpforte, bevor sie sich noch einmal zu den beiden Freundinnen umdrehte.

»Ich wünsch euch ein schönes Osterfest! Oder sehen wir uns heute Nacht bei der Walterichsprozession?«

»Aber sicher doch!«, gab Margaretha zurück. »Ach ja«, wandte sie sich dann an ihre Freundin. »Abt Binder hat übrigens von der Sebastiansbruderschaft ein neues Kunstwerk für die St. Marienkirche gestiftet bekommen. Das wollen sie heute Nacht einweihen. Du kommst also genau zum rechten Zeitpunkt, Käthe!«

Eine tiefe Männerstimme fragte von der anderen Seite der Pforte, wer draußen sei. Ann sagte es ihm. Der Riegel wurde von innen aufgeschoben, die Pforte öffnete sich einen Spaltbreit, um sie einzulassen.

»Weg ist sie!«, stellte Marga sachlich fest.

»Sie ist wirklich nett, diese Ann Zacher!«

»Ja, nicht? Sie ist eine richtige Freundin für mich!« Marga drückte sie liebevoll an sich.

»Zwar nicht so eine gute wie du, aber dich seh ich ja fast nie. Was soll ich denn in der Zeit ohne dich machen?«

»Von was für einem Kunstwerk hast du da eben gesprochen?«

»Eigentlich ist es ja noch geheim, aber weil du's bist, werd ich's dir verraten.« Sie beugte sich zu ihrer Freundin, um ihr leise ins Ohr zu flüstern.

»Die Sebastiansbruderschaft stiftet einen Schrein, den man aufklappen kann. Es ist eine Holzschnitzerei mit Malereien.«

»Ist das die Überraschung, die uns Martin bei meinem letzten Besuch so geheimnisvoll angekündigt hat?«

»Genau die!«

»Was stellt sie dar?«

»Die Passion unseres Herrn Jesus Christus!«

»Wie heißt das Werk?«

»Der Ölberg.«

»Ach, so was haben wir doch in Oberrot schon lange!«

Mit einem verächtlichen Schnauben richtete sich Margaretha wieder auf.

»Den kannst du doch gegen unseren vergessen!«

»Na, wenn du meinst. Wir werden sehen!«

»Ja, das werden wir.«

»Willst du noch was einkaufen?«

»Nein, nein. Ich hatte was anderes zu erledigen«, gab Marga geheimnisvoll zurück.

»So, was denn?«

»Das ist ein Geheimnis!«

»Noch ein Geheimnis? Na schön. Aber auch ich hab eine Überraschung für dich!« Vor Aufregung zitterte Katharinas Stimme.

»Da bin ich aber gespannt!« Margaretha trat vor Ungeduld von einem Bein aufs andere. Katharina hätte sie ja gerne noch ein bisschen zappeln lassen, aber sie selbst hielt die Anspannung kaum noch aus. Es musste jetzt raus, sonst platzte sie.

»Hat dir Martin eigentlich schon von der Baustelle am Halberg bei Siegelsberg erzählt?«

»Ja, hat er. Er wollte schon immer mal fragen, was das werden soll, aber er ist immer nie dazugekommen. Sobald er und das Pferd ausgeruht hatten, ist er immer gleich weitergefahren. Also mir wäre das nicht passiert! Wenn mir der Anstieg nicht zu mühselig wäre, tät ich ja mal fragen gehen, aber so!«

»An den wirst du dich aber bald gewöhnen müssen, denn ich werd nicht immer nur zu dir kommen, du darfst dann ruhig auch mal zu mir hochsteigen!«

»Was?« Margarethas Verwunderung war grenzenlos.

»Die Luft ist da oben besser als hier unten, das kannst du mir glauben. Außerdem haben wir da auch viel mehr Sonne als ihr. Ich werd eine Bank vors Haus stellen, genau so eine wie du hast. Dann kann ich ins Tal runtergucken und dir zuwinken!«

»Käthe!« Margarethas Schrei hallte von der Klostermauer durch die Straßen.

»Pst, schrei hier nicht so laut rum!« Sie hielt sich den Zeigefinger vor den Mund. »Sonst kommt ja bald jemand, um dich zu verhaften.«

»Käthe, was soll das heißen? Sag bloß, *ihr* baut da oben einen Hof?«

»Nicht gerade einen Hof, eher eine Vorspannstation, damit sich die Leute mit den Wagen nicht mehr so plagen müssen. Claus steht dann unten am Berg mit zwei Pferden, die er vor deren Wagen spannt. Schon sind die um zwei Pferdestärken schneller und leichter den Berg oben. Bei mir im Wirtshaus können sich die Fußgänger stärken.«

»Das ist, das ist ... « Margaretha war zum ersten Mal im Leben sprachlos. Ihr fehlten einfach die Worte zu dieser Nachricht.

»Na, ist das eine Überraschung oder nicht?«

Margaretha fiel ihr stürmisch um den Hals. Wieder und wieder küsste sie ihre Käthe auf beide Wangen. Katharina hatte Mühe, sich wieder aus ihrer Umklammerung zu lösen. Tränen der Freude rannen Marga unaufhörlich die Wangen hinab, bis sie sich nur noch schluchzend an ihre Freundin klammerte.

Katharina war über ihre so heftige Reaktion erstaunt. Sie hatte eher mit einer lachenden, als mit einer weinenden Margaretha gerechnet. Etwas hilflos streichelte sie ihr über den Rücken. Geduldig wartete sie, bis sich ihre Freundin wieder einigermaßen beruhigt hatte.

»Marga, was ist denn los mit dir? So kenn ich dich ja gar nicht!«, flüstere sie etwas ratlos.

»Mir war schon klar, dass du dich freuen würdest, aber das hätte ich nicht erwartet! Was hast du? Bist du krank?«

Nun begann Margaretha unter Tränen zu lachen. Sie steigerte sich so ins Lachen hinein, bis sie einen Schluckauf bekam. Katharina fand es besser, die Stadt zu verlassen, bevor man sie noch hinauswarf. Als sie das Stadttor hinter sich ließen, wischte sich Margaretha die Tränen von den Wangen, trank einen Schluck aus Käthes Pilgerflasche, die sie auf Reisen immer bei sich trug, und schien sich langsam wieder unter Kontrolle zu haben.

»Nun sag schon«, drang Katharina in sie. »Was ist los mit dir?«

»Ich hab auch eine Überraschung für dich. Eigentlich wollt ich dir's ja noch gar nicht verraten, weil es Martin auch noch nicht weiß. Es ist alles ja noch ziemlich unsicher aber … «

»Aber?«

»Käthe – ich bin schwanger!«, schrie sie ihr entgegen. Danach war sie nicht mehr zu bremsen.

»Ich war heut bei der Els Schradelin, du weißt schon, die Hebamme, von der ich dir erzählt hab. Sie hat mich untersucht und sagt, es sähe diesmal viel besser aus als sonst. Sie hat mir gesagt, ich soll auch dieses Jahr wieder viel vom Marienkrauttee trinken, das würde mir gut tun. Ich hab schon seit elf Wochen meine unreinen Tage nicht bekommen. So weit war ich noch nie!«

Katharina schloss ihre Freundin glücklich in die Arme. Ihre

Freude wurde jedoch von der düsteren Ungewissheit überschattet, ob diesmal auch wirklich alles gut gehen würde. Margaretha schien sehr zuversichtlich zu sein. Daher wollte sie ihre Freundin auch nicht mit ihren Bedenken beunruhigen. Es wäre so schön, wenn tatsächlich endlich der Fluch von ihr gewichen sein sollte.

»Verstehst du mich jetzt? Zuerst sagt mir die Els, wie es um mich steht, dann stehst du plötzlich unerwartet vor mir, und gleich drauf erzählst du mir, du ziehst nach Siegelsberg. Wenn das kein Grund zum Weinen ist!«

»Das ist ganz bestimmt ein Grund zum Weinen. Außerdem kommen dir als Schwangere sowieso schneller die Tränen als sonst.«

»Wirklich, ist das so? Das hab ich nicht gewusst. Komm erzähl mir mehr! Wie ist es, schwanger zu sein? Das ist ja alles so aufregend!«

Geduldig beantwortete Katharina ihr alle Fragen, bis sie die Mittagsglocke zum Kochen nach Hause schickte.

Die nächtliche Walterichsprozession erschien Katharina unwirklich. Wie in Trance folgte sie der singenden, betenden Menschenmasse, die sich, einem leuchtenden Lindwurm gleich, im Fackelschein ihren Weg die Pilgerstaffel hinauf durch den Friedhof zur St. Marienkirche bahnte. Hätte sie Margaretha nicht so fest an der Hand gehalten, sie wären auf jeden Fall getrennt worden. In der Dunkelheit, die nur vom flackernden Zwielicht spärlich erhellt wurde, wirkten die geschnitzten Figuren des Ölbergs nicht nur besonders plastisch, sondern schienen sich zu bewegen. Die Lebendigkeit der Szenerie, in der ein beinahe lebensgroßer Jesus seinen Vater darum bittet, er möge diesen Kelch an ihm vorübergehen lassen, während sich seine Häscher hinter ihm bereits zur Verhaftung formieren, war erschreckend. Dazwischen und davor lagen derweil die schlafenden Jünger Petrus, Johannes und Jakobus, von denen wohl keine Hilfe zu erwarten war. All dies erschütterte Katharina und ihre Freundin zutiefst. Für eine angemessene Andacht fehlte ihnen allerdings die nötige Zeit. Nach einem kurzen Gebet mussten sie für die nachdrängenden Passionsteilnehmer Platz machen.

»Komm!« Margaretha zog ihre Freundin mit sich ins Innere der Kirche. Auf der schwebenden Grabplatte des Walterich legte sie einen Obolus ab, nicht ohne die Platte kurz zu berühren und sie dadurch, zu Katharinas großem Erstaunen, in Schwingung zu versetzen. Danach verließen die beiden jungen Frauen rasch die Kirche wieder. Nachdem sie das Gedränge hinter sich gelassen hatten, atmeten beide erleichtert auf.

»Hast du das gesehen? Die Platte hat gewackelt, als du sie berührt hast. Das grenzt an ein Wunder!«

»Das *ist* ein Wunder, wusstest du das nicht?«

»Selbstverständlich nicht. Und genauso wenig weiß ich, warum du das Geld auf die Grabplatte gelegt hast.«

»Nach altem Brauch wird erwartet, dass jeder Pilger als Dank für die Erhörung seiner Bittgebete ein Opfer auf die Grabplatte legt. Und dass meine Gebete erhört wurden, steht ja wohl außer Frage!«

»Oh ja, damit hast du natürlich recht. Schade nur, dass wir den Ölberg nicht länger betrachten konnten. Er ist wundervoll!«

»Morgen kommen wir wieder. Denn dann vergnügen sich alle anderen in der Stadt!«

»Aber morgen ist *Karfreitag*, der Todestag des Herrn!«

»Eben drum. Du weißt doch, dass sich ab morgen früh die Straßen Murrhardts vor allem mit Bauern aus der näheren und weiteren Umgebung füllen werden. Morgen haben alle Geschäfte geöffnet und werden sich bester Umsätze erfreuen.«

Katharina seufzte.

»Richtig,« flüsterte sie, »das hatte ich verdrängt.«
Margaretha hingegen zeigte sich unbeeindruckt.

»Deshalb kommen wir morgen wieder hierher, dann können wir den Ölberg in aller Ruhe noch einmal bei Tageslicht betrachten.«

Dormitoriumszelle im Kloster Murrhardt

Gründonnerstagnacht im April Anno Domini 1523

In der Nacht, in der Jesus Christus verraten wurde, lag Johannes nach der Prozession der Mönche durch die Klosterkirche noch lange auf seinem Lager wach. Durch das offene Fenster seiner Dormitoriumszelle drang der nicht enden wollende Gesang und die Gebete der Gläubigen jenseits der schützenden Mauern an sein Ohr. Der Schein ihrer vielen Fackeln ließ den dunklen Nachthimmel über dem Dach des Krankentrakts dämmrig erscheinen. Die Menschen da draußen waren fromm, das stand außer Frage. Warum nur musste man sie wie den letzten Dreck behandeln? Waren sie nicht auch Geschöpfe Gottes, die er nicht nur erschaffen hatte, sondern auch liebte? Sein Kopf dröhnte von all den unbeantworteten Fragen, die ihn zermarterten. Sie raubten ihm in dieser Nacht den Schlaf.

Am nächsten Morgen wollte er mit Martin darüber reden, doch dieser ließ ihn nach der Morgenandacht einfach stehen. Durch ein Handzeichen gab er ihm zu verstehen, er habe keine Zeit, sich mit ihm zu unterhalten. Das war ihm heute nicht zum ersten Mal passiert. Seit seiner Ernennung zum Cellerar hatte er immer öfter keine Zeit oder Interesse, mit ihm zu sprechen. Traurig blickte Johannes ihm nach, als er sich in die Kirche begab, um sich in eine Zwiesprache mit Gott zu versenken. Johannes verstand seinen Freund schon lange nicht mehr. Sein wichtiges Amt hatte ihn sehr verändert, ja, man konnte sagen, sie einander entfremdet. Martin hatte ihm so viel Schlechtes über die Menschen da draußen erzählt. Weshalb dann dieser Massenandrang bei der nächtlichen Prozession? Das passte alles nicht so recht zusammen. Er konnte sich nicht daran erinnern, jemals so viele Menschen auf einmal gehört zu haben. Nicht einmal am Jahrmarkt, geschweige denn bei einer Prozession. Lag es wirklich nur an der Einweihung des Ölbergs?

Bitter enttäuscht über seinen Freund holte sich Johannes das Buch aus der Bibliothek, in dem er immer las, wenn er keinen Rat mehr wusste und ihm selbst die Bibel keinen Trost spenden konnte, weil sein Problem zu profan war. Er begab sich damit ins Parlatorium, in der Hoffnung, ein anderer Mönch würde in den Sprechraum kommen, um ihm Gesellschaft zu leisten. Ihm stand der Sinn heute nicht nach Einsamkeit.

Mit einem tiefen Seufzer der Enttäuschung setzte sich Johannes an seinen Lieblingsplatz in der Nähe des Fensters. Sanft streichelte er über den Deckel des Buches, das er in Händen hielt. Erwartungsvoll ließ er zunächst den Titel auf sich wirken. »Das Narrenschiff« von Sebastian Brant stand da in kunstvoll verzierten Lettern, die Bruder Conrad sicher sehr gefreut hätten. Ach, Bruder Conrad! Er hatte sie schon vor langer Zeit verlassen. Laurentius Autenrieth hatte dafür gesorgt, dass er wieder nach Lorch zurückkehren durfte. *Wenn man solch einflussreiche Fürsprecher hat, ist das Leben leichter*, dachte Johannes traurig. Ohne langes Nachdenken schlug er eine Seite des Buches auf, um Gott die Entscheidung zu überlassen, welches Verskapitel ihm weiterhelfen würde.

Vom Beharren im Guten

Die Hand legt mancher an den Pflug
und hat zuerst Begehren genug
nach Weisheit und nach gutem Werk
und steigt doch nicht empor zum Berg,
der ihn führt zu des Himmels Auen,
er muss vielmehr zurück oft schauen,
und gefällt ihm wohl Ägyptenland,

> wo mancher volle Fleischtopf stand,
> und läuft den Sünden weiter nach
> wie mancher Hund dem, was er brach,
> was er schon oft verschlungen hat –
> für solchen gibt's nur wenig Rat.
> Die Wunde sich selten wieder schließt,
> die oft schon aufgebrochen ist;
> wenn sich der Sieche nicht recht hält
> und zurück in seine Krankheit fällt,
> so ist zu fürchten, dass zuletzt,
> Genesung auf sich warten lässt.
> Viel besser ist's, ans Werk zu gehen
> Als nach dem Anfang abzustehn.
> Gott spricht: »Ich wollt, du hätt'st Gestalt,
> dass warm du wärest oder kalt;
> aber dieweil du lau willst sein,
> bist du zuwider der Seele mein!«
> Wenn einer tat viel Gutes schon,
> wird ihm doch nicht der rechte Lohn,
> wenn er nicht ausharrt bis ans Ende.
> Aus großem Übel kam behände
> und ward erlöst die Hausfrau Lot,
> doch da sie nicht hielt das Gebot
> und wieder blickte hinter sich,
> blieb sie da stehn ganz wunderlich.
> Ein Narr läuft wieder zu seiner Schelle,
> wie der Hund zu seinem Gewölle.

Nachdenklich klappte Johannes das Buch zu und trat ans Fenster. Sein Blick schweifte über den kleinen Gemüsegarten, der sich neben dem Westflügel des Konventgebäudes als schmaler Streifen an der Klostermauer entlang zog.

Martin betete jetzt allein in der Kirche, während er sich hier den Kopf darüber zerbrach, warum die Menschen sich nicht alle an Gottes Gebote hielten, um sich dadurch ganz einfach den Frieden schon auf Erden zu sichern. War es Heuchelei oder Scheinheiligkeit, die sie dazu trieb, sich kurzfristig an Gottes Herrlichkeit zu berauschen, um danach wieder in ihren sündhaften Alltag zurückzukehren?

Tief in seine trübe Grübelei versunken, schrak er zusammen, als sich plötzlich die Tür zum Parlatorium öffnete. Ein heißer Schwall der Hoffnung durchfuhr ihn, Martin könne es sich doch noch anders überlegt haben und sich zu ihm gesellen.

Doch es waren Bruder Nikolaus Heßlich und Bruder Johannes Schroff, die das Parlatorium betraten, um sich miteinander unterhalten zu können. Die beiden würden gemeinsam am 30. Mai diesen Jahres die Minores, die niedere Priesterweihe, erhalten.

»Ach, Bruder Johannes der Erste, sei mir gegrüßt!«, sagte der andere Johannes freundlich. »Wie schön, dich hier zu treffen, Bruder!«, setzte Bruder Nikolaus hinzu.

»Dürfen wir uns zu dir setzen, oder ist dir das unangenehm?«

»Warum sollte mir eure Gesellschaft unangenehm sein?«

»Weil du dich eigentlich mit niemand anderem abgibst als mit Bruder Martin. Ihr seid Freunde, nicht wahr?«

Johannes zuckte bei dieser Frage kaum merklich zusammen. Worauf wollte Bruder Nikolaus hinaus? Misstrauisch schwieg er.

»Mach dir keine Gedanken, Bruder Nikolaus und ich sind auch miteinander befreundet, wir werden dich also nicht dafür verurteilen.«

Johannes schluckte trocken.

»Was ist denn in letzter Zeit mit dir und Bruder Martin los? Habt ihr Krach miteinander?« Ach, das war ihnen also auch nicht entgangen. Er hätte es nicht für möglich gehalten, wie sehr er unter Beobachtung stand.

»Sein Amt nimmt ihn immer mehr in Anspruch, das ist alles«, gab er wortkarg zur Antwort. Er hatte keine Lust, sich mit den beiden über seine zerbröckelnde Freundschaft mit Martin zu unterhalten.

»Also gut, dann reden wir eben über etwas anderes«, schlug Nikolaus vor, der seine Gedanken offensichtlich durchschaut hatte.

»Was hältst du von den Menschenmassen, die heute Nacht zu St. Maria hinaufgepilgert sind? Ist es nicht unglaublich, was diese Menschen dazu treibt, nachts einen Berg zu erklimmen, um im Dunkeln einen kurzen Blick auf ein Kunstwerk zu erhaschen, das die letzten Stunden Jesu erzählt? «

Sieh an, sie hatten sich also genau die selben Fragen wie er gestellt!

»Diese Menschen da draußen«, begann er zögerlich, »sind tiefgläubig. Warum nur blicken wir so auf sie herab? Es ist doch kein Wunder, dass sie uns dafür hassen.«

Der andere Johannes versuchte eine Antwort zu finden:

»Sie hassen uns, weil sie uns nicht verstehen. Die einen halten uns freiweg für verrückt, weil wir uns in Gottes Hand befehlen. Die anderen sind neidisch, weil sie uns in einem höheren Status sehen als sie es sind. Den nächsten jagen wir mit unserem Verstecken hinter Klostermauern und Kapuzen einen Gruselschauer über den Rücken, oder wir erscheinen ihnen schlichtweg als suspekt. Wieder andere hassen uns dafür, dass wir ihnen gnadenlos das Geld aus der Tasche ziehen und ihrer Meinung nach in Saus und Braus leben, während sie darben müssen. Sie halten uns für geldgierige Halunken, die sich nur auf ihre Kosten bereichern wollen, um ein angenehmes Leben führen zu können.«

Nikolaus nahm das Gespräch auf. »In gewisser Weise haben sie recht. Nicht gerade hier bei uns, aber zum Beispiel in Rom wird es immer schlimmer mit der Geistlichkeit. Selbst der Papst, die Bischöfe und sonstige geistliche Würdenträger nehmen sich immer mehr heraus. Die meisten Geistlichen, auch hier in der Umgebung, sind nicht nur schlecht, sondern manche sind überhaupt nicht ausgebildet. So was lassen sie dann auf das Volk los! Was sollen die denn für ein Bild von unserer Kirche bekommen, wenn ihnen von der Kanzel Laien einen derartigen Blödsinn verzapfen, das sich einem die Haare sträuben würden«, er fuhr sich mit der Hand über seine Tonsur, die nur von einem spärlichen Haarkranz umsäumt war, »sofern noch welche vorhanden wären, versteht sich!«

Die beiden Johannes schmunzelten.

»Deshalb ist es uns so wichtig«, fuhr er fort, »eine anständige Priesterausbildung zu absolvieren, damit wir dem Volk das Wort Gottes vernünftig näher bringen können. Die Kirche ist ihnen schon längst nicht mehr fromm genug!«

Der andere Johannes übernahm wieder das Reden. »Die Menschen sind viel frommer, als es die meisten Geistlichen heutzutage sind. Diese schwarzen Schafe bringen unsere Kirche in schrecklichen Verruf. Hier im Amt Murrhardt haben die Menschen in geistlicher Hinsicht das Glück, wenigstens noch das Kloster zu haben, auch wenn sie uns andererseits als Plage empfinden, weil wir von ihnen die Abgaben kassieren. Sie sind im Zwiespalt mit Gott und der Welt. Wen wundert es da, wenn sich immer mehr Leute auf die Seite dieses Ketzermönchs Martin Luthers schlagen. Der hat sie vor zwei Jahren mit der Veröffentlichung seiner Schrift ›Von der Freiheit eines Christenmenschen‹ vollends verrückt gemacht. Und dann besaß er auch noch die beispiellose Unverfrorenheit, das Neue Testament ins Deutsche zu übersetzen! Wenn das so weiter geht, wird es noch ein schlimmes Ende nehmen. Wir wollen mit unserer Priesterweihe unseren Beitrag dazu leisten, dass es nicht dazu kommt!«

Johannes beneidete die beiden insgeheim um ihre zielstrebige Entschlossenheit, zu handeln, ehe es zu spät war. Er selbst konnte seine Angst vor der Welt und den Menschen draußen nicht überwinden. Diese vermeintliche Schwäche machte ihm nun zu schaffen, nachdem er von den beiden gehört hatte, wie sie sich den Kampf um die Zukunft der Kirche vorstellten.

Ach wäre er doch auch mutig genug, diesen Schritt zu wagen! Er schalt sich selbst einen feigen Narren, weil er es nicht fertig brachte, heroisch in die Welt hinauszutreten, um seinen Beitrag zu leisten, die Kirche auch fürs Volk besser zu machen.

Heute Nacht war ihm klar geworden, dass sie es verdienten, das Wort Gottes zu hören und verstehen zu können. Je mehr er sich darüber Gedanken machte, desto vernünftiger erschienen ihm die Taten und Schriften Martin Luthers. Wenn er das im Kloster allerdings zu laut verkünden würde, liefe er Gefahr, dafür aus dem Konvent gewiesen zu werden. Wenn Martin seine ketzerischen Gedanken hören könnte, hätte er wenigstens einen triftigen Grund, ihm die Freundschaft zu kündigen.

Die beiden anderen verabschiedeten sich alsbald. Johannes blieb in seinem Zwiespalt allein zurück. Wenn er doch wenigstens einen Menschen hätte, dem er vertrauen und mit dem er über seine Gefühle und Gedanken reden könnte.

Er brachte das Buch zurück in die Bibliothek und zog sich bis zur Mittagsandacht in seine Zelle zurück. Die schützenden Mauern verwehren ihm den Blick auf die vielen Menschen, die sich heute bei Tageslicht nochmals vor dem Ölberg versammelt hatten, um davor zu beten oder ihn einfach andächtig zu betrachten.

»Das war vielleicht ein Spektakel gestern Nacht!«, freute sich Margaretha, als die Freundinnen am Karfreitagmorgen abermals zum Ölberg hinaufstiegen.

»So viele Menschen waren noch nie bei der Wallfahrt dabei! Die waren sicher alle neugierig auf den Ölberg. Es spricht sich schnell rum, wenn's was Frommes zu bestaunen gibt.«

Als sie vor dem Ölberg ankamen, war die Menschenmenge tatsächlich deutlich geringer als in der Nacht zuvor. Es beteten aber immer noch genügend Menschen vor dem neuen Kunstwerk, weshalb sie sich einen Moment gedulden mussten, bevor sie sich zum Gebet niederknien konnten.

Danach erhoben sie sich langsam, um wieder den nachrückenden Gläubigen Platz zu machen. Etwas abseits lehnten sie sich mit dem Rücken an die Friedhofsmauer, um den Ölberg noch einmal genau zu betrachten.

»Siehst du die Gesichter der Häscher?«, flüsterte Katharina ihrer Freundin zu.

»Puh, es graut einen, wenn man sie ansieht!« Sie begann zu frösteln.

»Ja, scheußlich, nicht? Sie sehen aus wie echt, mit ihren hasserfüllten Gesichtern. So als könnten sie es gar nicht erwarten, Jesus ans Kreuz zu schlagen!«

»Hast du den einen rechts neben diesem Verräter Judas gesehen? Der mit dem einen Stiefel und mit der Hellebarde in der einen und dem Strick in der anderen Hand?«, fragte Margaretha vorsichtig. Katharina wusste sofort, auf was sie hinauswollte.

»Ja sicher, das könnte mein Vater sein. Ist er aber ganz bestimmt nicht. Für so etwas sein kostbares Geld auszugeben wäre für ihn die reinste Verschwendung. Dass ausgerechnet der Schinder und Henker meinem Vater ähnlich sieht ist aber gar nicht so falsch, findest du nicht?«

»Ich hätte mich nie getraut es auszusprechen, aber das sehe ich auch so.«

»Nun, ich darf das sagen, schließlich ist er ja *mein* Vater.«

»Erkennst du noch andere Figuren wieder?«, fragte Marga schelmisch.

»Wen soll ich denn da kennen? Ich war doch damals nicht auf Golgatha dabei.«

»Ja glaubst du denn, der Künstler war das? Der konnte sich auch nur an Leute halten, die er kennt. Die sind entweder in der Sebastiansbruderschaft, haben finanziell etwas zur Erschaffung des Kunstwerks beigesteuert oder haben es durch ihr mieses Verhalten verdient, hier zur Mahnung für die Nachwelt in einer schlechten Rolle verewigt zu werden. Es ist also durchaus möglich, dass der Schinder wirklich dein Vater ist, das werden wir aber nie erfahren! Die anderen kannst du nicht kennen, weil du ja nicht hier wohnst. *Noch* nicht!«, korrigierte sie sich befriedigt.

»Schau mal, der da hinten. Der mit dem blauen Barett auf dem Kopf.«

»Blaues Barett! Dann ist er also der Vogt.«

»Richtig. Siehst du? Der andere zeigt mit dem Finger auf ihn. Der zeigt, wer hier der wahre Judas ist. Nämlich unser allseits unbeliebter Vogt Hofsäß, der dauernd in die eigene Tasche schafft.«

»Ja sicher, sein gelber Kragen zeigt ja seinen Verrat, den Neid und die Falschheit.«

»So könnte ich dir noch viele Murrhardter zeigen. Ich kenn sie alle. Jedes Mitglied der Sebastiansbruderschaft ist an irgendeiner Stelle verewigt. Das da ist der Veltin Kübler, und der heißt Mathis Schreiner. Aber schau mal genau hin, da am Abendmahlstisch auf dem linken Seitenflügel. Der Dritte von links, der über den Kopf des anderen hinweg als Einziger nach vorne schaut. Sein Gesicht ist zwar halb verdeckt, aber man kann ihn trotzdem an den lieben Augen erkennen.« Katharina kniff angestrengt die Augen zusammen, um aus dieser Entfernung etwas erkennen zu können. Ungeduldig trat sie einige Schritte näher heran.

»Aber das ist doch … !«

»Genau!«, vollendete Margaretha ihren Satz strahlend. »Das ist mein Martin!«

Murrhardt

Anfang Oktober Anno Domini 1523

Mit wehenden Röcken rannte Katharina an diesem Herbstnachmittag durch die Innenstadt Murrhardts. Die Leute drehten sich verwundert nach der Frau um, die weder Rücksicht auf Pfützen noch auf Matschlöcher nahm und dabei nicht einmal Trippen trug. Der Dreck spritzte links und rechts an ihren Beinen hoch, als sie durch die Löcher rannte. Außer Atem, aber überglücklich, erreichte sie endlich das Haus in der Oberen Vorstadt. Schon von Weitem sah sie Margaretha vor dem Haus im wärmenden Sonnenschein auf einer Bank sitzen. Sie nähte so konzentriert an einer Kinderbettdecke, dass sie das Auftauchen ihrer Freundin überhaupt nicht bemerkte. Katharina blieb in einigem Abstand vom Haus stehen, um das Bild, welches sich ihr bot, in sich aufzunehmen. Margaretha benutzte ihren gewölbten Bauch als Tisch, auf dem sie das Nähzeug ablegte. Ihre leicht geröteten Wangen waren gesund und rund. Die Augen leuchteten selig, voller Vorfreude auf das nun bald bevorstehende freudige Ereignis. Leise summte sie ein Kinderlied vor sich hin, während aus der Werkstatt Martins Arbeitsgeräusche zu ihnen herüberwehten.

Katharina konnte nur mit Mühe die Tränen der Rührung zurückhalten, als sie dieses friedliche Bild sah. Ein Schwall unendlicher Zärtlichkeit ließ ihr Herz beim Anblick ihrer hochschwangeren Freundin, die von innen heraus zu leuchten schien, erbeben. Genau so musste Maria ausgesehen haben, als sie mit Jesus in guter Hoffnung war! Katharina verharrte so lange regungslos an der Straßenecke, bis Margaretha das Nähzeug sinken ließ, um sich liebevoll über den runden Bauch zu streicheln. Ihr verklärtes Lächeln glich dem eines Engels. Katharina trat langsam näher, immer darauf bedacht, sie nicht zu erschrecken. Als Margaretha die Bewegung bemerkte, hob sie den Kopf und blickte in ihre Richtung.

»Käthe! Endlich bist du da!«, rief sie aus. Mit einer schwungvollen Handbewegung warf sie das Nähzeug neben sich auf die Bank. Sie wollte ebenso schwungvoll aufstehen, um ihrer langersehnten Freundin entgegenzueilen, doch ihr Körper war mittlerweile zu schwerfällig für solche Bewegungen. Mühsam erhob sie sich von der Bank, indem sie sich mit den Händen darauf abstützte. Katharina schritt auf sie zu, um sie in die Arme zu schließen. Die reichten jedoch nicht mehr um sie herum. Lachend hielten sie sich stattdessen an den Händen.

»Wie es dir geht, brauch ich dich wohl nicht zu fragen. Du siehst aus wie das blühende Leben!« Katharina blickte auf Margarethas Bauch.

»Es geht mir auch wirklich ganz wunderbar!«

»Aber, sag mal, was hast du denn für einen dicken Bauch?«

Margaretha lachte herzlich. »Ich sehe aus wie eins von Martins Fässern, gell? Wenn das noch lang so weitergeht, kann man mich genauso in der Gegend herumrollen. Da bin ich dann bestimmt schneller als zu Fuß!«

»Bist du sicher, dass da nur eins drin ist?

»Els sagt es zumindest, und die muss es ja wissen. Sie hat schon mit mir geschimpft, weil ich angeblich zu viel esse. Sie sagt, ich bräuchte nicht für zwei essen, sonst wird das Kind zu groß.«

»Ja, da hat sie wohl recht! Also so dick war ich bei keinem meiner Kinder!«

»Du bist ja auch dauernd in Bewegung und am Schaffen gewesen, aber ich muss ja nicht so viel tun wie du. Ich hab weder einen Acker noch ein Wirtshaus zu versorgen. Der Haushalt allein ist nicht so anstrengend. Meine einzige zusätzliche Bewegung ist der leichte Anstieg zur Kirche hoch, um zu beten, das ist alles!«

»Darf ich den Bauch mal anfassen?«

»Aber sicher darfst du das!« Sie nahm Katharinas Hand und legte sie auf eine bestimmte Stelle ihres Bauches. Ganz deutlich konnte sie eine winzige harte Beule spüren, die sich ihrer Hand widersetzte.

»Drück mal vorsichtig dagegen!« forderte sie Marga auf, »Dann kannst du was erleben.« Katharina tat wie ihr geheißen. Die Beule zog sich von ihrer Hand zurück, um dann noch einmal mit Schwung dagegen zu halten. Katharina lachte verwirrt.

»Was ist das?«

»Das ist der Fuß des Kindes, das kann es überhaupt nicht leiden, wenn man es ärgert. Das hat es von mir!«

»Aber warum ist der Fuß an dieser Stelle, da gehört er doch zu dieser Zeit eigentlich nicht mehr hin. Was meint denn Els dazu?«

»Sie sagt, das Kind liege nicht richtig rum, aber es könnte sein, es dreht sich noch bis zum Geburtstermin in zwei Wochen.«

»Na hoffentlich hat sie recht«, bemerkte Katharina irritiert. Sie hatte auf einmal gar kein gutes Gefühl mehr.

»Nun schau nicht so besorgt drein! Els ist die beste Hebamme im ganzen Umkreis hier! Sie versteht ihr Handwerk so gut, dass sie sogar manchmal bei voraussichtlich besonders schweren Geburten von den reichen Haller Bürgerinnen gerufen wird. Die Haller wollen sie sogar von hier abwerben, obwohl die doch selber genug Hebammen haben. Sie bieten ihr einen Haufen Geld dafür, aber Gott sei Dank ist sie bisher nicht darauf eingegangen.«

Nun blickte auch Margaretha etwas besorgt. »Hoffentlich muss sie nicht gerade weg, wenn es bei mir so weit ist! Das wäre schrecklich!«

»Ach was!«, beruhigte sie Katharina schnell. »Das wird schon nicht passieren, da bin ich mir ganz sicher!«

»Hoffentlich hast du recht!« Mit Nachdruck schüttelte sie die bedrohlichen Gedanken von sich. Sie wollte sich die Vorfreude nicht verderben lassen. Alles würde gut gehen. Schließlich betete sie jeden Tag zur Gottesmutter dafür! Margaretha nahm Katharina und zog sie an der Hand mit ins Haus. In der Schlafkammer stand eine Holzwiege neben dem Bett.

»Ist die nicht hübsch geworden?«, fragte sie aufgeregt.

»Martin hat sie erst gestern fertig gemacht. Er hat lange dran rumgeschliffen, bis er endlich zufrieden damit war. Ich brauch jetzt nur noch das Bettzeug fertig nähen, dann kann das Kindle kommen.«

Katharina streichelte versonnen über das glattgeschliffene Holz.

»Er hat sie, wie es sich gehört, aus Birkenholz gemacht. Bei Nacht ist er heimlich losgezogen, um sich den schönsten Baum zu holen, den er sich bei Tag ausgesucht hat. Wenn ihn jemand bei diesem Waldfrevel erwischt hätte, wär's ihm teuer zu stehen gekommen, aber zum Glück ist alles gut gegangen. Das seh ich als gutes Omen für mein Kindle!« Sie führte Katharina an der Hand wieder zur Bank vor dem Haus, wo sie sich setzten.

»Nun ist's aber genug von mir und meinem Kind. Sag, wie geht's dir? Hat alles mit dem Umzug geklappt?«

»Alles bestens! Vorgestern sind wir mit Viechern, Möbeln und allem Drum und Dran umgezogen. Gestern hab ich geputzt wie verrückt und noch die restlichen Kisten ausgeräumt, während Claus mit dem Vater zusammen die Koppel am Fuß des Halbergs für die Vorspannpferde eingerichtet hat. Es ist alles himmlisch schön geworden! Ich hab's allerdings kaum noch ausgehalten, bis ich endlich bei dir sein konnte. Die Männer wollten mich fast nicht weg lassen. Aber ich hab alles fertig. Morgen kommt die Wirtshauseinrichtung, die Vorräte und die Weinfässer, da kann ich dann auch wieder nicht weg. Ich hab mich einfach verabschiedet und bin weggerannt. So schnell konnten sie gar nicht gucken. Aber sie sind ja eh beschäftigt, sie haben vielleicht nicht mal recht gemerkt, dass ich weg bin. Ein Vesper hab ich ihnen ja hingestellt, damit sie nicht verhungern, bis ich wieder komm, um sie zu bedienen.«

»Ich kann's noch gar nicht glauben, dich nun in Siegelsberg wohnen zu haben, so ganz in meiner Nähe!«

»Mir geht's genauso. Heut morgen hab ich nach dem Aufwachen gar nicht recht gewusst, wo ich bin, aber dann hab ich die Waldvögel draußen singen hören. Da ist es mir schnell klar geworden. Da oben ist es unheimlich ruhig gegen die belebte Ortsmitte von Oberrot. Bis jetzt ist auch noch kein Wagen vorbeigekommen, aber das kann nicht mehr lange dauern.«

Die beiden Freundinnen schmiedeten noch den ganzen Nachmittag gemeinsame Zukunftspläne, bevor sich Katharina bei einsetzender Dämmerung verabschieden musste, um noch bei Tageslicht zuhause anzukommen.

»Wir sehn uns bald wieder, Marga. Ich verspreche dir, sofort zu kommen, ganz egal, wann es soweit sein sollte! Wenn es bei dir losgeht, schick mir den Martin hoch, damit ich dir beistehen kann!«

»Worauf du dich verlassen kannst, mein Schätzle!«

Wirtshaus am Halberg zu Siegelsberg

Anfang November Anno Domini 1523

Das Gasthausgeschäft am Halberg lief gut an. Zumal Claus und Katharina den meisten Reisenden schon aus Oberrot bekannt waren und das Gasthaus des Vaters dort einen guten Ruf genoss. Die Voraussetzungen konnten also nicht besser sein, um einen guten Beginn zu haben. Auch der Vorspanndienst wurde dankend angenommen und brachte Claus so manches Lob für seine gute Idee ein. Katharina nahm's gelassen. Sie wusste ja, von wem die Idee wirklich stammte, das genügte ihr. Am meisten aber genoss sie es, endlich ihren Vater nicht mehr so oft ertragen zu müssen. Er beglückte sie nur ab und zu mit einem Kontrollbesuch, den er dann bald wieder zufrieden beendete. Margaretha besuchte sie, so oft es die Arbeit zuließ, was allerdings leider nicht sehr häufig der Fall war. Meist musste sie die Besuche, sehr zum Bedauern ihrer Freundin, recht kurz halten, aber das war immer noch besser als sich gar nicht zu sehen.

Margaretha wurde immer schwerfälliger. Nun war sie schon eine gute Woche über den Geburtstermin hinaus. Warum nur wollte das Kind nicht endlich kommen? Es war doch schon überfällig. Els hatte schon mehrmals vergeblich versucht, das Kind zu drehen. Katharina vertraute sie an, das Kind liege quer im Bauch, was nur äußerst selten vorkomme. Margaretha wollte sie nichts davon sagen, um sie nicht noch mehr zu beunruhigen. Sie war auch so schon ängstlich genug.

Nur noch wenige Gäste hielten sich an diesem nasskalten, nebligen Novemberabend in der Gaststube der Vorspannstation am Halberg auf. Unter ihnen befand sich ein merkwürdig gekleideter Mann, der sich selbst als Wahrsager bezeichnete.

Die Männer saßen am Stammtisch, wo er ihnen eben erklärte, wie schlecht die Prognose für das Jahr 1524 ausfalle. Mit gedämpfter Stimme, um seinen Worten den nötigen Nachdruck zu verleihen, beschrieb er die Lage:

»An vielen Orten, durch die ich eben erst gekommen bin, gab es unheilvolle Erscheinungen!« Den Zuhörern jagten seine Worte einen grusligen Schauer über den Rücken.

»Zwischen den braunen Blättern der Bäume haben letzte Woche einige Zweige angefangen Blüten zu treiben! Kastanien am Waldsaum, Kirschen in den Gärten, Schlehen am Wegesrand.«

»Also bei uns gibt's so was nicht!«, mischte sich nun Claus ein, dem die Sache zu dumm wurde.

»Das kann noch kommen!«, stellte der Wahrsager abwehrend fest.

»Es kommen schreckliche Missgeburten bei Menschen und Tieren zur Welt!« Claus warf der erbleichenden Katharina einen hastigen Seitenblick zu, doch der unheimliche Fremde sprach schon weiter.

»Man hat sonderbare Zeichen am Himmel beobachtet. Da waren drei blutige Kreise um die Sonne herum. Ein schwarzes Kreuz hat den Mond beschattet!« Den Zuhörern wurde immer mulmiger zumute. Konnte denn an diesen Zeichen wirklich etwas dran sein? Vielleicht hatten sich die Leute auch nur verguckt. Schließlich hatte man hier noch keine solchen Zeichen beobachten können.

»Wenn ihr den Zeichen nicht glauben wollt, dann ist das eure Sache, aber ich versichere euch: Die Gelehrten mehrerer Universitäten können sich nicht allesamt irren!«

»Was soll das heißen?«, fragte Claus barsch dazwischen.

»Das heißt, diese Gelehrten sind alle bei ihren Berechnungen auf das gleiche Ergebnis gekommen: Die Welt steht unmittelbar vor ihrem Untergang! Sie ist in einen Wirbel geraten, der sich immer rascher dreht. Sie wird in die völlige Vernichtung eingesaugt! Und wenn einer von euch noch an meinen Worten zweifeln sollte, sage ich demjenigen noch etwas. In Tübingen gibt es einen Mathematikprofessor, den Johannes Stöffler. Der ist eine bedeutende Autorität auf dem Gebiet der Sternenkunde. Der hat schon in seinem Standardwerk, den Ephemeriden von 1499, eine astrologische Vorschau auf das kommende Vierteljahrhundert gemacht. Darin hat er ganz exakt ermittelt, dass sich im Februar 1524 alle Planeten im Zeichen der Fische befinden werden. Das jedoch ist ein untrüglicher Beweis für den Zeitpunkt einer Sintflut, die alles Leben auf der Erde vernichten wird.«

Viele zogen hörbar die Luft ein. Ihnen graute vor dem, was sie da zu hören bekamen. Was, wenn dieser Wahrsager wirklich recht hatte? Was sollten sie nur tun, um sich auf die Sintflut vorzubereiten? Den Armen würde wohl nur das Beten bleiben. Andere fassten den Entschluss, sich sofort bei ihrer Heimkehr ein Floß zu bauen, um sich mit ihren Familien zu retten.

Umständlich erklärte der Wahrsager, wie diese Berechnungen zustande kamen, doch niemand konnte es recht begreifen. Als er dies bemerkte, wurde er ungeduldig.

»Es ist auch völlig egal, ob ihr es versteht oder nicht. Sagt jedenfalls nicht, ich hätte euch nicht rechtzeitig gewarnt!«

Er hielt den Zuhörern gerade seinen Hut hin, um sich seinen Dienst bezahlen zu lassen, als von draußen das Geräusch eines ratternden Pferdewagens ins Innere der Gaststube drang. So spät noch ein neuer Gast? Das war mehr als ungewöhnlich. Urplötzlich krampfte sich Katharinas Magen zusammen. Sie hatte heute schon den ganzen Tag so ein mulmiges Gefühl im Bauch, das sie immer unruhiger werden ließ. Margaretha ging ihr nicht mehr aus dem Sinn. Die Arbeit ließ es aber ausgerechnet heute nicht zu, sie zu besuchen. Und der Wahrsager mit seinen düstern Zukunftsprognosen trug nicht gerade dazu bei, ihr ungutes Gefühl zu zerstreuen.

Die Unruhe wuchs noch mehr, als sie nun den Wagen hart vor der Tür des Gasthausen anhalten hörte. Nur einen Wimpernschlag später polterte ein von völliger Panik erfüllter Martin herein.

»Käthe, schnell, du musst ganz dringend kommen! Margaretha!« Er schnappte verzweifelt nach Luft, um weitersprechen zu können.

»Es geht ihr sehr schlecht. Schnell, schnell! Wir haben keine Zeit zu verlieren!«

Katharina rannte ohne zu zögern zum Wandhaken an der Tür, riss ihren Umhang herunter und warf ihn sich hastig über. Die Gäste und Claus starrten die zwei neugierig an. Als kurz darauf die Tür hinter ihnen zuknallte, flüsterte der Wahrsager düster hinter ihnen her:

»*Wer im Jahr 1523 nicht stirbt, 1524 nicht im Wasser verdirbt, 1525 nicht erschlagen wird, der mag von Wunder sagen!*«

Die Umsitzenden bekreuzigten sich, während draußen der Wagen schon wieder den Berg hinunterpolterte.

Im Halbdunkel der Schlafkammer saß Els an Margarethas Bettkante.

»Es dauert schon viel zu lang!«, murmelte sie besorgt, als Katharina sich beim Eintreten sofort dem Umhang von den Schultern riss, ihn achtlos auf den Boden fallen ließ und zum Bett ihrer Freundin eilte. Der versteinerte Gesichtsaudruck der Hebamme Els Schradelin verhieß nichts Gutes. Was hat Margaretha ihr vor vier Wochen noch vorgeschwärmt? *Sie versteht ihr Handwerk wie keine andere. Daher weiß sie, von was sie spricht. Wenn sie sich bei einer Geburt Sorgen macht, dann hat sie einen triftigen Grund dazu.*

Sie wies Katharina an, sich die Hände gründlich zu waschen. Danach sollte sie einen neuen Wasserkessel zum Kochen bringen. Katharina beeilte sich, den Anweisungen zu folgen.

Katharina wischte sich mit ihrem Rockzipfel den Schweiß von der Stirn, ehe sie die Schüssel mit heißem Wasser neben der Hebamme auf den festgestampften Lehmboden stellte. Sie setzte sich auf den Schemel, der neben dem Bett der Gebärenden stand, um Margaretha die glühende Stirn mit einem feuchten Lappen zu kühlen. Ihre Finger zitterten. Was war da bloß los? Warum wollte das Kind nicht endlich kommen?

Margaretha bäumte sich stöhnend unter einer heftigen Wehe auf. Zum Schreien fehlte ihr längst die Kraft. Tränen des Schmerzes und der Verzweiflung standen in ihren glasigen Augen, als sie wieder aufs Bett zurücksank. Erschöpft wandte sie sich Katharina zu.

»Endlich bist du da«, flüsterte sie kaum hörbar. Katharina nahm die glühende Hand in ihre. Behutsam streichelte sie ihren Handrücken.

»Ja, mein Schätzle, ich bin da, wie ich's dir versprochen hab!«

»Ja«, hauchte Margaretha mit letzter Kraft, »du hast es mir versprochen.«

Danach sank sie wieder aufs schweißnasse Kissen zurück. Erschöpft schloss sie die Augen.

»Es ist gut, dass du endlich da bist, Katharina«, flüsterte ihr die Hebamme zu, der ebenfalls Schweißperlen auf der Stirn standen.

»Hol schnell noch ein paar frische Tücher und eine neue Schüssel kaltes Wasser. Sie braucht dringend neue Wadenwickel. Das Fieber steigt immer weiter, wir müssen es runterkriegen, ehe es zu spät ist!«

Katharina sprang auf, um das Verlangte zu beschaffen. Das Bettzeug hatte die Hebamme schon lange auf den Boden geworfen. Käthe wollte Margaretha die Wadenwickel anlegen, aber Els nahm sie ihr aus der Hand.

»Ich mach das schon! Hol du ein neues Leintuch, wir müssen es dringend wechseln!«

Katharina warf einen kurzen Blick auf das Leintuch. Es war von Blut und einer grünlichen Flüssigkeit verfärbt. Schnell lief sie wieder zur Truhe, um ein frisches Tuch zu holen.

Als sie wieder ans Bett trat, bäumte sich Margaretha erneut mit schmerzverzerrtem Gesicht unter einer Wehe auf. Als diese abklang, zogen sie vorsichtig zu zweit das Leintuch unter ihr weg und tauschten es schnell gegen das neue aus.

»Bring das nach draußen, es ist unrein!« Katharina warf es einfach vor die Haustür. Eilig kehrte sie wieder in die Schlafkammer zurück.

»Ich habe noch einmal versucht, das Kind zu drehen. Da kam ein Schwall Blut und das grüne Fruchtwasser heraus!«, berichtete Els.

Katharina bekam trotz der Hitze des Raumes eine Gänsehaut.

»So kann es nicht weiter gehen!« Entschlossen wandte sich die Hebamme Katharina zu. »Du musst zu meiner Wohnung laufen. Bring mir noch mehr Beifuß. Das Kind liegt immer noch falsch. Wenn ich es nicht bald gedreht kriege, ist es aus mit ihr! Die Herztöne des Kindes kann ich schon lange nicht mehr hören. Jetzt geht es nur noch darum, es so schnell wie möglich rauszukriegen, um die Mutter zu retten!«

Was sollte das heißen? Sie begriff die Worte nicht. Ihr Gehirn weigerte sich, es zu verstehen.

»Margaretha hat einen Fieberkrampf. Es ist unmöglich, einen weiteren Wendeversuch zu beginnen, wenn sie nicht bald locker lässt!«

Katharina zwang sich zur Ruhe. Wenn sie jetzt die Nerven verlor, konnte sie ihrer Freundin keine Hilfe sein. Mit fiebrigen Augen blickte die Leidende ihre Freundin an. Katharina hielt wieder deren heiße Hand in der ihren.

»Alles wird gut, Marga. Ich geh los, um dir Medizin zu holen, damit du dich entspannen kannst. Das wird auch die bösen Geister vertreiben, die sich hier herumtreiben! Bald hast du's überstanden.«

»Katharina«, es war nur mehr ein Hauchen denn ein Sprechen, das an ihr Ohr drang. Sie beugte sich an den Mund ihrer Freundin, um sie überhaupt verstehen zu können.

»Ja, Marga, was ist?«, flüsterte sie.

»Dann siehst du sie auch?«

»Wen?«

»Na sie.« Vorsichtig blickte sie ans Fußende ihres Bettes.

»Ich weiß nicht, wen du meinst, mein Schatz!«

»Die schwarze Gestalt sitzt schon eine ganze Weile da, aber jetzt wird sie immer deutlicher. Ich glaube, sie will mich holen! Bitte schick sie weg. Sie macht mir solche Angst!«

Vom vielen Reden erschöpft, sank Margaretha wieder auf ihr Strohlager zurück, nur um sich im nächsten Moment wieder vom Schmerz zerrissen aufzubäumen. Nachdem die Wehe abgeklungen war, keuchte sie nach Luft.

»Ja, ich spür es ganz deutlich! Sie will mich holen!«, flüsterte sie mit letzter Kraft, bevor sie das Bewusstsein verlor.

»Marga, da ist niemand, du musst dich irren. Marga? Was ist mit dir?«

Els löste ihre Hand aus der ihrer Freundin. Schnell führte die Hebamme sie zur Kammer hinaus in die nasskalte, nebelverhangene Herbstnacht.

»Katharina, sieh zu, dass du weg kommst. Hol mir ganz schnell die Kräuter!« Die Hebamme erklärte ihr, wo genau sie wohnte und wo die Kräuter zu finden waren, die sie so dringend brauchte. Schnell drückte sie ihr den Wohnungsschlüssel in die Hand.

»Bring gleich den Pfarrer mit, ich glaub fast, wir werden ihn bald brauchen!«

»Den Pfarrer? Aber Els, warum denn? Der kann Margaretha auch nicht helfen, er ist doch kein Arzt!«

Die Hebamme senkte die Stimme. »Irgendwann kommt für uns alle der Tag, an dem wir den Pfarrer nötiger haben als den Arzt«.

Da trat unvermittelt Martin aus dem Dunkel seiner Werkstatt zu den beiden Frauen, die im gedämpften Lichtkegel der Haustür auf der Straße standen. Er hatte sich in seinem Schmerz zurückgezogen. Das Leiden seiner Frau war unerträglich für ihn.

»*Ich* werde ins Kloster gehen, um den Pfarrer zu holen! Lauf du und hol die Kräuter, dann geht's schneller!«, erklärte er.

»Ich muss wieder zu Margaretha, falls sie wieder zu sich kommt. Beeilt euch!«

Els kehrte ins Haus zurück. Martin folgte ihr mit eiligen Schritten.

»Ich hol nur noch Trippen und zwei Kienspäne, sonst brechen wir uns unterwegs noch den Hals.«

Kurz darauf trat er mit zwei brennenden Kienspänen, den Trippen und Katharinas Umhang aus dem Haus. Hastig zog sie beides an, warf sich die Kapuze über und nahm einen der Kienspäne in die Hand. Die Nacht war so kalt, als wollte der Winter bald Einzug halten. Oder kam es ihr nur so vor, weil es im Raum so heiß war?

Gemeinsam beeilten sie sich, das Oberer Tor zu erreichen. Der Torwächter öffnete ihnen, nachdem sie ihm ihr Anliegen erklärt hatten. In der Hauptstraße trennten sich alsbald ihre Wege. Katharina bog nach rechts in die Entengasse ein, Martin nach links in die Hirschgasse, und eilte weiter zur Klosterpforte. Katharina betrat mit vor Panik und Anstrengung zitternden Knien das Haus, in dem die Hebamme wohnte. Sie hatte noch nie so viele Treppenstufen in einem Haus gesehen.

Els hatte gesagt, sie müsse die Treppe hoch, bis es nicht mehr weiterging. Also schürzte sie die Röcke. Wie der Wind rannte sie die Stufen empor. Mit den ungewohnten Trippen an den Füßen wurde dies zum halsbrecherischen Abenteuer. Endlich konnte sie die Wohnungstür der Hebamme aufschließen. Vorsichtig betrat sie den dunklen Raum. Der betörende Duft getrockneter Kräuter und verschiedener Elixiere stieg ihr in die Nase. Die Duftmischung beruhigte ihre zum Zerreißen gespannten Nerven etwas. Schnell sah sie sich nach einem weiteren Kienspan um, damit sie mehr Licht hatte. Sonst fand sie die Kräuter nie. Als der zweite Kienspan entzündet war, wurde es etwas heller im Raum. Als Katharina anfing, mit klopfendem Herzen nach den Kräutern zu suchen, begann sie laut zu beten.

»Großer Gott, bitte mach, dass alles wieder gut wird. Es *muss* einfach alles wieder gut werden! Etwas anderes kann und will ich nicht akzeptieren, hast du mich verstanden? Ich will, das meine Freundin diese Geburt schnell und unbeschadet übersteht. Sie ist doch noch viel zu jung zum Sterben. Was für einen Grund solltest du haben, sie jetzt schon aus diesem Erdenleben abberufen zu wollen? Sie hat sich doch so sehr auf ihr Kindle gefreut, doch nun tust du ihr das an! Ich versteh dich wirklich nicht, Herr! Warum strafst du nicht einfach nur diejenigen, die es auch verdient haben? Margaretha ist ein guter Mensch, das weißt du so gut wie ich! Vielleicht ist sie ja ein bisschen überdreht, aber sie tut doch niemandem etwas zuleide! Außerdem ist sie dir immer treu gewesen! Soll das nun etwa dein Dank dafür sein? Bitte tu endlich was, damit sie zu leiden aufhört. Ich kann es nicht länger ertragen!«

Hektisch kramte sie in allen Kisten und Schränken nach dem Beifuß. Els hatte ihr doch ganz genau erklärt, wo sie ihn finden würde, warum nur fiel ihr absolut nicht mehr ein, wo das war?

»Herrgott, jetzt hast du mir auch noch das Gedächtnis genommen! Ich muss sofort dieses Kraut finden, damit ich meiner Freundin helfen kann. Jetzt lässt du *mich* auch noch hängen, warum nur? Ich glaub doch auch an dich und versündig mich nicht. Das ist nicht recht von dir. So hilf mir doch endlich, dieses verdam..!«

Erschrocken biss sie sich auf die Zunge. Noch nie hatte sie es gewagt, sich so respektlos an den Herrn zu wenden. Die panische Angst um ihre Freundin drohte ihr den Verstand zu rauben. Wen oder was hatte sie da nur auf ihrem Bett sitzen sehen?! Ein Schaudern überfiel sie, als sie an das angstverzerrte, fiebrige Gesicht Margarethas dachte, als diese sie darum bat, diese Gestalt wegzuschicken.

Der Gesichtsaudruck der Hexe kam ihr plötzlich wieder in den Sinn, als diese damals die Karte Margarethas ansah. Es hörte sich fast wie eine Drohung an, als sie ihr versicherte, es sehe gut für sie aus. Sie hatte sie doch nach Strich und Faden belogen! Es sah überhaupt nicht gut für sie und ihr langersehntes Kind aus. Das lange nicht mehr gehörte schrille Kreischen klang in ihrem Kopf plötzlich so laut, als sei die Hexe hier bei ihr im Raum.

Der Fluch! Sie wird sie töten! Die Hexe wird sie umbringen, wenn ich nicht schnell genug bin. Sie lauert schon. Ist sie es, die an ihrem Bett wartet, um sie mitzunehmen? Katharinas Herz schlug ihr bis zum Hals bei dieser Vorstellung. *Sie hat es getan, durchfuhr es sie mit einem Mal. Sie hat mir das Gedächtnis genommen, damit ich ihr nicht helfen kann. Die Hexe ist an all diesem Unglück schuld. Sie hat mich gegen Gott aufgebracht, damit auch er mich in dieser Nacht verlässt! Herr im Himmel, vergib uns armen Sünderweibern! Vergib uns bitte, bitte unsere schwere Schuld, mit der wir beladen sind!*

Im selben Moment fand sie das Bündel Beifuß. Sie krallte sich daran fest, löschte den Kienspan im Raum, verschloss schnell die Tür hinter sich, eilte mit gerafften Röcken die Treppe hinunter. Fast stürzte sie dabei. Nur mit Mühe konnte sie sich am Geländer abfangen, um das Gleichgewicht nicht zu verlieren. Mit einem großen Satz sprang sie die letzten Stufen hinunter. Sie stolperte mehr, als sie ging, in die dunkle Entengasse hinaus, um kurz darauf vor dem oberen Stadttor zu stehen. Der Wächter schien sie schon erwartet zu haben, denn das Tor war nicht verschlossen, nur angelehnt. Wahrscheinlich war Martin mit dem Pfarrer schon vor ihr wieder zurückgekehrt, schoss es ihr durch den Kopf.

Sie schlängelte sich durch einen kleinen Spalt, noch ehe der Wächter das Tor richtig für sie öffnen konnte. Sofort hatte sie der Nebel der dunklen Vorstadt verschluckt. Der Torwächter bekreuzigte sich langsam, als er zu der Stelle blickte, in der sie im Nebel verschwunden war. »Gott steh uns bei«, murmelte er, »heut Nacht schleicht der Tod durch die Vorstadt!«

Mit stechenden Lungen, kaltem Schweiß auf Stirn und Nacken, kam sie am Haus an. Den Kienspan steckte sie hastig umgedreht in den feuchten Straßenmatsch. Rasch stürzte sie ins Haus. Durch die geschlossene Tür der Schlafkammer vernahm sie den monotonen Singsang einer Männerstimme, die das Paternoster betete. Das Blut gefror ihr in den Adern. Leise öffnete sie die Tür. Der Pfarrer stand im gedämpften Licht des Raumes, über Margaretha gebeugt, die nun ordentlich mit der Bettecke zugedeckt war. Mit geweihtem Öl zeichnete er ihr ein Kreuz auf die Stirn. In einer dunklen Ecke der Kammer standen die Hebamme und Martin mit gesenkten Häuptern und gefalteten Händen. Leise beteten sie mit dem Pfarrer.

Auch Katharina faltete mechanisch die Hände, in denen sie noch immer den Beifußstrauß und den Schlüssel hielt. Sie schloss die Augen und versuchte vergeblich, noch in die letzten Zeilen des Paternoster hineinzufinden.

Mit einem Mal wurde ihr unerträglich heiß. Sie spürte das Blut in ihrem Kopf strömen. Ihr eigener Herzschlag dröhnte in den Ohren. Als ihr der Boden unter den Füßen nachzugeben drohte, öffnete sie die Augen. Nun konnte sie es auch sehen. Die schwarze Gestalt reichte Margaretha die Hand. Sie nahm sie und ihr ungeborenes Kind mit sich fort.

Den Aufprall ihres Körpers auf dem harten Lehmboden spürte Katharina nicht mehr.

Kirchacker zu Murrhardt

Anfang Januar Anno Domini 1524

Mit einer Hucke auf dem Rücken und einem Beil im Gürtel stieg Bruder Johannes, die Kapuze tief ins Gesicht gezogen und vor Kälte schlotternd, den vereisten Kirchweg zur St. Marienkirche empor. Sein Ziel waren die alten Ulmen, die zahlreich um den Kirchacker herum standen. Wenn das Holz seine größte Wirkung erzielen sollte, musste es im Winter bei abnehmendem Mond geerntet werden. Heute war also der perfekte Tag dafür. Abt Binder wurde von Jahr zu Jahr von immer schlimmeren Gicht- und Rheumaanfällen geplagt. Der Ulmenholzvorrat musste dringend aufgefüllt werden, damit er sich an dessen heilendem Feuerschein am offenen Kamin wärmen konnte. Schon Hildegard von Bingen schwor auf dieses Rezept. Auch wenn sie von vielen verlacht wurde, hatte Johannes schon oft genug miterlebt, wie ihre alten Heilrezepturen leidenden Menschen helfen konnten. Wenn er doch nur einmal die Gelegenheit hätte, sich ein paar Heilsteine zu beschaffen, um deren Wirkung auszuprobieren!

Ein leises Schluchzen hinter der Mauer des Kirchackers ließ ihn im Anstieg innehalten. Es widerstrebte ihm, dem Geräusch zu folgen. Doch irgendeine geheimnisvolle Kraft, die stärker war als sein Wille, trieb ihn dennoch auf den Kirchacker. Dort, an einem noch ziemlich frisch aufgehäuften Grab, kniete eine Frau. Ihre Haube verriet ihren Ehestand. Ihrer Kleidung nach gehörte sie der gehobenen Mittelschicht des Bauerntums an. Ihr Gesicht konnte er nicht erkennen, da sie es in ihren Händen verbarg. Unvermittelt nahm sie die Hände vom Gesicht. Sie begann mit dem Grab zu sprechen. Auch wenn ihn sein Gewissen plagte, ein innerer Zwang trieb ihn dazu, sie dabei zu belauschen.

»Ach Margale, mein armes liebes Schätzle. Heut hab ich endlich den Mut gefunden, zu dir zu kommen. Jetzt bist du schon zwei Monate unter der Erde, aber ich komm erst jetzt zu dir! Nicht mal Blumen kann ich dir bringen, weil's um diese Jahreszeit keine gibt!« Sie seufzte herzzerreißend.

»Nach deinem Tod bin ich zwei Wochen lang krank im Bett gelegen, weil ich mich so gegrämt hab. Darum haben sie mich auch nicht mit auf deine Beerdigung gelassen. Ich kann's einfach immer noch nicht fassen, dass du nicht mehr da sein sollst. Ich brauch dich doch so sehr! Was nützt es mir jetzt, in Siegelsberg zu sein, wenn du hier auf dem Kirchacker liegst? Das Schlimmste ist, ich bin schuld an deinem Tod!«

Johannes erschrak. Hier hatte er nichts zu schaffen! Mit aller Kraft versuchte er sich umzudrehen, zu verschwinden, aber seine Beine gehorchten seinem Verstand nicht. Er musste stehen bleiben und zuhören, ob er wollte oder nicht.

»Warum nur, warum hab ich mich in dieser grauenvollen Nacht so an unserem Herrn versündigt? Warum ließ ich mich zu meiner gotteslästerlichen Rede gegen ihn hinreißen? Ich allein bin schuld an all dem Unglück. Gott hat dich für meine Sünden mit dem Tod bestraft. Jetzt lässt er mich mit Schuldgefühlen, die mich meiner Lebtag nicht mehr loslassen werden, ganz allein zurück. Ich träume jede Nacht von dir und dem dunklen Wesen, das dich geholt hat! Warum bloß konnte ich's nicht verhindern? Du hast mir doch an meinem Hochzeitstag versprochen, mich niemals zu verlassen, doch nun tust du mir das an! Ach Margale, ich weiß, ich kann dich nicht wieder lebendig machen, aber ich kann meinem Leben auch ein Ende setzen, dann sind wir wieder beisammen und alles wird gut. Ich will doch so gern dein Kindle sehn, mein Patenkind. Ich weiß nicht mal, ob's ein Bub oder ein Mädle ist. Es durfte ja nicht geboren und getauft werden, bevor es schon sterben musst! Ach, ich kann es nicht ertragen!«

Wieder brach sie in bitterliche Tränen aus. Johannes stand wie angewurzelt da. Seine Gedanken wirbelten im Kreis herum. *Welche Schuld muss diese bedauernswerte Frau auf sich geladen haben, dass sie so dafür leidet?* Sie tat ihm unendlich leid, aber wie konnte er ihr schon helfen?

Als sich die Frau unvermittelt erhob, gewann er endlich wieder Gewalt über seine Beine. Blitzschnell verschwand er vom Gottesacker, noch ehe sie sich umdrehte. Er versteckte sich außerhalb der Friedhofsmauer, um die Trauernde weiter im Auge zu behalten. Wie eine Schlafwandlerin trat sie aus der Pforte des Kirchackers heraus und lief über die uralte Steinbrücke geradewegs auf den großen See zu. Ohne auch nur einen Moment zu zögern, setzte sie einen Fuß vor den anderen in das eiskalte Wasser. Die dünne Eisschicht zerbrach knackend unter ihren Füßen. Eiseskälte umfing erst ihre Füße, dann ihre Waden. Bei jedem weiteren Schritt fühlte sie sich dem eisigen Tod ein bisschen näher. Ein verträumtes Lächeln umspielte ihre blaugefrorenen, zitternden Lippen, als sie die Augen schloss, um sich endgültig ins kalte Wasser fallen zu lassen. *Barmherziger Tod, gib meiner Seele endlich Ruhe und Frieden!*

Das Wasser umfing sie mit eisigen Krallen. Schon begannen sie ihre nassen Röcke in die Tiefe zu ziehen. Ihr wurde schwarz vor Augen. Die Erlösung war nah! So einfach ließ sich also der Schmerz ertränken. Es war gar nicht so schwer, wie sie es sich vorgestellt hatte.

Als sie wieder zu sich kam, vernahm sie aus weiter Ferne eine Männerstimme. Sie verstand die Bedeutung der lateinischen Worte nicht. *Dann spricht man im Himmel also doch Latein*, war der erste Gedanke, zu dem sie fähig war. *Der ganze irdische Streit, ob die Liturgie nun lateinisch oder deutsch gehalten werden soll, ist also für die Katz! Martin Luther hat also doch nicht recht*, stellte sie erstaunt fest. Dabei war sie eine begeisterte Verfechterin dieser Idee gewesen. Etwas enttäuscht versuchte sie, die Augen zu öffnen, um das Paradies zu schauen, aber es gelang ihr nicht. Da sie ihre Sehkraft anscheinend verlassen hatte, versuchte sie, mit ihren anderen Sinnen herauszufinden, wie der Raum um sie herum gestaltet war. Die Männerstimme war inzwischen verstummt. Es roch nach Kräutern. Sie fühlte sich wohlig warm, angenehm weich verpackt, fast als liege sie auf einer Wolke. Ja sicher, sie hatte es geschafft! Sie war tatsächlich im Himmel! Es stimmte also nicht, dass ein Selbstmörder mit der ewigen Verdammnis bestraft wurde! Das hatte sie gehofft! Gott sei Dank hatte sich ihre Hoffnung bewahrheitet! Glücklich gab sie sich wieder dem erholsamen Schlaf hin, den sie anscheinend auch im Jenseits noch bitter nötig hatte.

Johannes hielt im Lesen inne, als er bemerkte, wie sich Katharinas Atem veränderte. Er betrachtete ihren verklärten Gesichtsausdruck, der wie aus einer anderen Welt zu stammen schien. Erleichtert atmete er auf. Hätte er nur noch eine Sekunde länger gezögert, sie aus dem Wasser zu ziehen, wäre es um sie geschehen gewesen. Die Schlingpflanzen des Sees hatten ihre Beine bereits wie gierige Greifarme umschlungen und versuchten sie auf den Grund des Sees zu ziehen. Es hatte ihn viel Kraft und Geschick gekostet, ihre gefangenen Beine aus der Umklammerung zu befreien. Fast wäre er dabei mit ihr im trüben Wasser ertrunken. Mit letzter Kraft war es ihm letztendlich doch noch geglückt, ihren leblosen Körper ans Ufer zu ziehen und einige Männer zu verständigen, die sie ins Spital schafften.

Einen Tag und eine Nacht lang bangten alle um sie, bis sie nun endlich einen Funken neuen Lebens zeigte. Als sie eben aus ihrer tiefen Ohnmacht in einen erholsamen Schlaf fiel, las er ihr weiter aus dem Psalmenbuch vor. *Die erbaulichen Worte des Herrn werden ihr sicher auch im Schlaf Trost und Kraft ge-*

ben, um ihr wiedergeschenktes Leben neu in Angriff nehmen zu können*, war er sicher.

Als sie nach vielen Stunden zum zweiten Mal erwachte, gelang es ihr mühsam, die Augen zu öffnen. Die Abendsonne schien durch ein Glasfenster auf ihr Bett. Die sich darin brechenden Strahlen erweckten den Eindruck, als liege sie direkt im Himmel.
Wie schön es hier ist! Ich hab tatsächlich das Paradies gefunden!
»Dem Herrn sei gedankt! Ihr seid endlich erwacht!«
Die leise Stimme dicht neben ihrem Bett riss sie abrupt aus ihren Träumen. Erschrocken fuhr sie herum. Ihr Blick fiel auf die leuchtendblausten Augen, die sie je im Leben gesehen hatte. Der Mann, dem sie gehörten, saß auf einem Schemel neben ihrem Bett. Ein großes Buch mit bunten Bildern lag sorgsam wie ein Säugling auf seinen Schoß gebettet. Seine zierlichen Hände ruhten darauf, als liebkosten sie es.
Doch das begriff sie in diesem Moment nicht. Für sie war klar: *Ein Wesen mit solch überirdischen Augen kann nicht von dieser Welt stammen! Wahrscheinlich ist er ein Engel, der mich im Himmel willkommen heißt!*
Verwirrt betrachtete sie ihr Gegenüber. Sein ebenmäßiges Gesicht war von widerspenstigen, niedlichen rotbraunen Löckchen umrandet. Ein herzliches Lächeln ließ sein Gesicht erstrahlen. Nachdenklich legte sie die Stirn in Falten.
»Bist du – ein Engel?«, fragte sie zögernd.
»Nein!«, antwortete er überrascht.
»Ich bin kein Engel, aber wegen Euch wäre ich fast einer geworden.«
»Was? Ich verstehe nicht … « Ihre Verwirrung war komplett.
»Ihr hattet großes Glück, weil ich zufällig am Großen See

vorbeikam, als Ihr Eurem Leben ein nasskaltes Ende setzen wolltet! Es hat mich ziemliche Mühe gekostet, Euch aus den Fängen der Schlingpflanzen zu befreien. Fast hätten wir uns gemeinsam in Gottes Hand befohlen.«

»Wer seid Ihr?«

»Ich bin Bruder Johannes.«

»Ich bin die Katharina Blind aus Siegelsberg.« Sie atmete tief durch.

»Zumindest war ich das, ehe ich ins Wasser ging.« Sie starrte vor sich hin. Johannes ließ ihr die Zeit, die sie brauchte, um sich zu sammeln. Irgendwann sprach sie zaghaft weiter: »Ich weiß nicht, warum Ihr mich aus dem Wasser gezogen habt.«

»Ich konnte doch nicht tatenlos zusehen, wie Ihr einen solch schrecklichen Fehler begeht. Ich bin doch ein Mann Gottes.«

»Warum Mann Gottes? Seid Ihr ein – Priester?«

»Wenn Ihr es so genau wissen wollt: Ja, ich bin ein Priester!«

Ein Priester! War er *der* Priester?

»Ihr seid also ein Priester«, murmelte sie mehr zu sich selbst. In ihrem Kopf schwirrten tausend Gedanken herum, die sie immer mehr verwirrten.

Kann es sein, dass er der Mann ist, der ... !?

Wie in Trance redete sie leise weiter. »Sicher, als Mann Gottes konntet Ihr wohl nicht anders handeln.«

»Niemand hätte Euch in dieser Lage ohne Hilfe gelassen!«

»Sagt das nicht!«

»Was?«

»Na ja, vielleicht wäre es dem ein oder anderen egal gewesen, ob ich ertrinke oder nicht.«

»Wie kommt Ihr denn auf so was?« Er war zutiefst schockiert.

»Ach, ist ja auch egal!« Katharina winkte ab.

»Sagt – wo bin ich?«

»Im Murrhardter Spital.«
»Seid Ihr – ein Mönch?«
»Ja genau, ich bin ein Mönch!«

Sie kniff die Augen zu kleinen Schlitzen zusammen. Warum nur kam es ihr so vor, als kenne sie ihn? Das konnte doch gar nicht sein! Ihr musternder Blick ließ ihn unruhig werden. Warum sah sie ihn so forschend an? Etwas nervös rutschte er auf seinem Hocker herum. Er war die Gegenwart einer Frau nicht gewöhnt. Sein Abt hatte ihm den Auftrag gegeben, sich um sie zu kümmern. Offensichtlich hatte Gott ihn zu ihrer Rettung gesandt. Daher sei es richtig, wenn er sich um ihre weitere Genesung kümmere.

»Mitglieder der Bruderschaft brachten Euch hier her. Mir fehlte nach Eurer Rettung leider die nötige Kraft dazu, es selbst zu tun.«

Ein solch ehrliches Bedauern schwang in seiner Stimme mit, dass es Katharina zutiefst berührte. Sie hörte auf, sich Gedanken darüber zu machen, warum er ihr so vertraut vorkam. Das Gesicht ihm zugewandt, lag sie entspannt auf dem weichsten Kissen, auf dem sie je gelegen hatte. Auch er entspannte sich sichtlich, als sie ihre kritische Begutachtung einstellte.

Was war das für ein Mann, der eine wildfremde Frau wie selbstverständlich aus dem eiskalten Wasser zog, sich dabei selbst in Lebensgefahr brachte und danach auch noch bedauerte, dass er sie nicht mehr eigenhändig ins Spital tragen konnte? Ungläubig schüttelte sie den Kopf.

Er versuchte sie auf andere Gedanken zu bringen. »Habt Ihr Hunger?«

»Oh ja!«

Der Mönch verschwand für einen Moment aus dem Raum und erschien kurz darauf wieder mit einer Magd, die einen Teller dampfender Gemüsesuppe an ihr Bett trug.

»Es freut mich sehr, dich wieder wohl auf zu sehn, Käthe!«

Die Magd half ihr, sich aufzusetzen: Sorgfältig schob sie ihr ein paar Kissen in den Rücken, damit sie bequem sitzen konnte.

»Ann! Du hier?«

»Ich hab Claus Bescheid gegeben, als ich gehört hab, dass du hier im Spital gelandet bist.«

»Oh, das ist nett von dir. Danke, Ann!« Katharina lehnte sich erleichtert in die Kissen zurück.

»Dein Mann lässt dich auch vielmals grüßen, aber dein Vater – oi, oi, oi«, sie wackelte vielsagend mit der Hand, »der war nicht sehr begeistert, als er erfahren hat, was du da für eine Dummheit gemacht hast!«

Katharina seufzte tief, das konnte sie sich denken.

»O je, da kann ich sicher was erleben, wenn ich wieder heim komm.«

»Das kann schon sein, aber du musst bestimmt noch eine Weile da bleiben.«

»Wirklich?!« Das war ihr etwas zu begeistert herausgerutscht. Sofort bereute sie ihren Gefühlsausbruch.

»Na ja, wenn der Bruder Johannes sagt, du brauchst noch eine Weile deine Ruhe, dann wird's auch so sein. Schließlich ist er der heilkundige Mönch hier. Er hat von seinem Abt den Auftrag erhalten, dich gesund zu pflegen.«

Katharina war erleichtert. Die Magd wandte sich an Bruder Johannes.

»Gell, Bruder Johannes, die Käthe braucht erst mal dringend ihre Ruhe und arg viel Herrgottsbluttee und die Bäder dazu, damit sie ihr schlimmes Erlebnis und ihren Trübsinn vergessen kann. Arbeiten kann sie sicher noch nicht so schnell wieder, oder?!«

»Aber sicher, Ann, da hast du völlig recht. So schnell kommt man über so was nicht weg. Da braucht's schon etwas Zeit und Ruhe, und die hat sie nur hier im Spital.«

Ann reichte Katharina den Teller mit der duftenden Suppe und einen Holzlöffel. Auf die Bettdecke legte sie eine dicke Scheibe Dinkelbrot.

»Aber jetzt iss tüchtig, damit du wieder zu Kräften kommst. Die wirst du dringend brauchen, wenn du wieder hier raus musst! Ich geh jetzt in die Klosterküche zurück.«

Die Magd lächelte ihr und Bruder Johannes noch einmal zu, ehe sie das Krankenzimmer verließ.

»Ach, was freu ich mich, noch ein Weilchen hier bleiben zu dürfen!«

»Das ist schön! Aber nun esst. Hier auf den Hocker stell ich Euch in Reichweite noch einen Krug mit verdünntem Wein und einen Becher.«

»Könnt Ihr nicht bei mir bleiben, um mir ein bisschen Gesellschaft zu leisten?« Katharina graute plötzlich beim Gedanken, Johannes könnte sie allein in diesem fremden Raum zurücklassen. Wenn ihr bloß endlich einfallen würde, warum er ihr so bekannt vorkam.

»Hört doch!« Draußen begannen die Glocken der Klosterkirche die Mönche zum Gebet zu rufen. »Ich muss zur Komplet. Wenn die Abendandacht beendet ist, herrscht bei uns Nachtruhe. Aber morgen, morgen komm ich wieder und seh nach Euch!«

Er klemmte sich das dicke Buch unter den Arm, stellte ihr Krug und Becher auf den Hocker, auf dem er selbst zuvor gesessen hatte. Sie ergriff seine Hand.

»Vergebt mir meine grenzenlose Ichsucht, Bruder Johannes! Wie kann ich's Euch jemals vergelten, was Ihr für mich getan habt?«

»Indem Ihr bald wieder gesund werdet!«

Das strahlende, jungenhafte Lächeln, das er ihr schenkte, ehe er den Raum verließ, erwärmte ihr krankes Herz besser als das Federbett. Ihre Knie wurden weich davon. Und nun fiel ihr schlagartig ein, woher sie ihn kannte. Margaretha hatte ihn ihr beschrieben! Ann hatte es doch vorhin schon gesagt.

Er war der Kräutermönch mit den unbeschreiblich blauen Augen und einem Lächeln, das den Schnee schmelzen und die Knie weich werden lässt!

Oh Marga, vergib mir! Du hast damals ja wirklich nicht übertrieben, als du ihn mir beschrieben hast! Und ich war deshalb so furchtbar wütend auf dich! Ich hatte kein Recht dazu, dich zu verurteilen, wenn selbst Martin es nicht tat! Wie dumm und engstirnig ich doch war!

Ihr leises Schluchzen konnte er nicht mehr hören, weil sich die Tür schon längst hinter ihm geschlossen hatte.

Waltersberg bei Murrhardt

im Mai Anno Domini 1524

Der Frühling hielt dieses Jahr viel zu früh Einzug. Schon im Februar kam eine vorzeitige Wärme übers Land, die das Eis auf den Flüssen und den Schnee in den Bergen rasch schmelzen ließ. Tagelang fiel dazu noch schwerer Regen hernieder. Überall gab es zwar Überschwemmungen, doch die waren nicht schlimmer, als sie es auch schon in anderen Jahren gewesen waren. Als der Februar vorüberging und der März kam, atmeten die Menschen erleichtert auf, weil die vorhergesagte Sintflut nun doch nicht eingetreten war. Die Gelehrten hingegen erklärten, wie sich das Verhängnis zwar zusammengeballt habe, genau wie sie es vorausgesagt hatten, es aber nun schlummere, um später in veränderter Form doch noch auszubrechen. Die panische Angst vor dem nahen Weltuntergang war einem nur noch vagen, unguten Gefühl gewichen, von dem sich die Menschen allerdings nicht mehr unterkriegen lassen wollten. Sie freuten sich lieber an dem verfrühten Frühlingsanfang, der die Temperaturen tagsüber rasch ansteigen ließ.

Dann war der Mai da. Die Bäume bedeckten ihre kahle Winterblöße mit prächtigen grünen Kleidern. Die Wiesen standen in satter grüner Pracht. An jeder Ecke lugten die ersten Himmelsschlüssel noch etwas scheu aus der Erde hervor. Das Leben war neu erstanden wie der Herr, dessen Fest noch nicht lange vorüber war. Katharina hatte es nicht übers Herz gebracht, ohne Margaretha zur Prozession zu gehen. Allein der Gedanke daran verkrampfte ihr den Magen. Sie hatte nur die sonntägliche Ostermesse besucht. Es war schmerzlich genug, danach den Ölberg ohne Marga betrachten zu müssen und bei dem armen Martin vorbeizugehen, um ihm eine Osterbrezel und ein paar Ostereier vorbeizubringen. Er war seit Margas

Tod ein gebrochener Mann, der sich ernsthaft überlegte, von Murrhardt fort zu gehen, damit er die schmerzvolle Erinnerung hinter sich lassen könnte. Doch er hatte diesen Schritt bald wieder verworfen, da er sonst zu weit von der letzten Ruhestätte Margarethas und ihres gemeinsamen Kindes entfernt gewesen wäre. Nein, er wollte ihnen so nah wie nur möglich sein, um ihnen immer wieder Blumen aufs Grab stellen zu können, damit sie sich daran erfreuen konnten. Er wusste doch, wie sehr seine Frau Blumen liebte, da konnte er sie doch nicht so einfach im Stich lassen.

An diesem sonnendurchfluteten Mainachmittag saßen oberhalb der St. Marienkirche im tiefer werdenden Wald ein Mann und eine Frau unter einer frisch begrünten Linde. Beide waren mit dem Rücken an den Stamm der Linde gelehnt. Unter ihnen lag ein warmes Wolltuch, das dem Waldboden die noch vorhandene Kühle nahm. Er trug eine Benediktinerkutte. Auf seinen angewinkelten Beinen ruhte ein Buch, aus dem er der Bauersfrau neben sich vorlas. Ihr entspannter Gesichtsaudruck verriet, dass sie es sichtlich genoss, hier zu sitzen und seiner Stimme zu lauschen. Beide schienen glücklich zu sein.

»Hier hab ich was Schönes für Euch«, sagte der Mönch lächelnd.

»Es ist von Walther von der Vogelweide.«

Sie begann ausgelassen zu kichern. Was für ein komischer Name war denn das? Was für ein Mensch konnte, um Himmels Willen, ›von der Vogelweide‹ heißen?

»Was war der denn von Beruf? Gänsehirte?« Wieder kicherte sie vergnügt.

Johannes verzog gequält das Gesicht. »Auf so was könnt auch nur Ihr kommen, Käthe! Walther von der Vogelweide war ein Minnesänger aus dem dreizehnten Jahrhundert.«

Sie war mehr zum Scherzen aufgelegt als zur schönen Muse.

Es musste wohl am Frühling liegen. Unbeschwert alberte sie weiter.

Sie fühlte sich nach all der Trauer und Angst, die über den Winter ihre ständigen Begleiter gewesen waren, am heutigen Tag wie neu geboren. Endlich sah sie zum ersten Mal nach ihrem Spitalaufenthalt im Januar Johannes wieder. Dabei hatte sie fest damit gerechnet, ihn erst im Himmel mit Margaretha zusammen wiederzusehen. Wie hatte sie damals geweint, als es ans Abschiednehmen ging! Der Abschiedsschmerz und die gleichzeitige Angst vor dem Heimkommen zerrissen ihr beinahe das Herz. Als Ann ihr gestern die heimliche Nachricht brachte, Johannes erwarte sie heute Nachmittag an dieser Stelle im Wald, war ihr Herz vor Freude gehüpft. Nichts auf der Welt hätte sie davon abhalten können, sich mit ihm zu treffen! Sie wusste nicht, ob sie lachen oder weinen sollte, daher tat sie beides gleichzeitig. Das Leben war heute so unsagbar schön! Es kam ihr fast wie ein Stück Himmel auf Erden vor. Ihr Übermut kannte deshalb keine Grenzen.

»Aha, seine Muse hieß also Minne und er hat sie angesungen.«

»Ach, seid doch nicht so schrecklich albern!«, tadelte er sie ärgerlich.

»Ein Minnesänger hat vor drei Jahrhunderten Lieder gedichtet und gesungen.«

»Oh, ja!« Sie klatschte begeistert in die Hände.

»Singt mir bitte was vor!« Nun musste auch er lachen. »Das kann ich nicht! Ich kann nur Choräle singen. Die Kunst der hohen Minne passt nicht zu meiner Berufung. Es sind Liebeslieder.«

Katharina brach in schallendes Gelächter aus.

»Pst! Seid doch nicht so laut, sonst werden wir noch entdeckt. Das würde für uns beide großen Ärger bedeuten!«

»Nun macht schon, Ihr alter Choralsänger – singt mir eine

Minne, damit ich mich in die Zeit vor drei Jahrhunderten zurückversetzen kann.«

»Nein!«

»Doch!«

»Nein!«

»Ach bitte!«

Er schüttelte entschieden den Kopf, doch dann sagte sie: »Na gut, wie Ihr wollt. Dann sing ich Euch erst was, aber danach kommt Ihr dran, abgemacht?«

»Niemals!«

Sie sprang mit einem schwungvollen Satz auf die Beine, baute sich vor ihm auf und streckte ihren Rücken durch, wobei sie sich geräuschvoll räusperte. Auch Johannes nahm Haltung an. Theatralisch sortierte sie sich ihre Röcke, rückte sich Haube und Mieder zurecht und legte sich die rechte Hand auf den Bauch.

»Wenn es zu schlimm wird, haltet Euch einfach die Ohren zu, denn ich werde nicht aufhören, ehe das Lied zu Ende ist. Seid froh, dass es nur zwei Strophen hat. Also, ich fang an.«

Er lehnte sich zurück und schloss die Augen. Ihre glockenklare Stimme schallte durch den Frühlingswald.

Grüß Gott du schöner Maien, da bist du wiedrum hier,
tust jung und alt erfreuen, mit deiner Blumenzier.
Die lieben Vöglein alle, sie singen all so hell;
Frau Nachtigall mit Schalle hat die fürnehmste Stell.

Die kalten Wind verstummen, der Himmel ist gar blau,
die lieben Bienlein summen daher von grüner Au.
O holde Lust im Maien, da alles neu erblüht,
du kannst mich sehr erfreuen, mein Herz und mein Gemüt.

Überrascht öffnete er die Augen wieder und klatschte in die Hände. Mit einem artigen Knicks bedankte sie sich für seinen Beifall.

»Oh Käthe, Ihr singt ja schöner als eine Nachtigall!«

»Na sicher, habt Ihr das nicht gewusst? Ich *bin* eine Nachtigall!«

Er legte die Stirn in Falten. »Ihr seid unmöglich! Welche Frühlingsblume hat Euch denn gekitzelt, dass Ihr so ausgelassen seid?«

»Seid doch froh, das ich endlich wieder lachen kann! Ich hab nach Margas Tod so viel geweint, dass ich glaubte, nie wieder lachen zu können. Außerdem können wir doch alle miteinander froh sein, überhaupt noch zu leben!«

»Ach, Ihr meint diese düsteren Prophezeiungen für den Februar?«

»Ja, genau die. Ist das denn kein Grund zum fröhlich sein?«

»Entschuldigt, Ihr habt recht. Ihr gefallt mir übrigens auch viel besser, wenn Ihr lacht!«

»Das hab ich nur Euch zu verdanken!«

»Was?«

»Na, dass ich wieder lachen kann. Wenn Ihr nicht gewesen wärt ... «

»Wärt Ihr jetzt tot und außerhalb der Friedhofsmauer ohne Gottes Segen verscharrt worden!«

»Das auch!« Sie winkte ungeduldig ab. »Aber das mein ich nicht. Unterbrecht mich doch nicht dauernd! Also ich fang einfach noch mal an: Wenn Ihr nicht gewesen wärt, dann hätte ich mein Lachen wahrscheinlich für immer verlernt. Ihr allein habt mir meine Lebensfreude zurückgegeben. Einfach nur, weil Ihr so seid wie Ihr eben seid. Weil Ihr mich als Mensch so annehmt wie ich eben bin.«

Er blickte sie aufmerksam an. Sein Blick verunsicherte sie ein wenig. Was er jetzt wohl dachte?

»Na, wie dem auch sei. Wer weiß, vielleicht ist es auch die liebe Sonne«, sie drehte sich um die eigene Achse, legte dabei den Kopf weit in den Nacken und streckte die Arme von sich. »Vielleicht der blaue Himmel«, wieder drehte sie sich um sich selbst, »vielleicht das Summen der Bienen«. Immer schneller vollführte sie bei ihrer Aufzählung ihre verrückten Drehungen. »Der Duft der Blüten… der warme Frühlingswind… die frischen Kräuter … die gute Luft … das Leben selbst … !«

Schwindelig geworden, begann sie plötzlich zu schwanken, drohte zu stürzen. Geistesgegenwärtig legte Johannes das Buch zur Seite. Schnell sprang er auf, um das zu verhindern. Als sie tatsächlich im selben Moment den Halt auf der sich immer schneller drehenden Erde verlor, fiel sie direkt in seine Arme. Er hielt sie fest, damit sie ihm nicht entgleiten konnte. Ihre Blicke versanken für einen kurzen Moment tief ineinander.

»Vielleicht ist es aber einfach nur das Zusammensein mit Euch«, flüsterte sie kaum hörbar. Langsam führte er sie, den Arm fest um ihre Schulter gelegt, an den Baum und half ihr beim Setzen.

»Das war sehr unvorsichtig von Euch!«, tadelte er sie streng.

»Ihr hättet Euch schwer verletzen können!«

»Ich habe doch einen tapferen Retter an meiner Seite, der mich jeder Zeit auffängt, wenn ich falle!«

»Ach Käthe, mit so was macht man keine Späße!«

»Warum denn nicht? Das Leben ist hart genug! Wenn ich heute so unverhofft endlich mal mit Euch zusammen bin, dann möchte ich dieses Glück auch genießen. Ist das denn wirklich so schlimm?«

Behutsam legte sie ihm das Buch wieder auf den Schoß.

»Walther von der Vogelweide«, versuchte er es noch einmal ernst, und Katharina kicherte ein letztes Mal hinter vorgehaltener Hand.

»Aber *ich* werde nicht singen!«, stellte er sachlich fest. Katharina schmollte beleidigt.

»Das ist gemein von Euch! Ihr habt es mir aber versprochen!«

»Das hab ich nicht! Außerdem kenne ich ja nicht einmal die Melodien. Die wurden nämlich nicht überliefert. Also entweder ich lese es Euch vor, oder es gibt gar nichts!«

»Na gut, dann eben lesen. Aber gemein seid Ihr trotzdem!«

»Wohl dir Mai, dafür, wie du unterscheidest
Alles ohne Streit:
Wie gut du die Bäume ankleidest
Und das Brachland noch besser:
Das hat mehr Farben!
»Du bist kürzer, ich bin länger«,
so streiten sich auf der Wiese Blumen und Klee.

Oder das hier ist auch schön:

Der mächtige Winter hat uns verlassen.
Die Sonne-Jahreszeit hat schöne Art,
Wald und Brachland seh ich jetzt an,
Laub und Blumen, gut geschaffenen Klee;
Freude durch sie kann uns
niemals zu Ende gehen.«

Diesmal klatschte Katharina in die Hände.

»Das war sehr hübsch, wirklich, habt Ihr noch eins?«

»Von Walther nicht, aber ich kenne da etwas auswendig, das nur in einem einzigen Buch steht. Es wird Euch sicher gefallen.«

»Oh, bitte, lasst es mich hören!«

»In heller Farbe steht der Wald,
jetzt tönt der Vögel Gesang,
die Wonne ist vielfach geworden;
die Kunst der Mai krönt
Liebessehnsucht; wer könnte alt sein,
da sich die Jahreszeit so verschönt?
Herr Mai, Euch ist der Preis zugeschrieben,
der Winter sei geschmäht!«

»Wundervoll, aber jetzt möchte ich noch was von dem Gänsehirten namens Walther hören.«

»Da steht aber kein Frühlingsgedicht mehr drin!«

»Egal, lasst mich mal sehen!« Sie beugte sich über das Buch, das noch immer in seinem Schoß ruhte. Aufmerksam begann sie darin zu blättern. Er sog heimlich ihren Duft in sich ein, während sie sich auf die bunten Bilder im Buch konzentrierte.

Wie wäre es eigentlich, wenn ich kein Mönch wäre, sondern einfach nur der Salzsiedersohn aus Hall, und sie nicht eine verheiratete Bäuerin, sondern eine standesgemäße Jungfrau? Er erschrak über seinen sündhaften Gedanken.

Was ist das für ein Kräutchen, nach dem sie da duftet? Lavendel oder Rosenblüten? Genüsslich tauchte er mit geschlossenen Augen in dieses Blumenmeer ab, um darin zu ertrinken.

»Was ist mit Euch, warum atmet Ihr so schwer und schließt die Augen? Ist Euch nicht wohl?«

»Oh, doch, ich fühl mich wunderbar!«, seufzte er so leise, dass sie es kaum hören konnte. Mit aller Gewalt versuchte er wieder auf den Boden der Tatsachen zurückzukommen. Sicher war sie frisch aus dem Badezuber gestiegen und duftete nach einem Badezusatz. Das war alles!

Sie zeigte entschlossen auf eine Seite des Buches, auf der ein prächtiger Lindenbaum abgebildet war, unter dem zwei Menschen saßen.

»Das da will ich hören, das passt sicher auf uns beide!«
Erschrocken versuchte Johannes sie davon abzubringen. »Nein, nein, das hat mit uns beiden *absolut* nichts zu tun!«
»Warum nicht?« Sie blieb hartnäckig. »Das ist doch eine Linde«, sagte sie und tippte wild auf das Bild, »und da sitzen zwei drunter, und das sind wir! Also, hier ist der Baum.« Sie tätschelte den Stamm, an dem sie lehnten, »und hier sind wir beide. Nun lest schon vor. Ziert Euch nicht so!«
»Das sind wir aber nicht und werden's auch nie sein!«
»Das ist mir egal. Mir gefällt das Bild, also lest bitte, damit ich mein eigenes Urteil fällen kann.«
Er brummte unwillig. »Na gut, Ihr habt es ja nicht anders gewollt!

Unter der Linde an der Heide
Wo unser beider Betten war
Dort könnt ihr finden Beides,
liebevoll gebrochen Blumen und Gras
Vor dem Walde in einem Tal –
Tandaradei!
Sang schön die Nachtigall.

Ich kam gegangen zu der Aue,
wohin mein Liebster schon gekommen war.
Dort wurde ich empfangen, als stolze Geliebte,
so dass ich für immer glücklich sein werde.
Küsste er mich? Wohl tausendmal!
Tandaradei!
Seht, wie rot mir der Mund geworden ist.

Dort hatte er gemacht so prächtig
aus den Blumen ein Bettlager,
drüber wird noch sehr herzlich gelacht werden,

*wenn jemand den selben Weg entlang kommt.
An den Rosen kann er wohl,
Tandaradei!
sehen, wo mein Kopf lag.*

*Dass er bei mir lag, wüsste das jemand,
das wolle Gott nicht, so schämte ich mich,
was er mit mir tat, niemals niemand
erfahre das, nur er und ich,
und ein kleines Vögelein,
Tandaradei!
das wird wohl verschwiegen sein.*

»Oh!« Katharina war leicht errötet.

»Glaubt Ihr mir jetzt, dass wir das nicht sind und niemals sein werden?«

Johannes schloss das Buch mit Nachdruck.

»Es war ein Fehler, ausgerechnet dieses Buch mitzubringen. Es soll ja sowieso nur zur Abschreckung dienen.«

»Zur Abschreckung? Vor was?«

»Vor den Frauen und der menschlichen Liebe. Nur Gottes Liebe ist rein!«

Katharina war empört. »Ach ja? Deswegen habt Ihr mir also daraus vorgelesen. Zur Abschreckung!«, stellte sie grimmig fest.

»Nein. Ich dachte, es gefällt Euch vielleicht.«

»Das tut es auch.«

»Seht Ihr – mir auch!«

»Was denn? Ich dachte, es soll Euch abschrecken!«

»Es ist hohe literarische Kunst, kein billiger Spielmannskram.«

»Habt Ihr noch mehr solche abschreckenden Bücher gelesen?«

»Sicher, jede Menge! Das Gedicht, das ich Euch vorhin rezitiert habe, steht in Carmina Burana. Ein wüstes Werk, fürwahr!«

»Aber, warum schreckt Euch das nicht ab?«

»Also, manche Dinge darin schrecken mich schon ab, aber seit ich Euch kenne, sehe ich die Welt ein wenig anders.«

»So! Wie denn?«, fragte sie gedehnt. Verlegen blickte er zu Boden. »Das kann ich Euch nicht sagen.«

Unvermittelt stand sie auf, um zu gehen.

»Könnt Ihr nicht noch etwas bleiben? Ich wollte Euch etwas Dringendes fragen, und nun seid Ihr fast schon wieder fort. Wer weiß, wann wir uns das nächste Mal wiedersehen.«

»Ja, Ihr habt recht, es wird sicher dauern bis zu unserem nächsten Treffen.«

Sie setzte sich wieder neben ihn. »Fragt schon, was Ihr fragen wollt.«

»Habt Ihr eigentlich jemals daran gedacht, ins Kloster zu gehen?«

Diese Frage kam unvorbereitet und traf sie wie ein Blitz aus heiterem Himmel. Nun senkte *sie* verlegen den Blick. Nicht nur einmal hatte sie daran gedacht, ins Kloster zu gehen, aber nicht so, wie er dachte.

Die Vorstellung, die Klosterpforte zu passieren, sich in seine Dormitoriumszelle zu begeben und sich einfach an seine Seite zu legen, ließ sie wohlig erschaudern. Wenn seine Hände ihre Haut berühren und ihre Lippen sich treffen würden … Weiter wagte sie ihre Phantasien nicht fortzusetzen, aus Angst, sie könnten dann, wie ein schöner Traum am Morgen, zerplatzen.

Als sie ihn bei ihrer ersten Begegnung für einen Engel hielt, hatte sie ihn sofort in ihr Herz geschlossen. Seitdem wohnte er darin wie ein besonders lieber Gast, den sie nie wieder ziehen lassen wollte. Dieses zu Anfang unschuldige Seelenfeuer wurde allerdings schnell immer mehr zu einem brodelnden Flammenmeer, das sie zu verbrennen drohte, wenn sie in seiner Nähe war, oder auch nur an ihn dachte. Wahrscheinlich empfanden Margaretha und Martin damals ganz genauso, aber bei ihnen waren die Umstände glücklicher. Dies hier hatte doch keine Zukunft und beruhte sicher nicht einmal auf Gegenseitigkeit. Sie war für ihn bestimmt nichts weiter als ein interessantes Studienobjekt. Genau wie seine abschreckenden Bücher. Was sonst könnte er für sie schon empfinden? Wo er doch ein frommer Mönch war, während sie mit einem anderen verheiratet war. Sie hatte also nicht das geringste Recht dazu, ihn zu lieben!

Sie war ihrem Mann schließlich treu, auch wenn der sich, seit sie in Siegelsberg wohnten, immer öfter in den Badstuben der Stadt herumtrieb, um sich dort zu vergnügen. Dann brauchte sie schon ihren ehelichen Pflichten nicht nachzukommen. Das war ihr mehr als recht. Ihr fehlte immer noch die Erfüllung, wie sie ihr Margaretha so schwärmerisch geschildert hatte. Doch Katharina war sich sicher, diese Erfüllung würde sie bei Claus niemals finden!

Vielleicht könnte es ja mit einem anderen Mann anders sein. Mit einem, der keine schwieligen, groben, sondern zarte, weiche Hände hatte, die harte Arbeit nicht kannten. Einer, der schlank und zierlich war, nicht wie ein großer, plumper Tanzbär daherkam. Ein Mann, der gebildet und belesen war, nicht einfältig, mit einem geistigen Horizont, der nicht weit über den Ackerrand hinaus reichte.

Ein Mann mit Augen so blau wie der klare Frühlingshimmel und einem Lächeln, das die Seele wärmte. Nicht die Lüsternheit, die aus den Augen der meisten Männer sprach, wenn sie eine Frau anstarrten, um sie mit ihren Blicken auf der Stelle auszuziehen. Kurz, ein Mann wie er! Der in seiner Unwissenheit nicht ahnte, welchen sündhaften Gedanken sie eben nachging. *Oh süße Unschuld des Herzens*, dachte sie lächelnd. Sicher, sie dachte immer öfter daran, zu ihm ins Kloster zu gehen, wenn die Pforte nicht verschlossen wäre …

»Käthe!« Johannes interpretierte prompt ihr verträumtes Lächeln völlig falsch.

»Ihr hättet sicher eine gute Nonne abgegeben. Es steckt so viel Liebe in Eurem Herzen. Eure Seele ist so übervoll von Sehnsucht und Traurigkeit. Die Voraussetzungen sind perfekt!«

»Ins Kloster gehen – sicher … « murmelte sie abwesend vor sich hin, den Blick auf etwas in weite Ferne gerichtet, das nur sie sehen konnte.

»Ihr habt also schon darüber nachgedacht?« Mit einem Mal richtete sie ihren Blick auf ihn.

»So dann und wann«, antwortete sie gedehnt.

»Ich wusste es!«, rief er triumphierend.

Ihre gute Frühlingslaune war mit einem Mal verflogen. Sein unbefangenes, strahlendes Lächeln brachte sie fast zum Weinen. Er war so ins Schwärmen geraten, dass er ihre feuchten Augen nicht bemerkte.

»Es ist so schön im Kloster! Es bringt Frieden in ruhelose Herzen. Gottes Liebe ist so grenzen- und bedingungslos. Er liebt uns Menschen sehr. Er läuft über vor Liebe zu uns, aber meistens erkennen wir's nicht. Gott lässt Wunder geschehen, wo schon längst keine Hoffnung mehr besteht. Es braucht nur jemanden, der ihn darum bittet zu helfen, schon nimmt er ihn an der Hand. Führt ihn aus der Dunkelheit der Hoffnungslosigkeit ins Licht! Im Lukasevangelium steht geschrieben: ›Was bei den Menschen unmöglich ist, das ist bei Gott möglich.‹ Ist das nicht wundervoll?«

»Glaubt Ihr das wirklich?«

»Sicher! Ich durfte am eigenen Leib erfahren, wie gütig Gott in seiner grenzenlosen Barmherzigkeit ist.« Ein verträumtes Lächeln umspielte seine Lippen.

»Na, dann wollen wir mal hoffen, dass wir an seiner Barmherzigkeit niemals verzweifeln müssen!«

Er blickte sie erstaunt an. »Woher habt Ihr das? Das steht in den Benediktinerregeln!«

»Ich weiß auch nicht, woher ich das habe, vielleicht habt Ihr's mir ja mal vorgelesen.«

»Ganz sicher nicht!«

»Dann hat mir vielleicht Euer Abt die Regeln mal heimlich am Krankenbett ins Ohr geflüstert, damit ich mich ja nicht an Euch vergreife. Schließlich bin ich nur ein lüsternes Weib, das zu nichts anderem von Gott erschaffen wurde, als die Männer zur Sünde zu verführen!«, gab sie sarkastisch zurück.

»Ihr seid unmöglich!«

»Bin ich nicht! Gott tut in seiner Barmherzigkeit übrigens oft Dinge, die wir nicht verstehen können. *Eure* Gebete erhört er sicher! Doch ist das wirklich ein Wunder? Ihr seid ein frommer Mann mit frommen Wünschen, warum sollte er Euch also hängen lassen?«

»Worauf wollt Ihr hinaus?«

»Na ja, was passiert denn, wenn sich ein nicht so frommer Mensch an ihn wendet und sich vielleicht etwas ganz Banales wünscht?«

»Wenn er sich etwas von Herzen wünscht, das in Gottes Sinne ist, sehe ich nicht ein, warum Gott ihm diesen Wunsch nicht erfüllen sollte.«

»Und wenn es nicht in seinem Sinne ist?«

»Hm, dann wird er es auch nicht erfüllen.«

»Aha, dann weiß ich Bescheid!«

»Warum?«

»Ach, nichts weiter. Eine weise Frau hat einmal zu mir gesagt, ich solle mir gut überlegen, was ich mir wünsche, es könnte nämlich in Erfüllung gehen.«

»Oh, diese Frau ist wirklich weise!«

»Ja, das ist sie wohl!«, brummte sie gereizt.

»Darum sollte man wohl einige Wünsche besser auf sich beruhen lassen, bevor doch noch ein Unglück geschieht.«

Johannes wurde nachdenklich. »Manchmal ist es besser, einfach auf Gott zu vertrauen, als mit aller Macht seinen eigenen Willen durchzusetzen. Der Herr wird's schon richten!«

»So wird es wohl sein. Aber woran erkenne ich denn, ob ich meine eigenen Wünsche durchsetzen will, oder gerade dabei bin, Gott als Werkzeug für seinen Willen zu dienen? Ich finde, das ist unglaublich schwer zu unterscheiden.«

Der Mönch wusste keine Antwort darauf. Katharina hatte auch keine erwartet. Beide schwiegen eine Zeitlang.

»Nur, schade, dass Ihr verheiratet seid.« Ein heißer Schauer der Hoffnung durchlief sie. Ihr Blick versenkte sich wieder in seinem. »Wie meint Ihr das?«

»Na, wie ich es sage. Es ist schade, dass Ihr eine Ehefrau und Bäuerin seid, sonst würde einem Klosterbeitritt ins Nonnenkloster nichts im Wege stehen. Ihr seid unglaublich gebildet für Euren Stand. Ihr wärt eine Bereicherung für jedes Kloster.«

Sofort erstarb die aufglühende Wärme in ihr. Tränen der Enttäuschung wollten sich ihren Weg bahnen, doch sie schluckte den Kloß, der sich in ihrem Hals gebildet hatte, tapfer hinunter.

»Oh, ja sicher«, brachte sie nur mühsam hervor, »das ist wirklich schade!«

»Katharina, was ist denn los mit Euch? Ihr seid plötzlich so anders als zuvor! Ist Euch vielleicht nicht wohl?«

»Auf einmal ist mir tatsächlich nicht mehr sehr wohl in meiner Haut. Was, wenn uns hier jemand zusammen sieht und es Claus erzählt?«

Johannes zuckte die Schultern. »Wenn schon, wir tun doch nichts Unrechtes!«

»Natürlich nicht«, presste sie grimmig zwischen den Zähnen hervor.

»Macht Euch keine Gedanken, uns sieht hier schon keiner. Die Leute sind im Frühling mit anderen Dingen als dem Wald beschäftigt.«

»So wie ich im Moment eigentlich auch mit anderen Dinge beschäftigt sein sollte, als mit Euch zusammen zu sein! Vielleicht sollte ich jetzt doch besser gehen, ehe Claus noch misstrauisch wird, wo ich so lange bleibe.«

»Was habt Ihr ihm denn gesagt, wo Ihr hingeht?«

»Ins Badhaus.« Er hatte es doch gleich gewusst!

»Zu Marga auf den Kirchacker, in die Kirche zum Beten und zum Einkaufen. Wo sollte ich auch sonst hin können?«

»Das ist wahr. Seid Ihr deshalb so anders als zuvor?«

»Nein, das ist es nicht.«

»Habt Ihr vielleicht Sorge um Euren Mann?«

»Mein Mann!« Sie spuckte ihm die Worte förmlich in Gesicht. »Warum sollte ich mich um *den* sorgen? Dem geht's doch immer gut, solang er das tut, was mein Vater von ihm will. Die beiden schmieden gerade wieder neue Pläne, wie sie sich vor den Abgaben drücken können!«

»So, so, tun sie das!«

»Ach, von mir aus verratet es ruhig Eurem Cellerar, ist mir doch gleich!«

Johannes zuckte unmerklich bei der Nennung seines früheren Freundes Martin zusammen. »Am liebsten würden sich die beiden mit den anderen unzufriedenen Bauern zusammenschließen, um die ganze Welt auf den Kopf zu stellen. Die sind doch alle vollkommen verrückt geworden! Man sollte es heute wieder so machen wie damals, beim Armen Konrad, sagen sie.«

»Der Arme Konrad? Sie wissen aber schon, dass beim Armen Konrad hinterher nicht nur ein Kopf gerollt ist?«

»Sicher wissen sie das, aber sie wollen's diesmal besser machen, diese Helden. Außerdem ist ja jetzt der Herzog Ulrich nicht mehr da, der den Armen Konrad damals zerschlagen hat. Diesmal soll sie der reiche Konrad anführen, sagen sie. Mein größenwahnsinniger Vater nämlich. Eigentlich müsste sich der überhaupt keine Sorgen um die Zukunft machen. Da er seinen Schwiegersohn mehr liebt als seine eigene Tochter, braucht *der* sich über seine Zukunft auch keine Sorgen zu machen. Es geht uns besser als vielen anderen in der Gegend, die sich klaglos in ihr Schicksal ergeben. Er ist maßlos, will immer noch mehr.«

»Ja, Ihr habt recht. Gott gefällt es nicht, wenn der Mensch zu viel Besitz hat.«

»Ha, so redet ein Klostermann, dem es auf Kosten anderer gut geht!«

»Nun werdet Ihr ungerecht. Wir setzen uns für eure Belange bei der Obrigkeit ein und verlangen dafür nur unseren gerechten Anteil. Auch wir wollen leben.«

»Auf unsere Kosten!«

Johannes war zu tiefst empört. »Nun redet Ihr wie Euer Mann und Euer Vater! Das hätte ich nicht von Euch gedacht!«

»Ihr habt recht! Das sind auch nicht die Sorgen, die mich plagen. Eine Frau hat sowieso kein Mitspracherecht in solchen Männersachen. Hier geht's um Politik und Geld. Davon verstehen wir Frauen angeblich nichts. Das liegt aber nur daran, weil uns die Männer absichtlich dumm halten!«

Eine kurze Zeit des Schweigens unterbrach wieder das Gespräch. Plötzlich leuchteten Johannes' Augen auf. Man sah ihm an, dass er eine brillante Idee hatte. »Käthe, ich hab's! Was würdet Ihr davon halten, wenn ich Euch lesen und schreiben lehre?«

Katharina brach über seine Idee in herzliches Gelächter aus. »Johannes, ich bin eine *Frau*! Wozu müssen Frauen schreiben und lesen lernen?«

Er war enttäuscht, weil sie seine Idee verlachte. »Es gibt sehr viele Frauen, die schreiben und lesen können, da wärt Ihr nicht die Erste.«

»Ich bin aber weder eine Nonne, noch eine Adlige, die sonst nichts zu tun hat. Ich bin nicht mal eine Bürgerin, sondern nur eine einfache Bauersfrau, die Haus, Hof, Viecher, ein Wirtshaus mit vielen hungrigen Gästen, einen Mann und viel zu oft auch einen sturköpfigen Vater zu betreuen hat. Wozu sollte ich lesen und schreiben lernen?«

»Es würde Euren Geist bereichern.«

»Ich habe keine Zeit dazu, meinen Geist zu bereichern, ich muss arbeiten!«

Johannes hörte Martin, wie er ihm vor so langer Zeit, als sei es in einem anderen Leben gewesen, genau dasselbe gesagt hatte. Sein Kampfgeist war erwacht. Er wollte das heute immer noch genauso wenig als Argument gelten lassen, als damals bei Martin. Entschlossen versuchte er sie vom Gegenteil zu überzeugen.

»Ihr seid so klug, Ihr lernt es sicher schnell!«

»Das ist nett von Euch, aber es geht nicht. Wozu sollte ich dieses Wissen auch brauchen? Bücher besitze ich keine und komme auch an keine ran. Um die Kassenbücher kümmern sich mein Mann und mein Vater zusammen. Wenn die merken würden, dass ich lesen und schreiben kann, würde es mir schlecht ergehen! Sie wollen das nicht!«

»Aber … «

»Nein, nein, Johannes, vergesst das! Daraus wird nichts werden.«

Die Enttäuschung stand ihm ins Gesicht geschrieben. Plötzlich tat er ihr leid.

»Aber ich habe eine bessere Idee!«

»Ach ja, und die wäre?«

»Wenn wir uns das nächste Mal wieder etwas Zeit füreinander stehlen, könnten wir doch das fortsetzen, was Ihr damals im Spital angefangen und heute auf so kurzweilige Art fortgesetzt habt. Das war wirklich eine gute Idee von Euch! Ihr bringt immer irgendein Buch aus der Bibliothek mit, von dem Ihr denkt, es könnte mir gefallen, daraus lest Ihr mir dann etwas vor. Ich liebe es, Eure Stimme zu hören, wenn Ihr lest!«

»Ja! Das ist es!« Nun strahlte er wieder mit der Frühlingssonne um die Wette.

»Das ist wunderbar! Käthe, Ihr macht mich zum glücklichsten Menschen, wisst Ihr das?« Seine überschwängliche, fast kindliche Freude ließ ihr eine Gänsehaut entstehen. Mit gesenktem Blick schüttelte sie den Kopf. Wenn sie sich jetzt nicht beherrschte, würde sie ihrem Impuls nachgeben müssen, ihn zu küssen. Es war ihr in diesem Moment unmöglich, ihm in die Augen zu blicken, ohne ihren Wunsch sofort in die Tat umzusetzen.

»Käthe, was ist wirklich los mit Euch? Irgendetwas stimmt doch nicht.«

Sie atmete tief durch, ehe sie, immer noch den Blick auf den Boden gerichtet, zaghaft zu sprechen begann.

»Johannes.«

»Ja?«

»Ach, es ist nichts.«

»Was bedrückt Euer Herz?«

»Es ist nur … «

»Nun?«

»Nein! Ich kann es Euch nicht sagen!« Sie schüttelte heftig den Kopf.

»Was ist? Sagt es mir bitte! Lasst mich Euch helfen, wenn ich kann!«

»Ich bin eine Sünderin!«

Ein sanftes Lächeln umspielte seine Lippen. »Ihr seid doch keine Sünderin!«

»Ihr müsst es ja wissen, Ihr kennt Euch ja schließlich mit solchen Dingen besser aus.«

»Was für eine Sünde habt Ihr denn Eurer Meinung nach begangen, die Eure Seele so traurig stimmt? Ich dachte, Eure Schuldgefühle wegen Margaretha seien geklärt. Gott hat Euch vergeben, dass Ihr Eurem Leben selbst ein Ende setzen wolltet. Ihr habt doch Eure Sünden bereut, gebeichtet und dafür gebüßt.«

»Nein, das ist es alles nicht! Ich bin – unkeusch.«

»Oh!« Errötend senkte nun auch er den Blick zu Boden. Verlegen begann er mit dem Gürtel seiner Kutte zu spielen.

»Seht Ihr, von solchen Sachen versteht Ihr unschuldiges Mönchlein eben rein gar nichts.«

»Nun ja, ich muss zugeben, dass ich mich mit so was wirklich nicht auskenne. Verzeiht mir, dass ich mit solchen Fragen in Euch drang.«

»Schon gut!«

»Nein, es war nicht recht von mir, Euch zu dieser Aussage zu drängen, ich bin nicht Euer Beichtvater. Ich bitte Euch nochmals um Vergebung!«

»Es ist in Ordnung! Unkeusch sind ja nur meine Gedanken. Bin ich dadurch keine Sünderin mehr?«

»Der bloße Gedanke daran ist leider auch schon eine Sünde. Bereut Ihr denn diese Gedanken?«

»Nun ja – eigentlich nicht!«

»Oh, das ist natürlich schlimm.«

»Dann kann ich's nicht ändern. Es ist wie es ist!«

Trotzig stand sie auf. Langsam bewegte sie sich auf den Waldrand zu. Gleich würde sie ihr schützendes Versteck verlassen. Schnell war auch er aufgesprungen, um ihr zu folgen.

»Wo wollt Ihr hin? Bitte vergebt mir meine Neugier!«

Als er dicht hinter ihr stand, drehte sie sich abrupt zu ihm um.

»Ich hab Euch nichts zu vergeben. Ihr müsst mir vergeben, dass ich's Euch anvertraut hab.«

»Nein, nein, so ist das nicht, ich habe Euch zu diesem Schritt gedrängt!«

»Ihr versteht nichts davon! Vielleicht ist es besser, wir sehn uns nie wieder!«

»Aber warum? Jetzt hatten wir uns doch eben drauf geeinigt, dass ich Euch das nächste Mal wieder etwas vorlesen darf. Von einem Moment zum anderen wollt Ihr mich nicht wiedersehen. Bitte helft mir, das zu begreifen. Anscheinend bin ich als Mönch wirklich zu dumm dazu!«

»Ihr mögt mich nicht!«

»Was soll denn das nun wieder? Das stimmt doch überhaupt nicht! Ich breche wegen Euch so ziemlich alle Ordensregeln, die es gibt! Seid Ihr Euch darüber eigentlich im Klaren? Wenn irgendjemand dahinterkommt, was ich hier oben im Wald treibe, anstatt Heilkräuter zu sammeln, flieg ich deswegen sofort aus dem Kloster! Das will ich aber auf gar keinen Fall!«

»Ach, sieh an! Vorhin habt Ihr mir erklärt, wir würden nichts Schlimmes tun, nun ist es auf einmal doch schlimm? Ich versteh Euch auch nicht!« Wütend verschränkte sie die Arme vor der Brust, erwartete eine Erklärung von ihm.

»Das ist doch ganz was anderes! Ich meinte, Eurem Mann gegenüber begehen wir kein so großes Unrecht, wie ich es meinem Orden gegenüber tue!« Etwas hilflos versuchte er ihr zu erklären, wo hier der Unterschied lag, aber sie war viel zu wütend, um es zu begreifen.

»Ihr seid etwas ganz Besonderes für mich. Ich liebe Euch wie eine Schwester!«

Sein verzweifelt flehender Blick bohrte sich mitten in ihr Herz.

Wie eine Schwester! Der Kloß in ihrem Hals wurde zu dick, die Tränen waren nicht länger aufzuhalten. Schnell wandte sie sich von ihm ab, damit er ihre feuchten Augen nicht sehen konnte. Zögernd legte er ihr die Hand auf die Schulter, um sie zu sich umzudrehen. Ihr gesenkter Blick konnte ihren Tränenfluss nicht vor ihm verbergen.

»Aber Käthe, Ihr weint ja. So sehr hab ich Euch weh getan?«

»Ja, das habt Ihr!«, brachte sie unter Schluchzen hervor.

»Verzeiht mir, aber ich weiß nicht warum.«

»Ihr habt mir das Herz gebrochen!«

»*Was* hab ich?« Irritiert ließ er sie los.

»Ja, mein süßer Johannes! Ihr seid wirklich der unschuldige Engel, für den ich Euch einst hielt! Um nicht zu sagen, Ihr seid ein rechter Depp!«

»Katharina, was soll das? Warum beleidigt Ihr mich?«

Ihre Tränen waren nun der Wut gewichen, die sich aus der Mitte ihres Bauches heraus von neuem ihre Bahn brach.

»Liebe! Was versteht ein Gottesmann wie Ihr schon von Liebe? Ihr sagt, Ihr liebt mich wie eine Schwester. Aber in Wahrheit liebt Ihr nur Euren Gott, Euren Abt und Eure Bücher!« Kämpferisch schob sie das Kinn nach vorn und stemmte die Fäuste in die Hüften.

»Was erwartet Ihr denn von mir? Ich bin zwar ein ungehorsamer Mönch, aber ich bin ein Mönch und möchte es auch bleiben!«

»Genau so ist es und so wird's auch immer sein! Darauf ein kräftiges AMEN!«

Wieder drehte sie sich um. Doch diesmal rannte sie, als sei der Teufel hinter ihr her, mit wehenden Röcken aus dem Wald heraus, die blühende Frühlingswiese hinunter, an Kirchacker, St. Marienkirche und Stadtmauer vorbei, durch die Untere Vorstadt, den Dentelbach entlang in Richtung Siegelsberg.

Auf dem Hügel, hoch über der Stadt, ließ sie einen völlig verwirrten Mönch zurück, der die Welt nicht verstand und noch viel weniger die Frauen.

Wirtshaus am Halberg zu Siegelsberg

am ersten Sonntag im Juli Anno Domini 1524

Das Wirtshaus am Halberg war an diesem Sonntagmittag brechend voll. Viele Leute, die aus den umliegenden Weilern sonntags nach Murrhardt in die Kirche kamen, hatten es sich zur Gewohnheit gemacht, nach dem Kirchgang noch auf einen Becher Wein oder auch zu einem deftigen Mittagessen bei Katharina und Claus einzukehren. Katharinas Kochkünste hatten sich bei den Leuten schnell als Geheimtipp herumgesprochen. Einige nahmen auch gerne einen Umweg in Kauf, um sich dort zu stärken und aktuelle Neuigkeiten auszutauschen. Katharina trug unentwegt Essen auf, während Claus den Wein einschenkte. Conz hatte in Anbetracht der hervorragenden Umsatzlage schon lange eingesehen, wie wichtig es für das laufende Geschäft war, zusätzlich eine Magd und einen Knecht anzustellen. Für sie war ein Gesindehaus neben dem Stall errichtet worden. Die Magd Hannah behielt die Kochtöpfe auf dem Herd im Auge, während Katharina bediente. Der Knecht Jörg arbeitete an der Vorspanne, damit sich Claus um den Wirtsbetrieb kümmern konnte.

An diesem Sonntag war nichts anders als an anderen Sonntagen. Außer vielleicht, dass sich heute noch mehr Bauern ein gutes Essen gönnen wollten als sonst. Das Heu war zum größten Teil trocken eingefahren worden. Die langen Tage des Juni und das trockene Wetter hatten die Heuernte sehr begünstigt. Alle waren zufrieden mit der vollbrachten Arbeit. Nun genossen sie den Sonntag ohne Mühsal und Plage. Die Leute lachten und schwatzten miteinander. Sie aßen und tranken so reichlich dabei, wie es eben jeder einzelne Geldbeutel erlaubte.

Da betrat ein Fremder das Gasthaus. Es war ein alter Mann

mit ergrautem Bart und zotteligem Haar. Er trug einen weiten Umhang und eine Tasche über den Schultern. In der Hand hielt er einen langen Pilgerstab, an seinem Gürtel hing eine gläserne Pilgerflasche. Am Hut steckte eine unscheinbare Jakobsmuschel. Er schien weit gereist zu sein, denn er sah nicht nur staubig, sondern auch müde und hungrig aus. Seinen Stab lehnte er neben die Tür, Umhang und Hut hängte er an einen der Kleiderhaken. Die Tasche behielt er bei sich.

Katharina trat im Vorbeilaufen auf ihn zu. Dabei bot sie ihm einen gerade erst freigewordenen Platz an einem der ansonsten vollbesetzten Tische an. Der Fremde bedankte sich höflich. Schwerfällig setzte er sich zu den anderen Gästen, die gerade am Kartenspielen waren. Nachdem sie einander begrüßt hatten, blickte sich der neue Gast interessiert in der Wirtsstube um. Als er das letzte Mal hier vorbeigekommen war, stand dieses Gasthaus noch nicht, da war er sich ganz sicher. Er erkundigte sich bei den Kartenspielern, seit wann es denn dieses gastfreundliche Haus gäbe. Bereitwillig gaben sie ihm Auskunft.

»Das Essen sieht gut aus und riecht auch gut«, versuchte er das Gespräch mit den Tischgenossen weiterzuführen, doch die waren schon wieder in ihr Kartenspiel vertieft und reagierten nicht mehr auf ihn.

»Es schmeckt auch gut!«, stellte Katharina fest, die nun zu ihm herangetreten war, um seine Bestellung aufzunehmen.

»Na, dann bringt mir mal einen Teller von diesem köstlich duftenden Eintopf mit Brot, dazu einen Becher Wein.« Flugs war Katharina in der Küche verschwunden, um Hannah die Essensbestellung weiterzugeben. Claus schenkte indes einen Becher Wein ein, den Käthe dem Fremden mit dem Essen zusammen servierte.

»Das ging aber fix. Kein Wunder ist bei euch so viel los, wenn ihr euch so für die Gäste ins Zeug legt. Ich kenne Wirtshäuser, da ist der Wirt selbst sein bester Gast und kümmert sich wenig um die anderen!«

»Ja, so etwas kenne ich auch!«, stellte Katharina lachend fest.

»Aber nun lasst es Euch erst mal schmecken, bevor es noch kalt wird. Ich wünsche einen gesegneten Appetit!« Seinen Dank konnte sie nicht mehr hören, weil sie am Nebentisch schon die nächste Bestellung aufnahm.

Als sich später nicht nur die Kartenspieler, sondern auch alle anderen Mittagsgäste auf den Heimweg gemacht hatten, saß der Fremde immer noch regungslos auf seinem Platz. Er schien eingeschlafen zu sein. Claus setzte sich leise zu ihm. Der Fremde blickte ihn mit müden Augen an.

»Wollt Ihr vielleicht im Stall im frischen Heu etwas ruhen? Wir haben leider keine Fremdenzimmer, daher kann ich Euch nichts anderes anbieten.«

»Das ist sehr freundlich von Euch!«, sagte der Fremde dankbar.

»Vielleicht ist es wirklich besser, ich schlafe ein wenig, bevor ich weiterziehe. Mein Weg hierher war weit und ist noch nicht zu Ende.«

»Wo kommt Ihr denn her, wenn ich fragen darf?«

»Sicher dürft Ihr das. Ich bin heute in aller Herrgottsfrüh in Winnenden losgelaufen.«

»Von Winnenden bis nach Murrhardt in solch kurzer Zeit! Respekt. Das ist eine beachtliche Leistung in Eurem Alter.«

»Ach, junger Mann, glaubt mir, gegen den Weg, den ich schon hinter mir habe, ist das keine Strecke!«

»Ihr seid ein Jakobspilger, nicht wahr?«

»Ja, ich bin vor langer, langer Zeit in einem anderen Leben, wie es mir heute scheint, von Rothenburg ob der Tauber aus nach Santiago de Compostela aufgebrochen.«

»Ihr ward tatsächlich in Santiago?« Katharina konnte einfach nicht fassen, was sie da hörte. Fasziniert setzte sich Katharina neben den Alten. Ehrfurchtsvoll betrachtete sie den frommen Weitgereisten. In Oberrot waren zwar auch schon einige Jakobspilger eingekehrt, aber immer waren sie erst auf dem Weg nach Santiago gewesen. Er war der erste, den sie traf, der tatsächlich von dort zurückkehrte.

»Sagt, wie lang seid Ihr denn schon unterwegs?«, wollte sie wissen.

»Ich weiß es nicht, mein Kind. In den ersten Wochen und Monaten hab ich mir noch Kerben in ein Holz geschnitzt, aber irgendwann war das Holz voll, da hab ich es weggeworfen. Es ist besser, mit leichtem Gepäck zu reisen, wenn man der Muschel folgt. Jeder unnötige Ballast ist da nur hinderlich.«

»Aber warum seid Ihr denn nicht im Spital in Murrhardt abgestiegen? Es ist doch eine Pilgerherberge.«

»Eigentlich wollte ich heute noch weiter nach Rosengarten oder vielleicht sogar nach Hall, aber wahrscheinlich hab ich mir bei dieser Hitze zu viel vorgenommen. Unten in Murrhardt hab ich mich noch kräftig genug gefühlt, aber ich hatte vergessen, wie steil der Aufstieg hier ist. Vielleicht kam mir der Berg aber auch beim Abstieg einfach nicht so steil vor. Es ist viel zu lange her, als ich hier vorbeigekommen bin. Heute sah ich als rettende Zuflucht euer Wirtshaus. Es kam mir fast vor, als habe euch der Himmel geschickt, damit ich hier rasten kann. Denn lange hätte ich nicht mehr durchgehalten. Schließlich bin ich nicht mehr der Jüngste. Meine Kräfte schwinden von Tag zu Tag. Mein einziger Wunsch ist es, noch einmal mein geliebtes Rothenburg zu sehen, dann kann ich mich in Frieden in die Hände meines Herrn befehlen.«

»Ihr seid also tatsächlich den unglaublichen Weg von Rothenburg nach Santiago de Compostela und wieder bis hierher zurück gelaufen?« Katharina war fassungslos. So etwas konnte sie sich nicht einmal in ihren kühnsten Träumen vorstellen. Wenn das Margaretha noch hätte erleben dürfen, sie hätte freiweg den Verstand verloren!

»Das bin ich, und ich werde auch noch den Rest schaffen, da bin ich mir sicher.«

»Vielleicht findet sich ja ein Fuhrmann, der Euch ein Stück des Wegs mitnehmen kann«, schlug Claus ihm hilfsbereit vor. Der Pilger schüttelte den Kopf.

»Nein, mein Freund, mein Gelübde verlangt von mir, die gesamte Strecke zu laufen, und das werde ich tun.«

»Ach, sagt mir doch bitte, wie war es in Santiago und auf dem Weg dorthin?«, fragte Katharina weiter.

»Verschon ihn doch mit deiner Neugier, Kätter! Der Mann ist müde! Kannst du das nicht sehen?«, ermahnte sie Claus ungehalten. Der Pilger winkte ab.

»Es ist schon gut, junger Freund. Ich bin es gewohnt, viele Fragen zu beantworten, das ist nichts Neues für mich, lasst sie nur.«

Er wandte sich ihr zu. »Ich kann Euch jedoch keine Antwort geben, die Euch zufrieden stellen würde. Denn jeder Mensch muss seinen eigenen Weg nach Santiago beschreiten. Es nützt nichts, sich den Weg eines anderen erzählen zu lassen. Nur der eigene Weg führt Euch zu Eurem Ziel! *Ich* habe meinen Weg beschritten, nun bin ich meinem letzten Ziel ganz nahe. Sucht Ihr Euren Weg, mein Kind, dann werdet auch Ihr Euer Ziel erkennen. Nicht jeder muss nach Spanien gehen, um zu begreifen, was wirklich wichtig ist im Leben. Manchmal liegt das eigene Santiago direkt vor der heimatlichen Haustür. Ihr müsst nur Euer Herz dafür öffnen, schon kann es darin Einzug halten.«

Der Alte sah Katharina an, als blicke er geradewegs in ihre Seele. Sie fühlte sich mit einem Mal frei wie ein Vogel im Wind. *Die Freiheit des Herzens braucht keine Meilen unter den*

Füßen, schien ihr sein Blick sagen zu wollen. *Er* hatte diese Meilen unter den Füßen gebraucht, um dies zu erkennen. Ihr machte er diese Erkenntnis mit einem einzigen Blick zum Geschenk! Tränen liefen ihr über die Wangen, ohne dass sie es bemerkte. Claus verstand von all dem nichts. Er sah die beiden verwirrt an. Mit einem Mal spürte er, wie er hier fehl am Platze war. Langsam stand er auf, um sie allein zu lassen.

»Lebe deine Passion! Sei einfach ganz du selbst! Dazu gehört nur etwas Mut! Fülle dein Leben mit dir aus. Deine Sehnsucht, deine Ängste, deine Liebe, dein Verlangen zu leben machen dich zu dem, was du bist und was du sein willst! Auch du hast von Gott ein Geschenk erhalten, wie jeder Mensch. Nehme diese Gabe dankbar an. Nutze sie, um anderen und dir selbst besser dienen zu können. Lebe dein Ich!«

Ihre Seele erglühte bei seinen Worten.

Lebe deine Passion! Lebe dein Ich!

Sie war wie in Trance, hypnotisiert durch die Macht seiner Worte. Die Botschaft des Lebens hatte ihr Herz erreicht, auch wenn ihr Verstand sich dagegen sträuben würde, wenn er wieder arbeitete. Doch sie spürte ganz deutlich, dass sie von heute an bereit war, ihren Weg zu beschreiten! Gott selbst würde ihr dabei helfen, ihr Ich zu leben!

Bald darauf war der Pilger so schnell verschwunden, wie er aufgetaucht war. Claus hatte ihm die Zeche erlassen, weil er ein Pilger war und Katharina solch ein Freude an ihm gehabt hatte. Als sie bald darauf den Tisch abwischte, an dem er gesessen hatte, fand sie eine Jakobsmuschel, die er für sie zurückgelassen hatte. Schnell steckte sie diese in ihre Schürzentasche, um sie später in ihrem Schatzkästchen zu verwahren.

Lebe dein Ich! Schien sie ihr immer wieder aufs Neue zuzuflüstern, wenn sie sich die Muschel ans Herz drückte.

Lebe dein Ich! Diese drei Worte sollten sie den Rest ihres Lebens begleiten.

Eine Woche später tauchte wieder ein Fremder bei ihnen auf. Diesmal war es jedoch kein alter Pilger, sondern ein junger Handwerksbursche auf der Wanderschaft. Nach zwei Bechern Wein und einem Vesper begann er zu erzählen:

»Ihr lasst's euch hier aber wohl sein. So gut wie euch sollt's den Leuten anderswo auch gehen.«

»Was willst du damit sagen?«, fragte ihn einer der Stammgäste.

»Na seht euch doch an. Ihr ruht euch aus, esst, trinkt und spielt Karten, während sie anderswo für ihre Herren im Frondienst ackern müssen!«

»Was erzählst du denn da für blödes Zeug, Bürschle? Hast wohl vergessen, heute ist Sonntag. Der Sonn- und Feiertag gehört nach guter alter Sitte immer noch uns.«

»Hoffentlich wisst ihr euer Glück auch zu schätzen, denn anderswo geht's anders zu.«

»Wer sollte wagen, mit diesem Brauch zu brechen?«

»In Stühlingen im Schwarzwald, ganz nah an der Schweizer Grenze, hinter der die Bauern frei und nicht leibeigen sind, da herrschen andre Sitten. Ich hab's mit eignen Ohren gehört!«

Die anderen Gäste drängten sich um seinen Stuhl, um zu hören was, ihnen der Bursche für Nachricht aus der Ferne brachte. Sie waren dankbar um jede Neuigkeit, die ihnen die Zeit vertrieb und ihren Horizont erweiterte. Sie selbst kamen ja nicht raus aus dem Amtgebiet, da waren sie auf jeden angewiesen, der ihnen eine Botschaft brachte. Das Wirtshaus am Halberg hatte sich durch seine gute Lage an der wichtigen Verbindungsstraße von Hall nach Murrhardt rasch zu solch einem Umschlagsplatz für Nachrichten und Gerüchte gemausert. Es gab kaum einen Durchreisenden, der nicht eine Neuigkeit parat hatte. Im Städtle unten saßen die Handwerker, Bürger und die Stadtobrigkeit im Engel oder der Rose. Am Halberg trafen sich die Bauern der Gegend.

»Was hast du gehört? Nun erzähl schon, was da passiert ist.«

»Es war am Johannistag, da haben sich die Bauern mit allem, was laufen kann und gesunde Hände hat, auf den Weg gemacht, um das gute Wetter und den langen Tag auszunutzen und die Heuernte ins Trockene zu bringen.«

»Ach, das ist doch nichts Neues!«, winkte ein Stammgast gelangweilt ab.

»Glaubst du etwa, wir hätten uns an diesem Tag dem Müßiggang ergeben? Wir waren natürlich auch draußen bei der Heuet!«

»Doch ihr durftet sie sicher ungestört einfahren, wenn ich nicht irre?«

»Wer hätte uns auch daran hindern sollen?«

»Seht ihr! Ihr könnt euch glücklich preisen, euer Heu ist eingefahren. Aber in Stühlingen waren sie gerade mitten in der Arbeit, als den Bauern ihre Herrin, die Gräfin Helena von Lupfen, durch einen Diener ausrichten ließ, sie sollen ihre Arbeit stehen und liegen lassen und stattdessen ausschwärmen, um für sie gut ausgetrocknete Schneckenhäuschen zu sammeln.«

»Was?«, riefen die Gäste empört dazwischen, »Wozu hat sie denn die gebraucht?«

Der Bursche verzog das Gesicht zu einem kläglichen Grinsen. »Sie wollte verschiedenfarbiges Garn darauf wickeln, um sich damit die Zeit zu vertreiben!«

Wildes Protestgeschrei hinderte ihn am Weitersprechen. Die Bauern machten ihrer Empörung über diese unverschämte Willkür der Gräfin laut Luft. Es dauerte lange, ehe sie sich wieder beruhigen konnten.

Der Bursche trank derweil in aller Ruhe seinen nächsten Becher Wein. Er war zufrieden mit der Reaktion, die er wieder einmal mit seiner Geschichte ausgelöst hatte. Das war wirklich das beste Ereignis, das ihm je zu Ohren gekommen war. Es gab keinen, der sich nicht darüber empörte. Oft genug sparte er durch diese Geschichte sogar seine Zeche, weil diese ein anderer als Lohn für seine Neuigkeit übernahm. Er war sich sicher, das würde ihm auch heute wieder gelingen. Als sich der Tumult gelegt hatte, nahm er einen letzten Schluck Wein zur Stärkung, dann setzte er zum feierlichen Finale an.

»Ja, ihr empört euch mit Recht drüber! Doch lasst mich euch sagen: Auch die Stühlinger Bauern waren darüber so erbost wie ihr! Sie hatten sich seither niemals bei ihren Herrn, dem Grafen Siegmund II. von Lupfen, beklagt, obwohl er sie wie Leibeigene behandelt, die sie von Rechts wegen gar nicht sind. Doch dieses Ereignis hat das Fass selbst bei denen überlaufen lassen, die sich bisher wie Schafe in ihr jämmerliches Schicksal gefügt hatten. Der Graf spannt sie dauernd zu irgendwelchen Diensten auf dem Feld, dem Hof und in den Stallungen ein, so das ihnen fast keine Zeit mehr für ihre eigene kleine Landwirtschaft bleibt. Dabei ist es dem Grafen und seiner Gemahlin auch völlig gleichgültig, ob es Sonn- oder Feiertage sind, an denen sie die Bauern für sich knechten lassen! Die müssen springen und sie bedienen, wenn es die Gräfin nach Beeren oder Pilzen gelüstet, und der Graf bedient sich sogar an ihrem geringen Besitz.«

»Was? Wie das?«

»Wenn einer stirbt, der unehelich geboren oder ledig ist, reißt er einfach dessen Erbe an sich. Dabei interessiert es ihn nicht im Geringsten, ob der Verstorbene vielleicht andere Vorstellungen hat, wem er seinen Besitz vererben will.«

»Das ist ja unglaublich!«

»Da können wir ja für unseren Blutsauger Mörlin fast noch dankbar sein!«

»Aber nur fast! Wir wollen's ja nicht übertreiben!«

»Wie dem auch sei, die Untertanen des Grafen haben bisher alles klaglos über sich ergehen lassen, seit dem Johannistag jedoch ist es nun endgültig vorbei damit!«

»Wie das?«

»Sie haben sich geweigert, den Befehl auszuführen!«

Tosender Applaus war der Lohn für diese Aussage. Die Leute jubelten lauthals vor Begeisterung. Der Bursche warf sich in die Brust, als habe er die Bauern selbst dazu gebracht, sich dem unsinnigen Befehl der Gräfin zu widersetzen. Er genoss immer wieder diese Stelle der Geschichte, bei der er sich der Begeisterung der Leute gewiss sein konnte.

»Sie erklärten dem Grafen«, rief er über den abflauenden Jubel hinweg den Bauern zu, während einer den anderen zur Ruhe ermahnte, um den Burschen besser hören zu können, »sie seien nicht als seine Sklaven geboren und hätten es satt, immer nur das auszuführen, was ihnen befohlen werde!«

»Recht haben sie!«, rief einer dazwischen, der jedoch sofort durch einen strengen Blick seines Nebensitzers zum Schweigen gebracht wurde.

»Jawohl, recht haben sie, und sie hatten auch recht, als sie ihm vorwarfen, er würde sie am Ende noch wie ein Stück Vieh verkaufen.«

So wie der Vater mich einst an den Claus verschachert hat, dachte Katharina bitter. »Die Bauern fordern ihre Freiheit, ein Mensch zu sein und das Recht ihre Menschenwürde zu bewahren.«

Wieder schwoll Beifall an, in den hinein sich Katharina ihre eigenen Gedanken über das Gehörte machte.

Diese Bauern fordern ihr Recht auf ein menschenwürdiges Leben, sie wollen nichts weiter, als freie Menschen sein. Oh, wie ähnlich sie mir doch sind. Sie wollen einfach ihr eigenes Leben leben, ohne andauernd nur das tun zu müssen, was andere von ihnen fordern. Habe ich nicht selbst bis letztes Jahr im Herbst diesen Wunsch so innig in mir verspürt, dass es mir schon fast körperliche Schmerzen bereitet hatte?

Vieles hat sich in der Zwischenzeit in meinem Leben zum Besseren gewendet. Es ist wohl an der Zeit, nun endlich einmal etwas mehr Dankbarkeit zu zeigen! Warum nur schläft in meiner Brust noch immer das Verlangen des Ausbruchs? Meine innere Unruhe stürzt mich immer mehr in seelische Verwirrung.

Die Stimme des Burschen riss sie jäh aus ihren Gedanken.

»Die Stühlinger haben sich mit benachbarten Dorfgemeinden zusammengeschlossen, die sich dann alle in Bonndorf trafen. Sie schworen allesamt, dem Evangelium allzeit treu zu sein und der Gerechtigkeit zu dienen. Dann wählten sie sich einen Hauptmann, der mal Landsknecht war, außerdem einen Fähnrich und einen Weibel. Eine Fahne haben sie sich auch gemacht!«

»Das bedeutet Krieg«, flüsterte Claus tonlos.

»Was haben sie jetzt vor?«, wollte einer wissen.

»Das weiß ich auch nicht. Aber ich bin mir sicher, in dieser Sache ist noch nicht das letzte Wort gesprochen!«

Donnerwetter, dachte Claus bei sich, *das wird den Schwiegervater sicher brennend interessieren!* Er musste ihm so schnell wie möglich darüber Bescheid geben.

»Potztausend, das war ein Neuigkeit, die es in sich hat, Bursche!« Einer der Zuhörer schlug ihm anerkennend auf die Schulter. »Da will ich mal nicht so sein und dir die Zeche übernehmen!«, bot er großzügig an.

Der Bursche grinste breit. Wieder einmal hatte er es geschafft, und das ganz bestimmt nicht zum letzten Mal!

Waltersberg bei Murrhardt

Mitte Juli Anno Domini 1524

*Wenn ich in den Sprachen der Menschen und Engel redete,
hätte aber die Liebe nicht, wäre ich dröhnendes Erz oder eine
lärmende Pauke.
Und wenn ich prophetisch reden könnte
und alle Geheimnisse wüsste und alle Erkenntnis hätte;
wenn ich alle Glaubenskraft besäße
und Berge damit versetzen könnte,
hätte aber die Liebe nicht, wäre ich nichts.
Und wenn ich meine ganze Habe verschenkte,
und wenn ich meinen Leib dem Feuer übergäbe,
hätte aber die Liebe nicht, nützte es mir nichts.
Die Liebe ist langmütig, die Liebe ist gütig.
Sie ereifert sich nicht, sie prahlt nicht, sie bläht sich nicht auf.
Sie handelt nicht ungehörig, sucht nicht ihren Vorteil,
lässt sich nicht zum Zorn reizen, trägt das Böse nicht nach.
Sie freut sich nicht über das Unrecht, sondern freut sich an der
Wahrheit.
Sie erträgt alles, glaubt alles, hofft alles, hält allem stand.
Die Liebe hört niemals auf...*

Das Hohelied der Liebe (1.Korinther 13, 1-8)

Johannes saß mit angewinkelten Beinen an den Stamm der Linde gelehnt. Das Buch ruhte auf seinem Schoß, der ihm als Lesepult diente. Katharina lag bäuchlings, das Kinn in beide Hände gestützt, auf dem bemoosten Waldboden. Mit geschlossenen Augen lauschte sie andächtig den wundervollen Worten, die ihr Herz bewegten. Nachdem er geendet hatte, erhob er den Blick. Die Augen immer noch geschlossen, befand sich Käthe in anderen Sphären. Die Vögel zwitscherten in allen Zweigen, der warme Sommerwind umschmeichelte ihr glühendes Gesicht, als wolle er sie liebkosen. Das Paradies konnte nicht schöner sein, als dieser Augenblick der Glückseligkeit. In diesem Moment wünschte sie sich, malen zu können, um zu zeigen, was sie nicht in Worte fassen konnte. Doch wie konnte sie das allumfassende Glück in einem Bildnis einfangen? Ein Glück, das nicht von dieser Welt zu sein schien, das alles Weltliche im blassen Licht der Abenddämmerung verschwinden ließ. Welche Farbe hatte das Glück? Mit zärtlichem Lächeln bemerkte Johannes ihre Abwesenheit. Sie in diesem Moment anzusprechen wäre einem Gewaltakt gleichgekommen. So schwang das Hohelied der Liebe noch einige Zeit durch die sommerlichen Waldhänge über dem Murrtal, während die Menschen der Stadt zu ihren Füßen weiterhin ihren alltäglichen Geschäften nachgingen, ohne etwas davon zu merken.

Nun war sie froh, Anns nachdrücklicher Bitte, sich heute mit Johannes hier zu treffen, nach langem Zögern doch gefolgt war. Sie wusste nicht, ob sie es Ann zuliebe, für Johannes, der die Magd in seiner Verzweiflung zu ihr geschickt hat, oder für sich selbst getan hatte. Das spielte jedoch in diesem Moment keine Rolle mehr. Nun wusste sie, was Johannes mit seiner Nachricht gemeint hatte, er habe etwas ganz Besonderes für sie.

Katharina kehrte nur widerwillig in die raue Wirklichkeit des Murrhardter Waldes zurück. Hätte sie beim Öffnen der Augen etwas anderes als Johannes liebevolles Lächeln gesehen, wäre sie wahrscheinlich in Tränen ausgebrochen!

»Ach Johannes, das war unbeschreiblich schön! Was ist das für ein Buch? Sicher wieder eines, das der Abschreckung dienen soll.«

Er lachte auf. »Nicht doch! Es ist die Bibel!«

Sie setzte sich mit einer schwungvollen Bewegung auf. »Die

Bibel? Aber es kann doch nicht sein, dass solche Dinge in der Bibel stehen!«

Johannes war überrascht. »Warum denn nicht? Die Bibel ist das Buch der Liebe.«

»Von den Pfarrern wird uns doch immer nur damit gedroht, wie schrecklich die Rache Gottes an uns Sündern sein wird! Gott wird sicher auch mich einmal hart dafür bestrafen, wenn ich nicht bald damit beginne, unsere heimlichen Treffen zu bereuen und zu beichten.«

»Wie kommt Ihr auf die Idee, nur Ihr würdet dafür bestraft werden? Ist mein Vergehen nicht ebenso groß wie das Eure? Doch der Herr Jesus Christus hat uns gezeigt, wie groß Gottes Liebe zu uns Menschen ist. Gott hat sogar seinen eigenen Sohn für uns geopfert, damit wir von den Sünden befreit werden. Daher kann niemand zu ihm kommen, denn durch Christus. Wir brauchen ihn nur für sein Opfer zu lieben, und alles wird gut!«

»Der Herr ist also nicht rachsüchtig?«

»Nein. Er ist ein Gott der Güte und der Liebe. Er liebt uns selbst dann, wenn wir uns von ihm abwenden. Es ist unsere eigene Entscheidung, wie wir ihm begegnen. Es ist auch niemals zu spät, sich zu ihm zu bekennen. Er wartet auf uns mit offenen Armen, wir brauchen nur auf ihn zuzugehen, dann wird alles gut!«

»Aber wenn das aus der Bibel stammt, wie kommt es dann, dass es deutsch ist?«

»Ich hab's für Euch übersetzt!«

»Ach Johannes, das ist lieb von Euch! Vielen Dank! Nur schade, dass nur ich in diesen Genuss gekommen bin! Wie sollen die Meinen und ich denn wissen, was Gottes Wort wirklich bedeutet, wenn wir auf Gedeih und Verderb nur auf das angewiesen sind, was uns der Pfarrer von der Kanzel predigt? Warum liest er uns nicht einfach auch auf Deutsch aus der

Bibel vor, damit wir es verstehen? Dann können wir uns unser eigenes Bild von Gottes Willen machen. Wenn Ihr mir nicht diese wunderschöne Stelle aus der Bibel übersetzt hättet, wäre ich noch genauso dumm wie die andern. Ich hätte nicht die geringste Ahnung davon, dass Gott in Wahrheit ein Gott der Liebe, nicht des Zorns ist. Martin Luther hat schon vor zwei Jahren einen Teil der Bibel ins Deutsche übersetzt. Warum lest ihr Mönche uns in der St. Marienkirche nichts daraus vor? In Hall setzen sich die Lutheranhänger immer mehr durch, aber ihr hier tut immer noch so, als gäbe es die deutsche Übersetzung überhaupt nicht! Das ist nicht gerecht!«

»Es liegt nicht in meinem Ermessen, über so etwas zu entscheiden. Dazu bin ich zu gering.«

»Ihr seid nicht zu gering. Gering bin ich, und Ihr gebt mir trotzdem viel mehr, als ich verdiene!«

»Woher wisst Ihr denn, was Ihr verdient und was nicht?«

»Ich bin doch nur eine einfache Bäuerin. Das Wort Gottes gehört nur der geistlichen Obrigkeit. Es gehört Euch und den Euren.«

Eine Zornfalte bildete sich auf seiner Stirn. Schon wieder sprach sie wie Martin! Warum nur wollte *ihm* eigentlich niemand so zuhören, wie sie es bei diesem Luther taten? Seine Ideen waren ja nahezu mit denen Luthers identisch, aber niemand schien ihn für voll zu nehmen.

»Wer kann sich anmaßen zu bestimmen, wer das Wort Gottes verstehen darf und wer nicht? Weshalb sollten wir besser sein als ihr, die ihr tagaus, tagein in Gottes Schöpfung tätig seid, um all die anderen mit den nötigen Lebensmitteln zu versorgen? Sind wir nicht alle gleich vor dem Herrn?«

Katharina lächelte bitter. »Das denkt Ihr und Martin Luther, aber damit seid ihr leider eine große Ausnahme! Eure Kirche legt doch überhaupt keinen Wert darauf, uns Bauern als vollwertige Menschen anzuerkennen. Wir sind Untertanen, die zu gehorchen, ihre Abgaben pünktlich zu zahlen und zu arbeiten haben. Uns als gleichberechtigte Menschen zu sehen, fiele den hohen geistlichen Herren nicht im Traum ein.«

Der Wanderbursche tauchte vor ihrem geistigen Auge auf. *Es gibt allerdings schon immer mehr, die sich das nicht länger bieten lassen wollen*, setzte sie im Geiste hinzu. Ein unwilliges Brummen entrann Johannes' Kehle. Schon wieder Martins Argumente!

»Ihr wisst von diesem Ketzermönch Martin Luther aus Wittenberg?«

Die Frage überraschte sie. Welcher Bauer hatte in diesen Zeiten noch nicht von Dr. Martinus gehört? Er war doch in aller Munde. Es wurden immer mehr, die sich für seine Lehren interessierten. Die meisten von ihnen gehörten der unterdrückten Schicht an. Wenn jemand etwas von Luther wissen sollte, dann sie. Aber was hatte ein so frommer Benediktiner wie Johannes mit diesem ketzerischen Reformator zu schaffen? Katharinas Misstrauen entging ihm nicht. Wollte er sie vielleicht aushorchen? Zögernd antwortete sie: »Sicher, wer kennt nicht Martin Luthers neue Ideen, die Kirche betreffend? Er will, dass nicht nur deutsch gepredigt wird, sondern auch die Schriftlesung deutsch gehalten wird. So kann jeder das unverfälschte Wort Gottes verstehen. Luther sagt, auch die Unterschicht muss als Menschen anerkannt werden, weil's so in der Bibel steht.«

»Ihr seid gut im Bilde!«

»Johannes, ich bin eine Bäuerin und Gastwirtin. Wer sonst sollte über solche Dinge im Bilde sein, wenn nicht so eine wie ich?«

»Sagt nicht, ›so eine wie ich‹, damit macht Ihr Euch selber geringer als Ihr seid!«

»Johannes, ich bin ein *Nichts*. Wenn ich einmal sterbe, werden die Menschen bald nicht einmal mehr wissen, dass ich jemals auf dieser Erde existiert habe!«

»So etwas dürft Ihr nicht noch einmal sagen!«

»Warum denn nicht, die Wahrheit darf man gelassen aussprechen. Davon lass ich mich auch von Euch nicht abhalten. Nehmen wir mal an, Ihr brächtet es noch zum Abt.«

»Ha, der Tag wird niemals kommen, das ist schon heute klar!«

»Na dann nehmen wir einfach Euren Cellerar Mörlin. Der bringt's sicher noch zum Abt!«

»Ja, *der* ganz bestimmt!«, murrte Johannes widerwillig. Er hasste es, mit anderen über Martin zu reden. In der kurzen Zeit, die er mit Katharina verbringen konnte, wollte er sich schon gar nicht mit diesem Thema beschäftigen, dafür war die Stunde zu kostbar.

»Gut, also dann nehmen wir diesen Blutsauger Mörlin als Beispiel.«

»So nennt ihr ihn? Blutsauger?«, fragte Johannes zutiefst schockiert. Da hatte es sein ehemaliger Freund mit seinem Ehrgeiz aber zu zweifelhaftem Ansehen beim Volk gebracht.

»Wie sollten wir ihn denn sonst nennen? Er kann diesen Titel mit Recht und Stolz tragen, denn er hat ihn sich redlich verdient! Aber er hat das Zeug zum Abt. Er wird auch sicher noch einer werden, also nehmen wir ihn als Beispiel. Als Abt bekommt er in der Klosterkirche ein steinernes Grabmal für die Ewigkeit, dadurch wird er für die Nachwelt unvergessen bleiben. Aber auch wenn er es nicht zum Abt schaffen sollte, dann lebt sein Name sicher auf irgendeinem Stück Papier weiter, genau wie Eurer. Es gibt doch ganz bestimmt eine Liste oder so etwas, wo Ihr im Kloster geführt werdet?«

»Ja schon, diese Konventlisten gibt es, aber … «

»Seht Ihr,« fuhr sie unbeirrt fort, »so ist das bei der Obrigkeit wie Euch. Unsereiner dagegen wird nirgends vermerkt, wenn er nicht gerade durch ein Verbrechen aktenkundig wird. So werden die Anständigen einfach irgendwann einmal vergessen, wenn der Letzte, der ihn kannte, tot ist. Die Schlechten dagegen werden für die Nachwelt verewigt. So bekommen sie ein Stück Unsterblichkeit für ihre Schandtaten!«

»Aber es gibt auch noch die Steuerlisten, auf denen jeder einzelne Amtseinwohner vermerkt ist.«

»Na wundervoll! Doch was, wenn jemand zu arm ist, um überhaupt Steuern zu zahlen oder wenn er einen noch viel schlimmeren Makel hat, nämlich dass er eine Frau ist?«

»Eine Frau zu sein bezeichnet Ihr als Makel?«, fragte er unsicher.

Ihm fiel der große Theologe Albertus Magnus ein, der einst gesagt hatte, die Frau sei ein missglückter Mann. Sie habe im Vergleich zum Mann eine defekte und fehlerhafte Natur. Auch von Martin Luther hatte man gehört, wie er sich zwar für die Ehe ausspricht, aber auch solche Äußerungen wie: ›Eine Frau hat häuslich zu sein, das zeigt ihre Beschaffenheit an; Frauen haben nämlich einen breiten Podex und weite Hüften, dass sie sollen stille sitzen.‹ Immerhin forderte Luther aber auch: ›Der Mann soll sein Weib nicht so halten wie ein Fußtuch‹. Ihm wurde mit einem Mal übel.

»Natürlich ist es ein Makel«, sprach Katharina unbeirrt weiter.

»Mein Vater ist reich, also steht er auch auf solch einer Liste, aber deshalb weiß noch lange keiner, dass er eine Frau namens Burgel hat, und eine Tochter, die Katharina heißt. Ich kann Euch auch sagen, warum das so ist: Weil es die, die später kommen, nicht im Geringsten interessiert. Sollte es jedoch wider Erwarten in ein paar hundert Jahren tatsächlich jemanden interessieren, hat er einfach Pech gehabt. Er wird nichts über mich finden, denn ich komme weder in einer Steuerliste noch einem Strafprozess vor. Briefe kann ich auch keine schreiben, die eventuell jemand aufbewahren könnte. Schon bin ich aus der Geschichte getilgt, sobald ich tot und begraben bin! Später landen meine Gebeine dann im Beinhaus und verschwinden irgendwann ganz. Selbst wenn mein Vater mal stirbt, wird er dafür sorgen, dass sein Erbe nicht an mich, sondern an seinen lieben Schwiegersohn übergeht. Schon steht auf der Liste der Name Claus Blind drauf, nicht meiner. Wie Ihr seht, ist die Wahrscheinlichkeit ziemlich gering für mich, nicht als Nichts diese Welt zu verlassen! Aber es macht mir nichts aus, es ist eben mein Schicksal!«

Johannes war über ihre Offenheit zu tiefst beschämt. Vor allem, weil er wusste, dass sie recht damit hatte. So hatte er die Sache noch gar nicht betrachtet. Was für ein elender, nur auf sich selbst bezogener Mensch er doch all die Jahre gewesen war, bevor sie in sein Leben trat, um seinen Horizont gehörig zu erweitern! Er glaubte immer viel zu wissen, doch sie belehrte ihn bei ihren seltenen und kurzen Treffen immer wieder eines Besseren!

»Meinen Vater dagegen wird man sicher nicht vergessen. Er hat mal mit ein paar anderen Schlägerkumpanen zusammen im Suff einen Mann bei der Kirchweih in Bubenorbis halb tot geschlagen. Dafür mussten sie nach Hall in den Turm. Ich war damals gerade mal neun Jahr alt. Die Mutter hat auf Knien den Caspar von Rot angefleht, den Vater doch wieder aus dem Turm zu lassen. Mein Bruder und ich mussten mit und besonders traurig gucken, damit wir mehr Mitleid erregen. Dabei waren wir froh, dass der Vater weg war, weil wir Kinder und die Mutter dann endlich mal keine Prügel von ihm bezogen haben.«

Johannes spürte einen Kloß in seinem Hals aufsteigen. »Meine Mutter hat den hohen Herren damit gedroht, wenn sie den Vater nicht aus dem Turm rauslassen, dann würde sie alles verkaufen und auch nach Hall gehen. Dann hätten sie die hohen Abgaben, die der Vater für seinen Besitz zahlt, gesehen. Das hat gewirkt! Sie war so hartnäckig, dass sich nicht nur der

Caspar von Rot, sondern auch der Abt Schradin von Eurem ehrenwerten Kloster da unten, sowie der Schenk Albrecht dafür einsetzten, dass er und seine Schlägerfreunde wieder aus dem Turm geholt wurden. Wir hatten alle gehofft, dass es danach endlich besser mit ihm werden würde, und er nicht mehr so gewalttätig gegen uns wäre. Ich hab in meiner kindlichen Einfalt sogar geglaubt, dass er uns ein bisschen dankbar wäre, weil wir geholfen hatten, ihn da rauszuholen, aber von all dem konnte keine Rede sein. Er war sogar schlimmer als vorher. Manchmal wusste ich nicht, wie ich nachts auf meinem Strohlager liegen sollte, weil mir alles von seinen Prügeln weh tat.«

Schon der Gedanke an Katharinas brutalen Vater bereitete Johannes körperliche und seelische Schmerzen. Wie konnte er seiner Familie nur so etwas antun? Wäre er einfach irgendjemand gewesen, dann hätte er gesagt. ›Auch er hat sicher seine schwere Geschichte, die ihn zu dem gemacht hat, was er ist.‹ Er hätte in ihm das Gute gesucht und vielleicht sogar auch gefunden, denn in jedem Menschen steckt doch ein guter Kern, den es zu entdecken lohnt. Doch hier ging es um Käthe, um *seine* Käthe, die schon so viel Schlimmes im Leben ertragen musste, dass er selbst den Gedanken daran kaum verkraften konnte.

Seine eigene Kindheit als Sohn eines reichen Haller Stadtbürgers war dagegen fast traumhaft unbeschwert gewesen. Der Zusammenhalt in der Familie war gut. Er hatte eine liebevolle Mutter, einen zwar strengen und dickköpfigen, aber dennoch verständnisvollen Vater, der ihm nicht einmal den Wunsch abschlagen konnte, ins Kloster zu gehen, obwohl er ihn so nötig zuhause fürs Geschäft gebraucht hätte. Eine zarte liebliche Schwester Anna, an die ihn Käthe so sehr erinnerte, und seinen wunderbaren Bruder Andreas, der ihm immer zur Seite stand, wenn er seine Unterstützung brauchte. Er hatte immer genug Geld, satt zu essen, eine warme Stube, ordentliche Kleidung und Dienstpersonal, das ihn versorgte. Kurzum, sein Leben war in Watte gepackt gewesen, bis er nach Murrhardt kam, wo er zum ersten Mal zu spüren bekam, wie hartherzig und bösartig die Menschen sein können.

Johannes stellte bestürzt fest, wie wenige Gedanken er sich bisher darüber gemacht hatte, ob es vielleicht auch Menschen gab, die nicht einmal im Elternhaus solche Geborgenheit erleben durften, wie er sie erfahren hatte. Wieder wurde ihm schmerzlich bewusst, wie ichbezogen er doch gewesen war, bevor er Käthe traf. Mit einer Gelassenheit, die ihn erschütterte, setzte sie die Erzählung ihrer Lebensgeschichte fort:

»Der Mutter hat er's auch nicht gedankt, dass sie ihn aus dem Turm rausgeholt hat. Sie bekam mehr Schläge als zuvor. Wir Kinder mussten zuschauen, wie sie sich's klaglos gefallen ließ. Ich habe mir damals geschworen, dass mir so was niemals passieren wird! Der Mann, den ich mal heiraten wollte, den würde ich mir vorher ganz genau ansehen. Wenn er so wäre wie mein Vater, dann wollte ich ihn nicht nehmen.«

Johannes' Blick hing gebannt an ihren Lippen. Sie schluckte trocken, bevor sie langsam weitersprach:

»Doch dann kam der Tag, als der Vater verkündet hat, dass ich den Claus Blind heiraten werd, weil er ein Mann ist, der zupacken kann.« Johannes' Magen krampfte sich schmerzhaft zusammen, während sie scheinbar emotionslos fortfuhr.

»Ich hab ihm zwar gesagt, dass ich mir meinen Mann selber suchen will, aber das hat ihn nicht im Geringsten interessiert. ›Du bist meine Tochter, deshalb habe ich das Recht, dir einen Mann rauszusuchen‹. Ich schwöre Euch, ich werd niemals im Leben den Tag vergessen, an dem er das gesagt hat! Das Ganze liegt nun zehn Jahre zurück. Es war das schrecklichste Osterfest meines Lebens.«

Johannes wagte kaum zu atmen, geschweige denn seiner Betroffenheit Ausdruck zu verleihen. Hier konnte er nicht mitreden, sondern einfach nur zuhören. Eine Ahnung sagte ihm, dass Katharina noch nie zuvor jemandem ihre Lebensgeschichte so offengelegt hatte. Sie veränderte ihre Sitzposition. Die Beine nun so angewinkelt wie Johannes, lehnte sie sich ebenfalls an einen Baum.

Je länger sie sprach, um so leichter wurde ihr ums Herz. Sie spürte, wie sehr er an ihrem Schicksal Anteil nahm. Auch wenn er nichts daran ändern konnte, war es doch tröstlich, sein Interesse an ihr zu erleben.

»So ›gut‹ wie mein Vater dachte, war er dann zu meinem großen Glück, doch nicht. Er hat mich noch nie geschlagen oder in irgendeiner Form erniedrigt, auch wenn ihm das dauernd den Spott des Vaters und der Stammgäste einbringt. Er hört sich an, was ich zu sagen hab. Meist respektiert er sogar meine Meinung. Eigentlich ist er ein guter Mann für mich. Es hätte viel schlimmer kommen können! Er kann ja nichts dafür, dass ich ihn nicht liebe!«

Betroffen senkte er beim letzten Satz den Blick zu Boden. Katharina erzählte ihm ausführlich vom Verlust ihrer vier Kinder.

»Der Claus hofft trotzdem immer noch auf einen Stammhalter, auch wenn ich jetzt nicht mehr die Jüngste für so was bin. Selbst wenn er mir es nicht vorwirft, ist er doch unzufrieden mit mir, weil ich die Kinder nicht durchgebracht hab.«

Johannes war schockiert: »Aber das liegt doch nicht an Euch! Das Schicksal Eurer Kinder liegt in Gottes Hand!«

»Sagt das mal dem Claus und meinem Vater! Ich bin auch durchaus nicht die Einzige, der die Kinder so schnell wegsterben. Eigentlich ist es fast ein Wunder, wenn man mehrere durchbekommt. Doch der Vater braucht dringend noch einen Erben für sein Vermögen. Mein über alles geliebter Bruder Lienhard hat sich nämlich gleich als er volljährig war aus dem Staub gemacht. Er hat's daheim nimmer ausgehalten mit dem

Vater. Der tobte natürlich, als der Lienhard auf und davon ist, aber der wollt nur noch weg von daheim, sonst hätte es bald Mord und Totschlag gegeben bei uns. Weil der Lienhard nichts anderes vom Vater gelernt hat, als wie man sich am besten gegen brutale Schläge wehrt, ist er zu den Landsknechten gegangen. Jetzt kämpft er für den, der ihm am meisten dafür zahlt. Der Vater wollt ihn enterben, weil er keinen Verräter als Sohn akzeptieren wollte, aber das kann er nicht. Das Gesetz verbietet es ihm!«

Ihr triumphierendes Lächeln verriet, dass sie dem Vater diesen Reinfall von Herzen gönnte. »Der Lienhard hat damals gesagt, er kommt erst wieder, wenn der Vater tot ist, nicht eher. Bin gespannt, ob ich das noch erleben darf!«

Johannes flüstere kaum hörbar. »Euer Bruder heißt wie mein Vater.«

Katharina lächelte. Für einen kurzen Moment legte sich eine fasst greifbare Stille zwischen das ungleiche Paar.

»So, jetzt kennt Ihr meine Lebensgeschichte. Sie ist nicht besonders spannend. Ein ganz normales Schicksal eben, wie's Hunderte andere Bauersfrauen ähnlich haben. So was lohnt sich eben nicht aufzuschreiben. Wen interessiert das schon?«

»Mich!«, antwortete Johannes tonlos.

»Ja, Euch, aber sonst niemand. Es wäre also die Tinte und das Papier nicht wert. Unsereins lebt nur für den Augenblick und für die nähere Zukunft, aber nicht in der Vergangenheit, wie Ihr mit Euren Büchern, in denen Ihr alles, was Euch lohnenswert erscheint, für die Nachwelt erfasst!«

»Wahrscheinlich habt Ihr recht. Aber ich finde es wichtig zu wissen, wo die Wurzeln liegen. So kann ich besser verstehen, warum ich da bin, wo ich stehe und vielleicht sogar, wohin mein Weg mich noch führen wird.«

»Ihr glaubt fest daran, nicht wahr?«

Er nickte heftig, dann sprang er auf.

»Natürlich glaube ich daran! Es ist wichtig, das Geschehene für die Nachwelt zu dokumentieren!«

Auch sie erhob sich. Langsam trat sie auf ihn zu. »Vielleicht ist es das. Doch eben nur bei Dingen, die Eure Obrigkeit betreffen. Aber nicht für unser einfaches Volk. Dafür interessiert sich niemand. Weshalb auch?«

Johannes wusste darauf keine Antwort. Wegen seines hilflosen Blicks verspürte sie urplötzlich den Impuls, ihm sanft über die Wange zu streicheln. Als er ihre Absicht erkannte, wich er erschrocken zurück.

»Was ist los?«

»Ach, es ist nichts. Ich möchte nur nicht, dass Ihr mich berührt.«

Nun wich auch sie einen Schritt zurück. »Warum? Seid Ihr etwa krank? Habt Ihr was Ansteckendes, die Pest oder so!?«

»Ach was!« Er winkte lachend ab.

»Da gibt es überhaupt nichts zu lachen. Mit der Pest ist nicht zu spaßen! Habt Ihr schon mal einen gesehen, der die Pest hat? Mein Onkel Michael ist dran gestorben! Die Qualen sind so unaussprechlich furchtbar, dass man ... «

Er unterbrach sie hastig. »Schon gut, schon gut, das weiß ich ja alles. Aber ich bin wirklich nicht krank. Es ist nur ... «, er rang um die richtigen Worte, »nun ja, ich bin ein Mönch und Ihr eine Frau, noch dazu eine verheiratete.«

»Na und?«

»Ich finde nur, es gehört sich nicht, wenn wir uns berühren. Versteht Ihr das denn nicht?«

Sie schüttelte heftig den Kopf. »Nein, tut mir leid, das versteh ich wirklich nicht!«

»Das ist sehr schade, aber es bleibt dabei. Ich möchte nicht, dass Ihr mich berührt. Ich verspreche Euch, auch die Finger von Euch zu lassen.«

»Aber warum?«

»Es gehört sich eben nicht. Es ist schlimm genug, dass wir uns treffen und ich nicht nur mein Schweigegelübde für Euch breche!«

»So ist das! Ihr findet das schlimm?«

»Es *ist* schlimm! Jetzt schaut mich nicht an, als hätte ich Pestbeulen im Gesicht! Ich sagte Euch doch schon, es geht mir gut. Ich möchte nur nicht das Risiko eingehen, dass es vielleicht doch unmoralisch ist, wenn wir uns berühren, das ist alles.«

Sie spürte ganz genau, dass dies *nicht* alles war, aber ihr war auch klar, dass es nichts brachte, wenn sie damit weiter in ihn drang. Um ein gleichgültiges Aussehen bemüht, zuckte sie mit den Schultern.

»Gut, wenn es Euch so wichtig ist, dann lassen wir es eben sein. Seid Ihr jetzt zufrieden?«

Er schenkte ihr sein strahlendstes Lächeln. »Katharina?«

»Ja, Johannes?«

»Es ist so … «, wieder suchte er nach den richtigen Wort, »so sonderbar!«

»Was denn?«

»Na, dass wir beide hier zusammen sind, als sei das selbstverständlich.«

»Ihr habt recht, das ist es!«

»Warum wundern wir uns eigentlich nicht darüber?«

»Tun wir das denn nicht?«

»Im Moment schon, aber sonst doch nicht.«

»Es ist, als seien unsere Seelen verwandt.«

»Kann es so was geben?«

»Ihr seht doch, dass es so was gibt! Lasst es uns einfach genießen, solange es noch geht.«

Johannes' Rücken straffte sich. »Solange es noch geht? Wie meint Ihr das? Hat Euer Mann von unseren Treffen erfahren?«

»Nein! Das heißt – ich hoffe nicht! Es ist nur … « Melancholie schwang in ihrer Stimme mit.

»Glaubt Ihr wirklich, dass es immer so weiter gehen kann wie jetzt?«

Er zuckte die Schultern. Diesen Gedanken hatte er bisher erfolgreich verdrängt.

Ihren tieftraurigen Blick in weite Ferne gerichtet, sprach sie leise in den Wald: »Lasst es uns genießen und dankbar sein. Die Zeiten werden sich ändern – sie werden schlechter!«

Verblüfft blickte er sie an, während sie weiterhin auf einen Punkt in der Ferne starrte, den nur sie sehen konnte.

»Wie meint Ihr das?«

»Es kommen blutige Zeiten auf uns zu. Es dauert nicht mehr lang, dann wird die Liebe endgültig durch den Hass vertrieben werden.«

»Katharina, was redet Ihr da für wirres Zeug? Ihr habt doch vorhin gehört ›die Liebe hört niemals auf!‹«

»Hoffentlich habt Ihr recht!«

Waltersberg bei Murrhardt

Ende Juli Anno Domini 1524

Jetzt werden wir uns für lange Zeit nicht mehr sehen können. Die Ernte geht bald los. Da kann ich nicht mehr weg. Es wird sowieso immer schwieriger, eine Ausrede zu erfinden, warum ich fort muss. Außerdem hab ich der Ann gegenüber langsam ein schlechtes Gewissen. Immer muss sie herhalten, damit Ihr wisst, wann ich in der Stadt bin. Irgendwie ist es nicht recht von uns, sie für unsere Zwecke zu missbrauchen und sie zum Lügen zu nötigen.«

»Aber sie tut's doch gern! Es macht ihr nichts aus, mir Bescheid zu sagen, wenn sie von Euch an die Klosterpforte gerufen wird. Im Gegenteil, manchmal habe ich sogar das Gefühl, es bereitet ihr ein diebisches Vergnügen, uns zu helfen!«

»Trotzdem ist mir nicht ganz wohl bei der Sache. Uns sollte was anderes einfallen, damit wir die arme Ann da nicht noch weiter mit reinziehen müssen. Falls wir doch einmal entdeckt werden sollten, fliegt sie mit Euch zusammen aus dem Kloster.«

»Daran hab ich noch gar nicht gedacht. Hm, mal nachdenken. Vielleicht könntet Ihr mir Heilkräuter an die Apotheke liefern, die ich Euch dann abkaufe. Euer Mann ist dann auch zufrieden, wenn Ihr Geld mit heimbringt, und ich weiß, Ihr seid da und kann mich danach auf den Weg zu Euch machen.«

»Aus was für einem Grund solltet Ihr nach meiner Lieferung noch mal los müssen, wenn ich Euch die Kräuter schon gebracht habe?«

»Ihr könnt mir ja schließlich nicht alles beschaffen, was ich brauche. Wenn ich Eure Kräuter verstaue, mach ich ja automatisch gleich eine Bestandsaufnahme, bei der ich prüfe, was noch fehlt. Das ist doch gut, oder?«

»Einen Versuch ist das allemal wert!«

»Schön. Nachdem das nun auch geklärt ist, kann ich Euch ja nun zeigen, was ich heute für Euch aus der Bibliothek schmuggeln konnte.« Er wühlte geheimnisvoll in seiner Hucke herum. Katharina begann ungeduldig herumzuzappeln.

»Was habt Ihr denn für eine Unordnung in Eurer Hucke, wenn Ihr so lange braucht, um das Buch zu finden?«

Sein verschmitztes Lächeln verriet ihr, dass er etwas ausgeheckt hatte, um sie zu überraschen. Langsam beförderte er einen gut verschlossenen Topf hervor. Katharina wollte ihm den Behälter sofort neugierig aus der Hand nehmen, doch er versteckte ihn hinter seinem Rücken.

»Sagt mir sofort, was Ihr da drin habt, sonst breche ich unsere Vereinbarung! Aber dann gnade Euch Gott! Ich bin bestimmt stärker als Ihr! Wenn Ihr dann am Boden liegt, werde ich Euch nicht wieder aufhelfen!«

»Ha! Das würdet Ihr nicht wagen!« Ganz sicher war er sich dessen allerdings nicht, denn Katharina war so einiges zuzutrauen. Darüber war er sich schon lange im Klaren!

»Das werden wir ja sehen!« Mit ausgebreiteten Armen ging sie langsam auf ihn zu. Er wich so lange zurück, bis er mit dem Rücken an einem Baum stand. Jetzt hatte sie ihn da, wo sie ihn haben wollte! Herausfordernd stemmte sie die Fäuste in die Seiten. »Her mit dem Topf! Sonst binde ich Euch mit dem Gürtel Eurer Kutte an den Baum und lass Euch dort verhungern!«

Wenn er jetzt nicht bald etwas unternahm, würde sie ganz sicher ihre Drohung wahr machen! Sie kam wieder mit ausgestreckten Armen auf ihn zu, um ihn sich zu krallen. In letzter Sekunde zog er den Topf hinter seinem Rücken hervor und drückte ihn ihr schnell in die Hände.

Verdutzt betrachtete sie den rätselhaften Behälter von allen Seiten. Es war ein tönerner Vorratstopf, mit einem dicht verschlossenen Deckel, wie sie ihn auch in ihrer eigenen Küche zur Bevorratung von verderblichen Lebensmitteln verwendete.

»Da ist doch kein Buch drin!«, stellte sie sachkundig fest. Nun war es an Johannes, vor Ungeduld kribbelig zu werden.

»Nun macht ihn schon endlich auf, damit ich Euer Gesicht sehen kann, wenn Ihr seht, was drin ist!« Sie ließ sich besonders viel Zeit beim Öffnen des Deckels, um noch eine Weile zu genießen, wie er beinahe vor Ungeduld platzte. Langsam nahm sie den Deckel herunter.

»Das ist doch … « Sie schnupperte genüsslich in den Topf. Ungläubig betrachtete sie dessen ungewöhnlichen Inhalt.

»Genau, eine geräucherte Forelle! Ich hab sie für Euch aus der Vorratskammer stibitzt! Dadurch ist mein Sündenregister wieder etwas angewachsen, aber darauf kommt es jetzt sowieso nicht mehr an!«

»Wenn das der Blutsauger Mörlin erfährt, lässt er Euch in den Turm sperren!«

»Martin würde mir sicher nichts tun. Die Buße für diese Schandtat würde sich Abt Binder persönlich für mich überlegen. Bestrafungen sind Sache des Oberhaupts! Glaubt mir, das Fischchen ist die geringste Verfehlung, deren ich mich wegen Euch schuldig mache.«

»Ihr nehmt dieses Risiko für mich auf Euch? Aber warum?«

»Ann hat mir verraten, wie gern Ihr Fisch esst. Sie weiß es von Margaretha. Die hat ihr mal erzählt, wie Ihr den schändlichen Plan hattet, Euch einen Fisch aus dem Klosterweiher zu stehlen, um ihn Euch skrupellos in die Pfanne zu hauen.«

»Ihr lenkt vom Thema ab!«

»Tu ich nicht!«

»Tut Ihr doch!«

Sie setzte sich auf den moosigen Waldboden, um genüsslich den Fisch zu verspeisen. Johannes versuchte jeden bedrohlichen Gedanken an die Entdeckung und Bestrafung seiner vielen

Verfehlungen, die er wegen dieser Frau beging, zu verdrängen. Seine Ausweisung aus dem Kloster wäre ihm sicher! Nachdenklich sah er ihr beim Essen zu. Was hatte diese Frau bloß an sich, dass er ihre Gesellschaft nicht mehr missen wollte? Verhielt er sich nicht wahrhaft sündhaft, wenn er sich unerlaubt mit einer Frau traf? Als anständiger Benediktinermönch auf jeden Fall. War er denn überhaupt noch ein anständiger Mönch? Schon längst nicht mehr! Eigentlich war er nicht würdig, weiterhin die Kutte zu tragen. Mit der ständigen Angst im Nacken, eines Tages entdeckt zu werden, machte er sich dennoch immer wieder zu einem Treffen mit ihr auf. Welche geheimnisvolle Kraft drängte ihn dazu, dieses Risiko auf sich zu nehmen? Was konnte sie ihm geben, das sein Klosterleben nicht vermochte? Er war die meiste Zeit seines Lebens mit Leib und Seele Benediktiner gewesen, und eigentlich wollte er ja auch nichts daran ändern. Wo waren seine Schuldgefühle? Warum meldete sich nicht endlich sein Gewissen zu Wort? Was hielt ihn davon ab, ihr für immer den Rücken zu kehren? Oder sollte er lieber seine Kutte für sie an den Nagel hängen? Ihre Stimme riss ihn aus seinen Gedanken.

»Ich danke Euch vielmals für dieses wunderbare Geschenk! Ihr könnt Euch gar nicht vorstellen, was Ihr mir damit für eine Freude gemacht habt.«

»Doch, ich hab's am Leuchten Eurer Augen gesehen. Das sagt mehr als tausend Worte!«

Er verstaute den Topf wieder sorgfältig in seiner Hucke, bevor er ein Buch herauszog. Sie machten es sich wie immer unter ihrer Linde bequem.

»Was habt Ihr heute für ein Buch für mich mitgebracht?«

»Heute geht es um das Thema Frauen!«

»Frauen?«, fragte sie überrascht. »Was für ein Buch kann es schon über Frauen in einem Mönchskloster geben? Ihr wollt mir doch nicht etwa aus dem ›Hexenhammer‹ vorlesen? Ich habe von diesem schrecklichen Buch schon genug gehört, um mich davor zu fürchten!«

Johannes erschauderte. »Es ist natürlich nicht der Hexenhammer! Was Ihr für Bücher kennt, ohne lesen zu können, ist wirklich erstaunlich!«

»Ich bin im Gasthaus aufgewachsen, vergesst das nicht. Da erfährt man manches mal mehr, als einem lieb ist! Nun sagt schon! Was für ein anderes Buch über Frauen als der Hexenhammer könnte für euch Mönche schon interessant sein? Das ist doch sicher wieder eins zur Abschreckung!«

»Seid nicht so neugierig. Lehnt Euch einfach zurück und hört mir zu.«

Sie tat, wie ihr geheißen. Johannes blätterte ein wenig in dem Buch herum. Als er die richtige Stelle gefunden hatte, begann er zu lesen.

»Wahr ist jedoch, dass die Männer von den Frauen mehr Festigkeit verlangen, als sie selbst besitzen: Denn sie, die sich ihrer Standhaftigkeit und ihres hohen Standes rühmen, sind doch nicht vor gewaltigen Fehlern und Sünden gefeit, und zwar verfallen sie diesen nicht aus Unwissenheit, sondern aus reiner Charakterschwäche, denn sie wissen ganz genau, dass sie auf dem falschen Wege sind; aber sie finden für alles eine Entschuldigung und sagen, zu sündigen sein nur allzu menschlich. Wenn sich aber die Frauen so verhalten und außerdem durch langwierige männliche Machenschaften dazu gebracht wurden, dann sind die Männer sofort mit dem Vorwurf der Schwäche und der Unbeständigkeit bei der Hand. Wenn es mir aber nun mehr als gerechtfertigt scheint, dass die Männer über die in ihren Augen so willensschwachen Frauen urteilen, dann dürfen sie sich aber ihre eigenen Schwächen nicht ohne weiteres durchgehen lassen, um gleichzeitig den Frauen als großes Verbrechen anzukreiden, was sie bei sich selbst als geringfügiges Vergehen betrachten! Denn nirgends steht geschrieben, dass

es allein ihnen, nicht jedoch den Frauen gestattet wäre, sich zu versündigen und dass die männliche Schwäche verzeihlicher wäre. Letztendlich maßen sie sich an, den Frauen nichts durchgehen zu lassen; aus diesem Grunde vergällen viele Männer den Frauen mit zahlreichen Vorwürfen das Leben. Des weiteren vermögen sie nicht die Stärke und die Beständigkeit der Frauen zu erkennen, die sich bereits darin zeigt, dass diese die unerbittlichen Vorwürfe der Männer ertragen. Die Männer beanspruchen also in jeder Hinsicht alle Rechte für sich, sie wollen eben beide Enden des Riemens haben.«

Katharina war leichenblass geworden. Johannes legte das Buch auf seinen Schoß. »Na, was sagt Ihr dazu?«

»Wer hat sich getraut, so etwas zu schreiben? Das kann doch eigentlich gar nicht wahr sein!«

»Ist es aber! Diese Zeilen stammen von einer Frau namens Christine de Pizan. Sie wurde im Jahr des Herrn 1365 in Venedig geboren!«

»1365!«, rief sie erstaunt aus. »Das ist ja schon viele Jahre her!«

»Hundertneunundfünfzig, um genau zu sein, aber das ist jetzt nicht so wichtig. Ich will wissen, was Ihr davon haltet!«

»Nun … «, sie suchte nach den richtigen Worten, »diese Frau war wirklich mutig, so etwas zu schreiben. Es ist hart gegen die Männer. Das wird sicher den meisten von ihnen nicht gefallen. Bestimmt hat sie auch ein wenig recht mit dem, was sie sagt, aber sie urteilt genauso hart über die Männer, wie diese es über die Frauen tun. Stellt sie sich dadurch nicht auf die gleiche Stufe wie sie? Will sie nicht auch beide Enden des Riemens für die Frauen haben? Wenn wir es schaffen, Mann und Frau gleichzustellen, werden wir sicher bald in einer glücklicheren Welt leben. Bestimmt braucht es solch radikale Gedanken über die Männer, wie sie diese Christine hat, um sie den radikalen Gedanken der Männer über die Frauen entgegenzustellen damit sich das Frauenbild verändert. Doch wenn es dann vollbracht ist, muss eine Gleichheit eintreten, die nicht die Frauen zu Männern macht und die Männer zu Frauen. Vielmehr sollte jeder seiner Rolle gerecht werden. Dabei sollte jeder seine gleichwertige Rolle nicht als Gegensatz, sondern als Ergänzung des anderen leben. Ich bin mir sicher, dass Gott es sich bei der Schöpfung genau so vorgestellt hatte!« Sie seufzte tief. »Wie schön könnte dann das Leben sein … «

Ihre unerwartete Reaktion auf diese Schrift stürzte Johannes in tiefe Verwirrung. Was für eine Frau, die zu solchen Gedanken fähig war! Da er sie nur wortlos anstarrte, sprach sie weiter. »Was mich aber noch mehr erstaunt, ist die Tatsache, wie solch ein Buch in die Bibliothek eines Mönchsklosters gelangt! Ach, ich weiß schon, es ist doch wieder eines dieser Abschreckungsbücher, stimmt's?«

»Das ist doch jetzt nicht so wichtig!«

»Doch, das ist es. Warum schrecken Euch denn diese Bücher nicht ab, wie sie es tun sollten?«

»Nun fangt doch nicht schon wieder damit an! Weil sie interessant sind und nicht alles falsch ist, was darin steht.«

»Weiß Euer Abt von Euren frevlerischen Gedanken?«

»Natürlich nicht!«

»Sagt's ihm lieber nicht! Denn trotzdem seid Ihr doch ein guter Mönch. Ihr widmet Euch ganz der Verehrung und Anbetung Gottes und dürft dabei von nichts abgelenkt werden.«

Schön wär's, wenn er das noch mit ruhigem Gewissen von sich behaupten könnte! Er, ein guter Mönch! Das war ein schlechter Scherz! Sie ahnte anscheinend nicht, dass es wegen ihr heute nicht mehr so war! Die wachsenden Zweifel an der Richtigkeit des Mönchstums begannen immer mehr an ihm zu nagen. Was war nur seit Januar los mit ihm? Reformatorische Gedanken wühlten ihn genauso auf wie seine vielfältigen

Regelbrüche, die wie durch ein Wunder noch nicht entdeckt worden waren. In ihm keimten Gefühle auf, von denen er zuvor nicht einmal gewusste hatte, dass es sie überhaupt gab. Es war fast so, als habe ihn diese Frau verhext. Was war nur los mit ihm? Sie vertraute ihm in kindlicher Unschuld ihre tiefsten Seelenqualen und Gedanken an, während er ihr mit einer Beharrlichkeit, die ihn selbst erschreckte, alles, was mit seinem bisherigen Leben zusammenhing, verschwieg. Dabei wäre er am liebsten Tag und Nacht nur noch mit ihr zusammen gewesen, damit sie ihn besser kennen und verstehen lernen konnte. Ihr ganzes Wesen faszinierte ihn. Seine Neugier auf das weibliche Geschlecht war durch sie geweckt worden. Sicher war für ihn jedoch, dass sie anders war als alle anderen Frauen. Er war süchtig nach ihrer Nähe. Wollte Gott ihn versuchen, als er ihn an jenem verhängnisvollen Tag am Kirchacker vorbeischickte, um Katharina kurz darauf aus dem eisigen Wasser des Großen Sees zu ziehen?

Ihre Stimme riss ihn aus seinen Überlegungen.

»Unsereiner kann sich Gott nicht so nähern wie ihr. Darum müssen wir euch das Beten für unser Seelenheil überlassen. Aber dafür arbeiten wir für euch.«

Wie aus weiter Ferne hörte er seine eigenen Stimme sagen: »Martin Luther sagt, jeder ist für sein Seelenheil selbst zuständig. Wir hätten kein Recht, euch Ablässe zu verkaufen, um euch dafür die Absolution zu erteilen.«

»Seit Ihr mir aus der Bibel vorgelesen habt, mache ich mir darüber auch immer wieder Gedanken. Wenn Gott kein Rachegott, sondern ein gütiger Vater ist, dann kann ich mich doch auch direkt an ihn oder Jesus Christus seinen Sohn wenden, wenn ich ihn um etwas bitten will. Dann muss ich nicht erst euch Geld bringen, damit ihr es für mich tut!«

»So ist es wohl!«

»Ich habe das schon einmal versucht!«, gab sie zaghaft zu.

»Was habt Ihr versucht?« Mit einem Mal schien er wieder zu sich zu kommen.

»Na, ich habe einmal zu Christus direkt gebetet. Mit meinen eigenen Worten!«

Sie sah ihn verstohlen an. Insgeheim glaubte sie, er würde ihr jetzt sagen, sie müsse für diese Gotteslästerung für immer in der Hölle oder bestenfalls ein paar Jahrzehnte im Fegefeuer schmoren, oder sie könne von einem Wunder sprechen, nicht sofort dabei vom Blitz erschlagen worden zu sein. Doch nichts dergleichen geschah. Johannes betrachtete sie mit echtem Interesse. Sie glaubte so etwas wie Zustimmung in seinen Augen aufblitzen zu sehen.

»Wann war das?«

»Damals lebte Margaretha noch. Wir waren zusammen beim Walterich, um uns an ihn wegen unseres Kinderwunsches zu wenden. Sie hat zu Walterich gebetet, während ich mich heimlich direkt an den Herrn Jesus gewandt habe. Ich habe es nicht einmal Marga verraten. Ihr seid der Erste, dem ich es anvertraue. Nicht einmal in der Beichte konnte ich mich dazu überwinden, es zu gestehen. Außerdem bereue ich nicht, es getan zu haben!«, gab sie trotzig zu. Sie tat es schon wieder! Woher nur nahm sie dieses grenzenlose Vertrauen zu ihm?

»Das war vor über zwei Jahren. Aber es hat nichts genützt. Keiner von uns beiden!«

Sie schluckte hastig an dem Kloß, der sich beim Gedanken an die tote Freundin in ihrem Hals bildete.

»Johannes?« flüsterte Katharina tonlos.

»Ja, Käthe?«

»Ist Gott wirklich gütig?«

»Das ist er!«

»Seid Ihr Euch da ganz sicher?«

»Im Moment bin ich mir über nichts im Leben sicherer!«

Sonst hätte er mich nämlich schon längst für meine Untreue bestraft!

»Liebt mich Gott genauso sehr wie Euch?«

»Gott wertet nicht wie wir Menschen. Er liebt alle Menschen gleichermaßen. Er wünscht sich nicht sehnlicher, als dass wir ihn auch lieben. Dabei macht er keinen Unterschied zwischen Euch und mir oder Martin oder Claus oder sonst jemandem! Der Herr liebt bedingungslos, allumfassend. Es liegt ihm fern, einen von uns zu verachten oder zu verstoßen, der mit reinem Herzen vor ihn tritt. Wir alle haben unsere Aufgabe, unseren Weg, den wir im Leben zu gehen haben. Es liegt an uns, diesen Weg zu beschreiten, um uns dadurch selbst zu entdecken. Wir haben es selbst in der Hand, sein göttliches Geschenk in uns anzunehmen und es zu leben, indem wir es in seine schöne Welt hinaustragen.«

»Lebe dein Ich«, hauchte sie kaum hörbar.

»Was sagt Ihr?«

»Lebe dein Ich!« Sie blickte ihm direkt in die Augen, als sie den Satz des Pilgers etwas lauter wiederholte. Ihr Blicke verschmolzen miteinander. Aber wie sollte dieses Leben aussehen? Katharina verstand den Satz in ihrem Herzen, aber nicht in ihrem Verstand. Würde Johannes ihr dabei helfen können, ihn zu begreifen?

»Ja,« sagte er, ohne den Blick von ihr zu wenden. »Lebe dein Ich!«

»Aber wie?«

»Seid ganz Ihr selbst und folgt dem Ruf Eures Herzens, dann wird Euch Gott dorthin führen, wo er Euch haben will. Dazu gehört viel Mut, Käthe! *Sehr* viel Mut! Ihr werdet auf dem Weg zu Euch selbst auch Anfeindungen und Missgunst begegnen, die es Euch nicht leicht machen werden, Euren Weg unbeirrt zu gehen. Doch wenn der Moment kommt, wird Gott Euch ein Zeichen geben. Ihr werdet es verstehen! Ihr braucht Euch nur dafür zu öffnen, schon tut Ihr das Richtige, auch wenn sich Euer Verstand vielleicht dagegen sträuben wird. Folgt Eurem Herzen, und alles wird gut!«

Wirtshaus am Halberg zu Siegelsberg

Spätherbst Anno Domini 1524

Katharina wischte sich die nassen Hände an der Schürze ab, ehe sie sich mit einem leisen Stöhnen auf die Bank des Stammtischs sinken ließ. Der Tag war anstrengend gewesen. Während die Bauern nun zunehmend weniger auf den Feldern zu tun hatten, trafen sie sich zum Debattieren im warmen Gasthaus. Manches Mal sehnte sie sich danach, auch nur eine einfache Bäuerin zu sein, um sich nun langsam auf den kalten, aber geruhsameren Winter einzustellen. Neben der Landwirtschaft noch das Wirtshaus zu betreiben, ließ sie jedoch nicht zur Ruhe kommen. Doch ohne Arbeit gab es eben auch kein Geld. Was blieb ihr da schon anderes übrig, als für den bescheidenen Wohlstand, den sie sich mit Claus zusammen erwirtschaftet hatte, nach der Landwirtschaft abends weiter zu arbeiten. Ihr Vater vergaß allerdings nie, sich pünktlich seinen Anteil abzuholen und die Kassenbücher genauestens zu prüfen, damit sie auch ja nicht auf die Idee kamen, ihm eventuell etwas unterschlagen zu wollen. Versonnen sah sie ihrem Mann beim Zählen der Tageseinnahmen zu.

»Claus, mir wird ganz bange, wenn ich höre, was sich überall zusammenbraut! Es hört sich nach Krieg an!«

Ihr Mann sah von den Münzenhaufen auf, die er zum Zählen vor sich aufgestapelt hatte. Ein tiefer Seufzer hob seine Brust. »Ja, du hast recht. Es riecht nach Krieg, aber uns kann es nur recht sein. Je mehr Reisende bei uns absteigen, um uns die neuesten Meldungen zu bringen, um so besser ist es fürs Geschäft. So was spricht sich schnell rum bei den Leuten. Sie sind bereit, dafür ihr Geld liegen zu lassen.«

»Ist das alles, woran du denken kannst? Geld?« Käthes Wangen waren vor Zorn gerötet. Wie konnte er nur in Zeiten, in denen überall im Land Dörfer, Städte, Klöster und Burgen überfallen wurden, nur an den Profit denken?

Die Zeiten wurden unruhiger. Man munkelte, der Bauernaufstand des Schwarzwaldes käme unaufhaltsam näher. Auch vom Bodensee her näherte sich die Front der Aufständischen. Ihr wurde angst und bange, wenn sie daran dachte, was geschehen würde, wenn sich die Bauern auch hier zusammenrotteten und die Obrigkeit bedrohten. Ihr Vater schmiedete schon fleißig Pläne für diese Zukunft. Der erste, den er sich zur Brust nehmen wollte, wenn es soweit wäre, war Caspar von Rot. Er hasste ihn abgrundtief. Der Ortsadlige aus Oberrot ließ keine Gelegenheit verstreichen, ihm klarzumachen, wie sehr er von ihm abhängig sei und dass er ohne ihn ein Nichts wäre. Conz hatte sich schon lange einen Plan zurechtgelegt, wie er sich an ihm rächen konnte. Er musste nur noch abwarten, bis die Zeit dafür reif war. Aber würde der sich das einfach so gefallen lassen? Was, wenn die Bauern diesen Krieg nicht gewannen? Nicht auszudenken, was dann mit ihnen allen geschehen konnte! Claus riss sie mit seiner Antwort aus ihren beunruhigenden Gedanken.

»Was regst du dich auf, Weib? Du freust dich doch auch über das Feuer in Herd und Ofen, das uns niemals ausgeht, weil wir genug Geld haben, um Holz zu kaufen!«

Er brummte unwillig. »Außerdem, findest du es wirklich rechtens, dass es sich nur einigermaßen Wohlhabende wie wir leisten können, genügend Holz zu haben, während der Wald da draußen voller Holz liegt, das wir uns nicht einfach holen dürfen, obwohl es vor unserer Haustüre vermodert? Ich sage dir, das alte Recht auf Allmendewälder muss wieder her, und zwar schleunigst. Die Forstknechte des Klosters sind mit ihren Stippvisiten hinter uns her wie der Teufel hinter der armen Seele. Damit wir auch ja keinen Stapel Brennholz zu viel haben, oder sonntags ein Wildbret auf die Speisekarte setzen! Die

Fische aus den Bächen dürfen wir uns auch nicht holen. Sag, nennst du das gerecht, wenn sich die Schwarzröcke da unten auf unsere Kosten den Ranzen vollschlagen können, während wir uns für sie abrackern müssen?«

Käthe schluckte bei der Erwähnung der Mönche des Klosters. Claus hatte doch außer Mörlin noch keinen der Mönche zu Gesicht bekommen. Als feist konnte man ihn nun wirklich nicht bezeichnen.

»Sieh dich doch mal selbst an!« Er deutete auf ihre schlanke Taille und das Mieder, das auch schon einmal praller gefüllt war.

»Du bist so dünn geworden, dass man dich glatt für unterernährt halten könnte. Deine Wangen sind eingefallen wie bei einem Totenschädel, und Speck hast du auch schon lange keinen mehr auf die Rippen! Anscheinend reicht unser Essen nicht einmal aus, um dir deine weiblichen Rundungen zu erhalten. Du hast mir ehrlich gesagt auch schon mal besser gefallen!«

Katharina gab es einen Stich ins Herz, ihn so reden zu hören. Hatte sie sich wirklich so sehr verändert, seit sie verheiratet waren? Sie blickte an sich herab. Sicher, sie war etwas schmaler geworden, aber das lag an der vielen Arbeit, seit sie ihr eigenes Wirtshaus und dazu noch die Landwirtschaft hatten. Sie kam ja selbst kaum noch zum Essen. Bis alle Gäste und Tiere versorgt waren, hatte es ihr schon lange den Appetit verschlagen. Nun musste sie sich auch noch von ihrem eigenen Mann vorwerfen lassen, sie sehe aus wie ein Totengerippe. Warum nur bereitete es ihm in letzter Zeit immer mehr Vergnügen, sie so zu verletzen? Spürte er, welch ein Wandel sich in ihrem Inneren vollzog? Ahnte oder wusste er womöglich etwas von ihren Treffen mit Johannes? War er deswegen schon so lange nicht mehr bei ihr gelegen? Nicht dass sie nicht froh darum wäre, das hätte ihr zu all dem Elend noch gefehlt! Aber seltsam war es schon, wie er plötzlich das Interesse an der Zeugung eines Stammhalters verloren hatte. Sie würde sich jedoch hüten, ihn danach zu fragen. Schließlich war sie auch nicht mehr die Jüngste zum Kinderkriegen. In ihrem Alter war eine Schwangerschaft und Geburt mit noch größeren Risiken verbunden, als das sowieso schon der Fall war. Ihr graute davor, noch einmal ein Kind zu Grabe tragen zu müssen. Außerdem hing sie viel zu sehr an ihrem Leben, um es leichtsinnig aufs Spiel zu setzen. Sie konnte sich nur nicht vorstellen, Claus habe die gleichen Beweggründe, nicht mehr bei ihr zu liegen. Als ahne er ihre Gedanken, griff er nun das Thema auf.

»Du bist selbst zu dünn zum Gebären geworden. Was soll aus solch einem knochigen Becken schon rauskommen? Sicher nicht mein Sohn, der einst das Erbe seines Vaters und Großvaters antreten kann! Hättest du deine Kinder besser versorgt, dann müsste sich dein Vater jetzt keine Gedanken darüber machen, wer sein Vermögen nach mir einmal erben soll!«

Katharina schossen bei seinen groben Äußerungen Tränen der Schmerzen und der Demütigung in die Augen. Warum nur konnte er sich nicht endlich in Ruhe lassen mit seinen Vorwürfen?

»Heul mir jetzt bloß nicht die Ohren voll, Weib! Dein Vater liegt mir ständig in den Ohren, ich soll dir endlich einen Erben in den Bauch pflanzen! Solch eine Aufforderung ist nicht gerade anregend, findest du nicht auch?«

Käthe starrte kreidebleich auf die Tischplatte. Mechanisch wischte sie mit der Handfläche darauf herum. Warum nur konnte er nicht endlich das Thema wechseln?

»Ich werde dich nicht mehr berühren, ehe du mich nicht dazu aufforderst! Das habe ich mir geschworen. Entweder du willst mich auch, oder wir lassen es sein. Ich komme in der Badstube schon auf meine Kosten, und das um einiges besser als bei dir. Das kannst du mir glauben!«

Katharina atmete tief durch. Sie versuchte sich ihre Erleichterung über diese Aussage nicht anmerken zu lassen. Sollte diese Tortur nun tatsächlich für immer ein Ende haben? Sie konnte kaum glauben, was sie da hörte!

»Aber jetzt lass uns über Wichtigeres sprechen. Ich werde morgen früh nach Oberrot aufbrechen, um mich mit deinem Vater zu bereden, wie wir weitermachen wollen. Es kann nicht mehr lange dauern, bis es bei uns losgeht, daher ist es höchste Zeit, einen Schlachtplan zur Mobilmachung der anderen zu ersinnen. Ich werde dir, ehe es los geht, noch das Rechnen und etwas Schreiben beibringen müssen, damit der Laden hier auch ohne mich weiterlaufen kann! Im Winter haben wir genug Zeit dafür. Wenn es losgeht, dann nicht vor dem Frühjahr.«

»Du willst mir wirklich das Rechnen und Schreiben beibringen? Aber das ist ja wunderbar!« Käthe drückte Claus einen Kuss auf die Wange. Sie war sich sicher, dass er sie doch lieben musste, auch wenn er es ihr nicht so direkt zeigen konnte. Es war eben seine Art, ihr durch solche Gesten seine Liebe zu beweisen.

»Eine wunderbare Idee fürwahr. Wie sonst können wir unsere Wirtshäuser geöffnet lassen, um den großartigen Umsatz mitzunehmen, den uns der Aufstand bescheren wird? Es war eine gute Idee von deinem Vater, dich und deine Mutter in die Kunst der Buchhaltung einzuweisen, damit wir auch dranbleiben können, wenn wir fort sind.«

Katharinas Herz zog sich schmerzhaft zusammen. Ach so war das! Wie dumm sie doch gewesen war, zu glauben, er täte es für sie! Es war nichts als Einbildung, wenn sie jemals geglaubt hatte, dieser Mann würde sie lieben. Nie war ihr das klarer geworden als heute.

Der Winter zog ins Land. Die Tage wurden kürzer, eisiger und ruhiger. Weihnachten kam und ging. Claus brachte seiner Frau alles bei, was er selbst über das Rechnen und Schreiben wusste, auch wenn das herzlich wenig war. Katharina saugte alles wie ein trockener Schwamm in sich auf. Sie hätte zu gern noch mehr erfahren. Doch schon bald war Claus' Wissen erschöpft. Katharinas Sehnsucht nach Johannes wurde in dieser düsteren Zeit unerträglich. Er war so viel klüger als ihr Mann! Wie nur könnte sie es schaffen, sich heimlich mit ihm zu treffen, um noch mehr von ihm zu lernen? Sie konnte sich nun nichts Schöneres mehr im Leben vorstellen, als selbst ein Buch lesen zu können. Ab und zu wagte sie den beschwerlichen Abstieg in die Stadt. Den eisigen Steilhang zu überwinden war alles andere als ein einfaches Unterfangen. Immer wieder schlich sie um das Kloster herum. Einmal hatte sie es sogar gewagt, an der Pforte zu klopfen, um nach Ann zu fragen, doch die hatte ihr auch nicht weiterhelfen können. Diese Jahreszeit bot Johannes nicht den geringsten Vorwand, das Kloster zu verlassen. Sich innerhalb der Klostermauern heimlich zu treffen war viel zu riskant. Abt Binder schien seine Augen und Ohren überall zu haben, aber auf jeden Fall wurde ihm alles zugetragen, das nicht den Regeln entsprach. So konnte sie nur einen Gruß an Johannes zurücklassen, bevor sie sich wieder auf den Heimweg begab.

Im Januar machten sich die Männer auf in den Wald, um unter der strengen Aufsicht der Klosterforstknechte Holz zu schlagen. Der Februar zog ins Land. Schon bald drangen wieder erste Neuigkeiten über die Bewegungen der aufständischen Bauern ins Rot- und Murrtal. Der Kampf kam unaufhörlich näher, man konnte die Hellebarden fast schon klirren hören. Mit dem Aufstand kehrte auch das Frühjahr ins Land zurück. Claus hielt sich bald mehr in Oberrot als in Siegelsberg auf.

Murrhardt

im März Anno Domini 1525

Katharina machte sich nach einem nicht enden wollenden Winter endlich wieder mit einem Korb frischer Frühlingskräuter auf den Weg ins Tal. Ihre Vorfreude war so unbändig, dass sie das Gefühl hatte, zerspringen zu müssen, wenn sie nicht herumhüpfte wie ein junges Mädchen, das zum Beerensammeln ging.

Mit zitternden Fingern klopfte sie an die Klosterpforte. Der streng dreinschauende Pförtner machte sich nach einem Blick auf ihren Kräuterkorb auf den Weg, Johannes an die Pforte zu holen. Ungeduldig trat sie von einem Fuß auf den anderen. Wenn sie ihn nun gleich sehen würde, musste sie sich am Korb festkrallen, um ihm nicht um den Hals zu fallen. *Nur nichts anmerken lassen!*, ermahnte sie sich ein ums andere Mal. *Nur nichts anmerken lassen!*

Als sie endlich durch die kleine Klosterpforte in den Klosterhof treten durfte und Johannes mit einem verschmitzten Lächeln aus der inneren Pforte zu ihr hinausblickte, machte ihr Herz einen Sprung. Genau in diesem Moment wurde es Frühling! Er winkte sie zu sich heran. Ihre Handflächen wurden feucht. *Ich muss mich beherrschen! Ich muss mich beherrschen!*, sagte sie sich immer wieder im Stillen.

Johannes! Johannes!

Er hob das Tuch ihres Korbes an, betrachtete die Kräuter genau, zerrieb sie zwischen den Fingern, roch daran, drehte sie lange hin und her, um sie zu begutachten. Katharina hätte ihm dafür am liebsten den Hals umgedreht. Sie sah ihm bei seiner Prüfung zu, wobei sie ungeduldig brummte. Endlich schaute er sie an. Ihr Herzschlag setzte für einen Moment aus. Sie hatte ganz vergessen, wie blau seine Augen waren. Der Frühlingshimmel strahlte sie an.

»Was ist?«, flüsterte sie unsicher. »Wie findet Ihr die Ware?«

»Sie ist das Schönste und Erfreulichste, was ich in den letzten schrecklich langen Wintermonaten gesehen habe!«, antwortete er. Langsam nahm er ihr den Korb aus dem Arm, um die Kräuter in die Apotheke zu bringen.

»Das freut mich zu hören!«, gab sie leise zurück. Sie sah ihm nach, als er durch das Tor in den inneren Konvent verschwand, um die Kräuter zu verstauen und das Geld zu holen. Wenig später drückte er ihr den leeren Korb und Geldstücke in die Hand. Ein verschwörerisches Zwinkern konnte er sich nicht verkneifen, als sie sich verabschiedeten.

Ungeduldig klopfte sie gegen den Stamm der Linde, während sie auf ihn wartete. Die Zeit wollte nicht vergehen. *Wie lange soll das noch dauern?* Plötzlich stand er hinter ihr, unvermittelt, wie aus einem Traum gepflückt. Sie drehte sich blitzschnell um, als sie seine Nähe spürte. Ihr Blicke verschmolzen ineinander. Die Körper wollten sich berühren, durften es aber nicht. Es lag eine Spannung zwischen ihnen, die man beinahe knistern hören konnte.

»Ich hab Euch so sehr vermisst!«

»Ich Euch auch!« Schweigen.

»Katharina?«

»Ja, Johannes?«

»Haltet Ihr mich für inkonsequent, wenn ich mich für einen klitzekleinen Moment der Schwäche nicht an unsere Abmachungen halte?«

»Es war *Euer* Wunsch, nicht meiner!«

»Ihr habt recht. Aber sagt, ist ein solcher Moment nicht dazu gemacht, einen Regelbruch zu begehen?«

»Ich bin bereit dafür!« Für einen ganz kurzen Moment schloss er sie fest in seine Arme. Ihre Wangen berührten sich sanft. Wenn doch nur in diesem Moment die Zeit stehen geblieben wäre! Doch viel zu rasch lösten sie sich wieder voneinander.

Johannes holte eine Decke aus seiner Hucke und breitete sie unter der Linde aus. Beide setzten sich so selbstverständlich auf ihre angestammten Plätze, als läge nicht über ein Vierteljahr zwischen ihrem letzten Treffen und heute.

»Käthe!«

»Ja?«

Er seufzte tief. »Ach, nichts.«

»Johannes. Es ist durch nichts in Worte zu fassen, wie sehr Ihr mir gefehlt habt! Das war der längste Winter meines Lebens!«

»Meiner auch!«

»Ich war richtig krank vor Sehnsucht nach Euch!«

»Ja?«

»Johannes, ich habe eine Überraschung für Euch. Habt Ihr ein Buch dabei?«

»Natürlich habe ich ein Buch dabei. Wie könnte ich wagen, bei Euch ohne ein Buch zu erscheinen?« Er hielt ihr ein Buch, das er aus seiner Hucke gezogen hatte, unter die Nase.

»Gebt es mir bitte!« Sie nahm ihm das Buch aus der Hand. Konzentriert starrte sie auf den Einband.

»Germanien«, entzifferte sie stockend den Titel. Er hielt den Atem an. Ihr Zeigefinger folgte den einzelnen Buchstaben, während sie las.

»Tacitus«. Mit konzentriert zusammengezogenen Augenbrauen las sie den Namen des Autors, ehe sie zu ihm aufblickte. Johannes starrte sie an, als sehe er sie heute zum ersten Mal. Er konnte einfach nicht glauben, was seine Ohren da hörten.

»Käthe«, flüsterte er völlig überrascht.

»Ich weiß, ich bin noch nicht sehr gut im Lesen, aber ich habe doch ein bisschen gelernt über den Winter. Mir fehlt es eben noch an Übung.«

»Käthe! Ihr könnt lesen, ich … ich.. weiß wirklich nicht, was ich dazu sagen soll!«

»Da staunt Ihr, was? Claus hat mir ein bisschen was beigebracht. Aber er kann eben selbst nicht viel, deshalb klappt es bei mir auch noch nicht so gut. Könnt Ihr mir noch mehr beibringen? *Bitte!*« Sie wollte seine Hand ergreifen, um ihrer Bitte Nachdruck zu verleihen, doch er zog sie rasch zurück.

»Ach bitte, Käthe, lasst das. Ihr wisst doch, was wir ausgemacht haben!«

»Ja sicher. Entschuldigt bitte!« Sie legte ihre Hand brav in den Schoß.

»Jetzt schaut doch nicht so traurig drein. Liebend gern werde ich mit Euch das Lesen üben! Lasst uns gleich damit beginnen!«

Käthe blickte in die Ferne, bemüht, die Tränen der Enttäuschung zurückzuhalten. Er war ein Mönch, sie eine Ehefrau. Beide hatten ein Gelübde abgelegt, das nicht einfach gebrochen werden durfte. Moral war wichtig für die Gesellschaft! Musste man denn wirklich wider seine Natur handeln, nur um sich an diese dummen Regeln zu halten? Er wollte das doch eigentlich auch nicht, das spürte sie ganz genau! Warum nur musste er sie beide so quälen? Sie wollte am liebsten auf alle Moral pfeifen und mit ihm für immer davonlaufen, aber wohin hätten sie schon gehen können? Was für eine Zukunft würde sie in der gnadenlosen Welt da draußen erwarten? Er ein entflohener Mönch, sie eine Ehebrecherin! Was für ein schönes Paar sie doch abgeben würden! Gerade recht, um sie zu verhöhnen und an den Pranger des nächsten Marktplatzes zu stellen!

»Katharina, was ist denn nur los mit Euch?« Johannes spürte ihre Traurigkeit und Wut.

»Ach, es ist nichts!« Entschlossen schüttelte sie ihre trüben Gedanken ab. Trotzig schob sie das Kinn vor.

»Kommt, lest mir was aus diesem Buch da vor. Ich möchte Eure Stimme hören.«

»Gern. Aber möchtet Ihr es nicht einmal selbst versuchen?«

»Nein, lest Ihr. Ich möchte mich nicht noch einmal vor Euch zum Narren machen.«

»Was meint Ihr damit?«

»Ach, nichts. Bitte lest jetzt einfach!«

»Ganz wie Ihr wünscht. Dieses Buch hat ein Historiker namens Tacitus geschrieben. Er war Römer und hat ungefähr von 55 bis 120 nach der Fleischwerdung des Herrn gelebt.«

»Was? Das ist ja unendlich lange her!« Käthe konnte sich beim besten Willen nicht vorstellen, wie viele Jahre zwischen dem heutigen Tag und dem Verfassen dieses Buches lagen.

»Was ist ein Römer?«, wollte sie wissen. Da erzählte er ihr geduldig von dem antiken Volk der Römer, wie es einen großen Teil der Welt eroberte, und dass es einst die Stadt Murrhardt gegründet hatte. Damals gab es dort ein Kastell, ein Bad, Wachtürme und Tempel. Sie erfuhr, dass es die Römer waren, welche die Brücke zum Gottesacker erbaut hatten. *Ach, wenn das Margaretha noch erfahren könnte!* Er erzählte ihr vom Limes, den Germanen, von Krieg und Frieden, von mächtigen, grausamen Herrschern, geschundenen Sklaven, von Handel und Diebstahl. Käthe lauschte gespannt und nahm alles in sich auf, wobei sie versuchte, ihre trüben Gedanken zu vergessen. Als er sie dann endlich fragte, was er ihr aus der Vergangenheit ihrer Vorfahren vorlesen sollte, antwortete sie ohne zu zögern: »Lest mir etwas von ihren Eheschließungen vor!«

Johannes runzelte die Stirn. Er war mit ihrer Wahl nicht einverstanden, wollte sie aber nicht schon wieder enttäuschen. Er blätterte eine Weile in dem Buch, dann begann er zu lesen.

»Gleichwohl sind die Ehen dort streng, und in keinem Punkt möchten ihre Sitten mehr zu loben sein. Denn sie sind fast die einzigen unter den Barbaren, die sich mit einem Weibe begnügen, äußerst wenige ausgenommen, mit denen, nicht aus Sinneslust,

sondern um ihres Adels willen, von allen Seiten Eheverbindungen gesucht werden.
　Mitgift bringt nicht das Weib dem Manne, sondern der Mann dem Weibe zu.«

Käthe war erstaunt, dies zu hören, wagte aber nicht, dazwischen zu fragen, aus Angst, er könnte danach nicht mehr weiterlesen. So hörte sie ihm weiter aufmerksam zu. An der Stelle, an der die Germanen für ihre wohlbeschirmte Keuschheit gepriesen wurden, konnte sie ein verächtliches Schnauben nicht unterdrücken. Johannes erhob nicht den Blick.

»*Sehr selten für ein so zahlreiches Volk ist der Ehebruch, dessen Bestrafung unverzüglich geschieht und den Gatten überlassen bleibt.*«

Er blickte zu ihr auf und wollte das Buch zuklappen.
　»Was ist? Warum lest Ihr nicht weiter?« Käthe war über den abrupten Abbruch verärgert.
　»Ach, lasst es doch gut sein. Das kann Euch doch zu diesem Thema genügen. Vielleicht kann ich Euch ja noch etwas von der Landschaft und der Kleidung des Landes vorlesen, das ist doch viel interessanter.«
　»Ich will aber wissen, wie das mit der Bestrafung für den Ehebruch vor sich ging!« Sie war wütend, weil er sie davon ablenken wollte. Seufzend schlug er das Buch wieder auf. Unlustig las er weiter.

»*Vor den Augen ihrer Verwandten jagt sie der Ehemann, entblößt und mit abgeschnittenem Haupthaare, aus dem Hause und treibt sie mit einer Geißel durch das ganze Dorf. Preisgegebener Keuschheit gewährt man wollend keine Verzeihung; nicht durch Schönheit, nicht durch Jugend, nicht durch Reichtum fände ein* solches Weib einen Mann. Denn hier lacht niemand über das Laster, und verführen und sich verführen lassen nennt man nicht den Geist der Zeit.«

»Genug!« Käthe erhob die Hand. Schwungvoll sprang sie auf. Er klappte erleichtert das Buch zu. Endlich hatte sie es eingesehen, dass auch die Vorfahren nicht zimperlich mit einer Ehebrecherin umgegangen waren. Sie stampfte wütend mit dem Fuß auf den feuchten Waldboden.
»Ich habe genug gehört. Ich muss jetzt gehen!«
»Aber *Ihr* wolltet doch ausgerechnet über dieses Thema etwas hören. Ich hatte da ganz andere Stellen im Sinn!« Auch er erhob sich, verwirrt, weil sie ihnen das schöne Wiedersehen vermasselt hatte. Sie kam stürmisch auf ihn zu, er wich erschrocken zurück. Sie kniff die Augen zu kleinen Schlitzen zusammen. Ihm wurde heiß und kalt beim Anblick des Zornesfeuers, das in ihren Augen glomm.
»Ihr Männer macht es mir wahrlich leicht, meine Moral zu bewahren!«, zischte sie ihn an. »Wenn ihr mich nicht berühren wollt und ich euch auch nicht berühren darf, brauche ich mir ja keine Gedanken über meine Keuschheit zu machen! Deshalb gehe ich jetzt noch Hause und striegle meine Pferde, denn die freuen sich wenigstens, wenn ich sie berühre! Ich wünsche Euch noch ein schönes Leben!«

Sie drehte sich abrupt um, schnappte ihren Korb und ließ Johannes einfach stehen. Wütend stolperte sie über eine Baumwurzel und hielt sich an dessen Stamm fest, um nicht zu stürzen. Ein leiser Fluch entfuhr ihren Lippen.
Johannes legte ihr die Hand auf die Schulter, noch ehe sie den Wald verlies.
»Was soll das bedeuten? Ihr wünscht mir noch ein schönes Leben? Hm, was wollt Ihr mir damit sagen? Ihr wollt doch

nicht schon wieder einfach so davon rennen und mich hier oben verwirrt zurücklassen!« Panik schwang in seiner Stimme mit, als er ihr diese Frage ins Ohr flüsterte. Abrupt drehte sie sich zu ihm um. Ungeduldig wischte sie seine Hand von ihrer Schulter, wie man ein lästiges Insekt verscheucht.

»Lasst doch Eure Hände von mir. Ihr braucht mich nie mehr zu berühren! Ich bin es mein Leben lang gewöhnt gewesen, bei jeder Berührung, die ich erfahre nur Schmerz zu empfinden, daher kann ich doch nun froh sein, von niemandem mehr berührt zu werden.«

Johannes wusste nicht, was er ihr darauf erwidern sollte. Von mächtigen Gefühlen hin und her gerissen, trat er einen Schritt näher an sie heran, um sie in seine Arme zu schließen, doch sie stieß ihn grob zurück, als sie seine Absicht erkannte. Erschrocken trat er einen Schritt zurück.

»Lasst mich!«, fauchte sie giftig.

»Ich will nur noch meine Ruhe! Ich gehe jetzt nach Hause, und danach werden wir uns nie wieder sehen. Es ist besser so! Dieser Zustand ist unerträglich für mich. Wir gehen ab heute getrennte Wege. Jeder von uns lebt das Leben, in das wir eigentlich gehören. Die Fronten verhärten sich auf beiden Seiten. Wir haben keinerlei Recht dazu, Freunde zu sein. Wir sind Feinde und müssen es bleiben. Ihr steht auf der einen Seite, ich auf der anderen. Die Grenzen sind klar abgesteckt und durch nichts aufzuheben. Das ist mir nun endlich schmerzlich klar geworden. Schließt die Klostertüre gut hinter Euch ab und schiebt den Riegel vor, wenn Ihr zuhause seid, damit nicht bald ungebetene Gäste auf dem Klosterhof stehen!«

»Katharina, von was in aller Welt redet Ihr?«

»Von der Tatsache, dass der Krieg bereits in vollem Gange ist. Ich muss mich für meine Seite entscheiden, weil ich keine andere Wahl habe. Lebt wohl, unschuldiger Johannes. Ich danke Euch für alles, was Ihr mich gelehrt habt! Doch nun muss ich zu den Meinen zurückkehren. Geht Ihr zu den Euren. Ich werd Euch niemals vergessen!«

Durch einen Tränenschleier sah er sie mit wehenden Röcken ins Tal hinabstürmen und wusste genau, es war zum letzten Mal.

Dorfplatz zu Oberrot

kurz vor dem 3. April Anno Domini 1525

Beschauliche Stille lag über Oberrots Wiesen und Äckern. Um diese Jahreszeit hätten sie eigentlich längst vom geschäftigen Treiben der Bauern erfüllt sein müssen, die den Mist zum Düngen ausfuhren. Anstatt zu arbeiten, hatten sich die Menschen jedoch in der Dorfmitte um die Linde versammelt, um zu beratschlagen, wie es zuvor schon die anderen Bauern zwischen Rems und Kocher getan hatten. Den Schenken von Limpurg war es zwar zunächst gelungen, die Bauern zu beschwichtigen, indem sie ihnen versprachen, sie dürften ihre Beschwerden in schriftlichen Artikeln formulieren, die sie dann prüfen wollten. Bisher war allerdings nichts geschehen. Daher versammelten sich heute die Amtbewohner Oberrots, um einen Ausschuss zu bestimmen, der ihre Beschwerden bei den Schenken vorbringen sollte.

»Niemals!« Conz Bart stand auf einem schweren Holztisch, damit ihn auch die hinten Stehenden gut sehen konnten. Kampfeslustig reckte er die geballte Faust gen Himmel. Seine dröhnende Stimme schallte über die Köpfe der Menschenversammlung hinweg.

»Wir dürfen uns nicht auf Verhandlungen mit diesen elenden Schenken einlassen. Zu oft haben sie uns belogen und betrogen. Ich bin dafür, dass wir nicht mehr länger drum rum schwätzen, sondern endlich handeln! Wir haben schon viel zu lange den andern nur zugeschaut. Lasst uns jetzt auch zu den Waffen greifen!«

»Nein, wir müssen es erst auf offiziellem Weg versuchen«, rief der Schultheiß des Dorfes dem aufgebrachten Wirt zu.

»Ach was! Ihr elenden Bürokraten könnt euch ja mit den Federkielen bekämpfen, ich bin mehr für das Handfeste.« Auf seinen Wink hin reichte ihm Claus einen Langspieß nach oben. Er reckte ihn in die Höhe wie ein Feldherr, der siegessicher seine Soldaten in die Schlacht führt.

»Wir haben schon genug Worte gewechselt, nun wird's Zeit, dass endlich Taten folgen. Die Obrigkeit versteht doch nur eine Sprache, und die wird mit Waffen gesprochen.«

Einige Stimmen aus der Menschenversammlung stimmten ihm zu, andere hielten sich lieber zurück. Viele hatten noch nicht einmal recht begriffen, warum sie heute nicht auf den Feldern und Wiesen arbeiteten, sondern hier auf dem Dorfplatz herumstanden und redeten, statt ihrer wichtigen Arbeit nachzugehen, solange das Wetter so gut war. Der Schultheiß versuchte es noch einmal.

»Conz, sei doch vernünftig! Wir dürfen uns nicht einfach gegen die Aufforderung der Schenken auflehnen. Sie sind immerhin unsere Herren. Außerdem haben sie eine mächtige Armee im Rücken. Wenn die aus Hall anrücken, kriegen wir mehr Probleme, als uns lieb ist.«

Beifälliges, aber auch ängstliches Gemurmel der Zuhörer bestätigte ihm, dass auch seine Einstellung genügend Menschen teilten.

»Komm jetzt endlich da runter. Hilf uns lieber, an diesem Tisch die Artikel zu formulieren, anstatt die Leute gegen die Obrigkeit aufzuhetzen.«

Conz blieb breitbeinig und entschlossen stehen, wo er war, den Langspieß wie ein Stadttorwächter neben sich auf die Tischplatte gestemmt. Er dachte nicht daran, mit den Schenken auf diese Art zu verhandeln.

»Kommt nicht in Frage! Schließlich haben auch wir Bauern unseren Stolz. Die feinen Herren scheinen zu vergessen, dass sie bald nichts mehr zu fressen und zu saufen haben, wenn wir nicht mehr für sie arbeiten!«

Lauter Jubel brach unter den Zuhörern los. So hatten sie

das noch gar nicht gesehen, aber Conz hatte recht. Wo sollten die Herrschaften denn ihren Reichtum hernehmen, wenn die Bauern ihre Lebensmittellieferungen einfach unterbrechen würden? Dieser Gedanke war ohne Frage sehr verlockend. Vermittelte er doch den Machtlosen auch ein wenig das Gefühl, endlich einmal die Zügel in Händen zu halten. Warum sollte man nicht ein kleines Kräftemessen gegen die Obrigkeit veranstalten? Die waren wenige, sie waren viele. Sie hatten ein Ziel, für das es sich zu kämpfen lohnte: die Freiheit! Einer rief: »Jawohl, recht hat er, der Conz! Nieder mit den Herren. Wir wollen unsere Freiheit!«

»Nieder mit den Herren! Wir wollen unsere Freiheit!«, stimmten einige im Chor ein.

Conz warf sich stolz in die Brust. Er hatte ja schon immer gewusst, dass die Oberroter keine Feiglinge waren, die den Schwanz einzogen, wenn es brenzlig wurde! Was für vernünftige Leute sich doch hier versammelt hatten, um endlich für das zu kämpfen, was ihnen zustand! Der Schultheiß gab dennoch nicht auf.

»Conz, komm endlich herunter. Wir müssen es erst auf dem schriftlichen Weg versuchen. Wenn das nichts nützt, können wir immer noch zu den Waffen greifen.«

»Warum so lange warten?«

Der Dorfpfarrer Johannes Röckhlin hatte sich neben den Schultheiß vorgedrängt.

»Weil es vernünftig ist!«

»Was will denn der Pfaffe hier! Lasst uns bloß in Frieden mit Eurer Meinung. Ihr seid auch nicht besser als die Schenken. Unsere Lehnsherren aus diesem elenden Kloster Murrhardt und Ihr seid auch unsere Feinde! Ihr habt Euch hier gar nicht einzumischen!«

Der Pfarrer winkte entschieden ab. »Nein, da irrt Ihr Euch. Ich bin *nicht* euer Feind!« Umständlich stieg er auf eine Bank, um von dort aus ebenfalls auf den Tisch zu gelangen. Geistesgegenwärtig reichte ihm der Schultheiß hilfreich die Hand zum Aufstieg. Selbstbewusst stellte sich der Pfarrer neben dem verblüfften Bart auf und richtete sich seinerseits an die Menge.

»Hört mir zu. Wir sollten es wenigstens auf dem friedlichen Weg versuchen. Der Schwäbische Bund ist ein schrecklicher Gegner, der sich nicht so leicht besiegen lässt, wie ihr vielleicht glaubt! Wenn der Schwäbische Bund kommt, sind wir glatt weg vom Fenster! Sicher habt ihr alle schon vom Bauernjörg, dem Georg Truchsess von Waldburg, gehört. Der ist selbst mit dem Herzog Ulrich von Wirtemberg fertig geworden. Jetzt haben sie ihn auf die aufständischen Bauern angesetzt. Viele Bauern mussten bereits unter den Schwertern seiner Soldaten sterben! Er war schon beim Armen Konrad maßgeblich an der Niederschlagung des Aufstands beteiligt. Der Truchsess ist fürchterlich in seinem Zorn! Ihr glaubt doch nicht allen Ernstes, ihr hättet auch nur die geringste Chance, wenn er mit seinem Fußvolk, den Reisigen und schweren Geschützen gegen euch anrückt?«

Die Zuhörer wurden bei dieser Rede immer unsicherer, und die aufrührerische Stimmung war schlagartig gedämpft. Vielleicht hatte der Pfarrer ja recht. Mit den Soldaten des Schwäbischen Bundes war wirklich nicht zu spaßen. Man hatte schon oft davon gehört, wie gewalttätig sie werden konnten, wenn man sie herausforderte.

»Blödsinn!«, brauste Conz auf. »Die meisten von uns haben ebenfalls eine gute Kampfausbildung hinter sich. Schließlich mussten wir schon oft genug für die Herren in den Krieg ziehen. Viele von uns haben ja auch Waffen von ihnen bekommen, die sicher nichts dagegen haben, ihre ursprünglichen Besitzer aufzuspießen!«

Kämpferisch hob er den Langspieß in die Höhe. Beifall brauste auf. Die Lager waren nun endgültig gespalten.

»Nein! Lasst uns lieber von den Schenken fordern, sich an das heilige Evangelium zu halten!«

Der Pfarrer sprach in ruhigem Ton zu den Menschen, die nicht so recht verstanden, was das zu bedeuten hatte. Conz war ungehalten über diese Aussage. Mit der Kirche hatte er noch nie etwas am Hut gehabt, und jetzt kam ihm dieser Pfaff mit dem Evangelium daher. Was sollte das mit ihrer Sache zu tun haben? Der Pfarrer erkannte sofort die Verständnislosigkeit in den Gesichtern.

»Lasst es mich euch erklären: Die Verhältnisse müssen völlig umgestaltet werden. Das Evangelium fordert eine völlige Gleichheit und die Abschaffung aller Privilegien.«

Verständnisloses Gemurmel erfüllte die Luft.

»Das bedeutet«, fuhr der Pfarrer unbeirrt fort, »dass wir alle gleich sind vor dem Herrn. Niemand hat das Recht, einem anderen zu sagen, was er zu tun oder zu lassen hat. Die Herren sind nicht besser als die Bauern. Sie haben dann kein Recht mehr, über euch zu bestimmen.«

»Und was ist mit Euch und dem Kloster? Zieht Ihr uns denn nicht auch weiter das Geld aus der Tasche und werft uns jede zehnte Garbe um, damit wir sie Euch ins Kloster schaffen, um sie in schlechten Zeiten wieder von Euch zurückkaufen zu müssen?« Conz' herausfordernde Frage brachte den Gottesmann nicht aus der Ruhe.

»Ja, über die gerechtere Verteilung der Abgabenlasten müssen wir auch noch verhandeln, aber zuerst einmal müsst ihr euch mit den Schenken einig werden. Der Rest kommt danach von selbst.«

Unwillig brummte Conz in seinen buschigen Bart. Das alles passte ihm ganz und gar nicht. Er wollte nicht mehr reden, sondern handeln. Doch dauernd kam jemand daher, der ihn daran hindern wollte, die Leute endlich zum Kampf bereit zu machen.

»Seht her!« Der Pfarrer zog einige zerknitterte Blätter Papier aus seiner Tasche. Etwas umständlich versuchte er sie an seinem Schenkel glatt zu streichen.

»Was soll denn das nun wieder?« Conz wurde immer ungeduldiger. Sicher würde ihm dieser Pfaffe mit diesen Papieren einen Strich durch die Rechnung machen wollen. Am liebsten hätte er ihn mit samt seinen Blättern vom Tisch geworfen, aber dann hätte er sich den Zorn der Dorfbewohner zugezogen, und das wollte er lieber nicht riskieren. Dazu hatte er noch nicht genügend Männer auf seiner Seite.

Der Pfarrer schwenkte den kleinen Papierstapel wie eine Revolutionsfahne.

»Wie ihr sicher wisst, sind die Bauern in anderen Teilen unseres Landes schon weiter mit ihrer Revolution als wir!«

Conz schnaubte verächtlich. »Pah, das wundert mich nicht. Wo wir noch schwätzen, kämpfen die schon lang! Die labern nicht lang herum, die handeln!«

Viele der Umstehenden gaben ihm recht. Zufrieden bemerkte Conz, dass dieser Punkt an ihn gegangen war. Der Pfarrer blieb davon jedoch unbeeindruckt.

»Zwei kluge und vor allem besonnene Köpfe« – er warf einen vorsichtigen Seitenblick auf Conz – »der großen Bauernhaufen von Baltringen und Memmingen haben sich zusammengesetzt, um in zwölf Artikeln zu formulieren, was sie eigentlich genau wollen. Dank des neuen Druckverfahrens hat sich diese Schrift in Windeseile auch bis zu uns weiterverbreitet. Bei meinem letzten Besuch in Hall fiel mir diese Schrift in die Hand, die ich euch nicht vorenthalten will. Da die meisten von euch nicht lesen können, möchte ich es euch gerne vorlesen.« Conz sah zähneknirschend seine Felle davon schwimmen.

»Diese Bauern fordern nicht den Umsturz der bestehenden Weltordnung und sind auch keine Anstifter zu Gewalttaten. Sie wollen nicht die Gesetzlosigkeit, sondern Frieden und Ordnung. Sie sagen nichts anderes, als was jeder vernünftig denkende Mensch unserer Tage für rechtens hält. Hört euch erst einmal an, was sie zu sagen haben, ehe ihr selbst eine Entscheidung trefft! Ich beginne nun mit der Einleitung von Christoph Schappeler:

Dem Christlichen Leser Friede und Gnade Gottes durch Christus. Es gibt viele, die jetzt die Versammlung der Bauernschaft zum Anlass nehmen, zu sagen, das seien die Früchte des neuen Evangeliums: Niemandem Gehorsam sein, an allen Orten sich empören und aufbäumen, mit großer Gewalt sich zusammenrotten, geistliche und weltliche Obrigkeiten zu reformieren, ja vielleicht gar zu erschlagen … . Zum Ersten ist das Evangelium nicht eine Ursache der Empörung und des Aufruhrs, weil es Christi Wort ist, dessen Leben und Reden nichts anderes lehrt als Liebe, Friede, Geduld und Einigkeit, so dass alle, die an diesen Christus glauben, liebevoll, friedlich, geduldig und einig werden. So ist allen Artikeln der Bauern die Forderung gemeinsam, das Evangelium zu hören und danach zu leben. Wenn sich aber viele Feinde des Evangeliums gegen dieses Verlangen aufbäumen, dann ist nicht das Evangelium die Ursache, sondern der Teufel. Die Bauern begehren das Evangelium zur Grundlage ihres Lebens, wie können sie da ungehorsam und aufrührerisch genannt werden? Ob aber Gott die Bauern erhören wird, wer will Gottes Willen tadeln? Will seiner Majestät widerstreben? Da er die Kinder Israels aus der Gewalt des Pharaos befreit hat, kann er auch heute noch die Seinen erretten. Ja, er wird sie erretten! Und in Kürze! Deshalb, christlicher Leser, lies die folgenden Artikel mit Fleiß und danach urteile.

Habt ihr das verstanden? Die Reformation kann sich nicht auf rein theologische Bereiche beschränken, sie musste praktische Auswirkungen im täglichen Leben haben. Im sozialen genauso wie im politischen Bereich. Ebenso wie die Theologen müssen die Landesherren, die Grundherren und Leibherren begreifen, dass ihre Gemeindeglieder nicht Schafe, ihre Landeskinder nicht nur Untertanen sind, sondern *Menschen!*« Zustimmendes Gemurmel breitete sich unter den Zuhörern aus. Bis jetzt hörte sich alles sehr vernünftig an, was der Pfarrer ihnen zu sagen hatte. »Ich verlese euch nun in gekürzter Form die zwölf Artikel:

Artikel 1
Für die Bauern das Recht, ihre Pfarrer selbst zu wählen, die ihnen das Evangelium laut und klar predigen ohne alle Zusätze menschlicher Lehren und Gebote.
Artikel 2
Verwendung des großen Zehnten für die Besoldung der Pfarrer, für Unterstützung der Armen und für Bestreitung der gemeinen Landesausgaben, Abschaffung des kleinen Zehnten.
Artikel 3
Aufhebung der Leibeigenschaft, weil die Leibeigenen durch Christi Blut freigekauft sind.
Artikel 4
Wildbret, Vögel, Fische sollen Gemeingut sein, weil Gott den Menschen schon bei der Schöpfung Gewalt über sie gegeben hat.
Artikel 5
Die von den Grundherren an sich gezogenen Waldungen, Acker, Wiesen der Gemeinden sollen diesen wieder anheim fallen, falls nicht bewiesen wird, das sie ihnen abgekauft wurden.
Artikel 6
Die Frondienste sollen gemindert werden.
Artikel 7
Ebenso der Handlohn und andere Abgaben

Artikel 8
Ebenso die Gülten
Artikel 9
Bei Gerichtssatzungen und Strafen soll mehr Billigkeit walten
Artikel 10
Wiesen und Äcker, die durch die Grundherren von den Gemeindegütern weggenommen, sollen wieder zu ihnen gebracht werden.
Artikel 11
Das Hauptrecht (Besthaupt, Todfall) soll beseitigt werden
Artikel 12
Alles soll durchgehends nach Maßgabe der heiligen Schrift eingerichtet werden«

Tosender Beifall folgte dieser Verkündung. Der Schultheiß blickte zufrieden auf seine Dorfgemeinschaft. Er hatte doch gleich gewusst, dass die Oberroter vernünftiger wären als Bart, der sie mit seinen hitzigen Reden noch ins Verderben stürzen würde! Conz hingegen blickte finster drein. Ihm gingen diese Artikel längst nicht weit genug. Sie waren für seinen Geschmack viel zu milde formuliert. Außerdem war ihm jetzt schon klar, dass die Obrigkeit diese Forderungen niemals akzeptieren würde. Sollten sie es doch versuchen. Ihn konnten sie damit jedenfalls nicht beeindrucken. Er würde warten, bis der Kampf losging!

Der Pfarrer wartete geduldig, bis der Jubel verebbt war, ehe er weitersprach.

»Diese Forderungen sind nicht übertrieben. Ihr werdet sicher damit erfolgreich sein. Formuliert eure Artikel ähnlich, und niemand kann euch vorwerfen, ihr wärt maßlos oder hättet euch nicht überlegt, was ihr eigentlich wollt.«

Wieder jubelten ihm die Oberroter zu. Er hatte sie nun alle

auf seine Seite gezogen. Sorgfältig legte er die Papiere wieder zusammen und steckte sie in seine Tasche zurück. Zufrieden bedankte er sich für ihre Aufmerksamkeit und ihre vernünftige Einsicht. Mit Hilfe des Schultheißen stieg er wieder vom Tisch herunter.

Conz folgte ihm mit einem beherzten Sprung. Verbissen musste er seine heutige Niederlage eingestehen und sich fürs Erste geschlagen geben. Aber seine Stunde würde noch kommen, dessen war er sich sicher!

»Also gut, von mir aus schickt einen Ausschuss zu diesen Blutsaugern, aber auf mich könnt ihr dabei nicht zählen. Ich werde so lange schon mal meine Waffen schärfen. Wenn das Spiel dann endlich wirklich los geht, werde ich da sein. So lang kann ich warten!«

Hoch erhobenen Hauptes schritt er trotzig mit seinem Langspieß in Richtung seines Gasthauses davon. Claus folgte ihm wie ein Knappe, der seinen Ritter treu ergeben überall dort hin begleitet, wo er auch hingeht.

Wirtshaus am Halberg zu Siegelsberg

Montag, 3. April Anno Domini 1525

Das Wirtshaus am Halberg war wie immer brechend voll mit Bauern, die beim Wein die jüngsten Neuigkeiten austauschten. Katharina und Hannah waren emsig damit beschäftigt, leere Weinkrüge gegen volle auszutauschen und Brot, Käse, Speck und Zwiebeln aufzutragen. Claus und Conz saßen am Stammtisch zwischen Lienhart Klenck aus Wolfenbrück, Stoffel Scheinlin, dem Klintzig, Jerg Ganser und dem Schrof die alle aus Murrhardt stammten, Jos Schwenk aus Fornsbach, Martin Doder aus Vorderwestermurr, dem Müller Claus Klenck aus Westermurr, dem Plaphans aus Hausen und dem Hutzelbauer. Lauthals schimpften sie auf die Obrigkeit, die zwölf Artikel, den Schultheiß und den Pfarrer von Oberrot. Heute war der Tag, an dem der Oberroter Ausschuss die Beschwerden den Schenken übergab. Da wollte Conz lieber nicht in Oberrot sein.

Conz war hin und her gerissen, wo er denn nun mehr Anwesenheit zeigen sollte, in Siegelsberg oder in Oberrot. Aber in Oberrot gab es nach seiner Niederlage gegen diesen elenden Pfaffen Röckhlin im Moment nichts für ihn zu tun. Daher scharte er nun in Murrhardt seine Anhänger um sich, damit er vorbereitet war, wenn es endlich los ging.

Seine Frau Burgel hatte unterdessen dafür zu sorgen, dass sie mit der Magd Agnes und dem Knecht Michel zusammen die Wirtschaft in Oberrot am Laufen hielt, damit die vielen Gäste ausreichend versorgt wurden und den nötigen Umsatz brachten. Conz hatte ihr über den Winter, genau wie Claus Katharina, etwas rechnen und schreiben beigebracht, damit sie nicht von den Gästen über den Tisch gezogen wurde. Überhaupt blühte Burgel in diesen unsicheren Zeiten sichtlich auf.

Conz schien endlich erkannt zu haben, was er an seiner Frau hatte. Während er sich mehr in der Weltgeschichte herumtrieb, um seinen persönlichen Rachefeldzug gegen Caspar von Rot zu organisieren, als nach der Wirtschaft zu schauen, hielt sie zuhause tapfer die Stellung. Endlich durfte sie ihm beweisen, zu was sie fähig war, wenn er sie nur machen ließ. Das tat sie mit wachsender Leidenschaft. Ihr alterndes Gesicht war neu erblüht unter dieser Herausforderung. Aus der verhärmten, abgearbeiteten, unterdrückten Wirts- und Bauersfrau war unter dem Zeichen des Bundschuhs ein selbstbewusstes Frauenzimmer geworden, die ihren Mann, wo es nur ging, in seinem Tun unterstützte und ihm den Rücken frei hielt, damit er in Ruhe seine Schlachtpläne ausarbeiten konnte. Der Bauernaufstand hatte ihr Leben zum Guten gewendet. Sie war die große Gewinnerin dieser turbulenten Zeiten.

»Seht mal her!« Stolz präsentierte Conz eine mächtige dreieckige Fahne, auf der ein Bundschuh, das Zeichen der Aufständischen, prangte.

»Donnerwetter!« Der Plaphans pfiff anerkennend durch die Zähne. »Wo hast du denn *die* her?«

»Da staunt ihr, was?!« Mit stolz geschwellter Brust band er die Fahne an einen Stab und schwenkte sie, als zöge er schon in die Schlacht.

»Die hat meine Burgel für uns genäht! Sie ist ein Prachtweib, kann ich euch sagen! Sie ist Feuer und Flamme für unsere Sache!«

»So ist's recht, ein starker Mann braucht ein starkes Weib an seiner Seite!«

»Na, so weit wollen wir auch wieder nicht gehen. Sie steht nicht an meiner Seite, aber stramm hinter mir, denn ihr wisst ja:

*Wo' d Henne kräht vorm Hahn,
wo's Weib schwätzt vorm Mann,
und d' Katz lauft vor der Maus-
in dem Haus is a Graus.«*

Dröhnendes Gelächter erfüllte den Wirtsraum.

»Ja, ich hab mir mein Weib halt gut gezogen, im Gegensatz zu andern Leuten hier!«

Er warf Claus einen vorwurfsvollen Blick zu. Dem war es sichtlich unangenehm, dass sein Schwiegervater ihm wieder mal vor versammelter Gesellschaft vorwarf, er lasse bei seiner Frau die Zügel zu locker.

»Du hättest dir dein Weib einfach auch besser ziehen sollen. Ich hab dir's ja schon immer gesagt: Schade um jeden Schlag, der bei den Weibern daneben geht!«

Claus knirschte mit den Zähnen, schwieg aber zu den Vorwürfen, die er schon lange nicht mehr hören konnte.

»Ach, da fällt mir eine gute Geschichte ein!« Lienhart Klenck brachte sich ins Gespräch ein, um Claus etwas aus der Schusslinie zu holen.

»Au ja, erzähl uns eine Geschichte. Immer nur über Politik zu schwätzen ist auch nicht das Wahre!« Nun war auch der Hutzelbauer aus seinem weinseligen Halbschlaf erwacht.

»Also passt auf:

In einem Dorf ist ein Korbmacher gewesen, der einmal, als er einen Korb gemacht hatte, zu seinem Weib gesagt hat: ›Wohl an Weib, nun sag: Gott sei gelobt, der Korb ist gemacht!‹ Das Weib aber, das halsstarrig war, wollte es nicht sagen. Darüber war der Korbmacher wütend und prügelte sie einmal recht durch! Da kam der Vogt vorbei und wollt wissen, was das denn für ein Treiben sei. Der Korbmacher klagte ihm sein Leid. Der Vogt lachte drüber, ging nach Haus und erzählte seiner Frau, was bei dem Korbma-

cher und seiner Frau los war. Da sagte die Frau: ›Nun, ich würde es auch nicht sagen, und wenn ich dafür zerrissen würde!‹ Der Vogt fragte sie: ‹Willst du etwa auch so halsstarrig sein?› Und er schnappte sich einen Knüppel und prügelte sie tapfer durch. Die Magd hatte alle beobachtet und lief in den Stall zum Knecht, um ihm zu erzählen, wie der Junker die Frau geschlagen hat, und fragte ihn, ob er nicht wisse, warum. Der Knecht, der mit dem Junker im Korbmacherhaus gewesen war, erzählte ihr alles. Als die Magd das hörte, sagte sie schnell und unbedacht: ›Und ich würde auch nicht sagen.‹ ›Gott sei gelobt, der Korb ist gemacht‹ und sollt es mir gehen wie des Korbmachers Frau!‹ ›Wie,‹ fragte der Knecht, willst du auch so halsstarrig sein?‹ Er schnappte die Magd, trat sie tapfer mit Füßen und ließ sie dann wieder laufen. Also wurden die Frau des Korbmachers, die Vogtin und ihre Magd alle drei an einem Tag für einen Korb tapfer geschlagen. Wenn man alle halsstarrigen Weiber auf einmal schlagen wollt, wären sicher nicht genug Knüppel da.«

Gejohle und lauter Beifall waren der Lohn für diese Geschichte.

Claus verdrehte gereizt die Augen. »Ach, lasst mir doch meine Ruhe! Mein Weib ist schon recht und sie gehorcht ja auch ohne Schläge. Sie schafft fleißig und macht ihre Sache gut. Meistens ist sie auch daheim. Wenn sie auf den Gottesacker zur Greta, zum Beten in die Kirche oder ins Kloster zum Kräuter abliefern geht, was ja schließlich sogar noch ein zusätzliches Geld ins Haus bringt, fragt sie mich auch immer vorher, ob's mir recht ist. Bloß wenn ich es ihr erlaube, geht sie runter ins Städtle. In letzter Zeit geht sie auch gar nimmer so oft fort.«

»Au ja, dazu fällt mir auch was Schönes ein!« Nun war der Hutzelbauer endgültig aufgewacht.

»Oh nein, verschone du mich bloß mit deinen blöden Geschichten!« Claus wünschte sich in diesem Moment nichts sehnlicher, als dem schmierigen Hutzelbauer den Hals umdrehen zu dürfen. Sein Kiefer mahlten schwer aufeinander.

Der Hutzelbauer begann indes ungerührt seine Geschichte zum Besten zu geben:

»Also passt alle mal gut auf. Die Geschichte ist kurz, aber dafür um so besser:

Ein Weib wollte einmal als besonders fromm gelobt werden, weil sie in alle Kirchen und Klöster der Stadt beten ging. Und als ihr der Herrgott einmal einen kleinen Sohn geschenkt hat, wollten ihr die andern Weiber, wie sie es halt immer so tun, schmeicheln und sagten, dass der süße Bub in allen Dingen seinem Vater ganz und gar ähnlich ist. ›Ach Gott!‹, hat da das Weib gesagt. ›Hat er denn auch eine Tonsur?‹

Die Männer der Stammtischrunde klatschen sich vergnügt auf die Schenkel. Dröhnendes Gelächter erfüllte den Raum. Nur Claus verzog gequält das Gesicht.

Katharina wurden vor Schreck die Knie weich. Nur mühsam gelang es ihr, die Fassung zu bewahren, als sie an den Stammtisch trat. Hoffentlich bemerkte keiner dieser Suffköpfe ihre Unsicherheit. Der Hutzelbauer tätschelte ihr breit grinsend das Hinterteil. Mit einem energischen Ruck entzog sie sich seinen Annäherungsversuchen.

»Lass deine widerlichen Drecksfinger von mir, sonst kriegst eine auf deine lästerliche Gosch!« fauchte sie. Ihre vor Wut zu kleinen Schlitzen gewordenen Augen funkelten ihn böse an. Schnell stellte sie Krug und Essen auf den Tisch und beeilte sich, wieder in die Küche zu verschwinden. Der Alte blickte ihr grinsend nach, bis sie die Küchentür hinter sich verschlossen hatte.

»Mann, das Weib hat ein Temperament wie eine Wildkatze!«

Claus stieg Zornesröte ins Gesicht. Hart schlug er mit der Faust auf den Tisch, dass alles schepperte, was darauf stand. Wäre sein Schwiegervater nicht dabei gewesen, hätte er den Hutzelbauer spätestens jetzt vor die Tür gezerrt und ihn mit einem kräftigen Fußtritt den Berg hinunter Richtung Siegelsberg befördert.

»Das geht dich einen Scheißdreck an!«, brüllte er ihn unbeherrscht an. Der Hutzelbauer blickte ihn mit ungerührter Unschuldsmiene an.

»Ich mein ja bloß. Aber pass nur auf, Claus, dass es deiner Kätter nicht auch mal so geht wie dem Weib in meiner Geschichte!«

Mit einem lauten Rums ließ der junge Wirt seinen Becher auf die Tischplatte knallen.

»Jetzt reicht's mir aber endgültig! Was soll das heißen, Hutzelbauer? Ich hau dir gleich eins auf dein widerliches Schandmaul, wenn du noch mal so was über meine Kätter sagst!« Das breite Grinsen des Bauers ließ sein lückenhaften Gebiss erkennen. Die letzten schwarzen Zahnstummel bleckten hervor.

»Es ist ja bloß, weil sie dauernd zum Beten in die Kirch rennt. Man weiß ja nie, was bei so was mal rauskommen kann!« Claus sprang auf, um den Hutzelbauer am Kragen zu schnappen. Der duckte sich jedoch schnell hinter seinem Nebenmann Stoffel Scheinlin, der ihn lachend gewähren ließ. So blieb Claus nichts anderes übrig, als noch einmal die Faust auf die Tischplatte zu donnern.

»Meine Kätter ist mir immer treu gewesen und so wird's auch bleiben. Du bist mir ja bloß neidisch, weil du mit deiner hässlichen Fratze keine abgekriegt hast! Du alter Schafseckel! Wenn du dich nicht zusammenreißt, hast du bald Hausverbot bei mir, dann kannst deinen Wein in der Stadt unten saufen, bei den feinen Stadtlackeln. Die werden im Engel unten sicher nur auf einen wie dich warten!«

Die Stammtischrunde wollte sich wieder ausschütten vor Lachen.

Der Hutzelbauer zog ein beleidigtes Gesicht. »Du verstehst auch gar keinen Spaß!«

»Wenn es um meine Kätter und mich geht, dann hört der Spaß auf, das sag ich dir!«

»Ach was!« Conz winkte ab. »Lass ihn doch seine Späße machen. Du weißt doch, von wem das blöde Geschwätz kommt! Reg dich nicht auf, der meint's nicht so! Und überhaupt wäre es nicht klug von dir, den vor die Tür zu setzen. Der bringt uns doch einen Haufen Umsatz. Wenn der nicht mehr käme, würden wir das bestimmt schmerzlich in der Kasse merken!« Wieder lachten alle schallend.

»Darauf trink ich noch einen!« Der Hutzelbauer hielt dem jungen Wirt seinen Becher zum Nachschenken hin. Wutentbrannt schenkte ihm dieser noch einmal voll, ehe er sich wieder auf seinen Platz in der Runde setzte.

»Ich hab's ja nicht böse gemeint, ich hoffe du weißt das. Aber wenn ich dir noch einen Rat geben darf?«

»Bloß nicht!« Schallendes Gelächter unterstrich die Aussage des Wirts. Conz rieb sich nachdenklich den Bart.

»Aber irgendwie hat der Hutzelbauer doch recht. Du lässt der Kätter zu viel Freiheiten. Den Weibern tut so was gar nicht gut. Die werden da bloß übermütig!«

»Ist ja gut. Ich werde meine Frau vielleicht auch einmal härter rannehmen müssen. Ich sehe es ja ein! Aber das wird erst geschehen, wenn ich es für nötig halte!«

Conz gab sich damit zufrieden.

»Gut, Claus, gut! Einsicht ist der erste Weg zur Besserung! Darauf lasst uns noch einen heben!«

Wirtshaus am Halberg zu Siegelsberg

4. April, Ambrosiustag Anno Domini 1525

Am nächsten Morgen standen Türen und Fensterluken des Gasthauses weit offen, um den Mief der letzten Nacht durch den frischen Wind und die Frühlingssonne zu vertreiben.

Katharina rutschte mit einer groben Bürste und einem Putzeimer bewaffnet auf dem Holzfußboden der Gaststube herum. So viel Heller die Gäste brachten, so viel Schmutz hinterließen sie dafür auch im Wirtshaus. Diese Arbeit war jetzt genau das Richtige zum Abreagieren und Nachdenken. Mit vor Anstrengung geröteten Wangen schrubbte sie, als könne sie dadurch alle bösen Worte wegwischen, die gestern hier gegen sie ausgesprochen worden waren. Diesem fiesen Hutzelbauern wäre es fast gelungen, Claus gegen sie aufzuhetzen. So knapp war sie noch nie der Entdeckung ihrer heimlichen Treffen entgangen. Sicher hatte der Kerl sie schon mit Johannes zusammen gesehen! Wie sollte er sonst dazu kommen, solche bösartigen Anspielungen zu machen? Der Schweiß rann ihr in Strömen den Rücken herunter. Ob es die anstrengende Arbeit oder die langsam in ihr aufsteigende Panik war, wusste sie nicht, es war auch gleichgültig.

Was würde passieren, wenn Claus herausbekam, dass sie sich mit einem Mönch zum Philosophieren und Bücher lesen getroffen hatte? Was wäre schlimmer für ihn? Sich seine Frau in den Armen eines Mönchs vorzustellen, oder die Wahrheit zu erfahren? Sie hatte nicht die geringste Ahnung. Am besten verdrängte sie den Gedanken an eine Entdeckung, bis es soweit war. Vielleicht würde es ja auch überhaupt nicht dazu kommen. Wie hatte Johannes einst einmal zu ihr gesagt?

›Gott lässt Wunder geschehen, wo schon längst keine Hoffnung mehr besteht. Es braucht nur jemanden, der ihn darum bittet, zu

helfen, und schon nimmt er ihn an der Hand und führt ihn aus der Dunkelheit der Hoffnungslosigkeit ins Licht!«

Zum Glück hatte sie die regelmäßigen Treffen beendet. So musste sie schon nicht lügen, wenn einmal die Sprache darauf kommen würde. Gott sei Dank war sie die Anspannung dieser heimlichen Treffen endlich los. So schön sie auch immer gewesen waren, die Gefahr entdeckt zu werden, war einfach zu groß! Entschlossen schob sie eine widerspenstige Locke unter die Haube zurück.

Ja, es ist gut, ihn nie mehr wieder zu sehen, sagte ihr Verstand entschlossen, während ihr Herz schmerzlich um ihn trauerte.

Gegen Mittag stürmte plötzlich Michel, der Knecht ihres Vaters, völlig außer Atem in den Wirtsraum. Seine schlammverschmierten Schuhe hinterließen dabei hässliche Spuren auf dem frischgeputzten Boden. So schnell war die ganze Arbeit umsonst gewesen! Noch ehe sich Katharina darüber ärgern konnte, polterte Michel schon los:

»Bäuerin, wo sind dein Vater und dein Mann?«

»Unten am Fuß des Berges die Pferdekoppel ausbessern. Sie werden aber wohl bald zum Essen heimkommen. Aber was ist denn geschehen? Du siehst ja aus, als hättest du den Leibhaftigen persönlich gesehen?«

»Hast du mir was zu trinken? Ich brauche dringend einen Schluck!«

»Sicher. Was willst denn, Wasser oder Wein?«

»Gib mir Wein. Aber vom stärksten, den ihr habt, und einen großen Becher!«

Kaum hatte er den Becher in einem Zug geleert, traten auch schon Conz und Claus in die Wirtsstube.

»Michel, was treibt dich denn her? Los, red schon! Was gibt's Neues?«

Conz und Claus setzten sich zu ihm an den Tisch.

»Bauer! Es geht los!«

»Was denn? Jetzt schon? Aber der verdammte Ausschuss hat doch erst gestern seine Beschwerde abgegeben.«

Der Knecht schenkte sich selbst noch einmal den Becher voll Wein. Conz wurde ungeduldig.

»Nun rede endlich! Was ist los?« Michel nahm noch einen tiefen Schluck, ehe er antwortete.

»Vergiss den Ausschuss! Die schießen schon!« Mit einem Satz war Bart aufgesprungen. Seine Hände auf die Tischplatte gestemmt, beugte er den gespannten Oberkörper seinem Knecht zu.

»Was? Die schießen schon? Unsere in Oberrot? *Ohne* mich?« Der Knecht hob beschwichtigend die Hand.

»Bleib ganz ruhig, Bauer. In Oberrot ist noch alles friedlich. Du hast noch nix verpasst. Heut morgen war einer aus Hall da. Er hat mir alles erzählt und mich losgeschickt, um dich zu holen.«

Er nahm noch einen tiefen Schluck, um seine trockene Kehle anzufeuchten.

Conz setzte sich wieder, während Katharina den beiden auch die Becher füllte. Neugierig blieb sie in der Nähe des Tisches stehen, um das Gespräch besser belauschen zu können. Claus gab ihr zu verstehen, dass sie sich zu ihnen setzen sollte. Was war denn in den gefahren? Noch nie durfte sie sich zu den Männern setzen, wenn die etwas zu bereden hatten. *Was für Zeiten sind das, in denen plötzlich alle Regeln außer Kraft zu treten scheinen?*, ging es ihr durch den Kopf. Zögernd folgte sie seiner Aufforderung.

»Also passt auf: Gestern haben sich die Bauern bei Hall zusammengetan. Nachdem sie ein paar Pfarrhäuser geplündert hatten, haben sie sich an der Gottwollshäuser Steige zusammengerottet. Es sollen so um die viertausend gewesen sein!«

»*Viertausend?*« Conz pfiff anerkennend durch die Zähne. »Ja, halt ich's aus!«

»Heut im Morgengrauen haben dann die Haller Bürger mit Söldnern zusammen mit Kanonen auf die Bauern drauf los geschossen!«

Claus schüttelte verständnislos den Kopf

»Mit Kanonen? Glaub ich's denn! Jetzt geht's aber wirklich los!«

»Man sagt, es waren bloß vier- oder fünfhundert Mann bei den Hallern. Aber die haben es doch wirklich geschafft, die Bauern auseinander zu treiben. Gelaufen sind's anscheinend wie die Hasen, und aufgeregt gegackert haben sie wie Hühner!«

Conz konnte nicht glauben, was er da hörte. »Das gibt's doch nicht. Mit den paar Hansele wären die doch gut fertig geworden!«

»Woher sollten die denn wissen, wie viele es sind? Die waren doch aufm Berg oben. Außerdem war's auch noch dämmrig.«

Das sah sogar Conz ein. »Stimmt auch wieder. Hat's viele Tote gegeben?«

»Ich weiß nicht. Eigentlich hab ich nichts von Toten oder Verletzten gehört. Anscheinend haben die bloß in die Luft geballert.« Er trank wieder einen kräftigen Schluck.

»Sapperlott noch mal, Michel. Das sind vielleicht Neuigkeiten, die du uns da bringst! Claus, wir müssen sofort nach Oberrot. Jetzt geht's endlich los! Die Warterei hat ein Ende!«

»Wollt ihr nicht wenigstens noch was essen?« Katharina war schnell aufgestanden, als der Bericht beendet war.

»Ha ja, soviel Zeit muss noch sein. Aber dann geh'n wir nach Oberrot! Die dürfen ja nicht ohne uns anfangen! Michel, nach dem Essen gehst du in die Stadt runter. Sag den Murrhardtern Bescheid. Ich erklär dir ganz genau, wer das alles ist und wo du sie findest. Die sind allesamt bereit und warten nur noch auf ein Zeichen von mir!«

Katharina musste unbedingt Johannes warnen, ehe es zu spät war! Die Männer waren so wild aufs Kämpfen, dass es nur eine Frage der Zeit war, ehe sie schwerbewaffnet vor den Stadttoren Murrhardts stehen würden.

Als die drei nach Oberrot aufgebrochen waren, erledigte Katharina noch hastig ihre häuslichen Pflichten und gab Hannah einige Anweisungen.

Dann schnappte sie sich einen Korb und legte Kräuter hinein. Sorgfältig breitete sie ein Tuch darüber, um den Inhalt vor neugierigen Blicken zu verbergen. Sie schloss die Vordertür der Wirtschaft ab, bevor sie eilig ins Tal hinunterstürmte. Dass sie heute, am späten Nachmittag, noch nach Murrhardt gehen würde, daran hätte sie morgens noch nicht einmal im Traum gedacht.

Mit stechenden Lungen erreichte sie die Klosterpforte. Als der Pförtner aus seinem Fensterchen herausblickte, lächelte er sie freundlich an.

»Ah, die Katharina Blind. Grüß Euch Gott! Hab Euch lange nicht gesehen. Wartet kurz, es kommt gleich wer.«

Ungeduldig trat sie von einem Fuß auf den andern. Warum nur dauerte das heute wieder so lange? Wahrscheinlich kam es ihr aber nur so vor, weil sie es noch eiliger hatte als sonst. Nervös bohrte sie mit ihrer Schuhspitze kleine Löcher in den Straßenschmutz, während sie das Klostertor anstarrte, als ob es sich dadurch schneller öffnen würde.

»Sieh da, die Blindin!«

Wie ein Blitz fuhr sie herum. Erschrocken blickte sie in das hässliche Gesicht des Hutzelbauers.

»Willst wieder zum Beten ins Kloster, hübsche Bauersfrau. Kannst es wohl kaum abwarten, deine heutige Beichte abzulegen, wie?« Er musterte sie genüsslich von oben bis unten.

»Du kannst ruhig auch mal zu mir zum Beichten kommen. In so was bin ich auch gut, und guck mal«, er lüftete seinen Hut, damit sie seine kahle Stelle am Hinterkopf sehen konnte, »ich habe auch ne Tonsur, wenn's das ist, was dich so anmacht.«

»Verschwind bloß, du elender Dreckskerl, sonst kratz ich dir doch mal die Augen aus!«

»Ah, da kommt wieder die kleine Wildkatze durch. Das gefällt mir so an dir. Du hast so ein tierisches Wesen.«

Er wollte ihr übers Gesicht streicheln, aber sie schlug ihm so heftig auf die Finger, dass sein Handrücken rot wurde.

»Oder soll ich besser sagen, du bist ne alte Kratzbürste?«

»Fass mich nicht noch mal an!«, fauchte sie. »Sonst hetze ich dir den Claus aufn Hals, wenn der Vater nicht dabei ist, dann hat dein letztes Stündlein geschlagen!«

Sie versuchte ihn abzulenken. Hoffentlich würde Johannes noch lange genug brauchen, bis sie ihn abgewimmelt hatte.

»Warum bist du eigentlich nicht schon längst auf dem Weg nach Oberrot? Dein Leithammel hat doch nach dir blöken lassen?«

Er schüttelte in gespielter Entrüstung den Kopf.

»Ich war schon auf dem Weg, als ich dich hier geseh'n habe. Aber so spricht eine gut erzogene Tochter nicht über ihren lieben Vater. Wenn ich ihm das erzähle, versohlt er dir sicher den Hintern.«

Grinsend rieb er sich den unbepflegten Bart.

»Aber wenn ich ihn recht drum bitte, darf ich's vielleicht machen. Hm, das wäre was, das du nicht so schnell vergessen tätst.« Er leckte sich genüsslich die Lippen und rieb seine dreckigen Hände aneinander. Sie wollte ihm eben etwas darauf erwidern, als sich die Klosterpforte mit einem leisen Quietschen langsam von innen öffnete.

Katharina stockte der Atem. Wenn Johannes jetzt durchs Tor trat, waren sie beide verloren! Der Bauer drängte sich eifrig an ihr vorbei.

»Na dann will ich doch auch mal gucken, was das für ein

Mönch ist, für den du Kopf und Kragen riskierst! Der muss ja ein ganz besonders kräftig's Mannsbild sein, wenn er so ein Weib wie dich beeindrucken kann!«

»Was machst du denn da, Hutzelbauer? Bist du neuerdings der Begleitschutz von der Käthe?« Ann stellte sich breitbeinig vor dem Hutzelbauer auf. Irritiert blickte er zu der kräftigen, großgewachsenen Magd auf.

»Ach du bist das, ich dachte … «

»Überlass das Denken mal lieber den Gäulen, die haben einen größeren Kopf als du!« Sie schnupperte angewidert in seine Richtung.

»Überhaupt könntest du ruhig mal ins Badhaus gehen. Das tät dir nix schaden. Du stinkst schlimmer als unser Schweinestall, wenn er dringend ausgemistet gehört!«

Noch ehe ihm darauf etwas einfiel, wand sich die Magd schon mit einem freundlichen Lächeln an Katharina.

»Du kommst heut aber spät, Käthe. Auf komm rein. Ich warte schon die ganze Zeit auf dich.«

Ann schob die verblüffte Bäuerin energisch in den Klosterhof. Schwungvoll knallte sie dem verdatterten Hutzelbauer ohne ein weiteres Wort das Tor vor der Nase zu. Wütend über seinen missglückten Auftritt zog dieser brummend von Dannen.

Kurz darauf saßen die beiden Frauen in der warmen Klosterküche bei einem Becher Kräutertee beisammen. Langsam beruhigte sich Katharina wieder.

»Danke, Ann. Du hast mir das Leben gerettet!«

»Ach was. So weit wollen wir mal nicht gehen!«

»Doch, ehrlich. Wenn der Hutzelbauer irgendwas Absonderliches über mich erzählt, bringt mich der Claus sicher um!«

»Was gäb's denn schon Schlimmes über dich zu erzähle?«

Errötend senkte Katharina den Kopf.

»Oh. Anscheinend gibt's da wirklich was, das er besser nicht wissen sollte!«

Katharina schwieg. Die Klostermagd legte sanft die Hand auf die ihre.

»Lass mich mal raten: Geht's vielleicht um dich und den Bruder Johannes?«

Katharina starrte sie entsetzt an.

»Guck mich nicht so entgeistert an. Schließlich hab ich für euch zu Anfang oft genug den Vermittler gespielt, wenn ihr euch heimlich getroffen habt.«

Katharina errötete. Beschwichtigend streichelte ihr Ann den Handrücken.

»Nun komm schon, Käthe. Ich hab das doch gern für euch getan. Ich mag euch beide wirklich sehr. Niemand außer mir hat was mitgekriegt im Kloster. Aber nun sag schon, was treibt dich denn heut mitten unter der Woche ins Kloster? Du kommst doch sonst immer am Samstag, um deine Kräutersachen beim Bruder Johannes in der Apotheke abzugeben. Wo warst du denn nur die letzten drei Wochen? Der Bruder Johannes ist wie ein Verrückter immer im Klosterhof hin und her gelaufen und hat gewartet, dass du endlich an die Pforte klopfst. Fast habe ich gedacht, er schnappt über, weil du nicht gekommen bist. In den ersten beiden Wochen ging's ja noch. Aber am letzten Samstag stand er kurz vorm Durchdrehen, weil du wieder nicht kamst. Ich glaube, er hat seitdem nicht mehr richtig geschlafen. Du meine Güte, Käthe, was ist denn los mit euch?«

Katharina wusste genau, was in Johannes vorging, als sie nicht kam. Sie spürte körperlich, wie sehr er darunter litt. Doch sie konnte nichts dafür. Es hatte ihr selbst unendlich leid getan, doch es war einfach nicht zu ändern.

»Heute hat er dich natürlich nicht erwartet. Deswegen hat der Pförtner heute auch mich rausgeschickt, weil der Bruder

Johannes grad in der Bibliothek schafft. Dabei darf er nicht gestört werden.«

Katharina erhob mit gefalteten Händen dankbar den Blick gen Himmel.

»Heilige Jungfrau, ich dank dir!«

»Käthe, sag mir, was los ist. Da stimmt doch was nicht!«

»Was willst du wissen?«

»Alles!«

»Das hätte ich mir denken können! Wo soll ich denn dann anfangen?«

»Am besten erst mal, warum dich der Hutzelbauer da draußen gestellt hat.«

»Der eklige Dreckskerl will mich fertig machen!«

»Ha, der arme Teufel! Da ist er bei dir aber an die Falsche geraten!«

»Vielleicht auch nicht.«

»Was soll das denn heißen? Du machst mich immer neugieriger!«

»Der Hutzelbauer muss mich gesehen haben, als ich mich mit dem Johannes getroffen hab!«

Ann schlug sich anerkennend auf den Schenkel.

»Donnerwetter, und das, obwohl er bloß ein Mann ist. Das hätte ich dem alten Seckel gar nicht zugetraut! Aber neugierig wie ein Weib war der ja schon immer.«

Katharina runzelte verwirrt die Stirn.

»Was weißt *du* denn über die ganze Geschichte.«

Ein verschmitztes Lächeln umspielte die Lippen der Magd.

»Och, so allerhand, denk ich. Aber ich will ja, dass *du's* mir erzählst.«

»Das kommt gar nicht in Frage. Erst sagst du mir, was du weißt oder aber auch nur zu wissen glaubst.«

»Also gut. Zuerst hat mich Bruder Johannes zu dir geschickt oder ich hab ihm Bescheid gesagt, wenn du vor dem Tor standest. Seit einer gewissen Zeit lieferst du oft am Samstag Nachmittag zuerst deine Kräuter bei ihm ab, danach guckst du ganz kurz auf dem Gottesacker bei der Marga vorbei. Anschließend gehst du aber nicht heim, sondern steigst hinter der Kirche den Berg rauf. Dann bleibst du immer für mindestens eine Stunde im Wald verschwunden.«

Katharina stieß hörbar die Luft aus.

»Und weiter?«

»Na ja, nachdem du deine Kräuter abgegeben hast, dauert's ungefähr ne viertel Stund, bis der Bruder Johannes mit einer Hucke oder einem Korb zum Kräutersammeln genau auf den gleichen Berg raufsteigt wie du. Danach wird auch er für ungefähr zwei Stunden nimmer gesehen. Tja, da kann man sich dann selbst seinen Reim drauf machen, denk ich!«

»Hat uns sonst noch jemand außer dir gesehen?«

Käthe zupfte die Magd aufgeregt am weiten Blusenärmel.

»Vom Kloster sicher keiner, das wüsste ich dann nämlich auch. Aber wer das draußen beobachtet, kann ich dir natürlich nicht sagen.«

»Ich hab's ja gleich gewusst, das konnte auf die Dauer nicht gut gehen! Deshalb hab ich's auch beenden müssen!« Verzweifelt verbarg sie die Hände im Gesicht. Leise begann sie zu weinen.

Ann wartete geduldig, bis sie sich wieder beruhigt hatte.

»Also, wenn ich dich und den Bruder Johannes nicht so gut kennen tät, dann würde ich ja sagen, ihr macht da oben unanständige Sachen miteinander. Doch das kann ich mir eigentlich bei euch beiden nicht so recht vorstellen. Ihr seid für so was viel zu anständig.«

»Danke, Ann, das ist lieb von dir. Wir machen wirklich nichts Sündhaftes!«

»Dann verrat mir doch bitte endlich, *was* ihr da oben wirklich zusammen anstellt! Doch sicher keine Kräuter sammeln, oder?«

Katharinas Augen begannen zu strahlen.

»Nein, natürlich nicht. Johannes liest mir aus seinen Büchern vor.«

»Aus seinen Büchern? Also beim besten Willen, auf so was wäre nicht mal ich gekommen, und ich habe eine blühende Vorstellungskraft, das kannst du mir glauben!«

»Ach, er ist so – ich weiß nicht wie. So anders eben wie all die andern Männer, die ich kenne. Er ist so gebildet, so lieb, so nett und so höflich zu mir. Er gibt mir das Gefühl, was ganz Besonderes für ihn zu sein. Ach Ann, es war immer so schön, wenn wir zusammen waren. Die Zeit mit ihm verflog im Nu!«

»Käthe, ich seh's in deinen Augen, dahinter steckt doch mehr!«

»*Nein*!« Ihr sofortiger Protest war etwas zu heftig ausgefallen, um glaubhaft zu wirken.

»Komm schon, mir kannst du nichts vormachen, Schätzle. Gib's doch zu – du liebst ihn!« Käthe spürte deutlich, wie ihr wieder die Schamesröte ins Gesicht schoss, ohne dass sie etwas dagegen tun konnte.

»Das ist gar nicht wahr!«, versuchte sie sich halbherzig herauszuwinden. Ann lächelte milde.

»Ist es das wirklich nicht, hm? Warum eigentlich nicht? Ihr seid beide gleich alt und du findest ihn so – du weißt nicht wie. Jede normale Frau, die nicht mit Blindheit geschlagen ist, sieht, dass er ein verdammt hübsches Bürschle ist. Sag bloß, das ist dir noch nicht aufgefallen? Hast du schon mal seine Augen gesehen? Bei der Jungfrau Maria! Schon allein dieses Blau ist doch eine Sünde wert! Und erst sein süßes Lächeln! Selbst die strahlende Maiensonne verblasst dagegen. Wenn er kein Mönch wäre und ich meinen Peter nicht hätte … « Sie seufzte verträumt.

»Ach Ann, bitte hör doch auf damit!«

»Warum soll ich damit aufhören? Weil du sonst seine wundervollen, strahlenden Augen und sein herzerfrischendes Lächeln vor dir siehst?«

Die beiden Frauen blickten sich tief in die Augen. Es hatte keinen Sinn, ihr etwas vorzumachen. Ann hatte sie längst durchschaut.

»Du weißt es ja sowieso schon!«, flüsterte sie.

»Und *er*? Weiß er's auch?«

Katharina seufzte tief.

»Ich weiß nicht recht – vielleicht.«

»Oh, oh!« Ann wackelte bedenklich mit dem Kopf.

»Was ist? Warum sagst du oh, oh ?«

»Ach, es ist nichts. Sag mir lieber, warum du heute am Dienstag plötzlich außer der Reihe mit Kräutern vor dem Tor stehst!«

»Ich wollte den Johannes warnen. Der Claus und mein Vater sind vorhin nach Oberrot losgezogen.«

»Was ist daran so besonders, dass du das dem Bruder Johannes unbedingt erzählen willst? Das machen die doch öfter.«

»Du verstehst nicht – es geht los!«

»Was soll das heißen: Es geht los?!«

»Die Haller haben heute im Morgengrauen auf einen riesigen Bauernhaufen in Gottwollshausen mit Kanonen geschossen!«

»Was du nicht sagst! Dann geht's also jetzt tatsächlich auch bei uns los!«

»Sag ich doch! Der Vater wird jetzt in Oberrot seine Leute kampfbereit machen und auch mitmischen bei der ›Bauernlust‹.«

»Aber warum muss das der Bruder Johannes wissen?«

»Begreif doch, Ann!« Katharina hielt sie am Arm fest, um ihren Worten den nötigen Nachdruck zu verleihen. »Der Vater ist ganz scharf drauf, aus dem Kloster ein Freudenfeuer zu machen. Sein schönster Tag scheint nah, an dem er hier alles kaputt machen kann. Wenn dabei gleich noch ein paar

Mönche dran glauben müssen, dann wär's ihm grad recht! Der Johannes muss das erfahren, damit er sich mit seinen Brüdern rechtzeitig in Sicherheit bringen kann. Es wäre lebensgefährlich für sie, jetzt noch in Murrhardt zu bleiben. Der Vater wird schon dafür sorgen, dass sein Fähnlein das Kloster weghaut. Wenn er genügend Leute zusammen hat, kommt er wieder. Dann wird hier alles in Flammen aufgehen!«

Ihre Stimme überschlug sich fast. Von panischer Angst ergriffen, wollte sie jetzt nur noch zu Johannes, um ihn davon zu überzeugen, dass er schleunigst von hier verschwinden musste. Warum nur holte ihn Ann nicht endlich her?

»Nun beruhige dich mal wieder, Käthe. Bruder Johannes kann so was sowieso nicht entscheiden. Dazu ist er gar nicht befugt. Der Abt bestimmt, was getan wird. Da muss das Kloster schon warten, bis es von offizieller Stelle gewarnt wird. Auf eine Bauersfrau wie dich hören die hohen Herren selbst dann nicht, wenn du aus erster Quelle weißt, dass es bald brenzlig wird. Unsereins ist da eh machtlos!«

Käthe war der Verzweiflung nahe. Sie warf sich vor Ann auf die Knie.

»Ach bitte, bitte! Ich flehe dich an! Hol doch den Johannes her, damit ich's ihm auch sagen kann!«

Die Magd schüttelte entschieden den Kopf.

»Steh wieder auf, Käthe, das nützt nichts. Der sortiert gerade seine Bibliotheksbestände. Dabei darf er auf keinen Fall gestört werden, das habe ich dir doch schon gesagt!«

Die Bäuerin erhob sich aus ihrer unterwürfigen Haltung. »Aber ... !«

»Lass es gut sein, Käthe. Du machst ihn bloß verrückt mit deiner Angst! Das schadet ihm mehr als es nützt. Das willst du doch sicher nicht, oder?«

»Natürlich nicht.«

»Also, dann geh wieder heim. Du wirst sehn, noch bevor du

den Halberg oben bist, weißt du, dass ich recht habe! Geh jetzt. Es wird bald dunkel, da solltest du daheim sein!«

Beruhigend legte Ann ihr die Hand auf die Schulter.

»Machs gut, Mädle! Pass auf, dass dich der Nachtkrabb nicht holt.«

»Pff, der Nachtkrabb! Was erzählst du mir denn für Geschichten? Ich bin doch kein kleines Kind mehr!«

»Na ja, bei großen Mädle kann der Nachtkrabb auch mal so aussehen wie der Hutzelbauer!«

»Ja, pfui Teufel noch mal! Hör auf, mich gruselt's!«

»Siehst du! Deswegen sieh zu, dass du heim kommst, ehe es dunkel wird!«

»Wahrscheinlich hast du recht. Ich danke dir ganz herzlich. Du bist eine echte Freundin!«

Die beiden Frauen schlossen sich in die Arme.

»Kannst dem Johannes wenigstens einen Gruß von mir ausrichten?«

»Das werde ich!«

Mit einem Lächeln begleitete die Magd sie ans Tor. Verschwörerisch zwinkerte sie ihr zu, bevor sich die Klosterpforte hinter ihr schloss.

Dorfplatz zu Oberrot

kurz nach dem 4. April Anno Domini 1525

Die Stimmungslage in Oberrot wurde immer gespannter. Der Ortsadlige Junker Caspar von Rot fühlte sich nicht wohl in seiner Haut, als er hoch zu Ross auf die Ortsmitte zugeritten kam. Ganz Oberrot hatte sich auf seine Aufforderung hin wieder dort versammelt, um zu hören, was ihnen der Vogt des Schenken Wilhelm von Limpurg in Gaildorf zu sagen hatte. Auf dem Versammlungsplatz war mittlerweile eine Rednerbühne errichtet worden, damit sich niemand mehr auf einen Tisch zu stellen brauchte. Caspar von Rot wurde mit schrillen Pfiffen, derben Sprüchen und Verwünschungen empfangen. Inzwischen bereute er zutiefst, nicht auf seine Frau Katharina gehört zu haben, die ihm geraten hatte, lieber nicht hoch zu Ross, sondern zu Fuß auf dem Dorfplatz zu erscheinen, um nicht noch mehr den Unwillen der Bauern herauszufordern, die gegen alle Reiter eine tiefe Abneigung entwickelt hatten. So war es, wenn man nicht auf die kluge Frau an seiner Seite hören wollte. Er hatte ihr großspurig erklärt, ein Mann von Adel würde niemals zu Fuß bei solch einer Versammlung erscheinen, das wäre er schon seinem Ruf schuldig. Achselzuckend hatte sie ihn daraufhin ziehen lassen müssen. Nun betete sie zuhause dafür, dass er heil und gesund zurückkehren möge. Vom Fenster aus verfolgte sie dabei das Geschehen auf dem Dorfplatz.

Unter lauten Buhrufen und Pfiffen stieg er vom Pferd und betrat das Rednerpodest. Nur mit Mühe konnte der Schultheiß die Dorfbewohner dazu bewegen, ruhig zu bleiben, damit man verstehen konnte, was der Vogt ihnen zu sagen hatte.

Der atmete tief durch. Nur der Gedanke, dass auch andere limpurgische Vögte just in diesem Moment versuchten, ihre

Leute zur Vernunft zu bringen, gab ihm den nötigen Mut, die Stimme zu erheben:

»Hört mich bitte an, ihr lieben Einwohner Oberrots. Ich möchte euch heute inständig darum bitten, Ruhe zu bewahren. Die Schenken sind noch nicht fertig mit der Prüfung eures Beschwerdeschreibens, aber ich bin mir sicher, dass wir uns gütlich einigen können!«

Conz Barts donnernde Stimme erhob sich aus der Masse der Dorfbewohner: »Was gibt's denn da zu einigen? Ihr wollt uns doch bloß hinhalten, bis ihr Verstärkung kriegt, um uns dann fertig zu machen. Sonst würde das doch nicht so lange mit dieser Prüfung dauern!«

Bestätigender Beifall unterstrich seinen Einwand.

Der Vogt wischte sich den Angstschweiß mit einem großen Taschentuch von der Stirn, das ihm eine seiner vier Töchter bestickt und zum Namenstag geschenkt hatte. Worauf hatte er sich da nur einlassen müssen. Er wünschte sich in diesem Moment weit weg von hier, an einen sicheren Ort, vielleicht hinter die starken Stadtmauern von Hall, in der es keine wildgewordenen Bauern gab, die sich auf einmal weigerten, ihm wie gewohnt ihre Abgaben zu zahlen. Er hätte zu gerne gewusst, was auf einmal in sie gefahren war. Über Jahrhunderte hatten seine Vorfahren kaum Probleme mit ihnen gehabt, doch plötzlich spielten sie sich auf, als seien sie die neuen Herren der Welt. Wieso musste das ausgerechnet zu einem Zeitpunkt geschehen, in dem er für dieses vermaledeite Aufständischennest Oberrot zuständig war? Deutlich spürte er die Feindseligkeit, die ihm vonseiten der Bevölkerung entgegenschlug. Er hatte schreckliche Angst vor ihrem Zorn, auch wenn er ihn nicht nachvollziehen konnte.

Nur mit Hochmut konnte er seine Angst verdrängen, damit sie ihn nicht lähmen konnte. Was bildeten die sich eigentlich ein, wer sie waren?

Dieser Beschwerdebrief, den der Ausschuss den Schenken überreicht hatte, war doch einfach nur als lächerlich zu bezeichnen. Freies Jagdrecht für alle! Wildbret und Fisch für die Allgemeinheit! Und dann auch noch keine Abgaben mehr bezahlen wollen, das war doch absurd! Wie kamen sie nur auf so etwas?

Sie hier danach zu fragen, wäre aber sicherlich einer Art Selbstmord gleich gekommen. Daher schwieg er. Insgeheim jedoch wünschte er sich nichts sehnlicher, als diese nervenaufreibende Situation schnell hinter sich zu bringen.

Conz hatte schon längst das Kommando im Dorf an sich gerissen. Seine bewaffneten Anhänger standen wie ein Mann hinter ihm. Seine Mannen warteten nur auf seine weiteren Befehle. »Jetzt sagt endlich, was Ihr wollt, dann verschwindet wieder! Wir wollen Euch hier nicht mehr sehn.«

Der Vogt beeilte sich, sein Anliegen vorzubringen, ehe ihn diese aufgebrachte Menschenmenge doch noch in Stücke reißen würde. Er war bemüht, seiner zittrigen Stimme einen festen Klang zu verleihen.

»Ich verspreche euch, dass wir eure Beschwerde prüfen und dann alles Weitere in die Wege leiten werden, um euch in irgendeiner Form näher zu kommen!«

»Red net so geschwollen um den heißen Brei rum! Was heißt das für uns?«

»Das heißt, dass ich euch hiermit auffordere, nichts mit Gewalt gegen uns zu unternehmen. Sonst müssen wir uns gegen euch wehren!«

Die Zuhörerschaft brach in schallendes Gelächter aus.

»Mir schlottern vor Angst schon die Knie, wenn Ihr uns so schrecklich droht.« Bart ließ seine Knie wackeln, dass die Gegenstände, die an seinem Gürtel hingen, nur so klapperten. Die umstehenden Bauern nahmen diesen Scherz auf und schlotterten auch erbärmlich mit den Knien. Der Vogt war weiterhin um Fassung bemüht. Er ließ sich von diesem Bauerngesindel doch nicht ins Bockshorn jagen!

»Ich warne euch! Wenn ihr nicht friedlich einlenkt, dann werden wir andere Saiten gegen euch aufziehen müssen.«

»Ach, der gnädige Herr droht uns?« Nun brachte sich sogar Conz' Frau Burgel ein. Mit stolz geschwellter Brust ließ sie ihr Mann gewähren. Sollte diesem Lackel da oben sein Weib ruhig auch noch die Meinung sagen, das konnte nichts schaden.

»Was habt Ihr denn für eine schreckliche Waffe, mit der Ihr uns drohen könnt?«

»Wenn ihr zu den Waffen greift, dann werden wir den Schwäbischen Bund um Hilfe bitten. Dann wird euch das Lachen ganz schnell vergehen!«

Burgel stemmte kämpferisch die Fäuste in die Taille.

»Der Schwäbische Bund? Da lachen ja sogar meine Hühner im Stall! Wo ist er denn, der Schwäbische Bund?« Sie legte die flache Hand über die Augen, theatralisch tat sie, als hielte sie Ausschau nach den Truppen des Bauernjörg Georg Truchsess von Waldburg.

»Der liegt in Göppingen im Brunnen«, antworteten ihr alle im Chor. »An Armen und Beinen gefesselt!« Schadenfroh grinste sie den Ortsadligen an. »Da seht Ihr's. Warum sollte wir uns also vor dem Schwäbischen Bund fürchten? Der ist weit weg!«

Wieder wischte sich der Vogt seine verschwitzte Stirn ab. Jetzt fielen ihm sogar schon die Weiber in den Rücken! Diese Schmach war unerträglich für ihn. Noch einmal versuchte er ihnen Respekt einzuflößen.

»Der Bund ist schneller da, als ihr denkt. Er hat schon gehörig aufgeräumt bei denen, die sich gegen die Obrigkeit erhoben haben. Ihr werdet schon noch sehen, was ihr davon habt!« Er erhob mahnend den Zeigefinger. Hoffentlich bemerkte niemand, wie sehr seine Finger zitterten. »Ihr werdet es sehn!«

Entschlossen stieg er vom Podium. Hocherhobenen Hauptes begab er sich zu seinem Pferd, das sein Knecht für ihn am Zügel hielt.

»Halt!«, rief ihm Conz nach, als er sich gerade in den Sattel schwingen wollte.

»Was willst du?« Der Vogt blickte unsicher zu Bart. Nun stand er mit ihm auf gleicher Höhe, nicht mehr über ihm, das behagte ihm gar nicht. Conz war immerhin fast einen Kopf größer als er. Der resolute Gastwirt hatte eher die Statur eines Tanzbären denn eines Mannes. Er baute seinen bulligen Körper direkt vor dem untersetzten Vogt auf. Provozierend blickte er auf ihn herab.

»Das kurze Stück von Eurem Haus zu uns müsst Ihr doch nicht auf Eurem Gaul reiten.« Er trat an das dunkelbraune, edel glänzende Tier heran. Liebevoll strich er ihm über die Blesse. »Wirklich ein schönes Tier. Wenn Ihr's nur dazu braucht, so kurze Strecken zurückzulegen, dann könnt Ihr's auch mir überlassen. So ein Pferdchen braucht Bewegung. Damit könnt ich dann bequem zwischen Oberrot und Siegelsberg hin und her reiten. Aber vielleicht könnt's auch meinem Schwiegersohn bei der Vorspanne helfen. Seine Tiere würden sich freuen, wenn sie sich mal ausruhen dürften!«

Der Zorn über Conz verfärbte das Gesicht des Vogts dunkelrot. Dieser selbsternannte Bauernführer ging entschieden zu weit!

»Lass deine dreckigen Finger von meinem edlen Ross! Es ist mehr wert als du und jeder Einzelne von denen hier! Wenn ihr alle verreckt, ist's mir gleich, aber meinen Gaul, den brauch ich noch!«, zischte er ihm drohend zu. Danach schwang er sich schnell in den Sattel, schnalzte mit der Zunge und preschte im gestreckten Galopp durch die erschrocken zurückweichende Menschenmenge davon.

»Das wirst du mir büßen, Caspar von Rot!«, knurrte Conz ihm wütend hinterher.

»Und zwar schon bald!«

Barts Gasthaus war nach dieser Versammlung mit feiernden Bauern überfüllt.

»Dem habt ihr's aber gegeben, du und deine Burgel!« Anerkennend klopfte der Plaphans Conz auf die Schulter.

»Ja, er hat auch ziemlich blöd geguckt, als ihm sogar mein Weib die Meinung gesagt hat.«

Er brüllte in Richtung Theke. »Burgel, komm mal her!«

Rasch trat sie mit drei vollen Weinkrügen schwer beladen an den Stammtisch, an dem sich die Führungsriege um Conz geschart hatte, um ihn zu feiern. Er zog sie schwungvoll auf seinen Schoß. Besitzergreifend legte er den Arm um ihre Taille. Lachend wollte sie sich aus seiner Umarmung befreien, um die Krüge abzustellen, aber er hielt sie fest. Mit seiner freien Hand reichte er einen Krug nach dem anderen an die Stammtischrunde weiter, die sie ihm bereitwillig abnahm. Als sie alle Krüge los war, zog er sie an sich. Mit einem lauten Schmatz drückte er ihr einen feuchten Kuss auf.

»Seht sie euch an! Nicht nur der Jäcklein Rohrbach hat seine schwarze Margret, die dem Haufen vorweg in die Schlacht zieht. Mein Weib ist genauso wie sie! Habt ihr gehört, wie sie's heut dem Vogt gegeben hat? Der hat vielleicht blöd geglotzt!«

Alle grölten begeistert beim Gedanken an die Szene, die sich vorhin auf dem Dorfplatz abgespielt hatte.

»Die schwarze Margret macht die Männer zuerst mit einem Zauberspruch unverwundbar, danach spricht sie noch einen Segen über die Kämpfer für die Freiheit. Sie macht den Männern und selbst Jäcklein immer wieder Mut, wenn die nicht mehr weiter wollen. Dann sagt sie ihm, er soll sich nicht von seinem Vorhaben abbringen lassen, denn Gott will es! Die hat einen Hass auf die hohen Herren und die Städter beieinander, dass es eine wahre Pracht ist! Sie will den ganzen Stadtweibern von Heilbronn die vornehmen Kleider vom Leib schneiden, dass sie wie die gerupften Hühner daherkommen, hat sie gesagt, und bei Gott – die wird's tun! So ein Weib wie die könnten wir auch gebrauchen. Wie ist's, Burgel, willst du auch mit uns ins Feld ziehen?«

Burgel lachte herzlich über sein Angebot. »Daraus wird wohl nichts werden, mein großer Kriegsmann! Eine muss doch das Wirtshaus am Laufen halten, während du weg bist. Denk doch mal an den Umsatz, der uns da durch die Lappen ginge!«

Wieder drückte er sie fest an sich. Wann sonst, wenn nicht in Zeiten wie diesen, konnte man ein Vermögen mit Wein machen?

»Du hast völlig recht! Du bist also nicht meine ›schwarze Margret‹, sondern meine ›goldene Burgel‹. Darauf leer ich meinen Becher, mein Goldschätzle!«

Alle prosteten Burgel zu, die es mit vor Freude und Eifer geröteten Wangen genoss, von den Männern so verehrt zu werden. Dieser Aufstand war ein Segen für sie. Endlich begann das richtige Leben!

Kapitelsaal des Klosters Murrhardt

Freitag, 7. April Anno Domini 1525

Alle Konventmitglieder hatten sich auf das Geheiß Abt Oswalds hin im Kapitelsaal versammelt, um zu hören, was er ihnen mitteilen wollte. Den Regeln entsprechend nahm er zunächst die Bibel zur Hand.

»Römer 8, 1-10:
Jetzt gibt es keine Verurteilung mehr für die, welche in Jesus Christus sind. Denn das Gesetz des Geistes und des Lebens in Jesus Christus hat dich frei gemacht vom Gesetz der Sünde und des Todes. Weil das Gesetz, ohnmächtig durch das Fleisch, nichts vermochte, sandte Gott seinen Sohn in der Gestalt des Fleisches, das unter der Macht der Sünde steht, zur Sühne für die Sünde, um an seinem Fleisch die Sünde zu verurteilen; dies tat er, damit die Forderung des Gesetzes durch uns erfüllt werde, die wir nicht nach dem Fleisch, sondern nach dem Geist leben. Denn alle, die vom Fleisch bestimmt sind, trachten nach dem, was dem Fleisch entspricht, alle, die vom Geist bestimmt sind, nach dem, was dem Geist entspricht. Das Trachten des Fleisches führt zum Tod, das Trachten des Geistes aber zu Leben und Frieden. Denn das Trachten des Fleisches ist Feindschaft gegen Gott; es unterwirft sich nicht dem Gesetz Gottes und kann es auch nicht. Wer vom Fleisch bestimmt ist, kann Gott nicht gefallen. Ihr aber seid nicht vom Fleisch, sondern vom Geist bestimmt, da ja der Geist Gottes in euch wohnt. Wer den Geist Christi nicht hat, der gehört nicht zu ihm. Wenn Christus in euch ist, dann ist zwar der Leib tot aufgrund der Sünde, der Geist aber ist lebendig aufgrund der Gerechtigkeit.«

Nach der Schriftlesung wandte er sich an seine Konventmitglieder.

»Meine Söhne, ich erhielt heute ein Schreiben der Stuttgarter Statthalterregierung, die alle Klöster des Landes anweist, ihre Wertsachen in Burgen oder anderswo in Sicherheit zu bringen.«

Es hörte sich alles andere als gut an, was die Mönche da zu hören bekamen. Wenn sie solch eine Anweisung von höchster Stelle erhielten, braute sich außerhalb der Klostermauern gewaltig was zusammen, das nicht mehr all zu fern sein konnte. Die Hiobsbotschaften von überfallenen, ausgeraubten und verbrannten Klöstern, Schlössern, Burgen oder Städten überschlugen sich förmlich. Doch noch waren die Angreifer immer weit genug entfernt gewesen, um eine direkte Gefahr zu bedeuten. Vielleicht hatten sie ja sogar Glück, und dieser Kelch würde so an ihnen vorübergehen wie der Arme Konrad vor elf Jahren. Diese Hoffnung schien allerdings immer mehr zu bröckeln. Der Aufstand hatte schon längst die Ausmaße des Remstals überschritten. Man konnte ihn fast schon als flächendeckend bezeichnen. Wo sollte das alles noch hinführen?

Den Anwesenden wurde es mulmig zumute. Sie wollten sich lieber nicht vorstellen, was alles mit ihnen geschehen konnte, wenn die Plünderer kamen. Sie hatten ja nicht einmal etwas, was sie ihnen bieten konnten, außer ihre Vorräte. Die Kasse war leer. Was, wenn das die Angreifer so verärgerte, dass sie alle Mönche erschlagen und danach das Kloster anzünden würden?

»Meine Söhne«, riss sie die Stimme ihres Abts aus den trüben Gedanken, denen jeder von ihnen nachging.

»Wie ihr alle wisst, besitzt unser Kloster eigentlich nichts Wertvolles. Wir sind ein Konvent mit geringem Besitz, genau wie es dem Heiligen Benedikt gefällt. Das einzig wirklich Wertvolle, das wir haben, ist unsere Bibliothek!«

Bruder Johannes zuckte zusammen, als ihm mit einem Schlag bewusst wurde, in welch schrecklicher Gefahr seine Bücher schwebten! Es musste gehandelt werden, und zwar schnell! Eine Klosterbibliothek nach der anderen wurde geplündert oder zerstört. Wie viele wundervolle Werke waren schon durch die barbarische Hand der dummen Bauern zerstört worden! Sie vernichteten rücksichtslos und unwiederbringlich unermessliche Schätze der Menschheitsgeschichte. Das Wissen von Jahrtausenden wurde durch Menschen ausgelöscht, die nicht im Geringsten ahnten, was sie da anrichteten, weil sie nicht einmal lesen konnten! Aber was noch schlimmer war: Es war ihnen völlig gleichgültig! Sie lachten über diese Werte und hatten nur die Gegenwart im Kopf. Man musste sie aufhalten, ehe es zu spät war und sie alles vernichteten, was wirklich zählte!

In diese Gedanken hinein sah er plötzlich Katharinas ernstes Gesicht vor sich. Sie hatte ihm erklärt, wie Ihresgleichen für den Augenblick und vielleicht auch für die nähere Zukunft lebte, aber nicht in der Vergangenheit wie er mit seinen Büchern. Sie erkannte nicht, dass man daraus lernen konnte, eventuell gemachte Fehler nicht zu wiederholen oder es selbst besser zu machen. Doch hatte dieses Wissen wirklich etwas zum Besseren verändert? Wenn er über die Klostermauer blickte, kam es ihm nicht so vor.

Ach, wenn er doch nur mit Katharina sprechen könnte, um sie zu fragen, ob sie etwas über die Pläne der Aufständischen wusste. Sie saß ja an der Quelle. Ein Gruß durch Ann, das war alles, was er seit Wochen von ihr gehört hatte! Nicht nur, dass er sie schmerzlich vermisste. Er musste doch wissen, was es Neues gab. Er sehnte sich so nach ihrer Nähe. Hoffentlich kam sie morgen endlich wieder einmal zu ihm! Morgen war Samstag. Vielleicht könnte sie ja sogar ein wenig länger bleiben, wenn doch ihr Mann und ihr Vater nun für längere Zeit unterwegs waren, wie ihm Ann verraten hatte. Das wäre schön!

Jäh wurde er aus seinen verbotenen Gedanken an Katharina gerissen, als Abt Binder seinen Namen nannte.

»Bruder Johannes. Wo bist du gerade?« Einige Mönche schmunzelten verstohlen. Johannes errötete schuldbewusst. Dem Abt entging das nicht, doch er hatte im Moment andere Sorgen, als sich mit den Gedanken seiner Mönche zu befassen.

»Komm jetzt wieder zu uns, wo immer du auch eben gewesen sein magst. Denn du erhältst nun einen sehr wichtigen Auftrag von mir!«

Johannes war sofort wieder bei der Sache. »Verzeiht mir, Herr.«

»Du hast diese Woche ja schon damit begonnen, ein Verzeichnis des derzeitigen Bücherbestands der Bibliothek anzulegen.« Er nickte stumm.

»Uns bleibt keine Zeit mehr, eine genauere Bestandsaufnahme durchzuführen. Wir müssen so schnell wie möglich handeln. Du kannst am besten beurteilen, welche unserer Bücher am wertvollsten sind. Stelle sie zusammen, verpacke sie sorgfältig und schaffe sie morgen gleich nach der Primandacht ins Kloster Lorch!«

»*Morgen*?«, rief er aus. Seine Mitbrüder starrten ihn entgeistert an. Was war denn in ihn gefahren, dass er sich seinem Abt gegenüber so ungebührlich aufführte? Doch dieser ließ sich durch sein merkwürdiges Verhalten nicht im Geringsten aus der Ruhe bringen.

»Sicher. Wir haben keine Zeit mehr zu verlieren. Du brichst morgen auf, um unsere Bücher vor den Bauern in Sicherheit zu bringen. Du wirst ein Pferd zum Tragen der Last erhalten. Den Knecht Peter gebe ich dir als Geleitschutz mit. Bewege dich abseits der offiziellen Straßen, um dich und deiner kostbaren Fracht keinem unnötigen Risiko auszusetzen. Folge dem alten Waldpfad ohne Rast bis Krettenbach. Dort lebt der

Bauer Wahl, der seiner Grundherrschaft dem Kloster Lorch bisher stets wohlgesonnen war. Außerdem ist er ist einer der Siebzehner, man wird ihm daher hoffentlich einigermaßen trauen können. Dort kannst du dich zu einer kurzen Rast im Gewölbekeller verbergen. Lass dich von ihm bewirten, sage ihm aber nicht, was du im Gepäck mit dir trägst. Heutzutage ist bei jedem Vorsicht geboten, der auf einer Scholle arbeitet! Bedenke, dass du nur soviel mitnehmen kannst wie in deine Satteltaschen passt. Du hast also noch bis morgen früh Zeit, alles vorzubereiten. Das muss ausreichen.«

Johannes hatte dabei eine ganz andere Sorge, von der sein Abt nichts ahnen konnte. »Aber Herr, morgen ist Samstag!«

Abt Oswald war über diese Reaktion genauso erstaunt wie seine Mitbrüder.

»Sicher, morgen ist Samstag. Ich wüsste nicht, ob das etwas an der Tatsache ändert, das unsere Bibliothek in höchster Gefahr ist, vernichtet zu werden.«

Johannes senkte das Haupt. »Natürlich nicht!«

Der Abt war zufrieden. »Du bringst also die Bücher morgen nach Lorch, übernachtest dort und sorgst am Sonntag dafür, dass sie in deren Bibliothek ordentlich verwahrt werden. Am Montag kehrst du dann wieder nach Hause zurück.«

»Vater, verzeiht mir meinen Widerspruch, aber das halte ich für keine gute Idee!«, meldete sich plötzlich Martin Mörlin zu Wort.

Abt Binder blickte seinen Cellerar grimmig an. Was war in diesen unruhigen Zeiten nur in seine braven Mönche gefahren? Allem Anschein nach probte man nicht nur außerhalb der Klostermauern den Aufstand!

»Vater Oswald, vergebt mir. Aber Lorch ist mindestens genauso von den Aufständischen bedroht wie wir. Wahrscheinlich sogar noch mehr. Wenn man einmal bedenkt, dass Lorch schon beim Armen Konrad in arge Bedrängnis geraten ist, als

Murrhardt noch nicht einmal davon gestreift wurde, kann man sich doch ausrechnen, was dieses Mal mit Lorch geschehen könnte.«

Der Abt ließ sich durch den unverschämten Einwand seines Cellerars nicht von seiner Entscheidung abbringen.

»Bruder Martin, ich habe mein halbes Leben im Kloster Lorch verbracht, und niemals ist etwas Bedrohliches hinter seinen Mauern geschehen. Kloster Lorch steht nicht umsonst auf dem Liebfrauenberg. Es ist dort oben sicher wie in Mariens Schoß! Nichts und niemand wird es wagen, die Grablege der Herren von Hohenstaufen zu schänden. Nicht einmal dieses aufständische Bauernvolk. So viel Respekt werden sie vor dem ehrwürdigen Gemäuer haben.«

Martin war mit dieser Begründung alles andere als zufrieden. Er hielt Lorch durchaus nicht für sicher. »Diesem Bauernhaufen da draußen ist sein eigener Misthaufen vor der Tür heiliger als die Gräber alter Fürstengeschlechter. Ich habe meine eigenen Erfahrungen mit ihnen gemacht. Sie sind aufmüpfig, streitsüchtig und uneinsichtig.«

»Genau wie du, Bruder Martin!«

Martin ignorierte den Einwurf Abt Oswalds.

»Nun, da sie sich auch noch zusammenrotten, kann dies alles doch nur noch schlimmer werden!« Den Mönchen stockte der Atem. Wie konnte Bruder Martin es wagen, in solch abfälliger Weise die Entscheidung seines Abts in Frage zu stellen? Langsam aber sicher bröselte die Disziplin des Konvents auseinander. Die Bauern da draußen trieben sie dazu, ihre heiligen Regeln nicht so gewissenhaft zu befolgen, wie es der Orden von ihnen verlangte. Die Welt stand Kopf, und alle wurden von diesem Wahnsinn angesteckt. Davor schützte sie weder die Klostermauer noch die Kutte.

Doch der Abt blieb sachlich. »Ich habe deinen Einwand gehört. Aber trotzdem bleibe ich dabei. Die Bücher werden morgen früh von Bruder Johannes ins Kloster Lorch geschafft. Damit ist diese Versammlung beendet!«

»Auf ein Wort!« Martin war nicht zu bremsen.

Der Abt stand kurz davor, seine Geduld zu verlieren. »Was noch?«

»Lasst mich bitte noch einen Vorschlag machen.«

»Rede.«

»Es wäre besser, auch wir würden das Kloster verlassen, bis die Gefahr vorüber ist. Wir könnten uns zum Beispiel in unseren Pfleghof nach Bottwar begeben. Von dort aus ist doch einer ihrer Haufen losgezogen. Das heißt, dort wären wir schon wieder sicher und … !«

»Genug!« Der Abt hob ermahnend die Hand.

»Die Aufforderung lautete klar und deutlich: Wir sollen unsere Wertgegenstände in Sicherheit bringen und nicht uns selbst! Wir werden unser Gotteshaus nicht eher verlassen, bevor wir nicht dazu aufgefordert werden!«

»Aber Herr!«

Eine Zornesfalte bildete sich auf Binders Stirn. Dieser Bruder Martin ging ihm auf die Nerven mit seiner ständigen Aufmüpfigkeit. Wollte er etwa seine Autorität in Frage stellen? »Schweig! Melde dich nachher bei mir, um deine Strafe für diesen Ungehorsam entgegen zu nehmen!« Die Stimme des Abts hallte durch den Kapitelsaal.

»Wir bleiben hier, und die wertvollsten Bücher gehen nach Lorch! Hab ich mich klar genug ausgedrückt?« Demütiges Schweigen erfüllte den Raum, als der Abt den Mönchen seinen Segen erteilte und gleich darauf den Kapitelsaal verließ.

Mit gesenkten Köpfen traten die Konventmitglieder aus dem Kapitelsaal in den Kreuzgang. Die anderen verteilten sich rasch, während Johannes noch immer unfähig war, sich zu bewegen. Wie in Trance stand er im Kreuzgang. Nach nunmehr achtzehn langen Jahren schien endlich das Ziel seiner Träume zum Greifen nahe. Morgen würde er doch noch das Kloster Lorch besuchen! Den Boden, der ihm nach Jerusalem als der heiligste der Welt erschien! Morgen würde er ihn zum ersten Mal mit seinen eigenen Füßen betreten, mit eigenen Augen sehen können.

Schlagartig wurde ihm bewusst, was das für ihn bedeutete. Mit einen Mal fielen all seine Bedenken von ihm ab. Morgen würde er seine wertvollsten Bücher dem schützenden Schoß Kloster Lorchs anvertrauen.

Katharina konnte warten! Er hatte einen enorm wichtigen Auftrag zu erledigen, der keinen Aufschub duldete. Den wichtigsten Auftrag seines Lebens!

Doch zuerst wollte er in die Kirche gehen, um Gott für seine grenzenlose Güte zu danken und von ihm die Weisheit zu erbitten, die richtige Entscheidung bei der Auswahl der Bücher zu treffen. Entschlossen wandte er sich dem Südeingang der Kirche zu, um sein Gebet vor Gott zu tragen, als ihm jemand von hinten die Hand auf die Schulter legte. Überrascht drehte er sich um. Durch ein Zeichen gab ihm Bruder Martin zu verstehen, ihm ins Parlatorium zu folgen.

»Was wünscht Ihr von mir, Cellerar Mörlin?«

Martin wirkte traurig. »Seit wann denn so förmlich, Bruder Johannes. Sind wir nicht alte Freunde? Oder hast du das in diesen schrecklichen Zeiten vergessen?«

Verwirrt legte Johannes die Stirn in Falten. Was sollte das bedeuten? Seit nunmehr zwei Jahren hatte Martin ihn keines Blickes mehr gewürdigt, geschweige denn ein Wort mit ihm gewechselt. Ausgerechnet heute sprach er aus heiterem Himmel mit ihm von Freundschaft? Die Welt schien in der Tat Kopf zu stehen! Seine Gedanken machten wilde Sprünge. Wie sollte er sich nun richtig verhalten? Sollte er so tun, als sei tatsächlich nichts geschehen, oder ihn zur Rede stellen? Er entschied sich für Ersteres. »Nein, Bruder Martin, natürlich nicht. Entschuldige bitte!«

»Schon gut.« Martin atmete hörbar aus. »Johannes, was der Abt da von dir verlangt, ist Wahnsinn! Du darfst die Bücher nicht nach Lorch schaffen. Das wäre fast so, als würdest du sie auf einen Scheiterhaufen legen und warten, bis einer die Fackel darunter hält, um ihn zu entzünden!«

Johannes stockte der Atem. Von was redete Martin denn da? Er konnte doch nicht die eindeutigen Anweisungen seines Abts missachten.

»Johannes, hör mir bitte gut zu! Bring die Bücher nicht nach Lorch. Sie sind dort dem sicheren Untergang geweiht!«

»Woher weißt du das?«

»Nenne es eine Vorahnung, eine Vision. Vielleicht ist es aber auch nur der gesunde Menschenverstand, der mir das sagt. So genau weiß ich es selbst nicht. Aber es kommt mir so vor, als habe Gott zu mir gesprochen, um mich davor zu warnen!«

»Aber warum besteht denn Abt Binder so ausdrücklich auf Lorch? Ich verstehe das nicht.«

»Abt Oswald wird bald siebzig Jahre alt. Er war schon fünfunddreißig Jahre Mönch in Lorch, ehe er hierher versetzt wurde, um seine von Gott geforderte Pflicht zu tun. Er war damals schon fast so lange als Mönch auf dem Liebfrauenberg, wie wir beide nun auf dieser Erde leben. Kannst du dir das vorstellen?«

Johannes musste eingestehen, wie schwer ihm das fiel.

»Sein Herz wird immer an Lorch hängen. Lorch ist seine Heimat, seine Zuflucht, seine Geborgenheit, sein Mutterschoß! Was meinst du, warum er uns alle auf andere Klöster verteilt hat, als wir damals unser Kloster für ein Jahr verließen und er als einziger nach Lorch ging?«

»Das habe ich mich nicht nur einmal gefragt«, gab Johannes offen zu.

»Er wollte mit seinem Kloster und seinen Erinnerungen dort alleine sein. Wir hätten ihn nur dabei gestört. Denn wir gehören zu seinem Leben *nach* Lorch. Da spielt es keine Rolle, ob ich damals auch dort war und mit ihm zusammen hier her kam. Wie du ja weißt, wollte er mich eigentlich gar nicht mitnehmen. Ich war ihm viel zu jung. Aber er musste sich Abt Sitterichs Anweisung beugen. Auch wenn er sicherlich deswegen insgeheim mit den Zähnen geknirscht hat. Aber das ist alles schon lange her!« Nach kurzem Schweigen fuhr Martin fort.

»Abt Binder begeht einen großen Fehler, wenn er die Bücher nach Lorch schaffen lässt. Meiner Meinung nach sind sie hinter den starken Stadtmauern Halls am sichersten. Doch er lässt einfach nicht mit sich reden.«

Johannes ergriff zaghaft das Wort.

»Es widerstrebt mir ja auch, seinen Anordnungen zu folgen, aber es bleibt mir doch keine andere Wahl! Er ist der Abt!«

Er konnte sich doch nicht gegen den Konventleiter auflehnen, das war nicht rechtens. Er hatte zu gehorchen, ob es ihm nun passte oder nicht. Aber was, wenn Martin nun doch recht hatte und das Kloster Lorch von den Bauern nicht verschont blieb? Den Verlust seiner Bücher würde er nicht überleben. Der innere Zwiespalt, der ihn zu zerreißen drohte, raubte ihm die Kraft, einen logischen Gedanken zu fassen. Doch er musste sich entscheiden. Jetzt und hier.

»Nein, das kann ich nicht tun!« Entschlossen schüttelte er den Kopf.

»Abt Binder hat mir einen klaren Auftrag erteilt, den muss ich ausführen, ob er damit recht hat oder nicht. So will es die Ordensregel. Ich kann nicht anders handeln. Ich *muss* es tun!«

Als er sich wieder der Kirchentür zuwandte, um seinen Weg fortzusetzen, hielt ihn Martin am Arm fest. »Johannes, du begehst einen schrecklichen Fehler! Ich weiß, dass es immer dein sehnlichster Wunsch war, einmal das Kloster Lorch zu sehen.«

Johannes fühlte sich ertappt. Er selbst hatte die bittere Wahrheit verdrängt, warum er sich nicht darauf einlassen wollte, Martins einleuchtenden Vorschlag anzunehmen und die Bücher einfach heimlich nach Hall zu schaffen. In seiner Selbstsucht wollte er die vielleicht einzigartige Gelegenheit nicht verstreichen lassen, nur einmal im Leben das Kloster seiner Sehnsucht zu besuchen. Auch wenn es nur für ein paar Tage war.

»*Das* ist es doch, was dich nach Lorch ziehen lässt! Hab ich recht?«

Mit einem unsanften Ruck schüttelte er Martins Hand von seinem Arm ab. Er würde nach Lorch gehen, um seine Pflicht zu erfüllen, und damit Schluss! Sein Sündenregister war schon voll genug, da würde er sein Gewissen nicht auch noch mit der Schuld des groben Ungehorsams gegen seinen Abt beladen. Martin spürte, dass der Kampf zu Ende war. Morgen früh würde der kostbarste Schatz, den das Kloster Murrhardt besaß, durch den Eigensinn zweier Dickschädel in sein sicheres Verderben geschafft werden!

»Vergiss nicht die liturgischen Bücher aus dem Armarium mit auf den Scheiterhaufen zu legen!«, raunte er dem einstigen und einzigen Freund, den er je hatte, tonlos zu.

Johannes' Kehle war trocken. Ohne ein weiteres Wort verließ er das Parlatorium. Im Kreuzgang wandte er sich der niedrigen südlichen Eingangstüre der Kirche zu. Martins vorwurfsvoller Blick brannte ihm im Nacken. Johannes musste den Kopf einziehen, um sich nicht am Türrahmen zu stoßen. In dieser Demutshaltung betrat er die Klosterkirche. Vor der überlebensgroßen Darstellung des Gekreuzigten, der von Maria und Johannes flankiert an einem Querbalken unter dem Triumphbogen hing, warf er sich flach auf den Boden, um unter bitterlichen Tränen vor seinem Herrn Vergebung für seine grenzenlose Selbstsucht und den Schutz seiner Bücher zu erflehen.

Schankstube des Gasthauses von Conz Bart zu Oberrot

nach dem 10. April Anno Domini 1525

Männer, es gibt Neuigkeiten!« Stoffel Schweinlin stürmte in Conz' Wirtsstube. Die anderen Gäste blickten interessiert von ihrem Kartenspiel auf. Neuigkeiten waren immer gut. Es wurde Zeit, sich mal wieder mit anderen Dingen als Spielen und Reden zu beschäftigen. Langsam wurde das langweilig. Da wären sie zu dieser Jahreszeit wahrlich auf ihren Feldern und Wiesen besser aufgehoben gewesen. Unter den zur Untätigkeit Verurteilten machte sich langsam aber sicher Unmut breit.

»Setz dich hin, Stoffel!«, herrschte ihn Martin Doder an.

»Ich hoffe für dich, dass du uns was Gutes mitbringst, sonst kannst du was erleben!« Martin hielt ihm drohend die Faust unter die Nase. Unbeeindruckt setzte sich Stoffel zu den anderen an den Stammtisch.

»Burgel, bring mir schnell einen Wein, damit ich vorher meine Kehle schmieren kann!« Martin schlug ungeduldig mit der Faust auf den Tisch.

Conz knurrte gefährlich. »Mach das nicht noch mal, hörst du! Wenn jemand auf meinen Tisch haut, dann bin ich das, sonst keiner!« Ein missmutiges Brummen entfuhr Doders Kehle, doch er zog es vor, keinen Streit anzuzetteln.

Nachdem Schweinlin seine Kehle mit einem ganzen Becher Wein geschmiert hatte, begann er zu erzählen. »Also, hört alle her! Wir wissen ja alle, dass der Böckinger Gastwirt Jäcklein Rohrbach in der Heilbronner Region bewaffnete Bauern um sich sammelt.«

»Ja, ja, schon gut, das ist doch nichts Neues!«, brummte Martin missmutig.

»Halts Maul, Doder, und lass ihn reden, sonst fliegst du gleich hochkant hier raus!«, drohte ihm Bart, aufs Äußerste gereizt.

Stoffel fuhr mit einem triumphierenden Grinsen in Martins Richtung fort: »In Öhringen laufen die Hohenloher Bauern zusammen, sie haben auch schon Zuzug aus dem Taubergrund und dem Odenwald erhalten. Nun sind Rohrbachs Bauern zu den Verbänden in Öhringen gestoßen. Sie haben die Grafen von Hohenlohe und die von Löwenstein zum Anschluss an die bäuerliche Bewegung gezwungen.«

»Was? Das hört sich ja nicht schlecht an!« Conz rieb sich bei der Vorstellung, wie viele Bauern sich in Öhringen versammelt haben, anerkennend den buschigen Bart. *Dieser Rohrbach ist ein wahrer Satansbraten. Der hat auch keine solchen Schlappschwänze um sich herum wie ich hier!* Ein Funke Neid glühte in seinem Herzen auf, als er sich den begnadeten Anführer Rohrbach zwischen seinen vielen Anhängern vorstellte, die nur darauf warteten, seine Befehle auszuführen. Dazu wäre er auch fähig, aber mit diesen Jammerlappen – er ließ seinen Blick in die Runde seiner Anhänger schweifen – war da wohl nichts so Großartiges auf die Beine zu stellen wie in Öhringen.

»Sie nennen sich der ›helle, lichte Haufen‹ und sind unter der Führung von Wendel Hipler, Florian Geyer, Jäcklein Rohrbach und Götz von Berlichingen nach Neckarsulm gezogen. Auch dieses Städtchen haben sie besetzt!«

»Potztausend! Das sind wahrhaftige Teufelskerle!« Conz rief seine Anerkennung in die aufmerksame Runde der Zuhörer.

»Ja, das sind sie. Nun zittern die Städte angesichts des auf etliche tausend Mann angewachsenen Bauernheeres!«

»Sag mal, Stoffel«, unterbrach ihn Conz in seinem Redeschwall. »Woher in drei Teufels Namen weißt du das alles?«

Triumphierend warf sich Stoffel in die Brust. Er genoss es sichtlich, endlich auch einmal im Mittelpunkt des Geschehens zu stehen.

»Du hast mich doch losgeschickt, um mich draußen umzuhören. Da bin ich einem Boten begegnet, der mich darauf angesprochen hat, ob ich mich nicht als Kriegsknecht melden will, um Heilbronn vor den Bauernhaufen zu verteidigen.«

»*Was?*« Conz ließ seine Faust auf den Tisch donnern.

»Die ziehen hier bei uns durch die Gegend, um sich Kriegsknechte gegen die Bauern anzuwerben?« Sein zorniger Blick verhieß nichts Gutes.

»So sagte er mir«, gab Stoffel etwas verunsichert zurück.

»Nun red schon, was hast du ihm darauf erwidert?«

»Ich hab mich interessiert gezeigt. Dadurch hab ich ihn ausfragen können, wie es um die Verteidigungslage steht. Wenn du mich fragst … «

»Natürlich frag ich dich, wer sonst könnte mir denn darüber Auskunft geben! Jetzt red doch endlich weiter!«, fuhr ihn der Wirt unwirsch an. Stoffel beeilte sich, zum Schluss zu kommen, um Conz' Geduld nicht zu sehr zu strapazieren.

»Allem Anschein nach sind sie allgemein schlecht zur Verteidigung ihrer Städte gerüstet. In Weinsberg haben der Obervogt Dietrich von Weiler und der Graf von Helfenstein gerade mal siebzig Reisige zur Verteidigung ihrer Stadt zur Verfügung! Die Haller scheinen besser vorbereitet zu sein. Die Heilbronner aber sind durch innere Gegensätze zerrissen. Die können kaum Truppen aufbieten. Deshalb haben sie auch die Boten losgeschickt, von denen ich einen getroffen hab.«

»Was haben die denn jetzt als Nächstes vor?«

»Sie wollen alle angeworbenen Kriegsknechte aus der Gegend in Murrhardt zu einem Fähnlein sammeln, um sie dann nach Heilbronn zu schicken.«

»Ha, das werde ich zu verhindern wissen!« Conz war mit einem schwungvollen Satz auf den Beinen.

»Männer, die Warterei hat endlich ein Ende. Jetzt geht's auch bei uns los! Wir werden dafür sorgen, dass diese Boten keine

Männer aus unserer Gegend zur Verteidigung ihrer Stadt bekommen. Das wäre ja noch schöner, wenn wir unseren Brüdern im Kampf um die Freiheit in den Rücken fallen würden!« Allgemeine Unruhe brach unter seinen Anhängern aus. Sollte es nun tatsächlich los gehen? Das war fast zu schön, um wahr zu sein.

»Stoffel, wo wollte der Bote denn als nächstes hin? Hat er dir das auch gesagt?«

»Sicher, ich fragte ihn, wo ich ihn finden kann, wenn ich mich für den Söldnerdienst entscheide und ihm das mitteilen will. Er sagte mir, sein nächstes Ziel sei Fichtenberg.«

»Großartig!« Conz schlug Stoffel anerkennend auf die Schulter.

»Burgel!«, brüllte er in Richtung Küche, »Bring dem Stoffel noch mal einen Becher Wein, aber vom besten, und ein gutes Vesper dazu.« Wieder an Stoffel gewandt, fuhr er fort. »Das geht auf's Haus! Solch eine gute Arbeit verdient eine Belohnung, mein Freund!«

Stoffel war stolz, von Conz solch eine überschwängliche Anerkennung zu erhalten. Andere brummten, vom Neid zernagt, grimmig in ihre Bärte. »Von den Fichtenbergern lassen sich ganz bestimmt viele als Söldner anwerben, aber den Heilbronnern werden wir einen Strich durch die Rechnung machen. Die kriegen weder jemanden aus dem Amt Murrhardt noch aus dem Rottal für ihre Judasdienste. Dafür werde ich schon sorgen!« Er blickte forschend in die Runde der Anwesenden.

»Wer von euch hat genügend Mumm in den Knochen, noch heute mit mir nach Fichtenberg zu ziehen? Wir werden sie davon überzeugen, dass sie, wenn sie Geld brauchen, es sich lieber auf ehrliche Art und Weise beschaffen, indem wir unserem allseits unbeliebten Junker Caspar von Rot mal einen kleinen Besuch abstatten und seine Schuld einfordern. Wollen mal sehen, ob er dann immer noch so hochmütig mit seinem Prachtgaul auf dem Dorfplatz umherreitet!«

Schnell fanden sich einige Männer, die ihn begleiten wollten. So überredeten Conz Bart und sein Schwiegersohn Claus Blind, Martin Doder und Claus Klenk aus Westermurr, Jerg Ganser, Stoffel Scheinlin und Klintzig aus Murrhardt und Jos Schwenk aus Fornsbach, der Hutzelbauer, der Plaphans aus Hausen und Caspar Bart aus Oberrot die Einwohner Oberrots, mit ihnen nach Fichtenberg zu ziehen, um auch die Fichtenberger für ihre Sache zu gewinnen.

Als die Oberroter in Fichtenberg ankamen, war der Ort bereits in hellem Aufruhr. Viele von ihnen hatten sich schon davon überzeugen lassen, dass es sich für sie lohne, als Söldner Heilbronn zu verteidigen. Die meisten standen reisefertig bereit, als der Oberroter Bauernhaufen Fichtenberg erreichte. Conz ließ seine Männer sofort ausschwärmen, um ihren Aufbruch durch Überzeugungsarbeit zu verhindern. Es dauerte nicht lang, und die Oberroter hatten die Fichtenberger auf ihrer Seite. Gemeinsam jagten sie die Heilbronner Boten aus dem Ort. Zum Abschluss stürmten sie das Pfarrhaus, um es auszuplündern. Gemeinsam zogen sie singend mit der ersten Beute nach Oberrot zurück, um sich Caspar von Rot vorzuknöpfen.

Nach ihren erneuten Eintreffen in Oberrot läuteten sie Sturm. Ausgelassen begannen die Anführer mit ihrem größer werdenden Haufen in einer Mischung aus Aufstands- und Volksfeststimmung zu feiern.

Conz drang derweil mit einigen seiner Anhänger in das Haus des Ortsadligen ein, konnten jedoch weder ihn noch seine Familie finden. Verdrossen diktierte Conz einem schreibkundigen Anhänger einen Brief, in dem er den untergetauchten Caspar von Rot aufforderte, sich nach seiner Rückkehr unverzüglich mit ihm in Verbindung zu setzen, da er mit ihm zu reden habe. Gleich am nächsten Tag wollte er Späher losschicken, um nach diesem Feigling suchen zu lassen.

Doch jetzt wollte er erst einmal mit seinen Mannen den ersten Sieg seines frisch gegründeten Haufens begießen. Der Gastwirt Conz Bart aus Oberrot würde mit diesem Aufstand in die Geschichte eingehen und ihr unwiderruflich seinen Stempel aufdrücken. Alle Welt würde erfahren, was er für die Freiheit seines Landes geleistet hatte! Endlich konnte er zeigen, was in ihm steckte!

In den darauffolgenden Tagen herrschte aufgeregtes Treiben in Oberrot. Unter Conz' Führung machte sich der Haufen bereit, um nach Gaildorf aufzubrechen, wo sich die Limpurger Bauern bereits versammelten. Durch sein beherztes Eingreifen war es Conz tatsächlich gelungen, die Söldnerwerber zur Aufgabe zu zwingen. Sie mussten unverrichteter Dinge wieder nach Heilbronn zurückkehren, da es ihnen nicht gelungen war, Kriegsknechte zur Verteidigung ihrer Stadt zu gewinnen.

Bart genoss es mit jeder Faser seines Körpers, endlich das Oberkommando über so viele Männer zu haben. Er konnte es kaum erwarten, noch mehr Leute um sich zu scharen.

Sieg auf der ganzen Linie!, dröhnte es triumphierend in seinem Kopf.

Wie vernünftig die Menschen doch sind, wenn sie nur den richtigen Führer vor sich haben, der ihnen sagt, wo's lang geht!

Dorfplatz in Oberrot

Ostersonntag, 16. April Anno Domini 1525

Nach der Ostermesse versammelten sich die Bauern unter der Dorflinde, um zusammen das Osterfest zu feiern. Das Wirtshaus reichte für diese Menschenmassen nicht aus. Noch nie waren so viele Leute an einem Ostersonntag in Oberrot zusammengekommen. Katharina, die zur Feier des Tages das Wirtshaus am Halberg schließen durfte, um in Oberrot bedienen zu können, kam sich fast wie an einem Markttag in Murrhardt vor. Auf dem Platz drängte sich eine riesige Menschenmenge, die verköstigt werden wollte. Sie schleppte unaufhörlich neue Weinkrüge heran, um sie den Leuten aufzutischen. Sie fühlte sich so müde wie schon lange nicht mehr. Gegen Nachmittag, als die ersten Betrunkenen unter den Tischen ihren Rausch ausschliefen, wurde es etwas ruhiger. Sie setzte sich für einen kurzen Moment auf eine der Holzbänke, um ihre schmerzenden Beine zu entlasten, als ein Bote im gestreckten Galopp auf den Dorfplatz preschte. Abrupt brachte er das völlig verschwitzte Pferd zum Stehen. Schwungvoll sprang er vom Sattel. Einem Burschen drückte er die Zügel mit den Worten in die Hand, er solle das Tier trockenreiben und ihm danach etwas zu fressen und zu saufen geben. Mit einem ebenso schwungvollen Satz sprang er auf einen der Tische, wobei er einen Weinkrug umwarf, dessen Inhalt sich sofort über die Tischplatte ergoss. Erbost brachten sich die Leute in Sicherheit, um nicht vom Wein durchtränkt zu werden. Lauthals machten sie ihrem Unmut über diese tölpelhafte Tat Luft. Den Boten schien das aber nicht im Geringsten zu stören. Er riss die Arme in die Höhe. Lauthals rief er über die Köpfe hinweg: »Leute, hört mir zu. Ich habe euch etwas Dringendes mitzuteilen!« Sofort hatte er die gesamte Aufmerksamkeit auf seiner Seite.

»Ich habe Nachrichten aus Weinsberg für euch! Heute morgen hat der Jäcklein Rohrbach mit seinen Leuten die Stadt überfallen und eingenommen!« Lauter Jubel übertönte die Stimme des Redners, der erst weitersprechen konnte, als sich die Leute wieder beruhigt hatten.

»Sie haben Kirchen, Bürgerhäuser und das Schloss ausgeplündert. Der Jäcklein hat den Grafen Ludwig von Helfenstein und all seine Mannen durch die Spieße laufen lassen. Es hat ihm auch nichts genützt, dass sich seine Gemahlin mit dem zweijährigen Söhnchen auf dem Arm vor dem Jäcklein auf die Knie geworfen hat und um Gnade für ihren Mann und die anderen flehte. Stellt euch bloß vor, die Tochter des Kaisers lag vor ihm auf den Knien! Der Pfeifer Melchior Nonnenmacher, der auf dem Schloss immer zu den Mahlzeiten und danach zum Tanz aufgespielt hat, durfte dem Grafen dann zum letzten Tanz aufspielen, als der durch die Spieße ging. Die schwarze Margret hat dem Grafen hinterher den Bauch aufgeschnitten, sich was von seinem Fett rausgeholt und sich damit die Schuhe gefettet. Was für ein Weib!« Fröhliches Gelächter und begeistertes Geschrei war die Antwort. Katharina hielt sich derweil entsetzt die Hand vor den Mund, weil sie befürchtete, sich vor Ekel übergeben zu müssen.

»Als die Halunken alle tot waren, haben die Bauern sie ausgeplündert. Die Gräfin haben sie bis aufs Hemd ausgezogen und mit ihrem Balg zusammen auf einem Mistwagen nach Heilbronn gefahren.« Katharina kämpfte mit den Tränen, während die anderen um sie herum Freudentänze aufführten.

»Jäcklein, Jäcklein«-Rufe hallten über den Dorfplatz, während Conz zufrieden dachte:

Das hat er nur mir zu verdanken, der gute Jäcklein, und irgendwann werde ich es ihm sagen, damit auch er es weiß!

»Der Krieg hat nun auch bei uns begonnen! Zu den Waffen, Brüder. Auf nach Gaildorf, wo sich die anderen schon versammeln! Gott ist auf der Seite der Gerechten! Mit seiner Hilfe werden wir die Obrigkeit besiegen und ein für alle Mal frei sein!«

Wieder schwoll begeisterter Jubel auf, der nicht enden wollte.

»Endlich!«, brummte Conz zufrieden. Lange hätte er seine Leute nicht mehr bei Laune halten können. Sie mussten bald etwas erleben, nicht nur herumhängen. Er kletterte neben dem Boten auf den Tisch.

»Hört mich an, Männer. Wir brechen noch zu dieser Stunde auf nach Gaildorf, um zu den anderen zu stoßen. Jetzt kann uns nichts mehr aufhalten! Der Sieg ist unser!«

Als Conz und Claus kurz darauf aufbruchbereit in der Wirtsstube standen, trat Katharina mit einem Stück Kreide in der Hand zu ihnen.

»Claus, Vater, gebt mir eure linke Schuhsohle, damit ich euch das Kreidekreuz gegen Verhexung mit auf den Weg geben kann. Ihr werdet vermutlich lange fort sein, und eure Reise wird ganz bestimmt sehr gefährlich werden. Ihr braucht auf dem Weg jeden Schutz, den ihr kriegen könnt!« Claus hob den linken Fuß, um sich von ihr das Schutzzeichen auf die Sohle seines Bundschuhs malen zu lassen, doch Conz hielt Katharina, die schon vor Claus auf dem Boden kniete, davon ab.

»Nein, Kätter, dies hier ist der Aufbruch zu einer besonderen Reise. Wenn wir zurückkehren, bringen wir für uns alle die Freiheit mit. Diesmal werden wir das Kreuz nicht auf den Schuhsohlen tragen, sondern an den Hüten. Damit alle schon von weitem sehen können, für welche Sache wir unterwegs sind. Besondere Aufgaben verlangen eine besondere Segnung!«

Irritiert erhob sich Katharina wieder. Ihr Innerstes sträubte sich gegen die Aufforderung ihres Vaters, mit der alten Tradition zu brechen. Ihr war gar nicht wohl dabei, das Kreuz an eine andere Stelle zu malen als dahin, wohin es eigentlich gehörte. Der fragende Seitenblick, den sie ihrer Mutter zuwarf, wurde von dieser mit einem leichten Nicken beantwortet. Claus stand bereits leicht in den Knien vor ihr, damit sie besser an den Hut kam, den er auf dem Kopf trug. Mit gemischten Gefühlen malte sie erst ihm, dann ihrem Vater das Zeichen des Aufruhrs auf die Hüte. Conz zog Burgel in seine Arme und drückte ihr einen letzten, herzhaften Kuss auf den Mund, ehe sie ihn Arm in Arm zur Türe hinausbegleitete, um draußen von ihm Abschied zu nehmen. Claus wartete, bis seine Schwiegereltern die Wirtsstube verlassen hatten, ehe er seiner Frau zum Abschied einen flüchtigen Kuss auf die Wange drückte.

»Pass bitte auf dich auf, Claus. Kehre gesund zu mir zurück! Lass dich nicht dazu hinreißen, etwas Böses zu tun! Gott schütze dich!«, flüsterte Käthe kaum hörbar.

»Ich werd schon aufpassen! Mach dir keine Sorgen, Kätter. Wenn ich wieder komme, wird alles besser sein als jetzt!« Er trat auf die offene Wirtshaustür zu, um seinem Schwiegervater zu folgen.

»Ist denn wirklich alles so schlecht, wie es jetzt ist?« Katharina hatte ihre Zweifel.

»Das ist es vielleicht nicht, aber es kann eben auch immer noch besser werden.«

Claus beeilte sich, zu Conz aufzuschließen, der sich bereits an die Spitze der anderen gesetzt hatte, um in Richtung Gaildorf abzuziehen. Ohne sich noch einmal nach ihr umzudrehen, schloss er zu seinem Schwiegervater auf. Den Kopf an den Türrahmen gelehnt, blickte sie ihm traurig nach.

»Es kann aber auch immer noch schlechter werden!«, murmelte sie halblaut, während sich der Zug der Bauern mit wirbelndem Trommelschlag, fröhlichen Flötenklängen und wehenden Fahnen frohen Mutes in eine ungewisse Zukunft aufmachte.

Abtswohnung im Kloster Murrhardt,

Dienstag nach Quasimodogeniti, 25. April Anno Domini 1525

Der alte Abt Binder rieb sich die übermüdeten Augen. Der Bauernaufstand begann an seiner Substanz zu zehren. Seit fünf Tagen war er nicht mehr zur Ruhe gekommen. Am Donnerstag nach Ostern fielen zuerst dreihundert Mann des Bottwarer Haufens in die Stadt ein. Tags darauf tauchten dann auch noch fünfhundert Mann des Limpurger Haufens auf. Sie forderten von ihm 300 Gulden Strafsteuer, damit sie das Kloster unbehelligt ließen. Er hatte ihnen die Zahlung zugesagt. Was blieb ihm auch anderes übrig, um sie wieder los zu werden? Prompt zogen sie genauso schnell wieder nach Gaildorf ab, wie sie gekommen waren. So konnte er erst einmal durchatmen.

300 Gulden, pah! Woher sollte er denn 300 Gulden nehmen, wenn er selbst nichts hatte? Aber das war ja auch gleichgültig. Hauptsache, er war diese schrecklichen Leute durch seine Zusage wieder losgeworden!

Gestern dann erhielt er einen Drohbrief aus Gaildorf, indem ihm die Bauern rieten, lieber bald zu zahlen, sonst würden sie wiederkommen, um dem Kloster den roten Hahn aufs Dach zu setzen. Inständig betete Abt Oswald seither dafür, dass dies nicht geschehen sollte. Er wollte nur noch seinen alten Frieden wiederhaben.

Tatsächlich waren gestern die dreihundert Männer des Bottwarer Haufens Richtung Stuttgart abgerufen worden. Nun waren sie endlich alle fort. Es schien wieder Ruhe in Kloster und Stadt einzukehren. Zumindest Ruhe vor den Aufständischen, denn wirkliche Ruhe würde er heute auch nicht finden, da der Dienstag nach Quasimodogeniti einer der drei Jahrmarktstage Murrhardts war.

Vielleicht sollte er doch auf Martin Mörlin hören, der ihm

immer noch damit in den Ohren lag, seinen Konvent endlich in den Bottwarer Pfleghof in Sicherheit zu bringen. Was, wenn die Aufständischen heute wiederkamen? Sie waren unberechenbar in ihrem Kommen und Gehen. Reichte es in diesen unruhigen Zeiten wirklich als Sicherheitsmaßnahme aus, den Klosterhof heute nicht für Marktzwecke zur Verfügung zu stellen und das Klostertor verschlossen zu halten? Aufs Äußerste beunruhigt, blickte Abt Binder von seiner Wohnung aus in Richtung Marktplatz. Hoffentlich ging das gut!

Plötzlich vernahm er über das Jahrmarktspektakel hinweg ganz deutlich Trommeln und Pfeifermusik. Das waren doch nicht die normalen Spielleute, die solch einen Krach machten! Er glaubte seinen Ohren nicht zu trauen: Das war eindeutig die Musik der aufständischen Bauern. Sie waren schon wieder da!

Da erblickte er die an einer langen Stange befestigte, dreieckige Bundschuhfahne, die von einem Träger geschwenkt wurde. Man konnte sie ganz deutlich über dem Klostertor wehen sehen. *Die Gaildorfer kommen tatsächlich zurück, um sich ihr versprochenes Geld zu holen! Jetzt ist alles aus!*, erkannte Abt Oswald und erschrak.

»Macht sofort das Tor auf, oder wir schlagen's ein! Hier ist der Bundschuh!«

Eine andere Stimme brüllte: »Los, macht auf! Wir wollen unser Geld abholen! Sonst machen wir unsere Drohung wahr und setzen euch den roten Hahn aufs Dach!«

Mit einem dicken Holzknüppel schlug ihr Anführer Weber Caspar so heftig gegen die schwere Klosterpforte, dass es im Klosterhof widerhallte. Conz Bart drängte sich wutentbrannt neben den Anführer des Haufens.

»Worauf warten wir denn noch? Lasst uns endlich das Kloster anzünden. Durch diese dauernden leeren Drohungen kommen wir nicht weiter. Die Kutten denken doch, wir machen nur Spaß. Die lachen uns hinter ihren hohen Klostermauern aus.«

Unwirsch schob ihn Weber Caspar zur Seite. »Geh wieder zurück in die Reihe. Du hast mir gar nichts zu sagen, also halt dich da raus!« Wütend knurrend machte Bart seinem Unmut Luft, ehe er sich zögernd wieder zurück zu den anderen begab.

Der Tag wird kommen, dann werde ich mich an dir rächen. Du aufgeblasener Angeber. Du hast mir nichts zu befehlen. Ich bin hier zuhause und du bist ein Ausländer. Wenn jemand das Recht hat, den Geschorenen da drin das Kloster unterm Arsch anzuzünden, dann bin ich das!

Nach nochmaligem heftigen Klopfen wurde endlich von innen der Riegel der kleineren Pforte zurückgeschoben. Mit leisem Knarren öffnete sich das Tor einen Spaltbreit. Der Pförtner streckte den Kopf heraus und forderte den Weber auf, einzutreten. Da machte sich der Haufen seinem Unmut Luft. »He, was soll das? Wir wollen alle rein!«

Wütend drehte sich der Anführer zu seinen Leuten um. »Ruhe jetzt, verdammt noch mal. Ihr werdet gefälligst warten, bis es an der Zeit ist zu handeln. Sonst werd ich andere Saiten aufziehen müssen. In diesem Sauhaufen herrscht weder Disziplin noch Ordnung! Reißt euch gefälligst zusammen, sonst werd ich ungemütlich!«

»Wir wollen aber alle unsern Spaß haben!«

»Ja genau, wir lassen uns nimmer vorschreiben, was wir zu tun oder zu lassen haben. Wir sind jetzt frei!«

»Ihr seid verdammte, hirnlose Idioten! Ihr wartet hier, bis ich zurückkomme. Hab ich mich klar genug ausgedrückt!?« Ein unwilliges Brummen war die Antwort. Der Anführer verschwand hinter dem Klostertor, das sofort wieder hinter ihm zukrachte. Der Riegel versperrte von innen erneut den Zugang. Bart baute sich vor dem brodelnden Haufen auf.

»Dieser gottverfluchte Mistkerl! Müssen wir uns das wirklich bieten lassen?«

»Nein, wir sind frei und wollen auch unser Recht haben!«

»Na, worauf warten wir dann noch?« Niemand antwortete.

»Ihr seid mir schöne Feiglinge. Wir sollten uns endlich auch Zugang zum Kloster verschaffen, alles mitnehmen, was nicht niet- und nagelfest ist, die Mönche allesamt abstechen und das Kloster anzünden. Was soll es bringen, noch lange mit ihnen herumzuverhandeln? Nehmt euch ein Beispiel an Jäcklein Rohrbach. Der ist ein Kerl aus rechtem Schrot und Korn und nicht so ein Arschkriecher wie dieser Weber Caspar! Der Jäcklein haut einen nach dem andern weg und ist nicht zimperlich dabei!«

»Nein, wir haben unsere Anweisungen, die müssen wir befolgen, sonst verlieren wir unsere Stärke.«

»So a blöd's Geschwätz! Stärke verlieren. Ihr Schisser habt nur nicht genug Mumm in den Knochen, um euch zu holen, was euch von Rechts wegen zusteht!«

Während die Bauern vor der Klosterpforte noch über das Für und Wider einer Befehlsverweigerung berieten, saß ihr Anführer mit Binder einen Stock über ihnen in der Abtswohnung. Das vorherige Mal war sich Abt Oswald noch sicher gewesen, dass niemand es jemals wagen würde, Hand an das Gotteshaus oder die Mönche zu legen. Diese Zuversicht war nun jedoch der nackten Angst ums Überleben gewichen.

»Ihr habt doch nicht wirklich vor, uns den roten Hahn aufs Dach zu setzen?«, fragte er den Weber unsicher.

»Wenn Ihr uns zu diesem Schritt zwingt, kann ich Euch für nichts garantieren. Meine Leute da draußen sind kaum mehr zu bändigen. Sie wollen meine Befehle nicht mehr befolgen und werden immer unberechenbarer. Lange wird es mir nicht mehr gelingen, sie unter Kontrolle zu halten. Es war sehr unklug von Euch, uns die Zahlung der 300 Gulden Strafsteuer zu verweigern.« Der Abt seufzte abgrundtief.

»Woher soll ich das Geld denn nehmen? Unser Konvent besitzt nicht einmal die Summe, die ihr da von uns verlangt!«

Doch der Anführer des gemeinen hellen Haufens glaubte ihm kein Wort. »Macht das mal den Männern da draußen klar. Wir müssen immer mehr Steuern zahlen und brav unseren Zehnten abgeben, und Ihr behauptet, Ihr hättet das Geld nicht. Wer soll Euch das denn glauben? Sicher nicht diese aufgebrachte Menge da draußen! Ich glaub's Euch, ehrlich gesagt, auch nicht.«

Binder war verzweifelt. Flehentlich versicherte er ihm: »Wir haben das Geld aber wirklich nicht!«

Der Weber zog die Schultern hoch. »Nun, wie dem auch sei – ihr seid jedenfalls eures Lebens im Moment nicht mehr sicher! Warum seid ihr denn nicht schon längst verschwunden? Ihr hättet euch und mir dadurch jede Menge Schereien erspart, glaubt mir!« Der Abt war sich nun der Tragweite seine Fehlentscheidung voll bewusst.

»Was schlagt Ihr uns vor?«

»Einige meiner Männer würden euch liebend gerne in eurem eigenen Blut liegen sehen. Sie kommen geradewegs vom Markt. Die meisten von ihnen haben sich so mutig gesoffen, dass ihnen alles zuzutrauen ist. Ich würde euch also vorschlagen, ihr begebt euch in den nördlichen Arrestturm, bis wir wieder weg sind.«

»Was macht ihr solange?«

»Nun, wir packen ein, was wir brauchen, um unsere Truppen zu versorgen und zu besänftigen. Danach ziehen wir unserer Wege.«

»Könnt Ihr mir das versprechen?«

»Versprechen kann ich Euch überhaupt nichts. Ihr befindet Euch durchaus nicht in der Lage, mir ein Versprechen abzunehmen. Außerdem habe ich die Kontrolle über sie verloren. Da draußen sind viele dabei, die ich noch nie im Leben gesehen habe. Vom Markt strömen die Fremden, um zu sehen, ob's hier was zu holen gibt. Verschließt alle Zugänge zur Kirche, damit ihr ihnen das Plündern so schwer wie möglich macht!«

Wieder seufzte Abt Oswald. »Nun, es ist, wie es ist.« Notgedrungen befolgte er die Anweisungen des Bauernführers. Nachdem alle Zugänge der Kirche fest verschlossen waren, wurden alle Mönche des Konvents zum Mönchsfriedhof hinter der Kirche gerufen. Wer von ihnen hätte dies als gutes Zeichen deuten können?

»Meine lieben Brüder! Wir werden uns aus Vernunftgründen in den Nordturm zurückziehen.«

»Warum gehen wir nicht doch noch in unseren Pfleghof nach Bottwar? Da wären wir sicherer«, fragte Martin nicht zum ersten Mal. Doch der Bauernführer schüttelte den Kopf.

»Dafür ist es längst zu spät. Hier kommt keiner mehr raus! Nicht nur das Klostertor, nein, die ganze Stadt ist besetzt. Alle sind völlig außer Rand und Band. Wenn ihr da rausgeht, könnt ihr dabei gleich euer eigenes Requiem singen. Ihr würdet vermutlich nicht mal das Stadttor lebend erreichen. Sie werden euch zerreißen wie ein Rudel hungriger Wölfe, wenn ihr es wagen solltet!« Die Mönche erschauderten, während ihr Abt, der die Schuld an dem ganzen Dilemma trug, versuchte, Ruhe zu bewahren.

»Wie lange müssen wir im Turm bleiben?«

»Das kann euch nur Gott allein verraten. So lange, wie es eben dauert. Betet lieber um euer Leben, als euch um so etwas Sorgen zu machen!«

Voller Todesangst zogen sich die Mönche in den Arrestturm zurück, in den sie sich von Weber Caspar zum Schutz vor den anderen Aufständischen einsperren ließen.

Als Weber kurz darauf von innen die äußere und innere

Pforte des Klosters öffnete, wollten die ersten an ihm vorbei sofort in den sonst streng verschlossenen inneren Konvent stürmen. Nur mit Mühe konnte er sie davon abhalten.

»Halt! Nicht alle auf einmal und vor allem nicht so durcheinander! Kirschenesser, schnapp dir ein paar Männer und such das Archiv. Spürt die Steuer- und Grundbücher auf und vernichtet sie.«

»Wenn Ihr meint.« Der Pfarrer aus Frickenhofen, der sein Amt als Schreiber des Bauernhaufens durchaus nicht freiwillig angetreten hatte, war alles andere als erbaut von diesem Befehl, wagte aber nicht, ihn zu missachten. Einige Männer hatten sich schon hinter den Bauernkanzler gedrängt. Sie brannten darauf, ihr zerstörerisches Werk endlich zu beginnen. Ungeduldig schlugen sie ihm auf den Rücken.

»Los doch, Pfaff, du musst doch wissen, wo in diesem hochheiligen Bau die gottverdammten Schuldenbücher herumstehen!«

»Schon gut, gehen wir.«

Die Gruppe verschwand unter Kirschenessers Führung im inneren Konventgebäude. Mit sicherem Gespür fand er alsbald die Bibliothek. Wie die wilden Tiere fielen die Bauern sofort über die Bücher der Bibliothek her. Kirschenesser musste mit zitternden Knien und Tränen in den Augen hilflos mit ansehen, wie sie alles, was sie zwischen die Finger bekamen, zerrissen, verbrannten oder mit Kot verunreinigten. Seine verzweifelten Schreie, die ihnen Einhalt gebieten sollten, verhallten ungehört im Raum. Die Männer waren wie Wiesel im blinden Blutrausch. Ihre Raserei war unbändig. Als einer der Bauern eben dazu ansetzte, das nächste Buch zu zerstören, riss es ihm Kirschenesser mit einem entschiedenen Ruck aus der Hand.

»Nein, das kriegst du auf keinen Fall! Das behalte ich!«

Der Bauer zuckte gleichgültig die Schultern. Dann eben nicht. Schließlich gab es noch mehr als genug andere Bücher hier, die man vernichten konnte.

Kirschenesser drückte das einzige gerettete Buch fest an seine Brust, wie eine Mutter, die ihren Säugling schützen will. Nur ein einziges Buch von so vielen! Warum nur hörten sie nicht endlich auf ihn und stellten ihr barbarisches Tun ein? Die Steuer- und Grundbücher waren doch schon längst vernichtet!

Was trieb diese Elenden nur dazu, diese Schätze der Menschheit so systematisch zu zerstören? Dafür hätten sie ihn nicht gebraucht. Angewidert wandte er sich ab. Hier konnte er nichts mehr ausrichten. Hoffentlich hatten die Mönche die Bücher der geistlichen Bibliothek, des Armariums, rechtzeitig in Sicherheit gebracht!

»Aber dich kriegen sie nicht, diese Halunken«, flüsterte er dem geretteten Buch in seinen schützenden Armen liebevoll zu.

»Dich werde ich, wenn es sein muss, mit meinem Leben verteidigen. Du, Buch, in dem es um diese gottverdammten Narren geht, die dich vernichten wollten!«

Das »Narrenschiff« fest an sein Herz gedrückt, verließ er den Ort des Grauens, um nicht noch mehr Schuld an diesem Wahnsinn auf sich zu laden.

Weber Caspar gab nach dem Abzug des Kirschenessertrupps in Richtung Bibliothek den anderen weitere Anweisungen.

»Ein paar Männer holen die Wagen aus den Wirtschaftsgebäuden im äußeren Klosterhof. Spannt die Pferde davor. Beladet sie mit allem, was ihr in der Zehntscheuer findet. Nehmt auch das Faselvieh aus dem Stall mit. Ein paar von euch übernehmen die Fischweiher rund ums Kloster. Vergesst mir aber keinen! Es sind insgesamt sieben, die es zu leeren gilt! Holt alles raus und nehmt es mit!«

Sofort setzten sich einige Männer in Richtung Wirtschaftgebäude in Bewegung, andere verließen den Klosterhof wieder, um außerhalb der Stadtmauern die Seen zu plündern.

»Ihr andern durchsucht das Kloster auf sonstige Wertgegenstände, mit denen wir was anfangen können. Also dann, Männer, es geht los!«

»Ja, es geht los!«

Conz Bart brüllte dem Trupp, der sich hinter ihm versammelt hatte, zu: »Lasst uns die Kirche plündern! Schnappt euch alles, was wertvoll aussieht, und den Rest hauen wir kurz und klein!« Begeistertes Gebrüll erfüllte den Klosterhof.

Als Weber Caspar das hörte, hielt er im Abmarsch inne und trat gefährlich langsam an Conz heran. »Nein, daraus wird nichts!«

»Warum nicht? Die wertvollsten Dinge finden sich doch bekanntlich immer in der Kirche.«

»Ihr werdet die Kirche nicht zerstören!«

»Ach ne! Wer sollte uns denn daran wohl hindern?«

»Ich!«

»*Du?* Das ich nicht lache.«

»Lach nur! Aber du wirst mit deinen Männern keine heiligen Gegenstände vernichten, verstanden?«

»Das werden wir ja sehn!«

Die Spannung zwischen den beiden Männern war spürbar. Die Umstehenden hielten die Luft an.

»Wer sich an Heiligtümern vergreift, wird es mit dem Leben bezahlen, das schwör ich dir!« Sein Tonfall ließ keinen Zweifel offen, dass er es wirklich ernst meinte.

Die anderen Männer traten instinktiv einen Schritt zurück. Den strikten Anweisungen ihres Anführers wagte sich keiner von ihnen zu widersetzen. Conz' Kiefer mahlten hart aufeinander. Am liebsten wäre er dem Anführer an die Gurgel gegangen, doch das wäre kein kluger Schachzug.

»Wie du meinst«, presste er leise zwischen den Zähnen hervor. Er hasste es, wenn er nicht das Sagen hatte und die anderen nicht nach seiner Pfeife tanzen wollten. Diese Erniedrigung würde er nicht einfach so hinnehmen! Der Weber Caspar hingegen war zufrieden.

»Nun gut, wenn alles geklärt ist, dann gehen wir jetzt den Weinkeller ausräumen. Und wehe, du hältst dich nicht an meine Anweisungen!«

Claus stand die ganze Zeit schweigend neben Conz. Ihm war nicht ganz wohl in seiner Haut. Wusste er doch nur zu gut, was für verheerende Auswirkungen es auf seine Umwelt hatte, wenn man seinen Schwiegervater derart erniedrigte. In seinem unberechenbaren Jähzorn war ihm wirklich alles zuzutrauen.

»Los, mein Sohn, jetzt werden wir da drinnen mal ein bisschen aufräumen. Wenn dabei aus Versehen was kaputt geht, haben wir eben nicht richtig aufgepasst. So was kann im Eifer des Gefechts schon mal vorkommen!«

Claus wagte nicht zu widersprechen. Ihm fehlte aber auch der Mut, seinen Anweisungen zu folgen. Hatte ihm Katharina nicht mit auf den Weg gegeben, sich nicht dazu hinreißen zu lassen, etwas Böses zu tun? Heiligtümer zu zerstören war etwas Böses, oder? Würde Gott ihn dafür strafen, wenn er sich zu solch einem Frevel hinreißen ließ? *Ach, wenn Kätter doch jetzt da wäre, um mir einen Rat zu geben,* wünschte er sich. *Sie kennt sich mit so etwas viel besser aus als ich!*

Während er noch mit sich haderte, ob er seinem Schwiegervater wirklich in das innere Konventsgebäude folgen sollte, durch dessen Pforte dieser bereits mit festen Schritten getreten war, spürte er plötzlich eine Hand, die ihn zurückhielt. Als er sich umdrehte, blickte er in das hässliche Gesicht des Hutzelbauers.

»Was willst *du* von mir, hä? Lass mich los. Ich muss meinem Schwiegervater nach, sonst wird er *noch* wütender, als er es sowieso schon ist!«

»Ich will dir doch bloß helfen.« Der Hutzelbauer grinste ihn hämisch an.

»Ich will deine Hilfe nicht. Hast du das immer noch nicht kapiert?«

»Oh doch! Ich seh's dir an, du willst eigentlich nicht mit, aber der Alte zwingt dich dazu.«

Claus wusste nicht so recht, auf was der Bauer hinauswollte. »Selbst wenn's so wäre. Was könntest du schon dagegen tun, hä?!«

»Ich sag dir jetzt, was ich gehört habe. Aber das kann ich nur dir sagen, nicht dem Conz, sonst kommt heut noch das Jüngste Gericht über uns.«

»Mach's nicht so spannend. Ich muss weiter. Der Schwiegervater winkt mir schon zu, wo ich bleib. Er ist schon längst drin.«

»Du brauchst Wut im Bauch, stimmt's?!«

»Hä?!«

»Ja, Wut im Bauch wie der Conz. Ich habe dich beobachtet, wie sehnsuchtsvoll du immer in Richtung Heimat geguckt hast, wenn's keiner gemerkt hat, und wie du auf dem Markt immer nach deiner Kätter Ausschau gehalten hast.«

Aufgebracht schnappte Claus den Hutzelbauer am abgenutzten, dreckigen Kragen seines Wamses. »Was fällt dir ein? Du kriegst gleich eins auf dein widerliches Schandmaul!«

»Nicht doch. Lass mich los!«

Mit einem heftigen Stoß löste er seinen Griff. Der Alte kam ins Straucheln, wäre beinahe gestürzt.

»Was hat meine Kätter mit dieser ganzen Scheiße hier zu schaffen?«

»Du hast dein Weib schon arg gern, gell? Auch wenn du's ihr nicht zeigen kannst.«

»Was geht's dich an?«

Der Hutzelbauer wiegte seinen kantigen Schädel hin und her, als müsse er sich das erst selbst überlegen. Er genoss es sichtlich, sein junges Gegenüber immer mehr zu verunsichern.

»Spuck es endlich aus! Sonst schlage ich dir deine letzten scheußlichen Zähne ein!«

»Ah, das ist die richtige Einstellung! So gefällst mir schon besser, mein junges Bürschle! Der Obermüller hat mir was im Vertrauen gesteckt.«

»Was kann das schon Wichtiges sein, dass es mich oder meine Kätter was angehen würde?«

»Nun, es geht euch beide sehr wohl was an. Der Obermüller hat die Kätter nämlich gesehen.«

»Wen wundert's? Er ist einer meiner Stammtischler!«

»Nicht wie du denkst. Er hat sie gesehen, wie sie sich mit einem von denen getroffen hat!« Er zeigt in Richtung Konventgebäude. »Und das nicht bloß einmal.«

»Hä?«

»Ja, deine Kätter hat was mit einem von den Kutten! Das hat er mir geschworen!«

Der Kinnhaken streckte den Hutzelbauer sofort nieder.

»Noch so eine dreckige Lüge und du bist ein toter Mann, Hutzelbauer!«

»Nicht doch, heb dir deinen Zorn für die da drin auf. Ich kann doch nix dafür, wenn sie sich mit einem von den scheinheiligen Früchtchen einlässt!« Mühsam rappelte er sich auf, während er sich das schmerzende Kinn rieb.

Claus spürte instinktiv, dass ihn der Hutzelbauer nicht belog. Sein Magen zog sich schmerzhaft zusammen. Zornesröte stieg ihm ins Gesicht.

»Du verarschst mich nicht, gell?«, presste er zwischen den Zähnen hervor.

»So was würde ich doch niemals tun! Außerdem hab ich sie selbst auch gesehen, als sie da vor dem Tor stand. Ganz ungeduldig hat sie drauf gewartet, dass man sie reinlässt. Du warst noch nicht lang weg, schon hat sie zu ihm runtergepressiert!«

Der Hutzelbauer grinste breit. Kameradschaftlich schlug er Claus auf die Schulter.

»Komm, lass uns rein gehen. Vielleicht läuft dir ja gleich der Richtige übern Weg. Dann kannst du an dem deinen Zorn auslassen!«

Rasch folgten sie dem Rest der Meute, die schon lange das Konventgebäude betreten hatte. Claus und der Hutzelbauer traten durch die Pforte, die zuvor die anderen Bauern verschluckt hat. Kurz darauf gelangten sie durch die Klosterküche ins angrenzende Refektorium. Der Klosterkoch und die Magd Ann waren emsig damit beschäftigt, den Bauern, die es sich im Speisesaal der Priestermönche bequem gemacht hatten, alles aufzutischen, was ihre Speisekammer hergab. Einige ließen sich schon Käse, Schinken, Speck und gebratene kalte Hühnchen schmecken. Andere schlürften lautstark Kohlsuppe oder stopften gedörrtes Obst in sich hinein. Dabei ließen sie einen Krug Wein herumgehen, aus dem jeder einen kräftigen Zug nahm, ehe er ihn seinem Nebenmann weiterreichte.

»Ja ,was ist denn hier los? Ich dachte, ihr plündert das Kloster?«

»Das tun wir doch. Zuerst plündern wir die Speisekammer. Erst mal stärken und dann geht's weiter!«

Der Hutzelbauer setzte sich lachend zu ihnen und ließ sich den Weinkrug reichen. Der Wein lief ihm seitlich aus den Mundwinkeln, als er den Krug ansetzte.

»Heißa, das ist ein Leben als Mönch!«

Claus schnappte sich ebenfalls einen Krug Wein, den er in einem Zug leerte. Bis jetzt hatte er es sich verkniffen, zu viel Alkohol zu trinken, falls er Kätter auf dem Markt traf. Er wollte ihr nicht in betrunkenem Zustand begegnen, weil er genau wusste, dass sie der Alkoholgeruch anwiderte, doch von nun an war ihm alles egal. Schwungvoll knallte er den leeren Krug auf den Tisch und wischte sich die Mundwinkel mit dem Hemdsärmel ab. Zielstrebig schickte er sich dazu an, das Refektorium in Richtung Kreuzgang zu verlassen. Jetzt war es an der Zeit, zu handeln!

Erstaunt betrachtete er die wunderschönen Ornamente, welche die Säulen und Rundbögen des Kreuzgangs zierten. Hier wäre er tatsächlich in einer anderen Welt gewesen, wenn er nicht ringsum aus den einzelnen Räumen das Krachen und Klirren der Zerstörung und das johlende Geschrei der wütenden Bauern gehört hätte. Von oben regnete es zerstörte Buchrücken und Papierschnipsel. Ganz offensichtlich hatten sie die Bibliothek gefunden. *So ist's recht! Nur weg mit diesem elenden, unnötigen Schreib- und Lesegerümpel! Wer zum Henker braucht so was schon? Die sollen was schaffen, statt mit so ein gottverdammten Blödsinn die Zeit zu verplempern!*

Auch Claus konnte nun seine Wut nicht mehr unter Kontrolle halten. Sie war entfesselt. Seine Kätter sollte sich mit einem dieser Kuttenträger eingelassen haben? Er, Claus Blind, ein gehörnter Ehemann! Das ganze Amt Murrhardt lachte sicher schon lange über ihn! Plötzlich wurde ihm klar, warum der Hutzelbauer neulich diesen dämlichen Schwank im Wirtshaus zum Besten gegeben hatte. *Alle wissen es, nur ich nicht: Meine Kätter betrügt mich! Und das nicht nur mit irgendjemand, sondern ausgerechnet mit einem Mönch! Aber ich werde diesem Spuk jetzt ein Ende setzen.* Zu allem entschlossen stieß er zu seinem Schwiegervater, der sich bereits an der südlichen Kirchentür zu schaffen machte.

»Brennt diese verdammte Kirche ab. Alles soll brennen, auch die Geschorenen!« Claus' Hass saß abgrundtief. Sein Schwiegervater war begeistert.

»Ja, mein Lieber, so ist's recht. Ich hab schon befürchtet, du hättest dir's anders überlegt und willst mir nicht mehr folgen.«

»Ich dir nicht mehr folgen? Aber Conz, warum denn? Du

hast ja so recht. Alle Geschorenen müssen krepieren. Jetzt hab ich's endlich auch kapiert!«

»Brav, das lob ich mir!«

Stolz klopfte er ihm auf die Schulter.

»Die gottverdammten Türen wollen einfach nicht aufgehen. Mir scheint, die sind für die Ewigkeit gebaut. Wir haben's auch schon mit der Axt versucht, aber das nützt auch nichts«

»Dann schmeißen wir eben die Scheiben ein!«

Mit einem beherzten Sprung gelangte Claus über die Balustrade des Kreuzganges in dessen Innenhof. Dort schnappte er sich zuerst einen schweren Kerzenleuchter, den ein anderer Bauer aus einem der oberen Fenstern geworfen hatte. Mit einem animalischen Wutschrei warf er ihn kraftvoll in eines der kostbaren, bunt bemalten Kirchenfenster, das sofort klirrend in tausend Stücke zerbrach. Mit Triumphgeheul krallte er sich gleich den nächsten Gegenstand. Conz und die anderen taten es ihm begeistert nach. Jeden schweren Gegenstand, der von oben immer weiter auf sie herabfiel, warfen sie gegen die Fensterscheiben, um sie einzuschlagen. Bald lagen alle in tausend kleinen, bunten Scherben auf dem Dach des Kreuzgangs verstreut.

Claus war aber noch lange nicht mit dem Werk der Zerstörung zufrieden.

»So, nun werden wir mal ein bisschen einheizen!« Jemand reichte Claus einen mit Hanf umwickelten Pfeil, ein anderer zog seinen Feuerstein, um den Hanf zu entzünden. Claus legte den brennenden Pfeil auf die Armbrust, zielte genau und schoss den Pfeil treffsicher durch eines der eingeschlagenen Kirchenfenster.

»Blattschuss, mein Guter, der sitzt!« Conz klopfte seinem Tochtermann anerkennend auf die Schulter. Alle bejubelten lauthals den großen Helden Claus Blind. Dieser genoss in vollen Zügen, endlich auch einmal etwas Großes geleistet zu haben. Er wollte gerade den nächsten Pfeil auf die Armbrust legen, als eine donnernde Stimme hinter ihm laut und vernehmlich rief: »Tu das nicht, sonst wird es dir leid tun!«

Die Köpfe der zerstörungswütigen Bauern fuhren mit einem Ruck herum. Unvermittelt standen vier Fremde mit feindseligen Blicken hinter ihnen im Kreuzgang. Ihr Sprecher trug die Kleidung eines Bürgers. Auf seinem Hut prangte das Kreidekreuz.

»Was wollt ihr hier? Ihr habt uns gar nichts zu sagen, ihr gehört nicht zu uns! Seht zu, dass ihr verschwindet!« Conz war über diese Störung erbost. Endlich geschah einmal etwas Sinnvolles, da mussten schon diese Fremden daherkommen, um sie daran zu hindern,

»Mein Name ist Hans Cremer. Ich bin Bürger aus Bottwar. Unser aller Anführer, Matern Feuerbacher persönlich, hat unsere Gesandtschaft beauftragt, hier in Murrhardt nach dem Rechten zu sehen. Wer ist euer Anführer?«

»Das bin ich!« Conz Bart warf sich in die Brust. Die anderen blickten ihn verwundert an. War er größenwahnsinnig geworden? Er konnte sich doch nicht einfach zu ihrem Anführer erklären, das war Meuterei! Conz fuhr unterdessen ungerührt fort:

»Auch wir haben von Feuerbacher den Auftrag erhalten, in Murrhardt nach dem Rechten zu sehen. Wir sind gerade eben dabei, diesen Auftrag gewissenhaft zu erledigen!«

»Wer bist du?«

»Conz Bart aus Oberrot und Siegelsberg.«

»So? Ich habe aber erfahren, Weber Caspar aus Kornberg sei euer Heerführer.«

»Das ist auch richtig, das bin ich!« Wutentbrannt trat Weber Caspar in den Kreuzgang.

»Was fällt dir ein? Wie kannst du dich erdreisten, wider meinen Befehl zu handeln und dich darüber hinaus auch noch als unser Anführer auszugeben?«

Bart warf dem Weber einen vernichtenden Blick zu. Sein angriffslustiges Brummen klang wie das eines Bären. Cremer erkannte sofort, dass es hier bei den Bauern untereinander Schwierigkeiten gab, die eines neutralen Schlichters bedurften, um nicht auszuarten.

»Nun beruhigt euch alle erst einmal. Das mit der Plünderung ist in Ordnung. Schließlich müssen eure Truppen versorgt werden, aber es wird nichts angezündet, solange Feuerbacher euch keinen ausdrücklichen Befehl dazu erteilt, verstanden?«

Triumphierend verschränkte Weber Caspar die Arme vor der Brust. So konnte auch keiner sehen, wie sehr seine Hände vor Aufregung zitterten. Wenn dieser Cremer mit seinen Mannen nicht rechtzeitig erschienen wäre, hätte er die Zerstörung des Klosters nicht mehr verhindern können, dessen war er sich voll bewusst. Conz Bart legte eine Gewaltbereitschaft an den Tag, der er nicht gewachsen war. Caspar hatte mittlerweile Angst um sein eigenes Leben. Mit jeden Tag wurde Bart unberechenbarer in seinen Handlungen. Er wollte endlich Blut sehen. Caspar schauderte bei dem Gedanken, dass dieser Auftrag unter seiner Führung fast in einer Katastrophe geendet hätte.

»Meine Güte, was seid ihr doch alle für Feiglinge! Hätte ich geahnt, von was für Versagern ich umringt bin, wäre ich nach Weinsberg zu Jäcklein Rohrbach gegangen! Der Mann hat wenigstens den Mut, das Nötige in die Tat umzusetzen! Mit eurem christlichen Getue kommen wir hier doch nicht weiter! Warum sollen wir das alles hier wohl verschonen? Haben die uns vielleicht jemals geschont, wenn es darum ging, uns auszunehmen, hä?«

»Du hast nicht ganz unrecht Conz, aber wir wollen uns doch nicht auf die gleiche Stufe stellen. Wir wollen ihnen zeigen, dass wir es mit Gottes Hilfe besser machen als sie!«

»Besser machen, ha!«, schnaubte Conz verächtlich.

»Wenn sie es nicht anders verstehen, müssen wir ihnen eben

einheizen. Ein paar Freudenfeuer der Freiheit entzünden. Versteht ihr? Frag sie doch mal, was sie von unseren ach so friedlichen, christlichen zwölf Artikeln halten! Los, frag sie! Sie werden dir erklären, dass sie nicht umsetzbar sind. Es ist für sie eine Zumutung, uns auch nur ein bisschen entgegen zu kommen. Sie verhöhnen uns, aber wir halten ihnen auch noch immer brav die andere Wange hin, damit es so richtig schön knallt, wenn sie draufschlagen. So etwas bezeichnet ihr als ›besser machen‹? Wenn das alles ist, was ihr könnt, dann bleibt mir nichts weiter zu tun, als zu gehen. Hier in Murrhardt scheinen ja ab heute die neuen selbsternannten Jünger Christi das Sagen zu haben. Aber nicht mit mir! Ich ziehe noch heute weiter gen Stuttgart! Wer mit mir kommen will, der kann sich mir anschließen!« Zögernd gruppierten sich seine treusten Anhänger um ihn

»Einen Augenblick mal!« Cremer hob abwehrend die Hand.

»Ich habe strikte Anweisung, euch davon abzuhalten, nach Stuttgart zu ziehen. Das ist nicht nötig. Feuerbacher hat schon ausreichende Truppen vor den Stadttoren Stuttgarts liegen.«

»Was soll das heißen? Ich lass mir doch nicht von diesem Feuerbacher verbieten, was ich zu tun oder zu lassen habe! Ich geh da hin, wo ich will. Dieser Feuerbacher hat mir gar nichts zu sagen!« Zur Unterstreichung seiner Worte rammte Conz seinen Langspieß ins Gras der Kreuzgangmitte.

»Du kannst machen, was du willst, aber nicht weiter ins Wirtembergische ziehen. Ihr seid Limpurger. Deshalb habt ihr auf wirtembergischem Gebiet nichts zu suchen!«

»*Was?*« Conz' berühmt-berüchtigte Zornesader am Hals schwoll bedrohlich an. Das war für alle, die ihn kannten, das Zeichen, sich aus seiner Reichweite zu entfernen. Erschrocken zogen sich seine Mannen zurück. Hinter den Arkaden des Kreuzgangs suchten sie Schutz. Nur Claus blieb entschlossen an der Seite seines Schwiegervaters stehen. Seine Angst war der

Wut gewichen, die ihn zu beflügeln schien. Sollte Conz diesen dahergelaufenen Gesellen ruhig mal zeigen, was ein richtiger Mann war. Auf einmal war er sehr stolz darauf, solch einen furchteinflößenden Schwiegervater zu haben! Etwas von seiner Macht übertrug sich auch auf ihn, wenn er wie ein Mann hinter ihm stand.

»Ich bin Einwohner des Murrhardter Amts und somit wirtembergisch genug, um dahin zu gehen, wohin ich will! Ist das klar?«

»Aber du ziehst mit einem Limpurger Haufen durch die Gegend, also bist du limpurgisch. Du machst einen schrecklichen Fehler, wenn du dich gegen die Befehle Feuerbachers richtest. Das kann dich teuer zu stehen kommen!« Caspar versuchte beschwichtigend auf ihn einzuwirken. Dies prallte jedoch an Conz ab, als rede er gegen die Klostermauer.

»Ach, wisst ihr was? Das ist mir doch alles scheißegal! Ich werde noch heute Murrhardt verlassen, um mir was zu suchen, wo ich vernünftig für den Umbruch kämpfen kann!«

Schräg grinsend zuckte Claus mit einer Schulter, bevor er Conz schnellen Schrittes durch den Ostausgang nach draußen folgte. Der Weber Caspar atmete erleichtert auf, als Conz den Kreuzgang verließ. Hoffentlich sah er ihn niemals wieder!

»Wo haben sich bloß diese Dreckmönche verkrochen?«, fragte Conz seine treuen Anhänger, als nun alle wieder mit ihm im Kräutergarten neben dem Laienrefektorium standen. Keiner von ihnen wusste so recht, wie es jetzt weitergehen sollte.

»Ja, genau, wo sind die Geschorenen eigentlich geblieben? Raus konnten sie ja nicht. Also müssen sie noch irgendwo auf dem Klostergelände sein. Wenn wir schon nicht die Kirche anzünden dürfen, dann könnten wir doch wenigstens den Kutten ein bisschen Feuer unter ihren frommen Ärschen machen! Das wäre sowieso viel lustiger!« Der Plaphans trat zu Conz und Claus vor.

»In der Küche hab ich gehört, wie sich die Magd und der Koch zugeflüstert haben, dass sie sich im Turm versteckt halten.«

»Im Diebsturm?«

»Nein. Im Nordturm hinter der Kirche.«

»So, so, im Turm!« Ein gehässiges Grinsen machte sich auf Claus' Gesicht breit.

»Darauf hätten wir auch von selbst kommen können! Also auf zum Turm und Feuer unterm Arsch gelegt. Da können sie uns wenigstens nicht abhauen! Oder was meinst du, mein guter Schwiegerpapa?«

Conz lachte sein dröhnendstes Lachen. »Lassen wir ihnen noch ein paar Brandpfeilchen als Abschiedsgeschenk da. Danach verdrücken wir uns von hier, ehe uns diese Weichlinge da drin«, er deutete verächtlich in Richtung Konventgebäude, »auch noch einsperren!«

Die Truppe um Conz Bart setzte sich in Richtung Nordturm in Bewegung. Als sie um die Walterichskapelle gingen, standen sie unvermittelt auf dem Mönchfriedhof. Einige von ihnen wurden schlagartig von einem ungutem Gefühl erfasst. Unwillkürlich wichen sie ein paar Schritte zurück.

»Was ist los mit euch? Abergläubisches Gesindel! Tote beißen nicht!« Auf einmal war den meisten von ihnen diese Situation nicht mehr so recht geheuer.

»Kommt schon, Männer. Lasst uns dafür sorgen, dass hier bald noch ein paar Gräber mehr dazukommen!«, versuchte sie Conz aufzumuntern. Einige der Männer bekreuzigten sich hastig. Es war doch Sünde, einen Menschen zu töten. Aber was, wenn dieser Mensch auch noch ein Mann Gottes war? Schaudernd zogen sich einige der Bauern zurück, um dann schnellstens das Weite zu suchen. Das hier ging ihnen entschieden zu weit.

»Lass sie laufen, Conz. Mit solchen Feiglingen kann man

sowieso keine Kriege gewinnen!« Conz legte seinem Schwiegersohn den Arm um die Schulter.

»Recht hast du, mein Junge. Hier braucht's richtige Männer, wie mich und dich!«

Als kurz darauf dichter Rauch aus den Fensterschlitzen des Nordturms quoll, zogen sie mit triumphierendem Siegesgeschrei und Hohngelächter vom Klosterhof auf den Marktplatz ab, um ihren Triumph gebührend zu begießen.

Marktplatz zu Murrhardt,

ebenfalls am 25. April Anno Domini 1525

Conz und Claus schritten zufrieden mit den wenigen Männern, die ihnen noch treu zur Seite standen, auf den belebten Marktplatz. Dem bunten Treiben des Jahrmarktspektakels konnten sie nun allerdings nichts mehr abgewinnen. Die Gaukler tanzten ausgelassen zu fröhlicher Musik, während ein kleiner Affe mit einer Kette am Fuß herumlief. Aufdringlich hielt er den Zuschauern einen Hut unter die Nase, damit sie ihre Münzen hineinwerfen sollten. Die Händler priesen lautstark ihre Waren an. Töpfe, Pfannen und sonstiger Hausrat lag in hohen Stapeln auf den Tischen oder hing von den Balken der Marktstände herab. Hühner und anderes Kleinvieh, duftende Gewürze und Heilkräuter, Gemüse, Eier, allerlei Zierrat, Amulette gegen böse Geister, Zuckergebäck und gebratene Tauben: An diesem Tag gab es so gut wie alles zu kaufen. Eine Geruchsmischung von Kräutern, Exkrementen, Schweiß und Wein schwängerte die Luft. Der Lärm im sonst so beschaulichen Städtchen war geradezu ohrenbetäubend.

»Wolln wir uns doch mal umhören, wie's jetzt weitergehen soll. Das kann ja heut wirklich nicht alles gewesen sein. Ich geh auf jeden Fall noch lang nicht heim. Wie steht's mit dir, Claus?« Conz musste schreien, um den Lärm der Stadt zu übertönen.

»Ich auch nicht!« Claus war wild entschlossen, sich diese Gelegenheit nicht entgehen zu lassen. Er würde seinem Schwiegervater beweisen, dass er seine Gunst verdient hatte.

»Ah, sieh da! Der Jerg Ganser. Gibt's was Neues?« Im Gewühle wurde ihnen Jerg direkt vor die Füße geschoben.

»Und ob! Ich hab grad gehört, unsere Leute wollen heute noch weiter ins Remstal, nach Lorch. Wenn wir schon nicht nach Stuttgart dürfen, das Remstal hat der Feuerbacher uns noch nicht verboten. Dann also schnell hin, ehe er sich's anders überlegt! Da gibt's auch ein Kloster, das sicher ein schönes Freudenfeuer abgeben wird! Hier hält mich auch nix mehr. Der Weber lässt sich gerade von dem Cremer das Silbergeschirr wieder abschwätzen. Die Mönche haben sie auch schon alle unversehrt aus dem Turm geholt.«

»Verflixt, sie haben's zu früh gemerkt! Teufel noch mal, so ein verdammter Mist!« Claus knirschte wütend mit den Zähnen. Diese elenden Feuerbacheranhänger machten ihm einen Strich nach dem anderen durch seine Racherechnung. Seine Wut wuchs dadurch immer mehr. Wenn er sich jetzt nicht bald abreagieren konnte, würde es ihn sicher zerreißen.

Auch Jerg war mit der Aktion unzufrieden. »Das Ganze da drinnen war ja nicht gerade befriedigend. So dicke scheinen die's ja gar nicht zu haben. Ich frag mich bloß, was die mit dem ganzen Geld gemacht haben, das sie uns dauernd aus der Tasche ziehen. Ein paar Bewaffnete wollen sie dalassen, damit die das Kloster besetzt halten. Der Weber bleibt auch da. Der will wahrscheinlich seine Mönche beschützen! Also ich geh auf jeden Fall mit ins Remstal. Was ist mit euch?«

»Wir geh'n natürlich auch mit, gell, Claus?«

»Ich bin dabei! Aber vorher werde ich noch gucken, ob ich die Kätter irgendwo aufm Markt find. Es kann doch nicht sein, dass sie nicht da ist.«

»Ist schon recht, such du nur dein Weib. Und wir zwei«, Conz schlug Jerg kameradschaftlich auf die Schulter, »gehn erst mal zusammen einen heben. Ich geb dir einen aus!«

»Das ist ein Wort!« Jerg platzte beinahe vor Stolz, von einem Mann wie Conz eingeladen zu werden. So eine Ehre wurde nicht jedem zuteil.

»Wir werden dich schon finden, wenn's weiter geht!«

»Ja, bis dann!« Die beiden verschwanden im dichten Gedränge, während Claus begann, planmäßig die einzelnen Marktstände nach seiner Frau abzusuchen.

Ein Tuchhändler feilschte eben mit einer Kundin, die kritisch ein blaues Leinentuch begutachtete, um den Preis seiner Ware. Als sie sich handelseinig wurden, wechselte das Tuch gegen einige Münzen den Besitzer. Die fröhlichen Gesichter der Handelspartner ließen darauf schließen, dass beide mit dem Verkaufsabschluss zufrieden waren. Die Kundin reichte ihrer Magd das Paket, damit sie selbst wieder die Hände freihatte, als sich auf einmal von hinten eine kräftige Hand auf ihre Schulter legte. Immer noch lächelnd wandte sie sich dem Besitzer der Hand zu. Als sie sein Gesicht sah, gefror ihr das Lächeln auf den Lippen.

»Bist du endlich da, Kätter! Ich such dich schon den ganzen Tag!«

»Wir sind eben erst angekommen. Aber Claus, was machst du denn hier in Murrhardt?«

»Ist das eine Begrüßung für deinen geliebten Ehemann, den du seit über einer Woche nicht mehr gesehen hast? Deine Freude, mich zu sehen, ist wirklich überwältigend.« Besitzergreifend legte er ihr den Arm auf die Schulter. Grob zog er seine Frau an sich und drückte ihr einen harten Kuss auf die Lippen. Katharina wagte nicht, sich die feuchten Lippen abzuwischen, obwohl ihr Verlangen danach fast übermächtig war. Ein Kuss und eine Umarmung von ihm, und das mitten auf dem belebten Marktplatz! Warum konnte sie sich nicht darüber freuen? Ein flaues Gefühl machte sich in ihrer Magengegend breit. Er hatte getrunken, sein Atem war weingeschwängert, und nichts verabscheute sie mehr. Aber das alles war es nicht. In seinen Augen stand etwas geschrieben, das sie nicht zu deuten wusste. War es Hass, der aus ihnen sprach?

»Oh, entschuldige, ich – ich bin nur überrascht, dich wieder hier zu treffen. Ich habe gehört, ihr wart schon letzten Freitag in der Stadt. Da bist du nicht einmal zuhause vorbeigekommen. Ihr seid sofort wieder nach Gaildorf gezogen, und nun bist du schon wieder hier?«

»Ich sehe schon, du bist gut informiert, Kätter. Wer hält dich denn so auf dem Laufenden?«

»Na, unsere Gäste natürlich. Man spricht über nichts anderes mehr im Wirtshaus. Ihr werdet als große Helden gefeiert für die Taten, die ihr vollbringt. Jeden Tag erreicht mich neue Kunde über euch.«

»So, so, wir sind also Helden. Und du? Bist du auch recht stolz auf deinen heldenhaften Ehemann?«

Katharinas Herz schlug bis zum Hals. Claus kannte sie zu gut, als dass sie ihn belügen könnte. Sie spürte aber, wenn sie ihm ihre wahre Meinung über dieses Treiben sagte, hätte das böse Folgen für sie.

»Hannah, ich hab mit meiner Frau allein zu reden. Hier hast du Geld, damit kannst du alles Nötige einkaufen. Du brauchst nicht auf sie zu warten, du kannst nach dem Einkauf direkt nach Hause gehen.«

»Ja, Herr!« Mit einem fragenden Blick auf ihre Herrin holte sie deren Bestätigung ein, dass diese Anweisung auch für sie in Ordnung war. Katharina nickte ihr verwirrt zu, während Claus hastig einige Münzen aus dem Lederbeutel kramte, der an seinem Gürtel hing, um sie der Magd in die Hand zu drücken.

Katharina grob am Arm hinter sich herziehend, bahnte er sich kurz darauf einen Weg durch das Gedränge des Marktplatzes. Bald hatten sie das Untere Tor hinter sich gelassen, die Brücke über den Stadtgraben passiert und den Kirchweg zur St. Marienkirche eingeschlagen. Er unterbrach seinen eiligen Lauf nicht einmal, als Katharina sich dabei in ihren Röcken verhedderte und dadurch zu stolpern drohte.

Ungeduldig zerrte er sie hinters Spital und ins vor allen Blicken geschützte, dichte Gebüsch. Dort versetzte er ihr unvermittelt einen so heftigen Stoß, dass sie zu Boden fiel.

»Claus, was in drei Teufels Namen soll das werden?«

Sie versuchte sich aufzurappeln, schaffte es aber nicht aus eigener Kraft. Breitbeinig, seine Daumen in den Gürtel gehakt, stand Claus über ihr. Mit sichtlicher Befriedigung betrachtete er ihre hilflose Situation.

»Sieh an, meine so überaus fromme Kätter kann herrlich gotteslästerlich fluchen. Wie schön!«

»Hilf mir gefälligst aufzustehen, du verdammter Mistkerl!«

»Ho, ho, wenn das dein Mönch hören würde, wäre er sicher nicht erfreut über dich.«

Katharina hielt in ihren Bemühungen aufzustehen inne. Sie spürte einen leichten Stich im Herz und hoffte, nicht mit der Wimper zu zucken oder zu erröten. In ihrem Hirn begann es fieberhaft zu arbeiten. Was sollte sie jetzt nur tun? Er wusste von ihr und Johannes! Triumphierend und zugleich hasserfüllt blickte er auf sie herab. Beim Anblick seiner Augen bekam sie schlagartig Angst um ihr Leben. Sich mit einem Ellenbogen am Boden abstützend, blickte sie halb aufgerichtet zu ihrem Mann empor. Dieser musterte sie mit zusammengekniffenen Augen. Er schien dabei auf eine verräterische Reaktion zu lauern.

»Was meinst du? Was denn für ein Mönch?«, begann sie den kläglichen Versuch, sich unwissend zu stellen.

»Tu doch nicht so scheinheilig. Ich weiß alles und ich bin mir sicher, dass ich der letzte war, der's erfahren hat!«

»Was denn, um Gottes Willen?«

»Lass Gott aus dem Spiel, du elende Schlampe!«, brüllte er erbost.

Tränen der Verzweiflung stiegen in ihr auf. Nur mit äußerster Willenskraft gelang es ihr, sie zu unterdrücken.

»Bleib du bei den drei Teufels Namen, dann kommen wir der Sache schon deutlich näher!«

»Aber ich weiß gar nicht, was du meinst!«

»Du hast dich mit einem dieser geschorenen Dreckskerle eingelassen.« Mit einer verächtlichen Kopfbewegung deutete er in Richtung Kloster.

»Mich lässt du nur so widerwillig an dich ran, dass mir die Lust auf dich vergeht, und mit dem machst du's mit Freuden! *Warum* nur, Kätter? Warum hast du mir das angetan? Bin ich dir wirklich so ein schlechter Mann?«

»Nein«, kam die Antwort, jedoch nur zögerlich, »das bist du nicht.« Es lag mehr Angst als Überzeugung in ihrer Aussage.

»Ha, dein Vater hat in allem recht gehabt. Ich hätte dich öfter mal verprügeln sollen. Du scheinst es tatsächlich zu brauchen!«

»Claus, ich kann dir alles erklären. Bitte hilf mir auf!« Katharinas Knie waren weich wie Butter. Ihr ganzer Körper war völlig kraftlos. Ihre Muskeln versagten ihr den Gehorsam. Sie streckte Claus verzweifelt die freie Hand entgegen, damit er ihr endlich auf die Beine half. Doch der dachte gar nicht daran, ihr zu helfen. Stattdessen wischte er ihre Hand zur Seite. Unvermittelt trat er ihr so heftig gegen den abgestützten Arm, dass sie nun wieder ganz auf dem Boden lag. Wimmernd vor Wut, Angst und Schmerzen warf sie ihm einen hasserfüllten Blick zu.

»Du bist eine hinterhältige, böse Schlange, die es nicht verdient hat, dass ich gut zu ihr bin. Das ganze Amt Murrhardt lacht über mich, und du allein bist schuld daran! Am liebsten würde ich dich ins Kloster zerren, damit du mir zeigen kannst, welcher von diesen Dreckskerlen bei dir liegen durfte!«

»Aber … «

»Halts Maul!«, brüllte er. »Ich bin noch lang nicht fertig! Wenn ich könnte, wie ich wollte, dann würde ich deinen sauberen Mönch an seinem eigenen Kuttengürtel auf dem Galgen über Siegelsberg baumeln lassen, und wenn du mir nicht sagen wolltest, welcher es ist, dann würde ich sie eben alle aufhängen. Damit hätte ich ihn sicher. Aber leider hat da wer was dagegen! Sonst gäbe es deinen Buhlen schon jetzt nicht mehr!«

»Was soll das heißen?«

»So, so, jetzt hast du also Angst um ihn. Ich seh's in deinen Augen! Ich wollte ihm den Turm, in dem sich der Feigling vor mir verkrochen hat, unterm Arsch anzünden. Leider haben sie ihn vorher rausgeholt! Wie gern hätte ich ihm das Lebenslicht ausgepustet! Es wäre mir eine Freude gewesen, ihn in Flammen aufgehen zu sehn! Deinen Vater hätt's auch gefreut. Es tat ihm genauso leid wie mir, dass es nicht gelungen ist. Ja, dein Vater ist seit heut richtig stolz auf mich. Vor dir steht der Held des heutigen Tages: Claus Blind aus Siegelsberg, der seit heut endlich wirklich der Tochtermann ist, für den ihn sein Schwiegervater von Anfang an gehalten hat. Das habe ich alles nur dir zu verdanken!«

»Was hast du getan?«, flüsterte Katharina tonlos.

Claus stand immer noch wie ein Racheengel über ihr. Er schien vollständig den Verstand verloren zu haben. Seine Augen flackerten irre, als er weitersprach.

»Wir sind heut nicht wegen dem Markt gekommen, sondern um das Kloster anzuzünden! Leider hat es uns der Feuerbacher verboten. Dieser Feigling hat keinen Mumm in den Knochen. Ihm fehlt die nötige Wut, dann würde er uns mehr erlauben. Ja, Kätter, alles was es braucht, ist eine gehörige Portion Wut im Bauch, dann wächst man über sich hinaus. Das durfte ich heut am eigenen Leib erfahren. Angst bringt nix, Angst macht schwach. Aber diese Zeiten sind ab heute ein für alle Mal vorbei. Nie wieder wird mich die Angst lähmen, niemals wieder! Hast du das verstanden?«

Die letzte Frage schleuderte er ihr drohend ins Gesicht, während er sich über die am Boden Liegende kniete. Sein weingeschwängerter Atem und sein Schweißgeruch verursachten ihr

Brechreiz. Sie versuchte unauffällig die Luft anzuhalten, aber es gelang ihr nicht. Angewidert wandte sie den Kopf zur Seite. Mit einem heftigen Ruck drehte er ihr Gesicht wieder zu seinem, das nun ganz dicht über ihrem war. Verzweifelt versuchte sie es noch einmal. »Claus, so lass es mich doch bitte erklären.«

»Was gibt's da schon noch zu erklären, hä? Hast du dich mit einem von den Kutten getroffen oder nicht?«

»Das schon, aber … «

»Du gibst deine Buhlschaft auch noch zu, du alte Drecksschlampe! Dir werd ich gleich zeigen, zu wem du gehörst!« Sein flacher Handrücken traf ihre Wange wie ein gewaltiger Donnerschlag. Da rutschte ihr die Haube vom Haar und befreite die schwarzbraunen Zöpfe aus ihrem ehelichen Gefängnis. Claus riss sie ihr auf, damit ihr die üppigen Locken auf die Schultern fielen. Bei diesem Anblick zog er hörbar die Luft durch die Nase ein. Grob fuhr er ihr durch die nun ungezähmte Lockenpracht. Mit gefährlich schmeichelnder Stimme sprach er weiter:

»Wie schön du bist, mein Liebes, so unsagbar schön. Ich hab dich vom ersten Tag an begehrt, als ich dich sah. Der größte Wunsch meines Lebens war immer der, dich zu besitzen, meine Schöne. Ich werde dich mit niemandem teilen, verstehst du – mit *niemandem*!«

Seine Stimme wurde wieder bedrohlich leise.

»Ich werde jeden töten, der es wagt, dich zu berühren, das schwör ich dir! Ab heute werd ich andere Saiten bei dir aufziehen, du Miststück.«

Er krallte seine Finger in ihr Haar und riss ihren Kopf mit einem gewaltigen Ruck nach hinten. Ihren Schmerzensschrei erstickte er mit einem fordernden Kuss. Ihr Magen drehte sich im Kreis, sicher musste sie sich gleich übergeben.

Heilige Maria, Mutter Gottes, bitte lass mich endlich erwachen und dies alles nur einen bösen Traum sein!

Sie versuchte ihn mit beiden Händen von sich weg zu stoßen, aber er hielt sie mit seinen Knien fest im Schwitzkasten. Gegen seine männlichen Bärenkräfte hatte sie nicht die geringste Möglichkeit, sich zu wehren.

»Claus, was hast du vor?« Ihre Stimme zitterte. Todesangst stieg in ihr auf. Ihr wurde gleichzeitig heiß und kalt.

Er wird mich töten! Herr, vergib ihm, denn er weiß nicht, was er tut!

Sie schloss die Augen und betete ein stilles Paternoster, während er sich hastig am Verschluss seiner Hose zu schaffen machte. Als sie die Augen wieder öffnete, erkannte sie entsetzt, was er vorhatte.

»Bei der heiligen Jungfrau, Claus, lass mich. Du versündigst dich!«

Sein gehässiges Lachen ließ ihr das Blut in den Adern erstarren. Ungeduldig stellte er das Herumspielen an seiner Hose ein.

»*Ich* versündige mich nicht, denn ich bin mit dir verheiratet! Ich kann mit dir machen, was ich will, du bist mein Eigentum! Aber das hast du anscheinend noch nicht gemerkt. Daher werde ich dir jetzt mal zeigen, wem du gehörst!«

Mit einem kräftigen Ruck riss er ihr das Mieder entzwei. Lüstern weidete er sich am Anblick ihrer nackten Brüste und den vor Angst und Kälte aufgerichteten Brustwarzen, die sich ihm entgegenzustrecken schienen.

»Sieh da, so bereit warst du ja noch nie für mich. Wer hätte das gedacht!«

Mit einem genüsslichem Grinsen begann er ihre Brüste fest durchzukneten.

»Du tust mir weh!« Katharinas klägliches Jammern klang wie Musik in seinen Ohren.

»Das ist gut! Das ist sogar *sehr* gut, mein Schätzle. Dann spürst du wenigstens, dass es mich gibt!«

Seine Lippen saugten gierig und schmerzhaft an ihren Brustwarzen. Sie biss die Zähne fest zusammen, um nicht laut aufzuschreien. Endlich ließ er von ihren Brüsten ab. Die steife Männlichkeit in seiner Hose rieb sich dabei unablässig an ihren Schenkeln. Von kaltem Grauen gepackt, wagte sie nicht, zu atmen. Ungeduldig schob er ihre Röcke nach oben.

»Herrgott nochmal, wie viele dieser verdammten Röcke ihr Weiber immer übereinander tragt! Das dauert ja ewig, bis man da am Ziel ist. In der Badstube geht das schneller, da ist das Feld schon beim Einstieg bereit zum Pflügen.« Er lachte rau.

»Los, heb den Hintern hoch!«

Katharina schluckte trocken. Der Ekel ließ sie immer heftiger würgen. Warum fand dieser Spuk kein Ende? Warum kam ihr denn niemand zu Hilfe?

Herr Jesus Christus, ist dies die Strafe für meine schwere Sünde, einen deiner Söhne zu lieben?

Steif wie ein Brett lag sie da. So leicht wollte sie es ihm nicht machen. Aber er durchschaute ihre Absicht sofort.

»Ja, freilich, im steif Daliegen bist du gut, das weiß niemand so gut wie ich. Das haben wir gleich!«

Mit ein paar kräftigen Handgriffen zerriss er ihr auch die Röcke. Nun lag sie nackt auf dem kaputten Stoff, zitternd vor Scham, Kälte und Todesangst. Seine lüsternen Blicke schienen sie verschlingen zu wollen. Sie schloss die Augen, um sie nicht länger ertragen zu müssen. Schamesröte stieg ihr ins Gesicht.

»Ach, mein Engele ziert sich, wie rührend«, säuselte er zynisch.

»Es ist fast wie beim ersten Mal, als du noch Jungfrau warst, nicht wahr? Nur dass wir's heute am helllichten Tag und mitten in der freien Natur tun! Vielleicht macht dich das lockerer als die miefige dunkle Schlafkammer.«

Als sich der Druck auf ihren Unterleib etwas lockerte, glaubte sie schon, er ließe von seinem abscheulichen Vorhaben ab, aber da öffnete er nur endgültig seine Hose, um seine Männlichkeit daraus zu befreien.

»Hast du's mit deinem Mönch auch immer im Freien getrieben, oder wart ihr im Beichtstuhl? Bei dem ging's sicher schneller mit seiner Kutte, der musste sich nicht erst die Hosen ausziehen.«

Umständlich zog er sich die Beinkleider herunter.

»Los, du Dreckstück, mach die Beine breit, wie du's für deinen Geschornen immer tust! Ich will auch meinen Spaß mit dir haben!«

»Claus, bitte nein! Denk an deinen Schwur, mich nicht mehr zu berühren, wenn ich es nicht will!«, flehte sie ihn verzweifelt an.

Doch sein dröhnendes Lachen ließ sie erschaudern.

»Oh, mein Schätzle, das war gut! Der Claus, der dir das geschworen hat, ist heute auf dem Klosterhof da drüben gestorben! Der Claus, den du hier siehst, ist ein anderer! Was glotzt du mich so entsetzt an? Du wolltest doch immer einen anderen Mann als mich. Glaubst du wirklich, ich bin zu blöd, um das gemerkt zu haben? Ich bin nicht aus Stein, wie du immer dachtest. Ich habe sehr wohl gemerkt, wie meine Frau von einem andern träumt. Bis vorhin wollte ich es nicht wahr haben. Doch jetzt schweig ich nicht länger zu diesem elenden Spiel! Lass dir gesagt sein: Heute ist mein Tag! Ab heute bin ich der unumstrittene Herr und Meister, und du bist die Erste, die mir zu gehorchen hat!«

Seine Knie drückten ihre Beine gewaltsam auseinander. Mit einem einzigen heftigen Stoß drang er brutal in sie ein. Vom Schmerz überwältigt, schrie sie auf, konnte sich aber nicht gegen ihn wehren. Sein schwerer Körper drückte sie so fest ins nasse Gras, dass ihr die Luft wegblieb. Grelle Blitze zuckten hinter ihren zugepressten Augenlidern. Ihr wurde schwindelig.

Immer heftiger stieß er zu. Dabei grunzte er wie ein wilder Eber. Vor Abscheu und Schmerz wollte sie am liebsten sterben. Ihr eigener Mann behandelte sie wie ein Stück Dreck. Sie schwor sich, ihm diese unsägliche Erniedrigung niemals zu verzeihen!

Nach einer Zeitspanne, die ihr wie eine Ewigkeit erschien, ergoss er sich endlich mit einem letzten brutalen Stoß in sie, wobei er einen animalischen Schrei ausstieß.

Genüsslich grinsend ließ er von ihr ab und zog seine Hosen wieder an.

»Tja, mein Schätzle, wer nicht hören will, muss eben fühlen. Das hat mir ehrlich gesagt besser gefallen als dein steifes Getue, das du sonst immer an den Tag legst, wenn ich bei dir liege. Das sollten wir in Zukunft öfter so machen.«

Sein bösartiges Lachen ließ ihren Magen wieder verkrampfen.

»Na, war ich besser als dein Mönch?«

Katharina lag zusammengekauert zu seinen Füßen. Leise schluchzend raffte sie die Reste ihrer Röcke zusammen, um ihre Blöße zu bedecken.

»Ach komm schon, tu nicht so unschuldig! Sag schon, wie oft habt ihrs denn miteinander getrieben?«

Mit einem kräftigen Ruck am Oberarm zog er sie zu sich hoch und sah ihr ins dreckverschmierte, verweinte Gesicht. Ihre Wange war von seiner Ohrfeige gerötet, das Auge, das er bei seinem Schlag auch erwischt hatte, begann bläulich anzulaufen und zuzuschwellen. Den Stoff ihrer Röcke fest um sich geschlungen, blickte sie stumm zu Boden.

Gefährlich leise raunte er: »Kätter, du gehörst mir ganz allein! Ich verlange von dir, dass du mir, wenn diese ganze Aufstandscheiße hier vorbei ist, eine treue, liebevolle und ergebene Ehefrau bist, wie es sich geziemt! Hast du mich verstanden?«

Katharina nickte zaghaft.

»Gut! Außerdem erwarte ich von dir einen Erben für deinen Vater. Wenn ich wieder komme, bist du entweder schon schwanger, oder ich werd dich so oft hernehmen, bis du meinen Sohn empfangen hast. Ob du willst oder nicht! Es ist mir in Zukunft scheißegal, was du dabei empfindest! Verstanden?«

Sie öffnete leicht die Lippen, um ihm etwas zu erwidern, aber es gelang ihr nicht. Grob zog er sie an sich und drückte ihr einen Kuss auf die fest zusammengepressten Lippen.

»So, dann kann ich ja jetzt gehen. Wir müssen heute noch ins Remstal weiter, da gibt's auch noch einiges zu erledigen! Wann ich wieder komme, weiß ich nicht, aber es wird wohl noch etwas dauern. Hoffentlich hältst du es so lange ohne mich aus.« Beinahe liebevoll streichelte er ihre unverletzte Wange. Sie zuckte vor seiner Berührung zurück.

»Erst müssen die Geschorenen und Gespornten nach unserer Pfeife tanzen, wie der Graf von Helfenstein zur Musik des Pfeifers Melchior Nonnenmacher! Leb wohl, mein Schätzle, bis irgendwann! Ach, und noch was: Bleib mir treu. Sonst bring ich dich und deinen ach so frommen Buhlen um, wenn ich zurückkomm! Das schwör ich dir!«

Ein lockeres Liedchen pfeifend, machte sich Claus mit schwungvollen Schritten auf den Rückweg zur Stadt. Am Unteren Stadttor kam ihm sein Schwiegervater entgegen.

»Ach, da bist du ja endlich. Wo warst du denn so lange? Wir wollen los! Die Zeit drängt!«

»Ich hatte noch was Dringendes zu erledigen. Sagen wir, es handelte sich um eine Familienangelegenheit!« Nach einem kurzen Blick auf Claus' schlammverschmierte Hosenbeine grinste Conz verstehend.

»Hat's Spaß gemacht?«

»Das kann man wohl sagen!«

»Gut, mein Sohn, sehr gut!« Kameradschaftlich legte er Claus den Arm um die Schulter.

»Dann lass uns jetzt nach Lorch ziehen, um dort das Kloster aufzuräumen! Das macht sicher auch viel Spaß. Hier gibt's für uns nämlich nichts mehr zu lachen, denn hier haben Schlappschwänze die Führung übernommen.«

»Du hast wie immer völlig Recht, mein guter Schwiegervater. Lass uns weiterziehen! Ab heute fängt das Leben erst richtig an! Es lebe die Bauernlust!«

Wirtshaus am Halberg zu Siegelsberg

in der Nacht vom 20. auf den 21. Mai Anno Domini 1525

Viele betrunkene Gäste, die wilde Wortgefechte untereinander austrugen, hatten die Gaststube an diesem Sonntagabend so eingeheizt, dass sie nun, nachdem sie alle fort waren, kalt und tot wirkte. Dennoch schwang in ihr noch die aufgebrachte Stimmung des Aufstands nach.

Die wütenden Bauern hatten sich lautstark ihrem Unmut über den Truchsess und sein brutales Vorgehen gegen die Aufständischen Luft gemacht. Die Schlacht von Böblingen am zweiten Eisheiligentag Pankratius, der heuer auf Freitag, den 12. Mai fiel, steckte ihnen noch allen in den Knochen. Georg Truchsess von Waldburg hatte ihre Hoffnungen auf einen Sieg des wirtembergischen Haufens brutal zunichte gemacht. Langsam aber sicher gelangten immer mehr Einzelheiten auch bis ins entlegene Murrtal. Nach und nach erfuhr man, wie die Bauern einen Tag vor der Schlacht Matern Feuerbacher als Heerführer abgesetzt hatten, weil er ihnen zu gemäßigt war. Die großen Helden von Weinsberg, Jäcklein Rohrbach und der Pfeifer Melchior Nonnenmacher hingegen, hatten sich mit ihrer wilden Schar dem Wirtemberger Haufen angeschlossen, der nun zwölftausend Mann stark und gut bewaffnet war.

Viele der hiesigen Bauern waren ihnen sogar neidisch darum gewesen, weil auch sie gerne in Böblingen mitgemischt hätten, doch das war ihnen schnell vergangen. Mittlerweile war jeder einigermaßen normal denkende Mensch froh, dass Feuerbacher dem Limpurger Haufen strikt verboten hatte, sich im wirtembergischen Herrschaftsgebiet einzumischen. Ohne dass es ihm bewusst gewesen wäre, hatte er damit den meisten von ihnen das Leben gerettet. Als Katharina diese Nachricht erreichte, hatte sie sofort ein Dankgebet gesprochen, weil dadurch wie durch ein Wunder Claus, Vater und all die anderen ihr wohlbekannten Männer vor dem sicheren Tod bewahrt worden waren.

Dieser riesige wirtembergische Bauernhaufen besaß Büchsen und achtzehn Geschütze, als sie sich auf den Höhen zwischen Sindelfingen und Böblingen um eine Wagenburg verschanzt hatten. Truchsess von Waldburg hatte sie mit siebentausend Fußknechten und tausendfünfhundert Reisigen geschickt angegriffen, während sich die Bauern ungeschickt verteidigten und eine schreckliche Niederlage erlitten. Das Bauernheer war geschlagen, gesprengt und vernichtet worden.

Die Landsknechte hatten sechs Fähnlein, alle achtzehn Geschütze, sämtliche Wagen und Pferde und alles, was an Beute darauf gepackt gewesen war, erbeutet. Sie ließen sechstausend Tote auf dem Feld zurück, die im Umkreis von drei auf zehn Kilometern verteilt herumlagen. Sie blieben einfach so liegen, wie sie die Reisigen des Schwäbischen Bundes auf der Flucht zusammengeschlagen hatten.

Der Schwäbische Bund hatte nur wenige Gefangene gemacht, aber Jäcklein Rohrbach und Melchior Nonnenmacher waren darunter gewesen. Natürlich wussten der Truchsess und sein Stellvertreter Graf Wilhelm von Fürstenberg ganz genau, welchen Fang sie da gemacht hatten. Es blieb abzuwarten, was nun als Nächstes mit ihnen geschehen würde. Aber es stand schon jetzt fest, dass es nichts Gutes war.

Die Sorge darum, wie es nun mit dem Aufstand weitergehen sollte, trübte die Gemüter aller. In Katharina flammte insgeheim die Hoffnung auf, dass ihr Mann und ihr Vater nun endlich auch einsehen würden, wie gefährlich ihr Spiel mit dem Feuer war. Sie machte sich große Sorgen um die beiden, obwohl ihr Herz doch eigentlich voll Hass sein sollte, vor allem auf Claus, der sie so unsagbar erniedrigt hatte, ohne auch nur einen Funken Reue deswegen zu empfinden.

Morgen war es nun schon drei Wochen her, dass er seine unbändige Wut an ihr ausgetobt hatte. Ihr Körper und ihre Seele schmerzten immer noch, wenn sie nur daran dachte, doch konnte sie ihn inzwischen sogar ein wenig verstehen.

Was hatte er nicht alles zu ertragen in dieser schweren Zeit? Sie wusste ganz genau, dass er dieser Revolution nicht allzu viel abgewinnen konnte. Insgeheim waren sie sich beide einig, dass eine gewaltsame Art des Aufstandes nichts als brutale Niederschlagung von Seiten des Bundes bewirken würde. Doch er meinte keine andere Wahl zu haben, als seinem cholerischen Schwiegervater zu gehorchen und in einen Krieg zu ziehen, den er selbst nicht guthieß. Dinge zu tun, die gegen die eigene innere Einstellung verstießen, konnten der Seele großen Schaden zufügen. Das war Katharina inzwischen schmerzlich bewusst geworden.

Und dann kam plötzlich auch noch so ein Mistkerl daher, von dem sie nicht einmal wusste, wer es war, und erzählte ihm schmutzige Halbwahrheiten, die in seiner inneren Zerrissenheit natürlich auf fruchtbaren Boden fielen.

Ach, großer Gott, warum nur musste so etwas geschehen? Er hatte ihr doch noch nie Gewalt angetan, und nun das! Nichts war mehr wie zuvor, nach diesem verhängnisvollen Tag, an dem der Gaildorfer Haufen das Kloster geplündert hatte. Wann würde dieser Wahnsinn endlich enden und alles wieder gut werden? Sie war sogar bereit, Claus seine schreckliche Tat zu vergeben, wenn er nur bald wieder zurückkehrte.

Die letzten Becher und Krüge waren endlich abgetrocknet. Sorgfältig breitete Katharina das nasse Leinentuch auf der Theke zum Trocknen aus. Nun sehnte sie sich nur noch nach Schlaf. Der Tag war hart gewesen. Seit dem Aufstand gaben sich die Gäste die Klinke in die Hand. Lange konnte das nicht mehr so weiter gehen. Ihr Körper war erschöpft, ihr Kopf wollte zerspringen. Sie sehnte sich danach, endlich einmal etwas länger ausruhen zu können. Der Schlaf war ihr bester Freund geworden, den sie aber leider nur noch immer kürzer in ihrem Haus willkommen heißen konnte. Die Magd Hannah und der Knecht Jörg lagen schon längst in ihren warmen Betten. Bald schon würde draußen die Morgendämmerung einsetzen, und dann wäre auch schon wieder die ruhige Zeit vorüber. Schlaftrunken rieb sie sich die Augen. Sie wollte nur noch ihre schmerzenden Glieder auf dem Lager ausstrecken. Da umstreifte plötzlich ein eiskalter Windzug ihre nackten Beine. Verwundert wandte sie den Kopf zur Tür der Gaststube. Sie war sich sicher, sie nach dem letzten Gast fest verschlossen zu haben. Auch die Fensterläden waren seit gestern Abend verriegelt, damit die kalte Nachtluft nicht durch sie eindringen konnte. Aber woher kam plötzlich dieser eisige Luftzug? Fröstelnd wandte sich Katharina der Tür der Gaststube zu. Der Riegel war vorgeschoben, daher konnte der kalte Zug also nicht stammen.

Aus dem Augenwinkel nahm sie im trüben Licht des letzten brennenden Kienspans einen Mann wahr, der in der hintersten Ecke der Gaststube saß. War er vorher auch schon da gesessen? Er war ihr im lärmenden Getümmel gar nicht aufgefallen. Ein kalter Schreckensschauer durchlief ihren Körper. Wo kam der denn plötzlich her? Sie war sich sicher, dass nach dem letzten Gast, den sie etwas unsanft aus dem Wirtshaus herausbefördert hatte, die Gaststube leer gewesen war! Sie hatte doch alle Tische abgewischt. Auch den, an dem nun der Fremde saß, der seiner Kleidung nach zu urteilen nicht arm war und sie mit seinem Anblick lähmte. Eben wollte sie den Mund aufmachen, um laut nach dem Knecht zu rufen, als der Fremde wortlos die Hand hob, um sie daran zu hindern. Eine Gänsehaut kroch langsam ihren schmerzenden Rücken hinauf und schlich vom Nacken, wo er ihre Härchen aufstellte, die Arme hinunter. Wer war das? Wie kam er hier rein? Was wollte er hier?

Der Fremde gab ihr durch einen Wink zu verstehen, dass sie sich zu ihm setzen sollte. Mit zitternden Knien trat sie zögernd an seinen Tisch. Sie setzte sich auf den Stuhl gegenüber, so weit wie möglich von ihm entfernt, damit er ihr nicht so schnell zu nahe kommen konnte. Der massive Tisch zwischen ihnen gaukelte ihr ein gewisses Maß an Sicherheit vor. Eiskaltes Schweigen lag zwischen ihnen.

Verstohlen rieb sie sich die nackten Arme mit den Händen warm, um sie dann, als Schutz gegen die Kälte und den Fremden, vor ihrem Körper zu verschränken.

Er sprach immer noch kein Wort, stattdessen schien er durch sie hindurch zu blicken. War er betrunken? Lag er vielleicht vorhin unter dem Tisch, weshalb sie ihn nicht bemerkt hatte? Wahrscheinlich hatte ihn Hannah versorgt. Ja, so musste es gewesen sein! Aufmerksam musterte sie ihn. Das Haar war zerzaust, seine Mütze mit dem weißen Kreidekreuz saß genauso unordentlich darauf. Das blasse Antlitz und die tiefen dunklen Augenringe ließen ihn zwar krank wirken, die Körperhaltung und der klare Blick seiner ganz offensichtlich trauernden Augen erweckten allerdings nicht den Eindruck, als ob er Alkohol getrunken hätte. Wenn sie sich mit etwas bestens auskannte, dann mit betrunkenen Zeitgenossen.

Sein beharrliches Schweigen wurde ihr unerträglich. Sie wollte ihn eben darauf aufmerksam machen, dass die Wirtschaft geschlossen sei, als er wieder die Hand hob, um sie am Sprechen zu hindern. Tränen der Angst stiegen in ihre Augen. Was, wenn dieser Fremde sie nun umbringen würde? Niemand könnte ihr im Moment helfen. Ehe Jörg sie schreien hörte, würde sie schon in ihrem eigenen Blut am Boden liegen. Außerdem käme er ja durch die verriegelte Tür überhaupt nicht zu ihr herein. Der Fremde wäre mit den hohen Tageseinnahmen genauso schnell im dichten Wald verschwunden, wie er erschienen war!

»Habt keine Angst!«, ließ er nun endlich seine raue Stimme vernehmen. »Ich werde Euch nichts zu leide tun!« Warum beruhigte sie diese Aussage nicht?

»Ich möchte Euch warnen, Katharina!«

Woher kannte er ihren Namen? Natürlich! Er musste ihn vorhin im Wirtschaftsgetümmel aufgeschnappt haben. Nur so konnte es gewesen sein. Entspannter wurde sie dadurch allerdings nicht. Ihre eigene Stimme schien ihr fremd, als sie ihn tonlos fragte: »*Wovor* warnen?«

Sein bedrohlicher Tonfall fuhr ihr durch Mark und Bein. »Es werden schlimme, *sehr* schlimme Zeiten kommen!«

Betrübt senkte sie den Blick. »Sind diese Zeiten denn noch nicht schlimm genug?«

»Oh nein!« Der Fremde lachte rau. »Das ist nur der Anfang. Noch sind sich die Bauern hier ihrer guten Sache sicher! Noch kämpfen Euer Mann und die Seinen freudig für ihre Freiheit, doch bald wird sich das Blatt wenden!«

Käthes Angst schlug in Verwunderung um. »Woher wollt Ihr das wissen?«

Ein trauriges Lächeln umspielte seine blassen, schmalen Lippen. »Ich war dabei!«

»Was soll das heißen, Ihr wart dabei? Das begreife ich nicht!« Mit einem Mal überkam sie Mitleid für den Fremden, der nun seinen abgrundtief traurigen Blick ins Leere richtete.

»Es ist ein Frevel, eine schwere Sünde, so etwas zu tun!« Dieser Mann wusste, von was er redete, auch wenn sie nicht ahnte, worum es eigentlich ging. Sie wagte kaum zu atmen, als er weitersprach. Ihr Blick hing wie gebannt an seinen Lippen.

»Ich bin schuldig geworden am Herrn. Ich bin ein Sünder, der nun seine Strafe erhalten hat. Ich habe Tausende auf dem Gewissen, obwohl ich nur wenige selbst getötet habe, aber es werden noch unvorstellbar viele mehr werden! Alles ist meine Schuld! Das habe ich nicht gewollt. Wenn ich könnte, würde ich es rückgängig machen, es ist jedoch zu spät. Nun wird er nicht aufhören, bis der ganze Aufstand blutig niedergeschlagen ist. Er ist im selben Blutrausch wie ich es war. Nur hat er die besseren Kämpfer an seiner Seite. Er wird sie alle töten, alle! Nur wird an *meinen* Händen das Blut dieser Unschuldigen kleben. Gott allein kann mir vergeben, was ich getan habe! Wirst du für mich beten?«

Käthe war fassungslos. Sein Geständnis traf sie wie ein Schlag. Was hatte dies alles zu bedeuten? Warum kam er ausgerechnet zu ihr damit?

»Ihr fragt Euch, warum ich mich damit an Euch wende.«

Konnte er ihre Gedanken lesen oder las er die Frage in ihrem Gesicht? War dies alles wirklich real, oder war sie vor lauter Erschöpfung schon längst eingeschlafen? Denn als sie des Fremden gewahr wurde, war ihre bleierne Müdigkeit mit einem Mal von ihr abgefallen.

Der Mann fuhr unbeirrt fort: »Ich werde es Euch erklären. Ich kam zu Euch, weil Ihr eine von uns seid und auch zu unserer Sache steht. Ihr seid eine genauso mutige Frau wie meine Margret, aber ihr Herz ist so voller Hass, dass es sich schwarz gefärbt hat. Sie macht ihrem Namen tatsächlich alle Ehre, meine ›schwarze Margret‹.« Ein wehmütiges Lächeln umspielte seine Mundwinkel, als er an sie dachte. Seine Frau? Die schwarze Margret? War das etwa..? Aber das konnte doch nicht sein! Jäcklein Rohrbach war weit weg von hier nach diesem grauenvollen Gemetzel in Böblingen gefangen genommen worden. Nun sollte er ausgerechnet hier in Siegelsberg sein? Niemand hatte ihr erzählt, dass er freigekommen war!

»*Euer* Herz dagegen ist übervoll mit Liebe. Ihr seid nicht wie meine Margret, Ihr seid anders. Ihr steht in Verbindung mit der anderen Seite.«

Mit der anderen Seite? Was sollte das nun wieder bedeuten? Worauf wollte er hinaus? Wollte er auf Johannes anspielen?

Ging es um die andere Seite der Klostermauer? Ihr wurde plötzlich heiß.

»Ihr könnt mich in dieser Nacht sehen. Ihr wart die Einzige, die mich empfangen wollte, um mich anzuhören. Selbst meine Margret hat sich vor mir verschlossen. Es ist sicher das Böse, dass sie abhält, mich zu empfangen. Aber Ihr seid kein böser Mensch. Meine schweren Sünden werden jedoch sicher bald auf der Waagschale liegen. Doch noch bin ich hier und möchte Euch bitten, mir ganz genau zuzuhören.« Atemlos nickte sie.

»Ich hatte keine Zeit mehr, meine Sünden zu bereuen. Alles ging so schnell. In meinem Hochmut dachte ich wirklich bis zum Schluss, dass ich meinen Peinigern entkommen könnte, aber dem war natürlich nicht so. Doch ich kann noch eine Warnung aussprechen, in der Hoffnung, dass sie sich jemand zu Herzen nehmen wird. Es ist nicht gut, in blindwütigem Hass und mit Gewalt zu handeln. Sie bringen nur neuen, noch schlimmeren Hass und noch mehr Gewalt hervor. Durch meine Schuld wird es grauenvoll werden. Georg Truchsess' Zorn ist entfesselt! Blindwütig wird er alle vernichten, die für Freiheit und Gerechtigkeit kämpfen. Er wird auch die nicht verschonen, die sich niemals gegen die Obrigkeit aufgelehnt haben. Er wird nicht fragen, ob es Kinder, Frauen, Alte oder Kranke sind, denen er den Tod bringt. Er wird seine Rache vollziehen, bis alles verloren ist, für das es sich zu kämpfen lohnt!«

Ein kalter Schauer des Grauens überfiel sie. Instinktiv spürte sie, dass er mit seinen düsteren Aussichten recht behalten würde. Ihre erdrückenden Albträume, die sie plagten, seit Claus mit dem Vater zusammen losgezogen war in freudiger Erwartung, die Welt zu verändern, ließen sie kaum mehr zur Ruhe kommen. Der Schlaf, den sie so bitter nötig hatte, wurde immer häufiger durch brennende Dörfer, brüllendes, verendendes Vieh, schreiende Frauen, weinende Kinder und blutgetränkte Straßen durchzogen. Bilder des Grauens durchstreiften ihren

Geist so real, dass sie sich nicht vorstellen konnte, dies alles könne nur ihrer Phantasie entspringen.

»Die Welt wird sich verändern, aber nicht zum Guten, wie wir es wollen. Dazu haben wir zu sehr gehasst. Ich hätte auf Matern Feuerbacher hören sollen, solange noch Zeit dazu war. Er konnte sich mit Gottes Hilfe retten, weil er ein guter Mensch ist. Mich hat heute Nacht das Schicksal ereilt, das ich verdient habe. Ich habe sie entfesselt, deshalb haben sie mich auf Erden dafür bestraft. Doch nun habe ich Angst. Denn jetzt wartet ein schlimmeres Gericht auf mich, als ich es auf Erden jemals erleben könnte. Wenn ich vor den Herrn trete, brauche ich einen Fürsprecher, der ein gutes Wort für mich einlegt.« Flehend blickte er die völlig verwirrte Katharina an.

»Bitte betet für mich, Ihr einzige reine Seele, die mich noch hören kann. Betet für die Vergebung meiner Sünden. Zündet eine Kerze für mich in der Kirche an, damit Gott sieht, dass ich bereue. Werdet Ihr mir diese Bitte erfüllen?«

Sie war sich durchaus nicht sicher, ob sie die Richtige für diese Aufgabe war. Auch sie war nicht rein von Sünden. Es gab doch sicher noch bessere Menschen auf dieser Welt, als sie es war!

»Zweifelt nicht an Eurer Aufrichtigkeit. Ich kann in Euer Herz sehen und erkenne, dass es trotz allem nicht zu einer Mördergrube geworden ist. Ihr seid stark und ehrlich und werdet für mich bitten, dessen bin ich mir sicher!«

»Aber auch ich habe ein sündiges Herz. Könnt Ihr das denn nicht sehen?« Sie gab die Hoffnung nicht auf, dass er es sich doch noch einmal anderes überlegen würde.

»Ihr meint die auf Erden verbotene Liebe, die Ihr in Eurem großen Herzen tragt?« Er konnte tatsächlich in ihr Herz sehen! Wie war das nur möglich? Sie errötete, weil sie sich ertappt fühlte, als in ihr das Bild von Johannes aufstieg. *Ach Johannes, wenn du doch jetzt nur hier sein könntest, um mir beizustehen.*

Du könntest dich viel besser bei Gott für Jäcklein einsetzen als ich.

Die Stimme Rohrbachs riss sie aus ihren verzweifelten Gedanken. »Sagt, warum nur glaubt Ihr mehr an ihn als an Euch?«

»Er ist ein Priester, ein Mann Gottes! Seine Seele ist viel reiner als meine!«

»Warum seid Ihr Euch dessen so sicher?«

Ihre Unsicherheit wurde immer größer. Ja, warum war sie sich eigentlich dessen so sicher? Sie konnte es nicht sagen. Vielleicht, weil er nie den Mut oder die Beherrschung verlor, auch wenn das Leben ihm noch so übel mitspielte. Oder weil er ein frommer Mann war. Er war disziplinierter und demütiger als sie. Gott hatte sicher mehr Vertrauen in ihn als in sie.

Das kehlige Lachen ihres Gegenübers riss sie aus ihren Überlegungen. Längst sah sie es als normal an, dass er in ihren Gedanken las, als spräche sie offen zu ihm.

»Ihr habt ein falsches Bild von ihm! Auch ihn hat dieser Aufstand verändert. Außerdem würde er sich niemals für einen wie mich öffnen!«

»Aber die Sündenlast, die auf mein Herz drückt?« Sie empfand es plötzlich als angenehm, endlich einmal mit jemandem offen über ihre Gefühle zu Johannes sprechen zu können, auch wenn ihr Zuhörer sicherlich kein Mensch aus Fleisch und Blut sein konnte. Vielleicht war es ein Trugbild, wahrscheinlich einfach nur ein Traum. Aber dies alles war ihr nun gleichgültig. Er nahm sie ernst und hörte ihr zu. Nur das war wichtig.

Rohrbach schüttelte langsam den Kopf. »Meine liebe Katharina. Seid Ihr eigentlich schon einmal auf die Idee gekommen, dass es auch ganz anders sein könnte?«

»Wie anders?«

»Nun, vielleicht ist diese Liebe ja gar keine Sünde, sondern ein Geschenk Gottes an Euch! Lasst Euer schlechtes Gewissen beiseite, lebt einfach diese Liebe. Ihr werdet schnell erkennen, was daraus wird!« So hatte sie das noch nie betrachtet. Wenn *er* es aussprach, hörte es sich so einfach an, als sei gar nichts dabei, sich als verheiratete Frau nach einem anderen Mann als dem eigenen zu sehnen. Selbst wenn es sich bei dem anderen um einen Mönch handelte.

»Liebe ist nie ein Verbrechen, denn wärs ein Verbrechen zu lieben, würde doch nimmer auch Gott mit göttlicher Liebe uns binden.«

»Was sagt Ihr da?« In Katharina flammte ein Hoffnungsschimmer auf. Was, wenn Jäcklein recht hatte?

»Sagt ihm diese Worte, wenn Ihr ihn das nächste Mal seht! Das ist mein Dank an Euch, weil Ihr Euch für mich beim Herrgott einsetzt.« Er erhob sich schwerfällig. Katharina sprang auf, um ihn aufzuhalten. Sie wollte seine Hand ergreifen, zog sie aber sofort wieder erschrocken zurück, als sie die Eiseskälte spürte, die von ihr ausging.

»Ich muss nun gehen. Der Morgen graut bereits. Brecht auch Ihr sofort nach Sonnenaufgang auf, um mir Euren Dienst zu erweisen. Es eilt!«

Mit schweren Schritten ging er zur Tür, schob den Riegel zurück. Langsam trat er ins dämmrige Zwielicht des morgenkühlen, nebligen Waldes hinaus. Käthe folgte ihm bis zum Türrahmen. Noch ein letztes Mal drehte er sich zu ihr um.

»Denkt daran! Bringt die Kerze kurz nach Sonnenaufgang zur Kirche. Wenn sie brennt, kniet davor nieder. Betet für meine Seele und um die Vergebung meiner Sünden! Versprecht Ihr mir das?«

Ihre Stimme klang fest und entschlossen: »Ich verspreche es!«

Im nächsten Augenblick hatte ihn der neblige Wald verschluckt.

Sie lehnte im Türrahmen, während sie mit geschlossenen Augen den Vögeln lauschte, die den neuen Tag so wundervoll trällernd empfingen, als sei nichts geschehen. Was kümmerte es sie, wenn sich die Menschen da unten gegenseitig die Schädel einschlugen? Sie würden auch weiterhin den schönen Maien bejubeln, auch wenn den Menschen schon längst das Jubeln vergangen war.

Ach könnt ich doch ein Vöglein sein,
so unbeschwert und frei.
Ich flög zu meinem Liebsten hin,
was ist denn schon dabei?

Mich quält dann weder Hass noch Wut,
nach Glück nur ständ mein Sinn,
und alles, alles würde gut,
wenn ich erst bei ihm bin.

Tief in Gedanken versunken summte sie die Melodie zu einem Lied, das wie von selbst just in diesem Moment in ihrem Kopf entstand.

Ein verträumtes Lächeln umspielte ihre Lippen, als plötzlich ihre schlaftrunkene Magd vor ihr stand.

»Herrin, Ihr seid heute aber früh aufgestanden!«

Käthe ergriff Hannahs noch bettwarmen Hände. Ja, *sie* war ein Mensch aus Fleisch und Blut! Dankbar schloss sie die verdutzte Magd in die Arme. Als sie die Umarmung wieder löste, gab sie ihr hastig einige Anweisungen. »Hannah, ich muss ganz schnell in die Stadt runter! Sieh im Hof nach dem Rechten, melk die Kühe, sammle die Eier ein und fang schon mal an zu kochen, solange ich weg bin. Der Jörg soll nach den Pferden sehen und die Vorspann klar machen. Ich komm erst kurz vor Mittag zurück.«

Die Magd war erstaunt. »Jetzt? Um diese Tageszeit wollt Ihr schon ins Städtle? Aber es dämmert doch grade erst!«

»Ich muss in die Kirche!«

»Aber die Messe fängt doch erst viel später an!«

»Das spielt keine Rolle, ich muss jetzt schon los!« Sie lief bereits in Richtung Leiter, die zur Schlafkammer hinaufführte.

»Ich geh mich jetzt umziehen. Such mir bitte solang die schönste Kerze, die du finden kannst. Die will ich mitnehmen!«

»Eine Kerze, aber wozu denn das? Wollt Ihr sie für den Herrn anzünden? Ist was mit ihm geschehen?«

Da ermahnte Käthe sie mit erhobenem Zeigefinger, nicht so neugierig zu sein. Sie wollte ihrer Magd nichts von ihrem nächtlichen Besucher erzählen, denn die hätte sie ganz bestimmt für verrückt gehalten! Vielleicht war er ja doch nur ein Traumgespinst ihres erschöpften Geistes, aber sicher war sie sich dessen nicht. Daher wollte sie ihr Versprechen lieber einhalten. So erfüllte sie ihre aufgetragene Pflicht gewissenhaft. Es war ihr gleichgültig, ob sie die anderen für närrisch hielten, weil sie am blutjungen Sonntagmorgen, viele Stunden vor Beginn der Heiligen Messe, eiligen Schrittes den Kirchberg zur St. Marienkirche hinaufstieg. Niemand würde erfahren, für wen sie diese Kerze entzündete. Das würde für immer ihr Geheimnis bleiben.

Wirtshaus am Halberg zu Siegelsberg

am Mittag des Sonntags Rogate, 21. Mai Anno Domini 1525

Später öffnete sie das Wirtshaus, wie immer zur Mittagszeit. Wie jeden Tag füllte sich die Gaststube auch heute wieder schnell mit zechenden Bauern. Fast hatte es den Anschein, als sei das nächtliche Spukbild nur Käthes überanstrengtem Geist entsprungen. Wahrscheinlich hatte ihr ihre Phantasie einen Streich gespielt. Bei der vielen Arbeit hatte sie keine Zeit, sich weitere Gedanken darüber zu machen. Der Auftrag war gewissenhaft von ihr ausgeführt worden. Wenn sie sich das alles tatsächlich eingebildet haben sollte, dann war nur die teure Kerze als Verlust zu beklagen. Das konnte sie verschmerzen.

Zur größten Stoßzeit riss plötzlich ein zerlumpter, über und über mit Straßenstaub bedeckter Bauer die Tür auf. Völlig außer Atem stürzte er in den Schankraum. Gierig schnappte er sich den erstbesten Weinkrug, den er finden konnte und schüttete das rote Nass in sich hinein. Die Besitzer des Kruges protestierten lautstark und versuchten ihm den Krug abzunehmen, aber er leerte ihn ungerührt bis zur Neige, ehe er ihn absetzte.

»Willst du eins aufs Maul? Du bist ja völlig verrückt! Der Krug geht aber auf deine Rechnung, damit das mal gleich klar ist!«

Der Bauer erwiderte nichts auf den Wutausbruch, sondern schnappte sich einen Stuhl, um darauf zu klettern, damit ihn alles sehen und hören konnten. Als er sich der Aufmerksamkeit aller Anwesenden, der propenvollen Gaststube, sicher war, begann er mit kräftiger Stimme zu sprechen:

»Hört mal alle her! Ich hab wichtige Neuigkeiten für euch! Gestern Abend haben sie den Jäcklein Rohrbach und den Melchior Nonnenmacher in Neckargartach hingerichtet!«

Katharina versagten die Beine. Sie musste sich am Tresen festhalten, um nicht zu stürzen. Im Raum herrschte entsetztes Schweigen. Man hätte eine Nadel fallen hören können.

»Stellt euch nur mal vor. Der Truchsess und sein Helfer, dieser Graf Fürstenberg, haben die beiden in Ketten an einen Apfelbaum schmieden lassen, der grade anfangen wollt zu blühen. Die Ketten waren zwei Meter lang und nicht zu schwer, damit sie beim Laufen nicht allzu sehr hinderten. Dann haben Knechte Holzkloben, trockene Äste und Reisig rangeschleppt. Die beiden Grafen und ein paar Hauptleute haben ihnen sogar dabei geholfen. Das haben sie dann alles im Umkreis um den Baumstamm herum so aufgeschichtet, dass zwischendurch noch kleine Flecken frei blieben, auf die man einen Fuß setzen konnte. Danach haben sie das ganze Heer in reichlichem Abstand einen Kreis um den Apfelbaum herum bilden lassen, damit jeder auch gut sehen konnte. Dann haben sie die Feuer für unsere Helden von Weinsberg entfacht. Sie fraßen sich durch das Reisig zu den trockenen Ästen durch, bis zu den Kloben. Immer höher und höher stiegen die Flammen.«

Die Hände zum Himmel erhebend unterstrich er seine Erzählung. Die Zuhörer befiel unterdessen ein unbeschreibliches Grauen, als sie sich vorstellten, wie qualvoll die beiden Männer zu Tode gekommen waren. Doch der Erzähler war noch nicht fertig mit seiner Schilderung von der Rache der beiden Grafen an den Mördern des Grafen von Helfenstein.

»Rohrbach und Nonnenmacher flohen vor dem Feuer an ihren Ketten um den Baum herum, zuerst langsam, dann mit großen Schritten. Zum Schluss hüpften sie auf der verzweifelten Suche nach einem kleinen Platz für ihre Füße, auf dem es noch nicht brannte. Aber da fiel dann doch sofort wieder brennendes Holz herunter. Sie schrieen und rannten immer schneller und sprangen immer höher!«

Die Stimme des Erzählers wurde schriller, als er das Martyrium in allen grausigen Einzelheiten beschrieb. Noch nie hatten ihm so viele Leute so gespannt zugehört. Diesen Augenblick wollte er genießen. Wahrscheinlich würde ihm so etwas nie wieder passieren.

»Schließlich brachen sie brüllend vor Schmerzen in den Flammen zusammen. Kurz darauf rafften sie sich noch einmal auf und blieben dann endlich stumm in der Glut liegen.«

Vom Entsetzen überwältigt, hielt sich Katharina die Hand vor den Mund. Ihr Magen krampfte sich schmerzhaft zusammen.

»Ja, und dieser grässliche Todestanz der beiden wurde auch noch von Trommeln und Pfeifenschall begleitet. Kinder, die auf den Achseln der Kriegsknechte saßen, sahen zu, und die Edlen sind auch drum herum gestanden, bis ihr letzter Ton verseufzte. Bis die beiden bis zur Unkenntlichkeit entstellt zusammensanken. Die Ritter haben gezecht und gefeiert, während sie unsere Helden langsam gebraten haben.«

Der Bauer verstummte. Erstaunt blickten die Zuhörer Katharina nach, die zur Tür hinausstürzte, um sich hintern Haus zu übergeben.

Stall des Wirtshauses am Halberg zu Siegelsberg

Montag, 22. Mai Anno Domini 1525

Katharina hatte kurzentschlossen heute Morgen bis auf weiteres den Vorspann- und Gasthausbetrieb für beendet erklärt. Die gestrige Hiobsbotschaft hatte ihr endgültig den Rest gegeben. So konnte es einfach nicht mehr weitergehen! Ihre Kraft war am Ende.

Als ob dieser schreckliche Krieg nicht schon genug Sorgen mit sich brachte, hatten zu allem Elend diese verdammten Haller Söldner letzte Woche Oberrot überfallen und den Einwohnern alles genommen, was sie tragen konnten. Das, was sie nicht wollten, hatten sie kurz und klein geschlagen. *Vater wird schön toben, wenn er zurückkommt. Aber er und seine Leute sind ja selbst schuld an diesem ganzen Elend! Hätten sie bloß nicht diesen Haller Spitzel, der ihre Truppenbewegungen beobachten wollte, vom Pferd geholt!*, dachte Katharina. Die Bauern brachten den Schwerbewaffneten zu Fall. Sein Pferd stellten sie in einem Oberroter Stall unter, während der Reiter unter dem hämischen Gelächter der Bauern zu Fuß den Rückweg nach Hall antreten musste. Natürlich fühlte der sich dadurch in seiner Ehre gekränkt, außerdem wollte er sein Pferd zurückhaben, aber war das denn wirklich ein Grund dafür, gleich ein ganzes Dorf zu ruinieren? Sie hatten Oberrot eine Horde gewalttätiger, geldgieriger Haller Bürger und Söldner auf den Hals geschickt, die nicht nur das Pferd zurückholten, sondern sich auch sonst noch reichlich bedienten! Was sie ihrer Mutter bei diesem Überfall angetan hatten, wusste sie nicht. Darüber schwieg sich diese beharrlich aus. Das Gasthaus ihres Vaters war jedenfalls dabei restlos geplündert und zerstört worden. Wie sollte es denn nun weitergehen?

Katharinas Gesinde war auf ihr Geheiß heute Morgen zur Unterstützung ihrer Mutter nach Oberrot aufgebrochen, die sie um Hilfe beim Aufräumen und Reparieren gebeten hatte. Sie selbst aber musste hier bleiben. Ihre Mutter hatte ausdrücklich darauf bestanden, sie solle zuhause noch dem Rechten sehen und sich nicht auch noch mit ihren Sorgen belasten.

Außerdem musste ja jemand den Hof betreuen. Das Vieh konnte sie auch alleine versorgen. Vielleicht fand sie nun endlich einmal die Gelegenheit, sich auszuruhen, um neue Kraft zu schöpfen, die sie sicherlich schon sehr bald dringend brauchen würde.

Die Eier im Hühnerstall waren eingesammelt, die gemolkenen Kühe vom Hirten auf die frühlingsgrüne Wiese abgeholt worden. Der Pferdestall war ausgemistet und mit frischem, duftendem Stroh eingestreut. Die Haflingerstute Luise genoss es sichtlich, heute einmal mit dem Wallach Karl zusammen im Stall bleiben zu dürfen. So bald würden sie keinen Karren oder Wagen mehr den steilen Hang hinaufschinden müssen. Karl, der bereits gestriegelt war, verspeiste genüsslich seine morgendliche Heuration. Hingebungsvoll striegelte Katharina Luise, während sie ihr leise ihre Probleme anvertraute.

Sie war fast fertig mit der Arbeit, als plötzlich die Stalltür hinter ihr ins Schloss fiel. Mit einem leisen Aufschrei fuhr Käthe herum. Auch die beiden Pferde blickten überrascht in Richtung Stalltür. Sie war so vertieft in das Gespräch mit dem Pferd, dass sie niemanden bemerkte. Aber als sie im Halbdunkel des Stalles den Mann in der schwarzen Kutte erkannte, blieb ihr für den Bruchteil einer Sekunde das Herz stehen.

Das Blut schoss ihr heiß ins Gesicht. *Er ist wieder da!*

Sie ließ die Striegelbürste fallen und eilte ihm entgegen. Luise schnaubte unwillig. Sie wusste genau, dass sie noch nicht fertig war, und machte so ihrem Ärger über die abgebrochene, erbauliche Fellpflege Luft. Doch dann begann auch sie das Heu zu fressen, das schon für sie bereit lag.

»Bei allen Heiligen, Johannes! Ihr seid wieder zurück! Dem Herrn sei gedankt!«

Nur mühsam konnte sie das Verlangen unterdrücken, sich in seine Arme zu werfen, oder wenigstens seine Hände in die ihren zu nehmen.

Gott hatte ihn wohlbehalten zu ihr zurückgeschickt! Was für ein glücklicher Tag war das! Freudestrahlend blieb sie in gebührendem Abstand vor ihm stehen, auch wenn es sie unsagbare Mühe kostete.

Johannes musste nach dem beschwerlichen Weg erst einmal wieder zu Atem kommen. Die Schweißperlen auf seiner Stirn ließen sie erahnen, dass er sich für den steilen Anstieg nicht die nötige Zeit genommen hatte. Aber da war noch etwas anderes, das nichts mit der körperlichen Erschöpfung zu tun hatte. Sie konnte einen unsäglichen Schmerz in seinen Augen sehen. Stumpf und gerötet lagen sie tief in den Höhlen, unter denen schwarze Ringe durchwachte Nächte bezeichneten. Wo war das fröhliche, lebendige Strahlen geblieben, dass sie an seinen Augen so liebte? Katharina erschrak, denn sie spürte plötzlich ganz deutlich, dass seine Seele viel mehr litt als sein Körper.

Jäcklein hatte also tatsächlich recht! Auch ihn hatte der Aufstand verändert! Was war nur geschehen?

»Möchtet Ihr etwas trinken? Wasser oder einen Becher Wein vielleicht?«

»Nein, danke, es geht schon wieder.«

»Sagt mir bitte, seit wann seid Ihr wieder in Murrhardt?«

»Seit gestern. Ich konnte nicht früher zu Euch kommen. Wir mussten zuerst einmal nachsehen, was dieser Bauernhaufen in unserem Gotteshaus während unserer Abwesenheit angerichtet hat. Ich sage Euch, es ist verheerend! All unsere Vorräte sind geplündert, und die Bibliothek – oh Herr im Himmel, was haben sie nur mit meinen Büchern getan?«, schrie er. Die Pferde begannen unruhig zu werden. Diese ungewohnte Gesellschaft gefiel ihnen gar nicht, und auch sie spürten, dass hier etwas nicht stimmte.

»Johannes, bitte«, flüsterte sie, geängstigt von seiner Unbeherrschtheit.

»Ihr macht mir noch die Pferde scheu! Was ist denn mit Euren Büchern geschehen?«

Am ganzen Körper zitternd, warf er sich vor ihr auf die Knie, vergrub sein Gesicht in beiden Händen und begann, hemmungslos zu weinen.

Ein Mann, der weinte! So etwas hatte sie noch nie gesehen. Bis zu diesem Moment wusste sie nicht einmal, dass Männer zu so etwas überhaupt fähig waren.

»Oh, Katharina, es – es ist so schrecklich!«, brachte er nur mühsam unter Tränen hervor.

Zur Salzsäule erstarrt, stand Katharina vor diesem schluchzenden Häufchen Elend, das wie ein streunender Hund vor ihr im frischen Stroh kauerte. Langsam kniete auch sie sich zu ihm herab. Während sie noch mit sich haderte, ob sie ihre Abmachung brechen und ihm beschwichtigend die Hand auf die Schulter legen sollte, hob er plötzlich den Kopf und blickte sie an. *Er sieht genauso tieftraurig wie Rohrbach aus*, dachte sie entsetzt.

»Sie haben alles zerstört, *alles*!« In seiner grenzenlosen Verzweiflung schloss er sie plötzlich in seine Arme. Er drückte sie so fest an sich, dass ihr die Luft wegblieb. Ihr wurde schwarz vor Augen. *Was für ein Moment zu sterben! In seinen Armen ersticken! Welcher Tod könnte süßer sein?*

Da begann Johannes wieder wie ein kleines Kind an ihrer Schulter zu schluchzen. Katharina streichelte ihm zaghaft über seinen geschorenen Kopf, um ihn zu trösten. Was auch immer geschehen war – es hatte ihn in ihre Arme gebracht! Fast war sie versucht, der heiligen Jungfrau dafür zu danken, doch dann ließ sie von ihren selbstsüchtigen Gedanken ab. Johannes litt wie ein waidwundes Tier, während sie sich freute, seine Nähe zu spüren.

Von ihren Gefühlen überwältigt, ließ sie ihn an ihrer Schulter weinen. Sie spürte seine Tränen auf ihrer Haut. Mit einem Mal kehrte Ruhe in ihr aufgewühltes Herz ein. Die Melodie des Liedchens vom gestrigen Morgen kam ihr wieder in den Sinn, das in ihrem Kopf aufgetaucht war, als Rohrbach im Nebel verschwand:

Ach, wenn ich endlich bei ihm bin,
dann ist der Frühling da.
Er geht mir nicht mehr aus dem Sinn,
ich wär' ihm gern so nah.

Komm, halt mich fest, Geliebter du,
ich will dich bei mir spür'n,
dann schließ ich meine Augen zu,
und lass mein Herz mich führ'n.

Ein Stimmengewirr all derer, die ihr Ratschläge erteilt hatten, entstand in ihrem Kopf. *Vielleicht ist diese Liebe ja gar keine Sünde, sondern ein Geschenk Gottes! Lass dein schlechtes Gewissen beiseite und lebe einfach diese Liebe! Lebe deine Passion! Lebe dein Ich! Sei einfach ganz du selbst! Dazu gehört nur etwas Mut! Fülle dein Leben mit dir aus. Folge dem Ruf deines Herzens, dann wird dich Gott dahin führen, wohin er dich haben will. Wenn der Moment kommt, wird Gott dir ein Zeichen geben, und du wirst es verstehen! Ich brauche mich nur dafür zu öffnen, und schon tue ich das Richtige. Ich folge meinem Herzen und alles wird gut. Alles wird gut!*

Unbewusst streichelte sie Johannes immer weiter über den Kopf, um ihn zu trösten, wie sie es bei ihrem Lenchen immer getan hatte, wenn es weinte. Immer wieder flüsterte sie: »Alles wird gut.«

Hat Gott mich deshalb zu ihm geführt, damit ich ihm in dieser schweren Zeit beistehen kann? War alles Bisherige nur eine Vorbereitung auf den heutigen Tag? Wir sind ganz allein! Ist das ein Zeichen? Herr, hilf mir, ich weiß nicht, was ich jetzt tun soll. Was ist richtig, was falsch?

Irgendwann versiegten seine Tränen. Trotzdem hielt er sie immer noch fest umklammert, als müsse er ertrinken, wenn er den rettenden Baumstamm losließ. Insgeheim versuchte sie diesen Augenblick für immer festzuhalten, damit er sie bis ans Ende ihrer Tage begleitete. Nach einem Moment, von dem niemand zu sagen wusste, wie lange er gedauert hatte, löste er sich behutsam aus der Umarmung. Unverwandt blickten sie sich tief in die Augen. Katharina wagte kaum zu atmen. Wurde nun wirklich alles gut? Seine Augen sagten das Gegenteil. Sie musste sich zwingen, ihre eigenen Gefühle zu unterdrücken, um sich wieder seinem Kummer zuzuwenden. Er war verzweifelt, ihm stand der Sinn nicht nach Liebe. In ihm brodelte eine andere Leidenschaft, die sein Herz verhärtet hatte. Was, um alles in der Welt, hatte ihn nur so verändert? Dieser Überfall auf das Kloster? Du meine Güte! Wie kam er nur darauf, *alles* sei zerstört worden? Es war doch in aller Munde, dass sich die Verwüstungen im Kloster Murrhardt in Grenzen hielten. Selbst viele Bürger der Stadt hatten ihren Unmut darüber kundgetan, die Bauern seien viel zu milde mit dem Kloster umgegangen. Ein paar zerbrochene Fensterscheiben, die sicherlich nicht unersetzlich waren. Die Plünderung der Wein- und Lebensmittelvorräte, was doch ihr gutes Recht war, weil sie sich ja nur das zurückgeholt hatten, was ihnen eigentlich sowieso gehörte. Die Zerstörung der Grund- und Steuerbücher. So schlimm war das doch nun wirklich nicht! Und schon gar kein Grund für einen Mann wie Johannes, derart den Kopf zu verlieren. Materielle Dinge waren ihm doch noch nie wichtig gewesen. Wozu dann diese Aufregung?

Unwillkürlich erschauderte sie bei der Vorstellung, was durch die Hand ihres Mannes geschehen wäre, hätte man ihn nicht daran gehindert. Man erzählte sich nicht nur vom Bottwarer Bürger Hans Cremer und seiner Gesandtschaft, sondern auch vom Feldhauptmann Pfennigmüller, der das Kloster noch einmal rettete, indem er den aufgebrachten Bauern, die es später doch noch anzünden wollten, riet, es als Versorgungs- und Nachschublager für weitere Operationen bestehen zu lassen. Wenn es nach ihrem Mann und ihrem Vater gegangen wäre, stünde schon längst kein Stein mehr auf dem anderen, und sämtliche Mönche wären mausetot.

Nur gut, dass die beiden im Gaildorfer Haufen nur noch zwei von vielen waren und nicht mehr die Anführer. Beim Gedanken daran, was alles hätte geschehen können, stieg Panik in ihr auf. »Ich habe gehört … «, begann sie einen unsicheren Beschwichtigungsversuch, »dass Matern Feuerbacher damals eine Gesandtschaft aus Bottwar geschickt hat, welche die Plünderer zur Mäßigkeit aufgefordert hat!«

»Ja, ja!« Unwillig winkte Johannes ab. Unvermittelt sprang er mit einem Satz auf die Füße. Katharina beeilte sich, es ihm gleich zu tun. In seinen funkelnden Augen spiegelte sich heftiger Zorn wider, der schlagartig seine Verzweiflung verdrängt hatte.

»Das ist ja alles richtig, aber diese Gesandtschaft ist auch nur deshalb erschienen, weil Vater Oswald und wir dringend darum gebeten haben. Drei Tage nach der Plünderung hat sich Abt Binder in einem Brief bei Feuerbacher über den angerichteten Schaden beschwert und ihn um Hilfe gebeten. Genützt hat es zwar nichts, aber mit Feuerbacher konnte man wenigstens reden, im Gegensatz zum Rest dieses sturen Bauernpacks!«

Katharina zog hörbar die Luft ein. Dieser Stich ins Herz saß tief.

Erschrocken über seine eigenen Worte kam Johannes zur Besinnung.

»Oh, Käthe, es tut mir leid! Ich weiß nicht, was mit mir los ist! Ich wollte Eure Gefühle nicht verletzen. Euer Vater und Euer Mann waren ja auch dabei, wie man uns erzählt hat.«

Käthe versuchte krampfhaft, ihre persönlichen, grauenvollen Erinnerungen an diesen verhängnisvollen Tag zu unterdrücken. Das gehörte jetzt nicht hier her!

»Oh ja, sicher, ich weiß es wohl – sie waren auch dabei!«

Angespanntes Schweigen erfüllte den Stall. Man konnte es förmlich knistern hören. Die Pferde schnaubten unruhig.

»Verzeiht mir meine Unbeherrschtheit, aber sie haben alles zerstört, zerrissen, verbrannt, mit ihrem Kot besudelt. Es ist *alles* kaputt, Katharina, einfach alles! *Die Bibliothek!* Diese verdammten Hundesöhne haben die Bibliothek zerstört!«

Noch nie zuvor hatte sie aus seinem Mund einen Fluch gehört! Die Welt musste in der Tat kurz vor dem Untergang stehen, wenn sich der sonst so sanftmütige Johannes zu solch einer zornigen Rede hinreißen ließ!

»Die Bücher, *meine* Bücher, *unsere* Bücher. *Katharina!* Unschätzbare Werte, unermessliche Schätze. Einzigartige Exemplare der Menschheitsgeschichte. Kein Fürst dieser Welt kann sie wieder zurückholen, wäre er noch so reich. Das Wissen von Jahrhunderten, die Weisheit der Menschheit, Tatsachen, Zahlen, Namen, Angaben über alle möglichen Dinge – alles, aber auch wirklich *alles* haben sie vernichtet!«

»Die Bücher sind zerstört?« Katharinas Verwirrung wuchs. Wie konnte das sein?

»Oh, diese elenden Barbaren! Man kann nicht einmal sagen, vergib ihnen, denn sie wissen nicht, was sie tun. Denn die wussten ganz genau, was sie da taten, und sie taten es gern!«

Katharina zuckte unmerklich zusammen. Niemand von ihnen schien in diesem grauenvollen Zeiten mehr bei Sinnen zu sein. Nun hatte der Irrsinn sogar Johannes befallen. Was war nur los mit den Menschen? Sie bewegten sich im Moment also doch geradewegs auf die Apokalypse zu, so wie es die Wahrsager vorhergesagt hatten! Das Weltende stand tatsächlich kurz bevor! Dabei hatte sie so sehr gehofft, Johannes würde ihr diese Angst nehmen, doch nun hielt auch ihn der Wahnsinn dieser Zeit in seinen gierigen Klauen gefangen. Das einstige Strahlen seiner sonst so fröhlichen Augen war einem irren Glanz gewichen. Seine immer freundliche, fast singende Stimme hatte jede Melodik verloren.

»Käthe, oh Käthe, das ist mehr, als ich ertragen kann. Reißt mir das Herz aus dem Leib, damit ich diesen Schmerz nicht mehr aushalten muss!«

»Aber Johannes«, begann sie noch einmal etwas ratlos, »wie kann das denn sein? Sie haben doch nicht alles zerstören können. Ihr habt doch die wertvollsten Bücher vorher an einem geheimen Ort in Sicherheit gebracht. Ann hat es mir anvertraut.«

Gequält lacht der Mönch auf. »Der geheime Ort war das Kloster Lorch!«

Katharina schluckte trocken.

»Wie Ihr sicher wisst, hat der gemeine, helle Haufen am 3. Mai Kloster Lorch bei seinem Abzug den roten Hahn aufs Dach gesetzt. Es ist alles niedergebrannt! Obwohl es ihnen Feuerbacher in einem Brief ausdrücklich verboten hatte.« Mit einem Mal wurde ihr alles klar.

»Also sind tatsächlich *alle* Bücher zerstört?«

»Zerstört oder geraubt. Oh, Käthe, hätten sie doch lieber mein Leben genommen, als diesen unsagbaren Frevel zu begehen! Warum nur haben sie uns aus dem Turm befreit? Hätten sie mich doch verbrennen lassen, wie sie die Bücher verbrannt haben! Ich bin ein Sünder. Nur deshalb konnte das geschehen! Gott straft mich für meinen Ungehorsam.«

Katharina war ungehalten. »Ach, das ist doch lächerlich!«

Natürlich wusste sie, wie viel Johannes seine Bücher bedeuteten. Aber was waren schon ein paar zerstörte Bücher gegen diesen Wahnsinn, der immer mehr Menschen das Letzte, was sie besaßen, und häufig auch noch ihr Leben kostete? Wüsste sie dies alles nicht, wäre ihr Mitleid für Johannes größer, aber so? Handelte er nicht genauso selbstsüchtig wie all die anderen auch? Weshalb waren ihm auf einmal Dinge wichtiger als sein Leben? Sie musste es herausfinden.

»Aber Ihr lebt, und alle Eure Mitbrüder sind ebenfalls unversehrt. Das ist doch das Wichtigste!«

»Wichtig, wichtig!«, knurrte er so wütend, dass sie eine Gänsehaut bekam. Eine Zornesader schwoll an seinem Hals an, wie sie es bisher nur bei ihrem Vater gesehen hatte. Bei diesem Anblick wurde ihr angst und bange. Nun hatte sie ihn also auch befallen: Die Wut im Bauch!

Das darf doch nicht wahr sein! Das kann ich nicht akzeptieren, nicht auch noch er, alle anderen, nur nicht er!

»Wie konnte Gott nur diesen unglaublichen Frevel zulassen? Warum nur hat der Herr uns verlassen?«

Da packte Käthe den Mönch an den Schultern. Kräftig schüttelte sie ihn durch, damit er endlich wieder zur Besinnung kam.

»Johannes! Johannes, kommt zu Euch! Ihr versündigt Euch an Eurem Herrgott!«, schrie sie ihn verzweifelt an.

»Herrgott!«, spuckte er verächtlich aus. »Gibt es wirklich einen barmherzigen Herrgott, der so etwas zulässt? Mord, grausame Verstümmelungen, schreckliche Zerstörung, Brand, Raub und unzählige unsagbare andere Dinge mehr! Was soll das mit einem Gott der Liebe zu tun haben?« Mit erhobenen Armen, den Kopf in den Nacken geworfen, schrie er seine abgrundtiefe

Verzweiflung an die Stalldecke. »Wo warst du, großer Gott, als wir dich so dringend gebraucht hätten?«

»Johannes, die Pferde!« Endlich drang ihre Stimme in sein Bewusstsein. Er blickte sie an, als wundere er sich, wo sie plötzlich herkam. Dann schaute er zu den Pferden, die nervös mit den Ohren wackelten.

Katharina versuchte immer noch, ihn zu beschwichtigen. Wie selbstverständlich sprach sie ihn dabei zum ersten Mal mit dem Namen seiner Kindheit an.

»Hans, bitte hört mich an! Gott hat Euch gerettet. Er hat Eure Heimstatt und Euer Leben geschont. Kommt wieder zu Euch! Ich bitte Euch, Ihr macht mir Angst!«

»Angst?« Mit verwirrtem Blick starrte er sie an. »*Ich* mache Euch Angst? Aber warum denn? *Ihr* habt mir doch immer zu verstehen gegeben, das Gott sicher nicht alles gut heißt, was wir tun, aber eben manchmal anscheinend doch nichts dagegen unternimmt!«

»Johannes, das ist das Geschwätz eines dummen Bauernweibes, das nichts von solchen Dingen versteht! Aber Ihr wisst es besser, Ihr seid ein Mann Gottes!«

Verächtlich schnaubte er durch die Nase. »Ein Mann Gottes. Einen schönen Mann hat sich Gott da ausgesucht! Ich bin ein Sünder. Ich bin ein Versager! Ich bin zornig und schwach!«

»Ihr seid stärker als Ihr denkt!« Entschieden schleuderte sie ihm diese Erkenntnis mitten ins Gesicht

»Jetzt reißt Euch gefälligst zusammen. Das ist ja nicht zu ertragen, wie Ihr Euch aufführt!« Ihre harten Worte schienen ihn tatsächlich wieder zur Besinnung zu bringen. Um ihn endlich vom Thema abzulenken, fragte sie sachlich:

»Aber sagt, warum seid Ihr ausgerechnet gestern zurückgekehrt? Gibt's was Neues, von dem ich noch nichts weiß?«

»Georg Truchsess von Waldburg hat dem Kloster und der Stadt gestern einen Schutzbrief ausgestellt. Murrhardt hat sich ihm ergeben.«

»Murrhardt macht Geschäfte mit dem *Truchsess*?!«

Schrill entfuhr ihr der Name des Mannes, den sie mittlerweile für den Leibhaftigen selbst hielt. Wieder wackelten die Pferde mit den Ohren. Nun flammte in *ihr* Panik auf. Sofort stieg das Bild der beiden lebendig Gerösteten unter dem Apfelbaum in ihr auf. Schon begann sich ihr Magen deswegen wieder zu melden. Aus ihrem Gesicht war sämtliche Farbe gewichen. Leichenblass schrie sie ihn wie verrückt an:

»Der Truchsess wird alle töten, die er findet! Er ist ein Schlächter. Er hat Tausende auf dem Gewissen! Habt ihr in Eurem Exil erfahren, was er mit den Aufständischen in Böblingen gemacht hat?« Die Pferde scharrten nervös mit den Hufen. Die schrille Stimme ihrer Herrin und die Angst, die darin mitschwang, ließ sie immer unruhiger werden. Johannes trat zu den beiden Tieren, um ihnen beschwichtigend über den Hals zu streicheln. Sofort beruhigten sie sich etwas. Nun war es an ihm, ihre Wahnvorstellung nicht zu begreifen. Was war denn auf einmal in sie gefahren? Ihre Augen flatterten hektisch hin und her, als erwarte sie, der gefürchtete Anführer des Schwäbischen Bundes könnte plötzlich hier hereinkommen, um sie zu töten.

»Der Truchsess und seine Truppen haben die Aufständischen besiegt.«

Sie schnaubte verächtlich. Besiegt! War das wirklich alles, was ihm zu diesem schaurigen Gemetzel einfiel?

»Wisst Ihr auch, dass er nach der Schlacht seine Männer mit den Spießen losgeschickt hat, um zu überprüfen, wer sich nur tot stellt, um demjenigen dann den Rest zu geben? Sagt, wisst Ihr das?!« Ihre Stimme klang jetzt selbst in ihren eigenen Ohren schrill.

»Und dass er den Jäcklein Rohrbach und den Pfeifer Nonnenmacher bei lebendigem Leibe langsam geröstet hat wie einen Schweinsbraten? Nur dass man mit den Tieren gnädiger umgeht, weil man die vorher tötet?« Betroffen sah er zu Boden.

»Und wisst Ihr auch, was die Bundler derweil gemacht haben?« Langsam schüttelte er den Kopf.

»Sie haben beim Zusehen gesoffen, gefressen, gegrölt und gefeiert! Los, sagt mir, habt Ihr das gewusst?«, schrie sie ihn an.

»Nein, man sagte uns nur, sie seien gefangengesetzt und der gerechten Strafe für ihrer Taten zugeführt worden.« Johannes war leichenblass geworden. Er hörte auf, die Pferde zu streicheln, was diese sehr bedauerten. Langsam trat er wieder auf sie zu. Sie tippte ihm hart mit dem Finger auf die Brust.

»Ich frage Euch: Ist dieser Truchsess nun ein Mensch oder ein Teufel, wenn er so etwas tut, und wie sieht's mit den anderen aus? Niemand hatte nur einen Funken Mitleid mit den Fliehenden oder denen, die sich ergeben wollten, niemand. Wenn der Schwäbische Bund tötet, dann ist es rechtens. Wenn es der Bundschuh tut, dann ist es ein Verbrechen! Wo bleibt da die Vernunft? Wo die Gerechtigkeit? Johannes, das ist die Hölle auf Erden! Wo soll das noch alles hinführen? Die Gewaltwelle schaukelt sich immer weiter nach oben und erfasst sogar schon uns beide!«

»Uns beide?«

»Uns beide, jawohl. Hört uns doch an. Wir haben sie nun endgültig alle: Die Wut im Bauch! Der Weltuntergang rückt immer näher, und wir sind mitten drin!«

»Katharina, jetzt macht *Ihr mir* Angst!«

»Ich Euch? Wir müssen der Tatsache wohl langsam nüchtern ins Auge sehen – bald ist es vorbei mit unserem Kampf für die Freiheit! Selbst Luther stellt sich nun mit seiner Schrift ›Wider die räuberischen und mörderischen Rotten der Bauern‹ gegen den Aufstand. Wir haben alles falsch gemacht. Nun müssen wir die Folgen ertragen! Ach, was soll's! Luther hat sich zwar gegen uns gewandt, dennoch gibt er *seinen* Kampf gegen die Kirche nicht auf. So bleibt mir wenigstens der eine Trost: Wenn die Welt wider Erwarten nicht bald untergeht, dann wird es zumindest Eure Kirche tun. So geht's nämlich nicht weiter. Auch ihr heiligen Männer tragt Schuld an all dem Übel, das nun über uns hereinbricht. Davon lass ich mich nicht abbringen! Nicht einmal von Euch«

Johannes bekreuzigte sich hastig.

»Ja, ja, bekreuzigt Euch nur, es wird Euch nichts nützen. Euch nicht und auch nicht Eurer Kirche. Ihr könnt es nicht mehr aufhalten! Die Reformation der Kirche hat bereits begonnen!« Katharina war in ihrer Wut nicht mehr aufzuhalten. Das musste nun endlich mal gesagt werden, sonst erstickte sie noch daran.

Johannes indes war geknickt. »Ihr habt wahrscheinlich recht. Aber was wird das für uns bedeuten?«

»Für mich sicher mehr Freiheit! Für Euch? Nun, ich weiß es nicht. Vielleicht das Ende Eures lächerlichen Zölibats.«

Johannes war über ihre Offenheit zutiefst schockiert. »*Katharina!*«

Ungeduldig winkte sie ab. »Nennt mich nicht in diesem Ton *Katharina*! Hört mir lieber zu, was ich Euch zu sagen habe: Luther will erreichen, dass auch Priester heiraten dürfen. Er behauptet, Gott will, dass sich Mann und Frau in der Ehe miteinander vereinen. Er ist wirklich ein mutiger Mann, dieser Martin Luther. Da sind andere schon für viel weniger auf dem Scheiterhaufen gelandet. Hoffentlich hält er durch, damit die Kirche endlich mal so richtig von innen heraus abgestaubt wird! Er selbst steckt mitten in seinen eigenen Hochzeitsvorbereitungen mit dieser entflohenen Nonne Katharina von Bora. Ist es nicht eine lustige Posse des Schicksals, dass sie ausgerechnet so heißt wie ich? Diese Nonne, die es im Kloster nicht mehr ausgehalten hat und nun einen Aufrührer ehelichen wird? Was Margaretha wohl dazu gesagt hätte?«

Doch nun schlug ihre Stimmung von einem Augenblick zum anderen um. »Ach, Margaretha … «, seufzte sie. Ihre Wut fiel plötzlich wie ein Kartenhaus zusammen, als sie vom Gedanken an ihre Freundin überwältigt wurde.

Meine liebe Margaretha, was würdest du dazu sagen, wenn du mich so gotteslästerlich reden hörtest? Du warst doch so vernarrt in die Jungfrau und deine geliebten Heiligen. Martin Luther mochtest du von Anfang an nicht.

Meine liebe Marga, sei froh, dass du das hier alles nicht mehr erleben musst. Endlich weiß ich, warum du so früh gehen musstest. Du hättest es nicht ertragen können, deine geliebte Kirche so am Boden und dein Heimatland so in Aufruhr zu erleben! Was wäre dann bloß aus unserer Freundschaft geworden?

Leise begann sie zu weinen. Johannes spürte, was in ihr vorging.

»Ihr habt recht. Es ist schrecklich, was dieser Aufstand aus uns allen gemacht hat. Wo ist nur die Katharina geblieben, die ich so sehr liebe?«

Als sie diese Worte hörte, versiegten sofort ihre Tränen. Ihre Augen wurden zu kleinen Schlitzen. Beißender Spott war der Schutzmantel, den sie sich jetzt umlegen musste, um das ertragen zu können.

»Ja, richtig, Ihr liebt mich wie eine Schwester«, presste sie zwischen den Zähnen hervor. »Stimmt, da war doch was vor langer Zeit! Ich erinnere mich dunkel. Wie lang ist das jetzt her?«

»Fast auf den Tag genau ein Jahr«, flüsterte er.

»Erst ein Jahr! Ist es wirklich noch nicht länger? Es kommt mir vor, als läge ein halbes Leben dazwischen. Wie unschuldig die Welt und wir damals noch waren!«

»Unschuldig wie Kinder, ja.«

Gedankenversunken versuchte sie die Zeit zurückzudrehen, als sie im warmen Frühlingswald unter der Linde saßen, wo ihr Johannes Walther von der Vogelweide vorlas. Wie glücklich diese vergangenen Zeiten doch waren! Doch nun waren sie für immer vorüber. Nichts würde jemals wieder so sein, wie es einmal war. Gar nichts!

Für einen kurzen Moment versank sie im Fluss der Erinnerungen, ehe Johannes sie unvermittelt wieder in das Hier und Jetzt zurückholte.

»Sagt, wo ist eigentlich Euer Gesinde?«

»Ich hab es zu meiner Mutter nach Oberrot geschickt. Sie braucht jetzt jede Unterstützung, die sie kriegen kann.«

»Warum?«

»Ach, davon habt ihr in Eurem Exil wohl auch nichts erfahren.« Sie berichtete ihm ausführlich vom Überfall der Haller auf Oberrot.

»Großer Gott, das haben sie getan? Nur wegen eines gestohlenen Pferdes und der verletzten Ehre eines Söldners?«

»Ja, das haben sie! Sie haben rücksichtslos das ganze Dorf ausgeplündert, alles verwüstet und was weiß ich noch alles angestellt. Alle schweigen sich darüber aus. Niemand will mir die ganze Wahrheit sagen, und ich bin mir nicht sicher, ob ich sie überhaupt hören will. Ich muss hier bleiben, um weiterhin das Vieh zu versorgen und aufzupassen, dass niemand die Weinfässer aus dem Keller klaut. Die Wirtschaft bleibt aber bis auf Weiteres geschlossen. Entweder bis zum Ende des Aufstands oder bis zum Weltuntergang. Wer weiß das schon?«

»Ach, Katharina, es tut mir ja so leid! Das habe ich alles nicht gewusst! Ist Eurer Mutter etwas zugestoßen?«

»Sie schweigt sich beharrlich darüber aus«, antwortete Käthe achselzuckend. »Ich weiß es genauso wenig, wie ich nicht weiß, wo sich Claus und mein Vater noch herumtreiben. Wir könnten sie wirklich wieder ganz dringend zu Hause brauchen, aber die Herren spielen immer noch die Helden und glauben trotz Böblingen noch an den Sieg. Vielleicht sind sie weiter nach Öhringen oder sonst wo hin. Auf jeden Fall waren sie nicht da, als ihr Dorf überfallen wurde. Kein einziger waffenfähiger

Mann konnte Oberrot verteidigen, als das Überfallkommando anrückte. Das wussten diese Haller Hunde ganz genau! Wir können nur von Glück sagen, dass kein Einwohner zu Tode gekommen ist. Das grenzt schon fast an ein Wunder!« Sie seufzte tief. »Ich habe kein gutes Gefühl bei der Sache. Ich bin mir sicher, dass Oberrot und Böblingen erst der Anfang waren. Da kommt noch Schlimmeres auf uns zu!«

»Noch Schlimmeres? Wie kann das sein?«

»Es kann immer noch schlimmer kommen! Wir werden sehen … « Ihr fast gleichgültig gewordener Tonfall erschreckte ihn.

»Woher wisst Ihr das?«

»Nun, nennt es eine Vorahnung, zu der nur Frauen fähig sind, die ihr als Hexen verbrennt!«

»Was sagt Ihr da?!« Johannes' Entsetzen stand ihm ins Gesicht geschrieben. Er trat einen Schritt von ihr weg. Noch einmal bekreuzigte er sich, ehe er vorsichtig fragte:

»Seid Ihr – eine *Hexe*?!«

»Nennt es, wie Ihr wollt. Ich bin eine Frau, die erst vor kurzem gelernt hat, ihre Gefühle zuzulassen und auf ihre Eingebung zu vertrauen. Von nun an werde ich mein Ich leben und meinen Weg gehen, ob es den anderen nun passt oder nicht. Wenn Ihr Euch so eine Hexe vorstellt, dann bin ich eben eine!«

Aufsteigende Panik ließ seine Stimme zittern. Die Angst vor ihr war urplötzlich der Angst um sie gewichen. Das Wechselbad der Gefühle war vollkommen.

»Sagt so was um Gottes willen nicht zu laut! Wenn das jemand hört, ist es vielleicht schon bald aus mit Euch. Mit so etwas macht man keine Scherze, hört Ihr?!«

»Schon gut! Wer braucht in diesen Zeiten schon Hexen, wenn da draußen auf beiden Seiten die Teufel los sind?«

»Ihr denkt also nicht, dass es bald vorbei ist?«

»Oh nein, so bald hört dieser Höllentanz nicht auf. Dazu

ist die Wut auf beiden Seiten zu groß! Mein Mann hat an seinem letzten Tag in Murrhardt verkündet, dass er erst dann zurückkehrt, wenn alle Geschorenen und Gespornten nach seiner Pfeife tanzen, wie der Graf von Helfenstein zur Musik vom Pfeifer Nonnenmacher.«

»Aber Nonnenmacher ist inzwischen tot!«

Sie schauderte, wie gelassen er so etwas aussprechen konnte. »Sicher, doch Claus ist noch am Leben!«

»Woher wisst Ihr das?«

»Ich weiß es eben! Aber ich weiß auch, dass er und mein Vater noch immer nicht genug haben vom Plündern und Morden!«

Johannes starrt sie entsetzt an.

»Ja, mein lieber Johannes, und da sprecht *Ihr* davon, ein Sünder zu sein! Solche Sünden, wie sie zur Zeit mein Mann, mein Vater, seine Kumpanen und die Mannen des Truchsess begehen, kennt Ihr nicht einmal aus Euren schlimmsten Albträumen, mein süßes Mönchlein. Ihr seid der lebende Beweis dafür, dass es sie tatsächlich noch gibt, die Unschuld auf Erden!«

»Ich bin schuldig geworden, denn sonst gäbe es jetzt noch die Bibliothek und die Bücher. Gott straft mich für meine Sünden!« Er wollte einfach nicht begreifen, wie lächerlich seine Selbstvorwürfe waren.

»Was denn für Sünden? Ihr seid ein Narr! Ihr verrennt Euch da in etwas, das nicht wahr ist. Gott liebt und beschützt Euch. Ist Eure Rettung nicht Zeichen genug?«

»Gott zürnt meiner, weil ich schwach bin und immer schwächer werde. Er wird mich zugrunde richten.«

»Von was in aller Welt redet Ihr da?«

»Käthe!«

»Ja?«

»Ich kann nicht mehr!«

»Was könnt Ihr nicht mehr? Ich verstehe Euch nicht!«

»Ich kann es nicht länger ertragen. Es droht mich zu zerreißen!«

»Was könnt Ihr nicht mehr ertragen? Diesen Höllenwahnsinn um uns herum? Oder etwa den Gedanken an Eure Bücher? Es ist nicht zu ändern! Die Zeit wird vielleicht bringen, warum dies geschehen musste. Vielleicht werden wir es aber auch nie erfahren. Ich dachte immer, Ihr wisst, dass Ihr der wichtigste Mensch in meinem Leben seid. Und trotzdem möchtet Ihr lieber an Stelle Eurer Bücher tot sein! Ich kann Euch nicht verstehen. Das geht über meinen weiblichen Horizont hinaus! Und was ist mit mir? Denkt Ihr nicht auch ein kleines bisschen an mich dabei?«

»Ich denke unaufhörlich an dich.« Sein plötzlich zärtlicher Tonfall und das unvermittelt vertraute Du stürzten sie in tiefe Verwirrung.

»Wie meint Ihr das?«

»Es trieb mich zu dir. Selbst auf die Gefahr hin, dass dein Mann und dein Vater bereits zurückgekehrt wären. Wenn sie mich dann erschlagen hätten, wär's mir auch recht gewesen. Hauptsache, ich hätte dich vorher noch einmal gesehen!«

»Was soll das heißen?«

»Ich brauche dich!«

Sie hob skeptisch die Augenbrauen. »So?«

»Ja, ich brauche dich so sehr, dass ich mich jeden Abend vor dem Zubettgehen geißeln muss, um dich aus meinem Kopf zu prügeln! Aber aus meinem Herzen kann ich dich damit nicht vertreiben!«

»*Das* tut Ihr? Jeden Abend? Wegen *mir*?« Ihr Erstaunen war ehrlich und saß tief.

»Ja. Möchtest du einmal meinen Rücken sehen?«

Sie nickte stumm. Er drehte sich um und ließ die Kutte etwas über seine Schulter nach unten rutschen.

»Bei der heiligen Jungfrau, das sieht ja schlimm aus! Ihr braucht Spitzwegerichumschläge und Arnikatinktur und … «, rief sie entsetzt. Ihre Finger schwebten in gebührendem Abstand über den tiefroten, entzündeten Striemen, die sich quer über Schultern und Rücken zogen. Langsam schob er die Kutte wieder über seine Schulter und dreht sich zu ihr um.

»Ich brauche nichts dergleichen. Alles, was ich brauche, bist du!«

»Aber … !«

»Ich liebe dich, Käthe!« Nicht schon wieder! Sie wollte das nie wieder aus seinem Mund hören. Schnell kam sie ihm zuvor. »Ja, ja, ich weiß schon. Ihr liebt mich wie eine Schwester!«

»Nein, es ist – ganz anders als du denkst.«

Ihr wurde heiß und kalt. Warum sah er sie denn auf einmal so merkwürdig an? Was hatte das zu bedeuten? Sie verbot sich, auch nur den kleinsten Keim einer Hoffnung in sich aufkommen zu lassen. Nur so konnte er ihr nicht mehr weh tun. Unruhe machte sich in ihr breit. Worauf nur wollte er nun wieder hinaus?

»*Wie* anders? Ich verstehe überhaupt nichts mehr!«

»Ich liebe dich, wie es einem frommen Mönch nicht zusteht. Erst recht nicht, wenn es sich um eine verheiratete Frau handelt. Ich bin ein schrecklicher Sünder!«

Käthe glaubte, ihren Ohren nicht zu trauen.

»Ich liebe dich über alles, Käthe! Ich verzehre mich bei Tag und Nacht vor Sehnsucht nach dir!« *Warum nur spielt er dieses grausame Spiel mit mir?*, dachte sie verwirrt.

»Nein! Das kann nicht sein. Ihr seid Eurem Gott treu ergeben und würdet niemals etwas tun, was ihn erzürnen könnte.« Sie sprach immer schneller, um ihre wachsende Nervosität zu überspielen.

»Ihr liebt Gott, den Heiligen Benedikt und seine Regeln, Ihr liebt Euren Abt, die Heiligen, den Papst und Eure Kirche. Ihr *könnt* mich nicht lieben, Ihr seid zu fromm.«

Je mehr ihre Aufregung zunahm, desto ruhiger wurde er.

»Was denkst du, warum ich nicht wollte, dass du mich berührst?«

»Weil es Sünde ist!«, antwortete sie hastig.

»Nein! Weil es sonst sofort um mich geschehen wäre. Wenn du mich berührst, stehe ich in Flammen, wie Kloster Lorch es tat!«

»Aber du bist doch … « Ihre Fassung brach endgültig zusammen.

»Auch nur ein schwacher Mann mit Gefühlen und einem liebenden Herz, das vor Sehnsucht nach dir zerspringen möchte! Deshalb bin ich ein Sünder und wurde dafür bestraft! Käthe, ich weiß nicht, was ich tun soll! Bitte hilf mir!«

Unvermittelt schossen ihr Tränen in die Augen, die sich nicht verdrängen ließen. Was konnte *sie* denn schon tun oder sagen, um ihm zu helfen? Urplötzlich kamen ihr die Worte des Rohrbach wieder in den Sinn. Das Geschenk, das sie von ihm für ihre Fürbitte erhalten hatte! Auch wenn ihr die Tragweite der Worte noch immer nicht bewusst war, sagte sie leise, ohne weiter darüber nachzudenken:

»*Liebe ist nie ein Verbrechen,
denn wär's ein Verbrechen zu lieben,
würde doch nimmer auch Gott mit göttlicher
Liebe uns binden.*«

Tonlos murmelte er:

»*Non est crimen amor, quia, si scelus esset amare,
Nollet amore Deus etiam divina ligare.*«

Katharina war über seine Reaktion zutiefst enttäuscht. So hatte sie sich das nicht vorgestellt! »Du weißt doch ganz genau, dass ich kein Latein verstehe! Willst du mich etwa verspotten? Sag mir sofort, was das bedeutet!«

*»Liebe ist nie ein Verbrechen,
denn wär's ein Verbrechen zu lieben,
würde doch nimmer auch Gott mit göttlicher
Liebe uns binden.«*

Da fingen ihre Knie an zu zittern.
»Was sagst du da?«
»Woher hast du diese Worte? Sie stammen aus Carmina Burana. Du *kannst* sie nicht kennen, ich habe sie dir nie vorgelesen und dir auch nie davon erzählt. Also sag mir bitte, woher kennst du sie?«
Plötzlich sah sie den tieftraurigen Jäcklein Rohrbach wieder am Tisch ihres Wirtshauses sitzen, als er eigentlich schon ermordet worden war. Dass diese Worte von einem Toten, vielleicht sogar von seinem unglücklichen Geist stammten, der sie vor zwei Tagen eventuell im Traum besucht hatte und der höchstwahrscheinlich selbst nicht wusste, woher diese Weisheit stammte, konnte sie Johannes unmöglich erklären.
»Sagen wir, ein guter Freund hat sie mir geschenkt.«
Er fragte nicht weiter, da er mit sicherem Gespür wusste, sie würde ihm niemals verraten, um wen es sich bei diesem Freund handelte. Es war auch nicht wichtig.
Mit einem Mal stand er so dicht vor ihr, dass sich ihre Nasenspitzen fast berührten. Sie spürte seinen Atem in ihrem Gesicht. Sanft streichelte er ihr mit dem Handrücken über die Wange. Sie schloss verzückt die Augen. Behutsam streifte er ihr die Haube vom Kopf. Die dicken Zöpfe fielen ihr über die Schultern. Er löste die Bänder und das Geflecht, bis die Locken ihr glühendes Gesicht umrahmten. Wie oft hatte sie sich diesen Moment vorgestellt! Etwas unbeholfen strich er ihr übers Haar, nahm dabei ihren liebreizenden Anblick in sich auf. Sie wagte kaum zu atmen, aus Angst, sonst aus einem wundervollen Traum zu erwachen. Liebevoll nahm er ihren

Kopf in beide Hände und verschloss zaghaft ihren Mund mit seinen Lippen. Sie waren noch viel weicher und wärmer, als sie es sich immer vorgestellt hatte. Ein wohliger Schauer durchlief ihren Körper. Tränen des Glücks rannen Käthes Wangen hinab. Zärtlich küsste er sie ihr vom Gesicht. Die Schwäche, die sie in diesem Moment befiel, war zum ersten Mal im Leben eine, der sie sich mit Wonne hingab.

Als sie zusammen ins Stroh sanken, versank die Welt um sie herum mit ihnen.

Blindweiler zu Siegelsberg

im Sommer Anno Domini 1527

Während seine Großmutter die Eier einsammelte, scheuchte der kleine Junge begeistert die Hühner durch das Gehege. Sein vergnügtes Jauchzen hallte weithin ins Tal hinab.

»Lienhard, du kleiner Wildfang, wirst du wohl gleich die Hühner in Ruhe lassen! Sie legen doch keine Eier mehr, wenn du sie so in der Gegend herumscheuchst!«

Ihr Enkel schenkte ihr sein strahlendes Lächeln, damit sie ihm nicht mehr böse war. Er wusste schon genau, damit kam er immer durch. Liebevoll streichelte sie ihm über den Kopf. Gemeinsam verließen sie den Pferch. Seine Mutter trat auf die beiden zu. Auch sie streichelte ihm zärtlich lächelnd übers rotbraune Lockenköpfchen, bevor sie sich an ihre Mutter wandte.

»Ich muss heute unbedingt noch nach Murrhardt runter. Meinst du, du schaffst es ohne mich bis heute Nachmittag?«

»Aber sicher, mein Kind. Ich werde schon mit allem fertig werden. Claus, Jörg und Hannah sind ja schließlich auch noch da. Geh nur ins Städtle und lass dir die Zeit, die du brauchst!«

Katharina schloss ihre Mutter dankbar in die Arme. Sie war die Einzige, die sie wirklich verstand. Danach bückte sie sich zu ihrem kleinen Sohn hinab, der wie verrückt an ihren Röcken zerrte.

»Und du, mein kleiner Schatz, bist brav, während ich weg bin, damit ich beim Heimkommen keine Klagen über dich hören muss!«

»Mama, ade!«, krähte er fröhlich. Stürmisch drückte er ihr einen feuchten Kuss auf die Wange. Seine Mutter drückte ihn zum Abschied noch einmal fest an sich. Kurz darauf stieg Käthe die ausgewaschene, steile Furt hinab ins Siegelsberger Tal.

Unterwegs begegnete sie ihrem Knecht Jörg mit Luise und Karl am Zügel, die gerade einen Wagen im Schlepptau nach oben zogen. Mit einem freundlichen Gruß trat sie zur Seite, um die Vorspann passieren zu lassen, ehe sie ihren Weg talabwärts fortsetzte.

Auf den Wiesen am Waldrand begann sie einen Blumenstrauß zu pflücken. Unten am Fuß des Halberges waren Claus und ihr Vater an der Pferdekoppel damit beschäftigt, die letzten Schneeschäden des Winters zu beheben. Während Conz nur kurz von seiner Arbeit aufblickte, ging Claus auf seine Frau zu, schloss sie in die Arme und küsste sie zärtlich. Mit einem Blick auf die Blumen in ihrer Hand fragte er:

»Willst du nach Murrhardt zur Greta?«

Sie nickte stumm. Nur noch diese eine einzige Halbwahrheit, danach konnte endgültig Frieden in ihrem Herzen einziehen.

Am Gottesacker angekommen, sank sie langsam neben Margas Grab auf die Knie. Beim Gespräch mit ihrer besten Freundin kam kein Ton über ihre Lippen.

»Grüß dich Marga, mein Schätzle. Entschuldige bitte, dass ich dich so lange sträflich vernachlässigt habe, aber es ist unheimlich viel geschehen, was ich dir heute endlich mal erzählen will. Deshalb habe ich diesmal auch mehr Zeit mitgebracht als sonst.« Sie legte ihr den Strauß aufs Grab.

»Schau mal, ich hab dir was mitgebracht. Sind die nicht schön? Du hast doch Blumen so gern! Ich hoffe, sie gefallen dir.« Sorgfältig ordnete sie den Strauß auf dem Grab an, bevor sie zu berichten begann.

»Der kleine Lienhard wird seinem Vater von Tag zu Tag ähnlicher. Dem Herrn sei's gedankt, dass anscheinend alle außer mir diesbezüglich mit Blindheit geschlagen sind! Gott sei Dank hat er meine Augen! Der Claus ist ja so stolz auf seinen Stammhalter. Du solltest mal sehen, wie er dem kleinen Wicht, der grade mal anderthalb Jahre alt ist, beizubringen versucht, wie man mit einer Mistgabel umgeht. Er hat ihm sogar eine Gabel in seiner Größe gebastelt, damit er ihm bei der Arbeit helfen kann. Es sieht so drollig aus, wenn er damit rumhantiert, um es seinem Vater gleichzutun. Du hättest deine Freude an diesem Anblick! Der Vater dagegen ist immer noch bös mit mir, weil ich den Kleinen nach meinem Bruder benannt habe. Das wird er mir wohl nie verzeihen! Ist mir aber egal, denn damit hab ich ihm auch gleichzeitig den Namen seines Großvaters geben können. Wenn mein Vater das wüsste, würde er uns wahrscheinlich beide umbringen!« Gedankenverloren blickte sie in Richtung Wald hinauf. Niemals würde sie mehr zur Linde hinaufsteigen, um Johannes zu treffen. Sie wandte sich wieder ihrer Freundin zu.

»Claus ist nicht mehr derselbe, seit er aus dem Krieg zurückgekehrt ist. Ich weiß nicht genau, was ihm alles widerfahren ist, denn er schweigt sich beharrlich darüber aus, aber ich möchte ihn auch zu nichts drängen. Nachts schreit und wimmert er immer noch hin und wieder im Schlaf. Manchmal schlägt er auch um sich. Dann beruhigt er sich erst wieder, wenn ich ihn fest in die Arme nehme und an mich drücke. Dieser verdammte Krieg hat einen anderen Menschen aus ihm gemacht. Einen besseren, wie mir scheint. Er braucht mich, Marga, und der Vater braucht die Mutter, auch wenn er es nicht wahrhaben will. Seit sie ihn bei seiner Rückkehr aus Oberrot verjagt haben, weil sie ihm die Hauptschuld an dem brutalen Überfall auf das Dorf gaben, ist er noch verbitterter als zuvor. Mit dem Geld, das er durch seine Plündereien zusammengestohlen hat, kann er recht gut bei uns leben. Meine Eltern haben sich neben unserm Wirtshaus auch ein Haus gebaut. Für mich ist das sehr praktisch, weil meine Mutter mich dadurch sehr unterstützen kann. Der Vater hingegen interessiert sich nur dafür, wie er sein Geld am gewinnbringendsten anlegen kann, ohne viel dafür arbeiten zu müssen. Er hat sich mit dem Philipp Müller und dem Lienhard Sammet in Hinterbüchelberg ein Stück Land gekauft, das sie jetzt verpachten werden. Ich bin überzeugt davon, dass Vater noch mehr Geld verschoben hat, von dem er uns nichts sagt, aber es ist mir auch gleichgültig! Soll er doch damit machen, was er will, solang er mich in Ruhe lässt.« Sie machte sich mit einem tiefen Seufzer Luft.

»Ach Margaretha, heute heißt es für immer Abschied von Johannes nehmen. Dabei darf ich ihn nicht einmal mehr sehen. Es zerreißt mir einerseits fast das Herz, ihn ziehen zu lassen, aber andererseits bin ich heilfroh, wenn er fort ist. Es ist nicht leicht für mich, mit Claus zusammenzuleben und Johannes hier unten im Kloster zu wissen. Heute geht er wieder nach Hall zurück. Sein Vater ist sehr krank und wird wohl bald sterben. Sein Bruder Andreas hat ihn gebeten, doch endlich nach Hause zurückzukehren, um ihm in der Salzsiederei zu helfen. Er hat sich doch tatsächlich dazu entschlossen, das Kloster zu verlassen, stell dir das mal vor! Seit unserer verhängnisvollen Begegnung damals hat er ruhelos mit seinem Gewissen gekämpft. Er kann sich diese einzige Sünde, die er jemals in seinem Leben begangen hat, einfach nicht verzeihen. Er wollte danach nichts mehr mit mir zu tun haben. Nur einmal, kurz darauf, hat er sich noch einmal mit mir getroffen, um unsere Freundschaft ein für alle Mal zu beenden. Er hat sich wirklich sehr bemüht, wieder ein guter Mönch zu werden. Dabei weiß er nicht mal, dass er einen Sohn hat!«

Wenn Ann sie nicht auf dem Laufenden gehalten hätte, wüsste sie nun nicht einmal von seinem heutigen Aufbruch. Da er ganz sicher niemals zu ihr ins Wirtshaus kommen würde, wollte sie sich irgendwo vor dem Klostertor verstecken und warten, bis er herauskam. Sie wollte ihn wenigstens noch einmal sehen, bevor er tatsächlich aus ihrem Leben verschwand. Auch wenn es nur heimlich war!

»Oh, das wird dich auch noch interessieren«, erzählte sie weiter.

»Der alte Abt Binder ist schwer krank. Er wird wohl dieses Jahr nicht überleben. Der Blutsauger Martin Mörlin wird als sein Nachfolger gehandelt. Hab mir schon gedacht, so einer wie der wird noch ganz groß rauskommen! Zum Glück musst du das nicht mehr erleben. Überhaupt nehmen sie uns nach dem Aufstand noch mehr aus als zuvor. Für uns hat sich ja nicht sehr viel geändert, aber vielen anderen geht es bei Weitem schlechter als vorher. Das ganze Elend, die vielen Toten, das schreckliche Leid, alles war umsonst! So unsagbar viele Menschen mussten unnütz ihr Leben lassen, nur damit es ihren Familien nun um so vieles schlechter geht als bisher.« Katharina brach angesichts dieser trübsinnigen Aussichten unvermittelt in Tränen aus. Das Gesicht in den Händen verborgen, weinte sie um den Verlust der verlorenen Hoffnung auf Freiheit und Gerechtigkeit. Als ihre Tränen versiegten, betete sie ein Ave Maria für ihre Freundin und alle Toten und Verlierer dieses Krieges.

Als sie sich erhob, wurde sie eines Mannes gewahr, der am Eingang des Gottesackers stand. Sie hätte ihn beinahe nicht erkannt.

Die Kutte hatte er gegen eine vornehme Hose und ein edles Wams getauscht, statt der Kapuze trug er ein Barett auf dem Kopf. Der wertvolle Umhang wurde von einer Spange zusammengehalten. Eine stattliche Erscheinung, fürwahr. Die Kleidung eines reichen Haller Bürgers, die nicht mehr ganz der neuesten Mode entsprach. Sie war lange nicht getragen worden, zeigte aber dennoch deutlich, welchen hohen gesellschaftlichen Rang ihr Träger hatte. Es lagen unüberbrückbare Welten zwischen ihrem Leben und dem dieses vornehmen Bürgersohns. Mit zögernden Schritten kam er auf sie zu.

Als er gerade am Gottesacker vorbeilaufen wollte, wurde Johannes auf ein leises Schluchzen aufmerksam. *Genau wie damals!*, schoss es ihm durch den Kopf. *Katharina weint am Grab ihrer toten Freundin bittere Tränen des Schmerzes!* Er beobachtete sie wieder mit schlechtem Gewissen, konnte sich aber, genau wie damals, nicht von der Stelle rühren.

»Johannes«, flüsterte sie tonlos, als sie seiner durch einen Tränenschleier hindurch gewahr wurde.

»Katharina«, brachte er nur mühsam über die Lippen.

»Was tust du hier?«

»Ich wollte noch einmal zu unserer Linde gehen, bevor ich Murrhardt für immer verlasse.«

»Darf ich dich begleiten?«

»Es wäre mir eine große Freude!«

Daraufhin schritten beide zum ersten und letzten Mal gemeinsam den steilen Berg hinauf zu ihrer Linde, um dort für immer Abschied voneinander zu nehmen.

Fakten und ein kurzer Blick hinter die Kulissen

Das historische Hintergrundwissen zu diesem Roman beruht zum größten Teil auf Fakten, die ich folgenden Büchern entnommen habe: »Stadt und Kloster Murrhardt im Spätmittelalter und in der Reformationszeit« von Professor Dr. Gerhard Fritz, der Ortschronik »1200 Jahre Oberrot« mit Beiträgen verschiedener Autoren, unter anderem ebenfalls von Gerhard Fritz und Dr. Rolf Schweizer, und dem hochinteressanten Büchlein »Die Einwohner des Klosteramtes Murrhardt und der Pfarrei Sulzbach/Murr vom 12. Jahrhundert bis 1561«, das von Gerhard Fritz für Rolf Schweizer zum 60. Geburtstag zusammengetragen wurde. Auf diesen drei Säulen steht meine Geschichte, die allerdings noch durch Informationen aus vielen anderen Büchern verfeinert wurde, welche dem Literaturverzeichnis entnommen werden können.

Der Aufbau der Abtei wird in verschiedenen Büchern unterschiedlich beschrieben.

Die tatsächliche Raumaufteilung des Konvents ist bis heute nicht genau geklärt, daher musste ich diesbezüglich eine Entscheidung treffen. Bei meiner Beschreibung habe ich mich weitgehend an den Plan gehalten, der im Carl-Schweizer-Museum ausgestellt ist. Da dieser Plan stark von dem Ulrike Plates (siehe Quellenverzeichnis) abweicht, möchte ich dies hier noch einmal erwähnen, um Missverständnisse zu vermeiden.

Zum Thema Bauernkrieg und Reformation in Württemberg gibt es eine so riesengroße Menge an Informationsmaterial, dass es mir unmöglich war, alles, was vielleicht auch noch erwähnenswert gewesen wäre, in meine Geschichte einfließen zu lassen. Wer sich näher mit diesem Thema beschäftigen möchte, dem empfehle ich, einige der im Literaturverzeichnis aufgeführten Werke zu lesen.

Bei der zeitlichen Abfolge der Geschehnisse habe ich mich streng an den Ablauf gehalten, wie ihn Gerhard Fritz beschreibt. In anderen Büchern, die den Bauernkrieg beschreiben, tauchen zum Teil abweichende Daten auf, die sicherlich auch daher rühren, dass diese Quellen älter und dadurch ungenauer sind als die jüngeren Forschungsergebnisse.

Mit Entsetzen erfuhr ich bei meinen Recherchen im Pfarramt in Oberrot vom evangelischen Pfarrer Andreas Balko, dass ein Pfarrer in den sechziger Jahren im Pfarrgarten die alten Kirchenbücher verbrannte, weil sie stark von Ungeziefer und Schimmel angegriffen waren. Er wusste sich nicht anders zu helfen, um die sich ausbreitenden zerstörerischen Kräfte von den anderen Büchern fern zu halten. Die ersten erhaltenen Oberroter Kirchenbücher stammen daher aus dem Jahr 1623. Somit konnte ich über die Frau von Claus Blind rein gar nichts in Erfahrung bringen, wobei mich natürlich der Gedanke nicht mehr loslässt, ob ihre Daten vielleicht mit den alten Kirchenbüchern unwiederbringlich in Flammen aufgegangen sind. Es muss sie aber gegeben haben, denn sonst hätte Conz Bart ja keinen nachweislichen Tochtermann gehabt, den er mit in den Bauernkrieg nehmen und ihm später sein Vermögen vererben konnte. So blieb mir leider nichts anderes übrig, als Katharina und ihrer Mutter Burgel ein fiktives Leben einzuhauchen, da die beiden, genau wie ihr Gesinde, historisch nicht mehr zu greifen sind. Auch ihre Freundin Margaretha ist frei erfunden.

Die Lebens- und Liebesgeschichte von Katharina und Johannes entspringt ebenfalls meiner Phantasie. Mein Ziel war es, das Leben außerhalb und innerhalb der Klostermauern getrennt zu beleuchten, gleichzeitig jedoch Personen aus beiden Schichten in Dialogen zusammen zu bringen. So konnte ich die Standpunkte beider Seiten darlegen und ganz nebenbei noch die Rolle der Frauen im Spätmittelalter mit ins Spiel bringen.

Falls sich eventuell lebende, nachweisliche Nachkommen der beiden oder einer anderen historisch greifbaren Person der Geschichte in ihrer Ehre gekränkt fühlen, bitte ich sie zunächst einmal vielmals um Entschuldigung. Meine inständige zweite Bitte an Sie lautet: Falls Sie es besser wissen, setzen Sie sich bitte mit mir in Verbindung, damit ich mehr über das tatsächliche Schicksal Ihrer Ahnen erfahren kann!

Da wir gerade beim besser wissen sind, möchte ich mich an dieser Stelle ganz herzlich bei allen Benediktinermönchen und denjenigen entschuldigen, denen die Benediktiner am Herzen liegen. Wie Sie ganz bestimmt gleich bemerkt haben, bin ich leider kein besonders guter Kenner des Benediktinerlebens und habe schon deswegen sicher sehr viele grobe Fehler bei der Beschreibung des Klosterlebens gemacht. Bitte verstehen Sie mich nicht falsch, wenn die Mönche in meinem Buch nicht immer so gut wegkommen. Bei meinen Recherchen habe ich mich so gut es ging mit den benediktinischen Ordensregeln und der Lebensweise im Konvent befasst und war völlig fasziniert. Sein Leben ganz und gar Gott und seiner Verehrung zu weihen ist ein bemerkenswerter Schritt, der meine volle Bewunderung hat. Doch leider ging es im Mittelalter in vielen Klöstern eben nicht so zu, wie es die Regeln gebieten. Die Bestandsaufnahme der wirtembergischen und würzburgischen Herren 1510 in Murrhardt fiel in der Tat vernichtend aus. Die Pforte zwischen Kloster und Stadt stand offen, Frauen gingen im Kloster und bei den Mönchen ein und aus. Auch die Mönche ergingen sich nach Lust und

Laune in der Stadt. Über Abt Renner berichten alte Schriften, das sei »*wegen seiner blödigkeit und alters … vertrostung geschehen*« und er sei des geistlichen »*lebens und der regel haltung nit unterricht*« gewesen. Er kannte also tatsächlich nicht einmal die Benediktinerregel. In dieser Zeitspanne, in der die Geschichte spielt, herrschten im Kloster Murrhardt weitgehend immer wieder Ausnahmezustände. Es ist mir daher bewusst, dass das geregelte Klosterleben durchaus harmonischer und disziplinierter abläuft, als das von mir beschriebene.

Doch nun zurück zu anderen historisch belegten Fakten. Dazu gehört auch die alte Wegtrasse Richtung Hall, die den Steilhang am Halberg hinaufführte. Immer wieder wurde dort, wie in der Geschichte beschrieben, ein neuer Weg neben dem zur Rinne ausgewaschenen alten angelegt, so dass zuletzt der ganze Berghang von Hohlwegen zerschnitten war, die heute noch erkennbar sind. Wie bedeutend gerade diese Straße über Siegelsberg nach Hall für Stadt und Kloster war, lässt sich auch am Standort des Murrhardter Hochgerichts erkennen. Dieses befand sich auf der Kuppe in der Nähe der heutigen Eugen-Nägele-Jugendherberge. Sie trägt noch immer den Flurnamen nach dem dort errichteten, weithin sichtbar auf Abschreckung ausgerichteten »*Galgen*«. Das benachbarte Gebiet, über welches der Weg führte, den die Delinquenten zu nehmen hatten, heißt bis heute »*Diebsäckerle*«. Ob dort, an dem geschützten, sonnigen Hang, wie am »*Mönchsrain*« Weingärten angelegt waren, lässt sich wohl nur noch vermuten, jedoch nicht nachweisen.

Als weiterer Hinweis auf die vielgenutzte Straße dürfte auch die Existenz einer Gastwirtschaft am Halberg bei Siegelsberg in spätmittelalterlicher Zeit gelten. Eine Familie Blind betrieb dort eine Art Steigenhaus, das als Vorspannstation gedacht war. Das Gehöft »*Blindweiler*«, das aus mehreren

Häusern und Stallungen bestand, wurde von ihnen errichtet und betrieben. Dieses existiert bis heute nicht nur als Flurname weiter, es lassen sich dort sogar noch bauliche Spuren im Waldboden finden.

Conz Bart war nicht nur Gastwirt in Oberrot, sondern auch in Siegelsberg. Außerdem war er noch Bauer und betrieb Vieh- und Weinhandel. Dies alles zusammen bescherte ihm nicht nur Reichtum, sondern machte ihn auch zu einem der führenden Köpfe am Ort. Viele Bauernkriegsführer waren Wirte. Claus Blind war sein Tochtermann, also der Schwiegersohn.

Bart und Blind spielten 1525 im Bauernkrieg für die hiesigen und Rottäler Aufrührer tatsächlich eine nicht unerhebliche Rolle, Bart war sogar zeitweise ihr Anführer. Nach dem Bauernkrieg kamen Conz Bart und sein Schwiegersohn unbehelligt davon. Bart galt als sehr vermögend. Er war einer der reichsten Leute des Amtes. Sein Besitz reichte bis nach Hinterbüchelberg.

Vielleicht hat es ja auch den Bruder Lienhart Bart gegeben, da Claus nach dem Tod seines Schwiegervaters laut der Türkensteuerliste 1545 erst 600 Gulden Vermögen aufweist.

In der Türkensteuerliste von 1542 taucht aber auf einmal ein Lienhart Bart in Siegelsberg auf, der ein Vermögen von 200 Gulden versteuert, ebenso auf der Türkensteuerliste von 1545. Ob es sich dabei tatsächlich um einen Sohn Conz Barts handelt, der nach dessen Tod plötzlich auftauchte, um sein Erbe anzutreten, ist historisch nicht belegt. Lienhart verschwindet danach wieder von der Bildfläche. Zurück blieb Claus Blind, der in einem Aussageprotokoll 1556 und 1557 plötzlich 800 Gulden zu versteuerndes Vermögen angibt.

In der Geschichte des Bauern Wahl aus Krettenbach, in dessen Gewölbekeller Johannes auf seinem gefährlichen Ritt von Murrhardt nach Lorch eine Rast einlegt, steckt mehr als ein Fünkchen Wahrheit. Leider konnte ich keine schriftlichen Quellen finden, die diese Geschichte historisch belegen. Jedoch verriet mir der junge Bauer Günther Wahl vom heutigen Stixenhof, der einst Krettenbach oder Krättenbach hieß und heute ein Ortsteil von Alfdorf ist, eine höchst interessante Geschichte, die ich den Lesern nicht vorenthalten wollte. Sein Großvater erzählte ihm, dass im noch heute existierenden Gewölbekeller des Hauses der Familie Wahl einst die Mönche eingekehrt seien. Welche Mönche das waren und warum sie dort im Keller Rast machten, wusste er auch nicht. Beim Namen Wahl bin ich geblieben, da sein Geschlecht nachweislich seit 1655 den Hof bewirtschaftet und dies wahrscheinlich schon viel früher tat.

Bei den Siebzehnern handelte es sich um siebzehn Bauernhöfe, zu denen auch der Stixenhof gehörte und die der Grundherrschaft des Klosters Lorch unterstanden. Angeblich sollen in früheren Zeiten siebzehn freie Bauern auf einer Wiese zwischen Seelach und Nardenheim Gericht über Leben und Tod gehalten haben. Am beginnenden Abhang ins Krättenbachtal liegt noch heute ein Flurgewann »*Gerichtswasen*«. Unter den Bauern soll einer oder zwei aus Krettenbach, hier sind sich die Quellen uneinig, gewesen sein. Wer genau sie waren, ist nicht mehr festzustellen. Dieser bis heute über Generationen hinweg erzählten Geschichte wurde zwar durch Adolf Diehl 1943 nach gründlichen archivalischen Forschungen die historische Grundlage entzogen, doch das stört die Menschen der Gegend nicht. Sie ist aber auch zu gut, um einfach ins Reich der Sagen abgeschoben zu werden, weshalb sie auch in meinem Buch ihren Platz gefunden hat.

Die teilweise leider nur sehr spärlichen Fakten, die es zu den weiteren mitwirkenden Personen gibt, sind im Anschluss aufgeführt. Sie wurden den vorgenannten Büchern von Gerhard Fritz entnommen, die ich jedem wärmstens ans Herz legen möchte, der sich für noch mehr Fakten und tatsächliche Hintergründe dieser Geschichte interessiert.

In Murrhardt fanden im Mittelalter keine Wochenmärkte statt. Dazu mussten die Menschen nach Backnang oder Schwäbisch Hall gehen. Es ist also wahrscheinlich, dass Katharina Hall (wie es damals noch hieß) doch gekannt haben muss. Es gab keine Händler und Krämer in Murrhardt, wodurch Murrhardt provinzieller als andere wirtembergische Amtstädte war. Man war auf fahrende Händler angewiesen. Nur drei Mal im Jahr gab es einen Jahrmarkt: Am Donnerstag vor Fastnacht, am Dienstag nach Quasimodogeniti (acht Tage nach Ostern) und am Dienstag nach Mariä Geburt (8. September). Letzterer war mit der Kirchweih verbunden.

In Murrhardt gab es nur sehr wenige Reiche, während die Mittelschicht stärker vertreten war als anderswo. Der Beruf des Küblers war im spätmittelalterlichen und reformationszeitlichen Murrhardt ein häufiger und wichtiger Beruf. Von den Murrhardter Metzgern (Metzler), die zahlreich gewesen sein dürften, ist keiner namentlich bekannt. Die Metzlerordnung von 1522 belegt allerdings ausdrücklich einen hohen Organisationsgrad des Gewerbes. Gerhard Fritz spricht bei dieser Ordnung nur von den Metzgern, auf der DVD von Karl Rößle »1900 Jahre Murrhardt« wird allerdings erklärt, dass verschiedene Handwerkszünfte in dieser Ordnung zusammengefasst waren.

Wer mehr über die Stadtgeschichte Murrhardts erfahren will, dazu aber keine Bücher wälzen möchte, dem sei ein Besuch im Carl-Schweizer-Museum in Murrhardt empfohlen. Dort kann er ohne viel zu lesen in die Vergangenheit abtauchen. Wer es noch lebendiger mag, der sollte sich einem Nachtwächterspaziergang mit Christian Schweizer anschließen.

Murrhardt, Gründonnerstag, 21. April Anno Domini 2011

Mein Dank

Dieses Buch wäre ohne Gottes Hilfe und die Unterstützung so vieler kooperativer Menschen nicht möglich gewesen. Ich danke Gott dafür, wie er mich immer wieder auf die richtige Spur geführt hat und mir die Menschen zur Seite stellte, die ich zur Umsetzung meines Vorhabens so dringend brauchte. An dieser Stelle möchte ich mich bei all jenen bedanken, die mir geholfen haben, meinen Traum zu verwirklichen, und die immer an mich geglaubt haben. Mein Dank geht im Speziellen an:

Dietmar Bäßler, meinen lieben Mann, für sein Verständnis und die Geduld, die er während meiner Recherchen- und Schreibarbeit mit mir bewiesen hat. Jedes Mal, wenn mich wieder der Mut, die Ideen oder der Glaube an mich selbst verließen, gab er mir Halt und Zuversicht, trotzdem weiter zu machen.

Walburga Glamann, meine Mutter, sowie meine Schwiegereltern *Margret* und *Otto Bäßler* für die liebevolle und unermüdliche Betreuung meiner beiden Kinder, damit ich die nötige Zeit und Ruhe zur Arbeit finden konnte.

Dr. Rolf Schweizer für die geduldige Beantwortung meiner hartnäckigen Detailfragen über die Straße nach Hall, den Blindweiler und die Stadtgeschichte.

Christian Schweizer fürs inhaltliche Korrekturlesen und die konstruktive, sachliche und hilfreiche Kritik. Er hat mich davor bewahrt, gravierende Fehler zu machen. Herzlich danken möchte ich ihm auch für die speziell auf meine Bedürfnisse zugeschnittene »Privatstadtführung«, die meinen Roman mehr als bereichert hat. Seine Insidertipps, die in keinem Buch zu finden sind, waren unbezahlbar!

Irmgard Hein, die Murrhardter Ahnenforscherin, die mir

viele wertvolle historische Hinweise, Bestätigungen und Inspirationen für meine Geschichte geliefert hat. Sie verriet mir auch, dass sie eine direkte Nachfahrin *Claus Blinds* ist!

Claudia Mangold, die als katholische Pfarramtsekretärin der evangelischen Kirchengemeinde Oberrot die wahre Ökumene lebt. Sie hätte mir so gerne mehr geholfen, hat mir aber durch das Gespräch mit ihr mehr gegeben als sie ahnt.

Peter Stadler, evangelischer Pfarrer in Kirchenkirnberg, der mir bei meinen theologischen Fragen mit Rat und Tat zur Seite stand und mich darüber hinaus auch noch mit interessanter Literatur über Martin Luther und die Reformation in Württemberg versorgte.

Martin Stierand, der katholische Pastoralreferent für Murrhardt und Sulzbach/Murr, der mich auf die richtige Spur gebracht hat, ohne dabei zu ahnen, um was es eigentlich geht.

Steffen Kaltenbach, evangelischer Pfarrer in Fornsbach, der mich, leider nur für kurze Zeit, in die Welt des Benediktinerklosters Neresheim entführte.

Eberhard Bohn, der mir seine kostbaren Kieser'schen Forstkarten und Gadnerkarten anvertraute, damit ich mir einen Einblick über die landschaftliche Entwicklung unserer Gegend verschaffen konnte.

Günther Wahl, der mir die interessante Geschichte seines Gewölbekellers verriet und mich auf die Spur der Siebzehner brachte.

Professor Dr. Gerhard Fritz, ohne dessen akribisch recherchierten Bücher über die Stadt und das Kloster Murrhardt die Umsetzung meines Romans in dieser Form niemals möglich gewesen wäre.

Elisabeth Klaper M.A., Historikerin und freiberufliche Autorin aus Murrhardt, die mein Manuskript fachfraulich korrigierte. Ihr verdanke ich viele wertvolle Tipps zur Verbesserung, die ich unter anderem bei einigen sehr vergnüglichen Gesprächen im Café am Oberen Tor in Murrhardt von ihr erhielt.

Glossar

Überreuterei
… schuf den Übergang von einem Gebäude zum anderen, welches das innere Klostertor darstellte. Dieses trennte den inneren vom äußeren Klosterhof.

Kapitelsaal
… ist der Saal in einem Kloster, welcher der täglichen Versammlung der Gemeinschaft dient, dem Ordenskapitel, um gemeinsame Angelegenheiten zu beraten und geistliche Lesungen zu hören. Die Bezeichnung Kapitelsaal stammt von der täglichen Verlesung eines Kapitels der Ordensregel. Alle wichtigen Versammlungen des Klosterlebens finden dort statt.

Melker Reform
… war eine im 15. Jahrhundert vom Kloster Melk in Österreich ausgehende monastische Reformbewegung, die bald die übrigen Benediktinerklöster in Österreich, im Süden Bayerns und darüber hinaus erfasste. Die Prinzipien der Reform lauteten wie folgt:
Alle Mönche sollten sich bemühen, streng nach den Benediktinerregeln zu leben, was so viel bedeutet wie die Ausrichtung des klösterlichen Lebens auf die gemeinsamen Gebetszeiten sowie der Kampf gegen die Verweltlichung von Mönchen und Äbten
Die Aufhebung der Beschränkung zur Aufnahme von Adligen ins Kloster
Die Förderung der wissenschaftlichen Arbeit im Geiste des Humanismus (Studium der alten Quellentexte)

Tonsur
… kommt vom lateinischen *tonsura* = das Scheren

Die geschorene Stelle auf dem Scheitel der Mönche gilt als Zeichen der Zugehörigkeit zum katholischen Klerus.

Cellerar
… ist der Finanzverwalter des Klosters.

Umgeld
… ist eine Schanksteuer, die jeder Wirt zu entrichten hatte.

Vigiliae, Vigilia
… ist die alte Bezeichnung der Nachtandacht der Benediktiner, die zwischen 2.30 Uhr und 3 Uhr stattfindet. Sie wird auch Mette genannt.

Parlatorium
… kommt vom italienischen *parlare* = sprechen.
  Das Parlatorium ist ein Raum im Kloster, in dem die Mönche von ihrem Schweigegelübde entbunden sind. In ihm darf ohne Einschränkung, allerdings zeitlich begrenzt, gesprochen werden.

Dormitorium
… kommt vom lateinischen Wort für Schlafraum und ist die Bezeichnung des Schlafsaals der Laienmönche. Die Priestermönche schliefen in Mönchszellen, die ebenfalls als Dormitorium bezeichnet werden.

Gugel
… ist eine kapuzenähnliche Kopfbedeckung, welche auch die Schultern bedeckt. Er wurde hauptsächlich von Männern getragen.

Frauenmantel (Marienkraut)
… gilt als »Allheilmittel« bei allen Frauenkrankheiten.

Bei Neigung zu Fehlgeburten, zur Festigung der Frucht und zur Stärkung der Gebärmutterbänder ist er ein großer Helfer. Ab dem dritten Monat sollten schwangere Frauen Frauenmanteltee trinken.

Beifuß
Aus alten Kräuterbüchern erfahren wir, dass der Beifuß die Geburt erleichtert, die Nachgeburt fördert und besonders bei Frauen alle krampfartigen Zustände beheben soll.

Er wurde von den Frauen Schoßwurz genannt, denn sie banden ihn sich zur Geburt um den Schoß, um die Wehentätigkeit anzuregen.

Herrgottsblut (Johanniskraut)
Johanniskrauttee hilft bei nervlichen Beschwerden aller Art. Nach Maria Trebens Erfahrung sind neben der inneren Anwendung des Tees Johanniskrautsitzbäder eine wirksame Hilfe als Kur bei nervlich bedingten Zuständen aller Art.

Hexenhammer
… wurde von dem Dominikaner Heinrich Kramer im Jahr 1486 veröffentlicht. Kramer sammelte in seinem Buch weit verbreitete Ansichten über die Hexen und Zauberer. Darin werden die bestehenden Vorurteile übersichtlich und mit einer vermeintlich wissenschaftlichen Argumentation begründet. Durch klare Regeln wird eine systematische Verfolgung und Vernichtung der vermeintlichen Hexe ermöglicht. Er bezeichnet die Frau darin unter anderem als »Feind der Freundschaft, eine begehrenswerte Katastrophe und ein Übel der Natur«. Außerdem wirft er ihr Defizite im Glauben vor, in dem er recht eigenwillig *femina* aus den lateinischen Worten *fides* = Glauben und *minus* = weniger zusammensetzt.

Allmendewald
Die Allmende ist jener Teil des Gemeindevermögens, an dem alle Gemeindemitglieder das Recht zur Nutzung haben. Sie besteht meist aus unbeweglichem Gut wie dem Anger, Wald, Gewässer zur Löschversorgung oder einer Gemeindewiese, auf der alle Gemeindemitglieder ihre Nutztiere weiden lassen können.

Im frühen Mittelalter gab es praktisch in jedem Dorf eine Allmende. Im 15. und 16. Jahrhundert eigneten sich in Deutschland und England in vielen Fällen die weltlichen Herrscher die Gemeindeflächen an, was ein wichtiger Grund für den deutschen Bauernkrieg war.

Bundschuh
Als Bundschuhbewegung (Bundschuh) wurden in Süddeutschland die aufständischen Bauern (1493-1517) bezeichnet. Sie waren eine der Wurzeln des deutschen Bauernkrieges (1524-1526). Diese Bundschuhbewegung war keine Bewegung im eigentlichen Sinn, sondern vielmehr eine Anzahl von lokalen Verschwörungen und geplanten Aufständen. Die Bauern führten als Feldzeichen den Bundschuh, der für die Bauern der typische Schnürschuh war. Er sollte versinnbildlichen, dass die Bauern gemeinsam gegen die Herren aufgestanden waren und vorrückten. Er stand im Kontrast zu den sporenklirrenden Ritterstiefeln.

Schwäbischer Bund
… wurde am 14. Februar 1488 auf dem Reichstag in Esslingen am Neckar als Zusammenschluss der schwäbischen Reichsstände gegründet. Im Rahmen des deutschen Bauernkrieges kam es zwischen den Truppen des Schwäbischen Bundes und der Bevölkerung des Landes zu blutigen Auseinandersetzungen. Die Bezeichnung »Bauernkrieg« ist allerdings etwas irre-

führend, da die Aufstände nicht nur vom Bauernstand getragen, sondern oft auch von Bewohnern freier Städte und sogar von einzelnen Angehörigen des Adels aus Sympathie mit den Aufständischen unterstützt wurden.

Georg Truchsess (Bauernjörg)
Nachdem Georg Truchsess von Waldburg-Zeil, der auch als »Bauernjörg« bezeichnet wird, Mitte März 1525 Herzog Ulrich mit dem Bundesheer vertrieben hatte, konnte gegen die Bauern vorgegangen werden.

Die Verhandlungen mit den Bauern zu Beginn der Kämpfe Anfang April dienten offensichtlich nur dazu, Zeit für die bündische Rüstung zu gewinnen.

Trippen
… sind hölzerne Unterschuhe, die im Mittelalter unter die empfindlichen wendegenähten Schuhe geschnallt wurden. Der Grund dafür waren die stark verschmutzten und größtenteils ungepflasterten Straßen und Gassen der Städte. Aus dieser Zeit stammt auch der Ausdruck trippeln.

Metzlerordnung
Ein Zusammenschluss der verschiedenen Murrhardter Zünfte fasste ihre Rechte und Pflichten 1492/1522 in einer Verordnung zusammen. Die Seite der Metzlerordnung, auf der es um die Metzgerzunft geht, ist bis heute erhalten geblieben. Das Originaldokument ist mit einer Edition des Bürgerrechts von 1502 in ein Heft zusammengebunden.

Komplet
… ist das letzte Gebet vor der Nachtruhe gegen 18 Uhr und 19 Uhr. Danach haben die Mönche zu schlafen.

Refektorium
… kommt vom lateinischen *refectio* = Wiederherstellung, Erholung, Labung und ist die Bezeichnung für den Speisesaal eines Klosters. Er liegt meist südlich des Kreuzganges. Früher aßen die Priester- und Laienmönche in getrennten Refektorien. Diese Trennung gibt es heute nicht mehr.

Prim
… wird auch als *Prima* bezeichnet und ist die erste Stunde gegen 7.30 Uhr, kurz bevor es hell wird.

Armarium
… ist lateinisch und bedeutet »Waffenschrank«.
Es ist der Raum, in dem man im Kloster die liturgischen Bücher, getrennt von der weltlichen Bibliothek, aufbewahrt. Er befindet sich immer in der Nähe der Kirche. Die Bücher wurden in diesem Zusammenhang als »Waffen des Geistes« betrachtet.

Historische Quellennachweise und Fakten zu den mitwirkenden Personen

Conz Bart (Cunrat Bart)
1498 *(StadtASHA 4/477, Bl.31b)* Contz Bart, Jörg Dürr und Leonhart Dürr, alle von Oberrot, sowie Mathos Vogler von Hohenhardtsweiler werden auf Fürbitte des Abts von Murrhardt Johannes Schradin, des Schenken Albrecht und Caspar von Rot aus der Haft der Stadt Schwäbisch Hall freigelassen. In die Haft waren die vier gekommen, weil sie auf der Kirchweih zu Bubenorbis den Hans Blaz von Bubenorbis verwundet hatten. Stürbe der Verwundete, so verpflichten sie sich, sich wieder zu stellen, oder die Bürgen müssen beim Rat von Hall 200 Gulden zahlen, welche an die Witwe und die Kinder ausgezahlt werden sollen.
1498-1525 auch in Oberrot ansässig, häufig als Gastwirt tätiger Bauernkriegsführer
1504-1525 in Oberrot Wirt
1523 *Musterungsliste*
seit 1523-1542 in Siegelsberg (bis zu seinem Tod)
1525 *Herdstättenliste* Immobilienbesitz und der Gegenwert in Gulden:
 Haus, Scheune 40 Gulden
1528 *Weinsberger Lagerbuch* Gemeinsam mit Philipp Müller und Lienhard Sammet
 Besitz in Hinterbüchelberg
1536 Musterungsliste.
Musste mit Rucken, Krebs, Goller (allesamt Teile der Panzerung) und Langspieß antreten
1542 Türkensteuerliste 800 Gulden
1542/45 gestorben

Claus Blind, Tochtermann des Conz Bart
um 1485 geboren
1504 –1514 (10 Jahre) als Knecht auf dem Hof des Andreas Sämat von Büchelberg
(19-29 Jahre alt)
1523 *Musterungsliste*
(38 Jahre alt)
1525 als Tochtermann von Conz Bart im Bauernkrieg in Oberrot
(40 Jahre alt)
1536 *Musterungsliste* (musste mit Langspieß antreten)
(51 Jahre alt)
1542 *Türkensteuerliste* zu versteuerndes Gesamtvermögen 50 Gulden
(57 Jahre alt)
1545 *Türkensteuerliste* 600 Gulden Gesamtvermögen, das wohl durch die Übernahme des Erbteils seines zwischen 1542/45 verstorbenen Schwiegervaters Conz Bart an ihn gefallen war. Somit war er einer der reichsten Bauern im ganzen Murrhardter Amt (60 Jahre alt)
1556 und 1557 *Aussagen* sei ob 70 Jahre alt, habe 800 Gulden Gesamtvermögen
(71+72 Jahre alt)

Andreas Sämat (Büchelberg)
1493 als Endris Seymet Lehen.
Um 1504 10 Jahre lang Dienstherr des Claus Blind

Teilnehmer am Bauernkrieg in Oberrot und Gaildorf

Hans Plapp (Plaphans) (Hausen)
1525 im Bauernkrieg in Oberrot. Wahrscheinlich identisch mit

Blaphans von Fornsbach, Pfarrer von Westheim (sic.), der nach dem Bauernkrieg in Hall im Turm eingesperrt war, aber noch im selben Jahr entlassen wurde.

Hutzel Puwer (Hutzelbauer) (ungenannter Teilort)
1525 ohne Behausung und Vermögen. War aktiv am Bauernkrieg beteiligt

Schroff (Schrof)
1525 im Bauernkrieg in Oberrot

Klenck Claus (Westermurr)
1525 in den Bauernkrieg in Oberrot und Umgebung verwickelt. Besitzt 1525 Haus, Scheune und Mühle im Wert von 80 Gulden

Ganser Jerg (Jorg) (aus Murrhardt)
1525 im Bauernkrieg in Oberrot

Klintzig (Clinzing?)
1525 am Bauernkrieg in Oberrot beteiligt

Martin Doder (Toder) (Vorderwestermurr)
1523 Martin Doderhansen von Westermurr, gehört im Bauernkrieg
1525 zu der Murrhardter Gesandtschaft, die in Oberrot den Aufstand anheizt
1536 Hellebarde
1542 100 Gulden

Schrof
1525 im Bauernkrieg in Oberrot

Jos Schwenk (Fornsbach)
1525 im Bauernkrieg in Oberrot

Stoffel(Stefel) Scheinlin
1525 im Bauernkrieg in Oberrot
1536, 1542 120 Gulden
1545 2 ort.
1553
1560 Hausfrau Barbara Gevatterin von Barbara Keller
1561 heiratet der Sohn Michel Schweinlin Anna Klencken, die Tochter des verstorbenen Lienhart Klenck von Wolfenbrück

Sonstige Personen

Martin Hüninger (Heininger)
1523 Musterungsliste
1525 Haus und Scheune 50 Gulden
1536 Musterung mit Krebs und Langspieß
1546 Musterung mit Langspieß

Else (Els) Schradelin
war Hebamme in Murrhardt, die einen sehr guten Ruf hatte, denn sie wurde 1525 vom Rat der Stadt Schwäbisch Hall geheißen, nach Hall aufzubrechen (wohl wegen einer schwierigen Geburt, die in einer Ratsherrenfamilie bevorstand). Ihr Ruf blieb gut. 1533 wurde sie als eine von insgesamt vier städtischen Hebammen in Hall angestellt. Erhielt zum Einstand 3 Gulden als Geschenk, im Winter 1533/34 zur »Verehrung« weitere 2 Gulden. Jahreslohn im hällischen Dienst anfangs 10 Gulden, später 12 Gulden. Schied im Sommer/Herbst 1547 aus hällischem Dienst.

Martin Bader
1489 Badstube, von Fritz Pfister erkauft
1523 *Musterungsliste*
1525 Badstube, Haus, Scheune, 100 Gulden
1536 Martin Baders Witwe 300 Gulden
Die beiden Murrhardter Badstuben lagen aus Brandschutzgründen außerhalb der Stadtmauer. In den Badstuben wurde zum Erwärmen des Wassers viel Holz gebraucht, so dass ein Brandunglück leicht möglich war. Die untere Badstube lag vor dem Unteren Tor an der Murr, die obere Badstube vor dem Oberen Tor direkt neben der Obermühle. An zwei Tagen in der Woche mussten die beiden Badhäuser Badedienste anbieten. Die Badstuben waren Lehen des Klosters.
Der in der Geschichte erwähnte Rechtstreit wegen des Wassers, den es zwischen dem Obermüller und dem Bader gab, wird ausführlich im Buch von Gerhard Fritz auf Seite 206 beschrieben.

Philipp Müller
1523 Musterungsliste
1525 ein halbes Haus, Scheune. Mühle.
1528 besaß er in Hinterbüchelberg gemeinsam mit Lienhard Sammet und Conz Bart 1 Lehengut und 2 weitere Güter, die zusammen 10 Schilling, 12 Pfennig und 1 Fastnachtshuhn zinsten, weiterhin 1 Hof, der 5 Schilling zinste.
1536 Bürgermeister, Gericht, Rat
1542 war er einer der vier Murrhardter Türkensteuereinnehmer

Lienhard Sammet, vielleicht identisch mit Lentz Semat (Siegelsberg)
1523 Musterungsliste
1525 Haus, Scheune 20 Gulden

1528 hatte er zusammen mit Philipp Müller und Conz Bart bedeutenden Besitz in Hinterbüchelberg. Er hatte dort außerdem allein 1 Gut, das 3 Schilling zinste

Renner, Georg
1509, 1510 Schultheiß in Murrhardt

Johannes Röckhlin
Unter dem Oberroter Pfarrer wurde zu Beginn des 16. Jahrhunderts unter anderem das Kirchenschiff um 4,5 Meter nach Westen erweitert, was sich im Bereich des Mauersockels auf der Nord- und Südseite noch deutlich ablesen lässt.
Er stellte nach dem Bauernkrieg Forderungen auf Schadensersatz, was auf Übergriffe auf die Kirche und das Kirchengut schließen lässt.

Caspar von Rot
Wurde um 1480 als Sohn des Friedrich von Rot geboren. Caspar stand im Dienst seiner Lehnsherren, den Schenken. Er war nachweislich seit 1513 Vogt in Gaildorf und somit einer der führenden limpurgischen Verwaltungsbeamten.
1525, also im Bauernkrieg, amtierte er als Vogt des Schenken Wilhelm.
Anfang April versuchte er noch, mit anderen limpurgischen Vögten zusammen, die Bauern zu beruhigen und von einer bewaffneten Erhebung abzuhalten. Als sich diese aber seit Mitte April in Gaildorf zusammenrotteten und zu den Waffen griffen, tauchte er lieber unter. Die Bauern fahndeten nach ihm, konnten ihn allerdings mehrere Tage lang nicht aufspüren. Schließlich wurde er doch gefunden und von den Bauern gezwungen, sich ihnen zu unterwerfen. Er musste der bäuerlichen Bewegung Gehorsam schwören, was er vermutlich mit gemischten Gefühlen getan hat. Als Ende April/Anfang

Mai Oberrot von den Haller Truppen überfallen wurde, tat er nichts, um sein Heimatdorf vor den schlimmen Übergriffen zu schützen. Er suchte sein Heil lieber in der Flucht, und zwar genau zu den Leuten, die Oberrot verwüsteten. Er begab sich, offensichtlich aus Furcht vor den Bauern, in der Schutz der hällischen Stadtmauern. Auch hier verhielt er sich sehr widersprüchlich. Am 19.5.1525 verlangte die Reichsstadt von jedem Adligen, der sich in ihren Schutz begeben hatten, die Erklärung, ob er die Stadt beim Kampf gegen die Bauern unterstützen wollte. Caspar erklärte sich nur bereit, innerhalb der Stadtmauern gegen die Bauern zu kämpfen. Es sei ihm allerdings unmöglich, außerhalb zu kämpfen, da er ja mit seinem Eid an die Bauern gebunden sei. Er wollte es sich offensichtlich nicht mit ihnen verderben, falls sie den Krieg doch noch gewinnen sollten. Andererseits wollte er es sich natürlich auch nicht mit den Hallern verderben, schließlich fand er ja bei ihnen Schutz. Seine Feigheit brachte ihm zwar keinen Ruhm ein, aber er hat den Bauernkrieg dadurch ungeschoren überstanden, was ihm anscheinend genügte.

Angestellte im Kloster

Zacher Ann
Seit spätestens 1510 Klostermagd über 50 Jahre
(wird 1561 als alte arme Frau in der Klostergesindeliste erwähnt, die noch einbrennt und tut was sie kann)

Peter Eberhart
Seit etwa 1510 (war 1561 sein Leben lang im Kloster als Knecht gewesen)

Die Äbte des Klosters

Philipp Renner (1509-1511, +29.8.1512 in Schorndorf)
Unter ihm wurde 1510 das Kloster Murrhardt durch Lorcher Mönche reformiert. Er gab unter Zwang Herzog Ulrichs das Abtsamt auf und starb in Schorndorf, wohin er mehr oder minder freiwillig ins Exil geflüchtet war. Dort befindet sich wohl auch seine letzte Ruhestätte.
Familie: Seine Familie gehörte seit dem 15. Jahrhundert zur vornehmsten Schicht der altwirtembergischen Ehrbarkeit. Sie stand über mehrere Jahrhunderte in wirtembergischen Diensten und hat Posten wie die des Vogts, des Schultheißen, Kellers, Stadtschreibers, Amtsmanns und Küchenmeisters besetzt. Bemerkenswert ist die zur Zeit des Abtes Renner in Murrhardt herrschende Vetternwirtschaft: Georg Renner war damals Schultheiß in Murrhardt. Angehörige der Familie Renner sind auch in geistigen Berufen nachzuweisen.

Oswald Binder (Prior 10.12.1510- um 15.4. 1511, Abt 1511-1527 * 1455/60/+1527)
Hinter Oswald Binder lag bereits eine lange Laufbahn als Mönch in Lorch, als er am 10.12.1510 mit etwa 55 Jahren als Prior nach Murrhardt berufen wurde, um das Kloster zu reformieren. Binder war bereits 1475 Mitglied des Lorcher Konvents gewesen, dürfte also spätestens um 1455/60 geboren sein. 1475 wohnte er der Öffnung der Hohenstaufengräber in Lorch bei.
Nachdem die Murrhardter Klosterreform unter Abt Renner und Prior Binder nicht vorankam, erfolgte die Absetzung Renners, der in einem Brief von Herzog Ulrich, dessen Inhalt nicht bekannt ist, vermutlich dazu genötigt wurde, sein Amt an Binder abzugeben. Um den 15.4.1511 erfolgte die Wahl Binders zum neuen Murrhardter Abt. Am 2.7.1511 suchte Binder in Würzburg um die bischöfliche Bestätigung nach.

Binders Qualitäten lagen insbesondere auf dem geistlichen Gebiet, während er bei der wirtschaftlichen Sanierung des Klosters Murrhardt erhebliche Schwierigkeiten hatte, so dass ihm der ebenfalls aus Lorch kommende Martin Mörlin als Cellerar beigegeben werden musste.

Im Zuge der Sanierungsmaßnahmen kehrte Binder mit etwa 63 Jahren 1518/19 vorübergehend zurück nach Lorch. Die enge Verbundenheit des mittlerweile 70 Jahre alt gewordenen Binder mit seinem Lorcher Stammkloster wird auch aus der Tatsache deutlich, dass am 19.12.1525 die Wahl des neuen Lorcher Abtes Lorenz Autenrieth unter Binders Vorsitz stattfand. Binder führte Autenrieth auch in sein Amt ein.

Mittlerweile hatte Binder Kloster Murrhardt mehr schlecht als recht durch den Bauernkrieg gebracht. Seine betont religiöse Orientierung zeigte sich auch bei der Zurückhaltung in politischen Fragen, insbesondere bei seinen kaum feststellbaren Aktivitäten auf den Landtagen seit 1519. Angemessener war ihm die Betätigung in einer religiös orientierten Organisation wie der Löwensteiner Sebastiansbruderschaft.

Die Konventmitglieder

Wilhelm Kern (1509, 1512)
Der prior, herr Willhelm, bildete zusammen mit dem Öhringer Dekan Oswald Batzer die Murrhardter Delegation, die 1509 in Rom versuchte, die Umwandlung des Klosters Murrhardt in ein weltliches Stift durchzusetzen. Nach dem Scheitern dieses Vorhabens ließ Herzog Ulrich den Murrhardter Prior zwei Jahre lang auf den Hohenasperg einsperren. Am 18.12.1512 musste Kern Urfehde schwören und durfte, nachdem er Besserung gelobt hatte, als einfacher Konventuale wieder ins Kloster eintreten. Dort schien er es nicht mehr all zu lange ausgehalten zu haben und muss entwichen sein, da er darin nicht verschieden ist. Das Amt des Priors, das Kern 1509 innehatte, konnte er übrigens noch nicht lange vorher erhalten haben: bis 1508 war Philipp Renner Prior, erst als dieser Abt wurde, war das Amt des Priors wieder verfügbar.
Familie: Wappentragende wirtembergische Ehrbarkeit. In der Urfehde von 1512 nannte Kern selbst seine Verwandtschaft, die mit 500 Gulden für ihn bürgen musste.

Conrad (1510, 1511)
Der aus Lorch stammende *bruder Conrad* wurde im Zuge der Klosterreform vom Dezember 1510 in Murrhardt als *ober kelerer* bzw. *groß kelner*, also Cellerar, eingesetzt, um die in Unordnung geratene Klosterwirtschaft zu sanieren. Mit ihm dürfte der Prior Conrad identisch sein, der 1511 erwähnt wird. Er war einer der Schreiber der berühmten Lorcher Chorbücher.

NN vielleicht Martin Mörlin (1510)
Ein geistlich reformierter Konventuale unbekannten Namens wurde im Zuge der Klosterreform von 1510 zusammen mit Oswald Binder und dem Cellerar beziehungsweise Prior Con-

rad und einem weiteren Konventualen im Austausch gegen vier zu Besserung nach Lorch geschickte Mönche von dort nach Murrhardt geschickt. Er war vielleicht identisch mit dem späteren Abt Martin Mörlin.

Mörlin wurde vermutlich im Jahre 1490 geboren. Es ist sicher, dass er erst nach dem Scheitern der wirtschaftlichen Sanierungsversuche von Abt Binder und Großkeller Conrad zum neuen Cellerar berufen wurde. Dies geschah zu einem nicht genau überlieferten Zeitpunkt, der aber anscheinend erst nach dem vorübergehenden Exil des Murrhardter Konvents zwischen 1518/19 liegt. Er war beim Volk unbeliebt, weil er einen schlechten Ruf als harter Steuereintreiber hatte. Er verfügte nachweislich über hervorragende haushalterische Fähigkeiten und wurde am 3.1.1528 mit 38 Jahren nach dem Tod Abt Binders am 19.12.1527 zum neuen Abt gewählt. Mörlin starb am 13.6.1548 mit 58 Jahren. Mörlins Tod ist mehrfach bezeugt, und zwar sowohl chronikalisch bei Widmann als auch durch seine (heute nicht mehr erhaltene) Grabinschrift.

NN (1510), in der Geschichte von mir Bruder Georg genannt
Der zweite reformierte Konventuale, der 1510 aus Lorch kam.

Johannes Wetzel (1509, 1514)
Ohne weitere Angaben als Konventuale in der Konventliste von 1509 erwähnt.

Sein Vater Lienhard Wetzel zahlte für seinen in Murrhardt im Kloster befindlichen Hans Nachsteuer an die Stadt Hall.

Familie: Reiche Haller Salzsiederfamilie. Vater des Murrhardter Mönchs war der seit 1484 erwähnte, 1528/29 gestorbene Lienhard Wetzel, von Beruf ursprünglich Schuster, später Ratsherr, Beetherr, Haller Untervogt in Kirchberg und Siechenpfleger.

Friedrich Zangel (1509)
In der Konventliste 1509 als Konventuale und Inhaber der Murrhardter Pfarrkirche genannt. Für den Fall der Umwandlung des Klosters in ein weltliches Stift war vorgesehen, das Zangel die Pfarrei beibehalten sollte.
Familie: Sicherlich nichtadlig, Näheres unbekannt. Der Name ist in zwei Versionen überliefert: Zangel und Zyngell.

Ludwig Gossolt (1509)
Ohne weitere Angaben als Konventuale in der Konventliste von 1509 erwähnt.
Familie: Die Gossolt waren eine seit dem frühen 14. Jahrhundert in Esslingen häufig vertretene Familie, unter anderem waren sie Kapläne an Esslinger Kirchen. Möglicherweise gehörte der Murrhardter Mönch zu der Esslinger Familie Gossolt.

Sigismund Bunck (1509)
Ohne weitere Angaben als Konventuale in der Konventliste von 1509 erwähnt
Familie: Sicher nichtadlig, Näheres unbekannt

Nikolaus Heßlich (1523)
Erhielt am 30.5.1523 in Würzburg die Minores, die niedere Weihe, am 19.9. desselben Jahres die Weihe zum Subdiakon.
Familie: Wirtembergische Ehrbarkeit, die im 15. und 16. Jahrhundert wiederholt als Vögte oder Stadtschreiber verschiedener wirtembergischer Ämter auftauchen.

Johannes Schroff (1523-1536)
Erhielt zusammen mit Nikolaus Heßlich in Würzburg am 30.5. beziehungsweise 19.9.1523 die Minores und die Weihe zum Subdiakon, anders als bei Heßlich erfolgten aber am

21.5.1524 und 17.3.1526 die Weihe zum Diakon und Priester.

Bei der Wahl Martin Mörlins zum Abt am 3.1.1528 war Schroff einer der sieben Murrhardter Mönche.

Familie: Wohl ein Angehöriger der Murrhardter ehrbaren Familie Schroff, vielleicht ein Sohn des Bürgermeisters, Gerichts- und Ratsherren Michel Schroff.

Literaturverzeichnis

Kloster Lorch
Espinasse, Marie [Red.]: Kloster Lorch, 900 Jahre. Ein Rundgang durch die Geschichte des Klosters.
Broschüre, Stuttgart 2002
Heinzer, Felix, Kretzschmar, Robert, Rückert, Peter (Hrsg.): 900 Jahre Kloster Lorch. Eine staufische Gründung vom Aufbruch zur Reform. Stuttgart 2004
Kissling, Hermann: Kloster Lorch. Lorch 1990
Remsdruckerei Sigg, Härtel &Co. (Hrsg.): Die Wappen der Äbte des Klosters Lorch.
Schwäbisch Gmünd o. J.
Stadt Lorch (Hrsg.): Lorch - Beiträge zur Geschichte von Stadt und Kloster, Heimatbuch der Stadt Lorch Band 1. Lorch 1990

Das Leben der Benediktiner
Gregor der Große: Der heilige Benedikt. Wien 1836
Greschat, Katharina und Tilly, Michael (Hrsg.): Die Benediktus Regel. Wiesbaden 2006
Grün, Anselm: Die Lebenskunst der Benediktiner. Klosterwissen. München 2005

Stadt- und Klostergeschichte Murrhardt, Heimatkundliches und Landesgeschichtliches
Braun, Markus: Die Flurnamen der Gesamtgemeinde Murrhardt - Das Gesicht einer Landschaft.
Murrhardt 1956
Cichy, Bodo: Murrhardt - Sagen, Steine, Geschichte. Murrhardt 1963
Evangelische Kirchengemeinde Murrhardt (Seniorentreff) (Hrsg.):

485

Lang, lang ist's her! – Murrhardter Erinnerungen. Murrhardt 2001

Frasch, Werner: Ein Mann namens Ulrich - Württembergs verehrter und gehasster Herzog in seiner Zeit. Leinfelden-Echterdingen 1991

Fritz, Gerhard: Kloster Murrhardt im Früh- und Hochmittelalter. Sigmaringen 1982

Fritz, Gerhard, Müller, Hans Peter, Schweizer, Rolf und Zieger, Andreas (Hrsg.):
1200 Jahre Oberrot. Stuttgart 1987

Fritz, Gerhard: Stadt und Kloster Murrhardt im Spätmittelalter und in der Reformationszeit.
Sigmaringen 1990

Fritz, Gerhard: Die Einwohner des Klosteramtes Murrhardt und der Pfarrei Sulzbach/Murr vom 12.Jhd. bis 1561. Murrhardt und Backnang 1992

Historischer Verein Welzheim (Hrsg.):
Jahresheft 1982 des Historischen Vereins Welzheimer Wald. Welzheim 1982

Kieser, Andreas: Alt-Württemberg in Ortsansichten und Landkarten 1680-1687

Kolb, Christian (bearb.): Württembergische Geschichtsquellen, Sechster Band: Geschichtsquellen der Stadt Hall. Zweiter Band: Widmans Chronica. Stuttgart 1904

Plate, Ulrike: Das ehemalige Benediktinerkloster St. Januarius in Murrhardt: Archäologie und Baugeschichte. Stuttgart 1996

Prescher, Heinrich: Geschichte und Beschreibung der zum fränkischen Kreise gehörigen Reichsgrafschaft Limpurg, worin zugleich die ältere Kochergau-Geschichte überhaupt erläutert wird.
Teil 1. Stuttgart 1789

Schahl, Adolf: Die Kunstdenkmäler in Baden-Württemberg, Rems-Murr-Kreis S.551-654.
München / Berlin 1983

Schweizer, Christian Text/ Gollor-Knüdeler, Claudia, Fotos: Murrhardt. Tübingen 2002
Stadt Murrhardt (Hrsg.): Rundgang durch das historische Murrhardt. Broschüre.
Murrhardt o. J.

Bauernkrieg allgemein
Sievers, Leo: Der Bauernkrieg – Revolution in Deutschland. Stuttgart 1978
Zimmermann, Wilhelm: Der große deutsche Bauernkrieg. Berlin 1952

Martin Luther und die Kirchenreformation in Württemberg
Ehmer, Hermann u.a. (Hrsg.): Gott und Welt in Württemberg - Eine Kirchengeschichte.
Stuttgart 2000
Oberman, Heiko A.: Luther - Mensch zwischen Gott und Teufel. Berlin 1987
Zitelmann, Arnulf: Widerrufen kann ich nicht - Die Lebensgeschichte des Martin Luther.
Weinheim und Basel 1988

Zitate oder Auszüge von Texten oder Liedern
Baumgärtner, A.C. (Hrsg.): Bauer/Gauner/Lose Weiber. 165 derbe Schwänke, Gutenberg 1964
Bienert, Hans-Dieter, Bohn, Eberhard, Fritz, Gerhard und Hennecke, Manfred (Hrsg.):
Von Erdluitle und dem wilden Heer – Sagen und Geschich-

ten aus dem Schwäbisch-Fränkischen Wald, Westlicher Teil.
Remshalden-Buoch 1996
Brant, Sebastian: Das Narrenschiff nach den Ausgaben Basel 1494 und Leipzig 1872.
Wiesbaden 2004
Carmina Burana – Die Lieder der Benediktbeurer Handschrift. Zweisprachige Ausgabe.
München 1979
Katholische Bibelanstalt GmbH (Hrsg.): Die Bibel. Einheitsübersetzung. Freiburg im Breisgau 1980
Renoud, Regine: Christine de Pizan. Das Leben einer außergewöhnlichen Frau und Schriftstellerin im Mittelalter. München 1990
Schöps, Alfred und Strube, Friedemann (Hrsg.): Kein schöner Land –Liederbuch. München 1984
Tacitus, Cornelius: Tacitus. Sämtliche Werke
Unter Zugrundelegung der Übertragung von Wilhelm Bötticher neu bearbeitet von Andreas Schäfer. Essen o.J.

Leben im Mittelalter
Boockmann, Hartmut: Die Stadt im späten Mittelalter. München 1987
Fischer-Fabian, S.: Ritter, Tod und Teufel – Die Deutschen im späten Mittelalter.
Bergisch Gladbach 2004
Pleticha, Heinrich: Bürger, Bauer Bettelmann – Stadt und Land im späten Mittelalter.
Würzburg 1971
Reichart, Andrea: Alltagsleben im späten Mittelalter. Essen 1996

Sonstiges
Fischer-Rizzi, Susanne: Medizin der Erde. Legenden, Mythen,

Heilanwendung und Betrachtung unserer Heilpflanzen. München 2001
Kostenzer, Helene und Otto: Alte Bauernregeln und Spruchweisheiten. Erster Teil. Rosenheim 1975
Laudert, Doris: Mythos Baum – Was Bäume uns Menschen bedeuten. Geschichte, Brauchtum. München 2000
Schiller, Reinhard: Hildegard Pflanzenapotheke - Heilpflanzen für ein gesundes Leben. Augsburg 1991
Thea: Theas Hexenkalender 2002. Hexenmagie Tag für Tag: Zauberkräuter, magische Experimente, Rituale, Räucherungen. München 2001
Treben, Maria: Gesundheit aus der Apotheke Gottes - Ratschläge und Erfahrungen mit Heilkräutern. Steyr 1980

Der innere Konvent des St. Januarius Klosters zu Murrhardt
um 1500 nach einem Modell aus dem Carl Schweizer Museum, Murrh.

01 Marienkapelle
02 Kirche
03 OG: Dormitorium/Schlafsaal der Laienmönche
04 EG: Refektorium/Speisesaal der Laienmönche
05 UG: Keller
06 Überreuterei mit Tor zum inneren Klosterhof
07 OG: Abtswohnung
08 EG: Küche
09 UG: Keller
10 OG: Schreibsaal und Bibliothek für weltliche Bücher
11 EG: Refektorium/Speisesaal der Priestermönche
12 OG: Dormitorium/Mönchszellen der Priestermönche
13 EG: Kapitelsaal
14 Armarium/Raum für liturgische Bücher
15 Kreuzgang